DONGSUH MYSTERY BOOKS 73

THE LONG GOODBYE
기나긴 이별
레이몬드 챈들러/이경식 옮김

동서문화사

옮긴이 이경식(李景植)
연세대 영문학과동대학원 졸업. 서울대·연세대 강사를 지내고 한성대 영문학과 교수 역임. 옮긴책 브래드버리 《화성연대기》 등이 있다.

DONGSUH MYSTERY BOOKS 73

기나긴 이별

레이먼드 챈들러 지음/이경식 옮김

1판 1쇄 발행/1977년 12월 1일
2판 1쇄 발행/2003년 6월 1일
2판 6쇄 발행/2017년 7월 7일
발행인 고정일/발행처 동서문화사
창업 1956. 12. 12. 등록 16-3799
서울 중구 다산로 12길 6(신당동 4층)
☎ 546-0331~6 Fax. 545-0331
www.dongsuhbook.com
이 책의 출판권은 동서문화사가 소유합니다.
의장권 제호권 편집권은 저작권 법에 의해 보호를 받는 출판물이므로
무단전재와 무단복제를 금합니다.
사업자등록번호 211-87-75330
ISBN 978-89-497-0158-5 04840
ISBN 978-89-497-0081-6 (세트)

기나긴 이별
차례

기나긴 이별……11

미스터리를 리얼리즘 문학으로……443

등장인물

필립 말로우 사립 탐정
하란 포터 억만 장자
실비아 레녹스 하란의 막내딸
테리 레녹스 실비아의 남편
린다 롤링 실비아의 언니
롤링 린다의 남편, 의사
로저 웨이드 베스트셀러 작가
아이린 웨이드 로저의 처
하워드 스펜서 출판사 대표
로니 모건 신문 기자
란디 스타 클럽 경영자
멘디 메넨디스 갱단의 보스

기나긴 이별

1

내가 처음 테리 레녹스를 만난 것은, 그가 '댄서즈'의 테라스 앞에 세워진 롤스로이스에서 곤드레만드레가 되어 널브러져 있을 때였다. 주차장에서 차를 끌고 나온 주차원은, 테리 레녹스가 왼쪽 발을 자기 발이 아니라는 듯 차 밖에 내놓고 있어서 문을 닫지 못하고 있었다. 얼굴은 젊어 보였으나 머리는 백발이었다. 그의 눈매로 몹시 술에 취했다는 사실은 알 수 있었지만, 술을 마셨다는 것 말고는 특별한 점이 없는 보통 젊은이었다. 그는 돈을 쓰게 하기 위해 존재하는 술집에서 지나치게 돈을 썼다는 것뿐이었다.

그의 곁에는 젊은 여자가 앉아 있었다. 아름다운 빨간 머리에, 입술에 희미한 미소를 짓고, 롤스로이스가 보통 자동차로 착각될 만큼 값비싼 파란 족제비 털외투를 어깨에 걸치고 있었다. 그러나 실제로 그렇게 보인 것은 아니다. 롤스로이스는 어디까지나 롤스로이스니까.

주차원은 레스토랑의 상호가 빨간 글자로 수놓인 흰 상의를 입은 불량배 같은 사나이였는데 이젠 지쳤다는 표정을 지었다.

"제기랄!" 하고 그는 험한 말투로 말했다.

"발을 들여놓고 문을 닫게 해 줄 수 없을까요? 열어 둔 채로 있다가 떨어져도 좋습니까?"

그를 뚫고 적어도 4인치는 튀어나갈 듯한 날카로운 눈초리로 여자가 쏘아보았다. 그러나 주차원은 그 사나이를 흔들어 깨우지는 않았다. '댄서즈'에서는 돈의 힘을 발휘시키려 해도 뜻대로 되지 않을 때가 있다.

차체가 낮은 외국제 고급 오픈카가 주차장에 미끄러지듯 들어오더니 한 남자가 내렸다. 그는 자동차에 갖추어 둔 라이터로 길쭉한 담배에 불을 붙였다. 격자무늬 셔츠, 노란 바지, 승마용 구두 차림이다. 롤스로이스는 거들떠보지도 않고 담배 연기만 남기고 그대로 지나갔다. 바보스러운 짓들을 하고 있다고 생각했나 보다. 사나이는 테라스로 올라가는 계단 아래에서 걸음을 멈추고 한쪽 눈에 외알 안경을 썼다.

여자가 갑자기 콧소리로 말했다.

"좋은 생각이 있어요. 택시로 당신 집에 간 다음 당신 차로 가도록 해요. 이런 밤에는 몬테시토 해안을 드라이브하면 참 멋져요. 제가 아는 사람이 풀 주위에서 댄스파티를 열고 있어요."

백발 청년은 분명한 말투로 말했다. "정말 미안하군. 차는 벌써 없어졌어. 팔지 않을 수 없었거든." 말소리만으로는 오렌지 주스보다 독한 음료를 마셨다고 생각되지는 않았다.

"팔았다고요? 왜요?" 그녀는 몸을 빼며 그에게서 떨어졌는데, 말소리는 더 멀리 떨어져 나간 듯이 들렸다.

"팔지 않을 수 없었어. 먹고 살아 갈 수가 없었거든."

"그래요?" 여자의 태도가 아이스크림처럼 차가워졌다.

주차원은 백발 청년이 자기 주머니 사정과 별로 다를 것이 없는 사나이라는 사실을 알았다.

"여보, 차를 빼야 해요. 내려 줄 수 없소?"

그는 문을 휙 열었다. 술 취한 사나이는 시트에서 미끄러지며 차 밖으로 떨어져 엉덩방아를 찧었다. 그래서 나는 곧 그의 곁으로 갔다. 술주정꾼과 관계를 가진다는 것은 언제나 손해다. 잘 아는 인간이라도 주먹을 휘두르며 덤벼들기 마련이니까.

나는 그를 안아 일으켰다.

"고맙습니다. 죄송합니다"라고 그는 정중한 말투로 말했다.

여자는 핸들 앞에 앉았다. "술 취하면 영국인처럼 말씨가 정중해져요." 그녀는 스테인리스 같은 목소리로 말했다. "미안하군요."

"뒷자리에 태웁시다."

"안돼요. 약속 시간에 늦어져요." 클러치 페달을 떼자 롤스로이스가 미끄러져 나갔다. "집 잃은 강아지와 비슷한 인간이에요" 하고 그녀는 차디찬 미소를 보이고 덧붙였다. "집을 찾아 주세요. 집도 없는 거나 마찬가지예요."

롤스로이스는 드라이브 웨이를 미끄러져 나가더니 오른쪽으로 돌아 자취를 감추어 버렸다. 그녀의 차가 없어진 쪽을 바라보고 있을 때, 주차원이 돌아왔다. 나는 아직도 청년을 안고 있었으며, 청년은 깊은 잠에 빠져 있었다.

"저런 수법도 있군" 하고 나는 주차원한테 말했다.

"당연하지요"라고 그는 내뱉듯이 말했다. "이런 작자를 누가 상대하겠습니까. 저 정도의 여자라면 상대는 얼마든지 있어요."

"이 사람을 아나?"

"여자가 테리라 부르더군요. 그밖에는 아무것도 모릅니다. 하긴 여기 온 지 2주일밖에 안돼서 아는 것보다 모르는 게 많지만 말입니다."

"내 차를 내 주게." 그에게 표를 건네주었다.

그가 내 올즈 모빌(Olds mobile, 미국제 자동차)을 내왔을 때엔, 내 팔은 납덩어리를 안고 있는 것처럼 무거웠다. 나는 주차원의 힘을 빌려 백발의 청년을 앞자리에 밀어 넣었다. 그는 한쪽 눈을 뜨고 우리에게 인사하더니 다시 잠에 빠져 들어갔다. "이렇게 예의 바른 주정뱅이는 처음이군" 하고 주차원에게 말했다.

"별의별 인간이 다 있지요. 하나같이 쓸모없는 놈들이. 그런데 이 사람은 성형 수술을 받은 것 같군요."

"그렇군."

나는 그에게 1달러를 주었다. 그가 고맙다고 했다. 확실히 성형 수술을 받은 흔적이 있었다. 오른쪽 뺨이 푸르스름하게 언 것처럼 보였고, 여러 개의 가느다랗고 희미한 상처 자국도 있었다. 상처 자국에 따라 피부가 번들번들 번쩍이고 있었다. 별로 솜씨 좋은 수술이라고는 할 수 없었다.

"어떻게 하실 생각이십니까?"

"집에 데리고 가서 술 깨면 주소를 물어야지."

주차원은 쌀쌀하게 웃었다. "사람이 너무 좋으시군요. 나 같으면 시궁창에 던져 버리겠어요. 주정뱅이란 놈은 남에게 폐만 끼치고 조금도 도움이 안돼요. 나는 이런 놈에겐 상관 않는답니다. 언제 어떻게 될지 모르는 세상에 살고 있으니, 일단 유사시를 위해 힘을 남겨두지 않으면 안 되거든요."

"호오! 그래서 이 정도까지는 됐군."

그는 한순간 멍한 표정을 짓고 있더니 이윽고 화를 냈으나, 그때는 이미 나는 차를 몰고 있었다.

물론 그가 한 말이 아주 틀린 것은 아니다. 테리 레녹스는 나에게 많은 폐를 끼쳤다. 그러나 그것이 내 직업이기도 했다.

그 즈음 나는 로렐 캐니언 지구의 유카 거리에 살고 있었다. 언덕 중턱의 막다른 골목 안에 있는 작은 집인데, 정면의 문까지 삼나무로 된 긴 계단이 있고 길 건너편에는 유칼리나무가 무성했다. 집은 가구가 딸려 있었고, 남편과 별거하여 아이다호에 있는 딸한테 가 있는 부인의 소유였다. 집세는 두 가지 이유로 쌌다. 그녀가 딸한테 빨리 가고 싶어한데다가 나이가 많아서 계단을 오르내리기가 매우 힘들었기 때문이다.

나는 간신히 주정뱅이를 끌고 올라갔다. 그는 나한테 폐를 끼치지 않으려고 애썼지만 발이 말을 안 들었다. 그는 나에게 미안하다면서 잠에 떨어졌다. 나는 열쇠로 문을 열고 그를 집 안에 끌고 들어가, 긴 의자에 눕히고 담요를 덮어 재웠다. 그는 돌고래처럼 코를 골다가 한 시간 정도 지나자 잠을 깨더니 욕실에 가고 싶다고 했다. 돌아오자 그는 눈을 가늘게 뜨고 나를 쳐다보면서, 대체 자기는 지금 어디에 있느냐고 물었다. 나는 장소를 가르쳐 주었다. 그는 테리 레녹스라고 자기 이름을 대고 웨스트우드의 아파트에서 혼자 살고 있다고 했다.

그는 커피를 블랙으로 줄 수 없냐고 말했다. 내가 커피를 갖다 주자 컵 밑에 접시를 대고 천천히 마셨다.

"내가 어떻게 여기까지 오게 됐습니까?" 하고 그는 주위를 둘러보면서 물었다.

"'댄서즈' 앞에 있던 롤스로이스 안에서 뻗어 있더군. 당신의 여자 친구가 내버리고 갔지."

"그래요? 내버리고 가도 할 수 없죠."

"당신은 영국인이오?"

"산 적은 있지만, 태어난 데는 다릅니다. 택시를 불러 줄 수 없습니까? 돌아가고 싶은데요……."

 그는 내 도움 없이 계단을 내려갔다. 웨스트우드까지 가는 동안은 내 친절에 감사하고 폐를 끼쳐 죄송하다고 했을 뿐, 별로 다른 말은 하지 않았다. 많은 사람들에게 자주 감사해 하거나 사과한 듯, 별로 어색한 느낌을 주지 않는 말투였다.
 아파트의 방은 작아 숨이 막힐 것 같았으며, 차디찬 느낌을 주었다. 갓 이사 왔다고 해도 아무도 의심하지 않을 것이다. 녹색의 딱딱한 긴 의자 앞 커피 테이블 위에 반쯤 남은 스카치 병과, 얼음이 녹아 버린 그릇과, 빈 탄산수 병 세 개와, 글라스 두 개와, 루즈가 묻은 담배꽁초와, 아무것도 묻지 않은 또다른 꽁초가 유리 재떨이에 가득했다. 사진도 없고, 살고 있는 인간과 직접 관계될 만한 것도 전혀 없었다. 모임이나 이별을 위해 빌려 쓰는 방이라 해도 지나친 말은 아닐 정도였다. 사람이 살고 있는 방이라고는 생각할 수 없었다.
 그는 나에게 술을 권했다. 나는 거절했다. 앉지도 않았다. 내가 돌아갈 때, 또 고맙다는 인사를 했다. 그러나 그것은 내가 그를 도와주었기 때문이라는 것도 아니고, 그렇다고 해서 그저 인사치레도 아닌 것 같았다. 몸은 아직 완전히 회복되지 않았다. 약간 거북해 하는 것 같았지만 예의는 차리고 있었다. 나는 자동 엘리베이터가 올라오는 것을 기다려 탈 때까지, 열려 있는 문 앞에 서 있었다. 어떤 결점이 있던 간에 그는 예의를 차릴 줄 아는 사나이였다.
 그는 여자에 대한 얘기는 한마디도 안했다. 또 직업이 없다는 것도, 아무런 기대도 없다는 것도, 마지막 재산을 '댄서즈'에서 불과 얼마 안 되는 고급 술에 털어 버렸다는 것도 말하지 않았다. 그 고급 술이라는 것은 취기가 오래가지 않기 때문에, 경찰에 잡혀 유치장에 처넣어지거나 불량 운전기사에 끌려 어느 빈터에 던져지거나 할 염려는 없었다.

나는 엘리베이터로 내려오면서 되돌아가 스카치를 빼앗을까 하고 생각했다. 그러나 나에게는 관계없는 일이며, 또 빼앗았다 해도 소용없는 일이었다. 마시고 싶다면 무슨 수를 써서라도 손에 넣을 것이기 때문이다.

나는 입술을 깨물면서 집을 향해 차를 몰았다. 웬만한 일로는 마음이 동요되지 않는 성격이지만, 그는 어쩐지 내 마음을 잡는 무언가를 지니고 있었다. 그러나 무엇인지는 알 수 없었다. 내가 알고 있는 것은 백발과 흉터 있는 얼굴, 분명한 목소리와 예의 바르다는 것뿐이었다. 다시는 그 사람을 못 만나게 될지도 모르는데 어쩌면 그걸로 충분하리라. 그 여자의 말처럼 집 잃은 강아지에 지나지 않을 테니.

2

내가 그를 다시 만난 것은 감사절(11월 마지막 목요일) 바로 뒤였다. 할리우드 빌보드의 상점은 이미 잡동사니 크리스마스 물건들을 비싼 값으로 진열하고 있었으며, 신문은 날마다 크리스마스 쇼핑을 빨리 끝내지 않으면 혼잡할 것이라고 외치고 있었다.

어차피 혼잡하게 마련이다. 매년 조금도 다른 점이 없지 않은가.

내 사무실에서 세 블록 정도 떨어진 곳에 있을 때였다. 주차되어 있는 차 바깥에 경찰차가 서 있었는데, 정복 경관 두 명이 차 안에서 보도의 진열창 곁의 무엇인가를 지켜보고 있었다. 그 '무엇인가'는 바로 테리 레녹스였다. 아니, 그의 잔해라 해도 지나친 말이 아니었다. 눈 뜨고는 볼 수 없는 몰골이었다.

그는 입구의 문에 기대 있었다. 무엇인가에 기대지 않으면 서 있을 수가 없었던 것이다. 더럽혀진 셔츠는 앞가슴이 벌어져 있었다. 4, 5일 동안은 수염을 깎지 않은 것 같았다. 코도 부어 있었고, 피부는 길쭉한 흉터를 분간할 수 없을 정도로 창백했다. 눈은 마치 백설에 구멍을 뚫어 놓은 것 같았다. 경찰차의 경관이 그를 유치장에 처넣으려고 노리고 있음은 너무나 분명했기 때문에, 나는 곧 그에게 달려가 팔을 잡았다.

"정신 차려서 걸어야 돼!" 하고 나는 일부러 목소리를 거칠게 냈다. 그리고 한쪽 눈을 찡긋해 보이면서 "걸을 수 있지? 취했나?"

그는 흐리멍덩한 눈으로 나를 보고 약간 미소 지었다. "취하긴 했지만 지금은 배가 고플 뿐이야."

"그래? 하지만 정신차려서 걷도록 해. 유치장으로 직행할 뻔했네."

그는 있는 힘을 다해서 걷기 시작했다. 나는 그의 곁에 바짝 달라붙은 채 구경꾼들을 헤치면서 길모퉁이까지 갔다. 거기에 택시 주차장이 있었기 때문이다. 내가 택시 문을 열었다.

"저 차가 먼접니다" 하고 운전기사가 엄지손가락으로 가리키며 말했다. 그리고 테리를 보면서 "아마 태워 주지 않겠지만" 하고 덧붙였다.

"급해서 그렇소. 친구가 병자거든."

"알고 있습니다. 하지만 병자는 태우지 않거든요."

"5달러 드리지. 안 되겠소?"

"좋습니다."

운전기사는 표지에 화성인이 그려진 잡지를 백미러 뒤에 꽂았다. 내가 문을 열어 겨우 테리 레녹스를 차에 태웠을 때, 경찰차의 그림자가 다른 쪽 창에 비쳤다. 머리가 허연 경관이 차에서 내리더니 이쪽으로 왔다. 나는 택시 뒤로 가서 그를 맞았다.

"잠깐 기다리시오. 대체 누굽니까? 저 지저분한 사내가 진짜 당신 친굽니까?"

"가짜 친구가 있는 것 보셨소? 술 취한 게 아니오."

"마실 돈이 없는 거겠지" 하고 경관은 말했다. 나는 그가 내민 손에 신분증을 올려놓았다. 그는 흘낏 보고 도로 주었다. "흠, 사립 탐정이 손님을 낚은 셈이군!" 그의 음성이 거칠어졌다. "쉽게 속이지는 못할 거요, 말로우 씨. 그를 정말 알고 있소?"

"이름은 테리 레녹스, 영화 관계 일을 하고 있소."

"그건 나쁘지 않군."

경관은 택시 안으로 고개를 집어 넣고 구석에 있는 테리를 응시했다. "요즘엔 일 안하고 있군. 집에서도 자지 않은 것 같고…… 부랑자가 틀림없어. 집어넣지 않으면 안 되겠소."

"실적이 꽤 나쁜 모양이군. 할리우드에서 그렇게까지 성적이 나쁠 리는 없을 텐데."

그는 그래도 테리를 들여다보고 있었다. "당신 친구 이름은 뭐요?"

"필립 말로우" 하고 테리는 천천히 말했다. "로렐 캐니언의 유카 거리에 살고 있소."

경관이 창에서 얼굴을 빼더니 나를 보고 손을 벌려 보였다. "가르치려고 했으면 가르칠 수 있었겠지."

"가르칠 수도 있었겠지만, 가르치지 않았소."

그는 1, 2초 동안 나를 응시하더니 "이번만은 눈감아 주지. 빨리 데리고 가시오." 경관은 경찰차를 타더니 차를 몰았다.

나는 택시에 올라타고, 세 블록 정도 떨어진 주차장까지 가서 내 차로 갈아탔다. 운전기사에게 5달러 지폐를 내밀자, 그는 복잡한 표정으로 내 얼굴을 보면서 머리를 가로저었다.

"미터에 나온 대로 주시면 됩니다. 정 그러시다면 1달러만 받겠습니다. 나도 거리에서 쓰러졌던 일이 있지요. 프리스코였는데, 아무도 도와주지 않았습죠. 그토록 인정머리 없는 도시도 없을 겁니다."

"샌프란시스코 말이군."

"프리스코라니깐요." 그는 힘주어 말했다.

"고맙습니다." 그는 1달러 지폐를 받고 가 버렸다.

우리는 맛있는 햄버거를 파는 드라이브인에 갔다. 나는 테리 레녹스에게 햄버거 두 개와 맥주 한 병을 먹이고 집으로 차를 몰았다. 계단은 아직 무리였지만 그는 쓴웃음을 지으며 숨차게 올라갔다. 한 시간 뒤, 수염을 깎고 목욕을 하여 겨우 사람답게 보였다. 우리는 술기운이 약한 음료를 두 잔 만들어 자리에 앉았다.

"내 이름을 잊지 않아서 다행이었네" 하고 나는 말했다.

"머릿속에 박혀 있었지. 무척 만나고 싶었소."

"왜 전화 걸지 않았나? 언제든지 여기 있네. 그리고 사무실도 있고 말이야."

"당신에게 폐를 끼칠 수 없었소."

"어차피 누군가에게는 신세져야 할 게 아닌가? 별로 친구도 없는 것 같은데……?"

"친구는 있네." 그는 분명한 말투로 말했다.

"친구 같은 존재가 말일세." 그는 테이블 위의 컵을 돌렸다.

"도움을 구하는 것은 쉬운 일이 아니야, 특히 내 경우는. 모두 내 잘못이거든." 그는 나를 쳐다보고 피로에 지친 미소를 보였다. "나는 지금 당장이라도 술을 끊을 수 있을 것 같아. 누구라도 그렇게 말하지만."

"3년은 걸릴걸!"

"3년?" 그는 놀란 것 같았다.

"보통 그렇지. 세계가 달라지네. 엷은 빛깔이나 조용한 음향에 익숙해지지 않으면 안 되네. 이제까지 잘 알고 있던 사람이 낯선 사람처럼 보이고 대면하는 것조차 싫어지면서 저쪽에서도 멀어져 가게 되네."

"그런 거라면 별로 큰 변화는 아닐세"라고 그는 말했다. 그리고 고개를 돌려 시계를 봤다.

"할리우드의 버스 정류장에 2백 달러짜리 슈트케이스를 맡겨 두었어. 그것을 찾아오면 싼 슈트케이스를 사고, 물건은 전당포에 넣어서 버스로 라스베이거스에 갈 수 있지. 거기 가면 일자리가 있어."

나는 아무 말도 하지 않았다. 다만 고개를 끄덕이며 컵을 만지작거리고 있었다.

"더 빨리 그렇게 했어야 한다고 생각하겠지"라고 그는 조용히 말했다.

"내가 알 필요는 없지만 어쩐지 이면에 무언가 있는 것 같군. 일자리는 정말 있는 건가?"

"물론이지. 군대에서 친했던 란디 스타라는 친구가 큰 클럽을 경영하고 있네. 테라핀 클럽이라고 하는 델세. 물론 깡패인건 틀림없지만 좋은 인간이야."

"너무 지나친 참견이 될지도 모르겠지만 차비와 얼마간의 돈은 내가 줄 수도 있다네. 그보다 우선 전화로 말해두는 것이 좋을 것 같네."

"고맙네. 그러나 그럴 필요까진 없네. 란디 스타는 틀림없이 힘이 돼 줄 테니 말이야. 언제나 그랬어. 그리고 슈트케이스를 전당포에 가져가면 50달러는 받을 수 있네. 그런 경험이 있으니 틀림없네."

"나는 동정심 많은 인간은 아니네만 필요한 돈은 내가 내도록 해주게. 아무 말 말고 받아 주게나. 왠지 자네 일이 마음에 걸려서 그래."

"진정인가?" 그는 들고 있던 컵을 응시했다. 컵에 입을 대고 있었을 뿐이었다. "아직 두 번 밖에 만날 일이 없지 않나? 게다가 두 번 다 남이라 생각할 수 없는 친절을 받았네. 그래 어떻게 마음에 걸린다는 건가?"

"다음에 만날 때는, 내 손으로도 어떻게 할 수 없는 곤경에 빠져 있을 듯한 기분이 드네. 이유는 모르지만 자꾸 그런 생각이 든다네."

그는 얼굴의 오른쪽을 두 손가락으로 만졌다.

"이것 때문이겠지? 이것이 인상을 나쁘게 한단 말이야. 하지만 명예로운 상철세. 어쨌든 이 상처가 탈이야."

"그런 게 아냐. 그런 데는 전혀 신경 쓰고 있지 않네. 난 사립 탐정이야. 자넨 무언가 문제를 지니고 있네. 내가 해결할 필요는 없겠지만, 확실히 문제가 있네. 육감으로 그걸 알거든. 직업의식이라 해도 상관없네. '댄서즈'에서 그 여자가 자넬 내버리고 간 것도 자네가 취했다는 이유만은 아닐걸세. 그녀에게도 무언가 모르는 예감이 있었기 때문일 거야."

그는 희미한 미소를 띠었다. "나는 그녀와 결혼한 일이 있네. 이름은 실비아 레녹스, 재산을 노리고 그녀와 결혼했었지."

나는 불쾌한 얼굴로 일어섰다. "스크램블 에그라도 만들어 보지. 뭔가 먹지 않으면 안 되네."

"기다려 주게, 말로우. 내가 무일푼이 되어도 실비아가 돈이 있다면 조금은 얻어 쓸 수 있다고 생각하겠지? 자넨 자존심이라는 것이 뭔지 모르지는 않겠지?"

"쓸데없는 소릴 하는군."

"그렇게 들렸나? 내가 말하는 자존심은 근본적으로 다르네. 아무 것도 없는 인간의 마지막 자존심일세. 기분을 상하게 했으면 사과하겠네."

나는 주방에 가서 캐나다 베이컨과 스크램블 에그와 토스트를 만들었다. 우리들은 아침을 먹기 위해 특별히 만들어진 작은 식당에서 먹었다. 이러한 작은 식당이 반드시 만들어졌던 시대에 세워진 집이었다.

나는 사무실에 갔다 오는 길에 슈트케이스를 찾아 주겠다고 했다. 그는 보관증을 내게 내밀었다. 얼굴빛이 제법 좋아졌고, 눈도 아까처럼 퀭한 기색은 없어졌다.

나는 나가기 전에 위스키 병을 긴 의자 앞 테이블에 올려놓았다.

"마시려거든 자존심을 잊지말고 마시게. 그리고 라스베이거스에 전화 걸도록 하게나. 나를 위해서 말이야."

그는 아무 말없이 웃으며 어깨를 으쓱했다. 나는 계단을 내려가면서도 석연치 않았다. 왜 그랬는지 알 수가 없었다. 소유물을 전당포에 넣으려고도 하지 않고 굶주리면서 거리를 헤맨다……? 어떤 신조인지는 모르겠지만 그는 어쨌든 신조에 따라 행동하고 있는 것이다.

슈트케이스는 대단한 물건이었다. 표백한 돼지가죽으로 만든 것인데, 새것이었을 때는 엷은 크림 빛이었을 것이다. 장식은 금이었다. 영국제로, 이곳에서 구입하려면 2백 달러는 고사하고 8백 달러는 주어야 할 것이다.

나는 그 슈트케이스를 테리 앞에 놓았다. 테이블 위의 병은 그대로 있었다. 그는 나와 마찬가지로 술 한 방울 마시지 않았다. 담배를 피우고 있었지만, 맛있어 보이지는 않았다.

"란디한테 전화했네" 하고 그는 말했다. "지금까지 전화 걸지 않았다고 화를 내더군."

"모르는 사람한테 신세지는 편이 마음 편하거든" 하고 나는 말했다. "실비아의 선물인가?" 나는 슈트케이스를 가리켰다.

그는 창 밖으로 눈을 돌렸다. "아니, 그 여자를 만나기 훨씬 전에 영국에서 선물받은 걸세. 꽤 오래된 일이지. 헌것을 빌릴 수 있으면 여기에 두고 가고 싶네."

나는 지갑에서 20달러짜리 지폐를 다섯 장 꺼내서 테리 앞에 놓았다. "담보는 필요없네."

"그런 뜻이 아닐세. 자넨 전당포가 아니지 않나? 라스베이거스에 가져 가고 싶지 않을 뿐일세. 그리고 돈은 이렇게 많이 필요없네."

"알고 있네. 하지만 돈은 그대로 넣어 두게. 슈트케이스는 맡아 두겠네. 하지만 이 집엔 도둑이 들어오기 쉽다는 걸 알고 있어야 하네."

"상관없네. 어떻게 되든."

그는 옷을 갈아입었고, 우리는 5시 반경 '무쏘'에서 식사를 했다. 술은 마시지 않았다. 그는 가헨다 거리에서 버스를 탔다. 나는 여러 가지 일을 생각하면서 집으로 차를 달렸다. 비어 있는 슈트케이스는, 내용물을 그가 나의 싸구려 슈트케이스에 옮겨 넣었을 때의 상태 그대로 내 침대 위에 놓여 있었다. 금제 자물쇠를 채우고, 열쇠는 손잡이에 매달아 옷장 안 선반에 올려놓았다. 완전히 빈 것 같지는 않았으나 무엇이 들어 있건 나와는 상관없었다.

조용한 밤이었다. 집 안이 다른 날에 비해 더 공허감을 느끼게 했다. 나는 체스의 말을 늘어놓고, 스타이니쓰(체스의 명인)를 상대로 '프렌치 방어 전법'을 시도해 보았다. 그는 44수로 나를 이겼으나 나는 그를 두 번이나 궁지에 몰아넣었다.

9시 반에 전화벨이 울렸다. 기억에 있는 목소리였다.

"필립 말로우 씹니까?"

"네, 말로우입니다."

"전 실비아 레녹스예요. 지난달 밤에 '댄서즈' 앞에서 뵌 일이 있었지요. 댁이 친절하게 테리를 집까지 데려다 주셨다는 것을 나중에야 알았어요."
"네, 그런 일이 있었지요."
"우리들이 이혼했다는 것은 알고 계시겠지만 테리가 걱정이 돼요. 그 아파트를 떠난 후, 어디 있는지 아무도 그의 행방을 몰라요."
"그날 밤은 걱정이 안 되신 모양이군요?"
"말로우 씨, 전 그 사람과 결혼했었어요. 하지만 주정뱅이는 싫어요. 좀 냉정했는지는 몰라도 중요한 일이 있어서 할 수 없었어요. 당신은 사립 탐정이시지요. 만일 생각이 있으시다면 이 일을 맡아주셔도 좋아요."
"일까지 맡기실 필요는 없습니다, 부인. 그는 라스베이거스 행 버스를 탔습니다. 친구가 일자리를 마련해 주기로 되어 있습니다."
그녀는 갑자기 밝은 음성이 되었다.
"라스베이거스라고요? 옛날 일을 생각한 거예요! 우리가 결혼한 곳이죠."
"잊어버렸을 겁니다. 만일 기억하고 있었다면 다른 곳으로 갔을 겁니다."
그녀는 전화를 끊는 대신 웃었다. 귀여운 웃음소리였다. "언제나 그런 식으로 손님을 대하셔요?"
"당신은 손님이 아닙니다."
"앞으로 될지도 몰라요. 사람 일은 언제 어떻게 될지 모르는 것 아니어요? 다른 여자 친구에게는 그렇게 말하지 않으시겠죠?"
"대답할 필요는 없겠군요. 테리는 돈도 없었고, 제대로 먹지도 못한 채 거리를 헤매고 있었어요. 당신이 찾으려 했다면 찾을 수 있었을 겁니다. 하기야 그는 당신 신세는 지려고 하지 않았을 것이고, 아마 지금도 그럴 겁니다."

"당신은 아무것도 몰라요" 하고 그녀는 차디찬 말투로 말했다.

"실례해요." 전화가 끊겼다.

사실 그녀의 말이 옳았고 내 말이 옳지 않았다. 그러나 나는 옳지 않은 말이라고는 생각지 않았다. 그리고 불끈 화가 치밀어 올랐다. 만약 그녀가 50분전에 전화를 걸었다면 더 화가 나서 스타이니쓰에게 분풀이를 했을 것이다. 그러나 그는 50년 전에 죽었고, 체스 게임은 책을 보면서 한 승부였다.

3

크리스마스 사흘 전, 나는 라스베이거스 은행의 백 달러 수표를 받았다. 봉투 속에는 호텔 편지지에 쓴 편지가 동봉되어 있었다. 거기에는 크리스마스 축하를 겸해 나에게 고맙다는 인사를 하고, 머지않은 장래에 다시 만나고 싶다고 씌어 있었다. 문제는 추신이었다.

"실비아와 나는 두 번째 신혼여행을 떠나네. 그녀가 다시 한 번 시도해 보는 이번 결혼을 노여워하지 말라고 전하는군."

나는 이밖의 자세한 내용을 아니꼬운 신문의 사교란에서 읽었다. 거의 눈길을 주진 않았지만 구역질나는 기사가 바닥이 났을 때는 어쩔 수 없었다.

기자는 테리와 실비아 포터가 라스베이거스에서 다시 결합했다는 뉴스에 허를 찔린 꼴이다. 그녀는 다시 설명할 것도 없이 샌프란시스코와 페이블 비치에 저택이 있는 대부호 하란 포터의 막내딸이다. 실비아는 현재 마르세르와 잔느 듀호한테 엔시노의 저택을 지하실에서 지붕까지 최신 유행 스타일로 개장토록 했다. 실비아의 전 남편 커트 웨스터힘이 결혼 선물로 18개의 방이 있는 아담한 집을 선물한 사실을, 독자 여러분은 기억하실 것이다. 그리고 여러분은 커트가 어떻게 되었느냐고 틀림없이 질문할 것이다. 아니 그런 질문은 하지 않을지 몰라도 어쨌든 여자가 등장하게 된다. 그녀는 귀여운 자식이 둘 있는 뼈대 있는 프랑스의 후작 부인이다. 여러분은 또 하란 포터는 딸의 재혼을 어떻게 생각하고 있는가를 질문할지 모르지만 이것은 상상에 맡길 수밖에 다른 방법이 없다. 포터 씨는 절대로 인터뷰를 하지 않기 때문이다.

나는 신문을 내던지고 텔레비전의 스위치를 돌렸다. '개'가 토해 낸 것 같은 사교란을 본 뒤라 레슬러까지 바람직하게 보였다.

나는 듀호의 가장 새로운 상징주의에 의거한 장식을 포함하여, 포터 집안의 부에 어울리는 18개의 방이 있는 저택이 어떠한 것인가를 상상할 수 있었다. 그러나 버뮤다 스타일 반바지 차림의 테리 레녹스가 풀 주위를 거닐면서, 얼음에 샴페인을 채우고 닭을 구워 두라고 집사한테 전화로 명령하는 모습은 상상할 수가 없었다. 그리고 상상할 필요도 없었다. 테리가 누구의 장난감 곰이 되든지 나와는 상관없는 일이었다. 나는 다만 다시는 그와 만나고 싶지 않다고 생각했다. 그러나 언젠가 만나게 된다는 사실은 알고 있었다. 무엇보다 금장식이 붙어 있는 돼지가죽의 슈트케이스를 아직 내가 보관하고 있으니까.

그가 내 사무실을 찾아온 것은 3월 어느 비 오는 오후 5시였다. 완전히 사람이 변한 것처럼 보였다. 나이가 더 들어 보였고, 술을 마신 기색도 없었고, 찌푸린 얼굴이지만 안정되어 있었다. 눈처럼 하얀 레인코트와 장갑, 모자를 안 쓴 백발이 새의 가슴털처럼 깨끗이 빗겨져 있었다.

"조용한 바에 가서 한잔 하지 않겠나? 시간이 있으면 말이야" 하고 그는 10분전부터 와 있었던 것처럼 말했다.

우리는 악수하지 않았다. 영국인은 미국인처럼 악수하지 않으며, 그는 영국인은 아니지만 영국인의 습성을 지니고 있었다.

나는 말했다. "그 전에 우리 집에 들러서 슈트케이스를 먼저 가져 가지. 마음에 걸려서 말이야."

그는 머리를 가로 흔들었다. "자네한테 더 맡겨 두고 싶네."

"왜?"

"별로 이유는 없네. 곤란한가? 나의 가장 나빴던 시대의 추억과 같은 걸세."

"시시하군. 그러나 나와는 관계없는 일이야."

"도둑맞으면 곤란하다고 한다면……."

"그렇지는 않네. 가세."

우리는 바 '빅터'에 갔다. 그의 차는 엷은 캔버스 밑에 겨우 우리들이 앉을 수 있는, 적갈색 쟈윗트 주피터였다. 차 내부는 엷은 빛깔의 가죽으로 씌워져 있었고, 장식은 은으로 만든 것 같았다. 나는 차에 별로 취미가 없지만 이 차에는 약간 욕심이 생겼다. 2단으로 65마일이나 속력이 나온다고 한다. 겨우 무릎까지밖에 오지 않는 작은 변속기였다.

"4단 변속이야" 하고 그는 말했다.

"이런 차에 맞는 자동 변속기가 아직 없다네. 사실 필요도 없지만. 오르막에서도 3단으로 출발할 수 있을 뿐더러 교통이 복잡한 곳에서는 어차피 그 이상은 쓰질 못하거든."

"결혼 선물인가?"

"쇼 윈도우에 있는 것이 눈에 띄어서 샀다는 그런 식이지. 나는 부족을 느끼지 않는 인간일세."

"멋진 찬데. 값은 묻고 싶지 않지만 말이야."

그는 흘낏 나를 보더니 다시 비에 젖은 차도로 시선을 돌렸다. 두 개의 와이퍼가 앞 유리창에서 조용히 움직이고 있었다.

"내가 행복하지 않다고 생각하고 있는 것 같군."

"미안해. 쓸데없는 말을 해서."

"돈은 얼마든지 있네. 그러니 행복 같은 건 관계없어."

나는 비로소 그가 자신을 비웃고 있음을 알아차렸다.

"술은?"

"적당히 마시고 있네. 무슨 바람이 불었는지 과음은 하지 않게 되었지만, 언제까지 계속될지는 모르겠네."

"사실 그렇게 심한 주정뱅이는 아닌 모양이지."

우리는 '빅터'의 구석 자리에 앉아서 김릿(gimlet, 칵테일의 일종)을 마셨다. "김릿 만드는 방법을 아나?" 하고 그는 말했다. "라임주스나 레몬주스를 드라이진에 섞어 설탕과 비터(bitter, 칵테일에 사용하는 향료)를 넣으면 김릿이 된다고 알고 있네. 진짜 김릿은 진과 로즈 라임주스를 반씩, 다른 것은 아무 것도 넣지 않네. 마티니 같은 건 곁에도 못 오지."

"난 술에 관심을 가진 일이 없네. 란디 스타와는 사이가 좋은가? 꽤 까다로운 인간이란 말이 있던데?"

그는 무엇인가 생각하고 있는 것 같았다. "자네 말이 옳을지도 몰라. 그 세계의 인간들은 전부 그렇거든. 그러나 그 사나이만은 그렇게 보지 않네. 할리우드에서 비슷한 돈벌이를 하고 있는 사람을 두 명 알지만 그들은 특히 위협적인 수법을 과시하고 있지. 그러나 란디는 그렇지 않네. 라스베이거스에서는 착실한 비즈니스맨으로 통하고 있네. 거기 가는 길이 있거든 한 번 만나 보게. 틀림없이 친구가 될 수 있을 걸세."

"글쎄, 나는 깡패들하고 사귀는 것을 좋아하지 않는다네."

"싫어도 할 수 없네, 말로우. 그런 세상이 아닌가. 두 번의 전쟁이 깡패를 낳았고, 이젠 절대로 없어지지 않을 걸세. 란디와 나, 그리고 또 한 사나이가 죽느냐 사느냐 하던 처지에 놓인 일이 있었다네. 그 일이 세 사람을 연결짓게 했네."
"그럼 왜 곤란했을 때 찾아가지 않았나?"
그는 잔을 단숨에 들이키고 웨이터를 불렀다.
"내가 부탁하면 거절을 못하기 때문이야."
웨이터가 두 잔째 술을 가지고 왔다.
"그런 것은 구실이 안 되네. 자네에게 은혜입은 인간이 있다면 그 사람의 입장도 생각해 주어야 하지 않을까? 은혜를 갚을 수 있는 기회를 틀림없이 기다리고 있을거란 말일세."
그는 천천히 머리를 흔들었다.
"자네 말이 맞네. 그래서 일자리를 부탁하러 간 것이 아닌가? 그러나 적선은 도저히 받을 수 없었네."
"남한테라면 받는단 말이지?"
그는 내 눈을 가만히 들여다보았다.
"남이라면, 아무 말도 듣지 않은 셈 칠 수가 있지."
우리들은 김릿을 석 잔씩 마셨다. 더블은 아니었지만. 그는 조금도 변하지 않았다. 취할 수 있는 양이었는데 더 이상 마시려 하지 않는 것을 보면, 적당히 마시고 있다는 말은 거짓말이 아닌 것 같았다.
그는 나를 사무실까지 태워다 주었다.
"8시 15분이 식사 시간일세" 하고 그는 말했다.
"부자가 아니면 이렇게 바보스러운 짓은 하지 않는다네. 하인들이 끝까지 참고 있는 걸 보면 놀라지 않을 수 없네. 시시한 인간들이 많이 모여 들지."

이날부터 5시쯤에 나를 찾아오는 것이 그의 습관이 되었다. 항상 같은 바에 간 것은 아니지만 '빅터'에 가장 자주 갔다. 내가 모르는 어떤 인연이 있었는지도 모르겠다. 그는 한 번도 과음한 적이 없었고 스스로도 의외로 여기는 것 같았다.

"말라리아 같은 건가 봐" 하고 그는 말했다.

"열이 오를 때는 심하지만 열이 없으면 멀쩡한 얼굴을 하고 있거든."

"그런데 말이야, 누구하고나 교제할 수 있을 텐데 왜 나 같은 사립 탐정과 술을 마시고 싶어하나? 그걸 모르겠거든."

"겸손해 하고 있나?"

"아니, 이상한 생각이 드네. 나는 사교성이 없는 인간은 아니지만 살고 있는 세계가 다르지 않나? 자네가 살고 있는 곳도 엔시노라는 것 이외에는 아무것도 모르네. 가정생활에서도 부족한 것이 있다고는 생각되지 않네."

"가정생활 같은 건 나에겐 없네."

우리들은 또 김릿을 마시고 있었다. 손님은 적었다. 여느 때처럼 몇 명의 조용한 손님들이 여기저기 흩어져서 마시고 있을 뿐이었다. 첫 잔을 놓고 얌전히 마시면서, 행여 무언가를 뒤집어 엎는 일이 없도록 조심하는 그런 손님들이었다.

"모르겠는걸. 무슨 뜻인가?"

"촬영소에서 곧잘 이렇게 말하지. 대작이지만 스토리가 없다고. 실비아는 행복하겠지만 딱히 내가 아니라도 불행할 건 없네. 우리들 사회는 그런 건 중요하지 않네. 일하지 않아도 되고, 돈을 아깝다고 생각 않는다면 할 일은 얼마든지 있네. 사실은 조금도 즐거울 게 없는데도 돈이 있으면 그것을 깨닫지 못하는 모양이야. 진짜 즐거움이 뭔지 모르고 있네. 그들이 열을 올려 갖고자 하는 것은 남의 여편네 정도인데, 그것도 예를 들면 노동자의 여편네가 방에 새로운 커튼을 달고 싶어하는 기분에 비하면 오히려 떨어질걸."

나는 아무 말도 하지 않았다.

"나는 단순히 시간을 보내고 있는 데 지나지 않네. 테니스를 조금, 골프를 약간, 수영과 승마를 조금, 그리고 실비아의 친구들이 점심때가 될 때까지 숙취로 흐느적거리는 것을 즐거운 기분으로 바라볼 뿐이야."

"자네가 라스베이거스에 간 그날 밤, 그녀는 주정뱅이는 싫다고 말했네."

그는 차디찬 웃음을 띠었다. 나는 그의 얼굴에 있는 상처 자국을 보는 데 익숙해졌기 때문에 표정이 변했을 때만 눈에 띌 뿐, 평상시에는 깨닫지 않게 되어 버렸다.

"그녀가 말하는 주정뱅이란, 돈이 없는 주정뱅일세. 돈만 있으면 그저 술이 센 인간이 되는 거지. 베란다에 토해도 하인이 치우면 그만이라는 식으로."

"억지로 그런 생활에 들어가지 않아도 되지 않을까?"

그는 남아 있는 잔을 단숨에 비우고 일어섰다. "이젠 가지 않으면 안 되네. 말로우, 자네한테는 이런 얘기 따위 재미없을걸세. 나도 그렇거든."

"그렇지 않네. 나는 직업상 남의 말을 듣는 데 익숙해졌네. 머지 않아 자네가 지금과 같은 생활을 감수하는 까닭을 알게 될지도 모르지."

그는 손가락 끝을 가만히 상처에 댔다. 얼굴에 희미한 미소가 떠올랐다. "왜 그녀가 나를 곁에 두고 싶어하는가를 생각하는 편이 낫다네. 내가 공단 의자에 앉아 머리를 쓰다듬어 주길 참을성 있게 기다리는 이유 같은 것은 생각 안 해도 되네."

"자넨 비단 의자를 좋아하는 모양이군?" 하고 나는 그와 함께 돌아가기 위해 일어서면서 말했다.

"공단 의자, 하인을 부르는 벨소리, 억지웃음을 띠는 하인을 좋아하네."

"그럴지도 모르겠군. 허나 나는 고아원에서 자랐다네."

그날은 내가 먼저 계산서를 집어 들었다. 밖으로 나오자 그는 걷고 싶다고 했다. 나는 내 차로 와서 그의 모습이 보이지 않을 때까지 지켜보았다. 희미한 안개 속으로 그의 모습이 사라질 때, 상점의 진열창에서 비쳐 나온 불빛에 그의 백발이 더욱 하얗게 반사되었다.

나는 술에 취하고, 굶주리고, 비참한 몰골을 하고 있으면서도 긍지를 지니고 있는 그가 더 좋았다. 아니 정말 그랬을까? 단지 우월감을 느꼈는지도 모른다. 나와 같은 직업은, 질문을 해야 할 때와 상대방의 감정이 끓어오를 때까지 꾹 참고 기다려야 할 때가 있다. 민완 경찰관은 이 요령을 잘 알고 있다. 체스나 권투와도 흡사하다. 마구 공격하여 균형을 잃게 하는 편을 좋아하는 인간도 있다. 그리고 다만 상대해 주면서 자멸을 기다리는 편을 좋아하는 인간도 있다.

내가 질문했더라면 그는 태어나서 현재까지 일을 말했는지도 모른다. 그러나 나는 어떻게 하다가 얼굴에 상처를 입었는가라는 것조차도 묻지 않았다. 만일 내가 묻고 그가 말해 주었더라면, 두 인간의 생명을 구할 수 있었을지도 모른다. 물론 꼭 구할 수 있었다고 단언할 수는 없지만.

4

우리들이 마지막으로 바에서 술을 마신 것은 5월로 접어든 어느 날이었는데, 4시 조금 지난 평소보다 이른 시각이었다. 그는 피로하고 약간 야윈 것 같았지만, 희미한 미소를 띠고 즐거운 듯 주위를 둘러봤다.

"나는 막 문을 연 바를 좋아하네. 가게 안은 공기가 맑고 차며, 어느 것을 막론하고 전부 번쩍번쩍 빛나고, 바텐더가 거울 앞에서 넥타이가 삐뚤어지지 않았나, 머리가 헝클어져 있지 않나 하고 매만지고 있지. 술병은 가지런히 열을 짓고, 글라스가 아름답게 빛을 내고, 손님을 기다리는 바텐더가 그날 밤 맨 처음의 한잔을 만들어 깨끗한 매트 위에 놓고 잘 접혀진 냅킨을 갖다 놓는다네. 그리고 그것을 천천히 맛본단 말이야. 조용한 바에서 마시는 맨 처음의 한 잔! 그렇게 멋진 건 없네."

나는 그의 말에 동감했다.

"알코올은 연애와 같은 거지" 하고 그는 말했다. "첫 키스에는 마력이 있네. 두 번째는 더 친해지고, 그러나 세 번째는 감격이 없어지네. 그때부터는 여자의 옷을 벗길 뿐이야."

"그렇게까지 지저분한 건가?" 하고 나는 물었다.

"자극치고는 멋지다고 할 수 있으나 불순한 감정이지. 미학적인 뜻으로 불순하다는 걸세. 굳이 섹스를 경멸하는 건 아니야. 필요한 존재이지 추한 것은 아닐세. 항상 연구되어야 하는 걸세. 근사한 섹스를 위해서는 몇 십 억이 소요된 공사에서 단 1센트도 허투루 다뤄서는 안되는 것과 마찬가질세."

그는 주위를 둘러보고 하품을 했다.

"요즘은 잠을 제대로 자지 못했네. 여기 있으면 기분이 좋거든. 하지만 좀 있으면 주정뱅이들이 몰려와서 큰소리로 말하거나 웃곤 하지. 여자들이 손을 흔들거나 얼굴을 찌푸리기도 하고, 팔찌 소리를 내기도 하면서 신기하지도 않은 매력을 발산하겠지. 밤이 깊어지면 그 매력도 땀 냄새를 풍기지."

"너무 열 올리지 말게" 하고 나는 말했다. "여자도 인간일세. 땀도 흘리고 추하게도 되고, 변소에도 가야만 해. 도대체 자넨 무얼 기대하고 있는 건가. 장밋빛 안개 속으로 날아다니는 금빛 나빈가?"

그는 잔을 비우더니 거꾸로 잡고, 가장자리에 고인 술방울이 커지면서 떨어지는 것을 지켜보고 있었다.

"그녀가 불쌍해져 못 견딜 지경일세" 하고 그는 천천히 말했다.

"처치 곤란한 여잘세. 나는 그녀의 어디에 반하고 있는지도 모르네. 이제 그녀가 나를 꼭 필요로 할 때가 올걸세. 주위에 있는 남자들 가운데 그녀를 진정으로 생각하고 있는 사람은 나 하나뿐이야. 하지만 그때가 되면 나도 틀림없이 물러나고 말 거야."

나는 그를 쳐다볼 뿐이었다. "그런 법이 어디 있나?" 하고 한참 뒤에 말했다.

"알고 있네. 나는 약한 인간일세. 배짱도 없고 야심도 없네. 놋쇠로 만든 반지를 찾아내고는 금이 아니라는 사실에 놀라는 그런 인간일세. 나 같은 인간은 평생에 한 번은 기막힌 기회를 만나게 되네. 일생에 한 번은 공중 그네로 멋진 스윙을 해 보인단 말일세. 그런 뒤에는 하수도에 떨어지지 않도록 일생을 길에서 보내야겠지."

"무슨 말을 하려는 건가?" 나는 파이프를 꺼내어 담배를 채워 넣었다.

"그녀가 무서워하고 있네. 완전히 겁에 질려 떨고 있다네."

"무엇을?"

"모르겠어. 요즘은 별로 말을 하지 않네. 아버지를 무서워 하고 있는지도 모르겠네. 하란 포터는 냉혹한 인간일세. 겉으로는 영국 신사처럼 행세하지만 게슈타포의 스파이처럼 냉혹한 늙은이지. 실비아는 단정한 여자가 못 되거든. 그는 그것을 알고 있고 미워도 하지만 손을 쓸 수가 없지. 하지만 기회를 엿보고 있다가 만일 실비아가 엄청난 사고를 일으키면, 두 동강이를 내어 1천 마일이나 떨어져 있는 곳에 따로따로 묻어 버릴걸세."

"자넨 그녀의 남편이 아닌가."

그는 빈 잔을 손에 잡더니 테이블 모서리에 힘껏 쳤다. 글라스는 둔한 소리를 내면서 부서졌다. 바텐더가 이쪽을 보았지만 아무 말도 하지 않았다.

"이런 식으로 말이야. 그렇지, 나는 틀림없이 남편일세. 호적에는 그렇게 되어 있지. 새하얀 계단을 3계단 올라가면 녹색의 큰 문이 있네. 놋쇠로 만든 손잡이를 길게 한 번, 짧게 두 번 치면 하녀가 나와서 백 달러짜리 유곽으로 안내해 주지. 이것이 내 생활일세."

나는 일어섰다. 얼마간의 돈을 테이블 위에 놓았다. "쓸데없는 말이 많군!" 하고 나는 말했다. "자기 얘기를 너무 많이 지껄인다는 말일세. 또 만나세."

나는 바의 희미한 빛으로도 분명히 알 수 있을 정도로 창백해진 얼굴에 놀라는 표정을 띤 그를 남겨둔 채 그곳을 나왔다. 뒤에서 그가 무어라고 말했지만 나는 발을 멈추지 않았다.

10분이 지나자, 나는 후회하고 있었다. 그러나 이미 나는 다른 장소에 있었다.

그날 이후 그는 내 사무실에 오지 않았다. 한 번도 오지 않았다. 나는 그때 그의 아픈 곳을 찔렀던 것이다.

나는 한 달 동안 그를 만나지 못했다. 다시 그를 보게 된 것은 어느 날 새벽 5시로 겨우 날이 밝기 시작한 시각이었다.

계속 울리는 벨 소리가 나를 침대에서 끌어냈다. 나는 거실을 가로질러 문을 열었다.

그는 일주일 동안 한숨도 자지 못한 몰골로 서 있었다. 머리에는 짙은 펠트 모자의 차양을 깊숙이 내려 쓰고 가벼운 봄코트의 깃을 세우고 떨고 있었다.

손에는 권총이 쥐어져 있었다.

5

 권총은 나를 겨냥하고 있는 것이 아니라, 단지 손에 쥐어져 있을 뿐이었다. 외국제 중형 자동권총인데 콜트나 사빗지는 아닌 게 분명했다. 초췌하고 창백한 얼굴과, 얼굴의 흉터와, 깃을 세운 코트와, 깊숙이 눌러 쓴 모자가 옛날 갱 영화 속의 인물을 떠올리게 했다.
 "쥬아나(멕시코의 국경 도시)까지 자동차로 태워다 주게. 10시 15분발 비행기를 타야겠네" 하고 그는 말했다. "여권과 비자도 있네. 거기까지 가는 차가 문제야. 사정이 있어서 기차도, 버스도, 로스앤젤레스에서 비행기도 탈 수 없네. 택시 요금은 5백 달러면 되겠나?"
 나는 문 앞에 선 채로 그에게 집 안에 들어오란 말을 하지 않았다.
 "5백 달러와 권총이라……?" 하고 나는 말했다.
 그는 얼빠진 눈으로 손에 든 권총을 내려다보았다. 그리고 권총을 호주머니에 넣었다.
 "호신용으로 필요하네" 하고 그는 말했다. "자넬 위해서야. 나를 위해서가 아닐세."
 "들어 오기나 하게." 내가 비켜서자 그는 맥빠진 발걸음으로 집 안에 들어와 의자에 자기 몸을 파묻었다. 거실은 아직 어두웠다. 집 주인이 자라는 대로 내버려 두었던 수목이 창을 덮고 있었다. 나는 전등을 켜고 담배에 불을 붙인 다음 그를 내려다보면서 헝클어진 머리카락을 손가락으로 쓸어 올렸다.
 나는 쓴 웃음을 지었다.
 "정말 그렇군. 이렇게 기분 좋은 아침에 잠자고 있다니 말도 안 되지. 10시 15분이라고 했나? 아직 시간은 충분하네. 주방으로 가세. 커피를 만들 테니."
 "들어 주게나, 탐정. 성가신 일이 생겼네." 그가 나를 '탐정'이라 부른 것은 이때가 처음이었다. 하긴 권총을 들고 문간에 서 있던 태도로 본다면 나를 그렇게 부르는 것도 어울릴 듯싶었다.

"날씨는 좋은 것 같군. 산들바람일세. 길 건너 유칼리나무가 흔들리는군. 작은 캥거루와 코알라가 오스트레일리아를 떠올리면서 옛날이야기를 하는 거겠지. 알고 있네, 자네가 곤란하다는 것은. 얘긴 커피를 마시고 난 뒤에 듣겠네. 금방 일어났을 때는 언제나 머리가 맑지 않거든. 우선 하긴즈와 영에게 문안을 드리자구."

"말로우, 농담하고 있을 때가 아니야!"

"그렇게 서둘지 말게. 하긴즈와 영에게는 아무도 당하지 못한다네. 둘이서 하긴즈·영 커피를 만들고 있는데, 그들의 평생의 일인 동시에 자랑이고 기쁨이기도 하지. 기회가 있으면 그들의 노력을 세상 사람들에게 인정받겠다고 생각한다네. 지금까지는 돈만 벌었을 뿐이지만 돈만으로는 만족치 못할 거야."

나는 혼자서 멋대로 지껄이고 뒤쪽 주방으로 갔다. 물을 올려놓고 사이펀(siphon, 증기압을 이용해서 커피 끓이는 유리그릇)을 선반에서 내려놓았다. 유리대롱을 적시고 커피를 가늠한 후 커피포트의 윗부분에 넣자 때마침 물이 끓어올랐다. 뜨거운 물을 밑에 넣고 불 위에 올려놓았다. 윗부분을 얹고 꼭 닫히도록 돌렸다.

그가 주방에 들어왔다. 입구에서 조금 기댄 다음 창가의 작은 테이블 쪽으로 비틀거리며 가서 무너지듯 앉았다. 아직도 몸을 떨고 있었다. 나는 '올드 그랜드 다트' 병을 선반에서 내려 큰 유리잔에 따랐다. 큰 잔이 필요하다는 것을 알고 있었기 때문이다. 그는 잔을 입까지 가지고 가는데 두 손을 사용하지 않으면 안 되었다. 단숨에 마셔 버렸다. 소리를 내면서 잔을 내려놓고, 몸을 뒤로 젖히고 기댔다.

"정신을 잃을 것만 같았네" 하고 그는 중얼거렸다. "1주일이나 잠을 못 잤네. 어젯밤도 그렇고."

커피포트가 끓으려 했다. 나는 불을 약하게 하여 뜨거운 물이 올라오는 것을 지켜보았다. 유리대롱 끝에 거품이 고였다. 불을 다시 세게 하여 뜨거운 물을 유리대롱 속으로 올라가게 하고, 곧 불을 약하게 했다. 그리고 커피를 휘젓고 뚜껑을 덮은 다음 타이머를 3분에 맞췄다.

"무척 꼼꼼하군, 말로우."

"아니, 커피는 언제나 똑같은 방법으로 끓이지 않으면 안돼. 설사 험상 궂은 사나이가 권총을 들고 있다고 해도 말이야."

나는 한잔 더 따랐다. "거기 앉아 있어야 하네. 아무 말도 하지 말게. 잠자코 앉아 있어 주게."

그는 두 잔째 술을 한 손에 들고 마셨다. 내가 욕실에서 얼굴을 씻고 돌아오자 타이머의 벨이 울렸다. 나는 불을 끄고 커피포트를 테이블 위의 깔개 위에 올려놓았다. 왜 그렇게 자질구레한 일까지 신경을 쓰는가. 긴장한 분위기 속에서 행동은, 아무리 작은 일이라도 중요한 의미를 지닌 '연기'가 되기 때문이었다. 여러 해에 걸친 습관화된 행동까지도 하나하나 의지를 지닌 다른 행동이 되는 것이다. 소아마비 환자가 걸음을 배울 때와 똑같은 이치다. 아무리 작은 일이라도 소홀히 할 수 없는 것이다.

커피가 바닥에 고이고, 함께 빨려 들어간 공기로 좁쌀 같은 잔거품이 생겼다. 이윽고 조용해졌다. 나는 커피포트의 윗부분을 뗐다.

나는 두 컵에 커피를 따르고 그의 몫에는 위스키를 조금 섞었다.

"자네 것은 블랙이야." 내 잔에는 각설탕 두 개와 크림을 넣었다. 나는 겨우 긴장에서 해방되었다. 그때부터는 어떻게 냉장고를 열고, 어떤 식으로 크림팩을 꺼냈는지 전혀 기억하지 못한다.

나는 그와 마주 앉았다. 그는 몸을 움직이지 않았다. 구석에 몸을 움츠린 채 조금도 움직이지 않았다. 그러다가 갑자기 얼굴을 테이블에 파묻고 울기 시작했다.

나는 그의 호주머니에 손을 넣어 권총을 꺼냈다. 그는 보려고 하지도 않았다. 7·5구경 모제르였다. 훌륭한 권총이다. 나는 총구에 코를 댔다. 탄창을 살펴보았다. 탄환은 한 발도 쏜 일이 없었다.

그는 얼굴을 들고 커피를 보자, 내 얼굴도 보지 않고 천천히 마시기 시작했다. "아무도 안 쐈네" 하고 그는 말했다.

"어쨌든 최근엔 쏜 일이 없군. 자네가 이 권총으로 누군가를 쏘리라고는 생각할 수 없네만."

"거기에 대해 얘기하지" 하고 그는 말했다.

"잠깐 기다려 주게." 나는 뜨거움을 참으면서 급히 커피를 다 마시고 두 잔째를 따랐다. "알겠나?" 하고 나는 말했다. "침착하게 주의해서 말해 주게. 정말 쥬아나에 데려가 주기를 바란다면, 곤란한 일이 두 가지 있네. 그 하나는…… 듣고 있나?"

그는 약간 끄덕였다. 눈은 멍하니 내 머리 위의 벽을 바라보고 있었다. 흉터가 뚜렷이 보였다. 피부색은 흰색이었지만, 상처 자국만은 희미하게 빛나고 있었다.

"한 가지는," 나는 천천히 되풀이했다.

"만일 범죄를 저질렀다면 내게 말해서는 안 되네. 둘째, 어떤 중대한 범죄에 대해서 자네가 알고 있더라도, 그것도 말해서는 안 되네. 쥬아나에 데려다 주기를 바란다면 말하지 말게. 알겠나?"

그는 내 눈을 보았다. 가만히 지켜보는 눈에는 생기가 없었다. 아직 안색은 나빴지만 커피를 마셨기 때문에 안정은 되찾은 것 같았다. 나는 또 커피를 따르고 먼저처럼 위스키를 따라 넣었다.

"성가신 일이 생겼다고 아까 말했지? 그러나 그것이 어떤 일인지 알고 싶지 않네. 경찰에서 취조당하기는 싫거든."

"권총을 들이댈 수도 있었네."

나는 쓴웃음을 짓고 권총을 내밀었다. 그는 권총을 봤지만 손을 내밀지 않았다.

"권총을 들이댔다 해도 쥬아나에 못 가네, 테리. 국경을 넘을 수도 없고, 비행기도 못 타네. 나도 때로는 권총을 상대로 일을 한다는 걸 알아야지. 권총 문제는 잊어버리도록 하세. 위협을 받아서 자네 말대로 했다고 경관에게 말해 보게. 웃음거리밖에 안 되네. 물론 경관에게 말하지 않을 수 없는 경우가 됐을 때 일이지만."

"들어 주게" 하고 그는 말했다. "누군가 문을 두드린다면, 그것은 점심때가 지났을 때뿐이네. 늦게까지 자고 있어도 아무도 깨우지 않으니까. 그러나 점심때가 되면 하녀가 노크하고 방에 들어오지. 그런데 그녀가 방에 없었다고 하세."

나는 커피를 마시고 아무 말도 하지 않았다.

"침대에서 잔 흔적이 없기 때문에 하녀는 다른 곳을 찾아 보려고 생각하겠지. 본채에서 제법 떨어진 곳에 손님용 별관이 하나 있네. 드라이브 웨이나 차고가 있는 큰 건물이지. 실비아는 그곳에서 하룻밤을 보냈네. 하녀가 거기서 그녀를 발견하지."

"질문은 주의해서 하지 않으면 안 되지만, 밤새도록 외출하고 있었다는 경우도 있을 수 있지 않나."

"옷이 방 안에 흩어져 있었지. 그녀는 옷을 챙기는 일이 절대 없네. 하녀는 그녀가 잠옷 위에 실내복을 걸치고 나간 사실을 알고 있다네. 별관에 갔을 것이 틀림없다."

"꼭 그렇다고는 할 수 없지."

"틀림없네. 별관에서 무슨 일들이 벌어지고 있는지 하인들이 모를 줄 아나? 하인들이란 무슨 일이든지 다 알고 있는 법이야."

"말해 보게."

그는 흉터가 없는 볼을 손가락으로 세게 문질렀다. 볼에 빨간 선이 생겼다. "하녀는 별관에서, 실비아가 술에 곯아떨어진 것을 발견했나?" 나는 내뱉듯이 말했다.

그는 한 동안 생각에 잠겨 있었다. "그렇지, 그런 것이지. 실비아는 술이 세지 않네. 과음하면 제정신이 아니지."

"그 정도로 끝내세" 하고 나는 말했다. "그 뒤는 듣지 않아도 알겠네. 지난번에 자네와 함께 마셨을 때, 나는 화를 내며 자넬 혼자 두고 왔네. 참을 수가 없었기 때문이야. 나중에 생각해 보니, 자네는 자네의 초라한 모습을 비웃고 있었다는 걸 알았네. 자넨 여권도 비자도 가지고 있다고 했네. 멕시코 비자를 얻는 데는 시간이 많이 필요하고, 아무나 얻을 수 있는 것도 아닐세. 그렇다면 자넨 집에서 도망치려고 계획했던 게 틀림없지 않나. 하지만 도망친 자네를 그대로 내버려 둔다고 누가 보장하나?"

"확실히 도망친다는 사실이 미안하게 생각될 때도 있네. 그녀가 나를 필요로 하고 있는 것은 영감의 꾸중을 듣지 않기 위해서 라고만은 생각되지 않네. 때로는 야밤에 전화를 걸 때도 있었거든."

"푹 한잠 자게. 무슨 말인지 난 못 들었네."

"난 터키탕에 갔었네. 증기 목욕도 하고, 샤워를 하기도 하고, 마사지를 시키기도 하고, 전화를 두 번 걸고 두 시간 정도 보냈네. 차는 라 프레아 거리 모퉁이에 내버려 두었네. 거기서부터 걸어왔지. 여기 온 것을 본 사람은 한 사람도 없네."

"그 두 번 걸었다는 전화는 나와 관계가 있나?"

"한 번은 하란 포터에게 걸었네. 어제 사업상 일이 있어 비행기로 파사디나에 갔다네. 집에는 들르지 않았지. 전화를 좀처럼 받지 않더군. 한참 기다린 끝에 죄송하지만 집을 나가겠다고 말했네."

그는 이렇게 말하며 옆 눈으로 부엌창을 바라봤다. 무성한 나뭇가지가 창을 가리고 있었다.

"뭐라고 하던가?"

"유감스럽다고 하더군. 그리고 건강하게 잘 지내도록 하라면서 돈은 필요없느냐고 묻더군. 언제든지 돈일세. 무엇보다 먼저 머리에 떠오르는 것이 돈이야. 나는 돈은 충분히 있다고 말해 주었네. 그런 다음에 실비아의 언니한테 전활 걸었네. 거기서도 비슷한 이야기였네."

"한 가지 묻고 싶은 게 있네. 별관에서 남자와 함께 있는 것을 본 일이 있나?"

그는 머리를 흔들었다. "들여다본 일은 없어. 들여다보려고 했으면 언제든지 볼 수 있었지만 말이야."

"커피가 식겠어."

"이젠 마시고 싶지 않네."

"남자가 많이 있었던가 보군. 하지만 자넨 그녀한테 돌아가 결혼하지 않았나? 그만한 값어치가 있는 여자였겠지만 말이야."

"나는 어쩔 수 없는 인간이라고 자네한테 말한 적이 있네. 무엇보다도 그녀와 왜 이혼했는가를 내 자신도 모르겠네. 또 이혼한 뒤에도 그녀와 만날 때마다 기분이 왜 나빠졌는지도 모르겠네. 그녀한테 돈을 얻어 쓸 생각은 않고 왜 비참한 생활을 했었을까. 그녀는 나 말고도 다섯 번 결혼했네. 다섯 명이라구! 그들은 그녀가 부르면 당장에 돌아올걸세. 돈 때문만이 아니란 말이야."

"좀처럼 보기 힘든 여자인가 보군." 나는 이렇게 말하고 손목시계를 들여다보았다. "쥬아나발 10시 15분 비행기가 아니면 안 되나?"

"언제나 한산하니까. '코니'를 타면 7시간이면 멕시코시티에 갈 수 있는데 일부러 로스앤젤레스에서 쥬아나까지 가서 DC13으로 산위를 날려는 인간은 없거든. 그리고 '코니'는 내가 가려는 곳엔 착륙하지 않네."

나는 일어섰다. 그리고 조리대에 기댔다.

"그렇다면 이렇게 되는걸세. 내가 말할 테니 잠자코 듣게. 오늘 아침 자네가 흥분하여 나를 찾아와서, 오전 중에 비행기에 타고 싶으니 쥬아나까지 데려다 달라고 부탁했네. 호주머니에 권총을 지니고 있었지만 나는 보지 않았네. 자넨 참아 보려고 노력했지만 어젯밤은 참을 수 없었다고 내게 말했네. 자넨 어느 날 그녀가 만취되어 남자와 함께 있는 장면을 목격했네. 집을 나와 아침까지 시간을 보내기 위해 터키탕에 갔지. 그리고 부인과 가장 가까운 육친 두 사람에게 전화를 걸어서 결심한 바를 전했네. 자네가 어디로 가든 내가 알 바 아닐세. 자넨 멕시코에 입국하는 데 필요한 서류를 가지고 있네. 어떤 경로로 가는가도 내가 알 바 아닐세. 우리들은 친구로, 나는 자네 부탁을 별로 깊게 생각지도 않고 수락한 것뿐일세. 받아들인다고해도 조금도 이상할 게 없네. 돈을 받은 것도 아닐세. 자넨 차를 가지고 있지만 흥분상태여서 운전할 수 없었던걸세. 그 일도 나와는 관계없는 일이지. 자넨 격하기 쉬운 사나이고, 전쟁에서 큰 상처도 입었네…… 그런데 차는 어딘가 차고에 보관시켜 둬야 하지 않을까?"

그는 가죽으로 만든 열쇠 주머니를 꺼내어 테이블 위에 놓았다.

"어떻게 받아들일까?" 하고 그는 말했다.

"사람에 따라 다르겠지. 아직 남아 있네. 자넨 입고 있는 옷과 장인한테 얻은 돈밖에는 가지고 가는 것이 없네. 라 프레아 거리에 두고 온 그 훌륭한 차를 포함하여 그녀한테 받은 것은 전부 두고 왔네. 자넨 깨끗이 집을 나온 셈일세. 좋아, 가세. 수염을 깎고 옷을 갈아입고 나오겠네."

"왜 내 부탁을 들어 주는 건가, 말로우?"

"수염을 깎을 동안 마시고 있게나."

나는 구석에 웅크리고 있는 그를 남겨 두고 주방을 나왔다. 그는 아직도 모자를 쓴 채로 있었으며 얇은 코트를 입고 있었다. 그러나 겨우 생기를 되찾은 것 같았다.

나는 욕실에 들어가 수염을 깎았다. 침실에 돌아와 넥타이를 매고 있으려니까 그가 와서 입구에 섰다.

"만일의 경우를 생각해서 컵을 씻어 두고 싶네"라고 그는 말했다.

"그런데 어쩐지 자꾸 불안한 느낌이 드네. 경찰에 전활 거는 편이 좋지 않을까?"

"걸고 싶거든 걸게. 나는 아무 할 말이 없네."

"걸게 하고 싶은가?"

나는 고개를 돌려 그를 노려보았다.

"무슨 말을 그렇게 하나?" 자연 목소리가 거칠 수밖에 없었다.

"왜 지금 상태로 내버려 두지 못하나!"

"미안하네."

"미안? 자넨 언제나 미안하단 말로 끝내려고 하지만 때는 늦었네."

나는 옷을 다 입고, 뒷문에 열쇠를 채우고 거실로 들어갔다. 그는 의자에 앉은 채 잠들어 있었다. 안색이 나쁘고 온몸에 피로가 감돌고 있었다. 어깨에 손을 얹자 깜짝 놀라며 눈을 떴다.

"슈트케이스는 어떻게 하겠나? 저 흰 돼지가죽이 아직 옷장 안에서 잠자고 있네."

"아무것도 안 들어 있어" 하고 그는 흥미 없다는 듯이 말했다. "그리고 남에 눈에 띄거든."

"짐이 전혀 없는 편이 남의 눈을 끄네."

나는 침실에 돌아가서 옷장 안에서 흰 돼지가죽의 슈트케이스를 꺼냈다. 그리고 손을 되도록 멀리 뻗어 그의 자동차 열쇠가 들어 있는 가죽 주머니를 먼지투성이인 넥타이걸이 뒤쪽에 떨어뜨렸다.

나는 슈트케이스를 덮고 있는 먼지를 털어 내고, 한 번도 입어 본 일이 없는 파자마, 칫솔, 치약, 싸구려 타월과 걸레용 헝겊 조각 두 장, 무명 손수건이 들어 있는 봉지, 15센트짜리 면도용 크림 튜브, 면도날을 살 때 경품으로 따라 온 안전면도기 등을 차례로 챙겨 넣었다. 사용한 것이나 표지가 붙어 있는 것은 하나도 없었고, 남의 눈을 끌 만한 것도 하나도 없었다. 그가 사용하던 물건들은 훨씬 더 고급이었을 것이다. 거기에 포장지째로 두었던 버번 위스키를 한 병 넣은 뒤, 슈트케이스의 열쇠를 자물쇠 구멍에 꽂아 놓은 채 밖으로 나갔다. 그는 다시 잠에 빠져 있었다. 나는 그를 깨우지 않도록 문을 열고, 슈트케이스를 차고로 운반하여 차에 올려놓았다. 차를 내놓고 차고에 자물쇠를 채운 뒤, 그를 깨우기 위해 계단을 올라갔다. 집에 자물쇠를 채우고 우리들은 출발했다.

제법 스피드를 냈지만, 경관의 검문을 받을 만한 속력은 아니었다. 우리들은 거의 입을 열지 않았다. 도중에서 식사도 하지 않았다. 식사하고 있을 시간이 없었던 것이다.

국경을 무사히 넘었다. 바람이 센 고지에 있는 쥬아나 공항으로 차를 달려, 공항 사무실 옆에 차를 세우고, 테리가 표를 사가지고 돌아올 때까지 차 안에 있었다. DC13은 이미 프로펠러를 돌리기 시작했다. 회색 양복을 입은 키가 크고 사나이답게 생긴 조종사가 네 사람과 이야기하고 있었다. 한 사람은 193센티미터 정도의 남자로 총이 든 상자를 안고 있었다. 그 옆에 슬렉스 차림의 젊은 여자가 있었고, 나머지 두 사람은 중년의 작은 몸집의 남자와, 멋없이 키 큰 백발의 여자였다. 한눈에 멕시코인이라고 알아볼 수 있는 사람도 서너 명 그 옆에 서 있었다. 승객은 그뿐인 것 같았다. 여객기 문에는 계단차가 붙어 있었지만 아무도 서둘러 타려고 하지 않았다. 이윽고 멕시코인 승무원이 내려와서 계단차 밑에 섰다. 확성기 설비가 없는 것 같았다. 멕시코인들은 비행기에 올라탔으나 조종사는 아직 미국인들과 지껄이고 있었다.

내 차 옆에 커다란 팟카드가 주차하고 있었다. 나는 차에서 내려 번호판을 보려고 했다. 아무래도 직업의식이 나오는 것이다. 내가 얼굴을 내밀자 키 큰 여자가 나를 쳐다보고 있었다.

테리가 왔다.

"가겠네, 여기서 헤어지도록 하세."

그가 손을 내밀었다. 나는 손을 잡았다. 다만 피곤한 기색이 있을 뿐, 안색은 훨씬 좋아졌다.

나는 차에서 돼지가죽 슈트케이스를 꺼내 자갈 위에 놓았다. 그는 화난 듯한 표정으로 그것을 보았다.

"필요없다고 하지 않았나?"

"술이 들어 있네, 테리. 파자마와 그밖에 자질구레한 것도 들어 있네. 증거가 될 만한 것은 아무것도 없어. 필요없으면 맡기든가. 마음대로 해주게."

"그럴 만한 까닭이 있단 말이야"라고 그는 말했다.

"나에게도 있네."

그는 갑자기 웃는 얼굴을 보이고 슈트케이스를 들자 빈손으로 내 팔을 힘주어 잡았다. "알았네. 자네 말대로 하지. 잊지말고 꼭 기억해 두게. 무슨 일이 일어나거든 절대 나를 감쌀 생각은 말게. 우리는 함께 술을 마셨고, 친구가 되었고, 내가 내 개인 문제를 너무 많이 지껄였을 뿐이야. 커피통 안에 백 달러 지폐 다섯 장을 넣어 두었네. 화는 내지 말게."

"그런 짓은 하지 않기를 바랐는데."

"지금 가지고 있는 돈의 반도 쓰게 될 것 같지 않네."

"몸조심하게, 테리."

두 미국인이 비행기에 올라탔다. 얼굴색이 까무잡잡한 남자가 나와 손을 흔들고 손가락으로 가리켰다. "타게" 하고 나는 말했다. "자네가 그녀를 죽이지 않았다는 사실을 알고 있네. 그래서 나는 여기까지 온 걸세."

그는 몸을 굳혔다. 천천히 먼 산을 바라보고 난 다음 나를 보았다. "미안하네. 하지만 자네도 잘못했네. 나는 천천히 걸어갈 테니 나를 잡을 수 있는 시간은 아직 충분하네."

그는 걷기 시작했다. 나는 그를 지켜보았다. 사무실 입구에 있던 남자는 그를 기다리고 있었던 것 같았으나, 별로 초조해 하는 빛은 보이지 않았다. 멕시코인은 웬만한 일로는 서두르지 않는다. 그는 손을 내밀어 돼지가죽 슈트케이스를 두드리며 테리에게 웃는 얼굴을 보였다. 그런 다음에 길을 비켜 테리를 안으로 들어가게 했다. 곧 비행기가 도착했다. 테리는 세관 직원이 있는 반대편 문에서 나와 천천히 비행기로 걸어갔다. 그는 계단 밑에서 멈추더니 뒤돌아 나를 보았다. 아무 신호도 안 했으며 손도 흔들지 않았다. 나도 마찬가지였다. 이윽고 비행기에 오르고 계단차가 물러나왔다.

나는 차에 올라타고 뒤로 빼서 차를 돌렸다. 주차장 한가운데쯤 왔다. 키가 큰 여자와 중년의 작은 남자는 아직 비행장 안에 서 있었다. 여자는 손수건을 흔들고 있었다. 비행기는 모래를 날리면서 활주로를 미끄러져 나갔다. 활주로 끝에서 방향을 바꾸더니 엔진의 폭음이 들리고 점점 속력이 더해졌다.

비행기 뒤쪽에 모래 먼지가 일고 있다. 여객기는 공중에 떠올랐다. 나는 동남쪽의 푸른 하늘로 작아져 가는 비행기를 지켜보았다.

이윽고 나는 출발했다. 국경에서는 내 얼굴을 시계 바늘처럼 생각하고 있는지 아무도 주의해 보지 않았다.

6

 쥬아나에서 돌아오는 드라이브는 언제나 지루하다. 캘리포니아 주 안에서 지루한 드라이브 코스 중의 하나다. 쥬아나는 돈만이 위력을 갖는 도시다. 차 옆에까지 바짝 다가서서 커다란 눈을 빛내며 '10센트만 줘요'하고 말하는 소년이 다음에는 자기 누이를 팔려고 한다. 쥬아나는 멕시코가 아니다. 어느 항구든 항구 도시 이외에는 아무것도 아닌 것처럼, 국경 도시는 어디랄 것없이 국경 도시에 지나지 않는다. 샌디에이고? 확실히 세계에서 가장 아름다운 항구 가운데 하나지만, 거기 있는 것은 해군과 몇 안 되는 어선뿐이다. 밤이면 그곳은 동화의 나라가 된다. 파도 소리는 마치 늙은이가 부르는 찬미가처럼 조용하다.
 그러나 말로우는 집에 돌아가지 않으면 안 된다.
 북쪽으로 향한 도로는 닻을 말아 올릴 때 부르는 수부의 노래처럼 단조롭다. 거리를 빠져나가 언덕을 내려가서 해안을 따라 달리는 것이다.
 집에 도착한 것은 2시였다. 그들은, 경찰 표지도 빨간 라이트도 없는, 안테나가 둘 달린 검은 세단 안에서 나를 기다리고 있었다. 내가 계단을 채 반도 오르기 전에 차에서 나와 소리쳤다. 대충 짐작이 가는 그런 옷차림에 그런 얼굴을 한 2인조로 언제나 그렇듯 귀찮아 죽겠다는 태도로 스스럼없이 반말투로 말을 건넸다.
 "자네가 말로우? 할 얘기가 좀 있네."
 한 사람이 나에게 배지를 잠깐 보였다. 그 배지는 전염병 예방직원의 것이었다 해도 나는 모를 거다. 회색빛이 있는 금발의 사나이로 집념이 대단한 인간처럼 보였다. 다른 한 명은 키가 크고 깔끔한 복장에 야무지게 생긴 사나이로, 교양은 있으나 기분 나쁜 인상을 풍겼다. 그들은 모두 빈틈없고 냉정하며 참을성 있는 눈매를 갖고 있었다. 경찰학교에서 범인을 가려내는 훈련에서 단련된 눈매였다.
"나는 살인과의 그린 형사부장이고, 이쪽은 데이톤 형사네."
 나는 아무 말없이 계단을 올라가 열쇠로 문을 열었다. 큰 도시의 경관과 악수하면 안 된다. 악수할 정도로 가까워진다는 것은 위험을 뜻한다.
 그들은 거실에 자리잡고 앉았다. 나는 창문을 열고 바람이 들어오게 했다. 그린이 입을 열었다.
"테리 레녹스란 자를 알고 있겠지?"
"가끔 술을 함께 마신 일은 있소. 엔시노에 살고 있고, 부인이 부자요. 그 집에는 가 본 일이 없소."
"가끔이라니, 어떻게 말인가?"
"분명히는 말하기 어렵네. 1주일에 한 번이라는 뜻도 되고, 2개월에 한 번이라는 뜻도 되니까."
"부인을 만난 일은?"
"한 번, 잠깐 봤소. 결혼하기 전에 말이오."
"그를 마지막으로 본 것은 언젠가? 장소는?"
 나는 테이블 위의 파이프를 손에 들고 담배를 채워 넣었다. 그린은 내가 앉아 있는 쪽으로 몸을 내밀었다. 키가 큰 쪽은 줄곧 뒤에 앉아서 빨간 테가 있는 메모지에 볼펜을 겨냥하고 있었다.
"여기서 내가 '도대체 무슨 일로 그러는 거요?'라고 하면 당신들은 '우린 지금 질문하고 있는 거다'라고 말하겠군."
"그래. 순순히 대답해주면?"
 나는 파이프에 불을 갖다 댔다. 담배가 약간 눅눅했다. 불을 붙이는 데 시간이 걸려 성냥을 세 개비나 썼다.
"시간은 충분히 있네" 하고 그린이 말했다.
"그러나 기다리고 있었기 때문에 제법 많은 시간을 허비했다네. 빨리빨리 대답해 주게. 자네가 어떤 인간인지는 알고 있네. 자네도 우리가 할 일없이 여기 와 있지 않다는 걸 알고 있겠지?"

"물론, 알고 있지" 하고 나는 말했다. "'빅터'에는 자주 갔고, '그린 랜턴', 그리고 '블루&베어'에도, 그곳은 스트립(선셋 블루버드의 일부)의 끝 쪽에 있는 가게로 영국 스타일을 흉내내고 있지."

"뭐야, 얼버무리기를 할거야?"

"누가 죽기라도 했나?"

데이톤 형사가 끼어들었다. '나를 속이려 해도 헛수고다'는 식의 목소리였다. "대답만 하면 되네, 말로우. 우리는 직무에 따라 수사를 하고 있네. 필요 이상의 것을 알려 줄 필요가 없다는 걸 알아야지."

나는 피곤하여 신경이 곤두서 있었는지도 모른다. 아니 약간 양심의 가책을 받고 있었는지도 모른다. 어찌되었든, 한 번 본 것만으로도 이 사나이가 까닭없이 싫었다. 식당 저끝에 있다 해도 후려갈기고 싶었을 것이다.

"그만두지 못하겠나, 젊은이?" 하고 나는 말했다.

"그런 대사는 소년에게나 쓰는 거야. 아이들한테도 먹혀 들어가지 않겠지만 말이야."

그린이 쓴웃음을 지었다. 데이톤은 표정을 바꾸지 않았지만, 갑자기 10년이나 더 나이를 먹은 듯 심술궂게 변했다. 그의 코에서 거친 숨소리가 들렸다.

"사법 시험에 합격한 사나이라네" 하고 그린이 말했다. "데이톤한테 쓸데없는 말을 했다간 재밀 못 보지."

나는 천천히 일어섰다. 책장에서 캘리포니아 주 형법을 꺼내어 데이톤에게 들이밀었다.

"내가 질문에 대답하지 않으면 안 된다고 씌어 있는 곳을 가르쳐 주지 않겠나?"

그는 꾹 참고 있음이 분명했다. 틀림없이 나를 후려갈기고 싶었을 것이다. 그리고 기회를 기다리고 있었다. 그린을 신뢰하지 않았던 것이다. 여기서 손을 썼을 때, 그린이 응원해 주지 않으리라는 것을 알고 있었기 때문이다.

그는 입을 열었다. "모든 시민은 경찰에 협력하지 않으면 안 된다. 때로는 행동으로 협력하지 않으면 안 된다. 특히 경찰이 필요하다고 인정했을 경우에는 본인을 불리한 입장에 몰아 넣지 않는 한, 질문에 대답하지 않으면 안 된다." 그의 목소리는 무표정하고 분명했으며 막힘이 없었다.

"그렇게 돼 있지" 하고 나는 말했다. "그러나 대개의 경우, 직접 또는 간접적 협박에 의해 실행되고 있는 거야. 법률에는 그런 의무 조항은 없거든. 언제 어디서든 경찰의 여하한 질문에도 대답할 필요는 없는 거야."

"입 닥치지 못하겠나!" 하고 그린이 귀찮다는 듯이 말했다. "얼버무리려 해도 그렇게는 안 돼. 어서 앉기나 해. 레녹스의 부인이 살해되었단 말야. 엔시노의 별관에서지. 레녹스는 도망쳤고 그의 행방은 알 수 없단 말이야. 우리들은 살인 용의자를 찾고 있네. 이제 납득이 갔겠지?"

나는 책을 의자에 던지고 테이블을 사이에 두고 그린과 마주 보는 소파로 되돌아갔다.

"그래서 나한테 온 건가? 나는 그 집 근처에도 간 일이 없네. 아까 말한 대로야."

그린은 정강이를 여러 번 두드리고, 나를 보면서 엷은 비웃음을 띠었다. 데이톤은 앉은 채로 움직이지 않았다. 그의 눈은 꿰뚫을 듯 나를 노려보고 있었다.

"자네 전화번호가, 지난 24시간 사이에 그의 방 메모지에 씌어 있었네. 날짜가 인쇄된 탁상 메모인데, 어제 날짜는 찢겨나갔지만 오늘 것에 흔적이 남아 있었어. 언제 자네에게 전화를 걸었는지는 모르지만, 그가 어딜 갔는가, 언제, 왜 갔는지 모른단 말이지? 그러나 일단은 자네에게 물어보지 않을 수 없지 않겠나."

"어째서 별관에서 살해되었나?" 하고 나는 그가 대답하리라고는 기대하지 않고 물었다. 그런데 그는 대답했다.

"늘 갔었던 곳 같아. 언제나 밤에 말이야. 외간 남자와 만났던 거지. 나무 사이에 불이 보이고 그녀의 차가 드나들고 있었거든. 밤이 늦은 때도 있었고, 한밤중인 때도 있었어. 이만하면 충분하겠지? 누구든지 곧 알 수 있는 문제야. 레녹스가 범인이 틀림없지 않나? 야밤의 1시쯤 별관에 갔겠지. 집사가 목격했어. 20분 정도 지나 혼자서 돌아왔다네. 그리곤 아무 일도 일어나지 않았지. 불은 켜진 채였어. 아침에 레녹스가 없어졌어. 집사가 별관에 가 보았더니, 여자는 인어처럼 벌거벗고 침대 위에 누워 있었네. 얼굴만으로는 누군지 알아 볼 수 없었어. 없는 거나 마찬가지였으니. 청동으로 만든 원숭이 조각으로 엉망진창이 되도록 짓이겨 놓았더란 말이야."

"테리 레녹스는 그런 짓은 안 하네" 하고 나는 말했다. "그녀는 확실히 그를 배반했어. 별로 신기한 일은 못 되지. 늘 하던 버릇이니까. 그들은 이혼했다가 다시 결혼했거든. 이것을 그가 기분 나쁘게 생각하고 있었던 것만은 사실이겠지만, 새삼스럽게 그런 어리석은 짓을 저지를 까닭은 없지 않겠나."

"그렇게는 말할 수 없어. 얼마든지 예가 있단 말이야. 남자한테도 여자한테도 그러한 예는 있네. 참고 참던 남자가 막판에는 발끈하는 법이라네. 자기 자신도 왜 발끈했는가를 모른단 말이야. 그러나 어쨌든 발끈하고, 누군가가 죽지. 그래서 우리들이 해야 할 일이 생기지. 간단한 질문일세. 순순히 대답 안하면 같이 가 주어야겠네."

"입을 열지 않을걸세" 하고 데이톤이 쌀쌀맞게 말했다. "법전을 읽고 있거든. 법전을 읽는 놈은, 책에 씌어 있는 것이 법률이라고 생각한단 말씀이야."

"자넨 메모만 하고 있으면 되네" 하고 그린이 말했다. "잘난 체하지 말게. 요 다음 모임 때 '마더 마크리'를 노래하게 해 줄까."

"자네한테 그런 말을 들을 만한 이유 없어."

"자네들끼리 싸움해 보게. 저 치가 넘어지려 하면 내가 뒤에서 받쳐줄 테니" 하고 나는 그린한테 말했다.

데이톤은 메모와 볼펜을 가만히 놓고 눈에 광채를 띠면서 일어나 나한테로 다가왔다.

"일어나! 너 같은 놈에게 멋대로 지껄이게 내버려 둘 줄 알았나?"

나는 일어서려고 했다. 미처 발의 위치를 잡기도 전에 그가 나를 쳤다. 멋진 레프트가 명중했다. 나는 맥없이 쓰러졌고 머리를 흔들었다. 데이톤은 그대로 서 있었다. 입가에 쌀쌀한 미소를 띠고 있었다.

"다시 한 번 해 볼까?" 하고 그는 말했다. "지금은 준비가 안 돼 있었군. 반응이 시원치 않았거든."

나는 그린 쪽으로 눈을 돌렸다. 손거스러미라도 살피고 있는 듯 엄지손가락을 들여다보고 있었다. 나는 아무 말 않고 그가 얼굴을 드는 것을 기다렸다. 만일 내가 다시 일어나면 데이톤은 또 한번 나를 칠 거다. 나도 그에게 역습을 가하지 않으면 안 된다. 그가 복싱을 한 경력이 있음을 알았기 때문이다. 그런데 나를 완전히 때려눕힐 수는 없을 것이다.

그린이 탐탁치 않다는 말투로 말했다. "정말 멋있었네. 그러나 그 정도로 이 친구를 항복시킬 수는 없네."

그리고 그는 얼굴을 들고 부드럽게 말했다. "다시 한 번 묻겠네, 말로우. 마지막으로 테리 레녹스를 만난 것은 어디며, 무슨 얘기를 나눴나? 그리고 지금 어디서 돌아오는 길인가? 어때, 대답하지 않겠나?"

데이톤은 빈틈없는 방어 태세를 취하고 있었다.

"상대 남자는 어떻게 됐나?" 하고 나는 그를 무시하고 물었다.

"누구 말인가?"

"별관에 있던 남자 말이야. 벌거벗고 있었다고 하지 않았나? 혼자 놀자고 갔다고 생각하나?"

"그쪽은 나중이야. 남편을 잡고 난 다음 문제야."

"그쪽이 더 빠를 텐데…… 안 그런가?"

"말하지 않으면 연행하겠네, 말로우."

"증인으로 말인가?"

"증인이 아니고 용의자로서 말이네. 살인 사건의 공범 혐의야. 용의자가 도망치도록 방조했기 때문일세. 자네가 놈을 어디로 데리고 간 것이 틀림없으니까. 요즘의 살인과 과장은 아주 난폭하다네. 법규를 알면서도 모른 척한단 말이야. 큰코다칠 각오를 단단히 해 두게. 꼭 입을 열게 만들 거야. 자네가 입을 열지 않으면, 이쪽은 더더구나 자네 입을 열게 할 필요가 있단 말일세."

"그놈에겐 무슨 말을 해도 헛수고야. 법률을 알고 있거든" 하고 데이톤이 말했다.

"누구한테나 헛수고지" 하고 그린은 태연하게 말했다. "그러나 효과는 있지. 어때, 말로우? 단념하고 말하는 게 어떨까?"

"헛수고일세" 하고 나는 말했다. "테리 레녹스는 내 친구였네. 나는 그를 좋아했지. 경관에게 위협받았다고 해서 우정을 배반하고 싶지는 않아. 자네들은 그를 범인으로 노리고 있는지는 모르지. 동기도 충분하고, 정황도 그에게 불리하고, 더욱이 행방마저 감추었으니……. 하지만 당신들이 생각하는 그 동기라는 것은 피차 양해되었다네. 결코 칭찬받을 만한 양해는 못되지만 그는 그런 인간일세. 마음이 약하고, 사건이 일어나는 것을 싫어하는, 그런 성품일세. 혹은 그녀가 죽었다는 사실을 알고, 무슨 변명을 해도 빠져나갈 길이 없다고 생각했는지도 모르지. 검시 심문이 있고, 호출되어 나가게 된다면 질문에 대답하지 않을 수 없을 테지만 자네들의 질문에는 대답할 필요가 없네. 자네가 좋은 인간이라는 것은 나는 알고 있네. 자네 동료가 주먹을 믿고 배지의 위력을 휘두르려는 인간이라는 것도 알고 있네. 다시 한 번 나를, 내 입장을 불리하게 만들고 싶으면 어디 한 번 쳐보게. 놈의 볼펜을 분질러 버릴 테니."

그린은 일어서서 동정하듯 나를 보았다. 데이톤은 움직이지 않았다.

"전화를 걸어 보세" 하고 그린이 말했다. "그러나 대답은 뻔할테지. 어쨌든 도망갈 생각은 말게, 말로우."

마지막 말은 데이톤이 한 말이었다. 데이톤은 먼저 있던 곳에 가서 메모지를 주워들었다.

그린은 전화기가 있는 곳으로 가서 천천히 수화기를 들었다. 우울한 표정이었다. 경관은 이래서 사귀기가 어려운 것이다. 미워서 견딜 수 없다고 생각하고 있으면, 갑자기 마음 약한 경관이 나타난다.

과장은 나를 구인하라고 명령했다.

그들은 내 손에 수갑을 채웠다. 가택 수색을 하지 않았던 것은 그들의 실책이었다. 입장이 불리해질 만한 것을 내가 남겨 둘 리가 없다고 생각했던 모양이다. 그 생각은 잘못이었다. 만일 찾을 생각을 했더라면, 테리 레녹스의 자동차 열쇠를 찾아낼 수 있었을 것이다.

차는 어차피 발견될 것이며, 열쇠를 맞추어 보면 그가 나와 함께 있었다는 사실을 알게 되었을 것이다.

하긴 실제로는 실수라고도 할 수 없게 되었다. 자동차는 경관들에게 발견되지 않았다. 밤 동안에 도둑맞았던 것이다. 차는 열쇠와 위조 서류가 만들어져, 결국 멕시코시티의 중고 자동차 시장에 나타나게 될 것이다. 정해져 있는 순서다. 차를 판 돈은 대개 헤로인으로 변해 되돌아온다. 불량배들은 이것을 선린정책의 하나로 생각하는 것이다.

7

그해의 살인과 과장은 그레고리우스라는 사나이였다. 해마다 줄어는 들지만 아직 아주 없어졌다고 할 수 없는 유형의 경찰관으로, 눈부신 불빛을 집중시키고, 허리를 걷어차고, 무릎으로 가랑이를 차올리고, 명치를 주먹으로 치고, 척추를 곤봉으로 세게 때리면 범죄가 해결된다고 믿는 사나이였다. 그는 6개월 뒤 위증죄로 기소되어 공판을 받기도 전에 면직되고, 와이오밍에 있는 그의 목장에서 말에 채여 죽는다.

그러나 지금은 내가 그의 밥이었다. 그는 상의를 벗고, 셔츠 소매를 어깨까지 걷어 올리고, 책상 저편에 앉아 있었다. 머리도 벽돌 모양으로 벗겨져 있고 억세 보이는 중년 남자가 전부 그렇듯이 허리둘레가 굵었다. 눈은 물고기처럼 회색이고, 커다란 코에는 혈관이 꿈틀거리고 있었다. 손등은 짐승처럼 털이 수북했다. 흰 털이 섞인 털들이 귓구멍에서 튀어나와 있었다. 그는 요란한 소리를 내면서 커피를 마시고 있었는데, 책상 위를 더듬더니 그린을 올려다보았다.

그린은 말했다. "구인한 이유는, 질문에 대답하지 않는다는 것뿐입니다. 전화번호를 단서로 관계가 있다는 사실을 알아냈습니다. 자동차로 어딜 갔다왔는데 어디였는지 말하지 않습니다. 레녹스를 잘 알고 있으면서도, 마지막으로 만난 것이 언제였는지를 말하지 않습니다."

"얕보고 있나?" 하고 그레고리우스는 별로 신경 쓰지 않다는 듯이 말했다. "입을 열게 해주지." 결국 입을 열게 된다는 식의 말투였다. 아마 그렇게 생각하고 있을 게다. 그의 손에 걸려 불지 않는 사람은 없었다. "이 사건에는 지방검사가 열을 올리고 있네. 그 여자의 아버지가 누구라는 것을 생각하면 무리도 아니지. 검사를 위해서라도 이놈의 입을 열게 하지 않을 수 없어."

그는 담배꽁초나, 아무도 앉아 있지 않는 의자라도 보는 것처럼 나를 응시했다. 아무런 흥미도 없다는 태도였다.

데이톤이 정중한 어조로 말했다. "저놈이 취한 태도로 볼 때, 분명히 대답하지 않아도 된다는 상황을 만들어 내려고 애쓰고 있습니다. 법률을 인용해서 저를 조롱하길래 그만 저놈을 한 대 쳤습니다. 저의 실책입니다만."

그레고리우스는 그를 곁눈으로 보았다. "이따위 놈의 손에 놀아나는 놈이 어디 있나! 누가 수갑을 풀어주었나?"

그린은 자기가 풀었다고 했다.

"다시 채워, 단단히 채워. 흐리멍덩하게 하지 말어."

그린이 다시 수갑을 채우려 했다. "뒤로 채워" 하고 그레고리우스가 소리쳤다. 그린은 내 손을 뒤로 돌려 수갑을 채웠다. 나는 딱딱한 의자에 앉아 있었다.

"더 조여. 살에 파고들어가도록 조이란 말이야."

그린이 수갑을 꽉 조였다. 내 손은 감각을 잃기 시작했다.

그레고리우스는 나를 뚫어져라 응시했다.

"자, 말해. 시간 끌지 말고."

나는 대답하지 않았다. 그는 몸을 뒤로 젖히면서 엷은 웃음을 띠었다. 한쪽 손을 천천히 커피 잔에 뻗혔다. 커피 잔이 손에 잡혔다. 그가 몸을 약간 앞으로 내밀었다고 생각되자, 커피 잔이 허공을 날았다. 나는 의자에서 몸을 쓰러뜨리면서 피했다. 어깨부터 바닥에 닿으며 넘어져 바닥을 구르다 천천히 일어섰다. 손의 감각은 거의 없었다. 아무것도 느껴지지 않았다. 수갑이 채워진 팔의 윗부분에 통증을 느꼈다.

그린은 나를 먼저 앉아 있었던 의자에 앉혔다. 커피 냄새가 의자에도 남아 있었으나 대부분은 바닥에 흩어졌다.

"커피를 싫어하는 모양이군. 다람쥐 같은 녀석이군. 빈틈이 없어" 하고 그레고리우스는 말했다.

아무도 말하지 않았다. 그레고리우스는 물고기 같은 눈으로 나를 보았다.

"여기서는 사립 탐정이란 간판은 아무런 힘도 없지. 그런 줄 알고 얌전히 진술해. 어젯밤 10시부터 한 짓을 하나도 빼놓지 않고 말해야 해. 조금이라도 숨겨서는 안 된다 말이다. 우린 살인 사건을 수사하고 있는 거야. 유력한 용의자가 행방불명이지. 너는 놈과 관계가 있어. 놈은 여편네가 배신한 걸 보고 얼굴을 엉망진창으로 짓찢어 놓았어. 청동 조각으로 말이야. 낡은 수법이지만, 죽이지 못할 것도 없지. 사립 탐정이 법률을 내민다고 해서 내가 물러날 인간이라고 생각한다면 크게 잘못이지. 경찰은 법률로 일하고 있는 게 아냐. 네가 알고 있는 것을, 내가 알고 싶단 말이네. 네가 아무것도 모른다고 하고, 내가 그것을 믿지 않는다면 그런대로 말은 되지만 너는 모른다는 말도 안했어. 나한테 걸렸으니 다른 도리가 없다는 걸 알아야 해. 자, 어서 말하게."

"말하면 수갑을 풀어 주겠나?"

"풀어 줄지도 모르지. 어쨌든 말해 봐."
"레녹스를 이 24시간 이내에 만나지도 못했고, 말도 나누지 않았고, 또 어디 있는지도 모른다고 말하면 납득하겠나?"
"그럴지도 모르지. 그러나 날 믿게 하지 않으면 안 되네."
"그를 만나기는 했으나 그가 누군가를 죽였다는 것도, 어떤 범죄를 저질렀는지도 모르며, 현재 어디 있는지도 모른다고 한다면, 이것도 안 되겠지?"
"더 자세히 말한다면 들어 주겠네. 장소, 시각, 그가 어떤 꼬락서니를 하고 있었는가, 어디로 갔는가 라는 문제들 말이야. 혹시 심증을 얻을지도 모르겠군."
"심증을 얻게 될지도 모른다는 것은, 내게 공범 혐의를 뒤집어씌운다는 뜻이 아닌가?"
그의 턱 근육이 부풀어 올랐다. 눈이 차디차게 빛났다. "그래서 어떻다는 건가?"
"간단하지. 법률의 도움을 받고 싶다는 것뿐일세. 협력하는 것이 싫다는 소리가 아니야. 지방검사한테 누구 좀 보내달라고 해 보시지?"
그는 쉰 목소리로 웃었다. 그러나 웃음소리는 곧 없어졌다. 천천히 일어서서 책상을 돌고 커다란 손 하나를 책상 위에 짚고 나를 들여다보며 씨익 웃었다. 그리고 표정도 바꾸지 않고, 쇠뭉치 같은 주먹으로 내 목을 옆으로 후려쳤다.
8인치나 10인치 정도의 거리에서 날린 일격이었다. 머리가 근들근들 흔들렸다. 점액이 입안을 적셨다. 피 맛이었다. 머리 속이 윙윙대고, 아무 말도 들리지 않았다. 그는 왼손을 책상 위에 짚은 채 내 얼굴을 들여다보며 아직 웃음을 짓고 있었다.
"옛날엔 좀 거칠은 짓도 했지만 이젠 나이를 먹어서 말이야. 이 이상은 더 안 때리겠네. 시 유치장에는 도살장에서 일하는 편이 났다고 생각되는 놈들이 들끓고 있지. 그런 놈들을 여기까지 불러야 된다면 일이 귀찮아지지. 놈들은 여기 있는 데이톤처럼 권투선수같이 치지도 않고, 그린처럼 자식을 넷씩이나 거느리고 장미나 가꾸는 그런 인간도 아니란 말씀이야. 놈들의 취미는 각별하지. 아직도 무슨 쓸데없는 소릴 지껄일 게 있나?"

"수갑이 채워져 있는데 무슨 말을 할 수 있겠소." 이렇게만 말하는데도 나는 고통스러웠다.

그는 다시 나한테로 몸을 구부렸다. 땀 냄새가 물컥 코를 찔렀다. 몸을 일으키자 책상을 돌아 커다란 허리를 의자에 고정시키고, 삼각자를 손에 잡고 칼날을 살피듯 엄지손가락으로 모서리를 매만지고 있었다. 그의 눈이 그린에게 옮겨졌다.

"뭘 우물쭈물하고 있나?"

"명령을 기다리고 있는 겁니다." 그린은 자기 목소리의 울림이 싫어서 못 견디겠다는 듯이 대답했다.

"말 안하면 몰라? 몇 년 근무했나! 이 치가 지난 24시간 동안 행동한 것에 대한 자세한 조서가 필요하네. 더 긴 시간의 것이 필요할지 모르지만 지금은 24시간이면 돼. 그가 언제 무엇을 했는가를 전부 알아야 해. 서명시키고, 증인을 만들고, 사실을 확인해 보란 말이야. 두 시간 내에 끝내도록 하고, 그런 다음에 원래의 깨끗한 몸으로 만들어 데려오게. 한마디 더 할 게 있네."

그는 말을 끊고, 갓 구워 낸 감자도 얼어붙게 만들 싸늘한 눈매로 그린을 노려봤다.

"요 다음에 내가 용의자에게 질문할 때는, 서서 내가 귀라도 잡아뜯은 것처럼 쳐다보고 있지 말란 말이야."

"알겠습니다." 그린은 나에게로 몸을 돌렸다.

"가자" 하고 무뚝뚝하게 그는 말했다.

그레고리우스가 나를 향해 이를 드러냈다. 청소가 필요한 이였다.

"어디 퇴장의 대사나 들어볼까."

"들려주지," 하고 나는 순순히 말했다. "자넨 그럴 셈이 아니었겠지만, 나는 자네에게 감사하지 않을 수 없다네. 데이톤한테도 말이야. 자네들은 나를 위해 문제를 해결해 주었네. 누구든지 친구를 배신하고 싶지 않겠지만, 설사 적일지라도 자네 손에는 넘기고 싶지 않네. 자네는 고릴라처럼 힘만 셌지 능력은 전혀 없어. 간단한 심문도 하지 못한단 말이네. 나는 칼날 위에 간신히 서 있는 입장이었지. 어느 쪽이든 곧 쓰러졌겠지. 그런데 자네가 나를 욕하고, 커피잔을 던지고, 저항할 수 없는 나를 쳤어. 이런 꼴을 당하고 나면, 이 방의 시계가 가리키고 있는 시간을 물어도 자네에겐 대답하고 싶지 않네."

이상하게 그는 가만히 앉은 채로 내가 하는 말을 듣고 있었다. 이윽고 그는 차디차게 웃었다.

"너는 경관을 싫어한다, 그것뿐이야. 경관을 싫어한다는 그것뿐이란 말이야."

"경관을 싫어하지 않는 곳도 있지만, 그런 곳에서 자넨 경관이 될 수 없네."

이 말도 그는 잠자코 듣고만 있었다. 아무런 통증도 느끼지 않는 것 같았다. 틀림없이 더 심한 말을 자주 듣고 있었던 탓일 게다.

책상 위의 전화가 울렸다. 그는 전화기를 턱으로 가리켰다. 데이톤이 눈치 빠르게 책상을 돌아 수화기를 들었다.

"그레고리우스 과장 사무실입니다. 데이톤 형삽니다."

그는 전화에 귀를 기울였다. 깨끗한 눈썹이 움직이더니 난처하다는 표정이 떠올랐다. 그는 낮은 소리로 말했다. "잠깐 기다려 주십시오."

수화기가 그레고리우스에게 건네졌다.

"올브라이트 시 경찰 본부장입니다."

그레고리우스는 얼굴을 찡그렸다. "뭐라고? 무슨 일이래?" 그는 수화기를 받자 손에 든 채 표정을 고쳤다. "그레고리우스입니다, 본부장님."

그는 전화를 들었다. "여기 있습니다. 질문하고 있던 참입니다. 대답하지 않습니다. 전혀 한마디도 하지 않습니다…… 뭐라고요?" 갑자기 쓰디쓴 표정으로 바뀌었다. 이마에 혈관이 불거졌다. 그러나 말소리는 조금도 변하지 않았다. "직접 명령이라면 수사 부장을 통해서 내려올 겁니다…… 물론 확실한 것을 알 때까지는 그렇게 행동하겠습니다…… 원 별말씀을, 아무도 구타하지 않았습니다…… 알겠습니다. 곧 수배하겠습니다."

그는 수화기를 놓았다. 나는 그의 손이 약간 떨리고 있다고 생각했다. 그의 시선이 내 얼굴을 가로질러 그린에게 향했다. "수갑을 풀어주게"라고 그는 힘없는 목소리로 말했다.

그린이 수갑을 풀었다. 나는 피가 잘 통하도록 두 손을 문질렀다.

"시의 유치장에 보고하게," 하고 그레고리우스는 천천히 말했다. "살인 용의자야. 하지만 지방검사가 우리 손에서 사건을 빼앗아 가겠다는군. 제기랄! 편리하게 돼 있단 말이야."

아무도 움직이지 않았다. 그린은 내 옆에 있었는데 숨소리가 높았다. 그레고리우스는 데이톤을 쳐다보았다.

"뭘 꾸물거리고 있어? 아이스크림이라도 먹고 싶은가."

데이톤은 당황해서 말했다. "아무 명령도 없으니까……."

"말조심 해! 자네가 나한테 말할 때는 더 정중한 말을 써야 하는 거야. 썩 꺼지지 못 해."

"네." 데이톤은 급히 문으로 가더니 뒤도 안 돌아보고 방을 나가 버렸다. 그레고리우스는 일어서서 창가로 가더니 문을 등지고 섰다.

"자, 가지"라고 그린이 내 귀에 속삭였다.

"내가 놈의 얼굴을 짓찢어 놓기 전에 빨리 끌고 나가" 하고 그레고리우스는 창을 향한 채 말했다.

그린이 문을 열었다. 나는 방을 나가려 했다. 그레고리우스가 느닷없이 소리쳤다.

"기다려! 문 닫아!"

그린은 문을 닫고 그 앞에 섰다.

"이리 와!" 그레고리우스가 나한테 소리쳤다.

나는 움직이지 않았다. 선 채로 그를 쳐다보았다. 그레고리우스도 움직이지 않았다. 무겁고 답답한 침묵이 계속되었다. 이윽고 그레고리우스가 천천히 걸어와서 나와 발톱을 맞대고 섰다. 그는 커다란 두 손을 호주머니에 넣었다. 발뒤꿈치로 서서 몸을 좌우로 흔들었다.

"손은 안 댄다"라고 그는 자기 자신에게 타이르듯 작은 소리로 말했다. 눈에는 아무런 표정도 없었다. 입가가 경련하듯 움직였다.

그리고 내 얼굴에 침을 뱉었다.

그는 뒤로 물러났다. "데려가게."

그는 되돌아 창가로 다시 갔다. 그린이 문을 열었다.

나는 손수건을 찾으면서 방을 나왔다.

8

3호 감방은 침대가 두 개 있었으나, 손님은 없고 나 혼자서 방을 점령했다.

대우는 매우 좋은 편이었다. 더럽지는 않지만 깨끗하지도 않는 담요 두 장과, 쇠철망 위에 깔려 있는 두께 2인치 정도의 매트리스에, 수세식 변소, 세면대, 휴지, 수건, 까실까실한 회색 비누도 있었다.

복도도 청결하고 소독약 냄새 같은 것도 없다. 청소는 모범 유치인이 했다. 모범 유치인 따윈 얼마든지 있었다.

교도관은 무슨 일이든지 다 알고 있다. 주정뱅이나 정신병자로 여기지 않는다면, 성냥이나 담배도 숨겨 둘 수가 있다. 처음 들어갔을 때는 자기 옷을 입어도 되지만, 첫 취조가 끝나면 수의를 입게 되고 넥타이, 허리띠, 구두끈 등을 거두어 간다. 침대에 앉아서 기다릴 뿐이다. 이 밖에는 아무 할 일이 없다.

주정뱅이가 수감되는 방은 이렇지 않다. 콘크리트 바닥에서 자야 한다. 변기에 앉아 먹은 음식물을 자기 무릎에 토해 낸다. 이렇게 비참한 꼴은 없다.

한낮인데도 천장에는 전등이 켜져 있다. 강철로 된 문 한쪽에 쇠그물이 달려 있는 창문이 있다. 전등은 쇠그물 바깥쪽에서 켰다 껐다 하는데, 오후 9시면 꺼졌다. 문으로 누가 들어오는 것도 아니고 무슨 신호가 있는 것도 아니었다. 신문이나 잡지를 계속 보기만 할 때도 있었는데 아무 예고없이 갑자기 깜깜해질 때도 있었다. 그러면 아침이 밝아올 때까지는 잠이 오면 자고, 담배가 있으면 피우고, 기분좋은 생각을 하면서 시간을 보내면 된다.

유치장에서는 인간의 개성이 없어진다. 보고서에 필요한 재료를 제공하는 존재에 지나지 않는다. 누가 사랑하건, 누가 미워하건, 어떤 얼굴을 하건, 어떤 생활을 하건, 관심을 갖는 사람은 없다. 조용히 정해진 방에 가서 가만히만 있으면 아무도 간섭하지 않는다. 다툴 상대도 없으며, 화낼 일도 없다. 교도관은 적의도 없고 학대하겠다는 마음도 없는 선량한 사람들이다. 죄수들이 울부짖거나, 쇠창살을 두드리거나, 숟가락으로 탁탁 치며 소릴 내거나, 교도관이 곤봉을 들고 달려오거나 하는 것은 큰 교도소의 일이다. 설비가 좋은 유치장은 세상에서 가장 조용한 장소 가운데 하나다. 밤에 유치장 안을 걷고 있으면 쇠창살을 통해 둥그렇게 웅크린 갈색 담요나, 담요 밖으로 내민 머리나, 허공을 응시하고 있는 눈 같은 것을 볼 수 있다. 코 고는 소리가 들릴 때도 있다.

유치장 안은 목적도 의미도 없는 허공에 뜬 생활이다. 또 다른 방에서는 잠을 이루지 못하는 인간이나, 잠을 자려고 하지 않는 인간을 볼지도 모른다. 알아차리고 이쪽을 볼 때도 있을 것이고, 보지 않을 때도 있을 것이다. 이쪽은 창살 너머를 지켜본다. 그쪽은 아무 말도 않을 것이며, 이쪽도 아무 말을 하지 않는다. 서로 할 말이 없기 때문이다.

복도 끝에는 보통 대질실로 통하는 철문이 있다. 대질실은 한쪽을 검게 칠한 철망으로 되어 있고, 뒤쪽 벽에 키를 재는 선이 그어져 있다. 머리 위에는 강렬한 조명이 있다. 보통 야간 당직 경감이 다음 사람에게 일을 인계하기 전에, 유치인들은 매일 아침 대질실로 끌려 나온다. 키를 잴 수 있는 선 앞에 세워지고 강한 조명에 비쳐지나, 철망 너머는 칠흑 같다. 그러나 여러 종류의 인간들이 많이 드나든다. 경관, 탐정, 그리고 도둑맞거나, 폭력을 당하거나, 속임수에 걸리거나, 권총을 든 괴한에 의해 차에서 내동댕이쳐졌거나, 평생 모은 저금을 사기당한 시민들도 있다. 그들은 보이지 않으며 목소리도 들리지 않는다. 야간 당직자인 경감의 목소리만 들린다. 커다란 목소리가 똑똑하게 들린다. 훈련된 개처럼 여러 가지 포즈가 강요된다. 경감은 피로하지만 심술궂어서 좀처럼 그만둘 줄 모른다. 사상 최고의 장기 흥행 기록을 가진 연극의 무대 감독인 것이다. 그러나 그는 이미 오래 전에 이 연극에는 흥미를 잃었다.

"이번 차례는 너다. 몸을 똑바로 세우고 배를 당겨. 턱을 내밀지 말고, 어깨를 펴라. 머리를 숙이면 안돼, 똑바로 정면을 봐라. 왼쪽으로 돌아. 이번엔 오른쪽이다. 다시 한 번 정면을 보고 두 손을 앞으로 내놔. 손바닥을 위로 향하게 하란 말이야, 이번엔 아래로. 소매를 걷어 올려. 눈에 띌 만한 상처는 없나? 머리는 짙은 다갈색, 회색이 약간 섞여 있다. 눈도 다갈색. 신장 187센티미터. 체중은 대략 86킬로그램, 성명은 필립 말로우. 직업은 사립 탐정. 수고했네, 말로우. 재미있나, 나옴."

그쪽이야말로 수고했다. 일부러 시간을 내 줘서 고맙네, 친구. 자넨 입을 벌리게 하는 것을 잊었네. 치료한 충치 하나와 고급 도자기를 씌운 이가 한 개 있네. 이빨 하나에 87달러나 나가지. 코 안을 보는 것도 잊었다네. 수술한 흔적이 남아 있지. 콧속을 수술했는데, 엉터리 의사였어. 그때 두 시간이나 걸렸지. 지금은 20분이면 끝난다고 하는데. 럭비하다 다친 것이다. 펀트(punt) 킥을 방해하려 했는데 타이밍을 맞추지 못했었지. 상대방이 공을 차 버린 후에 그놈의 발로 뛰어들어야 했는데. 15야드의 페널티킥이었어. 수술이 끝나자 피로 응고된 테이프를 1인치씩 코에서 끄집어냈었다. 거짓말이 아니야. 사실대로 말하고 있는 데. 아무리 작은 일이라 해도 얕잡아 보면 안 된다는 사실을 알아야 한다.

사흘째 된 날, 점심 전에 교도관이 와서 내 방의 자물쇠를 열었다. "자네 변호사가 와 있네. 담뱃불을 꺼! 바닥에 끄면 안 돼."

나는 꽁초를 변기 안에 던졌다. 그는 나를 면회실로 데리고 갔다. 키가 크고 안색이 나쁘고 머리숱이 많은 남자가 창 밖을 내다보며 서 있었다. 테이블 위에 불룩한 밤색 가방이 놓여 있었다. 그는 이쪽으로 몸을 돌렸다. 문이 닫히는 것을 기다렸다가, 노아의 방주에서 가지고 온 것 같은 상처투성이의 참나무 테이블에 앉았다. 변호사는 은으로 만든 담배 케이스를 열어 자기 앞에 놓은 다음 나를 보았다.

"앉게나, 말로우. 담배 안 피우겠나? 내 이름은 앤디코트, 수웰 앤디코트일세. 자네 변호사로 부탁받았지만 자네한테 돈을 받는 것은 아닐세. 여기서 나가고 싶겠지?"

나는 의자에 앉아 담배를 한 대 뽑았다. 그는 라이터를 내밀었다.

"오래간만입니다, 앤디코트 씨. 전에 뵌 일이 있었습니다. 전에 지방검사로 계셨을 때."

그는 끄덕였다. "기억에는 없지만, 그런 일도 있었을걸세." 그는 약간 미소 지었다. "그 일은 내 성미에 맞지 않았네. 아무래도 마음이 약했던 탓인가 보네."

"누가 당신을 보냈습니까?"

"그건 말할 수 없네. 내가 자네 변호사가 될 것을 승낙하면, 그쪽에서 변호사료를 지불해 주기로 했네."

"그럼, 그는 체포됐습니까?"

그는 아무 말없이 나를 보았다. 나는 담배 연기를 내뿜었다. 필터가 달린 담배였다. 섬유 속을 거쳐 나오는 안개 같은 맛이다.

"레녹스의 일이라면, 물론 그의 일이겠지만, 아직 안 잡혔네" 하고 그는 말했다.

"왜 말할 수 없습니까, 앤디코트 씨? 누가 당신을 여기에 보냈느냐고 물었는데요?"

"나를 보낸 사람은 자기 이름을 밝히기를 바라지 않았네. 자네는 나를 변호사로 선택하겠나?"

"어떻게 했으면 좋을지 모르겠습니다. 테리가 체포되지 않았다면 왜 나를 유치해 두는 걸까요? 누구든지 아무것도 물으려 하지 않고, 아무도 오지 않았습니다."

그는 얼굴을 찡그리며 하얗고 긴 손가락을 내려다보았다. "지방검사인 스프링거가 직접 이 사건을 취급하게 되었네. 바빠서 자넬 심문할 틈이 없었는지도 모르지. 하지만 자네에게는 죄를 부인하고 예심 수속을 취할 권리가 있다네. 나는 인신 보호령에 의해 자네를 보석

또는 출옥시킬 수가 있다네. 법률문제는 자네도 알고 있겠지."

"나는 살인 혐의를 받고 있습니다."

그는 안타깝다는 듯 어깨를 흔들었다. "그런 건 엉터리야. 혐의를 씌우려 생각하면 무슨 혐의든 씌울 수 있는 법이니까. 아마 사건 후의 종범으로 체포했을 거야. 자넨 레녹스를 어딘가로 데려다 주지 않았나?"

나는 대답하지 않았다. 맛없는 담배를 바닥에 던지고 발밑으로 밟았다. 앤디코트는 다시 어깨를 흔들고 얼굴을 찡그렸다.

"어쨌든 자네가 어딘가에 데려다 주었다고 가정하세. 자네를 종범으로 하는 데는, 자네가 무엇인가 사정을 알고 행동했다는 것을 증명하지 않으면 안 되네. 이번 경우에는 어떤 종류의 범죄가 행해지고 레녹스가 도망치기 위해 도주했다는 것을 알고 있었느냐, 모르고 있었느냐에 달려 있네. 사정이야 어떻든 보석시킬 수는 있네. 물론 자네의 진짜 입장은 증인일세. 그런데 이 주에서는 법정의 명령이 없는 한 증인을 유치할 수는 없지. 그리고 증인 자격은 판사의 선고가 필요하고, 물론 경찰은 무슨 짓이든 하려고 들면 반드시 방법을 찾아내지만 말이야."

"말씀하신 대로입니다" 하고 나는 말했다. "데이톤이란 형사가 나를 때렸습니다. 그레고리우스라는 살인과 과장이 나에게 커피를 끼얹고, 혈관이 터질 정도로 내 목을 쳤습니다. 보십시오, 아직도 부어 있습니다. 올브라이트 시경찰 본부장의 전화로 고문할 수 없게 되자 내 얼굴에 침을 뱉었습니다. 앤디코트 씨께서 말씀하신 대로입니다. 경찰관들은 무슨 일이든지 하려고만 들면 못 하는 일이 없습니다."

그는 부자연스러운 태도로 손목 시계를 들여다보았다. "보석으로 나갈 마음이 있나, 없나?"

"미안하지만 나가고 싶지 않습니다. 보석으로 나가 봤자 세상의 눈으로 볼 때는 결백하다고 할 수 없습니다. 나중에 무죄가 되었다고 해도 좋은 변호사가 수고한 덕분이라는 말을 듣게 되겠죠."

"그런 바보스런 말이!"

"바보스러워도 좋습니다. 나는 본래 어리석은 인간입니다. 그렇지 않다면 이런 곳에 와 있을 까닭이 없습니다. 레녹스와 연락이 닿으면 내 문제는 걱정하지 말라고 전해 주십시오. 나는 그를 위해서 여기 있는 게 아닙니다. 나를 위해서입니다. 아무 불평도 하지 않겠습니다. 내 장사가 존립하고 있는 것은, 무슨 일이든 곤란한 지경에 있는 사람이 있기 때문입니다. 사연은 저마다 달라도 경찰에는 부탁할 수 없는 사정이 있기 때문입니다. 경찰 배지를 단 건달 놈에게 혼이 나서 항복했다면, 누가 일을 부탁하러 오겠습니까?"

"자네 기분은 이해하네" 하고 그는 천천히 말했다. "그러나 한 가지만 정정해야겠네. 나는 레녹스와 연락이 있는 게 아닐세. 그를 알고 있는 것도 아니야. 변호사라면 누구든지 그렇지만, 나도 법률에 따라서 행동하지 않을 수 없네. 만일 레녹스가 어디 있는지 알고 있다면 지방검사에게 알려야 하네. 내가 할 수 있는 일은, 언제 어디서 신병을 인계할 것인가를 약속해 두었다가 그전에 그와 회담하는 정도의 일뿐일세."

"나를 구하기 위해서 당신을 여기까지 보낼 사람은 달리 없습니다."

"내가 거짓말을 하고 있는 줄 아나?" 그는 손을 내밀고 테이블 뒷면에다 담배를 비벼서 껐다.

"앤디코트 씨는 버지니아 출신이신지요? 버지니아 출신은 호쾌한 기상이 있고 명예를 존중한다는 말이 생각났습니다."

그는 웃음 지었다. "그게 정말이라면 기쁘지만 말이야, 어쨌든 시간이 아깝네. 자넨 요 1주일 동안 레녹스를 만난 일이 없다고 말했더라면 좋았는데 말이야. 거짓말이라도 상관없네. 진실은 선서하고 난 다음에 말하면 돼. 경관에게 거짓말해도 법률에는 저촉되지 않거든. 경관도 그걸 알고 있네. 아무 말도 안 하는 것보다 거짓말이라도 좋으니 무슨 말이든 해 주기를 바라고 있다네. 일부러 그들의 면목을 망치고 있는 셈이야. 아무 이득도 없네."

나는 대답하지 않았다. 대답할 수 없었다. 그는 일어섰다. 그리고 모자를 손에 들고 담배케이스를 닫고 호주머니에 넣었다.

"자네는 고의로 문제를 어렵게 만들고 있네" 하고 그는 냉담하게 말했다. "권리를 주장하고, 법률을 앞세우고, 영리한 방법이라 할 수 없네. 자네는 그 정도의 문제를 모를 리 없네. 법률은 정의가 아닐세. 대단히 불완전한 기구라는 것을 알아야 하네. 단추를 잘 누르고, 거기에 운까지 따른다면 정의가 튀어나올 때도 있겠지. 법률이란 그런 거야. 자넨 도움받고 싶지 않은 것 같군. 나는 가겠네. 마음이 변하거든 알려 주게."

"앞으로 하루나 이틀 더 견뎌 볼 생각입니다. 테리가 붙잡히면 어떤 방법으로 도주했는가는 문제되지 않을 겁니다. 하란 포터 씨의 따님이 살해되었다면 전국적으로 신문에 대서특필됩니다. 대중의 관심을 끄는 데 비상한 재주를 가진 스프링거입니다. 재판에서 인기를 얻어 놓고 검찰총장 자리를 노릴 수도 있습니다. 그런 다음에 지사의 의자를 노리겠지요. 그 다음은……." 나는 그 뒤를 잇지 않았다.

앤디코트는 뜻 있는 웃음을 웃었다. "자넨 하란 포터 씨를 잘 모르는 것 같군."

"레녹스가 잡히지 않는 경우라도 어떤 경로로 도주했는가는 문제되지 않을 겁니다. 아마 사건은 어둠 속에 묻혀 버리겠지요."

"하나에서 열까지 전부 내다보고 있다는 건가?"

"생각할 시간이 있었기 때문입니다. 하란 포터 씨에 관해 내가 알고 있는 것은 1억 달러의 재산을 가지고 있다는 것과, 아홉인가 열인가 되는 신문사를 소유하고 있다는 것뿐입니다. 무슨 공작이 모의되고 있습니까?"

"공작?" 얼음덩이처럼 차디찬 목소리였다.

"그렇지 않은가요? 신문 기자가 한 사람도 인터뷰하러 오지 않았습니다. 나는 특정 기사에 취급될 것으로 생각하고 있었습니다. 손님이 늘게 된다고 생각했었지요. 사립 탐정이 친구를 배신하고 싶지 않았기 때문에 자진해서 투옥되었으니 그렇게 생각하는 것도 당연하지요."

그는 문으로 걸어가 손잡이를 잡았다. "자넨 재미있는 사람이군, 말로우. 어린애 같은 점이 있어. 1억 달러나 있으면 확실히 무슨 공작이라도 획책할 수 있네. 교묘하게 쓰면 침묵을 살 수도 있다네."

그는 문을 열고 나갔다. 교도관이 들어와 나를 3호 감방으로 다시 데리고 갔다.

"앤디코트가 왔으니 이제 곧 나가게 되겠군" 하고 그는 감방 문을 잠그면서 말했다. 나는 그렇게 되었으면 좋겠다고 대답했다.

9

야간 담당 교도관은 어깨가 넓고 붙임성 있는 웃음을 보이는 몸집이 큰 금발의 사나이였다. 동정하는 것도, 화내는 것도 잊어버린 듯한 중년 사나이다. 무사히 8시간을 보내는 것만이 그의 희망으로, 그 밖의 일은 전혀 신경 쓰지 않는 것 같았다.

그가 내 방문의 자물쇠를 열었다.

"면회야! 지방검사한테서 사람이 와 있네. 아직 자지 않았나?"

"아직 그럴 시간은 아니요. 그런데 몇 시요?"

"10시 14분." 그는 입구에 서서 감방 안을 둘러봤다. 아래쪽 침대에 담요가 한 장 펼쳐져 있고 다른 한 장은 접어서 베개로 쓰고 있었다. 휴지통 안에 사용한 종이 타월이 두 장, 세면대 끝에 두루마리 휴지가 놓여 있었다. 그는 아무 말없이 고개를 끄덕였다. "사유물은 없군."

"내 몸 뿐이오."

그는 문을 열어 둔 채로 놔두었다. 우리는 조용한 복도를 걸어가 엘리베이터로 접수 책상이 있는 데까지 내려갔다. 잿빛 옷을 입은 뚱뚱한 남자가 옥수수 파이프를 물고 책상 옆에 서 있었다. 손톱에 때가 끼여 있었고, 몸에서 고약한 냄새가 풍겼다.

"지방검사실의 스프란크린일세" 하고 그는 무뚝뚝하게 말했다.

"그랜트 씨가 위에서 기다리고 계시오." 그는 뒷주머니에서 수갑을 꺼냈다. "이걸 차야 하네."

교도관과 접수담당이 비웃는 듯한 웃음을 띠었다.

"왜, 엘리베이터 속에서 한 대 터질까 봐 걱정이 되나?"

"만일이라는 게 있네. 한 번은 죄수가 도망치는 바람에 혼난 일이 있었어. 자, 가세."

접수계가 전표를 내밀자 그는 점잔을 빼면서 서명했다. "조심하는 게 제일이야. 여기서는 무슨 일이 일어날지 예측할 수 없거든."

경찰차의 경관이 귀가 피로 범벅이 된 주정뱅이를 끌고 들어왔다. 우리들은 엘리베이터로 향했다. "일이 어렵게 될 거야" 하고 스프란크린은 엘리베이터 안에서 나에게 말했다. "생각지도 못했던 사태가 벌어질거야. 여기서는 무슨 일이 일어날지 전혀 예측할 수 없거든."

스프란크린이 나를 보고 한쪽 눈을 찡긋해 보였다. 나는 쓰디쓴 웃음을 띠었다.

"이상한 짓은 말게" 하고 스프란크린이 나한테 말했다. "전에 이상한 짓을 한 놈을 쏜 일이 있어. 도망치려고 했단 말이야. 진땀을 뺐네."

"어차피 진땀 빼게 될 거요."

그는 조금 생각한 다음 "그래, 어차피 진땀을 빼게 되지! 참 살기 어려운 데야. 사람을 개떡만큼도 생각지 않고 있단 말이야."

우리들은 엘리베이터를 나와 지방검사실의 이중 문을 통해 안으로 들어갔다. 전화 교환대에는 이미 아무도 없었다. 대합실 의자에도 아무도 없었다. 전등이 켜져 있는 방이 둘 있었다. 스프란크린이 작은 쪽 방문을 열자, 책상과 서류 보관함과 딱딱한 의자와 턱이 뾰족하고 눈이 흐리멍덩하고 살찐 남자가 보였다. 새빨간 얼굴의 사나이가 바로 무엇인가를 책상 서랍에 넣었을 때였다.

"왜 노크를 안 하나?" 하고 그는 스프란크린한테 소리쳤다. "죄송합니다. 이 자만 감시하느라고 그만."

그는 나를 방 안에 거칠게 밀어 넣었다. "수갑을 풀까요?"

"무엇 때문에 수갑을 채웠나?" 하고 그랜트는 내뱉듯이 말했다. 그는 스프란크린이 수갑 푸는 것을 바라보고 있었다. 열쇠꾸러미가 포도덩굴 정도의 크기로, 좀처럼 수갑 열쇠를 찾아내지 못했다.

"됐네, 나가 있어. 밖에서 기다리고 있게" 하고 그랜트는 말했다.

"이제 제 일은 다 끝났는데요?"

"내가 가라고 할 때까지는 끝나지 않았어!"

스프란크린은 얼굴을 붉히고 밖으로 나갔다. 그랜트는 차디찬 눈으로 그가 나가는 것을 보고 있다가 문이 닫히자, 역시 그 차디찬 눈매로 나를 보았다. 나는 의자를 끌어당겨 거기에 앉았다.

"누가 앉으라고 했어!" 하고 그랜트는 소리쳤다.

나는 꾸깃꾸깃해진 담배를 호주머니에서 꺼내 입에 물었다. "누가 담배를 피우랬어?" 하고 그랜트가 또 소리쳤다.

"감방에서는 피워도 되는데 왜 여기서는 안 되오?"

"내 방이기 때문이야. 내가 규칙을 정한다네." 위스키 냄새가 책상 너머에서 풍겨왔다.

"한잔 더하는 것이 좋을 게요" 하고 나는 말했다.

"기분이 가라앉을 테니…… 모처럼 즐기고 있는 것을 방해한 것 같소."

그의 등이 의자 등받이에 쿵 하고 부딪쳤다. 나는 성냥을 그어 담배에 불을 붙였다.

이윽고 그랜트가 낮은 목소리로 말했다. "참 좋은 배짱이야. 그러나 기억해 두게. 여기 들어올 때는 크기도 모양도 각양각색이지만, 나갈 때는 전부 똑같게 되지. 크기는 작아지고 등은 꾸부러지거든."

"무슨 일입니까, 그랜트 씨? 그리고 마시고 싶거든 나한테 신경쓰지 말고 마시십시오. 피로하거나 초조하거나 너무 일을 많은 하면, 저도 한잔하거든요."

"자넨 어떤 입장에 있는지 모르고 있는 것 같군."

"어떤 입장입니까?"

"이제 알게 돼. 어쨌든 무슨 일이든 숨기지 말고 말해 줘야겠어." 그는 책상 옆에 놓여 있는 녹음기를 손가락으로 가리켰다. "지금 녹음해 두었다가 내일 기록한다네. 검사가 좋다고 생각하면 여행하지 않는다는 조건으로 석방해 줄지도 모르지. 자, 시작해볼까." 그는 녹음기의 스위치를 틀었다. 그의 목소리는 차디차고 무뚝뚝했다. 그러나 오른손은 책상 서랍 주위에서 맴돌고 있었다. 아직 그런 나이가 된 것 같지도 않은데 코에 혈관이 불거져 나오고 눈동자가 흐렸다.

"그런 이야기는 벌써 싫증이 났소" 하고 나는 말했다.

"무엇에 싫증났다는 건가" 하고 그는 신경을 곤두세웠다.

"살풍경한 방에서 시시한 인간이 시시한 말을 하는 것 말이오. 여기 들어온 지 벌써 56시간이나 지났소. 그런데 아직 아무도 본격적으로 취조하려 하지 않았소. 취조할 생각이 있다면 언제든지 취조할 수 있었소. 무엇보다도 나를 왜 여기 감금해 두고 있는 거요? 혐의가 있다는 거겠지. 질문에 대답받지 못한 경관이 있다고 해서 사람을 유치장에 집어 집어넣을 수 있소? 그것이 법률이라는 거요? 무슨 증거가 있단 말이오? 메모에 있던 전화번호뿐 아니오? 나를 집어넣고 무얼 증명하자는 거요. 집어넣으려 생각하면 집어넣을 수 있다는 것뿐 아니오? 그걸 이번에는 당신이 되풀이하고 있는 거요. 사무실은 여송연 상자처럼 작아도 큰 권한이 있다는 것을 나한테 과시하고 싶은가요? 저 마음 약한 몸집 큰 인간을 퇴근도 못하게 잡아놓고 나를 여기까지 데리고 오게 했소. 56시간이나 혼자 앉아 있게 하면 골이 물렁물렁해진다고 생각했소? 쓸쓸하고 외로워 못 견디겠다고 당신 무릎에 매달려 울기라도 할 줄 알았소. 정신 차려요, 그랜트. 한잔 마시고 좀더 인간답게 구는 게 어떻겠소? 직무상 하는 일이겠지만, 텃세는 그 정도로 하시오. 자신이 있으면 큰소리칠 것 없지 않소. 큰소리치지 않으면 안 될 정도라면 나하고 맞서도 승산은 없소."

그는 나를 응시하면서 가만히 듣고 있었다. 이윽고 입가에 어색한 웃음을 띠었다. "좋은 연설이었네. 하고 싶은 말을 했으니 이번엔 진술에 들어가도록 하지. 내가 질문할까, 그렇지 않으면 자네 마음대로 말하겠나?"

"말할 생각은 없소. 당신도 법률가라 말하지 않아도 된다는 건 알겠지요?"

"그래, 법률도 알고 경찰의 수법도 알고 있네. 나는 자유롭게 될 수 있는 기회를 주고 있는 거야. 그것이 싫다면 어쩔 수 없지. 내일 10시에 예비 심사를 하기로 하고 죄상의 유무를 들어도 좋겠지. 혹시 보석으로 나가게 될지도 모르지만, 간단하진 않을걸. 쉽게 끝내지 않겠어. 이쪽에 그렇게 할 수 있는 방법이 있단 말이거든."
그는 책상 위의 서류를 대강 훑어보고 뒤집어 놓았다.
"무슨 죄목으로 고발할 생각이오?" 하고 나는 물었다.
"제32조, 사건 후의 종범이지. 가볍진 않아. 적어도 퀜틴에서 5년은 살아야 할 걸."
"먼저 레녹스를 잡는 편이 낫겠지" 하고 그는 태도를 살피면서 말했다. 그랜트는 무언가 단서를 잡고 있는 것 같았다. 어느 정도의 것인지는 몰라도 무언가 잡고 있는 것만은 확실했다.

그는 몸을 뒤로 젖혀 앉고 펜을 잡더니 손바닥 안에서 천천히 돌리기 시작했다. 그리고 웃음지어 보였다. 혼자서 즐기고 있었다.

"레녹스는 숨어 버리려 해도 곧 눈에 띌 인간이지. 보통 사람이라면 사진이 필요하겠지. 그것도 선명한 사진이 말이야. 그러나 얼굴 한쪽 전체에 흉터가 있는 인간에게는 그런 건 필요없네. 은발이니, 35세 이상이니 하는 것까지도 필요없네. 증인이 네 명이 있네. 더 있을지도 모르지."

"무엇에 대한 증인이오?" 나는 그레고리우스 과장한테 얻어맞았을 때와 같은 끈적끈적한 것을 입안에 느꼈다. 목이 아직도 부어 있고 통증이 있다는 사실이 생각났다. 나는 가만히 목을 문질렀다.

"기억하고 있겠지, 말로우? 샌디에이고의 고등재판소 판사 부부가 그 비행기에 탄 아들 부부를 전송하러 나갔네. 네 사람 다 레녹스를 보았고, 판사 부인은 그와 함께 자동차로 온 남자도 보았지. 증거가 드러났네."

"그렇군. 어떻게 그들과 연락했소?"

"라디오와 텔레비전의 특별 뉴스지. 판사가 곧 알려 왔다네."

"줄거리가 서 있군요. 하지만 그것만으로는 모자라오, 그랜트, 그를 체포하고, 살인했다는 사실을 증명하지 않으면 안 되오. 그리고

기나긴 이별 77

내가 그것을 알고 있었다는 것도 증명해야만 하오."

그는 전보용지의 뒷면을 손가락으로 두드렸다. "한잔 마시기로 하겠네. 야근이 너무 계속된단 말이야." 그는 책상 서랍을 열고 병과 잔을 책상 위에 놓았다. 잔에 넘치도록 술을 따르자 단숨에 마셔 버렸다. "이제 좀 살 것 같군. 허나 미안하지만 자네에겐 줄 수 없네. 구류 중이거든." 그는 병마개를 막고 좀 떨어진 곳에 놓았다. 그러나 손이 닿을 수 있는 곳이었다. "그래, 증명하지 않으면 안 되는 것이 있다고 했는데 차라리 그만 자백하는 게 어때?"

내 등골에 차고 작은 송충이가 기어가는 것 같았다. "그렇다면 왜 내 진술이 필요하지?"

그는 뜻 있는 웃음을 웃었다. "증거를 굳혀 두고 싶네. 레녹스는 송환되어 재판에 회부될 거야. 되도록 많이 증거를 모아 두고 싶단 말이야. 자네한테 듣고 싶은 것은 대단한 게 아냐. 조금만 말해주면 되네."

나는 그를 응시했다. 서류를 만지작거리고 있었다. 의자 속에서 몸을 움직여 술병으로 눈을 옮기며, 손을 내밀고 싶은 마음을 꾹 참고 있었다. "모든 얘기를 듣고 싶은가?" 하고 그는 불쑥 말했다. "엉터리 얘길 하고 있지 않다는 증거로 말해 주지."

내가 책상으로 몸을 내밀자, 술병을 잡으려는 것으로 생각했던지 깜짝 놀라 술병을 책상 서랍 안에 감추었다. 나는 다만 그의 재떨이에 담배꽁초를 버리려고 했을 뿐이었다. 내가 다시 의자에 앉아 새 담배에 불을 붙이자 그는 빠른 말로 지껄이기 시작했다.

"레녹스는 매사트란에서 비행기를 내렸네. 여객기를 갈아타는 곳으로 인구가 3만 5천쯤 되는 소도시지. 두세 시간 모습이 안 보였지. 그런데 거무스름한 살갗의 머리카락이 검고 칼자국 같은 것이 보이는 키 큰 사나이가 나타나 실바노 로드리게스라는 이름으로 토레온까지 가는 표를 샀다네. 스페인어를 사용했으나 스페인식 이름을 가진 인간치고는 너무 서툴더라는걸세. 무엇보다 멕시코인으로서는 너무 키가 컸어. 조종사한테서 그 사나이에 관한 보고가 있었지만 토레온에서는 잡히지 않았네. 멕시코 경찰은 게을러서 말이야. 함부로 총만 쏠 뿐 쓸모가 없네. 겨우 경찰이 움직이기 시작했을 무렵엔, 그 사나이는 비행기 한 대를 전세내서 오타토쿠란이라는 산중 호수에 면한 작은 도시로 가버린 뒤였어. 그 비행기 조종사는 텍사스에서 전투기 조종사 훈련을 받은 일이 있었기 때문에 영어를 잘 했지. 레녹스는 그가 하는 말을 못 알아듣는 체했다네."
"레녹스인지 어떻게 알았소?" 하고 내가 물었다.
"좀 기다리게. 레녹스가 분명하니까. 놈은 오타로쿠란에 도착하자 그곳 호텔에 투숙했네. 이번에는 마리오 데 셀비어라는 이름이었지. 7·5 구경 모젤을 가지고 있었네. 물론 그런 것은 멕시코에서는 별로 신기한 일도 아니지. 그러나 조종사는 수상하다고 보고 그 지방 경찰에 신고했네. 경찰은 레녹스를 감시하게 되었고, 멕시코시티에 조회한 다음 호텔을 덮쳤어."
그랜트는 잔을 집어 들고 그 가장자리에 시선을 보냈다. 나를 보지 않기 위한 뜻 없는 작업이었다.
"그랬군. 정말 머리가 잘 도는 조종사였군. 손님에게도 친절해 보이고…… 허나 그런 얘기는 믿을 수 없어."
그는 나에게 눈을 돌려 노려보고 내뱉듯이 말했다.
"우린 재판을 빨리 끝내고 싶은 거야. 제2급 살인이지. 사실은 이 사건에 관계하고 싶지 않은 까닭이 있네. 여자 집안이 너무 좋기 때문이지."
"하란 포터 말이오?"
그는 가볍게 고개를 끄덕였다. "난 처음부터 마음이 내키지 않았네. 스프링거가 유명해지려고 생각하면 얼마든지 유명해질 수 있게 되어 있네. 완전히 갖추어져 있단 말이야. 섹스, 추문, 돈, 아름답고 행실 나쁜 아내. 남편은 전쟁에서 명예의 부상을 입은 영웅이야. 그의 흉터는 전쟁에서 부상당한 걸세. 몇 주일 동안이나 신문의 1면을 호화롭게 장식할 수 있네. 전국의 화제가 될 것은 틀림없지. 그래서 우린 빨리 끝내고 싶은 거야." 그는 어깨를 들썩했다. "하지만 우두머리가 사회 문제로 삼고 싶어하면 내가 알 바 아닐세. 어때, 말하겠나?" 그는 아까부터 희미한 소리를 내면서 돌고 있는 녹음기 쪽으로 눈을 돌렸다.

"꺼 주시지요" 하고 나는 말했다.

그는 몸을 비틀고 나를 노려보았다. "콩밥을 더 먹고 싶은가?"

"들어가 있는 기분이 그다지 나쁘지 않더군요. 확실히 훌륭한 인간은 만날 수 없지만, 그렇다고 훌륭한 인간을 만나고 싶다고는 생각 않소. 이해할 수 없을 거요, 그랜트. 당신은 나보고 배신하라고 말하고 있소. 아니 내가 너무 고집불통이고 감상적인지도 모르지. 그러나 나도 내 직업을 생각 안 할 수 없지 않소. 당신이 사립 탐정에게 어떤 일을 의뢰했다고 가정해 봅시다. 물론 생각하는 것조차도 싫겠지만 달리 방법이 없다고 해 둡시다. 그 탐정에게 친구를 배신시키게 하고 싶소?"

그는 나를 밉살스럽다는 눈으로 바라보았다.

"아직도 말할 게 남아 있소? 당신이 말한 레녹스의 도주 방법이 좀 어리석게 보이지 않소? 만약 처음부터 잡힐 생각이 아니라면 그렇게 귀찮은 짓은 안했을 거요. 잡히지 않으려고 했다면 멕시코에서 멕시코인으로 변장하는 그런 서툰 짓은 안할 거요."

"무슨 뜻인가, 그 말은?" 그랜트의 얼굴은 물어뜯기라도 할 듯한 무서운 표정이었다.

"지금 한 말은 엉터리 얘기로, 머리를 염색한 로드리게스라는 인간은 당초부터 있지도 않았으며, 오타토쿠란에 마리오 데 셀비어란 사나이는 나타나지도 않았소. 당신은 해적이 보물을 감춰 둔 곳을 모르는 것과 마찬가지로 레녹스가 어디 있는지 모르고 있다는 뜻이오."

그는 다시 술병을 꺼냈다. 잔에 따르자 먼저처럼 단숨에 마셔 버렸다. 겨우 안정을 되찾은 그는 의자에 앉은 채 몸을 내밀어 녹음기의 스위치를 껐다.

"너를 재판에 회부하고 싶군. 너같이 건방진 놈은 마음이 후련해지도록 괴롭히고 싶단 말이야. 이번 사건은 언제까지나 너를 따라 다닐거다. 걷고 있을 때도, 음식을 먹고 있을 때도, 잠자고 있을 때도 잊을 수 없게 될거다. 알겠나, 다음에 꼬리가 잡히면 단단히 각오해! 그러나 지금은 죽어도 하고 싶지 않은 일을 해야 한단 말이야."

그는 책상 위를 휘저으며 엎어 둔 종이를 집더니 뒤집어서 서명했다. 자기 이름을 쓰고 있을 때는 보고 있어도 알 수 있게 마련이다. 그런 다음 일어서더니 책상을 돌아 문을 거칠게 열어젖히면서 큰소리로 스프란크린을 불렀다.

뚱뚱한 사나이는 악취를 풍기면서 들어섰다. 그랜트는 그에게 종이를 건네주었다.

"나는 지금 네 석방 명령서에 서명했어" 하고 그는 말했다. "공무원에게는 가끔 불쾌한 일을 해야 할 때가 있지. 왜 내가 서명했는가, 그 이유를 알겠나?"

나는 일어섰다. "말하고 싶다면 해보게."

"레녹스 사건은 인제 끝났어. 레녹스 사건이란 존재하지 않아. 놈은 오늘 오후, 호텔 방에서 모든 것을 고백한 편지를 써 놓고 권총으로 자살하고 말았다네. 아까 내가 말한 그 오타토쿠란에서 말이야."

나는 뜻밖의 말에 멍청하니 서 있었다. 내가 폭행이라도 가한다고 생각했는지 그랜트가 슬그머니 뒷걸음질쳐 가는 것이 보였다. 그때의 내 표정이 그만큼 험악했던가 보다. 내가 제정신을 되찾았을 때는 이미 그는 책상 저편에 돌아가 있었고, 스프란크린이 내 팔을 잡고 있었다.

"자, 갑시다" 하고 그는 우는 목소리로 말했다. "나도 가끔은 집에서 자고 싶소."

나는 그와 함께 방을 나와 문을 닫았다. 방금 누군가가 죽어 버린 방에서 나오는 것처럼 소리도 내지 않고.

10

나는 소지품 보관증을 건네주고 수령서에 서명했다. 내놓은 것들은 호주머니에 챙겨 넣었다. 접수계 책상 끝에 기대고 있던 사나이가 일어나 내게 말을 걸어왔다. 키가 193센티미터 정도 되는 사나이로 철사처럼 깡마른 인간이었다.

"돌아갈 차는 있소?"

희미한 전등불에 비친 그는 나이보다 훨씬 늙어 보였고, 피로한 표정에 날카로운 점은 있었으나 악해 보이지는 않았다.

"얼마요?"

"공짜요. 난 〈저널〉지의 로니 모건 기자요. 돌아가는 길이오."

"경찰 출입이오?"

"이번 주뿐이오. 본래 담당은 시청이고."

우리들은 건물을 나와 주차장으로 갔다.

나는 하늘을 올려다보았다. 별이 보였고, 주위가 너무 밝았다. 시원하고 기분 좋은 밤이었다. 공기를 배에 가득 들이마셨다. 그리고 그의 차에 탔다.

"나는 로렐 캐니언의 끝에 살고 있소" 하고 나는 말했다. "어디든 편리한 곳에서 내려 주시오."

"집어넣을 때는 차로 데리고 오고, 돌아갈 때는 어떻게 돌아가든 알 게 뭐냐는 식이군요! 난 이 사건에 흥미를 가지고 있소. 기분 좋은 일은 아니지만 말이오."

"사건은 끝난 것 같소. 오늘 오후 테리 레녹스가 자살했다고 그들이 말하더군요."

"정말 편리하군요" 하고 로니 모건은 앞을 보면서 말했다. 차는 고요한 거리를 조용히 달렸다. "벽을 쌓는 데 도움이 되겠지요."

"무슨 벽 말이오?"

"누군가가 레녹스 사건 주위에 벽을 쌓고 있어요, 말로우. 당신은 머리가 좋기 때문에 알 거요. 당연히 세상을 시끄럽게 할 만한 화제인데도 조금도 화제가 되어 있지 않거든. 지방검사는 오늘 밤 워싱턴으로 출발했다는군요. 무언지는 몰라도 회의가 있다는 거요. 이름을 팔기에 이렇게 좋은 기회는 없을 텐데 왜 자리를 비워 버리는 걸까요?"

"나한테 물어도 아무 소용이 없소. 난 '냉장고'에 들어가 있었거든요."

"누군가가 그에게 그만한 대가를 주고 있기 때문일 거요. 돈뭉치 같은 시시한 게 아냐. 누군가가 틀림없이 그에게 중요한 것을 약속한 거요. 이 사건의 관계자 중 그런 일을 해낼 수 있는 입장에 있는 인간은 한 명밖에 없지요. 그 여자의 부친밖에는 말이오."

나는 구석에 머리를 기댔다. "줄거리가 좀 이상하군요. 신문은 어떻게 되었나? 하란 포터는 신문을 몇 개 가지고 있지만 경쟁 신문사도 있을 게 아니오?"

그는 내 얼굴을 재미있다는 듯 쳐다보았다.

"신문 기자를 한 일이 있소?"

"아니오."

"신문은 대부분 부자들이 소유하고 있고, 그들이 또 발행하고 있지요. 전부 같은 클럽에 속하고 있는 부자들이지요. 물론 경쟁도 있겠지요. 발행 부수나, 취재 방법, 특종에 대해서는 경쟁이 심하지요. 그러나 소유주들의 명예, 특권, 지위 등을 손상하지 않는 범위 내에서의 경쟁은 말이오. 만일 손상될 듯하면 곧 뚜껑을 닫아 버린단 말이오. 레녹스 사건도 뚜껑이 닫힌 거요. 붓대를 잘만 놀리면 얼마든지 팔리는 사건인데. 모든 요소가 갖추어져 있거든요. 너무 완벽하게 말이오. 재판에는 전국에서 민완 기자들이 모여들 걸요. 그러나 재판은 없을거요. 버스가 아직 움직이기도 전에 레녹스가 내렸기 때문이지. 아까도 말했지만 하란 포터 집안에게는 정말 편리하게 된 셈이지요."

나는 몸을 일으켜 그를 가만히 지켜보았다.

"하나에서 열까지 조작된 연극이란 말인가요?"

그는 비웃듯이 입술을 비쭉했다. "누군가가 레녹스의 자살을 도왔다는 말도 있을 수 있을 거요. 체포하러 갔을 때 약간 저항했는지도 모르지. 멕시코의 경관은 사소한 일에도 권총을 뽑아 들거든요. 내기를 해도 좋아요. 탄환 구멍이 몇 개 있었는지 아무도 세어본 놈은 없을걸."

"당신은 잘못 생각하고 있군요. 나는 테리 레녹스를 잘 알고 있소. 아마 산 채로 연행되어도 그들이 하라는 대로 했을 거요. 살인죄를 달게 받았을 거요."

로니 모건은 머리를 흔들었다. 나는 그가 무슨 말을 하려는가를 알고 있었다. "보통 살인죄가 아니오. 권총으로 사살했다든가, 머리를 때려서 죽인 경우라면 혹시 죄를 달게 받았을지도 모르지. 그러나 수법이 너무 잔인했어요. 얼굴이 거의 없었단 말이오. 제2급 살인으로 취급된다면 오히려 가벼운 편이 되지만, 그렇게 했다가는 세상 사람들이 용납하지 않았을 거요."

나는 말했다. "당신 말이 맞는지도 모르지요."

그는 다시 나를 보았다. "그를 잘 안다고 했지요? 자살을 믿나요?"

"그냥 피곤하군요. 오늘 밤은 아무것도 생각하고 싶지 않네요."

오랜 침묵이 계속되었다. 이윽고 로니 모건이 조용히 말했다. "내가 신문 기자가 아니고 머리가 좋은 인간이었다면, 그가 죽였다고는 생각지 않았을 텐데."

"그렇게도 생각할 수 있겠네요."

그는 담배를 입에 물고 불을 붙였다. 깡마른 얼굴에 어두운 표정을 짓고 아무 말없이 계속 담배만 피우고 있었다. 차가 로렐 캐니언에 접어들자, 나는 큰 거리에서 구부러지는 곳과 내 집으로 들어가는 곳을 그에게 가르쳐 주었다. 차는 언덕을 올라 계단 앞에서 섰다.

나는 차에서 내렸다. "태워다 줘서 고맙소. 뭐 좀 안 마시겠소?"

"다음 기회로 하지요. 오늘은 혼자 있는 편이 좋을 것 같소."

"줄곧 혼자 있었소. 이젠 싫증이 났소."

"안녕을 하고 헤어진 친구가 한 사람 있었을 텐데……?" 하고 그는 말했다. "그를 위해 유치장에 들어가 있었다고 한다면 그야말로 진짜 친구가 아니겠소."

"누가 그를 위해서라고 했나요?"

그는 가볍게 웃었다. "기사화 안 했다고 해서 몰랐던 것은 아니오. 잘자시오. 또 만납시다."

내가 자동차 문을 닫자, 그는 차를 돌려 언덕을 내려갔다. 차가 모퉁이를 돌아가 보이지 않게 되자 나는 계단을 올라가 신문을 줍고, 인기척이 없는 집으로 들어갔다. 전등을 모두 켜고, 창문을 전부 열었다. 집 안은 숨이 막힐 것 같았다.

나는 커피를 끓여서 마시고, 커피통에서 백 달러짜리 지폐 다섯 장을 빼냈다. 지폐는 단단히 말려 커피통 속에 꽂혀 있었다. 나는 커피잔을 들고 방 안을 이리저리 돌아다녔고, 텔레비전을 켰다간 끄고, 앉았다간 일어서고, 다시 앉았다. 입구에 산처럼 쌓여 있는 신문을 훑어보았다. 레녹스 사건은 처음에는 대대적으로 보도되었으나 오늘 조간에는 사회면의 구석 기사가 되어 버렸다. 실비아의 사진은 게재되어 있었으나 테리의 사진은 없었다. 어디서 찍혔는지 기억에도 없는 내 사진도 게재되어 있었다. '로스앤젤레스의 사립 탐정 심문받기 위해 구류됨'이라는 제목과 함께 엔시노에 있는 레녹스의 큰 저택 사진도 있었다. 뾰족한 지붕이 많은 영국식을 모방한 저택으로, 창문을 닦는 데만도 백 달러는 필요할 것 같았다. 그 저택은 2에이커나 되는 토지의 언덕 위에 세워져 있다. 2에이커라면 로스앤젤레스에서는 대단히 넓은 토지였다. 손님용의 별관 사진도 있었다. 본관을 작게 만든 것과 같은 구조로 많은 나무들로 둘러싸여 있었다. 사진은 어느 것이나 멀리서 찍어 확대한 것이었다. 기사 중에 '죽음의 방'이라 표시된 문제의 방 사진은 없었다.

나는 이와 같은 신문을 이미 유치장 안에서 보았지만 다시 읽었다. 단지 돈 많은 여자가 살해되었다는 것뿐인 기사였다. 처음부터 압력이 가해지고 있었음이 분명했다. 사회부 기자들이 분통을 터뜨리는 심정을 알 것 같았다. 그랬을 것이다. 그녀가 살해된 밤에 테리가 파사디나에 있는 장인과 통화한 사실이 밝혀졌다면 경찰에 알려지기 전에 한 다스 정도의 수위가 배치되었을 것이다.

그러나 납득되지 않는 점이 있었다. 그녀가 살해된 방법이었다. 테리는 절대 그런 짓을 할 인물이 아니기 때문이다.

나는 전등을 끄고 열어 둔 창 옆에 앉았다.

머리가 아팠기 때문에 수염을 깎고 샤워를 하고 침대 위에 누워서, 어둠 속에서 모든 사실을 분명히 밝혀 주는 소리가 은은히 들려오기를 기다리며 귀를 기울였다. 그러나 그런 소리는 들려오지 않았다. 나는 처음부터 알고 있었다. 레녹스 사건을 나에게 설명해 주는 사람은 아무도 없다. 설명이 필요없는 것이다. 범인은 고백하고 죽었다. 검시 심문도 없을 것이다.

〈저널〉지의 로니 모건 기자가 말한 것처럼 정말 편리한 세상이었다. 테리 레녹스가 정말 죽였다고 해도 그걸로 족했다. 그를 재판에 끌어 낼 필요가 없고, 온갖 불유쾌한 일들이 햇빛 아래 드러나지 않아도 되는 것이다. 만약 그가 살해하지 않았다고 해도 그것으로 그만이다. 죽은 인간만큼 말썽 피우지 않는 것은 없다. 무슨 말을 들어도 항변하지 않기 때문이다.

11

아침이 되자 나는 다시 수염을 깎고, 양복을 입고, 평소와 같이 차로 다운타운에 나가 늘 두었던 곳에 주차했다. 주차장의 사나이는 내가 신문의 화제가 되어 있는 사내라는 것을 알고 있는지도 모르지만, 그러한 기색은 보이지 않았다.

나는 2층에 올라가 복도를 지나 사무실 문을 열기 위해 열쇠를 꺼냈다. 눈매가 날카로운 사나이가 나를 지켜보고 있었다.

"말로우 씨요?"

"그렇다면?"

"기다려 주쇼. 당신한테 볼일이 있는 사람이 있으니까." 그는 벽에서 등을 떼자 그 자리를 떠났다.

  나는 사무실로 들어가서 우편물을 집어 들었다. 책상 위에도 야간 청소부가 쌓아 올려 둔 우편물이 있었다. 창문을 연 다음, 봉투를 뜯고 불필요한 편지는 버렸다. 거의 필요없는 편지뿐이었다. 한쪽 버저에 스위치를 넣고, 파이프에 담배를 채워 불을 붙이고 의자에 파묻혀 누군가가 살려 달라고 소리치는 것을 기다렸다.

  머릿속에 테리 레녹스의 일이 희미하게 떠올랐다. 그 은발도, 흉터 있는 얼굴도, 눈에 띄지 않는 매력도, 별로 흔치 않는 그 자부심도 이미 멀리 떠나가 버렸다. 그가 어떻게 상처를 입었고, 왜 실비아 같은 여자와 결혼하게 되었는가도 묻지 않았던 것처럼, 나는 그에 관해서 판단을 내리거나 해부한 일은 없었다. 마치 배에서 알게 된 사람처럼, 잘 알고 있는 것 같으면서도 실은 아무것도 몰랐다. 부두에서 헤어질 때 서로 연락하자고 말하면서도 어느 쪽이나 연락을 취하지 않듯이. 평생에 두 번 다시 얼굴을 맞댈 기회는 거의 없고, 만일 만났다고 해도 그때는 서로 완전히 다른 인간이 되어 있을 것이다. 전망차에서 우연히 옆자리에 앉게 된 로터리 클럽의 회원에 지나지 않는다. 요즘 경기는 어떻습니까? 그다지 나쁘지도 않습니다. 건강하신데요, 댁도 살이 쪘습니다. 나 역시 마찬가집니다. '프랑코니아'에서 있었던 일을 기억하시는지요? '이런, '프랑코니아'가 맞나?' 기억하고말고요. 참 유쾌한 여행이었습니다.

  뭐가 유쾌한 여행이야? 지루해서 혼났다. 다른 상대가 없어서 말을 걸었을 뿐이다. 테리 레녹스와 나 사이도 그러한 것이었는지도 모른다. 아니, 그렇다고 단언할 수는 없다. 나와의 관계는 더 심각한 그 무엇이 있었던 것 같다. 시간과 돈을 그에게 투자하고, 유치장에서 사흘 동안을 지냈다는 사실만이 아니라, 턱과 목을 얻어맞았고, 덕분에 침만 삼키면 생각나지 않는가? 그런데 그가 죽고 난 다음에는 그의 5백 달러조차 갚을 수도 없게 되고 말았다. 이렇게 생각하자 나는 은근히 화가 치밀어 오르기 시작했다. 화가 치미는 원인은 언제나 작은 일에서 비롯된다.

문의 버저와 전화벨이 동시에 울렸다. 나는 우선 수화기를 들었다. 버저가 울린 것은 누가 나의 작은 대기실에 들어왔다는 신호일 뿐이었으니까.

"말로우 씨입니까? 앤디코트 씨의 전화입니다. 잠깐 기다려 주십시오."

그의 말소리가 수화기를 통해 들려 왔다. "수웰 앤디코트일세"라고, 비서가 이름을 전한 것을 모르는 듯이 자기 이름을 댔다.

"안녕하십니까, 앤디코트 씨?"

"석방돼서 잘 됐네. 이젠 이 사건에 관계될 일은 없겠지만, 만일 그런 일이 생기고 조언이 필요하거든 언제든지 연락해 주게."

"무엇 때문에 그러십니까? 그는 이미 죽었습니다. 그가 나를 알고 있었다는 사실을 증명하는 것만도 힘들 겁니다. 게다가 내가 사정을 알면서 숨기고 있었다는 것도 증명하지 않으면 안 됩니다. 그뿐만 아니라, 그가 죄를 범한 것이나 도주를 꾀한 것까지도 증명하지 않으면 안 될 겁니다."

그는 헛기침을 하고 말했다. "그가 모든 것을 고백한 편지를 남겼다는 사실을 못 들었나?"

"들었습니다. 그러나 자백이 있어도 본인의 의사에서 나왔다는 것과, 내용이 사실이라는 것이 증명되지 않으면 무효가 되지 않는가요?"

"법률론을 토론하고 있을 틈은 없네" 하고 그는 화난 말투로 말했다. "별로 달갑지 않은 일로 멕시코에 가는 길이야. 무슨 일인지 상상할 수 있겠나?"

"당신이 누구 의뢰를 받고 있는가에 따라 달라지겠지요. 나한테는 말해 주지 않았습니다."

"알고 있네. 그럼 잘 있게, 말로우. 내가 돕겠다고 한 말은 아직 효력이 있네. 그리고 충고해 두겠네. 이 사건과 완전히 관계가 없어졌다고 생각하는 건 시기상조야. 자네 직업에는 여러 가지로 약점이 있기 때문에 말이야."

그는 전화를 끊었다. 나는 조용히 수화기를 놓고, 그 위에 손을 얹은 채로 한동안 얼굴을 찌푸리고 있었다. 그런 다음 생각을 고쳐먹고 일어서서 대기실 문을 열었다.

한 남자가 창가에 앉아 잡지를 넘기고 있었다. 거의 눈에 띄지 않을 청색 체크무늬가 들어간 잿빛 양복을 입고 있었다. 부드럽게 보이는 검은 뱀가죽 구두를 신은 발을 무릎 위에 올려 놓고 있었다. 흰 손수건은 네모로 접혀져 있었고, 그 뒤에 선글라스 끝이 보였다. 머리는 새까맣게 곱슬거렸다. 피부는 거무스름하고 볕에 탔다. 그 사나이는 날카롭게 빛나는 눈동자로 나를 올려다보며 깨끗이 깎은 콧수염 밑에서 미소 지었다. 눈부신 하얀 이! 새하얀 셔츠에 짙은 적갈색 나비넥타이를 매고 있었다.

그는 잡지를 내던졌다. "시시한 잡지군" 하고 그는 느닷없이 반말투로 지껄였다. "코스테로(실존하는 갱 스타)의 기사를 보고 있었네. 코스테로의 일이라면 모르는 게 없는 듯한 말투로군. 내가 트로이의 헬레네라면 무엇이든 다 알고 있는 것처럼 말이야."

"무슨 일이신가요?"

그는 천천히 나를 관찰했다. "커다란 빨간 스쿠터를 탄 타잔이군!" 하고 그는 말했다.

"뭐라고요……?"

"네 얘기야, 말로우. 커다란 빨간 스쿠터를 탄 타잔이란 말이야.

혼 좀 났나?"

나는 은근히 화가 났다. 그래서 나도 반말투로 대꾸했다.

"혼났지. 그게 어쨌다는 건가……?"

"올브라이트가 그레고리우스에게 말한 다음에는 어떻게 됐나?"

"그때부터는 아무 일 없었네."

그는 가볍게 고개를 끄덕였다. "올브라이트한테 말해 달라고 부탁하다니, 자네는 정말 얼간이군."

"그게 당신하고 무슨 관계가 있나? 말이 나왔으니 말이지만 나는 올브라이트 시 경찰본부장도 알지 못하고 부탁한 기억도 없네. 그가 나를 위해서 힘써 줄 까닭도 없고."

그는 못마땅한 표정을 짓고 나를 보았다. 그리고 표범처럼 몸을 가볍게 움직여 천천히 일어났다. 그리고 대기실을 가로질러 내 사무실을 들여다보고 나를 되돌아본 다음 거침없이 내 사무실로 들어왔다. 그는 어디에 있든 그곳을 자기 것으로 만들어 버리는 그런 인간이었다. 나는 그 뒤를 따라 문을 닫았다. 그는 책상 옆에 서서 재미있다는 표정으로 주위를 둘러보았다.

"초라한 인간이군!" 하고 그는 말했다.

"정말 초라한 놈이야."

나는 책상 저쪽으로 돌아가서 그의 다음 말을 기다렸다.

"한 달에 얼마나 버나, 말로우?"

나는 대답하지 않고 파이프에 불을 붙였다.

"7백 50정도가 되면 좋은 편이겠군" 하고 그는 말했다.

나는 성냥을 재떨이에 버리고 담배 연기를 내뿜었다.

"정말 초라한 놈이군, 말로우. 정말 졸때기야. 너무 작아서 현미경이 없으면 보이지도 않는단말야."

나는 아무 말도 하지 않았다.

"네가 하고 있는 일은 시시한 것뿐이거든. 누군가와 친구가 된다, 같이 술을 마시고 시시한 얘기를 한다, 상대편의 주머니가 마르면 쥐똥만한 돈을 준다, 그게 전부야. 배짱도, 머리도, 배경도, 돈도 없지. 그러니 어쩔 수 없이 자못 의지가 될 듯한 낯짝을 하고, 사람 좋은 놈이 울고 매달려오는 것을 기다리고 있지. 커다란 빨간 스쿠터에 탄 타잔이지."

그는 어색하게 웃었다.

"내가 보기엔 5센트짜리 동전만한 가치도 없다 그런 말이야."

그는 책상 위에 몸을 내밀어 손등으로 내 얼굴을 쳤다. 나를 다치게 하려는 것은 아닌 것 같았다. 그의 얼굴에는 웃음의 그대로 남아 있었다. 내가 움직이려고 하지 않자, 천천히 의자에 앉아 한쪽 팔꿈치를 책상 위에 세워 볕에 탄 손등 위에 턱을 얹었다. 빛나는 눈동자로 나를 응시했다.

"여봐 졸때기, 내가 누군지 알고 있나? 이름은 메넨디스, 멘디 쪽이 더 유명하지. '스트립' 시장이 주무대이고."

"그랬던가? 그런데 어떻게 해서 이렇게 위대해졌는지 알고 싶군."

"어떻게 알겠나? 아마 멕시코 창녀들이 돈을 많이 벌어주면서 부터겠지."

그는 호주머니에서 황금 담배 케이스를 꺼내어 갈색 담배에 황금 라이터로 불을 붙이고, 눈을 자극하는 연기를 뿜어내며 끄덕였다. 그런 다음에 황금 담배 케이스를 책상 위에 놓고 손가락으로 튀기기 시작했다.

"나는 위대하단 말이야, 말로우. 돈을 굉장히 많이 벌고 있네. 돈을 벌려면 별의별 놈을 다 매수하지 않으면 안 되며, 매수하는 데는 돈이 필요하지. 그래서 벌지 않으면 안 된다는 거야. 나는 벨에어에 9만 달러짜리 집을 샀는데, 가구나 그 밖의 것에는 더 많은 돈이 들었지. 금발의 대단한 미인 아내와 자식이 둘 있고 자식들은 동부의 사립학교에 다니고, 마누라에겐 15만 달러나 되는 보석과 7만 5천 어치의 모피와 드레스가 있지. 집사 외에 하녀 둘과 요리사, 운전기사, 그 밖에 내 뒤를 따라다니는 보디가드가 또 있어. 무엇이든 특별, 최고가 아니면 만족하지 않는다네. 먹는 것도, 술도, 호텔도…… 플로리다에 별장이 있고, 승무원 다섯 명이 대기하는 대형 요트도 있지. 차는 벤츠 한 대와 캐딜락이 두 대, 크라이슬러의 스테이션 왜건, 아들한테는 MG를 사주었지. 2년 뒤에는 딸한테도 MG를 사줄 생각일세. 자넨 뭘 가지고 있나?"

"대단한 건 없네" 하고 나는 말했다. "금년에 집을 얻었네. 단칸방은 아니야."

"여자는 없나?"

"나 혼자야. 보는 바와 같은 사무실 외에, 은행에 천 2백 달러, 주식이 3, 4천 달러 정도 있지. 아직 듣고 싶은 게 남아 있나?"

"제일 많이 벌어 준 일엔 얼마를 받았나?"

"8백 50달러"

"쳇! 그것밖에 안돼?"

"적당히 해 두지 못하겠나. 볼일은 뭔가?"

그는 반 정도 피운 담배를 끄고, 곧 새 담배에 불을 붙이자 의자에 깊숙이 앉아 입을 열었다.

"우리들 셋은 참호에서 식사를 하고 있었네. 주위는 온통 눈에 덮여 있었고 굉장히 추운 날이었지. 먹던 것은 통조림이었네. 어느 걸 막론하고 얼어붙지 않은 게 없었어. 가끔 포탄이 날아왔어. 우리들 셋은 추워서 맥이 없었네. 랜디 스타와 나, 그리고 테리 레녹스였네. 그런데 폭탄 한 개가 우리들이 앉아 있던 한가운데에 떨어졌어. 어떻게 된 셈인지 그게 폭발하지 않았네. 독일 놈들은 가끔 괴상한 짓을 했어. 시시한 멋을 좋아하는 모양이야. 불발탄인가 하면 3초 후에 폭발하거든. 테리가 선뜻 그걸 잡았어. 랜디와 나는 참호에서 뛰어나갔지. 눈 깜짝할 동안에 일어난 일이었어. 마치 농구의 명선수 같았어. 그는 지면에 엎드려 구르면서 포탄을 내던졌어. 포탄은 공중에서 폭발했지만 파편이 그의 옆얼굴을 때렸지. 그때 독일 놈들이 돌격해 왔어. 그 후는 어떻게 됐는지 기억하지 못하네."
메넨디스는 말을 끊고 검게 빛나는 눈으로 나를 응시했다.
"고맙네, 얘기해 줘서"라고 나는 말했다.
"너는 제법 배짱이 있어. 마음에 들었네. 랜디와 나는 나중에 서로 이야기하면서 테리 레녹스는 틀림없이 머리를 다쳤다고 생각했네. 죽은 것으로 알았지만 그렇지 않았네. 독일 놈들에게 잡혔던 거야. 1년 반 동안 독일 병원에 있었어. 수술은 서투르지 않았지만, 굉장히 심하게 다룬 것 같더군. 우리는 테리가 살아 있다는 것을 알아내기 위해서 많은 돈을 썼네. 전후의 암거래시장에서 듬뿍 벌고 있었기 때문에 돈이 얼마가 들든 끄떡 없었네. 테리는 우리의 목숨을 구하느라 얼굴의 반이 달라졌고, 은발과 신경에 심한 손상을 입은 셈이지. 동부에서 술만 마시고 노상 경찰 신세를 지고 있었네. 무언가 생각하는 것 같았지만 무얼 생각하고 있는지 전혀 알 수 없었어. 그러다가 그 돈 많은 여자와 결혼해서 호화로운 생활을 하게 되었네. 그러나 여자와 헤어져서 다시 비참한 생활에 빠졌는가 했더니 다시 결혼했어. 그런데 여자가 죽었네. 랜디와 나는 아무것도 해 줄 수가 없었지. 부탁하러 안 오는 거야. 라스베이거스에서 며칠 동안 우리들 일을 도와주었을 뿐이야. 곤란에 빠지면 우리한테는 오지 않고 너 같은 졸때기한테만 갔단 말이야! 경관 노리개나 되는 그런 졸때기한테 말이야. 그런데 이번엔 그놈이 죽어 버렸단 말이야. 우리들한테 잘 있으란 말도 안 했고, 이젠 그 신세를 갚을 수도 없게 돼 버렸어. 내가 손을 쓰면 멕시코에서 평생을 안락하게 살 수도 있었는데! 사기 도박꾼이 트럼프를 돌리는 것보다 더 빨리 외국에 도피시킬 수도 있었지. 그런데도 너한테 가서 사정했다지 뭔가. 그게 화가 난단 말이야. 경관 노리개나 되는 졸때기한테 말이야."
"경찰에 간섭받는 건 나뿐이 아냐. 어떻게 하라는 건가?"
"손을 떼란 말일세" 하고 메넨디스는 위협조로 말했다.
"뭣에서?"
"레녹스 사건으로 돈을 벌려고 하거나, 명성을 얻으려 하지 말란 말이야. 사건은 끝났네. 테리는 죽었어. 더 이상 괴롭히고 싶지 않네. 그는 이미 굉장히 많은 괴로움을 맛보아 왔네."
"자네들한테 그렇게 기특한 마음이 있다는 말은 처음 듣네."
"정신 차려, 졸때기! 말조심해. 멘디 메넨디스는 아무하고도 타협하지 않거든. 오직 명령할 뿐이야. 돈이 필요하거든 다른 일로 만들란 말이다, 알겠나?"

그는 일어섰다. 회견은 끝났다. 그는 장갑을 집었다. 새하얀 돼지 가죽으로 만든 것이었다. 한 번도 손에 낀 일은 없었던 것 같았다. 메넨디스는 제법 멋쟁이였다. 그러나 위험한 인간임에는 틀림없었다.

"명성을 얻을 생각은 없네,"라고 나는 말했다.
"그리고 아무도 돈을 준다고는 하지 않았어. 무엇 때문에 나한테 돈을 줄 필요가 있나."
"시치미 떼지 마, 말로우. 멋이나 취미로 사흘이나 유치장에 들어가 있던 건 아니지 않나? 분명히 돈을 받았어. 누가 낸 돈인가도 짐작하고 있네. 돈이라면 썩을 정도로 가지고 있는 그놈 말이야. 알겠나? 레녹스 사건은 끝난 거야. 가령," 그는 갑자기 말을 끊고 장갑으로 책상 끝을 쳤다.

"가령, 테리가 안 죽었다고 해도 말인가?"라고 나는 말했다.

별로 놀라는 기색은 없었다. "나도 그렇게 생각하고 싶네. 그러나 아무 소득도 없어. 테리가 지금 이대로가 좋다고 생각했다면 이대로 내버려 두는 거야."

나는 아무 말도 하지 않았다. 이윽고 그가 입가에 기분 나쁜 웃음을 띠면서 다시 말했다. "커다란 빨간 스쿠터에 탄 타잔이 인간처럼 제 구실을 할 수 있다고 생각하나? 나한테 무슨 말을 들어도 아무 짓도 못하지 않나? 쥐꼬리만한 푼돈에 고용되어 꼭두각시처럼 움직이고 있을 뿐이야. 돈도 없고 가족도 없고 장래도 없어. 아무것도 없는 졸때기란 말이야. 그럼, 또 만나세, 졸때기."

나는 책상 끝에서 번쩍번쩍 빛을 내고 있는 그의 담배 케이스를 보면서 앉아 있었다. 갑자기 나이를 먹은 듯한 피로를 느꼈다. 천천히 일어나 담배 케이스에 손을 내밀었다.

"이걸 잊었네" 하고 나는 책상을 돌면서 말했다.

"그런 건 반 다스나 가지고 있네" 하고 그는 경멸하듯 말했다.

나는 그의 곁에 가서 케이스를 내밀었다. 그의 손이 그것을 받으려 했다. "이것도 반 다스 먹게나." 나는 이렇게 말하면서 그의 배를 힘껏 쳤다.

그는 비명을 올리고 몸을 구부렸다. 담배 케이스가 바닥에 떨어졌다. 그는 비틀비틀 뒤로 물러나더니 벽에 기댔다. 두 손이 괴로운 듯 앞뒤로 흔들거렸다. 호흡하기가 어려운 듯했다. 이마에 땀이 배어 나왔다. 이윽고 그는 천천히 몸을 일으켰다. 우리는 다시 마주 섰다. 나는 손을 내밀어 손가락으로 그의 턱뼈를 만졌다. 그는 몸을 움직이지 않았다. 볕에 탄 얼굴에 겨우 엷은 웃음이 떠올랐다.

"너를 잘못 봤어"라고 그는 말했다.

"요 다음엔 권총을 가지고 오게. 그렇지 않으면 나를 졸때기라 부르지 말던지."

"권총은 보디가드한테 있어."

"그 놈을 데리고 오게. 옆에서 떠나지 않도록 하는 게 좋아."

"자네는 좀처럼 화를 내지 않는 놈이군, 말로우."

나는 담배 케이스를 발로 끌어당겨 몸을 굽혀 주워서 그에게 건네주었다. 그는 그것을 받아 호주머니에 넣었다.

"무슨 생각인지 모르겠군" 하고 나는 말했다.

"일부러 나를 놀리러 와서 무슨 소득이 있나? 상투적인 말을 늘어놓아도 놀라지 않네. 자네들은 전부 똑같아. 나에게 말하라면 전부 에이스뿐인 카드야, 내겐 그래. 무엇이든지 가지고 있지만 아무것도 가지고 있지 않은 거나 마찬가지거든. 언제나 제 손만 보고 있지. 테리가 자네한테 가지 않았던 건 당연한 일이야. 매춘부한테 돈을 빌려 쓰는 거나 마찬가지거든."

그는 두 손가락으로 가만히 배를 눌렀다. "시시한 소릴 하는군, 졸때기. 말이 좀 지나치네."

그는 걸어가 문을 열었다. 보디가드가 저쪽 벽에서 몸을 일으켰다. 메넨디스가 머리를 까닥여 그를 불렀다. 보디가드는 사무실로 들어와 무표정한 눈으로 나를 응시했다.

"놈을 잘 봐둬, 치크. 볼일이 있을지도 모르니 얼굴을 기억해 두란 말이야"라고 메넨디스가 말했다.

"벌써 봤어요, 보스" 하고 거무스름하고 아니꼽게 생긴 사나이는 입속말을 했다. "처치하는 거라면 식은 죽 먹깁니다."

"배를 얻어맞으면 안돼. 오른쪽 혹은 앝볼 수 없어." 메넨디스는 쓴웃음을 띠면서 말했다.

보디가드는 기분 나쁜 웃음을 띠었다. "그렇게 가까이는 안 가요."

"잘 있어, 졸때기." 메넨디스가 나갔다.

"다시 만나세" 하고 보디가드는 차디찬 목소리로 말했다. "치크 아고스티노라고 하네. 알고 있겠지만 말이야."

"헌 신문으로 착각하겠네. 밟히지 않게 조심하게."

그의 턱 근육이 굳어졌다. 그리고 휙 고개를 돌려 보스의 뒤를 따랐다.

압축 공기 장치가 되어 있는 문이 천천히 닫혔다. 나는 귀를 기울였다. 발자국 소리가 전혀 들리지 않았다. 고양이처럼 발소리를 내지 않고 걷는 것일까. 확인하기 위해 문을 열고 복도를 살폈다. 그림자도 보이지 않았다.

나는 책상으로 돌아와, 왜 메넨디스와 같은 유명한 보스가 직접 찾아와서 사건에서 손을 떼라고 하는 것일까 하고 생각해 보았다. 나는 그 바로 전에 수웰 앤디코트한테서 방법은 다르지만 똑같은 경고를 받았다.

아무리 생각해도 알 수 없었기 때문에 라스베이거스의 테라핀 클럽에 전화를 걸어 랜디 스타와 이야기해 보려고 했다. 헛수고였다. 스타 씨는 여행 중이신데 다른 분이라면……? 아니, 그만두자. 스타하고도 그다지 이야기하고 싶었던 것은 아니었다. 문득 머리에 떠올랐을 뿐이었다.

그로부터 사흘 동안은 아무 일도 일어나지 않았다. 나를 때린 놈도 없었고, 쏜 놈도 없었고, 전화로 손을 떼라고 하는 놈도 없었다. 나를 고용하여 가출한 딸이나, 바람난 아내나, 잃어버린 진주 목걸이나, 소재가 분명치 않은 유산을 찾게 한 사람도 없었다. 나는 하릴없이 벽을 바라보고 있었다. 레녹스 사건은 어느 사이엔가 흐지부지되어 버렸다. 간단한 검시 심문이 있었으나 나를 부르진 않았다. 이상한 시간에 예고없이 진행되었으며, 배심원도 출석하지 않았다. 검시관의 판정에 의하면 실비아의 죽음은 남편 레녹스의 살의에 의한 흉악한 범행이며, 범인은 이미 죽었기 때문에 검시관의 권한이 미치지 못한다는 것이었다. 아마 그의 고백서가 낭독되었을 것이다. 그리고 마침내 고백서가 그의 필체임이 확인되고, 검시관도 만족했을 것이다.

시체는 매장을 위해 유족들에게 넘겨졌다. 비행기로 북쪽에 보내져 가족 묘지에 매장되었다. 신문 기자의 참석은 허용되지 않았다. 누구의 인터뷰에도 응하지 않았다. 하란 포터 씨가 인터뷰를 싫어한다는 것은 천하가 다 안다. 그를 만나는 것은 달라이 라마를 만나는 것만큼 어려운 일이다. 억만장자라 평가받는 인간들이란 대개 하인이나 보디가드, 비서, 변호사, 잘 길들여진 측근들 뒤에 숨어서 이상한 생활을 하는 법이다. 틀림없이 그들도 식사와 수면을 취하고, 머리를 깎고, 옷을 입을 것이다. 그러나 자세한 내용은 확실히 알고 있는 사람은 없다. 그들에 관해 사람들이 읽거나 듣거나 하는 모든 정보는 전부 소독된 바늘처럼, 주문대로 인격을 창조하기 위해 막대한 보수를 받고 고용되어 있는 선전 담당 비서에 의해 가공되어 있는 것이다. 진실일 필요는 없다. 이미 알려져 있는 내용과 모순되지 않으면 상관없다. 그리고 알려져 있는 사실이라고 해봐야 겨우 열 손가락으로 꼽을 수 있을 정도밖에 없다.

사흘째 되는 날 오후에 전화가 울려, 일 때문에 캘리포니아에 와 있다는 뉴욕의 어느 출판사 대표 하워드 스펜서라 자칭하는 사람과 말을 나누게 되었다.

그는 어떤 문제에 대해 나의 의견을 듣고 싶으니, 이튿날 오전 11시에 리츠 베벌리 호텔의 바에서 만나 주지 않겠느냐고 했다.

나는 어떤 종류의 문제냐고 물었다.

"전화로는 말하기 어렵지만 법률에 저촉되는 문제는 아닙니다" 하고 그는 말했다. "만일 맡아주시지 않는다고 해도 할애해 주신 시간에 대한 보수는 지불하겠습니다."

"고맙습니다, 스펜서 씨. 하지만 그럴 필요는 없습니다. 누가 나를 추천했습니까?"

"당신을 알고 있는 사람에게서입니다. 당신이 최근 경찰과 문제를 일으킨 것도 알고 있는 사람이지요. 말로우 씨, 실은 그 말을 듣고 부탁드리고 싶어진 겁니다. 그러나 제가 부탁드리는 문제는 그 사건과는 관계가 없습니다. 다만…… 아니, 전화로는 좋지 않으니 한잔 하면서 얘기합시다."

"유치장에 들어가 있던 인간이라는 걸 알면서도 상관없다는 말씀입니까?"

그는 웃었다. 웃음소리가 기분 좋게 들렸다. 브루클린 사투리를 느끼게 하기 전에 뉴욕 사나이다운 말솜씨였다.

"나에게는 그것이 추천장과 같은 것입니다. 아니 당신이 말한 유치장에 들어가 있었다는 사실이 아닙니다. 무슨 짓을 당해도 입을 열지 않았다는 사실에 있습니다."

"좋습니다, 스펜서 씨. 내일 아침 만나기로 하지요."

나는 이렇게 약속하고 전화를 끊었다. 나는 누가 추천했는가를 생각해 보았다. 수웰 앤디코트인지도 모른다고 생각하고 확인하기 위해 전화를 걸었다. 그러나 그는 여행 중이고 아직 돌아오지 않았다. 별다른 문제는 아니다. 이런 장사에도 때로는 좋은 손님이 붙는 일도 있게 마련이다. 게다가 일도 아쉬웠다. 돈이 필요했던 것이다. 이렇게 생각하면서 그날 밤 집에 돌아오니, 매디슨 대통령의 얼굴이 들어 있는 편지가 배달되어 있었다.

12

그 편지는 새집 모양을 한 계단 입구의 빨강과 흰색의 편지함 안에 있었다. 상자 위의 딱따구리가 뒤집혀져 있었고 뚜껑이 열려 있었다. 그래도 나는 보통 때라면 들여다보지 않았을지도 모른다. 집으로 편지가 배달되는 일은 거의 없었기 때문이다. 그런데 딱따구리는 최근 부리 끝이 부러졌다. 상자도 부서져 있었다. '원자총'을 쏜 장난꾸러기가 있었던 것이다.

봉투에는 멕시코의 우표가 많이 붙어 있었다. 하긴 멕시코의 우표라고 안 것은 줄곧 멕시코에 대한 문제가 머리 안에 잠재되어 있었기 때문인지 모른다. 소인은 읽을 수 없었으나, 손으로 찍힌 것으로 잉크가 엷었다. 편지는 매우 두꺼웠다.

나는 계단을 올라가 거실에 앉아 편지를 읽기 시작했다.

조용한 밤이었다. 죽은 사람으로부터 온 편지가 정적을 더한층 고조시켰는지도 모른다.

편지는 날짜도 서론도 없이 시작되었다.

나는 산중 호수 곁에 위치한 오타토쿠란이라는 소도시의, 별로 깨끗하지 않은 호텔 2층 방 창가에 앉아 있네. 창 바로 밑에 우체통이 보이네. 급사가 커피를 가지고 오면 이 편지를 부치도록 부탁하고 우체통에 넣는 것을 내가 지켜볼 생각이네. 편지를 틀림없이 우체통에 넣으면 1백 페소를 사례로 줘야지. 급사에게는 무척 큰 돈이겠지.

왜 이렇게 구차스러운 짓을 하는가 하면, 끝이 뾰족한 구두를 신고 더러운 셔츠를 입은 피부가 거무스름한 사나이가 문 밖에서 감시하고 있기 때문일세. 무엇을 지니고 있는지 모르지만 나는 밖에 나갈 수 없네. 편지만 부치면 어떻게 되든 상관없다네. 이 돈은 나한테는 필요없고, 또 이곳 경관이 적당히 해 버릴 것이 틀림없기 때문에 자네가 받아 주었으면 하네. 어떤 뜻을 지니고 있는 돈이 아니라 폐를 끼친 인사와, 좋은 인간을 만난 기쁨의 표시라고 생각해 주게. 자네도 알다시피 나는 여러 가지 잘못을 저질렀지만 권총은 아직 가지고 있네. 자네는 이 사건에 대해서 이미 어느 정도 결론을 내리고 있다고 생각하네.

  내가 그녀를 살해할 만한 이유는 충분히 있으며, 정말 죽였는지도 모르지. 그러나 그것만큼은 도저히 나로서는 할 수 없었네. 그렇게 잔혹한 짓을 내가 어떻게 한단 말인가? 그래도 아무래도 뒷맛이 좋지 않은 모양이야. 그러나 이젠 아무래도 좋아. 지금 가장 중요한 일은 아무에게도 이득이 될 수 없는 흉측스러운 소문을 막는 일 뿐이니까. 그녀의 부친도, 언니도, 나에게는 나쁘게 대하지 않았네. 그들에게는 그들의 생활이 있고, 나는 내 생활이 싫어져서 여기와 있는 것이네. 실비아가 나를 이렇게 만든 것이 아니라네. 나는 이미 오래 전부터 부랑자 같은 인간이었네. 왜 그녀가 나와 결혼했는가에 대해서는 분명한 이유를 들 수가 없네. 아마 일시적인 기분에서였을 거야. 어찌되었든 그녀는 아름다움과 젊음을 잃지 않고 죽었어. 방종한 생활은 남자를 일찍 늙게 하지만, 여자는 언제까지나 젊게 만든다지 않나. 세상에는 별의별 말을 하는 사람이 다 있네. 부자는 언제나 스스로를 지킬 수 있으며 그들의 세계는 언제나 여름이라고 생각하는 사람도 있다네. 나는 그들과 생활했으나 그들은 언제나 따분한 생각에 사로잡혀 있는 외로운 사람들이었어. 나는 고백서를 썼네. 좀 기분이 나쁘고 적지 않은 공포를 느끼고 있네. 이러한 기분은 흔히 책에서 볼 수 있으나, 사실은 이러한 입장에 서 보지 않으면 모른다네. 내 손에 남아 있는 것은 호주머니 속의 권총뿐이며, 낯선 나라의 작고 더러운 호텔에 쫓겨와 선택

할 수 있는 길이 하나밖에 없다고 하면 도저히 드라마틱하다고는 느낄 수 없네. 더럽고, 불쾌하고, 잿빛이고 우울할 뿐이야.

그러니 사건에 대해서도, 나에 대해서도 잊어주기 바라네. 그러나 그전에 '빅터'에서 김릿을 한잔 마시게나. 그리고 이번에 커피를 끓이거든 나한테 한 잔 따르고, 버번을 따라 넣고 담배에 불을 붙여 컵 옆에 놓아 주게. 그런 다음에 모든 것을 잊어버리게. 테리 레녹스의 모든 것을. 그럼 안녕.

노크 소리가 들리네. 급사가 커피를 가지고 오는 걸 거야. 만일 그렇지 않으면 권총이 불을 뿜으리라고 생각되네. 나는 멕시코를 좋아하지만 유치장은 별로 좋아하지 않네. 잘 있게.

이것이 전부였다. 나는 편지를 집어서 봉투 안에 넣었다. 확실히 급사가 커피를 가지고 왔던 것이다. 그렇지 않았다면 내가 편지를 받을 수 없다. 적어도 매디슨의 얼굴이 들어 있는 편지는 받지 못했을 것이다. 매디슨 대통령의 얼굴은 5천 달러짜리 지폐다.

그 지폐는 녹색으로, 손을 벨 정도의 새것이었다. 나는 아직 본 일이 없었다. 은행에 근무하고 있더라도 구경한 적이 없는 사람이 많을 것이다. 란디나 메넨디스와 같은 인간은 가지고 있을지도 모른다. 은행에서 구하려 해도 시중에는 없고 연방은행에서 일부러 가져오지 않으면 안될 것이다. 그렇게 하려면 며칠은 걸린다. 미국 전국에 대체로 1천 매 정도밖에는 돌아다니지 않는다. 지폐 주위에 후광이 비치는 듯이 보였다. 마치 작은 태양 같았다.

나는 오랫동안 지폐를 들여다 보았다. 지폐를 소장함에 챙겨놓고, 그가 주문한 커피를 끓이기 위해 주방으로 갔다. 주문대로 컵 두개에 커피를 따르고, 그의 컵에는 버번을 첨가하여 비행장으로 갔던 그날 아침 그가 앉았던 자리에 놓았다. 담배에 불을 붙이고 잔 옆에 놓아

둔 재떨이 위에 올려놓았다. 나는 커피에서 피어오르는 김과 담배 연기의 가느다란 실을 지켜보았다. 창 밖에서는 새들이 가끔 날개 치며 낮은 소리로 지저귀고 있었다.

이윽고 커피의 김도 담배연기도 사라지고 재떨이 끝에 꽁초만이 남았다. 나는 꽁초를 설거지대 밑에 있는 휴지통에 버리고, 커피를 비우자 잔을 닦고 챙겨 넣었다. 그뿐이었다. 5천 달러를 위해 하는 일로는 충분치 못한 기분이 들었다. 얼마 후, 나는 영화를 보러 갔다. 그러나 무엇을 보았는지 거의 기억하지 못했다. 소음과 커다란 얼굴뿐이었다. 집에 돌아오자 레코드를 걸고 루이 로페스의 〈말하는 멜로디〉를 들었지만 역시 아무런 감동도 느끼지 못했다. 나는 침대에 가서 누웠다.

잠자기 위해서가 아니었다. 오전 3시, 방 안을 왔다갔다하면서 〈하챠튜리안〉을 듣고 있었다. 그는 그것을 바이올린 협주곡이라 부르고 있었지만 나에게는 벨트가 느슨해진 송풍기처럼 들렸다. 그러나 아무래도 좋았다.

나에게 잠 못 이루는 밤은 살찐 우편배달부만큼 신기한 일이다. 리츠 베벌리에서 하워드 스펜서 씨를 만날 약속만 없었다면, 위스키를 한 병 비우고 곤드레만드레가 되어 버렸을 것이다. 그리고 이번엔, 롤스로이드에 '실비아 레녹스'와 함께 타고 있는 예의 바른 주정뱅이를 보면 급히 그 자리를 뜨겠다고 생각했다. 자기가 자기한테 만든 함정만큼 무서운 것은 없다.

13

11시에 나는 식당으로 들어가 오른쪽 세 번째 자리에 앉아 있었다. 벽을 등지고 있었기 때문에 드나드는 사람이 한눈에 보였다.

스모그도 없고, 높은 하늘에 티없이 쾌청한 날씨였다. 바의 판유리 벽에 연결되어 있는 풀 수면에 태양이 춤추고 있었다. 하얀 샤크스킨 (sharkskin. 상어피부같은 질감이 나도록 짠 직물)의 수영복을 입고, 남자들의 눈길을 끌 몸매의 젊은 여자가 높은 다이빙대 사닥다리를 올라가고 있었다. 나는 볕에 탄 넓적다리와 수영복 틈으로 보이는 흰 선에 눈이 끌렸다. 곧 낮게 처진 지붕에 가려 그녀의 모습이 보이지 않게 되었다. 다음 순간 한 바퀴 반을 돌며 공중을 날아 떨어지는 그녀의 모습이 언뜻 눈에 비쳤다.

물보라가 태양에까지 닿을 정도로 높이 올라가 그 여자와 마찬가지로 아름답게 무지개를 그렸다. 얼마 후 그녀는 계단을 올라와 흰 모자를 벗고 물들인 머리카락을 흩트린 다음, 엉덩이를 흔들면서 작고 흰 테이블로 걸어가 흰 팬티에 검은 색안경을 낀 건장한 남자 옆에 앉았다. 그는 온 몸이 완전히 볕에 탄 것으로 보아 풀에서 일하는 사람이 틀림없었다. 남자는 손을 뻗어 여자의 넓적다리를 두드렸다. 여자는 입을 화재용 비상 양동이처럼 벌리고 웃었다. 나의 흥미는 단번에 사라지고 말았다. 웃음소리는 들리지 않았지만, 입을 벌렸을 때 얼굴에 뚫린 구멍은 흥미를 잃게 하기에 충분했다.

바에는 별로 사람이 많지 않았다. 내가 앉아 있는 곳에서 세 번째 자리에는, 사치스런 복장을 한 남자 둘이 몸짓 손짓으로 20세기 폭스사의 움직임에 대해 논쟁하고 있었다. 그들의 테이블에는 전화기가 놓여 있었고, 2, 3분 사이를 두고 수화기를 들어 올리고 있었다. 두 사람 다 젊고 세련되고 정열적이었다. 전화로 대화할 때도, 내가 살찐 사람을 안고 계단을 4층 정도까지 올라갈 때와 같은 힘을 들이고 있었다.

외로운 한 사나이는 카운터에 앉아 바텐더에게 말을 걸고 있었다. 바텐더는 글라스를 닦으면서 큰소리를 치고 싶은 것을 참고 있을 때와 같은 어색한 미소를 띠며 듣고 있었다. 그 손님은 말쑥한 옷차림을 한 중년으로, 이미 상당히 취기가 돌아 있었다. 사실은 아무 말도 하고 싶지 않으나 잠자코 있을 수가 없다는 그런 말투였다. 태도는 흐트러진 데가 없으며 말씨도 분명했다. 눈뜨면서부터 술병을 손에 들기 시작하여, 잠 잘 때에야 놓는 그런 인간이 틀림없었다. 평생을 그런 식으로 살게 되겠지만, 어떻게 해서 그런 인간이 되었는가는 아무도 모른다. 그 자신의 입으로 그런 인간이 된 까닭을 설명한다 해도 그것은 거짓말일 게 뻔하고, 진짜 이유조차 분명히 기억하고 있지도 않을 것이다. 전 세계 어디를 가나 조용한 바에 들어가면 이와 같이 외롭게 보이는 손님이 반드시 있게 마련이다.

나는 손목시계를 들여다보았다. 출판업자는 벌써 20분이나 지각하고 있다. 30분만 기다렸다가 나가기로 하자. 사건 의뢰자의 무례함을 용서한다는 것은 좋은 결과를 얻을 수 없다. 손님의 요구대로 움직이고 있으면 누구 말이나 잘 듣는 인간이라는 인상을 준다. 그러한 인간을 손님이 신뢰할 리가 없다. 무엇보다도 지금 나는, 동부에서 왔다는 정체 모를 인간의 심부름이나 할 정도로 궁색하지는 않다.

나이든 웨이터가 옆을 지나가다가 얼마 남지 않은 스카치와 물을 보았다. 내가 머리를 흔들고 그가 백발이 성성한 고개를 끄덕였을 때, 멋진 '꿈의 여인'이 들어왔다. 순간 바 안이 조용해졌다. 떠들던 사나이들은 입을 다물고, 카운터의 주정뱅이도 하던 말을 그쳤다. 마치 지휘자가 악보대를 가볍게 두드리고 두 손을 울렸을 때와 같았다.

제법 키가 크고 날씬한 여성으로, 특별 주문한 게 틀림없는 하얀 마직 옷에, 흑백 물방울무늬의 스카프를 목에 감고 있었다. 동화에 나오는 왕녀처럼 엷은 금발이, 새집의 새처럼 모자 속에서 움츠리고 있었다. 눈은 좀처럼 볼 수 없는 가을 하늘과 같은 색이고, 속눈썹은 길고 눈에 띄지 않을 정도로 엷은 빛깔이었다. 그녀는 저쪽 끝 테이블까지 걸어가서 하얗고 긴 장갑을 벗기 시작하자, 아까 그 웨이터가 나 같은 사람은 단 한 번도 받아 본 일이 없는 정중한 태도로 의자를 뒤로 당겼다. 의자에 앉은 그녀가 장갑을 핸드백에 올려놓고 상냥한 웃음으로 고맙다고 했다. 웃는 얼굴이 너무나 아름다웠기에 웨이터는 무엇에 놀란 것처럼 긴장했다. 그녀는 매우 낮은 목소리로 무어라 했다. 웨이터는 허리를 굽혀 빠른 걸음으로 나갔다. 큰일이라도 일어난 것 같은 급한 걸음이었다.

나는 가만히 바라보았다. 그녀는 내 시선을 느끼고 반 인치 정도 눈을 올렸다. 나는 이미 그쪽을 보지 않았다. 그러나 어디를 보고 있든, 나는 숨을 삼키고 있었다.

금발의 여인은 그리 신기하지 않다. 금발이라는 낱말은 항상 멋으로나 농담으로 쓰이고 있을 정도다. 어느 금발에도 각각 특색이 있다. 다만 한 가지 예외는 표백한 금속과 같은 금발로, 그것은 밋밋하게 포장된 길처럼 멋대가리가 없다. 항상 입을 놀리고 있는 몸집이 작고 귀엽게 생긴 금발도 있고, 얼음처럼 파란 눈으로 남자를 가까이 오지 못하게 하는 몸집이 어마어마하게 큰 금발도 있다. 색깔이 화려하고, 번쩍번쩍 빛나고, 남자 팔에 매달리는 데 익숙하고, 남자를 보내고 돌아올 때는 피로에 지쳐 있는 금발도 있고, 일단 유사시가 되면 심한 두통이 난다고 호소하는 금발도 있다. 이럴 때 남자는 한 대 치고 싶어진다. 하기야 시간과 돈과 희망을 쏟아 넣기 전에 두통 전술을 깨닫게 된 것을 다행으로 여기는 남자도 있을 것이다. 두통은 아무 때나 쓸 수 있는 무기로, 자객의 칼이 루크레티아(Lucretia, 고대 로마 전설에 나오는 여주인공으로 비극적 복수극임)의 독약만큼 효력이 있기 때문이다.

어떤 남자와도 곧 친해지고 술을 좋아하는 금발도 있다. 그녀는 밍크이기만 하면 무엇을 걸치든 신경 쓰지 않으며, 유리 천장 밑에서 샴페인을 마실 수만 있다면 어떤 곳이라도 기뻐하며 따라온다. 언제나 친구처럼 대하려고 남자에게 폐를 끼치지 않으려 하고, 건강과 상식을 충분히 지니고 있으며, 유도를 잘 알고, 〈토요 리뷰〉지의 사설을 한 줄도 틀리지 않게 외고 있는 여자로, 트럭 운전기사를 어깨 넘겨치기로 골탕 먹일 정도는 누워서 떡먹기라는 원기 왕성한 금발도 있다. 생명에는 지장이 없으나 아무리 노력해도 고쳐지지 않는다는 빈혈증의 엷은 금발도 있다. 그러한 여자는 매우 생기가 없고, 왠지 모르게 그늘이 있고, 어디서 말하고 있는지 알 수 없을 정도의 낮은 목소리로 말하며, 아무도 건드리는 사람이 없다. 그것은 건드릴 기분이 들지 않기 때문이며, 또 언제나 T.S 엘리엇의 '황무지' 같은 장시나 원문의 단테를 읽고 있는가, 카프카나 키에르케고르(덴마크의 종교철학자)를 읽든가, 프로방스어를 배우고 있기 때문이다. 이러한 여자는 음악을 좋아하여 뉴욕 필하모닉이 힌데미트를 연주하고 있을 때, 6명의 콘트라베이스 중의 한 사람이 4분의 1박자 늦은 것까지 지적해 준다. 그녀는 토스카니니도 지적할 수 있다고 한다.

그리고 마지막으로, 차례차례 결혼한 세 명의 갱 두목이 다 살해되고, 그 후 백만장자와 두 번 결혼하여 한 사람 당 1백만 달러씩 받아 앙티브(Antibes. 남프랑스의 피서지로 유명한 항구도시)에서 장미로 둘러싸인 저택에 살면서 운전기사와 부 운전기사가 딸린 '알파 로미오'를 타고 다니는 정신을 번쩍 들게 할 정도의 금발이 있다. 이러한 여자의 저택에는 항상 몰락한 귀족들이 모이는데, 그들은 마치 하인이 늙은 후작 앞에 시립했을 때와 같은 취급을 받는다.

그러나 저쪽 끝에 앉아 있는 '꿈의 여인'은 이들 가운데 어느 부류에도 속하지 않는 금발이었다. 산속에서 솟아나오는 샘물처럼 맑디맑으면서도, 그 빛깔처럼 가치 평가를 할 만한 기준을 찾지 못하여 분류하기조차 어려웠다. 내 팔꿈치 바로 옆에서 나에게 말을 걸어오는 소리가 들렸을 때까지 나는 그녀를 바라보고 있었다.

"많이 늦어서 죄송합니다. 저는 하워드 스펜서입니다. 댁이 말로우 씨지요?"

나는 머리를 돌려 그를 보았다. 약간 살찐 중년으로 복장 같은 것에는 전혀 신경을 쓰지 않는 그런 사람으로 보이는데도 수염을 깨끗이 깎고 숱이 적은 머리는 뒤까지 잘 빗겨져 있었다. 보스톤에서 온 여행자가 아니면 캘리포니아에서는 좀처럼 볼 수 없는 화려한 더블 조끼를 걸치고 있었다. 테 없는 안경을 쓰고 '이거'라고 생각되는 낡은 가방을 손으로 두드리고 있었다. "장편 소설 원고가 세 편 들어 있습니다. 거절하더라도 한 번은 받아 놓지 않으면 안 되지요." 그는 이렇게 말하면서, '꿈의 여인' 앞에 긴 녹색 글라스를 놓고 한 발 물러서는 늙은 웨이터에게 손으로 신호를 보냈다. "나는 진&오렌지(Gin and Orange)를 좋아합니다. 시시한 음료지요. 괜찮겠습니까?"

내가 끄덕이자 웨이터는 물러났다.

나는 가방을 손가락으로 가리키면서 말했다.

"거절하게 된다는 것을 어떻게 아십니까?"

"잘된 작품이라면 저자가 호텔까지 가져오지 않지요. 뉴욕의 어느 출판사 손에 벌써 들어가 있을 겁니다."

"그럼 왜 받아 놓지요?"

"하나는 감정을 상하게 하지 않기 위해서입니다. 그리고 다른 이유, 출판업자의 꿈인 천분의 1의 기회 때문이지요. 그러나 대개의 경우 칵테일파티 같은 곳에서 소개받을 때 소설을 다 써 놓은 사람이 있으면, 술김에 마음이 넓어져 앞뒤 생각없이 그럼 원고를 한 번 봅시다, 라고 말해 버리게 됩니다. 그러면 당장 호텔로 원고를 가져오고, 부득이 받아야 하지요. 당신은 출판에 대한 얘기에는 별로 흥미가 없으시겠지요?"

웨이터가 마실 것을 가지고 왔다. 스펜서는 곧 입을 댔다. 저쪽 끝의 '꿈의 여인'에게는 관심이 없는 것 같았다. 그가 관심을 품고 있는 것은 나뿐이었다.

"일 때문에 읽는 거라면 괜찮지요."

"저희 회사의 중요한 작가 한 분이 이곳에 살고 있습니다. 당신도 읽으신 일이 있을지도 모릅니다. 로저 웨이드라는 사람입니다."

"웨이드 씨요?"

"알고 계시군요." 그는 쓴웃음을 띠었다. "역사물, 연애 소설을 싫어하시는가 보군요. 그러나 무척 많이 팔리고 있습니다."

"별로 싫어하는 것은 아닙니다. 그의 소설을 한번 읽은 일이 있습니다. 시시하다고 생각했습니다. 이런 말을 하면 안될까요?"

"아니, 당신 말에 찬성하는 사람이 많습니다. 그런데 문제는 그가 베스트셀러 작가라는 점입니다. 요즘처럼 생산 단가가 상승할 때는 그러한 작가 두 사람쯤 확보하고 있지 않으면 해 나갈 수가 없습니다."

나는 '꿈의 여인' 쪽으로 눈을 돌렸다. 그는 라임에이드를 마시고, 현미경이 필요할 듯한 손목 시계를 들여다보고 있었다. 손님이 약간 많아졌지만 아직 소란하지는 않았다. 두 활동가는 아직도 손짓을 하고 있었으며, 카운터에서 혼자 마시고 있던 사나이에게는 두 명의 동료가 생겼다. 나는 하워드 스펜서한테 시선을 되돌렸다.

"용무라고 하신 것은……?" 하고 나는 질문했다.

"웨이드와 관계 있는 일입니까?"

그는 끄덕였다. 나를 가만히 응시했다. "당신에 대한 얘기를 좀 해 줄 수 없습니까, 말로우 씨. 지장이 없으시면 말입니다."

"어떤 얘깁니까? 벌써 꽤 오래 전부터 사립 탐정을 하고 있습니다. 독신의 중년으로 돈은 없습니다. 유치장에 들어간 경험은 한 번뿐이 아니고, 이혼 문제는 취급하지 않습니다. 좋아하는 것은 돈과 여자와 체스 정도입니다. 경관들은 나를 싫어하지만, 친한 경관 친구는 두 사람 정도 있습니다. 산터 로자에서 태어났고 양친은 돌아가셨고 형제도 없습니다. 이런 직업의 인간에게 흔히 볼 수 있는 것처럼 으슥한 골목에서 죽어도 슬퍼할 사람이 한 사람도 없습니다."

"잘 알겠습니다. 그러나 내가 알고 싶은 것은 그런 문제가 아닙니다."

나는 진&오렌지를 한 모금에 다 마셨다. 맛있다고는 할 수 없었다. 나는 쓴웃음을 지어보였다. "한 가지 말하지 않은 것이 있군요. 호주머니에 매디슨의 초상을 가지고 있습니다."

"매디슨의 초상? 무슨 뜻입니까?"

"5천 달러짜리 지폐 말입니다. 언제나 지니고 있습니다. 내 부적과 같은 거지요."

"놀랐는데요" 하고 그는 목소리를 낮추어 말했다. "위험하지 않습니까?"

"어느 한계를 넘으면 어떤 위험도 다를 바 없다고 말한 사람이 누구였습니까?"

"월터 바제트였을 겁니다. 높은 굴뚝이나 탑을 청소하는 인부에 대해서 그렇게 말했지요." 그는 쓴웃음을 지었다. "미안합니다. 출판업자라서. 당신은 정말 빈틈없으신 분입니다. 부탁드리기로 하겠습니다."

그는 웨이터를 불러 마실 것을 다시 주문했다.

"내용은 이런 겁니다" 하고 그는 주의 깊게 말하기 시작했다. "저희들은 로저 웨이드 때문에 무척 곤란을 받고 있습니다. 그가 지금 쓰는 소설을 계속 못 쓰고 있거든요. 무슨 까닭인지 항상 초조해 하며 안정을 못합니다. 화를 내기도 하고, 술에 만취하여 정신을 잃기도 하고, 며칠 동안 자취를 감추는 일도 있습니다. 그다지 오래지 않은 일인데, 부인을 2층에서 밀어 늑골을 다섯 대나 부러뜨려 입원시킨 일까지 있어요. 그렇다고 사이가 나쁜 부부도 아닙니다. 술을 마시면 정신병자처럼 되는 겁니다." 스펜서는 어두운 표정을 짓고 나를 보았다. "우리는 무슨 일이 있어도 소설을 완성시키지 않으면 안 될 처지입니다. 그렇지 않으면 제 입장이 무척 곤란해지죠. 그리고 꼭 이번 소설만이 아니라, 보다 좋은 소설을 쓸 수 있는 작가를 매장시키고 싶지 않다는 뜻도 있습니다. 여하튼 이번에도 나를 만나 주지 않습니다. 정신병원 의사에게 보이는 편이 좋다고 했지만 부인이 찬성하지 않아요. 정신에는 조금도 이상이 없고, 틀림없이 무언가 무척 큰 걱정거리가 있을 거라는 겁니다. 예를 들면 공갈입니다. 부인과는 결혼해서 5년이 되는데, 과거의 무엇인가를 누군가에 책잡히고 있는지도 모르지요. 예를 들면 사람을 치고 뺑소니쳤던 것이 이제 와서 발각되었다는 그런 것인지도 모릅니다. 무슨 일인지 전혀 알 길이 없습니다. 그것을 알고 싶은 겁니다. 돈은 아끼지 않을 생각입니다. 의학적인 문제라고 밝혀지면 그것은 할 수 없죠. 그렇지 않다면 무언가 해답이 있을 것입니다. 게다가 부인의 신변도 지키지 않으면 안 되는 처지에 있어요. 이 다음에는 죽일지도 모릅니다. 무슨 짓을 할지 전혀 예상조차 할 수 없습니다."

두 잔째 마실 것이 왔다. 나는 글라스에 손을 대지 않고 담배에 불을 붙여 그가 반 정도 마시는 것을 보았다. "탐정이 할 일이 아니군요" 하고 나는 말했다. "마술사가 아니면 무립니다. 내가 무슨 일을 할 수 있다는 겁니까? 내가 때마침 현장에 있을 수 있고, 내가 감당할 만하다면 그를 한 대 치고 침대에 눕힐 수 있을지도 모릅니다. 그러나 그렇게 하려면 내가 어떻게든 현장에 있지 않으면 안 됩니다. 그런 우연은 도저히 바랄 수 없습니다."

"꼭 당신 정도의 몸집입니다" 하고 스펜서는 말했다. "하지만 그의 몸은 쇠약해 있습니다. 그리고 항상 곁에 있을 수도 있지 않을까요?"

"그렇게는 안 될 겁니다. 술주정뱅이란 교묘하게 기회를 노리거든요. 틀림없이 내가 없을 때를 노릴 겁니다. 남자 간호사는 되고 싶지 않군요."

"남자 간호사라면 곤란합니다. 로저 웨이드가 용납하지 않습니다. 풍부한 재능을 지니고 있는 인간인데 단지 자제력을 잃고 있을 뿐입니다. 수준이 낮은 독자들에게 환영받는 저질 소설을 쓰고 좀 돈을 많이 번 것 같지만 작가가 구원받는 길은 쓰는 것뿐입니다. 재능이 있다면 언젠가는 반드시 그 재능이 나타날 겁니다."

"알겠습니다. 재능이 있다는 것은 알았습니다. 또 위험한 인간이라는 것도 알았습니다. 양심에 가책 받는 일이 있어서 술로 잊으려는 것도 말입니다. 그러나 이것은 내가 맡을 일인 것 같지는 않군요, 스펜서 씨."

"그렇기도 하군요." 그는 어두운 얼굴을 하면서 손목시계를 들여다보았다. 갑자기 나이를 먹은 것처럼 보였다. "어쨌든 당신에게 부탁하고 싶었습니다."

그는 불룩한 가방에 손을 내밀었다. 나는 '꿈의 여인' 쪽을 보았다. 자리를 일어서려고 할 때였다. 백발의 웨이터가 계산서를 들고 허리를 굽히고 있었다. 그녀가 미소를 띠면서 돈을 지불하자 웨이터는 마치 여신과 악수라도 하는 것처럼 황송해 했다. 그녀는 루즈를 다시 칠하고 긴 장갑을 끼었다. 웨이터는 용기를 내어 테이블을 치웠다.

나는 스펜서에게 시선을 옮겼다. 몹시 못마땅하다는 듯 오만상을 찌푸리고 테이블 끝의 빈 글라스를 응시하고 있었다. 가방을 무릎 위에 안고 있었다.

"이렇게 합시다" 하고 나는 말했다.

"원하신다면 동태를 보러 가도 좋습니다. 부인과 말해 봅시다. 그러나 반드시 그 사람한테 쫓겨나고 말 것입니다."

스펜서의 목소리가 아니었다. "아니요, 말로우 씨. 그런 짓은 하지 않아요. 당신은 꼭 그의 마음에 들 겁니다."

나는 보랏빛 눈동자를 올려다보았다. 그녀는 테이블 옆에 서 있었다. 나는 보기 흉한 꼴로 일어섰다. 당황했기 때문에 의자에서 미끄러져 나올 틈이 없었던 것이다.

"일어나지 마세요" 하고 그녀는 부드러운 목소리로 말했다. "죄송한 일이지만 자기소개를 하기 전에 어떻게 생기신 분인가 먼저 알아보고 싶었어요. 전 아이린 웨이드라고 해요."

스펜서가 무뚝뚝한 말투로 말했다. "승낙해 주지 않는데요." 그녀는 상냥한 미소를 띠었다. "저는 그렇게 생각지 않아요."

나는 배에 힘을 주었다. 입을 벌린 채 어색한 모양으로 서 있었다. 정말 멋진 여자다. 곁에서 보니 몸이 짜릿짜릿해지는 것 같았다.

"승낙 안 한다고는 말하지 않았습니다, 부인. 나는 아무 도움이 되지 않을 것이며, 내가 손을 대는 것은 잘못이라고 말했습니다. 도리어 긁어 부스럼을 만들게 될지도 모르거든요."

그녀는 진지한 표정이었다. 미소는 이미 사라졌다. "아직 결론을 내리기는 빠르지 않을까요? 인간은 행동만으로는 알 수 없어요. 인간을 판단하려면, 먼저 그 인간을 알지 않으면 안 될 거예요."

나는 가볍게 고개를 끄덕였다.

내가 테리 레녹스에 대해 생각한 것과 마찬가지였기 때문이다. 참호 안에서 훌륭한 행동을 취한 것을 제외하면 아무래도 쓸모없는 인간이었으나, 그러한 것은 조금도 그의 인간성을 말하고 있지 않았다. 그는 싫어할 수 없는 인간이었다. 이러한 말을 할 수 있는 인간을 일생 동안에 몇 명이나 만날 수 있을까?

"무슨 일이 있어도 그 사람을 알지 않으면 안돼요" 하고 그녀는 덧붙였다. "잘 가세요, 말로우 씨. 만약 마음이 변하시거든……" 그녀는 핸드백을 열고 명함 한 장을 내밀었다. "그리고 와 주셔서 고맙습니다."

그녀는 스펜서에게 끄덕여 보이고 자리를 떠났다. 나는 그녀가 바를 나가서 유리로 둘러싸인 다음 방을 거쳐 식당으로 들어가는 것을 지켜보았다. 아름다운 걸음걸이였다. 그녀는 식당을 거쳐 로비로 나가는 통로를 돌아갔다. 모퉁이를 돌아갈 때 마직으로 만든 하얀 스커트가 나부끼고 그녀의 모습이 사라졌다. 나는 앉아서 진&오렌지가 든 잔을 잡았다.

스펜서는 나를 보고 있었다. 눈에 딱딱한 표정이 보였다. "멋지게 한 대 먹이셨군" 하고 나는 말했다. "그러나 저렇게 멋진 미인이 앉아 있는데 한 번도 돌아보지 않는 것은 부자연스럽지요."

"아픈 데를 찌르시는군." 그는 웃으려 했지만 웃고 싶었던 것은 아니었다. 내가 그녀를 지켜보던 것이 마음에 들지 않았던 모양이다.

"세상에서는 사립 탐정을 각양각색으로 보고 있습니다. 특히 자기 집에서 생활하게 할 때는."

"나를 그 집에 끌어들일 문제라면 생각지 마십시오" 하고 나는 말했다. "어찌되었든 다른 방법을 생각하는 편이 좋을 겁니다. 주정뱅이든 제정신이든 저런 미인을 2층에서 밀어 던져 늑골 다섯 개를 분지르다니, 그런 얘기는 아무도 믿지 않을 겁니다."

그는 얼굴을 붉히면서 가방을 힘주어 꼭 잡았다.

"내가 거짓말을 하고 있다고 생각하시오?"

"아무래도 좋소. 연극은 이미 끝났소. 당신도 저 숙녀에게 마음이 있는지도 모르지."

그는 벌떡 일어섰다. "그 말은 마음에 들지 않소, 도무지 좋아할 수 없는 사람이구먼! 오늘 일은 잊어주시오. 시간을 내준 수수료는 이거면 되겠지?"

그는 테이블 위에 20달러짜리 지폐를 던지고 웨이터를 위해 지폐 몇 장을 더 내놓았다. 그리고 선 채로 나를 내려다보았다. 눈이 빛나고 얼굴은 아직도 벌겋다. "나에겐 처와 자식이 네 명 있소"라고 그는 말했다.

"다복하시군."

그는 목에서 까닭모를 소리를 내며 휙 돌아서서 그 자리를 떠났다. 빠른 걸음이었다. 곧 모습이 보이지 않게 되었다. 나는 잔에 남은 것을 마시고 담배를 꺼내 입에 물고 불을 붙였다. 웨이터가 와서 돈을 본다.

"뭘 갖다 드릴까요?"

"아니, 돈은 전부 자네 걸세."

그는 천천히 돈을 주워들었다 "이건 20달러짜리 지폐입니다. 잘못 주신 거겠지요."

"그 사람은 글을 읽을 줄 아네. 나는 전부 자네 거라고 했네."

"고맙습니다. 정말 잘못된 일이 아니라면……?"

"틀림없네."

그는 머리를 숙이며, 그래도 반신반의하는 태도로 그 자리를 떠났다. 바는 번잡해져 갔다. 세련된 차림의 두 여자가 손을 흔들고 재잘거리며 스쳐갔다. 저쪽 자리에 남자 둘이 기다리고 있었다. 달콤한 인사와 진홍 매니큐어가 눈을 자극했다. 나는 어쩐지 기분이 나빠져 담배를 반 정도 피웠을 때 일어나 나가려 했다. 테이블 위에 잊은 담배를 잡으려고 되돌아본 순간 누군가가 뒤에서 덮쳐 왔다. 몸을 살짝 빼자, 요란한 플란넬 양복을 입은 목욕탕의 카운터같이 생긴 사나이의 옆얼굴이 눈앞에 보였다. 그는 한 팔을 내민 채 엷은 웃음을 띠고 있었다.

나는 그 팔을 잡아 휘둘렀다. "왜 그러나, 통로가 좁아서 지나갈 수 없나?"

그는 내 팔을 뿌리치고 으름장을 놓았다.

"건방진 소리 작작해. 턱을 빼 줄까?"

"양키즈에 들어가 빵으로 만든 방망이로 홈런을 치는 편이 쉬울 걸."

그는 주먹에 힘을 주었다.

"그만두지 못해. 애써 손질한 손톱이 엉망이 되겠네."

그는 겨우 감정을 누른 것 같았다.

"다시 한 번 아가릴 벌려 봐라. 틀니가 필요하게 될테니."

나는 냉소를 던졌다. "언제든지 오렴. 하지만 그런 대사는 낡아빠졌다는 걸 알아야 해."

그의 표정이 변했다. 얼굴에 웃음이 떠올랐다.

"영화계에서 일하고 있나?"

"우편국에 있는 포스터 같은 데 나오네."

"또 만나세." 그는 여전히 엷은 웃음을 띤 채 자리를 떠났다.

시시한 일이었지만 꽁했던 기분이 풀렸다. 나는 다음 방을 거쳐, 로비를 가로질러 호텔 입구로 나왔다. 밖에 나가기 전에 잠깐 멈추어 선글라스를 썼다. 차에 탄 다음 아이린 웨이드한테 받은 명함을 아직 보지 않은 일이 생각났다. 돋을새김으로 인쇄된 명함이었지만 주소와 전화 번호가 적혀 있는 것을 보니, 방문용의 정식 명함은 아니었다.

로저 스타안즈 웨이드 부인. 아이도르 봐레 거리 1247번지. 전화 아이도르 봐레 516324.

나는 아이도르 봐레를 잘 알고 있었다. 입구에 감시원이 버티고 서 있고, 사설 경찰이 얼쩡거리며, 연못에 면한 도박장이 있어서, 50달러짜리 사창가가 있던 무렵과는 크게 변한 것도 알고 있었다. 도박장이 폐쇄된 후, 토지 회사가 그곳을 관리하여 몇 개 구획인가로 분할 매각했다. 연못과 그 주위는 클럽의 소유가 되었고, 클럽에 가입하지 않은 사람은 풀을 이용할 수 없었다. 거주하려면 특별한 자격이 필요한데, 그 자격은 돈만으로는 획득할 수가 없었다.

그리고 나 같은 인간은 도저히 그 자격을 얻을 수 없다. 오후 늦게 하워드 스펜서가 전화를 걸어 왔다. 화낸 일을 후회하며, 나에게 사과하고, 그런 결과가 되어 버렸지만 고쳐 생각해 줄 수 없냐고 물었다.

"그녀가 와 달란다면 만나러 가도 좋지만, 그렇지 않다면 사절하고 싶소."

"그렇기도 하군. 보수는 아끼지 않을 생각입니다만……."

"스펜서 씨, 무리한 말을 하시면 안 됩니다. 웨이드 부인이 그를 무서워한다면 집을 나오면 됩니다. 그것은 그녀가 결정할 문제요, 남편한테서 아내를 하루 24시간 동안 지켜 준다는 것은 누구도 할 수 없습니다. 게다가 당신이 희망하고 있는 것은 그뿐이 아니지 않습니까? 그가 왜, 어째서, 언제부터 이상해졌는가를 알아내고, 두 번 다시 이상한 행동을 하지 않도록 하고 무슨 수를 쓰든지 소설을 완성시키게 하고 싶은 것이 당신의 본심이 아닙니까. 이런 문제는 그를 제외하곤 아무도 할 수 없는 일이 아닐까요? 어떻게든 그 소설을 완성하게 하고 싶다면 다 쓸 때까지는 술을 끊도록 하는 것입니다. 당신이 요구하고 있는 것은 처음부터 무리한 얘기였습니다."

"모든 문제는 결국 하나인데, 당신 말도 이해합니다. 당신한테 부탁하기에는 문제가 너무 미묘했는지도 모릅니다. 그럼 이것으로 작별하기로 하겠습니다. 오늘 밤 비행기로 뉴욕에 돌아갑니다."

"안녕히, 몸조심 하십시오."

그는 고맙다고 인사하며 전화를 끊었다. 나는 20달러짜리 지폐를 웨이터한테 주었다고 말했어야 했다. 전화를 걸어 말해 둘까 하고 생각했지만, 이 이상 기분 나쁘게 하는 것은 사실 미안했다.

나는 사무실을 닫고, 테리가 편지로 부탁했던 대로 '빅터'에 가서 김릿을 마실까 하고 생각했다. 그러나 마음이 변했다. 오늘 밤은 그런 기분이 나지 않았다. 그래서 '롤리'에서 마티니를 한 잔 마시고, 질좋은 갈비와 요크셔 푸딩을 먹었다.

집에 돌아와 텔레비전의 스위치를 넣어 권투를 구경했다. 시시한 시합이었다. 아서 마레(댄스교사로 알려져 있다)한테 가서 댄스 강사로 일하고 있는 편이 나을 복서였다. 잽과 머리를 들었다 내렸다 하는 것과 서로 홀딩하는 것밖에 하지 않았다. 어느 쪽 펀치도 위력이 없고, 낮잠 자는 할머니도 깨우지 못할 정도였다. 관중이 야유를 던지고, 레프리가 손을 치며 접전을 재촉해도 몸을 흔들흔들 움직이며 긴 레프트의 잽만 보여 줄 뿐이었다. 나는 채널을 바꾸어 범죄 드라마를 보았다. 장면은 옷장에서 벌어지는 일이었던 만큼 배우들은 마음이 내키지 않는 것 같았으며, 항상 보아 온 얼굴들뿐이었다. 대사는 모노그램(삼류 영화 회사)에서도 쓰지 않을 정도의 시시한 것이었다. 탐정은 흑인 하인을 익살꾼으로 등용하고 있었다. 일부러 그런 인간을 쓸 필요는 없었다. 탐정 자체가 익살꾼이었다. 그리고 방영 도중에 끼어드는 광고는, 철조망과 깨진 맥주병으로 기른 산양까지도 병에 걸릴 정도로 지독한 것이었다.

나는 텔레비전을 끄고 딱딱한 포장에 든 상쾌한 맛을 주는 긴 담배에 불을 붙였다. 목을 자극하지 않는 담배로, 질좋은 담뱃잎으로 만든 것이다. 이름을 보는 것은 잊었다. 막상 자려 할 때 살인과의 그린 형사 부장한테서 전화가 걸려 왔다.

"자네 친구인 레녹스의 장례식이 멕시코에서 끝난 것을 알려 주려고 전화했네. 변호사가 가족을 대표해서 장례식에 참석했네. 자넨 운이 좋았네, 말로우. 친구를 외국에 도피시키는 따위의 짓은 이제 다시 안하는 편이 좋을 걸세."

"탄환은 몇 발 명중했었나?"

"뭐라고?" 하고 그는 큰소리로 말했다. 한동안 침묵이 계속되었다. 그런 다음부터는 한마디 한마디를 주의하면서 말하기 시작했다.

"한 발이겠지. 머리를 쏠 때는 언제든지 한 발로 충분하네. 변호사가 호주머니에 들어 있던 사진을 여러 장 가지고 돌아왔네. 아직 알고 싶은 게 있나?"

"있지. 그러나 자네는 대답할 수 없는 걸세. 누가 레녹스의 아내를 죽였는가를 알고 싶네."

"고백서를 쓰고 죽었다고 그랜트가 말했잖아. 신문에도 보도되었고, 신문을 보지 않았나?"

"전화 고맙네."

"알겠나, 말로우? 이 사건을 이상하게 생각하면 나중에 후회하게 될 걸세. 사건은 이미 끝났네. 구충제와 함께 매장돼 버렸네. 자네를 위해서는 운이 좋았지. 사건 후의 종범이라면 이 주에서는 5년형이거든. 그리고 또 한 가지 말해둘 게 있네. 여러 해 동안 경관 생활을 하다가 배운 게 하나 있네. 유치장에 감금당하게 되는 이유는 실제로 한 일 때문이 아닐세. 법정에서 정말 자기가 한 것처럼 여기게 만드는 것일세. 잘 자게."

전화는 내 귓속에서 끊겼다. 나는 수화기를 놓으면서, 양심에 가책을 받을 만한 일이 있는 정직한 경관은 항상 자기 자신을 훌륭한 인간같이 보이려 한다는 것이었다. 정직하지 못한 경관도 마찬가지다. 나를 포함하여 모든 인간이 그렇다.

14

 이튿날 아침, 귓불에 묻은 땀띠약을 닦고 있을 때 벨이 울렸다. 입구로 가서 문을 열자, 보랏빛 눈동자가 나를 응시했다. 오늘 아침에는 갈색 마직 정장에 진홍 스카프를 두르고, 귀걸이는 달지 않고 모자도 쓰지 않았다. 약간 핼쑥했지만, 2층에서 내던져진 사람 같지는 않았다.
 그녀는 나에게 어색한 웃음을 지어 보였다. "여기까지 찾아오면 안 된다는 것은 알고 있어요, 말로우 씨. 아침 식사도 아직 안 하셨지요? 하지만 사무실로 찾아뵙기 싫었고, 사사로운 일로 전화하는 것도 마음이 내키지 않았어요."
 "괜찮습니다. 들어오십시오, 웨이드 부인. 커피를 드시겠습니까?"
 그녀는 거실에 들어오자 한눈도 팔지 않고 소파에 앉았다. 핸드백을 무릎 위에 올려놓고 두 무릎을 꼭 붙이고 있었다. 일부러 새침한 얼굴을 하고 있는 것 같았다. 나는 창문을 열고 블라인드를 걷었다. 그리고 그녀 앞에 놓인, 칵테일 테이블 위에 있는 더럽혀진 재떨이를 들어 올렸다.
 "블랙으로 부탁드릴까요? 설탕 없이요."
 나는 주방에 가서 녹색의 금속 쟁반에 종이 냅킨을 깔았다. 셀룰로이드의 칼라 모양 값싸게 보였다. 곧 종이 냅킨을 걷어 내고, 작은 삼각 냅킨과 가장자리에 장식이 달려 있는 한 벌을 새로 꺼냈다. 대부분의 가구와 마찬가지로 이 집에 딸려 있던 것이다. 그리고 고급 커피 잔을 두 개 놓고, 커피를 따라 쟁반을 들고 거실로 나갔다.
 그녀는 홀짝홀짝 커피를 마셨다. "정말 맛있어요! 참 잘 끓이시는데요."
 "요전에 누군가와 함께 커피를 마신 것은 유치장에 감금되기 바로 전이었습니다. 제가 유치장에 들어간 일을 알고 있습니까?"

그녀는 끄덕였다. "물론 알고 있어요. 그가 도피하는 것을 도운 혐의를 받았기 때문이라지요?"

"이유는 말하지 않더군요. 그의 방 메모에 있던 제 전화번호를 발견했다는 것이지요. 저는 질문에 대답하지 않았습니다. 질문 방법이 내 기분을 상하게 했기 때문입니다. 이런 문제에는 관심이 없으시겠지요?"

그녀는 커피 잔을 가만히 놓고, 소파에 기대면서 나에게 웃음을 보냈다. 나는 담배를 권했다.

"피우지 않아요. 물론 관심은 있어요. 저희 이웃에 레녹스 씨 부부를 잘 알고 있는 분이 있습니다. 잠시 정신이 이상해졌던가 봐요. 그런 끔찍한 짓을 저지를 사람이라고 생각되지 않거든요."

나는 파이프에 담배를 채워 넣고 불을 붙였다. "그랬을 겁니다. 정신이 이상했던가 봅니다. 전쟁에서 심한 부상을 입었거든요. 그러나 이젠 죽었고, 모두 끝난 일입니다. 그런데 이런 얘기를 하러 오신 건 아니시지요?"

그녀는 천천히 고개를 흔들었다. "그분은 당신의 친구였지요, 말로우 씨? 당신은 그 사건에 대해 뚜렷한 의견을 가지고 계시리라 생각해요."

나는 파이프에 담배를 채워 넣고 다시 한번 불을 붙였다. 느긋한 마음으로 뜸을 들인 뒤 파이프 너머로 그녀를 바라보았다. "웨이드 부인" 하고 나는 말했다. "나의 의견 같은 것은 아무 의미도 없습니다. 매일같이 일어나고 있는 일입니다. 도저히 믿을 수 없을 듯한 인간이, 도저히 믿을 수 없는 범죄를 저지르지요. 마음씨 좋은 할머니가 가족 전부를 독살하기도 하고, 온순한 아이가 강도질을 하거나 사람을 쏩니다. 20년 동안 성실하게 근무하던 은행 지배인이 알고 보니 상습적인 공금 횡령범이었거나 합니다. 행복하게 생활하고 있어야 할 인기 작가가 술에 만취하고 아내를 병원에 입원시키기도 합니다. 그러니 설사 친구라 할지라도 무엇을 할지 예상할 수 없는 것 아닙니까?"

그녀는 내가 한 말에 기분 나쁜 기색을 보이지 않았다. 입술을 굳게 다물고 눈썹을 모았을 뿐이었다.

"하워드 스펜서가 그런 얘기를 한 것이 잘못이니까…… 제가 나빴습니다. 그대로 내버려두었더라면 좋았던 겁니다. 술 취한 사람에게는 손을 써서는 안 된다는 것을 알게 되었어요. 당신은 오래 전부터 알고 계시는 일이겠지만서도."

"말만으로는 안 됩니다. 이쪽이 힘이 세고 운이 있다면, 난폭하게 날뛰다 부상하거나 남에게 부상입히려는 것을 막을 수 있을지도 모릅니다. 그것도 정말 운이 좋지 않으면 불가능합니다."

그녀는 가만히 커피 잔과 접시에 손을 내밀었다. 다른 부분과 마찬가지로 아름다운 손이었다. 아름다운 손톱이 깨끗하게 손질되어 있고, 희미하게 색칠되어 있었다.

"하워드는 이번 여행에서 남편을 만나지 못했다고 말하던가요?"

"네."

그녀는 커피를 다 마시고 잔을 가만히 쟁반 위에 놓았다. 한동안 스푼을 만지작거렸다. 그런 다음, 나를 보지 않고 말하기 시작했다.

"이유는 말하지 않았겠지요? 그도 이유를 모르기 때문입니다. 하워드는 좋은 사람이지만 독재형으로, 무슨 일이나 자기가 직접 하지 않으면 기분이 풀리지 않는 그런 사람이지요. 무슨 일이든지 할 수 있다고 생각하고 있어요."

나는 아무 말하지 않고 기다렸다. 또 침묵이 계속되었다. 그녀는 나를 언뜻 보고 다시 눈을 돌렸다. "사흘 동안이나 남편의 행방을 알 수 없습니다. 제가 여기 찾아온 것은, 남편을 찾아 주셨으면 하는 생각에서입니다. 전에도 이런 일이 있었어요. 멀리 포트랜드까지 자동차를 몰고 가서 호텔에서 곤드레만드레가 되어 정신을 잃고 의사에게 신세진 일까지 있었어요. 그렇게 먼 곳까지 무사히 갈 수 있었던 것이 믿기지 않았죠. 3일 동안 아무것도 먹은 것이 없었어요. 롱비치의 터키탕에 있었던 일도 있고요. 마지막은 별로 좋다고 할 수 없는 작은 사립 요양소였습니다. 그로부터 아직 3주일도 안 지났어요. 그곳의 명칭도, 장소도 가르쳐 주지 않고 단지 요양하고 왔다고만 말했어요. 그러나 무척 안색이 나쁘고 몸도 쇠약해 있었어요. 남편을 데리고 온 남자는 무대나 총천연색의 뮤지컬 영화가 아니면 볼 수 없는, 화려한 카우보이 차림의 키가 큰 청년이었어요. 로저를 문 앞에 내려놓자 곧 차를 몰고 가 버렸어요."

"관광객 상대의 목장이었는지도 모르겠군요. 그런 곳의 카우보이는 전부 그런 차림을 하고 있지요. 여자들이 좋아하거든요. 그것이 그들의 임무일 할 수 없지만 말입니다."

그녀는 핸드백을 열고 접은 종이를 꺼냈다. "5백 달러짜리 수표를 가지고 왔어요, 말로우 씨. 선금으로 받아 주시겠습니까?"

그녀는 수표를 테이블 위에 놓았다. 나는 그것을 보았을 뿐 손대지 않았다. "사흘이 되었다고 하셨지요? 제정신을 되찾고 무언가 먹고 싶어질 때까지는 사흘이나 나흘은 걸리겠지요. 전과 같은 상태로 돌아온다고 생각되지 않으신가요? 이번엔 전과 다른 점이 있었습니까?"

"이젠 몸을 지탱하지 못할 것 같아요, 말로우 씨. 이대로라면 죽어 버리고 맙니다. 간격이 점점 단축되고 있어요. 걱정이 되어 죽을 지경입니다. 무언가 틀림없이 있어요. 저희들은 결혼해서 5년이 됩니다. 로저는 전부터 술을 좋아했지만, 술을 마셔도 사람이 변하지는 않았습니다. 무슨 일이 있어도 찾고 싶어요. 어젯밤은 거의 한

잠도 자지 못했어요."

"왜 술을 마시는지 마음에 짚이는 점은 없습니까?"

보랏빛 눈동자가 가만히 나에게 던져졌다. 오늘 아침의 그녀는 약간 가냘프게 보였지만 이성을 잃은 것 같지는 않았다. 가만히 아랫입술을 깨물고 머리를 흔들었다. "제 탓인지도 모르지요." 그녀는 속삭이듯 말했다. "아내가 싫어질 때도 있겠지요."

"부인, 나는 심리학자로는 풋내기에 지나지 않지만, 나와 같은 직업을 가진 인간은 누구나 심리학자가 될 소질을 다소는 지니고 있지 않으면 안 됩니다. 남편의 경우는 쓰고 있는 작품이 싫어졌다고 하는 편이 가능성이 더 많지 않을까요?"

"그런 일도 있을 수 있겠지요. 작가는 누구든지 그런 기분에 사로잡힐 때가 있으니까. 지금 쓰고 있는 소설이 쓰이지 않는 것만은 사실이에요. 그러나 집세를 지불하기 위해 꼭 쓰지 않으면 안 된다는 그런 사정은 없거든요. 그래서 그런 것이 딱히 이유가 되지는 않을 거라고 생각해요."

"제정신, 그러니까 술을 마셨을 때는 어떻습니까?"

그녀는 웃음을 지었다. "아전인수격인지는 몰라도, 정말 좋은 분입니다."

"술 취하면 어떻게 됩니까?"

"무서워져요. 머리가 예민해지고, 고집쟁이에다 냉혹해집니다. 심술궂게 노는 것을 즐기는 것 같아요."

"광폭해진다는 말을 빠뜨리셨군요."

그녀는 눈썹을 치켜 올렸다. "한 번뿐이었어요, 말로우 씨. 제가 하워드 스펜서한테 말한 게 아니에요. 로저가 자기 입으로 말한 거예요."

나는 일어서서 방 안을 왔다갔다했다. 더워질 것 같은 날씨였다.

벌써 더위가 느껴졌다. 햇볕을 가로막기 위해 창의 블라인드를 내렸다. 그런 다음, 솔직히 그녀에게 말했다.

"어제 오후, 현대 인명사전을 살펴보았습니다. 42세, 당신과는 초혼, 자식은 없음. 뉴잉글랜드 출신으로 안도우버와 프린스턴을 졸업. 종군도 했어요. 섹스와 검극에 관한 역사 소설을 열 두 권 썼으며, 어느 것이나 베스트셀러였습니다. 제법 많은 돈이 들어왔을 겁니다. 만일 아내에게 애정을 느끼지 않게 되었다면 분명히 그렇게 말하고 이혼하는 성격의 인간으로 생각됩니다. 만일 다른 여자가 있다면 당신도 알아차렸을 것이고, 그런 것을 고민하고 술을 마신다고는 생각되지 않습니다. 결혼한 지 5년이 되었다면 결혼했을 때는 37세였습니다. 여자에 관해서 대강 알고 있는 연령입니다. 대강이라고 말한 것은, 여자에 의해서 무슨 일이든 완전히 알고 있는 사람은 없기 때문입니다."

나는 말을 끊고 그녀를 보았다. 그녀는 나에게 웃음 지어 보였다. 감정을 해친 것 같지는 않았다. 나는 말을 계속했다. "무슨 근거가 있는지는 모르지만 하워드 스펜서는 이렇게 말했습니다. 로저 웨이드를 괴롭히고 있는 것은, 당신과 결혼하기 훨씬 이전에 있었던 일이 지금에 와서 커다란 충격을 주고 있는지도 모른다고 말합디다. 공갈인지도 모른다고 했는데, 마음에 짚일 만한 것은 없습니까?"

그녀는 천천히 머리를 흔들었다. "누군가에 돈을 주고 있는 것을 제가 알고 있느냐는 뜻이라면, 알지 못해요. 저는 돈에 대해서는 간섭하지 않거든요. 그러니 저에게 알리지 않고 돈을 쓸 수도 있어요."

"그래요. 나는 웨이드 씨를 모르기 때문에 공갈받았을 때 어떠한 태도로 나가는지 짐작도 가지 않습니다. 만약 광폭한 성질이라면 폭력을 행사할지도 모르지요. 어떤 비밀이 되었든 사회적 지위나 작가로서의 지위를 위협하는 것이 아니고, 극단적인 경우를 생각해서 경찰의 수배를 받는 그런 종류의 것이라면 돈을 지불할지도 모릅니다. 어찌되었든 얼마 동안은 지불할 겁니다. 그러나 이런 것은 지금의 경우엔 아무 도움도 되지 않습니다. 당신은 남편을 찾아 달라고 하십니다. 문제는 어떤 방법으로 찾느냐에 있습니다. 그 돈은 받을 수 없어요. 부인, 어찌되었든 지금은 받을 수 없습니다."

그녀는 다시 핸드백에 손을 넣어 노랑 종이 두 장을 꺼냈다. 한 장은 구겨진 것이었다. 그녀는 손으로 구겨진 것을 펴서 나한테 주었다.

"한 장은 남편의 책상 위에서 찾았습니다" 하고 그녀는 말했다. "밤늦게라기보다 아침 일찍입니다. 술을 들고 있는 것도, 2층에 안 올라온 것도 알고 있었어요. 2시경, 어떻게 하고 있는가 보러 내려갔지요. 잔뜩 취해 방바닥이나 소파에서 자고 있을 줄 알았어요. 남편은 방 안에 없었습니다. 또 한 장은 휴지통 끝에 걸쳐 있었던 겁니다."

나는 먼저 구겨져 있는 쪽의 종이를 보았다. 타이프라이터로 친 짧은 문구가 있을 뿐이었다.

나는 내 자신을 사랑하는 것에 관심이 없고, 이미 내겐 사랑을 느끼게 하는 이 또한 한 사람도 없다
로저(F. 스콧 피츠제럴드) 웨이드

추기 : 내가 《최후의 거성(巨星)》을 끝내지 못하는 것도 그 때문이다

"뭔가 짐작이 가는 점이 있습니까?"
"잘난 척 써보았을 뿐이라고 생각해요. 그는 스콧 피츠제럴드를 무

척 숭배하고 있어요. 아편 중독이 되었던 콜리지 이래의 가장 뛰어난 주정뱅이 작가라고 말하고 있었어요. 글을 보세요, 말로우 씨. 분명하고, 가지런하고, 틀린 점이 없지 않아요."

"봤습니다. 술 취하면 자기 이름도 제대로 칠 수 없는데 말입니다." 나는 구겨진 종이를 폈다. 그것도 타자기로 친 문구로 역시 틀린 글자가 없고 글도 가지런했다. 이 종이에는 다음과 같이 찍혀 있었다.

나는 네가 싫다, V의사. 그러나 지금은 네가 필요하다

그녀는 내가 다 읽기도 전에 말했다.
"V의사라는 사람은 한 사람도 모릅니다. V로 시작하는 이름의 의사는 한 사람도 몰라요. 로저가 요전번에 간 곳의 의사가 아닌가 생각됩니다."
"카우보이가 데리고 와서 돌아왔을 때 말입니까? 아무 말도 하지 않던가요? 어딘지 말하지 않았습니까?"
그녀는 머리를 흔들었다. "아무 말도 안 했어요. 의사 명부를 조사해 봤더니 V로 시작되는 의사는 많이 있더군요. 게다가 성이 아닌지도 모르지요."
"그리고 정식 의사가 아닌지도 모르지요. 그렇다면 현금이 필요합니다. 정식 의사는 수표를 받지만, 그런 의사는 수표를 안 받습니다. 증거가 남기 때문입니다. 그리고 그런 의사는 싸지 않습니다. 입원료가 터무니없이 비싸고, 주사 요금은 말할 것도 없습니다."
그녀는 무슨 말인지 이해되지 않는다는 듯한 표정을 지었다. "주사라니요?"
"수상쩍은 의사는 전부 마약을 사용하고 있습니다. 그게 가장 간단

하거든요. 10시간에서 12시간 정도 잠재우면 누구든지 얌전해지지요. 하지만 허가없이 마약을 사용하면 감옥행이랍니다."
"그렇군요. 로저는 4, 5백 달러를 가지고 있었다고 생각합니다. 언제나 그 정도의 돈을 책상 서랍에 넣어 둡니다. 왜 그렇게 하는지는 모릅니다. 기분에 지나지 않는다고 생각해요. 지금은 돈이 없습니다만……."
"좋습니다. V의사를 찾아봅시다. 어떻게 찾아야 될지 모릅니다만 수단을 다 써 보도록 하지요. 수표는 도로 가지고 가십시오."
"그래도, 왜 그러시지요? 제가 일을 부탁드리는데……?"
"나중에 주셔도 됩니다. 그보다 나는 오히려 웨이드 씨한테서 받고 싶거든요. 남편께선 내가 손대는 것을 좋아하지 않을 겁니다."
"하지만 몸이 불편해서 어떻게도 할 수 없는 처지에 있었다면……."
"단골 의사를 부르는 것이 좋지 않을까요? 당신한테 부르게 할 수도 있었을 텐데 말입니다. 그런데 그렇게 하지 않았지요? 그는 그것을 꺼렸던 겁니다."

그녀는 수표를 도로 넣고 일어섰다. 서운한 것 같았다. "단골 의사한테서 거절당했어요." 그녀는 비통한 어조로 말했다.

"의사는 얼마든지 있습니다. 어느 의사든 한 번은 말을 듣습니다. 얼마 동안은 그러겠지요. 요즘은 의사도 경쟁이 심하거든요."

"정말 그렇군요. 당신 말이 맞아요." 그녀는 천천히 문 쪽으로 걸어갔다. 나는 함께 걸어가서 문을 열었다.

"당신 마음대로 의사를 부를 수도 있었을 겁니다. 왜 부르지 않았습니까?"

그녀는 정면으로 나와 마주 섰다. 눈에 빛이 있었다. 틀림없이 눈물이 나오려 했던 것일 게다. 분명히 아름다운 여자였다.

"남편을 사랑하고 있기 때문이에요, 말로우 씨. 남편을 구할 수 있다면 무슨 일이든 할 생각입니다. 저는 남편이 어떤 사람인가를 알고 있어요. 술을 과음할 때마다 의사를 부른다면 남편은 저한테서 떨어져 나갈 겁니다. 완전한 어른을 목이 아픈 어린애처럼 취급할 수는 없지 않아요."

"주정뱅이라면 그렇게 할 수도 있어요. 그렇게 하지 않으면 안 될 때도 자주 있는 법입니다."

그녀는 내 바로 옆에 서 있었다. 향수 냄새가 풍겨 나왔다. 어쩌면 그렇게 멋대로 생각했는지도 모른다. 분무기로 뿌리고 있을 리 없었다. 여름이기 때문이리라.

"남편의 과거에 수치스러운 일이 있었다면," 하고 그녀는 한마디 한마디 쓴맛이 도는 말을 억지로 끄집어내듯 말했다. "어떤 종류의 죄를 범하고 있는지는 모르겠지만 어떠한 일이 있었다고 해도 제 마음에는 변함이 없어요. 다만 내 손으로 드러나게하긴 싫다는 것뿐입니다."

"그렇다면 하워드 스펜서가 나를 고용해서 조사시키려 했던 것은 상관없습니까?"

그녀는 천천히 미소를 띠었다. "당신이 하워드의 요청을 승낙할 것을 제가 기대하고 있었다고 생각하세요? 친구를 배신하기 싫어서 유치장에 들어가시지 않았어요?"

"인정해 주시는 것은 고맙지만 유치장에 들어간 이유는 그렇지 않습니다."

그녀는 얼마간 사이를 두었다가 끄덕이고, 작별 인사를 하고 계단을 내려갔다.

나는 그녀가 차를 타는 것을 보고 있었다. 잿빛 재규어로 새로 산 차 같았다. 거리의 막다른 곳까지 간 다음 차를 돌려 언덕을 내려갈 때, 장갑이 나를 향해 흔들었다. 작은 차는 힘있게 모퉁이를 돌아 자취를 감추었다.

15

아무리 수완에 자신이 있다고 해도 무언가 실마리가 없으면 손댈 수가 없다. 이름, 주소, 부근의 상황, 배경, 분위기 등이 필요한 것이다. 내가 가지고 있는 것은, 구겨진 노랑 종이에 적혀 있는 '나는 네가 싫다, V의사. 그러나 지금은 네가 필요하다'라는 글귀뿐이었다.

이 단서로는 1개월이나 걸려 각 지역의 의사조합 명단을 뒤져도 결과는 제로가 틀림없다. 이 도시의 경우, 의사는 모르모트처럼 증가하고 있다. 시청에서 백 마일 이내에 8개 지역이 있고, 그 중 아무리 작은 도시에도 의사가 있다. 진짜 의사도 있으며, 티눈을 빼거나, 등골을 짓밟거나 하는 면허만 가진 인간도 있다.

진짜 의사 중에도 제법 번창하고 있는 자와 가난한 자가 있고, 선전할 필요가 없는 자와, 선전하지 않으면 해 나갈 수 없는 자가 있다. 돈이 있는 알코올 중독의 초기 환자는, 비타민이나 항생물질의 근대 의학에 편승하지 못한 뒤떨어진 의사에게는 다시없는 봉이다. 어찌되었든 단서 없이는 손을 댈 수가 없는데, 나는 이렇다 할 단서를 가지고 있지 않았다. 그녀가 가지고 있을지도 모르지만 그것을 깨닫지 못하고 있었다.

설사 머리글자가 같은 의심스러운 인간을 발견했다고 해도, 로저 웨이드에 관해서는 아무것도 모를지도 모른다. 종이 조각의 문구는 술 취했을 때 우연히 머리에 떠오른 것에 지나지 않을지도 모른다. 스콧 피츠제럴드를 인용한 문구가 간접적으로 작별을 암시했는지도 모르는 것처럼.

이러한 경우, 지혜가 부족한 인간은 남의 힘을 빌려야 한다.

나는 비벌리힐스의 칸 협회에 근무하고 있는 지인을 불러냈다.

칸 협회는 회원에게 어떤 종류의 보호를 약속하고 있는 조직으로, '보호'라는 낱말에는 법률에 한 발만 걸쳐놓고 자행되는 여러 가지 행위가 포함되어 있다. 지인의 이름은 조지 피터즈라고 하고, 10분간만 시간을 내주겠다고 했다.

사무실은 4층 빌딩의 반을 사용하고 있었다. 흔히 볼 수 있는 과자처럼 생긴 핑크빛 빌딩으로, 엘리베이터 문은 전기 장치에 의해 자동으로 열리고, 복도는 조용하고 냉기가 돌며, 주차장에는 칸칸이 이름이 씌어 있고, 정면 로비 옆에 있는 약국의 약제사는 수면제를 병에 넣다가 손목 관절을 다쳤다.

문은 녹색이 감도는 잿빛으로 칠해져 있었고, 새 나이프처럼 선명한 금속제 글자가 붙어 있었다. '칸 협회 회장 제럴드 C. 칸' 그 밑에 작은 글씨로 '입구'.

안은 좁은 대기실이었는데, 돈은 들인 티가 났지만 안목은 별로였다. 가구는 진홍과 암녹색, 벽은 녹색, 거기에 걸려 있는 몇 개 안 되는 그림은 더 짙은 녹색 액자에 들어 있었다. 그림은 전부 높은 울타리를 뛰어넘으려는, 미친 것처럼 날뛰는 말에 올라탄 붉은 윗옷을 입은 사나이들이었다. 엷은 핑크색을 칠한 불쾌감을 주는 거울이 두 개 걸려 있었다. 잘 닦인 테이블 위에 놓인 잡지는 전부 최근호뿐이며, 한 권 한 권 깨끗한 플라스틱 커버에 싸여 있었다. 이 방을 장식한 사람은 빛깔을 겁내지 않는 사람임에 틀림없을 것이다. 아마 새빨간 고추같은 셔츠에 풀빛 바지와 얼룩말 구두, 그리고 셔츠에는 불타는 오렌지색으로 머리글자가 선명하게 수놓여 있으리라.

전부 진열장의 장식과 같은 것들이었다. 칸 협회의 회원이 되면 서비스를 받을 때 최저 하루 1백 달러는 지불해야 한다. 물론 대기실에서 기다릴 필요도 없어진다. 칸은 전에 헌병 대령이었고, 널빤지처럼 강건한 핑크색 살갗의 몸집이 큰 사나이다. 한 번은 나를 고용하려 했으나 나는 부탁을 승낙할 정도로 곤란하지는 않았다. 꺼림칙한 놈이라는 인상을 주는 데는 1백 90가지의 방법이 있는데, 칸은 그것을 전부 알고 있었다.

유리 칸막이가 미끄러지듯 열리고, 접수계 아가씨가 나를 보았다. 차디찬 미소와 내 뒷주머니의 돈까지 셈하고 있는 듯한 눈을 하고 있었다.

"어서 오세요. 무슨 일이시지요?"

"조지 피터즈에게, 말로우입니다."

그녀는 카운터 밑에 녹색 가죽 표지의 장부를 놓았다.

"오실 걸 알고 계신가요, 말로우 씨? 여긴 성함이 없는데요?"

"개인적인 일입니다. 조금 전에 전화로 말했지요."

"그러세요. 성함은 어떻게 쓰시지요, 말로우 씨?"

나는 이름을 가르쳐 주었다. 그녀는 가느다란 종이에 내 이름을 쓰고 끝을 타임 레코드의 펀치 밑에 밀어 넣었다.

"대단하군요" 하고 나는 말했다.

"여기서는 아무리 사소한 일이라도 분명히 정리해요" 하고 그녀는 쌀쌀한 목소리로 말했다.

"칸 대령님은 보잘것없는 작은 일이 가장 중요해질 때가 있다고 하십니다."

"그 반대도 있지요" 하고 나는 말했다. 그러나 뜻이 통하지 않았다. 그녀는 장부에 기입이 끝나자, 나를 쳐다보고 말했다.

"피터즈 씨에게 연락해 드리겠습니다."

1분 후 칸막이에 붙은 문이 열리고, 피터즈가 나를 감방 같은 작은 사무실이 열 지어 있는 회색 복도로 안내했다. 그의 사무실은 천장에 방음 장치가 되어 있고, 회색 강철 책상에 의자가 둘, 회색 받침대 위에 놓여 있는 회색 통화기, 전화, 사무용 세트, 벽, 바닥도 전부 같은 색이었다. 벽에는 사진이 두 장 걸려 있었다. 하나는 하얀 헬멧을 쓴 군복 차림의 칸이고, 다른 하나는 양복 차림으로 의자에 앉아 있는 사진이었다. 그 밖에 회색 바탕에 멋진 서체로 쓴 작은 사훈이 걸려 있었다.

 칸 협회에서 일하는 자는 때와 장소를 불문하고 늘 신사답게 복장을 단정히 하고 말하며, 행동한다. 이 규정에 예외는 없다.

피터즈는 두 걸음으로 방 안을 가로질러 액자 하나를 옆으로 밀었다. 그 뒤의 회색 벽에 회색 마이크가 장치되어 있었다. 그는 그것을 끄집어내어 접속 부분을 떼고 액자를 제자리에 갖다 놓았다.
"지금은 별로 일이 없네" 하고 그는 말했다.
"어느 배우의 음주 운전 사건의 수습뿐이야. 마이크는 전부 보스의 사무실에 연결되어 있네. 마이크는 도처에 장치되어 있지. 요전번에 접수계의 투시경 뒤에 마이크로필름 카메라를 장치하면 어떠냐고 말했더니 별로 솔깃해하지 않더군. 이미 어딘가에 장치해 둔 데가 있기 때문일 거야."
그는 딱딱한 회색 의자 하나에 앉았다. 나는 그를 응시했다. 몸이 터무니없이 큰 사나이로 다리가 길고, 얼굴에 뼈가 앙상하고, 머리숱이 적었다. 피부 빛깔이 변한 것으로 보아 오랫동안 바깥에서 지냈음을 알 수 있었다. 눈은 깊게 들어가 움푹하고, 윗입술이 코 만큼 길었다. 웃으면 얼굴의 아래쪽 반이 콧구멍으로부터 커다란 입 양쪽 끝까지 맞닿아 있는 두 줄기 깊은 홈 속에 사라졌다.
"일은 어떤가?" 하고 나는 물었다.
"앉게. 칸 협회의 인간이 자네 같은 시시한 탐정과 말하는 것은,

토스카니니가 길거리 약장수의 오르간을 치는 원숭이와 말하고 있는 것과 비슷하지." 그는 말을 그치고 빙긋 웃었다. "일에 대해서는 아무것도 생각 않기로 했네. 돈이 많이 생기지만, 칸이 전쟁 중에 영국에서 만든 비밀 감옥의 죄수들을 취급하던 그런 태도를 보이기 시작하면 언제든지 퇴직금을 받고 그만둘 생각일세. 볼일이란 뭔가? 혼 좀 났다면서?"

"그 일에 대해서 불만은 없어. 부정 의사의 서류를 보고 싶네. 여기 있다는 걸 알고 있네. 에디 도스트가 여길 그만둔 다음에 나한테 말한 적이 있네."

그는 끄덕였다. "에디는 칸 협회에서 일하기에는 신경이 좀 약한 편이지. 자네가 말하는 서류는 극비에 속하는 걸세. 어떤 사정이 있어도 비밀을 외부에 알려서는 안 되게 되어 있는데 말이야. 기다리게, 곧 가지고 올게."

그는 방을 나갔다. 나는 회색 휴지통과 회색 바닥과 책상 위의 흡묵지 가장자리의 회색 가죽을 보았다. 피터즈가 회색 서류철을 안고 돌아왔다. 그는 그것을 책상 위에 놓고 펼쳤다.

"여기 회색 아닌 건 없나?"

"이 협회의 정신이야. 그렇군, 회색 아닌 게 있지."

그는 책상 서랍을 열고 8인치 정도의 여송연을 꺼냈다.

"'아프먼 서티'라는 걸세. 캘리포니아에서 40년이나 살면서도 아직 라디오를 '무선'이라고 하는 영국 노신사가 준 선물이야. 제정신일 때는 번지르르하게 인사치레도 하는 점잖은 체 하는 노인이지. 여기서는 칸을 위시해서 빈말이라도 고맙다는 놈 하나 없으니 영감에게 트집잡을 건 없지. 하지만 정신을 잃으면 아무 관계도 없는 은행 수표를 끊는 이상한 습관이 있네. 돈은 많이 있네. 내가 늘 뒤처리를 해주는데, 아직 한 번도 유치장에 들어간 일은 없네. 그 영감이 준 걸세. 인디언 추장 둘이서 학살 모의를 할 때처럼 함께 피워 볼까?"

"여송연은 못 피네."

피터즈는 여송연을 슬픈 듯이 내려다보았다.

"나도 마찬가지야" 하고 그는 말했다. "칸한테 줄까 했지만, 설사 칸이 회장이라도 이건 너무 고급이거든!" 그는 쓴웃음을 지었다.

"칸 얘기를 너무 많이 하는 것 같군." 그는 여송연을 책상 서랍에 던져 넣고 서류철을 보았다.

"무얼 조사하고 싶나?"

"부정한 의사를 만족시킬 만한 어느 부자 알코올 중독 환자의 행방을 찾고 있네. 아직 부도 수표는 나오지 않았어. 아니, 사실은 아는 게 없네. 난폭성이 있어 부인이 걱정하고 있지. 부인은 어딘가 자그마한 요양소에서 숨어 있다고 생각하는데 확실한 건 모르네. 단서는 V의사라는 이름이 씌어 있는 종이조각 뿐이야. 머리글자뿐 아무것도 없네. 행방불명된 지 사흘이 되었네."

피터즈는 무언가 생각하다가 나를 쳐다보았다. "별로 많은 시간이 경과한 게 아니지 않나. 염려할 건 없을 것 같은데?"

"내가 먼저 찾아내면 돈을 받을 수 있네."

그는 다시 한 번 나를 보고 머리를 흔들었다.

"잘은 모르지만 내가 상관할 바 아니지." 그는 서류철의 페이지를 넘기기 시작했다. "쉬운 일이 아니군. 이 치들은 전부 떠돌이라네. 이래 가지곤 별로 도움이 될 것 같지 않군." 그는 서류철에서 한 장을 빼내고, 다시 서류철을 넘기더니 다시 한 장을 뽑고, 마지막 석 장 째를 뽑아냈다.

"세 명 있네. 에이모스 바리, 정형의사지. 알터데너에 큰 요양소를 가지고 있고, 50달러면 야간 왕진을 하네. 면허를 가지고 있는 간호사가 두 명. 2년 전 마약 단속반에 걸려 처방전의 제출을 요구받았네. 최근의 일은 조사가 안 돼 있어."

나는 이름과 알터데너의 주소를 적었다.

"다음은 이비인후과의 레스터 뷰카니치야. 할리우드 블루버드 스톡웰 빌딩. 진료는 거의 사무실에서 하지. 특히 만성 환자를 단골로 하고 있네. 취향이 좋군. 환자가 가서 고통을 호소하면 세척하는데, 물론 그전에 노보카인으로 마취하지. 그러나 환자의 증세 여하에 따라 꼭 노보카인을 사용할 필요는 없네. 알고 있나?"

"알고 있네." 나는 이 사나이도 기록했다.

"이건 재미있는데," 하고 피터즈는 읽어 내려가면서 말했다. "그가 고심하고 있는 것은 입수방법 같군. 그래서 뷰카니치 선생은 엔세나다 앞바다에 가끔 낚시질하러 자기 비행기로 날아가는군."

"자기가 마약을 운반한다면 명이 짧겠는데."

피터즈는 조금 생각하더니 머리를 흔들었다.

"난 그렇게 생각지 않네. 욕심만 내지 않으면 언제까지나 계속할 수 있네. 위험한 것은 환자가 불만을 품게 될 경우뿐일세. 하지만 그런 경우 취해야 할 방법도 알고 있을 거야. 같은 사무실을 15년이나 계속 사용하고 있는 걸 봐도 짐작할 수 있지 않겠나."

"그런 정보를 어디서 다 입수하나?"

"우린 조직을 가지고 있네. 자네처럼 외톨박이가 아냐. 내부에서 입수할 때도 있네. 칸은 얼마든지 돈을 쓰네. 필요하다면 교제도 하지."

"우리가 하는 이런 얘기를 들으면 기뻐하겠군!"

"마지막 인물은 벨린저라는 인물이야. 이 사나이의 서류를 만든 사람은 오래 전에 여기를 그만두었어. 세펄베더 캐니언에 있는 벨린저의 목장에서 여류 시인이 자살한 일이 있는 것 같네. 작가나 도피를 원하는 자들을 위해서 일종의 예술가 부락을 만든 거야. 요즘은 비싸지 않네. 착실한 경영을 하고 있는 것 같네. 스스로 의사라 자칭하고 있지만 진찰은 하지 않네. 이 치가 왜 리스트에 올라 있는지 모르겠군. 그 자살 사건 때 무언가 있었는지 모르지." 그는 아무 설명도 없이 종이에 붙어 있는, 오려 낸 신문을 집어 들었다. "그렇군. 모르히네를 다량 복용했구먼. 벨린저가 그것을 알고 있었는지는 알 수 없네."

"벨린저가 마음에 들었네" 하고 나는 말했다.

"가장 마음에 들었네."

피터즈는 서류철을 닫고 손뼉을 쳤다. 그리고 서류철을 들고 나갔다. 그가 돌아왔을 때, 나는 일어서서 돌아가려 하였다. 인사를 하려고 했더니 그는 손을 들고 가로막았다.

"그 사람이 숨어 있을 만한 곳은 달리 얼마든지 있지 않나?"

나도 알고 있다고 했다.

"그런데 자네 친구인 레녹스에 대해서 뉴스가 있네. 여기 있는 직원이 5, 6년 전에 그와 똑같이 생긴 사람을 뉴욕에서 만났다는 걸세. 하지만 이름은 레녹스가 아니라 머스톤이라고 하더군. 다른 사람인지도 모르지. 그 사나이는 항상 술에 만취되어 있었다고 하더군. 자세한 내용을 잘 모르지만 말이야."

"다른 사람이겠지. 이름을 바꿀 까닭은 없네. 전력이 있기 때문에 조사하면 곧 발각되거든."

"그걸 몰랐군. 그 직원은 지금 시애틀에 가 있네. 조사하고 싶거든 돌아왔을 때 물어 보게. 아슈터펠트라는 사람일세."

"여러 가지로 고맙네, 조지. 10분치곤 너무 길었네."

"나도 자네 힘을 빌릴 때가 있을지도 모르지 않나."

"칸 협회는 아무한테도 도움을 받을 필요가 없을걸."

그는 엄지손가락으로 천한 짓을 해 보였다. 나는 그를 회색 방에 남겨 놓고, 밖으로 나가기 위해 대기실을 지났다. 이번에는 이상한 생각이 들지 않았다. 감방에 들어갔다 나온 뒤에 본다면, 화려한 색채가 어울릴 것 같았다.

16

세펄베다 캐니언의 낮은 지대, 도로에서 떨어져 노란 사각 문기둥이 두 개 서 있었다. 한쪽 문기둥에 각목으로 가로대 다섯 개를 걸쳐 놓은 문은 활짝 열려 있었다. 입구 위에는 간판이 철사로 매달려 있다.——사설도로임. 통행금지.

공기는 따뜻하고 조용하며, 암코양이를 생각케 하는 유칼리 냄새가 강하게 코를 찔렀다.

나는 문으로 들어가 언덕의 중턱을 달리고 있는 자갈 섞인 길을 전진하여 완만한 경사를 타고 언덕을 넘어, 건너편 분지로 나왔다. 도로에 비하면 10도나 15도 정도 더 더웠다. 자갈이 섞인 길은, 돌을 세워 놓은 초원 둘레를 빙 돌면서 끝났다. 왼편에 물이 빠진 풀이 있었다. 물 없는 풀만큼 공허하게 느껴지는 것은 없다. 풀의 3면에는 잔디가 깔려 있던 흔적이 있고, 군데군데 칠이 벗겨진 삼나무로 만든 의자가 대여섯 개 놓여 있었다. 원래는 청, 녹, 황, 오렌지, 빨강 등의 여러 색으로 칠해 있던 것이었다. 다른 한 면에는 테니스 코트의 높은 철망이 있었다. 물 없는 풀의 다이빙대는 지쳐서 앞으로 기울어진 듯이 보였다. 깔려 있던 매트가 조각조각 찢어져 늘어져 있고, 금속 부분은 녹이 슬었다.

나는 넓은 포치(서양식 건축에서 밖으로 나와 있는 지붕이 있는 현관)가 있는 건물의 삼나무 앞에 차를 세웠다. 입구는 이중 스크린 도어로 되어 있었고, 커다란 검은 파리 한 마리가 앉아 있었다. 여러 갈래의 작은 길이, 늘 녹색이지만 항상 더럽혀져 있는 캘리포니아 떡갈나무 숲으로 연결되어 있고, 언덕 중턱에는 떡갈나무 사이로 낡은 오두막집이 흩어져 있었다. 떡갈나무 사이에 거의 숨겨져 있는 오두막도 있었다. 눈에 보이는 오두막집은 계절에 외면당한 쓸쓸함을 느끼게 했다. 문은 닫혀 있었고, 창에는 승복을 연상케 하는 커튼이 보였다. 창 언저리에 쌓인 먼지는 손으로 털 수 있을 듯한 정도였다.

나는 차의 시동을 끄고 핸들에 손을 올려놓은 채 귀를 기울였다. 아무 소리도 안 났다. 죽은 듯이 조용했다. 다만 이중 스크린 도어의 안쪽 문이 열리면서 어두컴컴한 방에서 무엇인가 움직인 것 같았다. 이윽고 날카로운 휘파람이 들리고, 스크린 너머로 한 남자의 모습이 떠오르더니 문을 열고 계단을 내려왔다. 이상한 옷차림의 인물이었다.

이 사나이는 납작하고 새까만, 멕시코식 차양이 넓은 모자를 턱끈으로 목에 매달고 있었다. 셔츠는 새하얀 명주로 깃을 열고, 허리는 단단히 조여져 있었으며, 소매는 여유 있게 불룩했다. 목에 감은 검은 테두리가 있는 스카프는 한쪽은 짧게, 다른 한쪽은 허리 근처까지 아래로 드리워져 있었다. 폭이 넓은 검은 띠로 허리를 단단히 감고 있는 검은 바지의 옆 솔기는 아래 끝까지 금실로 수 놓여 있었으며, 양쪽 끝에는 금단추가 줄지어 있었다. 구두는 검은 에나멜 가죽으로, 뒷굽이 높은 댄스용이었다.

그는 계단 밑에서 발을 멈추고, 계속 휘파람을 불면서 나를 보았다. 회초리처럼 날씬하고 탄력 있는 몸매였다. 보기 드문 크고 얼빠진 듯한 눈이 가늘고 기다란 눈썹 밑에 있었다. 몸은 날씬했지만 약한 느낌은 주지 않았다. 콧날이 서고, 입가에 매력이 있고, 뺨의 보조개와 작고 예쁜 귀가 인상적이었다. 피부는 햇볕에 한 번도 쬐인 일이 없었던 것처럼 창백했다.

그는 왼손으로 허리를 집고, 오른손으로 허공에 아름다운 원을 그렸다.

"참 좋은 날씨군요."

"하지만 너무 덥네요."

"더운 걸 좋아하거든요." 대화는 이것으로 끝났다는 식의 쌀쌀한 말투였다. 내가 어떻게 생각하든 그런 것에는 관심이 없어 보였다. 그는 계단에 앉자, 어디선가 긴 손톱깎이를 꺼내어 손톱을 깎기 시작했다. "은행에서 왔소?" 나를 보지도 않고 물었다.

"벨린저 선생을 찾고 있소."

그는 손톱 깎던 것을 그만두고 멀리 눈을 던졌다. "누구라고요?" 하고 별로 흥미가 없는 듯한 말투로 물었다.

"이곳 소유주 말이오. 말하길 싫어하나? 그 사람을 모른다는 건가요?"

그는 다시 손톱을 깎기 시작했다. "당신은 잘 모르는 모양이군. 이곳 소유자는 은행이오. 저당잡았다고 하더군요. 자세한 건 잊어버렸기 때문에 난 모르오."

그는 사소한 일에는 볼일이 없다는 표정으로 나를 올려다보았다. 나는 차에서 내려 뜨거워진 문에 기댔다가 그곳을 떠나 시원한 공기가 있는 곳으로 옮겼다.

"어느 은행이오?"

"모르오. 은행에서 온 게 아니오? 은행에서 오지 않았다면 볼일은 없소. 나가 주었으면 좋겠소. 할 일이 있으니까."

"벨린저 선생을 꼭 만나야 할 일이 있소."

"우린 장사 안 한 지가 오래 됐소. 간판 못 봤소? 여긴 사설도로요. 누군가가 문을 잠그는 걸 잊어버렸단 말이야."

"당신이 관리인이요?"

"그런 셈이지, 이젠 질문은 그만두셔. 난 성질이 급하단 말이오."
"화가 나면 무슨 짓이나 하나? 다람쥐놀이나 탱고도 추나?"
그는 벌떡 일어섰다. 공허한 웃음이 떠올랐다.
"차에 태워 주지 않으면 안 될 모양이군!"
"아직은 빠르네. 어디 가면 밸린저 선생을 만날 수 있소?"
그는 손톱깎이를 셔츠 주머니에 넣고 오른손에 다른 것을 쥐었다. 번쩍번쩍 빛나는 놋쇠로 만든 너클(싸움할 때 손가락에 끼는 것)이었다. 뺨의 피부가 긴장하고 커다란 얼빠진 눈이 불길처럼 빛났다.

그는 천천히 내가 있는 쪽으로 걸어왔다. 나는 움직이기 좋게 뒤로 물러났다. 그는 휘파람을 계속 불고 있었으나, 가락은 더욱 세차 갔다.

"싸움까지 할 건 없소" 하고 나는 그에게 말했다. "아무 이유도 없잖나? 그 예쁘게 수놓은 옷이 엉망이 돼도 괜찮나?"

그는 번갯불처럼 민첩했다. 몸을 교묘하게 움직여 덤벼 왔다고 생각되자 왼손이 뱀처럼 앞으로 튀어나왔다. 나는 미리 짐작하고 있었기 때문에 곧 머리를 기울여 잽을 피했지만, 그가 노리고 있던 것은 나의 오른팔이었다. 나는 오른팔을 잡혀 균형을 잃었다. 놋쇠의 너클을 낀 오른손이 허공에 원을 그리며 날아 왔다. 머리를 뒤에서 얻어맞으면 그걸로 끝난다. 만일 몸을 빼면 옆얼굴이나 팔을 얻어맞는다. 팔을 못 쓰게 되거나 얼굴이 엉망이 될 것은 정해져 있다. 이러한 때의 방법은 하나밖에 없다.

나는 팔을 잡힌 채 일부러 몸을 앞으로 엎드리면서 그의 왼쪽 발목을 발길로 차고 셔츠를 잡았다. 셔츠가 찢어지는 소리가 났다. 무엇인가가 뒤통수를 쳤지만 금속은 아니었다. 내가 왼쪽으로 몸을 비틀자 그는 옆으로 넘어졌지만, 내가 몸의 균형을 잡기보다 빠르게 일어섰다. 입가에 엷은 웃음이 떠오르고 있었다. 유쾌하기 그지없는 표정이었다. 그는 다시 덤벼들었다.

어디선가 굵은 목소리가 또렷하게 들려왔다. "얼, 그만둬! 당장 그만두지 못해!"

청년은 명령에 따랐다. 분하다는 듯한 엷은 웃음이 떠올랐다. 재빠른 동작으로 놋쇠의 너클을 폭이 넓은 띠에 끼워 넣었다.

내가 뒤돌아보자, 알로하셔츠 차림의 건장한 사나이가 양팔을 흔들면서, 좁다란 길에서 이쪽으로 달려오고 있었다.

"미쳤니, 얼?"

"이젠 그런 말 좀 하지 마십시오, 선생님" 하고 얼은 온순하게 말했다. 그리고 웃음을 띠며 입구의 계단에 가서 앉았다. 넓적한 모자를 벗고, 빗을 꺼내 멍청한 표정으로 새까만 머리를 빗기 시작했다. 1, 2초가 지나자 다시 휘파람 소리가 들려왔다.

화려한 셔츠의 건장한 사나이는 내 앞을 가로막고 서서 나를 보았다. 나도 그를 보았다.

"무슨 일입니까? 당신은 누구요?" 그는 나무라는 것처럼 말했다.

"이름은 말로우. 벨린저 선생을 만나러 왔는데, 당신이 얼이라고 부른 젊은이가 나와 힘내기를 하고 싶었던 모양입니다. 더위 탓이 겠지요."

"내가 벨린저입니다" 하고 그는 분명한 어조로 말했다. "집에 들어가 있게, 얼."

얼은 천천히 일어섰다. 표정이 없는 크고 멍청한 눈으로 벨린저 의사를 말똥말똥 쳐다보았다. 그런 다음 계단을 올라가 스크린 도어를 열었다. 파리 몇 마리가 날개를 치며 날아가는 척하다 문이 닫히자 바로 스크린에 되돌아가 앉았다.

"말로우?" 벨린저 의사는 다시 나에게 눈길을 쏟았다. "그래, 무슨 일로 오셨습니까, 말로우 씨?"

"얼에게 물었더니, 당신은 이곳을 폐쇄하셨다고요?"

"그렇습니다. 법률상의 수속이 끝나면 이곳을 떠납니다. 지금은 얼과 나 외에는 아무도 없습니다."

"기대가 어긋났습니다" 하고 나는 정말 실망한 투로 말했다. "웨이드라는 사람이 여기 있는 줄 알았는데."

그는 양쪽 눈썹을 살짝 움직였다. "웨이드? 내가 아는 사람 중에 그런 이름의 남자가 있을지도 모릅니다. 별로 드문 이름도 아니고…… 그런데 왜 여기 있다고 생각했습니까?"

"치료받기 위해서지요."

그는 미간을 찌푸렸다. "나는 의사지만 치료하지 않은 지 오래 됐습니다. 어떤 종류의 치료를 받기 위해서입니까?"

"그 사람은 다른 사람과 다릅니다. 가끔 정신이 이상해져서 행방을 감추죠. 자기가 직접 돌아올 때도 있지만, 누가 집까지 데려다 줄 때도 있고, 때로는 찾아 나서지 않으면 안 될 때도 있습니다."

나는 명함을 꺼내 그에게 주었다.

그는 명함을 읽었다. 별로 좋은 표정은 짓지 않았다.

"얼은 좀 이상하더군요" 하고 나는 말했다.

"자기를 발렌티노나 무언가로 착각하는 모양이죠?"

그는 눈썹을 움직였다. 나는 그의 눈썹에 흥미를 느꼈다. 눈썹의 일부가 1인치 반이나 올라갔기 때문이다. 그는 살찐 어깨를 흔들었다.

"별로 위험한 일은 없습니다. 가끔 꿈을 꾸는 듯한 상태가 됩니다. 놀기를 좋아한다고나 할까요?"

"노는 것도 좋지만 거친 짓은 곤란하지요."

"그런 인간은 아닙니다. 사치를 좋아하지요. 정말 어린애 같지요."

"머리가 좀 이상한 게 아닙니까? 전엔 요양소가 아니었던가요?"
"아닙니다. 예술가 부락이라고나 할까요. 식사, 숙박 설비, 운동을 위한 시설, 그리고 오락 등을 제공했을 뿐입니다. 말하자면 세상과는 격리된 생활이었죠. 요금도 비싸지 않았습니다. 잘 아시겠지만 예술가는 돈이 별로 없거든요. 내가 말하는 예술가 중에는 작가, 음악가 등이 포함되어 있지요. 나로서는 고생하는 보람이 있는 일이었습니다."

마지막 말은 괴로운 듯이 했다. 눈썹이 밑으로 쳐져, 좀더 길었더라면 입 안에 들어갈 수도 있었을 것이다.

"알고 있습니다" 하고 나는 말했다.
"조서서에 씌어 있더군요. 언제던가요? 자살 문제도 씌어 있었어요. 마약이었지요?"

아래로 늘어져 있던 눈썹이 느닷없이 거꾸로 섰다. "조서서라니! 그게 뭡니까?"

"부정 영업 행위를 하고 있는 의사의 조사 서류가 있습니다. 작은 요양소나, 알코올 중독자나, 가벼운 정신병자들을 취급하고 있는 곳이지요."
"그런 곳은 법률에 의한 면허를 받지 않으면 안돼요."
"표면상으로는 그렇지만 가끔 그것을 잊어버리는 사람도 있지요."

그는 몸을 도사렸다. "당신이 말하는 것은 모욕입니다, 말로우 씨. 그런 리스트에 내 이름이 올라 있을 까닭이 없습니다. 이젠 돌아가 주십시오."

"웨이드에 대한 이야기로 되돌아갑시다. 다른 이름으로 이곳에 있는 게 아닐까요?"
"얼과 나 외에는 아무도 없습니다. 둘뿐이지요. 이만 실례합니다."
"일단은 돌아보고 싶은데요?"

화를 내게 하여 말하게 하는 방법도 있다. 그러나 벨린저 의사한테는 통하지 않았다. 무슨 말을 해도 자기를 잃지 않았다. 나는 집 쪽을 바라보았다. 안에서 댄스 음악이 흘러나왔다. 손가락으로 내는 소리가 희미하게 들렸다.
 "춤추고 있군요" 하고 나는 말했다.
 "탱고로군. 혼자서 춤추고 있어요. 확실히 다른 점이 있거든."
 "돌아가시지 않으렵니까, 말로우 씨? 얼을 불러 추방하지 않을 수 없습니다그려."
 "좋아요. 돌아가도록 하지요. 나쁘게 생각지 마십시오. V로 시작된 이름이 세 명밖에 발견되지 않았습니다. 당신에게 가장 기대를 가질 수 있다고 느꼈습니다. 단서는 이것뿐입니다. V의사입니다. 행방을 감추기 전에 종이 조각에 V의사라 쓴 것이 있었습니다."
 "세 사람으로 국한시킬 수는 없지 않을까요?"
 "물론 그렇습니다. 그러나 부정 영업의 조사서에는 세 명밖에 없었거든요. 실례했습니다, 선생. 얼이 약간 마음에 걸리지만……."
 나는 차쪽으로 걸어가서 올라탔다. 문을 닫았을 때, 벨린저 의사가 차 옆까지 와 있었다. 그는 밝은 표정을 짓고 차 안을 들여다보았다.
 "우린 싸움할 필요는 없어요, 말로우 씨, 당신의 직업상 무례하다고 생각되는 행동도 때로는 불가피할 겁니다. 얼이 어떤 모양으로 마음에 걸리십니까?"
 "분명히 말해서 정상이 아닙니다. 비정상적인 점이 한 가지 있으면, 당연히 그 밖에도 정상이 아닌 점이 있다고 생각하게 됩니다. 그 친구 정신 분열증이 아닙니까? 아무래도 가만히 있을 수 없는 것 같더군요."
 그는 아무 말없이 나를 응시했다. "흥미 있는 사람들과, 재능이 뛰어난 사람들이 여기 많이 있었습니다. 그 사람들이 전부 당신처럼 정상적인 사람들이었다고는 할 수 없습니다. 재능이 뛰어난 인간에게는 정신이 이상한 사람이 비교적 많지요. 하지만 나는 설사 그럴 마음이 있었다고 해도 정신병자나 알코올 중독 환자를 취급할 만한 시설을 갖추지 않았습니다. 사람이래야 얼 외에는 없고, 그는 환자를 맡을 만한 성질의 인간이 아닙니다."

"어떤 성질의 인간이라는 겁니까? 춤은 별 문제로 치고."

그는 차문에 기댔다. 목소리가 갑자기 낮아졌다. "얼의 양친은 내 친구입니다. 누군가가 그를 돌봐 주지 않으면 안 되는데, 그의 양친은 이미 여기에 없습니다. 얼은 도회지의 소음과 유혹을 피해 조용한 생활을 하지 않으면 안 될 사람입니다. 불안은 있으나 본질적으로는 위험이 없는 사람입니다. 당신도 보신 바와 같이 내 말은 잘 알아듣습니다."

"당신은 용기가 있으십니다" 하고 나는 말했다.

그는 깊은 한숨을 쉬었다. 눈썹이 곤충이 경계태세에 들어갔을 때의 촉각처럼 움직였다. "일종의 희생이었습니다. 큰 희생이라 해도 좋겠지요. 얼이 내 일을 도와 줄 것으로 생각했습니다. 테니스를 잘하고, 수영도 다이빙도 일류지요. 한밤중이라도 춤추고 있어요. 항상 애교를 잃은 적이 없습니다. 그런데 가끔 사건이 일어났습니다." 그는 쓰디쓴 추억을 멀리 떨어버리듯 손을 내저었다. "마침내 얼을 버리느냐, 이곳을 버리느냐 하는 처지에 놓이고 말았어요."

그는 두 손의 손바닥을 위로 들었다가 조용히 밑으로 내렸다. 눈은 솟아나오는 눈물에 젖어 있는 것처럼 보였다.

"나는 이곳을 팔았습니다. 이 아름다운 분지가 토지 회사의 소유가 됩니다. 길이 만들어지고, 전주가 서고, 스쿠터에 탄 아이들이 달리고, 라디오가 소란한 소리를 내게 될 겁니다. 틀림없이 텔레비전도 설치될 겁니다. 수목만은 이대로 두었으면 하고 생각하지만 아마 소용없을 겁니다. 언덕 높은 곳에는 수목 대신 텔레비전 안테나가 세워지겠죠. 그때면 얼과 나는 여기서 멀리 떠나게 될 겁니다."
"안 됐군요, 선생. 동정합니다."
그는 손을 내밀었다. 습기가 있었으나 힘은 있었다. "당신의 동정과 이해에 감사합니다, 말로우 씨. 그리고 슬레이드 씨를 찾는데 도움되지 못해 유감으로 생각합니다."
"슬레이드가 아니고 웨이드입니다."
"아아, 웨이드였군요. 안녕히, 행운을 빕니다."
나는 천천히 차를 몰아, 왔을 때와 같은 길을 따라 자갈길을 되돌아갔다. 내 기분은 착잡했지만, 벨린저 의사가 상상하는 정도는 아니었다.

문을 나와 가도의 모퉁이를 돌아, 문에서 보이지 않는 곳에 차를 세웠다. 차에서 내려 포장도로 끝을 걸어, 철조망 울타리에서 문이 보이는 곳까지 되돌아갔다. 그리고 유칼리나무 밑에 서서 기다렸다.

5분 정도 지났다. 차 한 대가 자갈을 튕기면서 사설도로를 달려왔다. 내가 있는 곳에서는 보이지 않는 곳에 차가 섰다. 나는 더 물러나 덤불 속에 숨었다. 나무가 삐걱거리며 자물쇠가 큰소리를 내고, 쇠사슬이 부딪치는 소리가 들려 왔다. 엔진 소리가 다시 들리더니 차가 되돌아갔다.

차 소리가 사라진 다음에 나는 차를 돌려 시가지로 향했다. 벨린저 의사의 사설도로 입구 앞을 통과했을 때, 문이 쇠사슬이 달린 자물쇠로 엄중히 닫혀 있는 것이 보였다. 오늘은 이것으로 방문자 사절인가 보다.

17

나는 20마일 조금 더 달려 돌아와 점심을 먹었다.

생각하면 생각할수록 모든 행동이 어리석게만 여겨졌다. 이런 식으로는 못 찾아낸다. 얼이라든가 벨린저 의사 같은 흥미 있는 인간은 만날지 몰라도, 찾고 있는 인간은 만날 수 없는 것이다. 아무 이득도 없는 일에 타이어와 휘발유와 말과 신경 등을 헛되이 쓰고 있는 데 지나지 않는다.

하기야 처음에는 대개 결실을 맺지 못하는 것이다. 큰 성과를 바랄 수 있다고 기대하고 있으면 반드시 실망하게 되는 법이다. 그렇지만 웨이드를 슬레이드라고 불러서는 안 된다. 그는 머리가 좋은 인간이다. 그렇게 쉽게 잊어버릴 리가 없다. 만일 잊어버렸다면 잊어버린 채 그대로 있었을 것이다.

그가 V의사인지도 모른다. 또는 그렇지 않을지도 모른다. 짧은 회견으로는 확실한 사정을 파악할 수 없다. 나는 커피를 마시면서 뷰카니치 의사와 바리 의사에 대해 생각했다. 찾아볼까, 그만둘까……. 오후 시간을 완전히 소비하게 된다는 것을 알고 있다. 밤이 되어 아이도르 봐레에 있는 웨이드 댁에 전화하면 주인이 무사히 돌아와 있고, 당분간은 염려없다는 식이 되어 있을지도 모른다.

뷰카니치 의사한테서는 별로 시간은 걸리지 않을 거다. 6구획 정도밖에는 떨어져 있지 않다. 그러나 바리 의사는 알터데너의 시골이기 때문에 더위에 시달리면서 오랜 드라이브를 하지 않으면 안 된다. 찾아가 볼까, 그만둘까.

역시 찾아가 보기로 했다. 이유는 세 가지 있다. 부정 영업을 하고 있는 의사에 대해서 좀더 지식을 얻어 두기에는 좋은 기회라는 것이 하나. 둘째는, 피터즈가 보여 준 서류에 새로운 정보를 덧붙일 수 있다면 그의 호의에 보답하는 길이 되기 때문이다. 셋째 이유는, 지금 아무것도 할 일이 없기 때문이다.

나는 계산한 다음, 차는 그대로 두고 북쪽 도로를 따라 스톡웰 빌딩까지 걸어서 갔다. 입구에 여송연 매점이 있고, 엘리베이터가 바닥과 수평이 되게 서지 않는 골동품다운 빌딩이었다. 6층의 복도는 좁고, 문에는 젖빛 유리가 끼워져 있었다. 내 사무실이 있는 빌딩보다 훨씬 낡았고 훨씬 더러웠다. 의사, 치과 의사, 별로 인기를 얻지 못하는 신앙 요법의 사무실, 재판 때 저쪽 편에 돌리고 싶은 변호사 사무실 등이 있었다. 의사도, 치과의사도, 손님이 많은 것 같지 않았다. 솜씨도 별로 좋지 않고 사무실도 청결하지 못했다. 3달러입니다, 간호사한테 지불해 주십시오, 어떤 환자가 오고, 어느 정도 지불하면 되는가를 잘 알고 있다. 지불은 현금으로 부탁드립니다. 어금니가 많이 상했군요, 카진스키 씨. 이번에 나온 아크릴로 하시면 금을 사용한 것과 마찬가지 효과가 있고, 14달러면 됩니다. 노브카인을 사용하신다면 2달러만 더 주시면 됩니다.

이러한 빌딩에는 많이 벌고 있으면서 겉보기에는 그렇게는 생각되지 않는 작자들도 반드시 있는 법이다. 그들은 초라한 무대 장치를 위장용으로 사용하고 있다. 보석금을 슬쩍하는 것을 본업으로 삼고 있는 변호사, 낙태 전문 의사, 피부과나 외과처럼 노상 마취제를 사용하는 의사를 가장하여 마약을 취급하고 있는 작자도 있다.

레스터 뷰카니치 의사의 대기실은 좁은데다 의자나 책상도 보잘것 없는 것으로, 환자가 12명이나 갑갑한 듯 기다리고 있었다. 12명 다 환자처럼 보이지는 않았다. 언뜻 보기에는 어디가 나쁜지 알 수 없었다. 마약 중독 환자라도 약 기운이 갑자기 떨어지지만 않으면 채식주의자인 회계사와 구별할 수 없다. 나는 45분 동안이나 기다려야 했다. 환자는 두 개의 문으로 들어갔다. 보통 이비인후과 의사라면 진찰실에 여유만 있으면 동시에 네 명 정도의 환자를 취급할 수 있다.

겨우 내 차례가 왔다. 진찰실에 들어가 갈색 가죽 의자에 앉았다. 옆에 흰 타월로 덮인 테이블에 의료 기구가 놓여 있었다. 소독용 캐비닛이 벽 옆에서 소리를 내고 있었다. 뷰카니치 의사는 흰 진찰복을 입고 둥근 반사경을 이마에 끼고 빠른 걸음으로 들어왔다. 그는 내 앞의 의자에 앉았다.

"머리가 아프시다고……심합니까?" 그는 간호사가 건네 준 서류를 보았다.

나는 몹시 아프다고 했다. 눈앞이 캄캄해지는 것 같고, 특히 일어섰을 때가 심하다고 했다. 그는 그럴 거라는 듯 끄덕였다.

"전형적인 증세군요"라고 그는 말하고 만년필 같은 것에 유리관을 씌웠다.

그는 그것을 내 입 안에 넣었다. "입술을 다물고……이는 맞대지 말고," 그는 이렇게 말하며 손을 내밀어 전등을 껐다. 이 방에는 창이 없었다. 어디선가 환기 장치가 돌아가는 소리가 났다.

뷰카니치 의사는 유리관을 내 입에서 빼내고 전등을 켰다. 그리고 나를 주의 깊게 관찰했다.

"별로 나쁜 데가 없는데요, 말로우 씨? 두통이 심하다고 하지만 그것은 다른 원인에 의한 것이 아닐까요? 지금까지 이비인후과 계통의 병에 걸린 일은 없었지 않습니까. 골절 수술을 받은 일은 없었나요?"

"있습니다. 축구하다가 채였어요."

그는 끄덕였다. "제거하지 않으면 안 될 골편이 남아 있는 것 같군요. 그러나 호흡하는 데는 지장이 없을 겁니다."

그는 몸을 뒤로 젖히고 무릎을 안았다. "어떻게 해 달라는 애깁니까?" 하고 그는 물었다. 깡마른 얼굴에 혈색이 좋지 않은 사나이였다. 결핵에 걸린 흰 쥐 같았다.

"실은 내 친구 문제로 의논하고 싶습니다. 몹시 심한 상태에 빠져 있지요. 작가인데 돈은 많습니다. 신경이 약하고, 그대로 내버려

기나긴 이별 151

둘 수가 없습니다. 며칠씩이나 먹지 않고 술만 마시거든요. 단골 의사도 이젠 말을 안 들어 줍니다."

"말을 안 들어 주다니 무슨 뜻입니까?"

"신경을 안정시키기 위해 감금 주시가 필요합니다. 의논 대상이 되어 주실 줄 알았는데요. 돈 문제는 걱정 마십시오."

"거절하겠습니다, 말로우 씨. 나를 찾아오신 건 번지수가 틀렸군요." 그는 일어섰다. "이런 연극은 해도 소용이 없습니다. 올 마음이 있다면 친구가 직접 찾아오면 됩니다. 하지만 어딘가 나쁜 데가 없으면 곤란합니다. 10달러입니다. 말로우 씨."

"숨길 필요없어요, 선생. 리스트에 올라 있거든요."

뷰카니치 의사는 벽에 몸을 기대고 담배에 불을 붙였다. 나에게 시간을 주려고 하는 것이다. 연기를 토해 내고 나를 쳐다보았다. 나는 명함을 건네주었다. 그는 명함을 보았다.

"무슨 리스트 말입니까?" 하고 그는 물었다.

"부정 영업을 하고 있는 사람들의 리스트입니다. 내 친구를 알고 있는 건 아닙니까? 웨이드라는 이름입니다. 방 안을 하얗게 칠한 작은 방에 숨겨 둔 건 아닙니까? 집에서 행방을 감추었어요."

"말을 삼가십시오. 세상 사람들이 흔히 말하는, 알코올 중독 4일 요법이라는 것과 같다고 생각하시면 곤란합니다. 그렇게 해도 조금도 낫지 않아요. 나는 작은 흰 방 같은 것을 가지고 있지 않으며, 당신의 친구라는 사람도 몰라요. 희망하신다면 경관을 불러, 당신이 마약 중독 환자를 구해 달라고 부탁하러 왔다고 해도 좋아요."

"그것 참 재미있는 말이군. 불러 보도록 합시다."

"당장 나가 주시오."

나는 의자에서 일어섰다. "내 착각이었군요. 요전번에 행방을 감추었을 때, V자가 붙은 의사한테 숨어 있었죠. 그 의사가 부정 영업자였어요. 집에까지 데리고 왔지만, 집 안에 들어가는 것을 확인도 않고 가 버렸죠. 그래서 또 집을 나가 행방불명이 되면 조사서를 단서로 하는 건 당연하지 않을까요? V자가 붙은 의사가 세 명 있었습니다."

"재미있군," 하고 그는 쓸쓸한 웃음을 띠며 말했다. "무슨 까닭에 나를 선택한 거요?"

나는 그를 응시했다. 그의 오른손이 왼팔 안쪽을 가만히 문지르고 있었다. 얼굴에 땀이 솟아나기 시작했다.

"그건 말할 수 없지요. 직업상 비밀은 밝힐 수 없거든."

"잠깐 실례. 환자가 한 명……."

그는 뒷말을 입 안에서 하고 나갔다.

그가 없는 동안 간호사가 입구에서 얼굴을 내밀어 나를 언뜻 보고 숨어 버렸다.

뷰카니치 의사가 밝은 표정으로 되돌아왔다. 미소를 띠고 눈이 빛나고 있었다.

"뭐야, 아직도 있었소." 놀랐다는 태도였다. 놀란 것처럼 일부러 꾸몄는지도 모른다. "얘기는 벌써 끝난 걸로 알았는데……?"

"가겠소. 기다리라고 한 줄 알았지 뭐요."

그는 재미있다는 듯 웃었다. "아시겠소, 말로우 씨. 불과 5백 달러만 내면 당신에게 중상을 입혀 입원시킬 수도 있다는 걸 말이오."

"이상하군요. 한 대 맞고 온 것 아니오? 갑자기 기력이 좋아졌는데."

나는 방에서 나가려 했다. "잘 가시오" 하고 그는 말했다. "10달러를 잊지 말고 간호사에게 지불하도록."

그는 실내 통화기에 대고 뭐라고 지껄였다. 대기실에는 전과 같은 12명의 인간, 아니 비슷한 12명의 인간이 불안한 태도로 앉아 있었다. 간호사는 의무를 잊지 않았다.

"10달러입니다, 말로우 씨. 현금으로 곧 지불해 주셔야 합니다."

나는 사람들 발 사이를 헤치면서 문 있는 곳까지 왔다. 그녀는 의자에서 벌떡 일어나 책상을 돌아 뛰어왔다. 나는 문을 열었다.

"내지 않으면 어떻게 되는 거요?" 하고 말했다.

"어떻게 된다고 생각하시오?"

"어쨌든 당신은 당신 일을 하고 있고, 나도 내일을 하고 있단 말이오. 두고 온 명함을 보도록 하서. 내가 무슨 일을 하고 있는지 알 거요."

나는 방 밖으로 나왔다. 기다리고 있던 환자들이 의심스런 눈으로 나를 보았다. 의사에게 이러한 태도를 취하는 것은 잘못이다.

18

에이모스 바리 의사의 경우는 완전히 달랐다. 그는 크고 오래된 떡갈나무가 그늘을 만들고 있는 널찍한 대지에, 크고 오래 된 집을 가지고 있었다. 포치의 차양에 정교한 당초 무늬가 새겨진 있는 큰 저택으로, 포치의 흰 난간이 구식 그랜드 피아노의 다리처럼 구부러져 있고 작은 홈이 새겨져 있었다. 5, 6명의 쇠약한 노인이 포치의 소파에 몸을 담요로 싸고 앉아 있었다.

입구의 문은 이중으로 되어 있고, 꽃무늬 유리가 끼워져 있었다. 집 안의 홀은 넓고, 시원하고, 마루는 잘 닦여 있고, 깔개는 한 장도 깔려 있지 않았다. 알테데너의 여름은 무척 덥다. 언덕 기슭에 위치하면 바람은 훨씬 상공을 지나간다. 이미 80년 전부터 사람들은 이러한 기후의 토지에 알맞은 집을 짓는 방법을 알고 있었던 것이다.

깨끗한 흰옷을 입은 간호사가 내 명함을 가져가고, 한참 후에 에이모스 바리 의사가 2층에서 내려왔다.

대머리에 부드러운 미소를 띤 몸집이 큰 사나이였다. 긴 윗옷은 얼룩 하나 없고, 고무창이 깔린 구두는 소리를 내지 않았다.

"어떻게 오셨습니까, 말로우 씨?" 고통을 덜어주고, 초조한 마음을 안정시켜 주는 부드러운 목소리였다──의사 선생님은 오셨어요, 이젠 걱정 안 해도 돼요, 곧 나을 거예요──이 인물에 이런 태도라면 환자들의 신뢰를 받게 된다. 훌륭한 의사이며, 신념에 넘쳐 있다.

"실은 돈깨나 있는 알코올 중독 환자가 행방을 감추어 찾고 있는 중입니다. 웨이드라는 사람이지요. 과거의 행동으로 미루어 보아 어딘가의 요양소에 숨어 있으리라고 생각됩니다. 단서는 V의사라는 것뿐이고, 선생은 그 V자를 가진 세 번째 의사인데, 솔직히 말해서 실망하고 있습니다."

그는 조용히 웃었다. "겨우 세 번째입니까, 말로우 씨? 로스앤젤레스 시 내외에 V로 시작하는 이름의 의사는 적어도 백 명은 있을 겁니다."

"하지만 창에 쇠창살을 낀 방을 가지고 있는 의사는 그렇게 많지 않습니다. 여기도 2층에 그런 방이 몇 개 있더군요."

"노인들뿐입니다" 하고 바리 의사는 쓸쓸한 듯 말했지만 그 쓸쓸함은 교묘히 꾸며진 느낌을 주었다. "고독한 노인들뿐입니다. 운이 나쁘고 불행한 노인들이지요, 말로우 씨. 때로는……." 그는 손을 앞으로 내밀었다가, 낙엽이 땅에 떨어지듯 조용히 내렸다. "나는 알코올 중독 환자의 진료는 하지 않습니다. 그럼, 이만." 그는 딱 잘라 말했다.

"실례했습니다. 리스트에 기재되어 있기에 그만, 아마 잘못이겠지요. 2년 정도 전에 마약 단속반과 옥신각신한 일이 있었다고 하기에……."

"뭐라고요?" 그는 의아스럽다는 표정을 지었으나, 곧 생각해 냈다. "그런 일이 있었지요. 우연히 고용했던 조수가 혐의를 받은 일이 있었어요. 불과 얼마 안 있었지만 말입니다. 나의 신뢰를 배신했던 거지요. 확실히 그런 일이 있었습니다."

"내가 들은 말은 그런 내용이 아니었습니다. 잘못 들었는지는 몰라도 말입니다."

"어떤 내용을 들으셨는데요, 말로우 씨?" 그는 아직도 미소와 부드러운 말투를 잃지 않고 있었다.

"선생이 처방전의 제출을 요구받았다는 얘깁니다."

이번에는 약간 반응이 있었다. 별로 기분 나쁘다는 표정은 짓지 않았으나 매력의 껍질이 약간 벗겨지기 시작했다. 파란 눈에 차디찬 광채가 떠올랐다. "어디서 그런 시시한 말을 들었습니까?"

"그런 내용의 조사서를 전문적으로 만들고 있는 큰 탐정 회사에서요."

"공갈 전문의 시시한 작자들의 집단이겠죠."

"시시한 작자들이 아닙니다. 기본요금이 하루 백 달러며, 경영자는 전에 MP 대령이었던 사람이지요. 훌륭한 탐정 회삽니다."

"그 사람한테 항의하고 싶소." 바리 의사는 차디찬 어조로 말했다. "그 사람의 이름은?"

바리 의사의 주위를 비추고 있던 해가 넘어갔다. 차디찬 밤이 되었다.

"비밀입니다, 선생. 그보다 웨이드라는 이름은 전혀 기억에 없습니까?"

"돌아가는 길은 아시겠지, 말로우 씨?"

그의 등 뒤에서 작은 엘리베이터 문이 열렸다. 간호사가 바퀴가 달린 의자를 밀고 나왔다. 의자에 앉아 있는 사람은 깡마른 노인이었다. 눈은 감겨 있었고 피부는 창백했다. 온몸이 담요로 싸여 있었다.

간호사는 잘 닦여진 마루 위를 조용히 의자를 밀어 옆문으로 나갔다. 바리 의사는 조용히 말했다.

"노인뿐입니다. 병에 시달리고 있는 노인들이지요. 고독한 노인들입니다. 다시는 오지 마십시오, 말로우 씨. 나에게 좋은 기분을 안 주니, 나쁜 기분이 된 나는 별로 유쾌한 인간이 못 되지요. 매우 불유쾌한 인간이 된다고 해도 과언이 아닙니다."

"나는 그런 일에 정말 익숙하지요. 실례했습니다. '죽음의 장소'라니 참 멋진 착안이군요."

"뭐라구요?" 그는 한 발 앞으로 나섰다. 조금 남아 있던 매력을 그는 스스로 버렸다. 부드러운 얼굴 선이 딱딱한 주름살로 변했다.

"어떻게 됐다는 겁니까?" 하고 나는 역습했다.

"내가 찾고 있는 사람은 여기엔 없습니다. 여기 있는 사람들은 쇠약하여 다툴 기력을 잃은 인간들 뿐이잖소? 병에 괴로워 하고 있는 노인, 의지할 곳 없는 외로운 노인. 당신이 당신 입으로 그렇게 말하지 않았소? 거추장스러운 존재지만 돈은 가지고 있고 누군가가 그 돈을 노리고 있다는 무리들이 아니오. 결국에는 법정에서 무능력자로 판정된 사람들뿐일 거요."

"정말 불유쾌합니다" 하고 바리 의사는 말했다.

"가벼운 식사, 가벼운 진정제, 엄격한 용법, 일광욕을 시키고 침대에 눕힌다, 조금이라도 기력이 남아 있는 사람을 위해 창에 쇠창살을 단 방을 준비하고 있다, 전부 당신을 신뢰하고 있다, 그들은 당신의 손을 잡고, 슬픈 빛이 감도는 당신 눈을 바라보면서 죽어 간다. 이때의 슬픔은 거짓이 아니겠죠?"

"물론 거짓이 아니지" 하고 그는 목에 걸린 듯한 낮은 목소리로 말했다. 그의 손은 꽉 쥐어져 주먹으로 변해 있었다. 나는 빨리 돌아갔어야 옳았다. 그는 점차 불쾌감이 더해 갔다.

"당연하지 않소?" 하고 나는 말했다. "누구든지 돈이 될 만한 손님을 놓치기 싫어하지. 더욱이 기분을 맞춰 줄 필요가 없는 손님이란 말이오."

"누군가가 해야 할 일이야. 누군가가 불쌍한 노인들을 돌보지 않으면 안 된다 말이오."

"누군가가 하수도를 청소하지 않으면 안 되지. 하기야 이편은 훌륭한 직업이지. 가보렵니다, 바리 의사. 내 직업이 더럽게 생각되면 당신을 떠올리도록 해 보겠소. 틀림없이 마음이 편해질 테니까."

"말조심해!" 하고 바리 의사는 흰 이를 드러내고 외쳤다. "등뼈를 부러뜨려 버리겠다. 내 일은 어디에 내놓아도 부끄럽지 않은 일이란 말이야."

"물론 알고 있지. 다만 죽음의 냄새가 풍길 뿐이지만."

나를 칠 것 같지도 않았기에 나는 그의 곁을 떠나 밖으로 나갔다. 바리 의사는 그 자리에 선 채 움직이지 않았다. 매력을 되찾지 않으면 안 되었던 것이다.

19

나는 차를 달려 할리우드에 돌아왔다. 식사하기에는 너무 빠른 시간이었고, 너무 더웠다. 사무실의 선풍기를 돌렸지만 조금도 시원하지 않고, 다만 돌고 있을 뿐이었다. 거리에는 차나 사람들이 끊임없이 움직이고 있었다.

내 머릿속에서는 여러 가지 생각이 떠날 줄을 몰랐다.

세 발 쏘았는데 한 발도 맞지 않았다. 의사들을 너무 많이 만났을 뿐이었다.

나는 웨이드 댁에 전화했다. 멕시코 사투리의 목소리가 웨이드 부인은 부재중이라고 했다. '웨이드 씨는?' 하고 물어보았다. 역시 부재

중이라는 대답이었다. 내 이름을 댔다. 되묻지 않는 걸 보니 아는 것 같았다. 그는 일하는 사람이라고 했다.

나는 칸 협회의 피터즈에게 전화했다. 다른 의사를 알고 있을지도 모른다고 생각했기 때문이었다. 그런데 그는 없었다. 적당히 입에서 나오는 대로 이름을 대고 전화번호는 바른 번호를 대고 전화를 끊었다. 병든 바퀴벌레가 기어가듯 시간이 지나갔다. 나의 처지는 망각의 사막 속에 있는 한 알의 모래였다. 탄환을 다 쏴 버린 쌍권총의 카우보이였다. 세 발이 모두 표적을 명중시키지 못했다. 나는 셋이라는 숫자가 싫다. A씨를 방문하다, 수확 없음. B씨를 방문하다, 수확 없음. C씨를 방문하다, 마찬가지임.

1주일이 지난 다음에야 D씨를 방문했어야 함을 깨달았는데, 그가 있었는지 몰랐던 것이다. 그리고 그의 존재를 확인했을 때는 의뢰인의 마음이 변해 수사는 중단되어 있었다.

뷰카니치와 바리의 이름은 삭제해도 상관없다. 바리처럼 단물을 빨아 먹고 있는 인간이 알코올 중독자 같은 인간을 상대할 까닭이 없었다. 뷰카니치는 매우 위험한 다리를 건너고 있다. 간호사들은 틀림없이 알고 있을 것이다. 적어도 환자들 중에는 알고 있는 사람이 있다. 전화 한 통으로 그의 숨통을 끊을 수도 있다. 웨이드는 술 취해 있건 제정신이건 그 같은 인간한테는 접근하지 않을 것이다. 그는 머리가 민첩하게 움직이지 않는 인간인지도 모른다. 성공한 인간 중에도 지능이 낮은 자가 적지 않다. 그러나 뷰카니치와 관계를 맺을 정도로 얼간이는 아닐 것이다.

기대를 가질 수 있을 만한 곳은 벨린저 의사뿐이다. 토지가 넓고 도시에서 떨어져 안성맞춤인 환경이다. 인내력도 지니고 있다. 그러나 세펄베더 캐니언은 아이도르 봐레로부터는 너무 먼 거리에 위치한 곳이다. 어떤 관련이 있는 것일까, 그들은 어떻게 알았을까, 게다가 벨린저는 그 토지를 소유하고 있다가 팔게 되었다면 큰돈이 들어올 것이다. 나는 등기 관계 사무실에 근무하고 있는 사람이 생각나서 곧 전화를 걸었다. 그 토지가 어떻게 되었는지 알고 싶었기 때문이었다. 그러나 전화는 통하지 않았다. 퇴근 후의 사무실에는 아무도 없었기 때문이다.

나는 사무실을 나와 라 세네 거리에 있는 '루디의 바 B·Q'로 차를 몰았다. 지배인한테 이름을 말해 놓고 바에 자리잡고 위스키 사워를 앞에 놓고 머렉 웨버의 왈츠를 감상하면서 차례를 기다렸다. 얼마 후에 나는 우단으로 만든 밧줄이 걸쳐진 입구를 지나, 자리에 앉아 루디가 자랑으로 하는 솔즈베리 스테이크를 먹었다. 불에 탄 나무받침 위에 올려놓은 햄버거 스테이크로, 갈색으로 그을린 매시트 포테이토에 둘러싸여 있고, 둥글게 썬 양파 프라이와 믹스 샐러드가 곁들여 있었다. 이 믹스 샐러드는 요리점에서 내놓으면 얌전하게 먹지만, 가정에서 부인이 만들어 내놓는다면 누구든지 한바탕 소란을 떨 것이다.

식사를 끝내자 집으로 차를 몰았다. 문을 열었을 때, 전화벨이 울리기 시작했다.

"아이린 웨이드예요, 말로우 씨. 전화 주셨더군요?"

"그쪽에서 무슨 일이 있었는가 해서지요. 하루 종일 의사들을 만났는데, 어느 의사하고도 친구가 되지 못했습니다."

"아무 일도 없었어요. 아직 돌아오지 않았어요. 아무 뉴스도 없으신 거로군요." 그녀의 목소리는 낮고 생기가 없었다.

"땅은 넓고 사람도 많습니다, 부인."

"오늘 저녁으로 나흘이 돼요."

"나흘이면 아직……."

"저에게는 무척 긴 나흘이에요." 그녀는 잠시 동안 잠자코 있었다.

"무슨 일이 꼭 있을 것만 같아서 여러 모로 생각해 봤어요. 암시가 될 만한 것이나 생각날 만한 것이 무언가 있을 거예요. 로저는 얘기를 좋아하고 언제나 여러 가지 얘기를 했으니까요."

"벨린저라는 이름을 들은 적이 없습니까?"

"없는데요. 제가 알 만한 사람인가요?"

"웨이드 씨를 카우보이 차림의 키가 큰 젊은이가 차에 태워 가지고 온 일이 있다고 하셨지요? 그 젊은이를 보면 알아보시겠습니까?"

"알 것 같아요." 그녀는 별로 자신이 없는 말투였다. "하지만 같은 옷차림이 아니면…… 언뜻 보았을 뿐입니다. 그 젊은 사람이 벨린저라는 사람인가요?"

"아닙니다. 벨린저는 건장한 중년 남잡니다. 세펄베더 캐니언에서 손님을 숙박시키는 농장 같은 것을 경영하고 있습니다. 아니, 경영하고 있었다는 편이 정확할 겁니다. 그와 함께 그 젊은 사람이 있지요. 그리고 벨린저는 자기 입으로 의사라 자칭하고 있습니다."

"희망적이군요" 하고 그녀의 목소리가 갑자기 생기를 띠었다. "실마리를 잡을 수 있다고 생각되지 않으세요?"

"아직 모르겠습니다. 무언가 잡히면 알려 드리지요. 로저가 그 동안에 돌아오지 않았을까, 당신에게 무언가 떠오른 게 있지 않았을까 하는 것들이 알고 싶어서 전화했을 뿐입니다."

"저는 아무 도움이 되지 않는군요. 언제든지 전화해 주세요. 아무리 밤이 깊어도 개의치 마시고요."

나는 전화를 끊었다. 이번엔 권총과 전지가 세 개 들어 있는 회중전등을 준비했다. 권총은 총신이 짧은 32구경의 소형 권총이었다. 벨린저 의사의 그림자와도 같은 얼은 놋쇠의 너클 외에도 다른 장난감을 가지고 있을지도 모른다. 만일 가지고 있다면 머리가 이상한 인간인 만큼 무슨 짓을 할지 예상할 수 없다.

나는 다시 차를 타고 전속력을 냈다. 달이 없는 밤이었다. 벨린저 의사의 토지가 있는 곳에 도착할 때까지는 어두워질 것이다. 나에게 필요한 조건은 어둠이었다.

문은 여전히 쇠사슬과 자물쇠로 잠겨져 있었다. 나는 그 앞을 지나쳐 한참 달린 다음 차를 세웠다. 나무 밑은 아직 희미하게 밝았지만 곧 어두워질 것이다. 나는 문을 뛰어넘고 언덕 비탈을 올라가 하이킹 때 쓰는 산길을 찾았다. 멀리 뒤쪽 계곡에서 메추라기의 울음소리가 들린 것 같았다. 비둘기의 울음소리가 인생의 덧없음을 외치고 있는 것처럼 들려 왔다. 하이킹 코스의 산길은 없었다. 그래서 다시 산기슭으로 내려와 자갈을 밟지 않도록 길 옆을 따라 걸었다. 유칼리나무가 도토리나무로 바뀌는 언덕 너머에서 불빛이 보였다. 풀과 테니스 코트의 뒤쪽을 돌아 길의 막다른 곳에 있는 건물을 내려다볼 수 있는 지점까지 나가는 데에 45분이나 걸렸다.

집에는 불이 켜져 있었고, 음악이 흘러나오고 있었다. 멀리 떨어진 한 오두막에도 불빛이 보였다. 수목 사이에 작고 검은 오두막들이 산재해 있었다. 나는 오솔길을 따라 앞으로 나갔다. 그때 갑자기 집 뒤에서 전등이 켜졌다. 호흡이 멈췄다. 전등은 무엇인가를 찾고 있는 것이 아니었다. 곧장 밑을 비추면서 뒤꼍의 포치와 그 건너편 지면에 커다란 빛의 원을 그리고 있었다. 그때 문이 소리를 내면서 열리더니 얼이 나타났다. 내 예감이 틀리지 않았던 것이다.

오늘밤 얼은 카우보이 차림이었다. 요전에 로저 웨이드를 데려다 준 것도 카우보이였다. 그는 밧줄을 빙글빙글 원을 그리며 돌리고 있었다. 흰 실로 수놓은 검은 셔츠를 입고 물방울무늬 스카프를 목에 느슨하게 매고 있었다. 은으로 장식한 폭이 넓은 가죽띠 양쪽에 악어가죽의 권총 케이스가 매달려 있고, 상아 손잡이 권총이 꽂혀 있었다. 화려한 승마용 바지에 흰 실로 수놓은 새 장화를 신고 있었다. 명주실로 짠 듯한 끈이 셔츠 앞에 아래로 드리워져 있고 끝은 매지 않았다.

그는 하얀 전등 빛 속에 혼자 서서 밧줄을 몸 주위에 돌리면서 원 속으로 들어갔다 나왔다하고 있었다. 관객이 없는 배우였다. 키가 크고 풍채 좋은 아마추어 올가미 던지기를 혼자 즐기고 있는 것이었다. 코티즈 지역의 공포, 쌍권총잡이 얼, 전화 교환원이 승마용 구두를 신고 있는 관광 목장에는 안성맞춤의 인간이다.

갑자기 그는 무슨 소리를 들은 것 같았다. 아니, 들은 척한 것인지도 모른다. 밧줄을 던지고 두 손으로 권총을 뽑아 수평으로 쥐었다. 그는 어둠 속을 응시했다. 나는 움직이지 않았다. 총에 탄환이 들어 있는지도 모른다. 그러나 광선이 눈을 방해하고 있기 때문에 그는 아무것도 보지 못했다. 케이스에 권총을 꽂고 밧줄을 줍더니 안으로 들어갔다. 불이 꺼지고, 나도 그 자리를 떠났다.

나는 수목 사이를 지나 언덕 중턱에서 불빛이 새어 나오는 오두막에 접근했다. 오두막 안에서는 아무 소리도 나지 않았다. 망이 쳐져 있는 창문으로 가서 안을 들여다보았다. 불빛은 침대 곁에 있는 작은 테이블 위의 스탠드에서 흘러나오고 있었다. 파자마를 입은 한 남자가 두 팔을 이불 밖으로 내놓고, 크게 뜬 두 눈은 천장을 응시한 채 누워 있었다. 몸집이 큰 남자 같았다. 얼굴은 반쯤 그늘져 있었지만 매우 창백하고 며칠 동안 수염을 깎지 않았음을 알 수 있었다. 펴진 손가락이 침대 밖에 힘없이 늘어져 움직이지 않았다. 이미 여러 시간 동안이나 몸을 움직인 일이 없었던 것 같다.

오두막 저쪽의 작은 길을 걸어오는 발자국 소리가 들렸다. 스크린 도어가 열리고 벨린저 의사의 건장한 체구가 입구에 나타났다. 토마토 주스 같은 것이 담긴 큰 유리컵을 손에 들고 있었다. 그는 전등을 켰다. 알로하 셔츠가 노랗게 빛났다. 침대 위의 사나이는 그를 보려고도 하지 않았다.

벨린저 의사는 유리컵을 테이블 위에 놓고 의자를 끌어당겨 앉았다. 침대에 누워 있는 남자의 한쪽 손목을 잡고 맥을 짚었다. "기분은 어떻습니까, 웨이드 씨?" 부드럽고 다정한 목소리였다.

침대 위의 남자는 대답도 않고 의사를 보지도 않았다. 계속 천장을 응시하고 있었다.

"웨이드 씨, 서로 기분 나쁜 뒷맛은 남기지 않도록 합시다. 맥박은 좀 빠르지만 거의 정상입니다. 몸은 쇠약해져 있으나 그 밖에는……"

"테지!" 하고 침대 위의 사나이가 느닷없이 말했다. "병세는 알고 있으니 더이상 떠들지 말라고 해주게." 분명하고 맑은 목소리였으나, 내뱉는 듯한 말투였다.

"테지란 누굽니까?" 벨린저 의사가 침착하게 물었다.

"내 변호사지. 저 구석에 있네."

벨린저 의사가 올려다보았다. "작은 거미가 있군요. 연극은 그만두십시오, 웨이드 씨, 나한테는 연극이 통하지 않습니다."

"테지너리아 도메스티커…… 보통 거미지. 나는 거미를 좋아하네. 알로하 셔츠를 안 입거든."

벨린저 의사는 입술에 침을 발랐다. "농담하고 있을 시간은 없습니다."

"테지에겐 농담이 없어." 웨이드는 무거운 듯 머리를 천천히 돌려 벨린저 의사를 경멸하는 듯한 눈으로 응시했다. "테지는 진짜란 말야. 자네 쪽으로 접근해 가네. 자네가 안 볼 때 소리없이 뛰어가네. 그리고 바로 옆까지 가서 자네한테 덤비지. 그리고 자네가 바싹 말라 비틀어지도록 빨아 먹는단 말이야. 테지는 자네를 잡아먹지는 않아.

다만 껍질이 남을 때까지 자네 몸의 수분을 전부 빨아 먹을 뿐이야. 항상 그 셔츠를 입고 있다면 별로 먼 장래의 일은 아니야."

 벨린저 의사는 의자에 몸을 기댔다. "난 5천 달러가 필요합니다." 그는 침착하게 말했다. "먼 장래가 아니라니, 언제 말입니까?"

 "6백 50달러를 주었네. 잔돈도 몽땅 털어갔어. 이 싸구려 하숙은 도대체 얼만가?"

 "참 쌉니다. 요금이 올랐다고 말했지요?"

 "윌슨 천문대까지 올라갔다고는 말 안 했지 않나?"

 "얼버무리려 해도 소용없어요. 웨이드. 그런 태도를 취할 수 있는 입장에 있지 않다는 걸 아셔야죠. 그리고 당신은 나의 신뢰를 배신했죠."

 "배신할 정도의 신뢰가 있었나?"

 벨린저 의사는 의자 위에 올려놓은 팔을 천천히 두드렸다. "당신은 나를 한밤중에 불렀소. 어떻게 손을 써야 될지 알 수 없을 정도의 상태였지. 내가 가지 않으면 자살한다고 했소. 나는 마음이 내키지 않았소. 까닭은 당신이 알고 있소. 내가 이 주에서 진료할 수 있는 자격이 없다는 건 말이오. 이익은 고사하고 본전까지 없어지기 전에 이곳을 처분하려 하고 있소. 나는 일을 돌봐 주지 않으면 안 되오. 그에게는 슬슬 나쁜 징조가 나타나고 있어. 나는 많은 돈이 든다고 했소. 그래도 와 달라고 부탁해서 나는 간 거요. 5천 달러는 주어야겠소."

 "만취되어 내 정신이 아니었어. 그런 터무니없는 거래는 있을 수 없어. 돈은 충분히 지불했잖아."

 "게다가," 하고 벨린저 의사는 천천히 말했다. "당신은 내 이름을 부인에게 말했소. 내가 당신을 데리러 온다고 말하지 않았소?"

 웨이드는 어이없다는 듯한 표정을 지었다.

기나긴 이별 165

"그런 일은 없어. 그때 아내는 잠자고 있었단 말이야."

"그렇다면 그때가 아니었나 보군요. 사립 탐정이 당신에 대한 문제를 물으러 왔소. 여기라는 말을 듣지 않았다면 사립 탐정이 찾아올 리가 없지 않소? 적당히 쫓아 버렸지만 또 올 거요. 당신은 집에 돌아가야 해요, 웨이드 씨. 하지만 그 전에 5천 달러는 받아야겠소."

"자네도 머리가 꽤 나쁘군. 이봐, 아내가 이곳을 알고 있다면 탐정한테 의뢰할 필요가 없네. 그렇게도 내가 염려된다면 자기가 직접 찾아올 걸세. 집사인 캔디를 데리고 말일세. 캔디라면 당신의 새로운 얼굴이 오늘은 어느 영화에 출연할까 하고 생각하는 동안에 깨끗이 처치해 버릴 거야."

"말이 많군, 웨이드. 생각하는 것도 옹졸하고."

벨린저 의사는 갑자기 반말투가 되어 으르렁댔다.

"하지만 지금 5천 달러는 안 가지고 있네. 뺏을 수 있거든 뺏어 보게."

"수표를 끊게. 지금 당장! 그리고 옷을 입으면 얼이 집까지 보내주겠네" 하고 벨린저 의사는 명령했다.

"수표?" 웨이드는 웃었다. "쓰라면 쓰지. 그런데 어떻게 현금으로 바꿀 생각인가?"

벨린저 의사는 조용히 웃음지었다. "더 이상 돈을 안 내놓을 작정이군, 웨이드. 하지만 그렇게 마음대론 안 될걸. 꼭 내놓게 될 걸세."

"도둑놈!" 웨이드는 외쳤다.

벨린저 의사는 머리를 가로 흔들었다. "경우에 따라서는 그렇겠지. 그러나 언제나 그런 건 아니야. 거의 모든 인간과 마찬가지로 나에게는 여러 가지 성격이 섞여 있네. 얼이 차에 태워다 줄 걸세."

벨린저는 조용히 일어나서 침대 위의 웨이드의 어깨를 두드렸다. "얼은 얌전하네, 웨이드. 말을 잘 듣게 하는 방법은 얼마든지 있네."

"한 가지만 말해 보슈" 하고 새로운 목소리가 들려 왔다. 로이 로저스(서부 영화의 스타) 차림의 얼이 입구에 나타났다. 벨린저 의사가 미소 지으면서 뒤돌아보았다.

"저 미친놈을 내쫓아 주게!" 하고 웨이드가 처음으로 공포에 질린 표정으로 외쳤다.

얼은 한 손을 허리띠에 댔다. 얼굴에는 아무런 표정이 없었다. 낮은 휘파람이 이 사이로 새나왔다. 그리고 천천히 방 안으로 들어왔다.

"그런 말하면 안돼!" 하고 벨린저 의사는 빠른 말로 하고 얼 쪽을 향했다. "괜찮아, 얼. 웨이드 씨는 내가 맡지. 내가 옷을 갈아입힐 테니 차를 되도록 이 집 가까이 대주게. 웨이드 씨는 몹시 쇠약해져 있단 말이야."

"더 녹초가 되게 해 줘야 한단 말이야!" 하고 얼은 휘파람을 불고 있는 듯한 목소리로 말했다. "비켜요."

"무슨 소릴 하는 거지, 얼?" 하고 그는 팔을 내밀어 사나이답게 생긴 청년의 왼쪽 팔을 잡았다. "카마리로에는 되돌아가고 싶진 않겠지? 내가 한마디만 하면……."

그 다음은 말을 못 했다. 얼이 팔을 빼고 오른손이 금속 빛을 내면서 날았다. 무기를 든 주먹이 벨린저 의사의 턱을 쳤다. 그는 심장에 총알이 명중된 것처럼 무너지듯 그 자리에 맥없이 주저앉았다. 나는 벌떡 몸을 솟구쳤다.

문을 힘껏 잡아당겼다. 얼이 휙 몸을 돌려 약간 앞으로 구부리면서 나를 보았다. 누군지 알아보지 못하는 것 같았다. 입 안에서 뭐라고 중얼거린 것 같았다. 다음 순간 나를 향해 덮치려 했다.

나는 권총을 빼들고 얼을 겨냥했다. 아무 반응이 없었다. 그의 권총에는 탄환이 안 들어 있단 말인가? 아니면 권총을 지닌 사실조차 잊어 버린 것일까? 어차피 그로서는 놋쇠 너클만 있으면 충분한 것 같았다. 나를 덮치기 위해 덤벼들고 있었다.

나는 침대 저쪽의 열려 있는 창을 쏘았다. 작은 방 안에서 상상 이상의 큰소리가 울렸다. 얼은 깜짝 놀라 멈춰 섰다. 머리를 돌려 창에 친 망에 난 구멍을 보았다. 시선을 나에게 돌렸다. 점점 얼굴에 생기가 돌며 엷은 웃음을 띠었다.

"무슨 일이 있었나요?" 하고 그는 아무 일도 없었다는 듯 물었다.

"너클을 버려라" 하고 나는 그의 눈에서 시선을 떼지 않고 말했다.

그는 놀란 듯이 자기 손을 보았다. 무기를 빼서 아무렇지도 않은 듯 방구석에 던졌다.

"이번엔 권총띠다! 권총에는 손대지 말고."

"탄환은 안 들어 있어" 하고 그는 웃으면서 말했다. "진짜 권총이 아니오, 가짜야."

"권총띠를 풀란 말이야, 빨리!"

그는 총신이 짧은 32구경 권총을 보았다. "그거 진짜요? 그렇군, 창 망에 구멍이 뚫렸어."

사나이는 이미 침대에 없었다. 얼의 등 뒤로 돌아가 손을 내밀어 재빠르게 번쩍거리는 한쪽 권총을 빼냈다. 얼은 그게 마음에 안 드는 것 같았다. 그 기분이 얼굴에 나타났다.

"손대지 마" 하고 나는 거친 목소리로 말했다.

"제자리에 도로 넣으란 말이다."

"이놈이 말한 대로야" 하고 웨이드가 말했다.

"진짜 권총이 아니야" 하고 뒤로 물러나면서 번쩍거리는 권총을 테이블 위에 놓았다. "일어났더니 몸에 전혀 힘이 없어."

"권총띠를 풀어" 하고 나는 세 번째로 말했다. 얼과 같은 인간을 상대로 무언가 시작했을 경우에는 끝까지 밀고 나가지 않으면 안 된다. 도중에서 마음이 변하거나 해서는 안 되는 것이다.

그는 그제야 순순히 명령에 따랐다. 푼 권총띠를 들고 테이블로 가서 테이블에 놓여 있는 권총을 권총 케이스에 넣은 다음, 권총띠를 테이블 위에 놓았다. 나는 그가 하는 대로 내버려두었다. 그는 그때까지도 벨린저 의사가 벽 옆 바닥에 쓰러져 있는 것을 알아차리지 못하고 있었다. 놀란 그는 외마디 소리를 지르더니 급히 방을 가로질러 욕실에 가서 유리 물병에 물을 가득 채워 가지고 돌아왔다. 그 물을 벨린저 의사의 얼굴에 쏟았다. 벨린저 의사는 입에서 거품을 뿜으면서 돌아누웠다. 그리고 신음소리를 내자, 왼손으로 턱을 만졌다. 일어나려고 했다. 얼이 부축했다.

"미안합니다. 누군지도 모르고 손을 내둘렀어요."

"괜찮아, 뼈가 부러진 것은 아니네" 하고 벨린저는 말하고 얼을 뿌리쳤다. "차를 가져와 얼, 그리고 문 열쇠도 잊지 말고 말이야."

"차요? 곧 가져올게요. 그리고 문 열쇠요? 알겠습니다. 곧 가져오겠습니다."

그는 휘파람을 불면서 방에서 나갔다.

웨이드는 힘없이 침대 끝에 앉아 있었다. "저 사람이 말하던 탐정이 자넨가?" 하고 나에게 물었다. "어떻게 나를 찾았지?"

"이런 일을 알고 있는 사람들한테 여러 가지 묻고 다녔을 뿐이오. 집에 돌아가고 싶거든 옷을 입으시오."

벨린저 의사는 벽에 기대어 턱을 쓰다듬고 있었다. "내가 돕지. 나는 항상 남을 도와주다가 언제나 지독한 꼴을 당하고 있단 말이야."

"그 기분을 알 것 같네" 하고 나는 말했다.

나는 그들을 방에 남겨 둔 채 밖으로 나왔다.

20

두 사람이 밖으로 나왔을 때, 차는 오두막 바로 앞에 세워져 있었다. 얼은 없었다. 그는 차를 세우고 라이트를 끄자 나에게 아무 말도 않고 본채로 돌아갔다. 어슴푸레하게 기억하는 노래를 휘파람 불면서.

웨이드는 휘청거리는 발을 조심스럽게 옮겨 뒷자리에 앉았고 나는 그 옆에 앉았다. 벨린저 의사가 운전했다. 턱이 몹시 아프고 머리가 욱신욱신 쑤셨는지도 모르지만 그러한 기색은 조금도 보이지 않았다. 말도 하지 않았다. 차는 언덕을 넘어 자갈길을 달려 문까지 왔다. 얼이 이미 자물쇠를 열고 문을 열어 놓았다. 나는 벨린저 의사에게 차를 세워 둔 곳을 가르쳐 주었다. 그는 거기서 차를 세웠다. 웨이드는 내 차에 갈아타고 무언가 골똘히 생각에 잠겨 있었다.

벨린저가 차에서 내려와 웨이드 곁으로 왔다. 그리고 조용히 말했다.

"내 5천 달러에 대한 얘긴데요, 웨이드 씨. 약속한 수표 말입니다."

웨이드는 몸을 깊게 가라앉히고 좌석 뒤에 머리를 기댔다. "생각해 두겠네."

"당신은 약속했습니다. 그리고 나는 필요하고요."

"협박인가, 벨린저? 이번엔 호위가 있다는 걸 알아야지."

"당신한테 식사를 제공하고 돌봐 주었소. 한밤중에 가서 당신을 데리고 왔소. 그리고 보호하고 치료했지 않소? 잠시 동안이지만 치료한 것만은 사실이오."

"5천 달러짜리 값어치는 없네. 돈은 충분히 주었지 않아?"

벨린저는 단념하지 않았다. "쿠바에 일자리가 있어요, 웨이드 씨. 당신은 부잡니다. 곤란받고 있는 사람을 도와야 하지 않을까요? 나는 얼을 돌봐 주지 않으면 안 됩니다. 쿠바에서 일하려면 돈이 필요하단 말입니다. 틀림없이 갚겠어요."

나는 할 말이 없었다. 담배를 피우고 싶었지만 웨이드의 기분이 나빠질 것이라 생각했다.

"갚을 마음은 있겠지!" 하고 웨이드는 귀찮다는 듯이 말했다.

"그러나 그때까지 과연 살아 있는가가 문제지. 언젠가는 얼한테 살해당할 걸세. 자네가 잠자코 있는 사이에 말이야."

벨린저는 뒤로 물러났다. 표정은 안 보였지만 음성에 가시가 돋쳐 있었다.

"더 기분 나쁜 죽음은 얼마든지 있소. 당신의 죽음은 반드시 그 중 거의 하나가 될 것이오."

그는 자기 차로 돌아갔다. 차는 문으로 들어가 어둠 속으로 자취를 감추어 버렸다. 나는 차를 돌려 시가지로 향했다. 1, 2마일 정도 달렸을 때 웨이드가 중얼거렸다. "왜 내가 저놈한테 5천 달러를 줘야 하지?"

"이유는 아무것도 없소."

"그렇담 왜 돈을 안 주는 것이 마음에 걸릴까?"

"이유는 아무것도 없소."

그는 내 얼굴이 겨우 보일 수 있을 정도의 각도로 얼굴을 돌렸다.

"저놈은 나를 갓난아기 다루듯 취급했단 말이야. 얼이 나한테 폭행을 가할까 염려하여 나 혼자 두지 않았네. 호주머니에 있던 돈은 전부 꺼내가 버렸고. 그런데 자넨 누구 편이야?"

"아무 편이면 어떻소? 나한테는 일에 지나지 않으니까."

다시 2마일 정도 침묵이 계속되었다. 차는 교외에 있는 한 작은 거리를 통과하고 있었다. 웨이드는 또 말하기 시작했다.

"돈이야 못 줄 것 없지. 그는 한 푼도 없는 빈털털이거든. 토지는

기나긴 이별

저당잡혀 있어서 한 푼어치의 가치도 없어. 전부 그 미친 놈 때문이야. 왜 그놈을 돌봐주고 있는 걸까?"

"내가 어떻게 알겠소?"

"나는 작가야. 그러니 인간이 어떤 동기에 의해 행동하는가를 알고 있을 것 같은데, 누구에 대해서도 아는 게 없어."

고갯길이 나타났다. 한참 달리자 불빛이 보였다. 우리는 벤튜라와 이어진 가도로 접어들었다. 얼마 후 엔시노를 통과했다. 나는 신호를 기다리기 위해 차를 세우고 커다란 저택이 산재해 있는 언덕의 불빛을 바라보았다. 저 대저택 가운데 레녹스 부부의 집이 있다.

우리는 차를 달렸다.

"조금만 더 가다 구부러지면 돼," 하고 웨이드는 말했다. "알고 있나?"

"알고 있소."

"그런데, 이름을 아직 못 들었군."

"필립 말로우."

"좋은 이름이군." 그의 음성이 갑자기 날카로워졌다. "가만 있자, 레녹스와 관계가 있었지 않나?"

"그렇소."

그는 어두운 차 안에서 나를 응시했다. 우리는 엔시노의 신작로 마지막 건물 앞을 통과했다.

"나는 그 여자를 알고 있네" 하고 웨이드는 말했다. "조금 알 뿐이야. 그를 만난 일은 없고, 괴상한 사건이었지. 경찰에서 혼났다면서?"

나는 대답하지 않았다.

"말하고 싶지 않은 모양이군."

"듣고 싶소?"

"나는 작가란 말이야. 재미있는 얘기겠지."

"오늘 밤엔 직업의식을 버리도록 하는 게 좋을 거요. 몸이 몹시 쇠약해 있을 테니 말이오."

"그렇군, 말로우. 알겠네. 나를 싫어하나?"

우리는 옆으로 구부러져 들어가야 하는 곳에 왔다. 차는 가도에서 벗어나 낮은 언덕이 여러 개 줄지어 있는 쪽으로 돌아, 언덕과 언덕 사이의 아이도르 봐레로 접어들었다.

"나는 당신을 좋아하지도 싫어하지도 않소" 하고 나는 말했다.

"나는 당신을 모르오. 부인한테 당신을 찾아서 데려다 달라고 부탁받았소. 집에까지 데려다 주면 내 일은 끝나오. 부인이 왜 나를 선택했는지는 모르지만, 아까도 말한 것처럼 나한테는 단순한 일이지요."

차가 언덕 기슭을 돌자, 길의 폭이 넓어졌다. 포장도 훌륭했다. 이제 1마일 정도 간 곳의 우측이라고 그가 말했다. 번지도 말했지만 나는 이미 알고 있었다. 쇠약한 몸으로 언제까지 지껄일 작정인지, 참으로 말을 좋아하는 인간이다.

"자네한테 얼마 지불했나?" 하고 그는 물었다.

"아직 정하지 않았소."

"얼마가 될지 모르지만 아무리 많이 지불해도 충분하다고는 말할 수 없을 걸세. 정말 많은 신세를 졌네. 자네의 일솜씨는 정말 훌륭했어. 그러나 나는 자네가 노력한 것만큼 가치 있는 인간이 못 되네."

"오늘밤엔 그렇게 생각하겠지요."

그는 웃었다. "말해 볼까, 말로우 씨. 나는 자네를 좋아하게 될걸세. 자네는 약간 성질이 비뚤어진 데가 있네. 나와 마찬가지지."

우리는 집에 닿았다. 2층 건물로, 기둥이 있는 현관으로부터 흰 울타리의 바로 안쪽 정원수가 심어져 있는 곳까지 잔디가 펼쳐져 있었다. 현관에 불이 켜져 있었다. 나는 차를 몰아 차고 옆에 세웠다.

"혼자서 걸을 수 있겠소?"

"물론." 그는 차에서 내렸다. "들어가서 한 잔하고 가면 어떤가?"

"오늘밤은 그만두겠소. 당신이 집에 들어갈 때까지 여기 있겠소."

그는 숨을 할딱거리면서 서 있었다. "좋아"라고 그는 말했다.

그는 방향을 바꾸어 작은 길을 따라 한 발 한 발 힘주어 입구까지 걸어갔다. 하얀 기둥을 잡고 한숨 돌리더니 문을 열고 안으로 들어갔다. 열려 있는 문에서 불빛이 녹색의 잔디 위로 흘러나왔다. 갑자기 말소리가 들렸다. 나는 차를 돌렸다. 누군가가 나를 불렀다.

아이린 웨이드가 입구에 서 있었다. 내가 차를 세우려 하지 않는 것을 보고 그녀는 달려 나왔다. 나는 차를 세우고 라이트를 끈 다음 차에서 내렸다. 그녀가 가까이 왔을 때, 나는 말했다.

"전화를 걸었어야 했는데, 그를 혼자 차 안에 남겨 두는 것이 좋지 않을 것 같아서……."

"알아요. 귀찮은 일은 없었어요?"

"글쎄…… 초인종을 누르는 것만으로는 해결되지 않았지요."

"안에 들어가서 얘기해 주지 않으시겠어요?"

"부군께서는 주무셔야만 합니다. 내일이면 다시 태어난 것처럼 원기를 되찾겠지요."

"캔디가 돌봐 줄 거예요. 오늘밤엔 술은 안 마실 겁니다. 그게 염려되셨던 거지요?"

"그런 일은 생각지도 않았습니다. 안녕히 주무십시오, 부인."

"피곤하시지요? 당신은 술 생각 없으세요?"

나는 담배에 불을 붙였다. 2주일 동안이나 담배를 피우지 않았던 것 같은 기분이 들었다. 나는 담배 연기를 들이마셨다.

"한 대만 얻을 수 없을까요?"

그녀는 내 곁에 다가섰다. 나는 담배를 그녀한테 주었다. 그녀는 한 모금 피우더니 기침을 했다. 웃으면서 담배를 도로 내 손에 넘겼다. "보시는 바와 같아요, 정말 풋내기지요."

"당신은 실비아 레녹스를 알고 있었지요?" 내가 물었다. "그래서 나를 고용했나요?"

"제가 누굴 안다고요?" 그녀는 무슨 말인지 모르겠다는 표정으로 되물었다.

"실비아 레녹스말입니다." 나는 계속 담배를 피우고 있었다.

"아아!" 하고 그녀는 놀란 듯이 말했다. "그 사람 말이군요! 살해된……아, 아니오, 직접 알지는 못해요. 어떤 사람인지는 알아도, 말씀 안 드렸던가요?"

"죄송합니다만, 당신이 뭐라고 했는지 잊어버렸습니다."

그녀는 아직 바로 내 옆에 서 있었다. 날씬하게 키가 큰 몸을 흰 드레스로 감싸고 있었다. 열려 있는 문에서 흘러나오는 광선이 머리카락에 부드럽게 닿고 있었다.

"왜 그 일이 제가 당신한테 부탁한 것과 관계가 있다고 생각하셨어요?" 내가 대답하지 않자 곧 덧붙였다. "로저가 그 사람을 알고 있다고 당신에게 말하던가요?"

"내 이름을 댔더니 그 사건을 말하더군요. 내가 그 사건과 관계가 있다는 것은 금방은 생각나지 않았던 것 같더군요. 너무 많은 말을 하더군요. 그래서 무슨 말을 들었는지 반밖에는 기억하고 있지 않습니다."

"집에 들어가야겠어요, 말로우 씨. 남편이 저한테 무슨 볼일이 있을지도 몰라서요. 당신이 들어가시지 않는다면……?"

"이걸 남겨 놓고 가겠습니다."

나는 그녀를 끌어당겨 머리를 위로 향하게 했다. 그리고 입술에 힘차게 키스했다. 그녀는 반항하지도 않았고 반응을 보이지도 않았다. 조용히 몸을 빼고 나를 쳐다보았다.

"이런 짓은 하지 않았어야 했어요" 하고 그녀는 말했다. "나쁜 짓이었어요. 당신은 무척 좋은 분이신데."

"물론 좋지 않은 짓입니다" 하고 나는 찬성했다. "하지만 하루 종일 잘 길들여진 충실한 사냥개 노릇을 해 왔기 때문에 난생 처음으로 어리석은 짓을 해 보고 싶어졌던 겁니다. 그리고 오늘 있었던 일은 누군가가 써 놓은 각본대로인지도 모릅니다. 당신은 그가 어디 있었는가 알고 있었지요? 또는 적어도 벨린저 의사의 이름은 틀림없이 알고 있었을 겁니다. 단지 나를 그와 연결지어 나로 하여금 그를 돌볼 책임을 느끼게 하려 했던 겁니다. 어떻습니까, 내 머리가 이상합니까?"

"정말 당신 머리는, 이상해요" 하고 그녀는 쌀쌀하게 말했다. "그런 터무니없는 말은 들은 적이 없어요." 그녀는 돌아가려 했다.

"기다리십시오" 하고 나는 말했다. "그 키스는 상처를 남기지 않습니다. 당신이 남을 거라고 생각하고 있을 뿐입니다. 그리고 나를 좋은 인간이라고 말하지 마십시오. 도리어 비굴한 인간이 되고 싶습니다."

그녀는 되돌아보았다. "왜 그렇지요?"

"내가 테리 레녹스한테 '좋은 인간'이 아니었다면 그는 틀림없이 아직도 살아 있을 겁니다."

"그럴까요?" 하고 그녀는 침착하게 말했다. "어떻게 그런 것을 아시지요? 안녕히 가세요, 말로우 씨. 당신이 해 주신 모든 일에 감사드립니다."

그녀는 잔디밭 가장자리로 해서 돌아갔다. 나는 그녀가 집 안에 들어가는 것을 지켜보았다. 문이 닫혔다. 현관의 불이 꺼졌다. 나는 아무 목적 없이 손을 흔들고 차를 달렸다.

21

이튿날 아침, 나는 어젯밤의 뜻하지 않았던 보수 때문에 여느 때보다도 늦잠을 잤다. 커피를 한 잔 더 마시고, 담배를 한 대 더 피우고, 캐나다 베이컨을 한 점 더 먹고, 이제 다시는 전기 면도기를 사용하지 말자고 3백 번째 맹세를 했다.

그제야 하루가 정상이 되었다.

10시쯤, 사무실에 도착하여 우편물을 주워 들고 책상 위에 올려놓았다. 창문을 다 열어젖히고 밤 동안 공기에 밴 먼지 냄새를 몰아냈다. 책상 끝에 나방 한 마리가 날개를 편 채 죽어 있었다. 창가에 날개가 찢어진 벌 한 마리가 이미 많은 사명을 다하여 너무 많이 날았기 때문에 집에 돌아갈 수 없음을 충분히 알면서도 가냘픈 날개 소리를 내며 기어가고 있었다.

아무 보람이 없는 하루가 되리라는 것은 알고 있었다. 누구에게나 그러한 날이 있다. 얼빠진 개, 나무열매를 못 찾는 다람쥐, 노상 기어를 잘못 조립하는 직공, 이런 비정상적인 작자들만이 찾아오게 마련이다.

첫 손님은 퀴쎈넨이라는 핀란드계 이름의 금발에다 몸집이 큰 사나이였다. 칼바 시에서 살고 있다는 그는 커다란 엉덩이를 손님용 의자에 힘있게 얹어 놓고 솥뚜껑 같은 두 손으로 책상 위를 짚고 불도저를 모는 인부라고 했다. 그는 옆집에 살고 있는 여자가 자기 개를 독살하려 한다고 호소했다. 매일 아침 개를 뒤뜰에서 운동시키기 전에, 뜰 안을 구석구석 살펴 옆집에서 던져 넣은 고깃덩어리를 찾아내지 않으면 안 된다고 했다. 지금까지 아홉 개가 발견되었는데 모두 녹색 분말이 섞여 있었고 그것은 잡초 제거에 사용하는 비소였다고 했다.

"얼마면 되겠습니까? 현장을 잡아 주십시오."

그는 어항 속의 금붕어처럼 눈을 깜박이지도 않고 나를 쳐다보았다.

"왜 당신이 직접 안 하십니까?"

"일하지 않으면 먹고 살 수 없습니다. 여기 부탁하러 오는데도 1시간에 4달러 25센트씩 손해보고 있습니다."

"경찰에 신고했습니까?"

"신고했습니다. 내년에나 어떻게 수를 써 보겠다는 겁니다. 지금은 MGM 관계로 시간이 없는 것 같더군요."

"동물 학대 방지 협회에는?"

동물 학대 협회는 말보다 작은 동물은 취급해 주지 않는다는 것이었다.

"문에, 탐정 수사라고 씌어 있던데요" 하고 힘주어 말했다. "곧 나가서 수사하시면 어떻습니까? 현장을 잡아 주시면 50달러 내겠습니다."

"모처럼의 말씀이지만 그럴 만한 여가가 없습니다. 어쨌든 댁의 뒤뜰에서 2주일 동안이나 숨어 있을 수는 없습니다. 설사 50달러를 먼저 받는다 해도 하지 못합니다."

그는 못마땅하다는 얼굴을 하고 일어섰다.

"그렇게 대단한 분인지는 몰랐군! 돈이 필요없다는 거요? 개의 생명 같은 것은 아무래도 좋다는 말이오? 마음대로 하라지."

"나한테도 고민은 있어요, 퀘쎈넨 씨."

"내가 현장을 잡으면 목을 비틀어 놓겠다" 하고 그는 일어섰다. 그라면 능히 비틀어 놓을 거다. 코끼리 뒷다리라도 비틀어 놓을 수 있을 사나이였다. "차가 집 앞을 지나갈 때마다 짓는다고 해서 그 따위 짓을 하는 늙은이는 처음 봤어."

그는 문으로 걸어갔다. "할머니가 독살하려는 것은 개가 확실합니까?" 하고 그의 등을 향해 물었다.

"물론이지." 그는 중간쯤 가서 내 말뜻을 알아차린 것 같았다. "다시 한 번 말해 보시오."

나는 머리를 흔들었다. 이 사나이와 다투기 싫었다. 책상을 들어 올려 칠지도 모른다. 그는 투덜거리면서 나가 버렸다.

다음은 여자가 찾아왔다. 나이를 많이 먹지도 않았지만 젊지도 않고, 더럽지도 않지만 깨끗하지도 않고, 가난하고, 초라하며, 푸념이 많고, 어리석은 여자였다. 그녀와 같은 방에 함께 살고 있는 계집애가——그녀의 정의에 의하면 직업여성은 전부 계집애였다——그녀의 지갑에서 돈을 꺼내 간다는 것이다. 1달러 지폐 한 장, 25센트 은화 두 개라는 식으로, 합계하면 무시할 수 없는 금액이었다. 그녀의 계산에 의하면 20달러 가까이 되었다. 그녀는 잠자코 묵인할 수 있을 정도로 여유가 있는 것도 아니고, 그렇다고 해서 방을 옮길 수 있는 형편도 못 된다는 것이다. 탐정에게 의뢰할 수도 없다. 그래서 이름을 밝히지 말고 전화를 걸어 위협해 달라는 것이었다.

이 정도의 내용을 말하는데 20분 이상은 걸렸다. 그 동안에 쉴 사이 없이 핸드백을 만지작거렸다.

"내가 아니라도 누구든지 전화는 걸 수 있지 않을까요?"

"그래도 당신은 탐정이거든요."

"본 적도 없는 사람을 위협할 수는 없어요."

"당신을 만나러 왔다고 하겠어요. 그 계집애가 훔쳤다고는 말하지 않고, 다만 당신이 조사하고 있다고 말하겠어요."

"그건 좋지 않아요. 내 이름을 말하면 전화를 걸어올지도 모릅니다. 그렇게 되면 나는 사실을 말하지 않으면 안 됩니다."
그녀는 일어서서 초라한 핸드백으로 자기 배를 쳤다.
"당신은 신사가 아니군요" 하고 그녀는 드센 목소리로 외쳤다.
"신사가 아니면 안 된다고 어디 씌어 있습니까?"
그녀는 투덜거리면서 나갔다.

점심 후, 심프슨 W. 에델바이스 씨가 찾아왔다. 그가 내민 명함에 그렇게 씌어 있었다. 재봉틀 대리점의 매니저였다. 피곤한 표정에 몸집이 작은 남자로 연령은 48세에서 50세 정도, 손발이 작고 소매가 너무 긴 갈색 양복을 입었고, 딱딱하고 흰 칼라에 보라색 넥타이를 매고, 검은 다이아몬드 핀을 꽂고 있었다. 침착한 태도로 의자 끝에 앉자 서글픈 검은 눈으로 나를 보았다. 머리는 검고 숱이 많았으며 흰 머리가 섞여 있었다. 깨끗이 다듬은 콧수염은 약간 붉은 기를 띠고 있었다. 손등을 보지 않았더라면 35세라고 해도 아무도 의심하지 않을 정도였다.

"심프슨이라 불러 주십시오" 하고 그는 말했다.
"전부 그렇게 부르고 있습니다. 저는 유태인이지만 아내는 스물 네 살 난 이교도 여자로 미인입니다. 지금까지 두 번 가출했습니다."

그는 아내 사진을 꺼내어 나에게 보였다. 그의 눈에는 미인인지도 모른다. 입매도 희미하고 칠칠치 못한 인상을 주는, 몸집이 큰 여자였다.

"어떻게 되었다는 말입니까, 에델바이스 씨? 이혼 문제는 취급하지 않아요." 나는 사진을 돌려주려고 했으나 그는 손을 내젓고 받으려 하지 않았다. "나는 손님에게 함부로 반말을 하지 않지요. 어쨌든 거짓말만 하지 않으면 고객을 끝까지 '씨'라고 부릅니다."

그는 가볍게 웃음지었다. "저도 거짓말을 제일 싫어합니다. 이혼 문제가 아닙니다. 다만 메이벨이 돌아와 주기를 바랄 뿐입니다. 하지만 내가 찾아내지 않는 한 돌아오지 않습니다. 숨바꼭질이라도 하는 기분으로 있거든요."

그는 아내에 대하여 자세하게 말했다. 아내를 미워하는 태도는 없었다. 그녀는 술을 마시고, 놀러 다니기를 무척 좋아하여 결코 좋은 아내라고는 할 수 없었다. 그의 말에 의하면 그녀는 집 만큼 넓은 마음을 지니고 있고, 그는 그녀를 사랑하고 있었다. 그는 급료를 꼬박꼬박 집에 가지고 돌아가는 근면한 샐러리맨일 뿐 결코 남자다운 사내라고는 생각할 수 없었다.

그들은 공동 명의의 은행 구좌를 가지고 있었다. 그녀는 저금도 전부를 찾아갔지만 그것도 불평하지 않았다. 누구하고 함께 도망갔는가는 짐작하고 있으며, 만일 그의 짐작이 맞는다면 그 남자는 그녀가 가지고 있는 돈을 전부 써 버리고 나면 거들떠보지도 않을 거라고 했다.

"캐리건이라는 남자입니다" 하고 그는 말했다.

"몬로 캐리건이라 하지요. 나는 가톨릭 교도를 나쁘다고 말하는 건 아닙니다. 유태인에게도 나쁜 인간이 많이 있습니다. 캐리건은 이발사입니다. 나는 이발사를 나쁘다고 말하는 건 아닙니다. 그러나 이발사 중에는 게으름뱅이나 경마광이 많이 있습니다. 성실한 인간이 적습니다."

"돈이 떨어지면 당신한테 연락하지 않을까요?"

"아니, 무척 부끄럽게 생각할 겁니다. 자살할지도 모릅니다."

"경찰에서 해야 할 일이군요. 에델바이스 씨, 경찰에 신고하십시오."

"아니, 경찰을 나쁘다고 말하는 건 아닙니다만, 그 방법은 취하고 싶지 않습니다. 메이벨한테 수치스러운 생각을 갖게 하고 싶지 않아요."

세상에는 에델바이스 씨가 나쁘다고 말하고 싶지 않은 인간이 많이 있는 것 같다. 그는 얼마간의 돈을 책상 위에 꺼내 놓았다.

"2백 달러입니다" 하고 그는 말했다. "선금입니다. 내가 납득할 수 있는 방법으로 일을 진행하고 싶습니다."

"다시 그런 일이 생길 겁니다."

"알고 있습니다." 그는 어깨를 움츠리면서 두 손을 벌렸다. "하지만 아내는 24세이고, 나는 곧 50이 됩니다. 어쩔 수 없지 않을까요? 그러다 보면 마음을 잡겠지요. 잘 되어 나가지 않는 큰 이유는 자식이 없다는 점입니다. 아내는 자식을 낳지 못합니다. 유태인은 자식을 무척 갖고 싶어합니다. 메이벨은 그것을 알고 있기 때문에 수치스럽게 생각하는 겁니다."

"당신은 대단히 관대한 분이시군요, 에델바이스 씨."

"나는 그리스도 교도는 아닙니다" 하고 그는 말했다. "아시겠지만 그리스도 교도를 나쁘게 말하려는 건 아닙니다. 하지만 나에게 있어 구실은 아무래도 좋습니다. 말만으로는 아무것도 이루어지지 않습니다. 실천뿐입니다. 참, 그렇군요. 가장 중요한 것을 잊고 있었습니다."

그는 그림엽서 한 장을 꺼내어 책상 위에 놓았다. "호놀룰루에서 아내가 부친 겁니다. 호놀룰루에 있다면 돈은 곧 없어집니다. 제 백부 한 분이 거기서 보석상을 하고 계셨지요. 지금은 장사를 그만두고 시애틀에 살고 계십니다."

나는 다시 사진을 집어 들었다. "이 사진을 그쪽에 우송해야 합니다" 하고 나는 말했다. "그리고 복사도 몇 장 해야 합니다."

"말로우 씨. 그렇게 말씀하실 줄 알고 준비해 왔습니다." 그는 봉투를 꺼냈다. 같은 사진이 다섯 장이나 들어 있었다. "캐리건의 사진도 있습니다. 스냅이지만." 그는 다른 쪽 호주머니를 뒤지더니 다른 봉투를 꺼내어 나에게 내밀었다. 나는 캐리건을 보았다. 예상한 대로 그는 유들유들하고 만만찮은 얼굴이었다. 캐리건의 사진은 석 장 있었다.

심프슨 W. 에델바이스는 명함을 한 장 더 나한테 놓았다. 이름과 주소, 전화번호가 기재되어 있었다. 돈이 안 드는 것을 희망하지만 더 필요하다면 곧 가져오겠다고 했다. 그리고 좋은 소식을 기다리겠다고 덧붙였다.

"아직 호놀룰루에 있다면 2백 달러로 충분할 겁니다. 전보로 알릴 때 두 사람의 자세한 생김새를 알려 주어야 합니다. 키, 체중, 연령, 피부색, 상처 등. 곧 알아볼 수 있는 특징, 그리고 부인이 무슨 옷을 입고 있었으며 어떤 옷을 가지고 갔는가, 또 은행에서 찾아간 돈은 얼만가 하는 것도 알아야 합니다. 전에도 이런 일이 있었다면 어떻게 해야 하는지 잘 알고 있겠지요?"

"나는 캐리건에 대한 문제를 생각하면 마음이 편치 않아서요."

그에게서 필요한 사항을 묻고 메모하는데 30분이나 걸렸다. 그는 조용히 일어나더니 조용히 악수하고 인사한 다음, 조용히 사무실에서 나갔다.

"메이벨한테 걱정할 일은 아무것도 없다고 전해주십시오"라고 그는 사무실을 나가면서 말했다.

정해진 순서대로 하면 되는 일이었다. 호놀룰루의 탐정사에 전보를 치고 곧 사진과 전보에 다 쓰지 못한 내용을 쓴 편지를 항공 우편으로 발송했다. 그녀가 일류 호텔의 객실 담당 여급의 심부름꾼이 되어 욕조나 욕실 바닥을 청소하고 있다는 사실을 알게 되었다. 캐리건은 에델바이스 씨가 상상한 대로 그녀가 잠들고 있는 동안에 돈을 전부 꺼내, 그녀에게 호텔 계산까지 떠넘기고 행방을 감추었다. 그녀는 캐리건이 폭력에 의하지 않으면 가져갈 수 없었던 반지를 전당포에 맡겨 호텔 계산을 마쳤다. 그러나 돌아갈 여비까지는 남지 않았다. 에델바이스는 비행기로 떠났다.

그녀에게는 너무 과분한 남편이었다. 나는 20달러와 장문의 전보 요금의 청구서를 발송했다. 호놀룰루의 탐정사가 2백 달러를 독차지했다. 사무실에 매디슨의 초상이 있는 동안은 보수를 많이 받지 않아도 된다.

사립 탐정의 하루는 이렇게 넘어갔다. 이것이 전형적인 하루라고 할 수 없지만, 그렇다고 이례적인 하루라고도 할 수 없다. 왜 이런 일을 언제까지나 하고 있는가, 그것은 아무도 모른다. 돈이 많이 벌리는 것도 아니고, 그렇다고 즐거움이 있는 것도 아니다. 주먹으로 얻어터지기도 하고, 저격받기도 하고, 유치장에 들어가야 할 때도 있다. 살해당할 경우가 없다고 단언할 수도 없다. 아직 제정신으로 걸어 다닐 수 있는 동안에 손을 씻고 착실한 직업으로 바꾸어 보자는 생각도 한다. 그런데 꼭 그럴 때면 버저가 울려, 대기실로 통하는 문을 열면, 새로운 사건과 새로운 고민과 불과 몇 푼 안 되는 돈을 가진 새로운 얼굴이 서 있는 것이다.

"들어오십시오, 싱검 씨. 무슨 일로 오셨습니까?"

분명 그는 어떤 사연이 있는 것이다.

사흘째 되는 오후 아이린 웨이드가 전화를 걸어와, 내일 저녁 한 잔 하러 와 주겠느냐고 물었다. 친구들을 초대하여 칵테일파티를 연다는 것이었다. 로저가 나를 만나 정식으로 사례하고 싶다고 했다. 그리고 청구서를 보내 달라고 덧붙였다.

"받을 돈은 없어요. 나의 적은 노력에 대한 보수라면 벌써 받았어요."

"고상한 체하는 어리석은 여자로 보셨지요? 요즘 키스 정도는 별로 대단한 뜻도 없는데 말이에요. 왜 주시는 거지요?"
"글쎄요, 사실은 가지 않는 편이 좋은데……."
"로저는 완전히 회복되었어요. 일도 하고 있어요."
"다행입니다."
"오늘은 무척 심각하시군요."
"때로는 그럴 경우도 있지요. 왜 이상합니까?"

그녀는 얌전하게 웃더니 인사를 하고 전화를 끊었다. 나는 한동안 진지하게 생각해 보려 했다. 그런 다음에 큰소리로 웃을 수 있는 우스운 일을 생각하려 했다. 어느 것이나 마음대로 되지 않았다. 그래서 금고에서 테리 레녹스의 편지를 꺼내어 다시 읽었다. '빅터'에 가서 그가 부탁한 김릿을 마시지 않았던 일이 생각났다. 바는 아직 조용하고 그가 가장 좋아하는 시간이었다. 나는 그를 생각하면서 어렴풋한 슬픔과 표현할 수 없는 불쾌감을 맛보았다. '빅터' 앞을 그대로 지나쳐 버리고 싶었다. 그러나 그대로 지나쳐 버릴 수 없었다. 나는 그의 돈을 너무나 많이 가지고 있었다. 그는 나를 어리석은 인간으로 만들었지만 그 특권을 획득하는 데 충분한 돈을 지불한 셈이다.

22

'빅터'의 문을 열고 들어갔다. 체온이 떨어지는 소리도 들을 수 있을 정도로 조용했다. 계절로 보아 올론 같은 화학섬유라고 생각되는, 잘 만들어진 검은 옷을 입은 여인이 한 명 바에 앉아 엷은 녹색 음료를 앞에 놓고 가늘고 긴 비취 파이프로 담배를 피우고 있었다. 가라앉은 매력 있는 표정은 이상한 신경 탓이 아니면 섹스에 굶주린 때문이다. 혹은 다이어트라도 하는 걸까?

나는 그녀로부터 두 번째 의자에 앉았다. 바텐더는 나한테 고개를 끄덕였지만 미소는 보이지 않았다.

그는 내 앞에 작은 냅킨을 놓고 내 얼굴을 쳐다보았다. "실은 언젠가 선생님이 친구 분과 말씀하는 것을 듣고 로즈 라임 주스를 구해다 놨습니다. 그 후 선생님이 한 번도 안 오셨기에 오늘 밤 처음으로 뚜껑을 열었습니다."

"그 친구는 여행하고 있네" 하고 나는 말했다.

"더블로 해 주게. 그리고 생각해 줘서 정말 고맙군."

바텐더가 갔다. 검은 옷을 입은 여인이 언뜻 나를 보고 글라스로 눈을 옮겼다. "여기서는 마시는 분이 안 계신가 보군요?" 하고 그녀는 말했다. 너무나 낮은 목소리였기에 처음에는 나한테 말한 것인 줄 깨닫지 못했다. 그녀는 다시 나를 보았다. 매우 크고 검은 눈이었다. 손톱이 새빨갰다. 그러나 장사하는 여자같이 보이지는 않았다. 음성에도 유혹적인 느낌이 있었다. "김릿 말이에요."

"친구한테서 배워서 좋아졌습니다."

"영국인이지요?"

"왜 그렇죠?"

"라임 주스 말이에요. 마치 쿡이 피를 섞은 것처럼 보이는 기분 나쁜 빛깔의 안초비 소스(anchovy sauce. 멸치류의 작은 물고기로 만든 소스)를 친 생선 요리와 마찬가지로 영국 냄새가 나잖아요. 라이미(라임 주스의 약칭. 영국 해군을 뜻하기도)라고 하지 않나요? 영국인을 가리키는 말이지요. 생선이 아니고."

"나는 더운 지방의 음료인가 했습니다. 말레이나 다른 지방의……?"

"그런지도 모르지요." 그녀는 또 나한테서 시선을 옮겼다.

바텐더가 내 앞에 음료를 갖다 놓았다. 라임 주스 때문에 엷은 녹색 기미가 있는 신비적인 노랑 빛깔이 되었다. 입을 대 보니 부드러운 단맛과 날카롭게 혀를 찌르는 강한 자극이 있었다. 검은 옷을 입은 여성이 나를 보았다. 그리고 자기 잔을 들어 내 앞에 올려 보였다. 우리는 함께 마셨다. 그제서야 그녀의 음료도 똑같은 것임을 알아차렸다.

다음 행동은 대개 정해졌지만 나는 그 정석에 따르지 않았다. 그냥 자리에 앉아 있었다. "영국인은 아닙니다" 하고 나는 말했다. "전쟁 중에 영국에 간 일은 있을지도 모르지만 가끔 이맘때 여기 왔었어요, 혼잡하기 전에 말입니다."

"마음을 안정시킬 수 있는 시간이군요" 하고 그녀는 말했다. "술집에서 마음을 안정시킬 수 있는 시간은 딱 이맘때뿐이지요." 그녀는 잔을 비웠다. "댁의 친구 분이 저도 알고 있는 분인지도 모르겠군요, 그분의 성함은요?"

나는 바로 대답하지 않았다. 담배에 불을 붙이고 그녀가 비취 파이프에 새 담배를 끼우는 것을 보고 있었다. 손을 뻗어 라이터를 내밀었다. "레녹스"라고 나는 말했다.

그녀는 담뱃불에 대해 고맙다고 하고, 살피는 듯한 눈길을 번갯불처럼 나에게 던졌다. 그리고 끄덕였다. "잘 아는 분이에요, 너무도 잘 알고 있지요."

바텐더가 가까이 오더니 내 잔을 보았다. "두 잔 더," 하고 나는 말했다. "저쪽 자리로 옮길까요?"

나는 의자에서 일어나 기다렸다. 그녀는 나에게 창피를 줄지도 모르고, 그렇지 않을지도 모른다. 아무래도 좋았다. 이렇게 섹스 의식이 강한 나라에서도 가끔은 남녀가 침실을 화제 속에 끌어넣지 않고 서로 얘기할 수 있을 것이다. 이 경우가 바로 그런 경우이지만, 그렇게 보이도록 하고 있을 뿐이라고 그녀가 생각했을까? 만일 그렇게 생각케 했다면 마음대로 하라지.

그녀는 주저했지만 길지는 않았다. 검은 장갑과 금으로 된 장식이 붙어 있는 검은 스웨이드 가죽백을 거둬 들고, 구석 자리까지 가서 아무 말없이 앉았다. 나는 작은 테이블을 사이에 두고 앉았다.

"내 이름은 말로우입니다."

"저는 린다 롤링이에요" 하고 그녀는 침착한 어조로 말했다. "당신은 약간의 센티멘털리스트군요, 말로우 씨?"

"여기까지 김릿을 마시러 왔기 때문인가요? 당신은 어떻습니까?"

"김릿을 좋아하는지도 모르지요."

"나도 그럴지 모릅니다. 하지만 우연이라기에는 석연치 않은 점이 없지 않군요."

그녀는 약간 웃음지었다. 에메랄드의 귀걸이와 에메랄드 옷핀이 눈에 띄었다. 비스듬히 자른 것을 보면 진짜 에메랄드 같았다. 희미한 광선에서도 아름다운 광택을 발산하고 있었다.

"그럼 당신이었군요!"

웨이터가 음료를 가져왔다. 그가 간 다음에 내가 먼저 입을 열었다. "테리 레녹스와 알게 되고 그를 좋아하게 되어 가끔 함께 술을 마신 사람이 바로 접니다. 진짜 친구로서의 교우였다고 할 수 없을지도 모릅니다. 그의 집에 간 일도 없었고, 부인도 모르고 지냈습니다. 한 번 주차장에서 본 일은 있지만."

"좀더 깊은 관계가 있지 않으시던가요?"

그녀는 글라스에 손을 뻗었다. 다이아몬드에 에메랄드를 끼워 넣은 반지가 띄었다. 다른 하나의 가느다란 백금 반지가 결혼했음을 말하고 있었다. 나는 그녀를 30대 후반이라 보았다. 후반에 접어들려는 나이.

"그렇게 말해도 틀린 말은 아닐 겁니다" 하고 나는 말했다. "그의 일이 항상 마음에 걸렸지요. 항상 그랬습니다. 댁은 어떤 분입니까?"

그녀는 한쪽 팔꿈치를 짚고 특히 이렇다는 표정도 없이 나를 바라보았다.

"너무나 잘 알고 있다고 말씀드렸지요? 너무 잘 알고 있기 때문에 그렇게 된 것을 잊지 못하고 있어요. 그분은 어떤 사치라도 시켜줄 수 있는 돈 많은 부인이 있었습니다. 그녀는 간섭만 받지 않으면 만족하는 그런 여자였지요."

"나쁘지 않은 조건이군요."

"빈정거리지 마세요, 말로우 씨. 세상에는 그런 여자도 있는 겁니다. 자기 자신도 어떻게 할 수 없는 거지요. 그 사람도 그것을 몰랐던 건 아닙니다. 남편답게 대접받고 싶었다면 안 될 것도 없었어요. 죽일 필요까지는 없었어요."

"나도 그 의견에는 찬성입니다."

그녀는 몸을 일으켜 나를 지켜보았다. "그런데 그 사람은 도망쳤어요. 내가 들은 얘기가 정말이라면 당신이 도피시켰습니다. 정말 자랑스러우시겠어요?"

"천만에, 돈 때문에 그렇게 한 일인걸요."

"그 말씀은 유쾌하지 않군요, 말로우 씨. 정직하게 말씀드려서 왜 당신과 술 마시고 있는지 모르겠어요."

"이젠 안 드셔도 됩니다, 롤링 부인." 나는 글라스를 들어 목 안에 흘려보냈다. "테리에 관해서 내가 모르고 있는 얘기를 들을 수 있지 않을까 생각했습니다. 왜 테리가 아내의 얼굴을 피투성이의 스펀지로 만들었는가에 관해서는 흥미가 없습니다."

"심한 말씀을 하시는군요." 노기를 품은 음성이었다.

"표현이 마음에 안 드십니까? 나 역시 마음에 안 듭니다. 그리고 그가 그런 짓을 했다고 믿었다면 여기 와서 김릿을 마시지 않았을 겁니다."

그녀는 나를 쳐다보았다. 이윽고 그녀는 천천히 말했다. "그 사람은 자살했고 고백의 편지를 남겼습니다. 그래도 믿지 않으세요?"

"그는 권총을 가지고 있었습니다. 멕시코에서는 그것만으로 경관한테 사살될 이유가 됩니다. 미국 경관에게도 그들과 같은 수법으로 살인하는 작자가 많이 있거든요. 편지를 남겼다고는 하지만 나는 본 일이 없습니다."

"멕시코 경관이 가짜를 만들었다고 생각하세요?"

"오타토쿠란과 같은 시골 경관한테 그런 재주는 없을 겁니다. 아니, 고백의 편지가 있었다는 것은 아마 사실일 겁니다. 그러나 그렇다고 해서 그가 살해했다는 증거는 되지 않습니다. 어찌되었든 나는 그렇게 생각합니다. 그가 도망갈 길이 없음을 깨달았다는 것을 증명할 뿐입니다. 그러한 입장에 놓이면 사람들 중에는……약한 인간이라 해도 좋습니다. 굳이 말하고 싶다면 감상적인 인간이라 해도 좋구요. 타인에게 폐가 되는 것을 막으려는 인간이 있지요."

"그런 말씀은 믿을 수 없어요!" 하고 그녀는 말했다. "아무것도 아닌 소문이 생기는 것을 막기 위해서 자살하거나, 자진해서 사살당하거나 할 리는 없어요. 실비아는 죽었고, 그녀의 언니와 아버지는……자기들 힘으로 무슨 수라도 쓸 수 있습니다. 돈만 있으면 언제든지 자기 자신을 지킬 수 있어요."

"좋아요. 동기에 대해서는 내가 잘못 생각하고 있는지도 모르겠어요. 처음부터 잘못 생각하고 있는지도 모릅니다. 아까 나한테 화를 내셨지요. 나는 가는 편이 좋겠군요. 혼자서 김릿을 즐기십시오."

그때 그녀는 웃음을 띠었다. "미안해요. 당신이 심각한 걸 알았어요. 테리의 일을 생각하고 있는 게 아니라, 당신 자신을 정당하게 보이려 하고 있다고 생각했어요. 그렇지가 않았군요."

"나는 어리석은 짓을 하고 그 때문에 지독한 꼴을 당했습니다. 그가 쓴 고백의 편지 덕분에 더 지독한 꼴을 당하게 될 것을 면했지요. 만일 그가 연행되어 재판받게 되었다면 아마 나도 걸려들었을 겁니다. 설사 실형을 받지 않는다고 해도 나로서는 엄두도 못 낼 돈이 들었겠죠."

"면허증은 물론이고요" 하고 그녀는 쌀쌀맞게 말했다.

"빼앗겼을지도 모르지요. 술 취한 경관의 한마디가 위력이 있던 시대도 있었거든요. 하지만 지금은 약간 사정이 다릅니다. 면허증을 취급하고 있는 주 위원회의 심사를 거쳐야 합니다. 그리고 위원회 사람들은 경찰을 별로 좋게 생각하지 않습니다."

그녀는 음료로 입을 축이고 천천히 말했다.

"여러 모로 생각해 봐서 가장 좋은 해결 방법이었다고 생각지 않으세요? 재판도 없고, 호기심을 돋울 만한 제목도 신문에 나지 않고 끝날 수 있었잖아요. 요즘 신문은, 신문을 팔기 위해서라면 사실을 공평하게 취급한다는 마음 같은 건 손톱만큼도 없을 뿐더러 죄 없는 사람이 어떤 곤란을 받든 태연하거든요."

"좀 전에 내가 그런 뜻의 말을 했습니다. 그때 당신은 그런 건 믿을 수 없다고 했었지요."

그녀는 몸을 뒤로 기댔다. "테리 레녹스의 자살이 그러한 것을 막기 위해서였다고 하신 말씀을 믿지 못하겠다는 겁니다. 누구에게나 재판이 없는 편이 좋다는 데에 찬성하는 거지요."

"한 잔 더 하겠습니다" 하고 나는 말한 다음 웨이터를 불렀다. "어쩐지 기분이 나빠지는군요. 당신은 포터 집안과 관계 있는 분이 아닙니까, 롤링 부인?"

"실비아 레녹스는 제 동생입니다" 하고 그녀는 아무렇지도 않은 듯 말했다. "아시는 줄 알았지요."

웨이터가 왔다. 롤링 부인은 아무것도 필요없다고 머리를 흔들었다. 웨이터가 간 다음 나는 말했다.

"포터 영감이, 아! 실례, 하란 포터 씨가 이번 사건을 표면에 내놓지 않도록 손쓰고 있다면 테리의 부인에게 언니가 있다는 사실조차 좀처럼 알려지지 않았을 겁니다."

"거창하게 갖다 붙이시는군요. 아버지는 그렇게 어마어마한 힘을 가지고 계시지 못해요. 그리고 세상 사람들이 평하고 있는 것처럼 냉혹하지도 않고요. 자기 세계만을 지키고 있는 구식 인간이라는 것만은 확실합니다. 자기 신문에도 인터뷰하지 않아요. 사진을 찍게 한 일도 없고, 공개석상에서 말한 적도 없지요. 여행하실 때도 자동차나 자기 전용 비행기로 하십니다. 하지만 정에 약한 점도 있어요. 아버지는 테리를 좋아하셨습니다. 손님이 온 다음 최초의 칵테일을 입을 댈 때까지의 15분만 제외하면 하루 24시간 동안 테리만큼 항상 신사다운 태도를 잃지 않는 인간은 없다고 하셨어요."

"마지막 약간 실수했군요. 테리가 말입니다."

웨이터가 나에게 석 잔째의 김릿을 가져왔다.

나는 한 입 맛보고 난 다음에 글라스의 둥근 바닥에 손가락을 대고 그녀의 다음 말을 기다렸다.

"테리가 죽었다는 사실은 아버지에게는 큰 타격이었어요. 또 빈정거리고 싶으신 모양이군요? 그만두세요. 모든 일이 너무나 완벽하게 꾸며진 것처럼 보인다는 걸 아버지도 알고 계십니다. 테리가 그냥 없어진 편이 좋았을 겁니다. 만일 테리가 부탁했다면 아버지는 어떤 어려운 일이라도 도왔을 겁니다."

"하지만 자기 딸이 무참하게 살해당했습니다."

그녀도 얼음장 같이 차가운 눈으로 나를 보았다.

"무척 몰인정하게 들릴지 모르지만 아버지는 벌써 오래 전부터 동생을 딸이라 생각지 않으셨습니다. 얼굴을 마주쳐도 거의 동생에게는 말씀하지 않으셨어요. 절대 그런 말씀은 안 하시겠지만 만약 아버지가 자기 기분을 분명히 말씀하신다면 테리에 대해서는 당신과 똑같은 의문을 틀림없이 품고 계실 겁니다. 하지만 테리가 죽은 지금으로선 그런 것은 아무래도 좋아요. 두 사람 다 비행기나 화재나 자동차 사고 같은 걸로 죽는 경우도 있거든요. 동생은 좋은 때에 죽은 겁니다. 앞으로 10년만 더 살았더라면 틀림없이 할리우드의 파티에 꼭 붙어 다니게 마련인 색광이란 망측스러운 여자가 되었을 겁니다. 틀림없이 국제 사교계의 따돌림을 받는 존재가 되었을 겁니다."

물론 나는 특히 이렇다고 꼬집어 말할 수 있는 이유도 없이 화가 치밀어 올라왔다. 나는 일어서서 주위를 둘러보았다. 옆자리는 아직 비어 있었다. 그 건너편 쯤에는 한 남자가 조용히 신문을 읽고 있었다. 나는 자리에 앉아 잔을 밀어 내고 테이블 위에 몸을 내밀었다. 아직 음성을 낮추어야 한다는 것쯤은 분별하고 있었다.

"롤링 부인, 도대체 나한테 무얼 인식시키려 하는 겁니까? 하란 포터는 사랑받을 만한 인간으로, 살인 사건의 수사가 진행되지 않도록 지방검사한테 압력을 가하는 짓은 하지 않는다는 겁니까? 테리의 범행인지 아닌지는 의문시하고 있지만 아무에게도 진범을 찾아내도록은 시키지 않는다는 겁니까? 자기 신문과 은행 구좌와 그의 일거수일투족에 신경 쓰고 있는 9백여 명의 인간으로 이루어져 있는 정치적 힘을 행사하지 않았다는 겁니까? 검사국이나 경찰에서는 아무도 못 가게 하고 심복 변호사만 멕시코에 파견해서, 테리의 죽음이 분별없는 인디언이나 혹은 다른 인간에게 살해된 것이 아니라 확실히 자살이었다고 보고하게 하지 않았다는 겁니까? 당신 아버지는 1억 달러의 재산을 가지고 있어요, 롤링 부인. 어떤 방법으로 그 많은 재산을 만들었는지는 내가 알 까닭이 없지만, 자기 주위에 남의 손이 미치지 못하는 조직을 만들지 않으면 그렇게 막대한 재산은 만들 수 있는 게 아닙니다. 보통 인간은 아니지요. 또 이런 세상이기 때문에 그런 돈을 만들 수 있었던 겁니다. 거기에는 별로 성실하다고는 할 수 없는 인간하고도 거래하지 않으면 안 됩니다. 그런 작자들과 얼굴을 맞대거나 악수하거나 하는 일은 없었는지 몰라도 그들이 거래 대상이 되어 있다는 것만은 틀림없는 사실입니다."

"지독한 말씀을 하시는군요" 하고 그녀는 화내며 말했다. "더 듣고 싶지 않아요."

"그럴 겁니다. 나는 얼굴이 간질간질한 말은 못합니다. 아시겠습니까? 테리는 실비아가 죽은 날 밤, 당신 아버지와 말을 했어요. 무슨 말을 했는지 아십니까? 아버지는 그에게 뭐라고 했습니까? 멕시코까지 도망가서 자살하도록 하게. 집안만의 문제로 묻어 버리도록 하세. 딸이 부정한 여자라는 것은 나도 알고 있네. 한 다스나 있는 사내 중에 누구든지 술에 취하고 흥분하면 딸의 예쁜 얼굴을 때려 뭉개버릴 정도의 짓은 할 거야. 하지만 그건 일시적인 흥분 때문이야. 제정신이 돌아오면 반드시 후회할 거야. 자네도 지금까지는 자네 멋대로 살아왔네. 그 빚을 갚을 때가 아닌가? 내가 바라는 것은 포터의 이름을 백합처럼 더럽혀지지 않도록 지니고 싶을 뿐이야. 딸은 세상에 대한 체면을 생각해서 자네와 결혼했네. 죽어버린 이 시점이야말로 더욱 세상에 대한 체면이 중요하네. 그 열쇠를 자네가 쥐고 있네. 영원히 행방을 감추고 있을 수만 있다면 더 바랄 건 없네. 하지만 발각되면 죽는 방법 이외에는 없네. 시체 수용소에서 만나도록 하세……?"

"정말 아버지가 그런 말씀을 하셨다고 생각하세요?"

나는 몸을 뒤로 기대고 불쾌하게 웃었다. "만일 당신 마음이 풀린다면 좀더 정중한 말을 써도 됩니다."

그녀는 소지품을 모으고 몸을 옆으로 뺐다. "당신에게 경고해 두고 싶은 말이 있어요" 하고 그녀는 천천히, 그리고 주의하면서 말했다.

"간단한 경고지요. 만약 당신이 아버지를 그런 인간으로 여기고 있고, 지금 같은 그런 식의 말을 퍼뜨리고 다니면 이 도시에서 하고 있는 당신의 일은, 무슨 일을 하든 길지는 않을 것이니 당장에 손을 떼지 않으면 안 될 겁니다."

"정말 그렇군요, 롤링 부인. 정말 당신 말이 옳습니다. 같은 말을 검사국의 인간한테서도, 갱한테서도, 부정 영업을 하는 의사한테서도 들었습니다. 말은 다르지만 뜻은 같았어요. 손을 떼라고 말입니다. 나는 어떤 사람의 부탁을 받고 여기 김릿을 마시러 온 겁니다. 나를 똑똑히 보십시오. 시체 안치소에 한쪽 발을 들여 놓고 있지요."

그녀는 일어서서 가볍게 끄덕였다. "김릿을 석 잔……더블로. 취하셨군요?"

나는 테이블 위에 돈을 여유 있게 놓고 그녀 곁에 섰다. "당신도 한 잔 반 드셨어요. 왜 그렇게 많이 드셨습니까? 역시 어떤 사람한테 부탁받으셨나요, 그렇지 않으면 마시고 싶으셨기 때문입니까? 당신도 혀가 꼬부라졌군요."

"아무도 진상은 모르고 있어요, 말로우 씨. 아무도 아무것도 모른다고요. 그런데 카운터에 있는 남자가 우리를 지켜보고 있어요. 아는 사람인가요?"

나는 그녀가 알아차린 것을 놀라워하며 그쪽을 보았다. 인상이 나쁜 깡마른 사나이가 문에서 가장 가까운 의자에 앉아 있었다.

"치크 아고스티노라는 놈입니다" 하고 나는 말했다. "메넨디스라는 노름꾼의 호위병이지요. 한 대 먹여 놓고 짓밟아 줍시다."

"정말 취하셨군요!" 하고 그녀는 걷기 시작했다. 나는 그 뒤를 따랐다. 의자에 앉아 있던 그는 몸을 돌려 정면으로 향했다. 나는 가까이 다가가서 그의 등 뒤에 느닷없이 양쪽 겨드랑 밑을 뒤졌다.

그는 불끈 화를 내며 의자에서 일어났다.

"뭐하는 짓이야?" 하고 그는 으르렁거렸다.

그녀가 문 바로 안에서 이쪽을 뒤돌아보는 모습이 보였다.

"권총을 안 가지고 있군, 아고스티노 군. 조심성이 없군. 어두워졌네. 벅찬 상대를 만나면 어쩌려고 그러지?"

"꺼져" 하고 그는 밉살스럽다는 듯 말했다.

"'뉴욕 토박이들'의 대사를 도둑질하면 되나?"

그의 입은 움직였으나 몸은 움직이려 하지 않았다. 나는 그를 내버려두고 롤링 부인의 뒤를 따라 밖으로 나왔다. 백발의 흑인 운전기사가 주차원과 이야기하고 있었다. 그는 롤링 부인을 보자, 정신이 번쩍 드는 캐딜락과 함께 돌아왔다. 그가 문을 열자 롤링 부인이 탔다. 보석상자의 뚜껑을 닫듯이 문이 닫혔다. 운전기사가 차의 뒤를 돌아 운전대에 앉았다. 그녀는 창유리를 내리고 가벼운 웃음을 지으면서 나를 보았다.

"안녕히 가세요, 말로우 씨. 뵙게 되어 기뻤어요. 당신은?"

"화려한 싸움을 했군요."

"당신만 하신 거예요…… 그것도 당신 자신과 말이에요."

"언제나 그렇답니다. 안녕히 가십시오, 롤링 부인. 이 근처가 아니시지요?"

"아이도르 봐레예요. 호수 저편입니다. 남편은 의사지요."

"웨이드란 사람을 아십니까?"

그녀는 못마땅하다는 표정을 지었다.

"네, 알고 있어요. 왜 그러시지요?"

"왜 묻느냐고요? 아이도르 봐레에서 내가 알고 있는 사람은 그들뿐입니다."

"그러세요. 그럼, 다시 한 번 안녕히 가세요, 말로우 씨."

그녀는 자리에 몸을 파묻고 뒤에 기댔다. 캐딜락은 조용히 엔진 소리를 내며 스트립 방향의 차들 행렬 속으로 미끄러져 들었다. 나는 뒤돌아 보았다. 하마터면 아고스티노와 부딪칠 뻔했다.

"저 계집은 누구야?" 하고 그는 물었다.

"아무면 어때. 저쪽은 자네한테 흥미를 안 갖네."

"말 안 해도 알아. 차번호를 적어 놨거든. 맨디한테 알려야지."

그때 차문이 열리는 소리가 나더니 신장이 7피트나 되고, 어깨 넓이가 4피트는 됨직한 한 사나이가 튀어나와 아고스티노를 보자 큰 걸음으로 한 발 다가섰다. 그리고 한 손으로 목을 움켜잡고 들어 올렸다.

"너 같은 송사리 건달이 내가 밥 먹는 데서 헤매면 안 된다고 몇 번이나 말했나?" 하고 그는 소리쳤다.

그는 아고스티노를 한 바퀴 돌리더니 포장도로 저쪽 벽을 향해 내던졌다. 치크는 몸을 꾸부리고 기침을 했다.

"요 다음엔 그냥 안 둔다" 하고 그 사나이는 외쳤다. "다음에 잡혔을 때는 나도 틀림없이 권총을 가지고 있을 테니 말이야."

치크는 머리를 흔들고 아무 말도 하지 않았다. 그 사나이는 유심히 나를 살펴보더니 엷은 웃음을 띠었다. "좋은 밤이군" 하고 그는 말하고 '빅터'에 들어갔다.

나는 치크가 몸을 일으켜 겨우 정신을 되찾은 것을 바라보고 있었다. "저놈은 뭐야?" 하고 내가 물었다. 그는 분한 듯이 대답했다. "빅 윌리 매그인, 풍기계 형사야. 센 체하기는!"

"자신이 없다는 소리겠지?"

그는 멍청한 표정으로 나를 보고 그 자리를 떠났다. 나는 주차장에서 차를 내리고 집으로 돌아왔다. 할리우드에서는 무슨 일이 일어날지 예측할 수 없다.

23

아이도르 봐레의 입구에 이르렀을 때 자전거 한 대가 내 차를 추월했다. 나는 반 마일에 걸친, 포장이 되어 있지 않은 도로의 모래 먼지를 자전거에 뒤집어씌우지 않으려고 속도를 떨어뜨렸다. 일요일의 드라이브 족을 가까이 못 오게 하기 위해 일부러 포장하지 않은 도로다. 화려한 스카프와 선글라스가 언뜻 내 눈에 비쳤다. 한 손이 나를 향해 흔든다. 모래 먼지가 도로 옆으로 미끄러져 볕에 탄 풀숲의 잎사귀들 위에 번지고 있던 하얀 아지랑이와 합쳐졌다.

한참 앞으로 나가자 포장된 도로가 나타났다. 떡갈나무가, 누가 지나가는가를 내려다보는 것처럼 길가에 줄지어 서 있고, 참새가 분홍빛 머리를 수그리고 뭔가 쪼아 가며 깡충깡충 뛰어다니고 있었다.

그리고 고리버들이 조금 눈에 띄었지만 유칼리는 보이지 않았다. 포플러 숲 너머로 하얀 집이 보였다. 젊은 여자가 혼자 도로를 따라 말을 달리고 있었다. 승마복의 여자는 화려한 셔츠를 입고, 나뭇가지를 입에 물고 있었다. 말은 더운 것 같았지만 땀은 안 흘리고 있었다. 여자가 다정하게 노래를 불러 들려주고 있었다. 돌담 저쪽에서는 정원사가 잔디 깎는 기계를 움직이며 멀리 저쪽 큰 저택의 현관까지 잇대어 깔려있는 잔디를 손질하고 있었다. 어디선가 왼손으로 연습곡을 치고 있는 그랜드 피아노 소리가 들려왔다.

얼마 후 이러한 모든 정경이 차 뒤로 멀어지고 따갑게 빛나는 호수의 수면이 나타났다. 나는 차를 달리면서도 문기둥의 번지를 눈여겨

살폈다. 웨이드 거리는 어두운 밤에 한 번밖에 본 일이 없다. 밤에 보았을 때만큼 크지 않았다. 문 안에는 차들이 가득했기 때문에 도로 끝에 차를 세우고 걸어서 들어갔다. 흰 옷을 입은 멕시코인 하인이 문을 열어 주었다. 날씬하고 남자다운 멕시코인이었다. 옷이 몸에 꼭 맞고, 주급 50달러나 받고 있으면서도 별로 힘든 일은 하고 있지 않는 것 같았다.

"어서 오십시오" 하고 그는 스페인어로 말하더니 엷은 웃음을 띠었다.

"성함은 어떻게 되십니까?" 그는 스페인어로 물었다.

"말로우" 하고 나는 말했다. "대체 나를 누구라고 생각하나, 캔디? 전화로 말한 일이 있었지. 잊어버렸나?"

그는 뜻 있는 웃음을 입가에 띠고 있었다. 나는 안으로 들어갔다. 어디서나 볼 수 있는 똑같은 칵테일 파티였다. 아무도 듣고 있지 않는 데도 전부 큰소리로 지껄이고 있었다. 모든 사람이 전부 눈을 빛내며, 마신 알코올의 양과 저마다의 주량에 따라 얼굴이 발갛게 되기도 하고 파랗게 되기도 하였다. 얼마 후, 아이린 웨이드가 엷은 푸른 옷차림으로 내 곁에 나타났다. 손에 글라스를 들고 있었다.

"와주셔서 고마워요" 하고 그녀는 말했다. "로저가 서재에서 기다리고 있어요. 칵테일 파티를 좋아하지 않아요. 일하고 있어요."

"이렇게 시끄러운데도요?"

"아무렇지도 않은가 봐요. 캔디한테 마실 것을 가져오게 할까요? 그렇지 않으면 바로 가시겠어요?"

"바로 가지요" 하고 나는 말했다. "요전날 밤엔 실례했습니다."

그녀는 미소 지었다. "벌써 사과하지 않으셨어요? 아무렇지도 않아요."

"아무렇지도 않다니, 그렇지도 않지요?"

그녀는 얼굴에 웃음을 띤 채 끄덕이고 그 자리를 떠났다. 바는 방 끝 쪽의 커다란 프랑스식 창문 곁에 있었다. 이동식 바였다. 혼잡한 사람들 사이로 몸을 부딪치지 않도록 조심하면서 방을 가로질러 가려 했을 때, 나를 부르는 음성이 들렸다.

"말로우 씨였군요."

뒤돌아보니 롤링 부인이 테 없는 안경을 쓰고 짧은 턱수염을 기른 남자와 소파에 앉아 있었다. 그녀는 음료를 한 손에 들고 따분해 하고 있는 것 같았다. 남자는 팔짱을 끼고 못마땅하다는 얼굴로 가만히 앉아 있었다.

나는 그들 곁으로 갔다. 그녀는 나에게 미소를 던지고 손을 내밀었다. "남편인 롤링 박사예요. 필립 말로우 씨예요, 에드워드."

턱수염의 사나이는 흘깃 나를 보고 아주 약간 머리를 숙였다. 몸은 전혀 움직이지 않았다. 시시한 일에 에너지를 사용하고 싶지 않다는 그런 태도였다.

"에드워드는 피로해요. 무척 지쳐 있어요" 하고 린다 롤링은 말했다. "언제나 무척 피로해 있어요."

"의사는 피로할 때가 있는 법이지요" 하고 나는 말했다. "마실 것을 갖다 드릴까요, 롤링 부인? 당신은 어떻습니까, 선생?"

"아내는 벌써 충분히 마셨습니다" 하고 그는 우리의 어느 쪽도 보지 않고 말했다. "나는 술을 안 마십니다. 술을 마시는 사람을 볼 때마다 마시지 않아서 다행이라고 생각하지요."

"사랑스런 시바여 돌아오라(알코올 중독자를 다룬 윌리엄 인더의 희곡 제목)" 하고 롤링 부인이 익살맞은 말투로 말했다.

그는 불끈하고 부인을 노려보았다. 나는 그 자리를 떠나 바로 향했다. 남편과 같이 있는 린다 롤링은 다른 사람처럼 보였다. 나에게는 화를 냈을 때도 사용하지 않던 가시돋친 음성으로 말하고, 비웃는 듯한 표정을 얼굴 가득 나타냈다.

캔디는 바에 있었다. 나한테 무엇을 마시겠느냐고 했다.

"지금은 필요없네. 웨이드 씨가 나를 만나보고 싶어하네."

"지금 무척 바쁘십니다. 무척 바쁘십니다."

나는 캔디를 좋아하게 될 것 같지 않았다. 내가 아무 말없이 그의 얼굴을 쳐다보고 있자, 그는 덧붙였다. "그럼 가서 보고 오겠습니다, 지금 곧."

그는 혼잡한 가운데를 눈치 있게 빠져나가더니 곧 돌아와서 "오케이, 가시지요" 하고 명랑하게 말했다.

나는 그의 뒤를 따라 세로로 질러나갔다. 그가 열어 준 문으로 들어가 문을 닫자, 지금까지 시끄럽던 소음이 갑자기 없어졌다. 이 집 모퉁이에 해당되는 방으로 넓고 시원했으며, 프랑스식 창 밖에는 장미덩굴이 엉클어져 있었고, 한쪽 창에는 환기 장치가 설비되어 있었다. 창문을 통해 호수가 보였다. 그리고 웨이드는 잠도 잘 수 있는 금빛 긴 의자 위에 길게 누워 있었다. 커다란 책상 위에 타이프라이터가 있고 노랑 종이가 쌓아올려져 있었다.

"잘 왔네, 말로우" 하고 그는 말하기가 귀찮은 듯이 인사를 했다.

"앉게, 벌써 마셨나?"

"아직 안 마셨네." 나는 의자에 앉아 그를 쳐다보았다. 여전히 안색은 창백하고 수척해 보였다.

"일은 어때?"

"하고 있네. 그런데 곧 피로해진단 말이야. 나흘 계속된 숙취는 좀처럼 깨지 않는군. 나는 숙취 뒤엔 오히려 일이 잘 되네. 긴장했을 때 한 일은 딱딱하고 맛이 없어. 그런 건 못써. 좋은 작품은 힘들이지 않고 쓸 수 있어야 해. 나와 반대의 경우를 말하는 놈도 있지만 전부 엉터리야."

기나긴 이별

"작가에 따라 다르겠지. 플로베르는 고생해서 썼지만 작품은 훌륭하다네."

"좋아" 하고 웨이드는 말하고 고쳐 앉았다.

"플로베르의 작품을 읽고 있다면, 인텔리로서 비판적 안목이 있고 문학에 조예가 있다는 말이 되지." 그는 이마를 문질렀다. "나는 당분간 술을 끊고 있네. 하나도 재미없지. 글라스를 손에 들고 있는 놈들은 전부 밉네. 무엇보다도 거리에 나가면 보기 싫은 놈에게 미소를 띠어 인사하지 않으면 안 되네. 내가 알코올 중독이라는 걸 모르는 사람은 한 놈도 없어. 뭐가 무서워서 술을 마시느냐고 틀림없이 이상하게 생각할 거야. 프로이드에 물든 놈들이 구실을 붙이고 싶어한단 말이야. 요즈음 열 살짜리 어린애까지 그 모양이야. 나한테 열 살짜리 자식이 있다면 '뭐가 무서워서 술을 마셔요?' 하고 틀림없이 물어볼 거야."

"내가 들은 얘기로는 최근의 일이라고 하던데……?"

"심해진 건 최근이지만 술은 옛날부터 셌어. 젊었을 때는 아무리 마셔도 끄떡없었네. 그러나 40이 넘자 옛날처럼은 안 되더군."

나는 의자에 기대어 담배에 불을 붙였다. "나한테 무슨 할 말이 있나?"

"자넨 내가 무얼 무서워하고 있다고 생각하나, 말로우?"

"모르겠는데. 자네에 대해 별로 아는 게 없네. 게다가 현대의 인간들은 누구든지 무엇인가에서 도피하려고 하거든."

"하지만 누구든지 술을 뒤집어쓰고 있는 건 아니지 않나. 자네는 무엇에서 도피하려 하나? 젊음에서부턴가, 양심의 가책에서 부턴가, 시시한 직업을 가지고 있는 보잘것없는 존재라는 자각에서 부턴가?"

"알았네. 자넨 누군가에게 모욕을 주고 싶은가 보군. 속이 시원해지도록 말하고 싶은 만큼 말하게. 참을 수 없을 정도가 되면 알리겠네."

그는 쓴웃음을 띠고 숱이 많고 곱슬곱슬한 머리칼을 뒤로 쓸어 올렸다. 그리고 집게손가락으로 자기 가슴을 가리켰다. "자네 앞에 있는 인간은 시시한 직업을 가지고 있는 보잘것없는 존재일세, 말로우. 작가는 모두 시시한 인간이지만 나는 그 중에서도 가장 시시한 인간일세. 나는 이제까지 베스트 셀러를 12권 쓰고, 저 책상 위의 휴지의 산을 완성시키면 그것으로 13권째가 되네. 그런데 그 모든 것이 한 푼어치의 가치도 없단 말이야. 나는 돈만으로는 살 수 없는 최고급의 주택지에 훌륭한 집을 가지고 있네. 나를 사랑하고 있는 아름다운 아내도 있고, 소중한 서재도 가지고 있다네. 남달리 나는 내 자신을 사랑하고 있네. 나는 자아가 강한 구역질나는 놈이며, 문단에서는 창녀나 호객꾼 같은 존재에 지나지 않지. 어느 모로 보나 좋은 인상을 주는 인간이 못 되네. 자네라면 어떻게 하겠나?"

"어떻게 하다니?"

"화가 났나?"

"화를 낼 만한 이유가 없네. 자네의 자기혐오에 대한 기분을 들었을 뿐이지 않나? 재미도 없지만, 별로 감정이 상할 만한 것은 없었네."

그는 거리낌없이 웃었다. "자네가 마음에 들었네. 한 잔 하세."

"여기서는 안 되네. 자네와 단 둘이서 마시는 건 좋지 않네. 자네가 결심을 깨고 술을 마시면 어쩔 수 없네. 아무도 말하지 못할 것이며, 말리려고도 하지 않을 걸세. 하지만 자네가 금욕을 깨는 것을 돕고 싶지는 않네."

그는 일어섰다. "여기서 마실 필요는 없어. 저쪽에 가서, 돈이 좀 생기면 친구인 척하는 고상한 작자들의 낯짝을 보러 가세."

"그만두게. 그들이라고 해서 인간이 다른 건 아니야."

"어딘가 다른 점이 있을 걸세. 그렇지 않으면 세상에 무슨 소용이 있겠나. 인간만을 비교한다면 싸구려 위스키에 곤드레만드레가 된 트럭 운전기사와 다른 점이 없네. 어쩌면 그보다 더 시시한 인간들인지도 모르고……."

"그만두게" 하고 나는 거듭 말했다. "취하고 싶거든 취해 보게. 하지만 벨린저 의사와 함께 생활하거나, 정신을 잃은 부인을 2층에서 밀어 던지거나 하지 않아도 취할 수 있는 사람들을 억지로 자네와 한패로 만들 것까지는 없단 말이야."

"그렇군" 하고 그는 말하고 갑자기 침착한 태도로 변했다. "자넨 테스트에 합격했네. 얼마 동안 여기 와서 나와 함께 생활해 주게. 여기 있어 주는 것으로도 나한테는 큰 도움이 된단 말이지."

"왜 그렇게 생각하나?"

"있어 주기만 하면 되네. 한 달에 천 달러면 어떤가? 나는 술 취하면 위험한 인간이 된다네. 위험한 인간이 되고 싶지도 않지만 취하고 싶지도 않네."

"나는 자네를 말릴 만한 힘이 없네."

"3개월간만 해 주게. 저 소설을 완성하면 얼마 동안 멀리 갔다 오겠네. 스위스의 산에라도 들어가서 몸을 깨끗하게 만들어 가지고 오겠네."

"소설은 돈이 필요해서인가?"

"아니, 무슨 일이 있어도 시작한 건 끝내고 싶네. 끝낼 수 없다면 나는 마지막이야. 친구로서 부탁하네. 레녹스한테는 더 잘해 주었지 않나?"

나는 일어서서 그의 곁에 가서 얼굴을 들여다보았다. "난 레녹스를 죽게 만들었네. 내가 죽게 했단 말이야."

"당치도 않은 소리! 자네까지 나를 그런 얼빠진 인간으로 생각하나?" 그는 손을 옆으로 뉘여 목에 댔다. "나는 여기까지 그런 작자들 속에 잠겨 있네."

"전부 자네를 생각해서 그러겠지."

그는 한 발짝 물러나다가 의자 끝에 발이 걸렸으나 비틀거리지는 않았다.

"자네도 틀렸군. 얘기가 안 돼. 물론 자네가 그렇게 생각하는 기분은 이해하네. 뭔가 모르지만 알고 싶은 게 있네. 그것이 뭣인지는 자네도 모르고, 나도 알고 있다고는 할 수 없네. 다만 있는 것은 분명하고, 무슨 일이 있어도 알지 않으면 속이 풀리지 않네."

"누구에 대해선가? 부인에 관한 일인가?"

그는 천천히 입술을 다물었다. "내 문제에 관해서라고 생각하네" 하고 그는 말했다.

"자, 술이나 마시러 가세."

그는 힘차게 문을 열고 나갔다.

만일 내 기분을 동요시키려 했다면 그는 멋지게 성공한 셈이다.

24

그가 문을 열었을 때, 거실의 왁자지껄하는 소리가 우리들 얼굴에 폭발했다. 아까보다 더 시끄러워진 것 같았다. 술이라면 한 잔했을 때보다 두 잔 했을 때처럼 더 시끄러워졌다.

웨이드는 여기 저기 인사했다. 사람들은 그의 모습을 보고 기뻐하는 것 같았다. 하기야 전부 취해 있었고, 희극 무대와 다를 바가 없었으니까……

우리는 바로 가다가 도중에 롤링 부부와 맞닥뜨렸다. 의사는 일어서서 웨이드와 정면으로 마주 섰다. 증오에 넘친 표정이었다.

"와 주셔서 고맙습니다, 선생" 하고 웨이드는 다정스럽게 말했다.
"오우, 린다. 요즘은 어디 숨어 있었습니까? 아니, 정말 바보스러운 질문을 했군, 나는……"
"웨이드 군!" 하고 롤링이 목소리를 떨면서 말했다. "자네한테 말해 둘게 있네. 간단히 말이야. 내 아내한테 접근하지 말아 주게."
웨이드는 이상하다는 듯 그를 쳐다보았다. "선생, 당신은 피로해 있군요. 술을 안 드셨군. 내가 갖다 드리지요."
"나는 술을 안 마시네. 자넨 알고 있을 텐데? 내가 여기 온 목적은 한 가지밖에 없고, 그 목적은 이미 말했네."
"잘 알았습니다" 하고 웨이드는 여전히 부드러운 어조로 말했다. "당신은 손님이고, 나로서는 당신이 약간 어떻게 된 것 같다고 말씀드릴 수밖에 없군요."
부근의 말소리가 딱 그쳤다. 모두가 귀를 기울였다. 무슨 일이 일어날까……? 롤링 박사는 호주머니에서 장갑을 꺼내 한쪽 끝을 잡고 웨이드의 얼굴을 세게 때렸다.
웨이드는 눈도 깜짝하지 않았다. "새벽의 권총과 커피입니까?"라고 그는 조용히 물었다.
나는 린다 롤링의 표정을 보았다. 그녀는 노여움으로 얼굴이 발갛게 상기되어 있었다. 그녀는 조용히 일어서더니 박사 앞으로 돌아와 섰다.
"무슨 짓이에요? 그만두지 않으면 당신도 누구한테인가 얼굴을 맞을 거예요."
롤링은 그녀한테도 장갑을 휘두르려 했다. 웨이드가 그 가운데로 파고들어갔다. "그만두게. 이 근처에서는 두 사람만 있을 때가 아니면 아내를 안 때린다네."
"나도 알고 있네. 자네 같은 인간한테서 예의범절을 배울 필요는 없네."

"가망이 없는 학생은 나도 거절하네" 하고 웨이드는 말했다. "하지만 벌써 돌아가시다니 유감이군." 그는 스페인어로 음성을 높였다.

"캔디, 롤링 박사를 이 집에서 내보내 주게."

그는 롤링 쪽으로 되돌아섰다. "스페인어를 아실지 모르지만 문은 저쪽이라는 뜻입니다." 그는 손가락으로 가리켰다.

롤링은 요동도 하지 않고 그를 노려보았다.

"경고했네, 웨이드 군. 들은 사람이 여럿 있네. 다시 한 번 경고하네."

"하지 마셔!" 하고 웨이드는 내뱉듯이 말했다. "하지만 만일 한다면 중립 지대에서 해 주게. 여기서 나는 행동의 자유가 없다는 말일세. 당시에는 안됐지만 린다, 당신은 그와 결혼했기 때문에……." 그는 장갑으로 얻어맞은 얼굴을 가만히 쓰다듬었다. 린다 롤링은 괴로운 듯한 표정으로 억지로 웃어 보였다. 그리고 어깨를 흔들었다.

"나가지," 하고 롤링은 말했다. "이리 와, 린다."

그녀는 다시 자리에 앉아, 글라스에 손을 내밀고 경멸하듯 남편을 바라보았다. "혼자 돌아가세요. 왕진 약속이 여러 곳 있었지요?"

"함께 돌아가잔 말이야" 하고 그는 거칠게 말했다.

그녀는 남편에게 등을 돌렸다. 그는 느닷없이 손을 뻗어 그녀의 팔을 잡았다. 웨이드가 그의 어깨를 잡았다.

"난폭한 행동은 삼가게. 무슨 일이든지 마음대로 할 수 있다고 생각하면 큰코다치네."

"손 놔!"

"놓지. 마음을 가라앉히게," 하고 웨이드는 말했다. "좋은 생각이 있어요, 선생. 한 번 훌륭한 의사의 진찰을 받아 보는 게 어때?"

누군가가 큰소리로 웃었다. 롤링은 먹이에 덤벼들려는 동물처럼 몸을 움츠렸다. 웨이드는 그러한 기미를 눈치채고 재빨리 그 자리를 떠났다. 롤링은 기선을 제어당하고 그 자리에 서 있었다. 웨이드의 뒤를 쫓으면 한층 더 어리석게 보인다. 나갈 수밖에 다른 도리가 없었다. 박사는 곧장 정면을 향해 빠른 걸음으로 방을 가로질러 캔디가 문을 열고 기다리는 곳으로 걸어갔다. 박사가 나가자, 캔디가 문을 닫고 바로 되돌아갔다. 나는 바에 가서 스카치를 주문했다. 웨이드는 어디 갔는지 보이지 않았다. 나는 방 쪽에 등을 돌리고 스카치를 마셨다.

흙빛 머리를 이마로부터 리본으로 맨, 키 작은 젊은 여자가 내 곁에 나타나서 염소 같은 소리를 냈다. 캔디는 끄덕이고 같은 음료를 만들었다.

키 작은 젊은 여자는 나를 향했다. "정치에 흥미 있으세요?" 하고 그녀는 물었다. 충혈된 눈을 빛내고, 작고 빨간 혀는 초콜릿 찌꺼기를 찾고 있는 것처럼 입술 언저리에서 움직이고 있었다. "누구든지 흥미를 가진다고 생각해요" 하고 그녀는 말을 계속했다. "하지만 여기 있는 남자들은 내가 그렇게 물으면 곧 나를 안으려고만 해요."

나는 끄덕이고 글라스 너머로 그녀의 위로 향하고 있는 코 끝과 볕에 탄 살갗을 바라보았다.

"감정을 내어 안아 준다면 싫다고 하지 않아요"라고 그녀는 새로운 음료에 손을 내밀면서 말했다. 음료를 반쯤 마셨을 때 어금니가 보였다.

"나도 무슨 짓을 할지 몰라" 하고 내가 말했다.

"성함은?"

"말로우."

"e가 붙어요, 안 붙어요?"

"붙지."

"그래요? 애처로운 듯 아름다운 이름이군요."

그녀는 글라스를 놓고, 눈을 감고 머리를 옆으로 돌리고 두 팔을 내 눈에 맞닿을 정도로 내밀었다. 그리고 감정을 다한 목소리로 말했다.

이것이 1000척의 배를 띄워
일리온(Ilion. 소아시아반도에 있는 선사시대 도시 유적)의 탑을 불태운 얼굴인가
다정한 헬렌이여, 키스로 나를 불멸케 해주오

그녀는 눈을 뜨고 글라스를 잡자 한쪽 눈을 찡긋해 보였다. "나쁘지 않아요. 요즘 시를 쓰고 계세요?"
"별로 안 써요."
"키스하고 싶으면 해요. 괜찮아요."
목 부분이 열려 있는 셔츠를 입은 남자가 그녀의 뒤로 와서 그녀의 머리 위에서 나에게 쓴웃음을 지어 보였다. 짧은 빨간 머리, 오그라든 폐 같은 얼굴. 이런 추남은 본 적이 없었다. 그는 키가 작은 젊은 여자의 머리를 가볍게 두드렸다.
"가요, 돌아갈 시간이야."
그녀는 서슬이 파래져서 남자 쪽으로 향했다.
"베고니아의 물을 주어야 한다는 거지요?" 하고 그녀는 외쳤다.
"무슨 말을 하는 거야?"
"손 놔요, 이 색광아." 그녀는 날카로운 목소리로 소리치며 남은 음료를 그의 얼굴에 끼얹었다. 그에게 날아간 것은 작은 차 스푼 하나 정도의 술과 얼음 두 조각밖에는 없었다.
"난 네 남편이야" 하고 그는 손수건으로 얼굴을 닦으면서 소리쳤다. "알았어? 남편이란 말이야."
그녀는 마구 울면서 그의 팔에 몸을 내던졌다. 나는 그들을 지나

그 자리를 떠났다. 어느 칵테일 파티든 마찬가지였다. 내뱉는 대사까지 똑같다.

손님들이 밤공기 속으로 빨려 들어갔다. 말소리는 점점 사라져 갔고, 차는 엔진 소리를 내면서 작별 인사가 고무공처럼 사방에서 튕겨져나왔다. 나는 테라스로 나갔다. 거기서부터 잠자고 있는 고양이 등처럼 움직이지 않는 호수까지 완만한 경사가 져 있었다. 작은 선창이 있고 보트가 한 척 하얀 밧줄로 매어져 있었다. 별로 멀지 않은 저쪽 물가 가까이에 검고 큰 물새 한 마리가 스케이터처럼 곡선을 그리고 있었다.

나는 천으로 둘러씌운 알루미늄 제품의 소파에 몸을 길게 뻗고 파이프에 불을 붙여 한가로이 연기를 내뿜으면서 도대체 여기서 무엇을 하고 있는 것일까, 하고 생각했다. 로저 웨이드는 마음만 먹으면 언제든지 자기 기분을 억제할 수 있는 인간같이 생각되었다. 롤링한테 무슨 말을 들어도 자제심을 잃지 않았다. 롤링의 뾰족한 턱에 일격을 가했다 해도 이상할 것은 없었다. 그는 규칙에 어긋난 짓을 했는지도 모르지만 롤링이 보다 더 어긋난 짓을 했던 것이다.

규칙이라는 것이 그래도 의미를 지니고 있다면, 곁에 서 있는 아내의 부정을 책망하면서 그 상대방 남자의 얼굴을 장갑으로 치는데, 여러 사람이 있는 방을 선택한 것은 누가 뭐라고 해도 잘못이다. 과음한 탓에 아직 건강도 완전히 회복되지 않은 인간으로서의 웨이드의 태도는 참으로 훌륭했다. 아니, 그 이상이었다. 나는 술 취했을 때 웨이드를 본 일이 없다. 어떠한 상태가 되는지 알지 못한다. 가끔 술을 많이 마시는 정도라면 제정신일 때의 인간과 다른 점이 없다. 진짜 알코올 중독 환자라면 완전히 다른 인간이 된다. 평소와 전혀 다른 인간이 되는 것이다.

가벼운 발소리가 들리고 아이린 웨이드가 테라스를 가로질러 와서 소파 끝에 앉았다.

"어떻게 생각하세요?" 하고 그녀는 조용히 물었다.

"장갑의 신사 말입니까?"

"아니오" 하고 그녀는 미간을 찌푸렸다. 그리고 웃으면서 말했다. "당신은 난폭한 행동을 하는 사람을 싫어하시지요? 훌륭한 의사가 아니라고 말씀드리는 건 아닙니다. 그는 이 지방 사람들 중 반 정도와 그런 장면을 보이고 있어요. 린다 롤링은 결코 흐리멍덩하거나 칠칠치 못한 여자는 아니에요. 보기에도 그렇고, 얘기하는 것도, 행동하는 것도 그렇지 않아요. 롤링 박사가 왜 그런 식으로 생각하고 있는지 알 수가 없어요."

"술을 끊은 사람인지도 모릅니다. 그런 사람 중에는 병적으로 격렬해지는 인간이 적지 않거든요."

"그렇게 생각할 수도 있군요" 하고 그녀는 말하고 호수 쪽으로 눈을 돌렸다. "여긴 정말 조용해요. 이런 곳에서 일할 수 있는 자는 행복하다고 생각하시겠지요……? 작가가 행복해질 수 있는지 없는지는 모르지만." 그녀는 나한테로 몸을 돌렸다. "당신은 로저의 부탁을 거절하셨군요?"

"헛일입니다, 웨이드 부인. 내 힘으로 될 수 있는 일은 아무것도 없습니다. 전에도 말하지 않았습니까? 만일의 사태가 일어났을 때 그 자리에 있게 될지 그건 아무도 모릅니다. 하루 24시간 1분도 방심할 수 없거든요. 다른 일이 전혀 없고 여기에만 매달린다고 해도 불가능합니다. 아무 예고도 없이 정신에 이상이 생기면 어떻게 하겠습니까. 하지만 나는 그가 정신이상이 되리라곤 생각지 않으며, 또 그를 굳건한 의지를 지닌 사람으로 생각하고 있습니다."

그녀는 자기의 두 손을 내려다보았다. "소설만 완성시키면 기분이 훨씬 안정되리라 생각해요."

"내 힘으로는 아무 도움도 되지 않습니다."

그녀는 얼굴을 들었다. 두 손으로 소파 끝을 짚고 몸을 앞으로 내밀었다. "당신이라면 된다고 남편이 생각했다면 꼭 하실 수 있어요. 문제는 그 점입니다. 저희 집 손님이 되고, 보수를 받는다는 것이 마음에 안 드시나요?"

"그에게 필요한 것은 정신병 의사입니다. 엉터리가 아닌 사람을 알고 계신다면."

그녀는 놀란 것 같았다. "정신병 의사요? 왜요?"

나는 파이프의 재를 떨고 호주머니에 넣기 전에 식기를 기다려 손에 들고 있었다.

"풋내기의 의견을 듣고 싶다면 말하지요. 웨이드 씨는 마음속 비밀에 파묻혀 있다고 생각하고 있지만 그것이 무언지 모르고 있습니다. 자기 문제로 양심에 가책받을 만한 비밀이 있을지도 모르고, 타인에 관한 문제인지도 모릅니다. 그걸 모르기 때문에 술을 마시고 싶어지는 거라고 생각하는 겁니다. 무슨 일이 되었든 그것이 술 취했을 때 일어난 일에 틀림없다고 생각하고, 사람이 정말 술에 취하면 무슨 짓을 하게 되는가를 알려 하고 있는 겁니다. 이러한 것은 정신병 의사가 맡아야 합니다. 만일 이 생각이 틀린다면 취하지 않을 수 없기 때문에 술을 마시고 있는 겁니다. 양심에 가책을 받는 비밀이 있다는 말도 구실이 되겠죠. 그럼 아무리 애써도 소설을 쓸 수 없고, 완성시킬 수 없습니다. 왜냐하면 취해 있기 때문입니다. 다시 말해서 술을 마시기 때문에 쓸 수 없는 겁니다. 이와 반대의 경우도 있습니다."

"그럴 리 없어요" 하고 그녀는 말했다. "로저는 뛰어난 재능을 지니고 있어요. 이제부터 쓰는 것이 진짜라고 생각해요."

"풋내기의 의견이라고 했습니다. 당신은 언젠가, 아내에게 애정을 느끼지 않게 되었는지도 모른다고 하신 일이 있었지요. 이 말에도 반대의 경우가 있는 겁니다."

그녀는 집 쪽을 보고, 그런 다음 방향을 바꾸어 집에 등을 돌렸다. 나는 그녀의 시선을 추격했다. 웨이드가 문 안쪽에 서서 우리를 보고 있었다. 내가 보고 있는 동안에 바의 뒤쪽으로 돌아가 병에 손을 내밀었다.

"옆에서 간섭해도 소용없군요" 하고 그녀는 말했다. "이제 간섭하지 않겠어요. 당신이 말씀하신 대로예요, 말로우 씨. 남편에게 맡겨두는 방법 이외에는 다른 길이 없군요."

파이프가 식었기에 호주머니에 넣었다. "우리는 책상 서랍 뒤쪽을 찾고 있지만 아까 있었던 또 하나의 경우는 어떻습니까?"

"저는 남편을 사랑하고 있어요" 하고 그녀는 딱 잘라 말했다. "젊은 처녀와 같은 사랑은 아닐지도 모릅니다. 하지만 사랑하고 있어요. 여자가 젊은 처녀로 있을 수 있는 것은 평생에 한 번뿐이에요. 제가 그 무렵에 사랑하던 남자는 죽었어요. 전쟁으로 죽은 겁니다. 이상한 얘기지만 머리글자가 당신과 같았어요. 벌써 먼 옛날 일이지요. 그런데 정말로 죽었다고 생각되지 않을 때가 가끔 있어요. 시체가 발견되지 않았거든요. 하지만 그런 일은 흔히 있는 일이지요."

그녀는 내 얼굴을 한동안 쳐다보고 있었다.

"물론 항상 있는 일은 아니지만 가끔 사람이 없는 조용한 바나 안정된 호텔의 로비에 들어갔을 때라든지, 아침 일찍이나 밤늦게 기선의 갑판을 거닐고 있을 때, 어둠침침한 구석에서 그가 기다리고 있는 듯한 착각을 합니다." 그녀는 말을 끊고 눈을 떨구었다. "어리석은 생각이지요. 말하는 것도 부끄럽지만 저희들은 무척 사랑하고 있었어요. 평생에 한 번밖에 오지 않는, 믿을 수 없을 정도로 격렬한 사랑이었어요."

기나긴 이별

그녀는 이야기를 마치고 호수를 바라보면서 꿈을 꾸는 것처럼 잠자코 있었다. 나는 다시 한 번 집 쪽을 보았다. 웨이드가 열어젖혀 둔 프랑스식 창 안에서 글라스를 들고 서 있었다. 나는 아이린을 되돌아 보았다. 그녀에게 있어 나는 이미 그곳에 없는 것과 똑같은 존재였다. 나는 일어서서 집으로 들어갔다. 웨이드가 손에 든 글라스의 술은 제법 센 것이었다. 눈이 심상치 않았다.

"내 아내와 얘기가 잘 됐나, 말로우?" 이렇게 말한 입가에 빈정거리는 표정이 떠올랐다.

"손은 안 대네. 그런 뜻으로 물었다면 말이야."

"그런 뜻이지. 요전 날 밤, 키스하지 않았나? 손쉬웠다고 생각할지 모르지만 성공은 어려울 걸세."

나는 그의 곁을 지나치려 했으나 떡 벌어진 어깨가 가로막았다.

"피할 건 없네. 여기 있어 주게. 사립 탐정이 집에 있는 일은 아직까지는 없었네."

"내가 여기 있을 필요는 없네."

그는 글라스를 입에 대고 마셨다. 글라스를 내리자 나를 노려보았다.

"나한테 맞서려면 좀더 시간을 소비해야 하네" 하고 나는 말했다.

"좋아, 코치. 가르쳐 준다는 거지? 주정뱅이를 교육하려 생각해도 헛수고일세. 효과가 없단 말이야. 주정뱅이는 분해하네. 그 과정이 어떤 부분은 무척 즐겁지만," 그는 또 술을 마시고 글라스는 거의 바닥이 났다. "어떤 부분은 무척 지독하단 말이야. 그런데 작은 가방을 든 쌍놈의 자식, 우리 롤링 박사의 명구를 인용하면, 아내한테 접근하지 말게, 말로우. 자네가 내 아내를 좋아하고 있다는 사실은 알고 있네. 누구든지 반하지. 내 아내와 잠자리를 같이 해 보고 싶겠지? 누구든지 그렇게 생각한단 말이야. 함께 꿈을 나누고 아내의 장밋빛 추억의 향기를 함께 맡고 싶겠지. 안 그런가? 나라도 그런 기분이 될지도 모르네. 하지만 서로 나눌 만한 건 아무것도 없네. 아무것도 없단 말이야. 암흑 속에 혼자 남겨질 뿐이야."

그는 술을 마저 마시자 글라스를 뒤집었다.

"이런 식으로 아무것도 없네. 말로우, 아무것도 없단 말이야. 나는 잘 알고 있어."

그는 글라스를 바의 끝 쪽에 놓더니 비틀거리는 발을 굳게 디디면서 계단 위로 걸어갔다. 12계단 정도 올라가자 난간에 기대어 발을 멈추고 경련하듯 웃음을 띠고 나를 내려다보았다.

"시시한 소릴 했지만 용서해 주게. 자넨 좋은 인간이야. 자네한테 무슨 일이 일어날까 봐 걱정이 되네."

"어떤 일이?"

"아내는 아직 첫사랑의 꿈과 같은 애기를 자네한테는 아직 안 했는지도 모르지. 노르웨이에서 행방불명이 된 사나이의 애길세. 자넨 행방불명이 되고 싶지는 않겠지. 자넨 나의 단골 사립 탐정이란 말이야. 내가 세퓔베더 캐니언에 뒤섞여 있는 것을 찾아내 주었지."

그는 잘 닦은 난간을 손바닥으로 원을 그리기 시작했다. "자네가 행방불명이 되면 내가 곤란해지네. 영국 군대와 함께 나간 사나이처럼 행방불명이 되면 곤란하단 말이야. 그 사나이의 행방은 전혀 알 수 없네. 실제로 있었는지도 의문스럽단 말일세. 아내가 꿈을 즐기기 위해서 창작한 건지도 모르지."

"난들 그걸 어떻게 알겠나?"

그는 나를 내려다보았다. 눈과 눈 사이에 깊은 선이 생기고 입은 괴로운 듯 비틀려져 있었다.

"아무한테도 알 수 없네. 아내도 알지 못하고 있는지도 모르네. 갓 난아기는 벌써 지쳤네. 망가진 장난감으로 너무 많이 놀았거든. 그럼, 안녕을 하겠네."

그는 계단을 올라갔다.

나는 선 채로 있었다. 이윽고 캔디가 들어와 글라스를 쟁반에 챙기기도 하고 병에 술이 남아 있는가 살피기도 하면서 바를 정리했다. 나한테는 주의를 기울이지 않았다. 혹은 그렇게 생각되었을 뿐인지도 모른다. 얼마 후에 그가 말했다.

"세뇨르, 한 잔 남아 있습니다. 버리기는 아까워서요." 그는 병을 들어 올렸다.

"자네가 마시게."

"저는 술을 못 마십니다. 맥주 한 잔이면 더 이상은 안 됩니다. 맥주 한 잔 밖에는 못 마십니다." 그는 스페인어로 말했다.

"좋은 일이야."

"주정뱅이는 한 집에 한 명이면 충분하지요?" 하고 그는 나를 보면서 말했다. "저 영어, 잘하지요?"

"훌륭하네."

"하지만 생각할 때는 스페인어로 합니다. 나이프로 생각할 때도 있습니다. 보스는 제가 책임질 분입니다. 아무에게도 도움을 받을 필요는 없습니다. 제가 돌봐 드릴 겁니다."

"잘 돌봐 드리게."

"송충이 같은!" 하고 그는 하얀 이 사이로 말했다. 그리고 글라스와 병을 쟁반에 얹자, 식당 급사처럼 어깨 끝과 손바닥 위에 올려놓았다.

나는 문으로 걸어가 밖으로 나왔다. 내 머릿속에는 여러 가지 생각이 엇갈렸다. 웨이드 집안에는 알코올 이상의 어떤 문제가 있다. 알코올은 외관상의 반응에 지나지 않는 것이다.

이날 밤 늦게 9시 반에서 10시 사이에 나는 웨이드의 전화 번호를 돌렸다. 벨이 여덟 번 울리고 난 다음에 수화기를 놓았는데 손을 떼자마자 벨이 울리기 시작했다. 아이린 웨이드였다.

"지금 누구한테선가 전화가 왔었어요. 당신이 아닌가 생각되었기에 …… 샤워를 하고 있었어요."

"내가 전화를 걸었지만 별다른 일이 있어서가 아닙니다. 헤어질 때 로저가 좀 취한 것 같아서요. 어쩐지 나한테 책임이 있는 것 같은 기분이 들었기 때문에……."

"염려를 끼쳐 죄송해요" 하고 그녀는 말했다.

"깊은 잠을 자고 있어요. 여태까지 그런 일은 없었는데, 롤링 박사가 한 말이 신경을 자극한 걸 거예요. 당신한테도 심한 말을 했으리라 생각해요."

"피곤해서 자고 싶다고 하더군요. 별로 다른 점은 없었습니다."

"그렇게만 말했다면 그렇겠군요. 안녕히 주무세요. 전화 감사합니다, 말로우 씨."

"나는 그렇게만 말했다고는 하지 않았습니다."

한동안 말이 없었다. 그녀가 한참 있다 입을 열었다. "누구든지 엉뚱한 일을 생각할 때가 있게 마련이에요. 로저에 대한 문제를 너무 심각하게 생각지 말아 주세요, 말로우 씨. 보통 사람 이상의 상상력의 소유자예요. 이상한 일은 없지만 다만 술을 마신 것이 나빴어요. 전부 잊어 주세요. 실례된 말을 했으리라 생각되지만……."

"실례요? 그런 일은 없었습니다. 무슨 일이든 전부 알고 있는 것 같더군요. 남편은 자기 자신을 잘 판단하고, 자기가 어떤 인간인가를 분명히 이해할 수 있는 사람입니다. 누구든지 지니고 있다는 그런 재능은 아닙니다. 세상에는 지니고 있지도 않은 위엄을 지켜보려고 헛된 정력을 너무 많이 소모하고 있는 인간이 적지 않습니다. 편히 주무세요, 웨이드 부인."

그녀는 전화를 끊었다. 나는 체스를 꺼냈다. 파이프에 담배를 채우고, 말을 늘어놓았다. 72수로 비기게 되는 고르차코프와 메니킨의 선수권 시합이었다. 무적의 강호가 불패의 적과 상대하는 멋진 싸움이다. 무기가 없는 싸움, 유혈이 없는 전쟁. 인간의 지능을 이만큼 교묘히 낭비시키는 것은 다른 데서는 볼 수 없으리라.

25

아무 일없이 1주일이 지났다. 나는 별로 일답지 않은 일에 쫓기고 있었다. 어느 날 아침 칸 협회의 피터즈가 전화를 걸어와서 세펄베더 캐니언 근처에 간 김에 벨린저 의사의 토지를 들여다보고 왔다고 했다. 그런데 벨린저는 이미 없더라는 거였다. 6개 회사에서 온 측량 기사들이 토지를 분할하기 위해 지도를 만들고 있었는데 그가 말을 건 기사는 벨린저 의사의 이름을 들은 일도 없다는 것이었다.

"불쌍한 생각이 들더군. 토지를 저당잡혔다가 빼앗겨 버린 거야" 하고 그는 말했다. "조사해 봤더니 그들은 벨린저한테 천 달러를 주고 공소권을 포기시켰대. 시간과 비용을 절약하기 위해서지. 분할해서 주택지를 만들면 적어도 백만 달러는 벌게 된다네. 그 점이 범죄와 사업의 다른 점이야. 사업에는 자본이 필요하단 말이야. 다르다는 것은 그런 점뿐이라는 생각도 들지만 말일세."

"그 말에도 일리가 있군. 하지만 범죄도 규모가 커지면 자본이 필요하게 된다네."

"그 자본은 어디서 오나? 술집에 강도질하러 들어가는 놈한테서 오는 게 아니란 걸 알아야 하네. 잘 있게, 한 번 만나서 얘기나 하세."

웨이드가 나한테 전화를 건 것은 목요일 밤 11시 10분전이었다. 목을 울리고 있는 듯한 알아듣기 어려운 목소리였지만, 어쨌든 그의 음성이라는 것은 알 수 있었다. 짧고 빠른 호흡도 들려 왔다.
"엉망이야, 말로우. 무척 심하단 말이야. 어떻게도 할 수 없어. 곧 와 줄 수 없겠나?"
"좋아. 그런데 잠깐 부인을 바꿔 줄 수 없겠나?"
대답이 없었다. 무언가 부서지는 소리가 들리고 침묵이 계속되고 그런 다음에 짧은 동안 무엇을 두드리는 소리가 들렸다. 내가 큰소리로 불러 보았지만 대답은 없었다. 시간이 흘렀다. 이윽고 수화기를 놓는 소리가 나더니 전화가 끊겼다.
5분 후, 나는 차를 달리고 있었다. 웨이드의 집까지 30분 조금 더 걸렸는데 어떻게 해서 그렇게 빨리 달릴 수 있었는지 지금까지도 내 스스로 이해하지 못하고 있다. 신호를 무시하면서 벤튜라 블루버드로 나가 왼쪽으로 돌아 트럭 사이를 누비고 달렸다. 주차하고 있는 차의 바깥쪽에 라이트를 비쳐 급히 튀어나오려는 차를 놀라게 해 주면서 60마일에 가까운 속력으로 엔시노를 통과했다. 붙잡혀도 상관없다는 각오를 가지면 오히려 운이 좋아지는 모양이다. 경관의 추격도 받지 않았고, 사이렌도 들리지 않았다.
머릿속은 웨이드의 집에서 일어나고 있을지도 모르는 일들로 가득 차고, 그것도 유쾌한 일로는 생각되지 않았다. 그녀는 술 취한 정신병자와 함께 있는 것이다. 목뼈가 부러져 계단 아래 쓰러져 있는지도 모른다. 자기 방에 숨어 문을 잠그고, 누군가가 문 밖에서 소리치며 문을 때려 부수고 들어가려 하고 있을지도 모른다. 달빛이 비치는 길을 맨발로 도망치고, 몸집이 큰 흑인이 식칼을 들고 쫓아다니고 있을지도 모른다.
그러나 이러한 광경은 전혀 볼 수 없었다. 차를 문 안에 몰고 들어가 보니 온 집안에는 불이 켜져 있었고 그녀는 열려 있는 현관에서 담배를 입에 물고 서 있었다. 나는 차에서 내리자 바로 그녀 옆으로 갔다. 바지 차림에 목이 열린 셔츠를 입고 있었다. 그녀는 비교적 침착한 태도로 나를 쳐다보았다. 나 혼자 흥분하고 있었던 것이다.

내가 처음 한 말은 엉뚱한 말이었다. "당신은 담배를 못 피우는 줄 알았는데⋯⋯?"

"어머! 그렇군요. 못 피워요." 그녀는 담배를 입에서 떼자 바닥에 버리고 밟았다. "담배 피우는 일은 거의 없어요. 남편이 벨린저를 불렀어요."

조용한 밤의 물 위에서 듣는 듯한 침착한 음성이었다.

"그럴 리가 없어요" 하고 나는 말했다. "벨린저는 벌써 거기서 안 살고 있는지가 오랩니다. 나를 부른 겁니다."

"당신이었어요? 전화를 걸고 곧 와 달라고 하기에 벨린저인줄 알았어요."

"어디 있습니까?"

"넘어졌어요. 의자가 떨어져 있던 것을 생각 못했던 것 같아요. 전에도 그런 일이 있었어요. 머리를 뭔가로 뱄어요. 대단한 상처는 아니지만 출혈이 좀 있었어요."

"다행입니다. 피투성이가 되면 곤란하지요. 어디 있느냐고 물었는데요?"

그녀는 심각한 표정으로 나를 보았다. 그리고 손가락으로 가리키면서 말했다. "저쪽 어딘가에 있어요. 길옆이 아니면 울타리를 따라 나 있는 덤불 속에."

나는 몸을 앞으로 내밀어 그녀의 얼굴을 들여다보았다. "왜 찾지 않았습니까?" 나는 그때야 비로소 그녀가 충격을 받고 있음을 알아차렸다. 머리를 돌려 잔디 쪽을 보았다. 아무것도 보이지 않았다. 울타리 근처가 검게 그늘져 있었다.

"저는 찾지 않았어요" 하고 그녀는 침착하게 말했다. "당신이 찾아 주세요. 지긋지긋해요. 전 이 이상은 견딜 수가 없어요. 미안하지만 당신이 찾아 주세요."

그녀는 집으로 향하더니 문을 열어 둔 채 안으로 들어갔다. 그리고 1야드 정도 걷자 무너지듯 바닥에 쓰러지고 움직이지 않았다. 나는 얼른 그녀를 안아 올려, 길쭉한 금빛 칵테일 테이블을 사이에 두고 마주 놓인 한 소파에 뉘였다. 맥박을 짚어 보았지만 특히 약하지도 않고 어지럽지도 않았다. 눈은 감겨 있었고 눈꺼풀은 파랬다. 나는 그녀를 그 자리에 남겨 두고 밖으로 나갔다.

웨이드는 그녀가 손가락으로 가리킨 곳에 있었다. 길게 옆으로 쓰러져 있었다. 맥박이 빠르고 호흡도 고르지 않았다. 뒤통수에 거무칙칙한 것이 덩어리져 달라붙어 있었다. 나는 말을 걸고 몸을 흔들었다. 손바닥으로 얼굴을 두드렸다. 입 안에서 무언가 중얼거리고 있었으나 제정신으로 돌아오지 않았다. 나는 그를 안아 일으켜 한쪽 팔을 올려 어깨에 메고 등에 업으면서 한 팔을 잡았다. 헛일이었다. 그는 시멘트 덩어리처럼 무거웠다. 우리는 잔디 위에 주저앉았다. 나는 호흡을 조절하여 다시 한 번 시도했다. 소방수가 하는 것처럼 등에 메고, 열려 있는 현관문을 향해 잔디를 가로지르기 시작했다. 태국까지 왕복하는 거리로 생각되었다. 포치의 2층 계단이 10피트나 되는 것처럼 느꼈다. 간신히 소파까지 이르자 힘이 다 빠져 내던졌다. 한참 후에 일어섰을 때는 척추가 적어도 세 곳은 부러진 것처럼 느껴졌.

아이린 웨이드는 그곳에 없었다. 나는 누가 어디에 있든 상관없을 정도로 지쳐 있었다. 의자에 앉아 그를 바라보며 호흡이 가라앉는 것을 기다렸다. 그런 다음 그의 머리를 살펴보았다. 피가 범벅이 되어 있고 머리카락이 엉겨 있었다. 대단한 상처는 아닌 것 같았지만 머리의 상처는 마음 놓을 수 없는 것이다.

어느 사이엔가 아이린 웨이드가 내 곁에 서 있었다. 그런데 그녀는 아까와 다름없는 얼빠진 표정으로 그를 내려다보고 있었다.

"정신을 잃어서 미안해요" 하고 그녀는 말했다. "왜 정신을 잃었는지 저도 모르겠어요."

"의사를 부르는 편이 좋을 것 같소."

"롤링 씨에게 전화했어요. 저는 늘 그분한테 진찰받고 있어요. 그런데 오고 싶지 않다고 했어요."

"그럼 다른 의사를……."

"온다고 했어요. 오고 싶지는 않지만, 되도록 빨리 오겠다고 했어요."

"캔디는?"

"쉬는 날이에요. 오늘이 목요일이니까. 조리사와 캔디는 목요일이 휴일이지요. 이 근처에서는 어느 집이나 다 그렇게 해요. 침대까지 데리고 갈 수 있을까요?"

"혼자로는 어렵습니다. 무릎덮개나 담요를 가지고 와요. 오늘밤은 따뜻하지만 이런 때는 폐렴에 걸리기 쉽습니다."

그녀는 무릎덮개를 가지고 오겠다고 했다. 그렇게 말한 그녀한테서 여성의 상냥함을 느꼈다. 하지만 내 머리의 활동은 정확하다고는 할 수 없었다. 그를 운반했기 때문에 완전히 녹초가 되어 있었던 것이다.

우리는 그에게 무릎덮개를 덮었다. 15분 정도 지나서 롤링 박사가 나타났다. 언제나처럼 빳빳한 칼라에 테 없는 안경을 쓰고, 병에 걸린 강아지를 씻어 달라고 부탁받은 듯한 표정을 하고 있었다.

그는 웨이드의 머리를 살펴보았다. "외상뿐입니다. 뇌진탕의 염려는 없습니다. 이 호흡을 보면 증세를 분명히 알 수 있을 겁니다."

그는 모자에 손을 뻗고, 가방을 들었다.

"따뜻하게 해 주십시오" 하고 그는 말했다. "머리를 깨끗이 씻기고 피를 닦아 두는 편이 좋아요. 한잠 자고 나면 회복될 겁니다."

"그런데 저 혼자서는 2층에까지 옮길 수가 없습니다."

"그럼 이대로 두면 됩니다." 그는 내가 있다는 사실을 무시하는 듯이 말했다. "편히 주무십시오, 부인. 아시다시피 저는 알코올 중독 환자의 진찰은 하지 않습니다. 설사 진찰했다고 해도 남편을 제 환자로 받아들일 수는 없습니다. 잘 알고 계시리라 생각합니다."

"치료를 부탁한 게 아닙니다"라고 나는 말했다.

"침실까지 옮기는 것을 도와 주셨으면 합니다. 옷을 벗기지 않으면 안 되거든요."

"당신은 누구시죠?"

"말로우라고 하지요. 1주일 전에 뵌 일이 있지요. 당신 부인한테 소개받은 일이 있습니다."

"그렇군요," 하고 그는 말했다. "어떻게 내 아내를 알았습니까?"

"그런 건 아무래도 상관없지 않을까요? 나는 단지……"

"당신과 말할 필요는 없습니다." 그는 아이린한테 가볍게 머리를 숙이고 나가려 했다. 나는 그와 문 사이에 파고들어가 문을 등 뒤로 하여 가로막았다.

"잠깐! 당신이 '히포크라테스의 선서(의학학위를 받을 때 하는 선서)'를 한 것은 꽤 오래된 일이겠지만 이게 의사로서 할 수 있는 태도입니까? 이 사람은 나에게 전화를 걸었습니다. 나는 여기서 제법 먼 곳에 살고 있습니다. 낌새가 이상해서 주의 교통 규칙을 전부 위반하고 달려왔습니다. 그가 땅 위에 쓰러져 있는 것을 찾아내 가지고 여기까지 업고 왔습니다. 가벼운 사람이 아닙니다. 일하는 사람도 없고, 2층까지 옮기는데 도와 줄 만한 사람은 한 사람도 없습니다. 그래도 그냥 돌아가겠다는 겁니까?"

"비켜 주게" 하고 그는 이 사이로 말했다.

"그렇지 않으면 전화를 걸어 보안관을 부르겠어. 나는 의사를 직업으로 하고 있는 사람으로서……."

"벼룩의 똥만도 못한 인간이군!" 하고 나는 그의 앞에서 비켜났다.

그의 얼굴이 새빨개졌다. 목으로 침을 삼켰다. 그리고 문을 열고 밖으로 나갔다. 문을 닫을 때 내 얼굴을 보았다. 그렇게 기분 나쁜 눈을 본 기억이 없었고, 또 그렇게 기분 나쁜 표정도 본 일이 없었다.

내가 문에서 눈을 옮기자 아이린이 웃고 있었다. "뭐가 우습습니까?" 하고 그녀에게 대들었다.

"당신 때문이지요. 아무한테나 그런 말을 하시는군요. 롤링 박사가 어떤 집단의 의사인지 아세요?"

"알고 있지요. 어떤 인간인가도 알고 있소."

그녀는 손목시계를 보았다. "캔디가 돌아왔을 시간이에요"라고 그녀는 말했다. "보고 올게요. 차고 뒤에 방이 있어요."

그녀는 두 건물을 잇는 복도로 나갔다. 나는 의자에 앉아 웨이드를 바라보았다. 위대한 인기 작가는 코를 골고 있었다. 얼굴에 땀이 배어 있었지만 무릎덮개는 그대로 덮어 두었다. 1, 2분 후 아이린이 돌아왔다. 캔디도 함께였다.

26

멕시코인인 캔디는 흑과 백의 격자무늬 운동 셔츠에 주름이 많이 잡힌 바지, 허리띠는 없고, 깨끗이 닦은 흑과 백의 벅스킨 구두를 신고 있었다. 숱이 많은 검은 머리는 깨끗이 뒤로 빗겨 있었고, 머리 기름이나 크림으로 번쩍번쩍 빛나고 있었다.

"세뇨르" 하고 그는 사람을 깔보는 듯한 절을 했다.

"말로우 씨를 도와서 남편을 2층으로 옮겨 줘, 캔디. 넘어져서 다치셨어. 수고 끼쳐 미안하지만."

"별말씀을 다 하십니다. 세뇨라" 하고 캔디는 미소를 띠고 말했다.

"저는 먼저 쉬어야겠어요" 하고 그녀는 나에게 말했다. "완전히 지쳤어요. 시키실 일이 있으시면 무슨 일이든지 캔디한테 시키세요."

그녀는 천천히 계단을 올라갔다. 캔디와 나는 그녀의 뒷모습을 지켜보고 있었다.

"참 좋은 여자지요." 그는 비밀 이야기라도 하는 것처럼 은근한 투로 말했다. "오늘 밤은 쉬었다 가십니까?"

"아니."

"그건 참 유감입니다. 부인은 무척 쓸쓸해 하고 계십니다." 그는 스페인어로 지껄였다.

"묘한 눈으로 보지 말게. 자, 침대로 옮기세."

그는 소파 위에서 코를 골고 있는 웨이드를 딱하다는 듯이 보았다. "불쌍하게도," 그는 진심으로 그렇게 생각하고 있는 것처럼 다시 스페인어로 중얼거렸다. "엉망진창으로 취했군."

"취한 건 사실이지만 몸은 작지 않아" 하고 나는 말했다. "다리를 들게."

우리는 그를 안았다. 두 사람이 덤볐어도 그는 납으로 만든 관처럼 무거웠다. 계단을 오르고 발코니를 따라 걸어가 닫혀 있는 문 앞을 지나갔을 때, 캔디가 턱으로 문을 가리켰다.

"세뇨라입니다" 하고 그는 속삭였다. "가만히 두드리면 안에 들어오게 해 줄지도 몰라요."

나는 그가 필요했기 때문에 아무런 말도 하지 않았다. 우리는 다른 방에 들어가 웨이드를 침대에 눕혔다. 그런 다음에 나는 캔디의 어깻죽지를 움켜잡고 손가락에 힘을 주었다. 그는 눈을 깜박깜박하고 굳은 표정으로 변했다.

"이름이 뭐야?"

"이 손 놔요!" 그는 대들었다. "나를 업신여기지 마시오. 나는 밀입국 같은 건 하지 않았단 말이오. 내 이름은 프안 가르샤 데 소트이 소토마이요르, 칠레 인이오."

"알았어, 돈 후안(Don Juan. 방탕한 생활을 한 스페인의 전설적 귀족의 이름에서 '방탕아'나 '바람둥이'를 일컬음). 이 집에 있을 때는 말조심해. 일하게 해 주는 사람한테 실례되는 말을 하는 게 아냐."

그는 내 손을 뿌리치고 뒤로 물러섰다. 검은 눈이 분노로 불탔다. 한 손이 셔츠 안으로 미끄러져 들어가 길고 가느다란 나이프를 꺼냈다. 나이프에 시선을 옮기지 않고 칼끝을 손바닥 안에 잡고 균형을 잡자 빠른 속도로 손을 아래로 내리고 공중에서 칼자루를 잡았다. 순간적이고 기계적인 동작이었다. 손이 어깨 높이까지 올라가 힘있게 앞으로 내밀었다. 나이프는 허공을 날아 창문틀에 꽂혀 가늘게 떨었다.

"조심하는 편이 좋을 거요, 세뇨르." 그는 비웃듯이 말했다. "나한테 손대지 마. 아무도 날 얕보게 내버려 두지 않는단 말이야."

그는 가벼운 몸짓으로 방을 가로질러 나이프를 창문틀에서 뽑아 들자 허공에 던져 발끝으로 빙그르르 돌게 하고 등 뒤로 나이프를 받아 냈다. 다음 순간에 나이프는 셔츠 안에 들어가 있었다.

"훌륭한 솜씨군" 하고 나는 말했다. "하지만 구경거리에 지나지 않네."

그는 기분 나쁜 웃음을 띠면서 나에게 접근해 왔다.

"까불면 팔꿈치를 꺾일지도 모르지" 하고 나는 말했다. "이런 식으로 말이야."

나는 그의 바깥쪽 손목을 잡고 몸의 균형을 잃게 하여 팔을 뒤로 비틀어 올리고 팔꿈치의 관절 바깥쪽에 내 팔을 대고 힘을 가했다.

"조금만 더 힘을 주면 팔꿈치가 부러지네. 나이프 던지기를 수개월 동안 폐업하지 않을 수 없게 되지. 더 힘을 주면 손은 평생 못 쓰게 되네. 알겠어? 웨이드 씨의 구두를 벗기게!"

나는 손을 놓았다.

그는 엷은 웃음을 보였다.

"멋진 수법이야. 기억해 두겠소."

그는 웨이드한테 가까이 가서 한쪽 구두에 손을 내밀었으나 곧 멈추었다. 베개에 피가 배어 있었다.

"누가 보스를 베었어?"

"내가 아니야. 넘어져서 머리를 다친 거야. 대단한 상처는 아니야. 의사가 와서 그렇게 말했네."

"넘어지는 걸 봤소?"

"내가 오기 전이야. 너는 그를 좋아하는 모양이군."

그는 대답하지 않고 구두를 벗겼다. 우리는 웨이드의 옷을 벗기고 캔디가 녹색과 은빛이 섞인 파자마를 꺼내왔다. 웨이드에게 파자마를 입히고 침대에 뉘고 모포를 덮었다. 아직도 땀을 흘리고 코를 골고 있었다. 캔디는 천천히 머리를 흔들고 슬픈 듯이 내려다보고 있었다.

"누군가 여기 있어야 해. 옷을 갈아입고 오겠소" 하고 그는 말했다.

"너는 자도 돼. 내가 여기 있을 테니까. 일이 있으면 부르지."

"잘못되면 용서 안 해, 알았지?" 하고 그는 조용한 목소리로 말했다.

그는 방을 나갔다. 나는 욕실에 가서 물 축인 헝겊과 두꺼운 타월을 가져왔다. 웨이드의 몸을 약간 움직여 베개 위에 타월을 깔고, 상처에 닿지 않도록 가만히 닦았다. 2인치 정도의 상처가 보였다. 대단한 상처는 아니었다. 롤링 박사가 말한 것이 절반은 사실이었다. 꿰매도 좋을 것 같이 생각되었지만 아마 그럴 필요는 없었던가 보다. 나는 가위를 찾아 상처 주위의 머리카락을 깎고 반창고를 붙였다. 그리고 위로 눕혀 얼굴을 닦았다. 이것이 잘못이었다.

그는 눈을 떴다. 처음에는 분명히 보이지 않는 것 같았지만 점차 초점이 자리잡고 침대 옆에 서 있는 나를 발견했다. 한쪽 손이 머리 쪽으로 움직였고 반창고에 닿았다. 입술이 무언가 중얼거렸고 이윽고 말소리가 분명해졌다.

"누가 나를 쳤나? 자넨가?"

"아무도 자넬 치지 않았네. 넘어진 거야."

"넘어졌어? 언제? 어디서?"

"어딘지는 모르지만, 자네가 전화를 걸고 있었을 때야. 나를 오라고 하더군. 넘어지는 소리가 들렸네. 수화기를 통해서 말이야."

"자네한테 전화를 걸었다고?" 그는 엷은 웃음을 띠었다. "항상 대기하고 있어 주는군. 지금 몇 신가?"

"밤 1시가 넘었네."

"아이린은?"

"쉬고 있네. 쇼크가 컸던 모양이야."

그는 내가 한 말을 잠자코 생각하고 있었다. 눈에 고통스러운 빛이 떠올랐다. "혹시, 내가……?" 그 뒤는 말하지 않고 한쪽 눈을 찡긋해 보였다.

"내가 알고 있는 범위 내에서는 부인한테 손대지 않았던 것 같네. 다만 밖으로 비실비실 걸어 나가 울타리 옆에서 기절했네. 말하지 말게. 더 자지 않으면 안 되네."

"자지 않으면," 하고 그는 어린아이가 공부하고 있을 때 복창하는 것처럼 낮은 소리로 천천히 말했다. "어떻게 하면 좋겠나?"

"약을 먹으면 어떤가? 있나?"

"서랍에 있네. 나이트 테이블의 서랍이야."

나는 서랍을 열고 빨강 캡슐이 들어 있는 플라스틱 병을 찾아냈다. 세코날, $2\frac{1}{2}$ 글레인. 처방 롤링 박사.

나는 캡슐을 두 개 꺼내 병을 제자리에 갖다 놓고 나이트 테이블의 보온병 물을 글라스에 따랐다. 그는 캡슐이 하나면 된다고 했다. 그리고 캡슐을 목구멍에 흘려 넣고, 드러누워 천장을 바라보았다. 제법 시간이 흘렀다. 나는 의자에 앉아 그를 지켜보고 있었다. 잠든 것 같은 기미는 보이지 않았다. 이윽고 그는 천천히 입을 열었다.

"생각난 게 있네. 들어 주겠나, 말로우? 시시한 말을 썼네. 아이린에게 보이고 싶지 않단 말이야. 커버가 씌워져 있는 타이프라이터를 봐 주게. 찢어 없애 주었으면 하네."

"알았네. 생각난 건 그것뿐인가?"

"아이린은 괜찮나? 정말 아무 일 없어?"

"염려없네. 피로해 있을 뿐일세. 그만 생각하게. 내가 물어본 게 잘못이었어."

"그만 생각하라고······." 졸린 듯한 목소리였다. 자기 자신에게 타이르고 있는 듯한 말투였다. "생각하지 말자, 꿈꾸지 말자, 사랑하지 말자, 미워하지 말자······ 편히 주무십시오, 다정한 왕자님. 한 알 더 먹겠네."

나는 물과 함께 캡슐을 주었다. 그는 다시 누웠다. 이번에는 내 얼굴을 볼 수 있도록 머리를 이쪽으로 향해 옆으로 누웠다. "아이린한테 보이고 싶지 않은 걸 썼단 말이야."

"아까 들었네. 자네가 잠들고 난 다음에 치우지."

"고맙네. 자네가 있어서 마음이 놓이네. 정말 안심이 된단 말이야."

"사람을 죽인 일이 있나, 말로우?"

"있네."

"좋은 기분이 아니지?"

"죽이는 걸 좋아하는 인간도 있네."

눈이 감겼다. 그리고 다시 떴지만 아무것도 보고 있지는 않았다.

"어째서 좋아진다는 말인가?"

나는 대답하지 않았다. 눈꺼풀이 다시 내리덮였다. 극장에서 막이 내릴 때처럼 시간이 걸렸다. 코고는 소리가 들리기 시작했다. 나는 한참 기다렸다가 전등을 어둡게 하고 방에서 나왔다.

27

나는 아이린의 방 앞에서 발을 멈추고 귀를 기울였다. 아무 소리도 들리지 않았기 때문에 노크는 하지 않았다. 웨이드가 어떻게 되었나 알고 싶다면 물어보러 올 것이다. 아래층에 내려갔더니 거실은 밝고 공허하게 느껴졌다. 나는 불을 몇 개쯤 껐다. 정면의 문 옆에서 발코니를 올려다 보았다. 거실의 중앙부는 집과 같은 높이까지 내부가 뚫려 있고 노출된 대들보가 옆으로 걸쳐져 있었다. 발코니는 폭이 넓고 3피트 반은 됨직한 튼튼한 난간이 있었다. 식당과의 경계에는 이중의 셔터가 있었다. 식당 위는 하인들의 거실인 것 같았다. 2층의 같은 부분은 벽으로 막혀 있는 것을 보니, 주방으로부터 통하는 계단이 있을 것이다. 웨이드의 방은 이 집의 모퉁이에 자리잡고 있고, 서재 바로 위에 위치하고 있었다. 열려 있는 문에서 흘러 들어오는 불빛이 높은 천장을 비추고 있었다. 내가 서 있는 위치에서는 입구의 윗부분 밖에는 보이지 않았다.

나는 스탠드 하나만 남기고 불을 전부 끄고 서재로 들어갔다. 문은 닫혀 있으나 가죽으로 싼 소파 옆의 스탠드와 데스크 램프가 켜져 있었다. 타이프라이터는 데스크 램프 옆의 튼튼한 받침 위에 있었고,

책상 위에는 노란 종이가 난잡하게 널려 있었다. 나는 의자에 앉아 방 안을 관찰했다. 어떡하다 머리에 부상을 입었는가를 알고 싶었던 것이다. 수화기를 왼쪽에 두고 책상으로 향했다. 의자 스프링은 딱딱한 편이었다. 몸을 옆으로 틀어 자빠지면 머리를 책상 모서리에 부딪치게 될지도 몰랐다. 손수건을 적셔 책상을 문질렀다. 피는 물론, 아무것도 묻어나지 않았다.

책상 위에는 여러 가지 물건이 있었다. 책을 사이에 끼운 한 벌의 청동제 코끼리 책꽂이나 구식의 네모꼴 유리 잉크병도 있었다. 살펴보았지만 핏자국은 없었다. 당연한 일이었다. 누군가가 그를 때렸다고 해도 흉기가 방 안에 그대로 있다고는 할 수 없다. 게다가 이 집에서 그런 짓을 할 사람은 없을 것이다. 나는 일어서서 천장의 전등을 켰다. 광선이 방 안 어두운 구석까지 비치면서 문제는 간단히 풀어졌다. 네모난 휴지통이 벽 가까이에 뒹굴고 있었으며, 종이가 흩어져 있었다. 휴지통이 걸어갔을 리는 없다. 내던져진 것이 아니면 발길로 차인 것에 틀림없다. 나는 휴지통 모서리의 뾰족한 곳을 물에 적신 손수건으로 닦아 보았다. 거무칙칙한 피가 묻어났다. 웨이드는 넘어지면서 휴지통 모서리에 머리를 찧고, 일어난 다음 홧김에 방구석으로 휴지통을 차 던졌던 것이다.

그리고 결국에 그는 다시 술을 한 잔 마셨을 것이다. 술은 소파 앞의 칵테일 테이블 위에 있었다. 빈 병, 그리고 4분의 3 정도 남은 또 다른 병, 물이 들어 있는 보온병에, 얼음이 녹아 물이 된 은제 얼음통. 커다란 글라스가 하나 놓여 있었다.

술을 마시고 조금은 기분이 좋았던 모양이다. 수화기가 제자리에 있지 않은 것을 알아차렸지만 누구하고 통화했는가를 잊어버렸던 것일 게다. 그래서 아무 생각없이 수화기를 제자리에 올려놓았던 것이다. 시간도 비슷하게 맞는다. 그런데 전화라는 것은 이상한 힘을 지니고 있다. 기계에 쫓기고 있는 현대인은 전화를 사랑하고, 미워하고, 두려워하고 있지만 그 기능에 경의를 표해야 한다는 것을 잊지 않는다. 아무리 술 취했다 해도 잊지 않는다. 그것은 신앙에 가까운 기분인 것이다.

보통 인간이라면 수화기를 제자리에 놓기 전에 일단은 "여보세요, 여보세요" 하고 불러 본다. 그러나 술에 취해 정신을 잃고 바닥에 쓰러졌다면 반드시 그렇다고는 단언할 수 없다. 하기야 그것은 아무래도 좋았다. 아이린이 들어와 수화기를 제자리에 갖다 놓았는지도 모르는 일이다. 그가 넘어지는 소리와 휴지통이 벽에 부딪치는 소리를 듣고 서재로 달려온 것이다. 그런데 웨이드는 그 무렵 마지막 한 잔이 효력을 나타내기 시작하여 비틀거리며 집을 나가 잔디밭을 가로질러 내가 찾아낸 곳까지 가서 정신을 잃었는지도 모른다. 누군가가 서재에 들어온 것을 알았다고 해도 그것이 누군지는 분별하지 못했으리라. 벨린저 박사라고 여겼는지도 모른다.

여기까지는 말이 된다. 그러면 그의 아내는 어떻게 했을까? 힘에 부치고 무슨 말을 해도 헛일이었기 때문에 그를 무서워했는지도 모른다. 그렇다면 누군가를 부를 수밖에 없다. 고용인들이 없었기 때문에 전화로 부르는 방법밖에는 없다.

아이린은 확실히 전화를 걸었다. 롤링 박사를 부른 것이다. 그러나 내가 온 다음에 불렀음이 틀림없다. 내가 왔을 때는 박사를 불렀다고 말하지 않았다.

여기서부터 사리에 안 맞는다. 보통의 경우라면 그를 찾고 부상했는가의 여부를 확인할 것이다. 따뜻한 여름밤이니 얼마 동안 땅에 누워 있어도 그리 큰 해는 없을 것이다. 어차피 꿈적도 하지 않을 터이고, 나조차도 젖먹던 힘까지 다 써야 했으니……. 하지만 그렇다고 활짝 열린 입구에서 멍하니 담배를 입에 물고 있는 그녀를 발견하리라고는 아무도 생각지 못할 것이다. 하지만 그녀가 어떠한 경험을 했는가! 술 취한 웨이드는 얼마나 위험하고, 그러한 그에게 다가가는 것이 그녀에게는 얼마나 두려운 일인지 나는 몰랐다. 내가 왔을 때, "나는 이제 지쳤어요"라고 그녀가 말했다. "당신이 찾아 주세요." 그런 다음에 집 안에 들어가 정신을 잃었다.

나는 여전히 아이린의 말이 마음에 걸렸지만 아무래도 납득할 만한 해석을 얻을 수가 없었다. 같은 일이 여러 번 되풀이되고, 그녀의 힘만으로는 도저히 감당해낼 수 없다는 것을 알았기 때문이라고 생각할 수밖에 없었다. 그럴 것이다. 되어 나가는 상황에 맡겨 둘 수밖에 없었다. 그를 옮겨 줄 수 있는 사람이 올 때까지 기다릴 수밖에 다른 방법이 없었던 것이다.

그래도 기분은 시원하지 않았다. 또 캔디와 내가 그를 2층으로 옮기고 있을 때, 자기 방에 들어가 버린 것도 석연치 않았다. 그녀는 남편을 사랑하고 있다고 분명히 말했다. 웨이드는 그녀의 남편이며, 결혼한 지 5년이나 되고, 제정신일 때는 무척 좋은 사람이다——라고 그녀는 말했다. 그러나 술에 취한 그는 다른 인간인 것이다. 곁에 가면 위험한 것이다. 좋아, 잊어버리자! 그러나 역시 마음에 걸린다. 그렇게까지 공포를 느끼고 있었다면 열려 있는 입구에서 담배만 피우고 있을 리가 없는 것이다. 못마땅하게 생각한다고 해서 기절할 까닭은 없는 것이다.

무엇인가 다른 이유가 있다. 여자 문제인지도 모른다. 그것을 알았기 때문이다. 린다 롤링? 그럴지도 모른다. 롤링 박사는 그렇게 생각하고, 여러 사람 앞에서 공언했다.

나는 생각하는 것을 그만두고 타이프라이터의 커버를 벗겼다. 문제의 노란 종이가 몇 장 거기에 있었다. 아이린이 보지 않도록 내가 찢어 버려야 할 것들이다. 나는 그 종이를 소파로 가지고 갔다. 술을 마시면서 읽어 보는 편이 낫다고 생각했기 때문이다. 서재 옆에 간단한 설거지대가 붙어 있었다. 나는 큰 글라스를 씻어서 술을 가득 따르고 의자에 앉아 읽기 시작했다. 내가 읽은 내용은 정말 상상조차 할 수 없는 문장이었다. 내용은 이러했다.

28

보름달에서 나흘이 지나 벽에 달빛이 네모로 비치고 커다란 장님의 눈처럼 나를 보고 있다. 벽의 눈이다. 시시하군. 어리석은 비유다. 이런 게 작가다. 무엇이든 다른 것과 비교해 본다. 내 머릿속은 거품이 인 크림처럼 둥실둥실 떠 있지만 크림처럼 달지는 않다. 또 비유다. 시시한 직업이다. 생각만 해도 구토증이 일어난다. 어차피 속도 울렁거리니 아마 토하게 될 것이다. 그렇게 재촉하지 말고 시간을 주게. 명치 속의 벌레가 기고 또 기고 기어서 돌아다닌다. 침대에 좀 드러눕고 싶다. 그러나 침대 밑에서 검은 짐승이 버석버석 소리 내며 기어 다니다가 구부린 등에 침대가 쿵하고 울리면, 나는 나밖에 들을 수 없는 소리로 외친다. 꿈속의 외침, 악몽 속의 외침. 아무것도 두려워할 것은 없고, 두려워할 것이 없기에 나는 두려워하지 않는데, 그래도 한 번은 침대에 드러누워 있을 때 검은 짐승이 그런 식으로 침대 밑에 쿵하고 부닥뜨려서 나는 사정(射精)했다. 그 일은 내가 지금까지 당한 어떠한 기분 나쁜 일보다도 나를 더 기분 나쁘게 했다.

몸이 더럽다. 수염을 깎지 않으면 안 된다. 손이 떨린다. 땀이 흐른다. 내 자신도 냄새가 나서 못 견딜 지경이다. 팔의 안쪽에서 셔츠가 젖고 있고, 가슴도 등도 젖어 든다. 소매는 팔꿈치까지 젖어 있다. 이젠 두 손을 쓰지 않으면 술을 따를 수 없다. 기분을 안정시키기 위해 병을 입에 대고 한 모금 마시면 되지 않는가? 기분 나쁜 맛이다. 그리고 조금도 마음은 안정되지 않는다. 나중에는 잠까지 이루지 못하게 되어 전 세계가 학대받은 신경의 공포 속에서 신음하게 될 것이다. 어떤가? 맛있나, 웨이드? 더 마시게.

처음 이틀이나 사흘 동안은 좋지만 그 후부터가 좋지 않다. 괴롭기 때문에 마시면 얼마 동안은 기분이 낫지만 값이 점점 높아져, 얻는 것은 점점 적어지고 마침내는 구토증만 남게 된다. 그러면 벨린저를 부른다. 자, 벨린저. 지금 간다. 그러나 벨린저는 없다. 쿠바에 갔거나 죽은 것이다. 여왕이 그를 죽여 버렸다. 여왕과 침대에서 함께 자다가 죽다니 얼마나 가련한 운명인가! 더욱이 그런 여왕과. 자, 웨이드, 일어나서 어딘가로 가세. 아직 가 본 적도 없고 두 번 다시 되돌아올 수 없는 곳으로. 이 문장은 뜻을 이루고 있을까……? 뜻을 이루고 있지 않다고? 좋아, 돈을 받겠다고는 하지 않네. 여기서 긴 광고 방송을 위해 짧은 휴식.

마침내 해냈구나! 일어선 것이다. 나는 소파까지 가서 지금 소파 옆에 무릎을 꿇고 두 손을 소파 위에 올려놓고, 얼굴을 두 손 위에 파묻고 울고 있다. 그런 다음에 나는 기원했다. 그리고 기원한 내 자신을 경멸했다. 삼류 술주정뱅이가 자기 자신을 혐오하고 있는 것이다. 도대체 무엇을 기원하고 있는 거냐? 건강한 인간이 기원하면 그것은 신앙이다. 병든 인간이 기원하는 것은 단순한 두려움의 표현에 지나지 않는다. 기원 같은 것? 시시하다! 이 세계는 자네가 만들었다. 자네 혼자서 만든 것이며, 외부의 원조는 거의 받지 않았다. 그렇다. 자네가 그렇게 만든 것이다. 기원 따위 그만둬라. 일어나서 그 술을 마시라. 이젠 무엇을 하든 다른 일은 모두 때가 늦었다.

나는 병을 잡았다. 두 손으로다. 글라스에 따를 수도 있었다. 거의 한 방울도 흘리지 않았다. 구토증만 생기지 않으면 좋겠는데……. 물을 좀 섞는 편이 좋다. 자, 조용히 들어 올리도록 해라. 천천히. 단번에 그렇게 많이 마시면 안 돼. 따뜻해 온다. 더워지기 시작한다.

땀이 안 나오도록 막을 수만 있으면 참 좋겠는데……. 글라스는 비었다. 다시 테이블 위에 놓여 있다.

달빛은 안개로 희미해졌지만 작은 장미 가지를 키가 큰 화병에 꽂을 때처럼 충분히 주의하여 글라스를 테이블 위에 놓을 수가 있었다. 장미꽃은 이슬을 머금고 머리를 숙이고 있다. 내가 장미꽃인지도 모른다. 내가 이슬을 머금고 있다는 말인가? 자, 2층으로 가자. 출발에 앞서 한 잔 더 할까? 안 돼? 자네가 그렇게 말한다면 할 수 없지. 내가 2층에 올라가거든 갖다 주게. 2층에 간다면 무언가 즐거움이 필요하네. 무사히 올라가면 보수를 받을 권리가 있네. 내가 나한테 표하는 경의야. 나는 스스로에게 이 정도로 아름다운 애정을 품고 있다. 더욱이 좋은 것은, 이 애정에는 경쟁자가 없다는 점이다.

2층. 올라갔다 내려왔다. 2층은 싫다. 고도가 심장을 두근거리게 만든다. 그런데 나는 타이프라이터의 키를 치고 있다. 잠재의식이란 것은 훌륭한 마술사다. 항상 활동해 준다면 이보다 좋은 일은 없을 텐데……. 2층에 달빛이 비치고 있었다. 아마 같은 달일 게다. 달은 변덕쟁이가 아니다. 우유 배달처럼 정확하게 와서 정확하게 가고, 달의 우유는 언제나 마찬가지다. 우유의 달은 언제나……잠깐 기다려. 탈선하면 안 된다. 달의 체험기에 참견하고 있을 때가 아니다. 아이도르 봐레 주민들의 작태만 적기에도 벅찬 입장이다.

그녀는 옆으로 누운 채 숨소리도 내지 않고 자고 있다. 무릎이 꾸부러져 있었다. 너무 조용하다고 나는 생각했다. 잠자고 있을 때는 무언가 소리를 내게 마련이다. 더 가까이 가 보았다면 소리를 들었을지도 모른다. 그녀의 한쪽 눈이 뜨였다. 아니, 정말 뜬 것일까? 나를 본 것일까? 아니, 일어나서 속이 좋지 않으세요? 하고 물어볼 것이다. 그래, 속이 좋지 않아서 그래. 하지만 신경 안 써도 돼. 속이 좋지 않은 건 나지 당신이 아냐. 조용히 예쁜 얼굴을 하고 잠자고 있으면 아무것도 생각나는 건 없을 거고, 좋지 않은 내 기분도 옮아가지 않을 거고, 음침하고 우울하고, 보기 흉한 것은 아무것도 당신한테 접근하지 않는단 말이야.

자네는 추잡한 놈이야, 웨이드, 기분 나쁜 작가란 말이야. 나는 다시 난간을 잡고 아래층으로 내려왔다. 한 발 한 발 내디딜 때마다 기운이 없어지고, 한 가지 희망에 의지하여 간신히 용기를 냈다. 나는 마침내 아래층에 내려와 서재로 들어가 소파에 이르러 심장이 가라앉는 것을 기다렸다. 병이 손에 닿는 곳에 있다. 웨이드의 생활 중에서 단 한 가지 좋은 것은 언제나 손에 닿을 수 있는 곳에 병이 있다는 사실이다. 아무도 감추는 사람이 없고, 자물쇠를 걸어 챙겨 넣는 사람도 없다. '적당히 마시면 어때요? 몸에 나빠요'라고 하는 사람도 없다. 아무도 그런 말은 하지 않는다. 다만 몸을 옆으로 뉘어 장미처럼 편안히 잠자고 있다.

나는 캔디에게 너무 많이 돈을 주고 있다. 잘못이다. 급료를 땅콩 한 봉지로부터 시작해서 바나나 한 개까지 올려 주는 방법을 취했어야 했다. 잔돈푼을 조금 주다 조금씩 올려주면서 늘 열의를 잃지 않도록 만들었어야 했다. 처음부터 급료를 충분히 주면 곧 돈이 모인다. 여기서는 하루밖에 가지 못하는 돈도 멕시코에서는 어떤 나쁜 짓을 해도 한 달은 생활할 수 있다. 그러므로 돈이 모이면 무슨 생각을 한다고 생각하나? 인간은 더 돈을 받을 수 있다고 생각하면 현재 상태에 만족하지 않는 법이다. 그것도 좋겠지. 언제나 눈에 빛을 띠고 있는 저 비열한 놈을 죽이지 않으면 안 될지도 모른다. 훌륭한 인간이 나 때문에 죽은 일도 있는데, 흰옷을 입은 바퀴벌레가 죽었다고 해서 이상할 건 없다.

캔디의 일은 잊어버리자. 바늘 끝을 무디게 하는 일은 언제든지 할 수 있다. 하지만 또한 놈은 영원히 잊을 수 없다. 가슴 깊이 인과의 불로 새겨져 있다. 전화를 걸어야겠다. 정신이 없어질 것 같다. 맥박이 무척 빠르고 높다. 핑크빛 벌레가 얼굴을 기어 다니기 전에 누군가를 급히 불러야 한다. 전화를 걸어야 한다. 교환수! 시의 교환수를 부르자. 여보세요, 교환 장거리야! 몇 번이냐고? 번호는 몰라. 이름뿐이야. 틀림없지 10번가를 걸고 있을 거다. 키가 크고, 옥수수 그늘 아래로……됐어. 교환, 이젠 됐어요. 취소해 주게. 얘기가, 아니 물어보고 싶은 말이 있어서 그래. 이 장거리 전화를 취소하면 기포드가 런던에서 열고 있는 파티 비용은 누가 내나. 자넨 파면당할 일은 없다고 생각하고 있군. 그렇게 생각하고 있을 뿐이야. 그렇지, 기포드와 직접 얘기하도록 하자. 그에게 전화 받으라고 전해 주게. 하인이 지금 그의 홍차를 가지고 왔다고. 만일 그가 얘기를 못 한다면 누군가 얘기할 수 있는 사람을 보내도록 하지.

그런데 나는 왜 이런 걸 썼을까. 아무것도 생각지 않으려고 하는 것이다. 전화를 해야 한다. 지금 당장에 전화를 해야지. 무척 심해졌다. 아주 심하게…….

이것뿐이었다. 나는 종이를 작게 접어서 가슴 안쪽 호주머니 속의 노트 뒤에 밀어 넣었다. 프랑스식 창을 열어 젖히고 테라스로 나갔다. 달빛은 좀 흐려져 있었다. 그러나 아이도르 봐레의 여름이라는 데는 변함이 없었다. 나는 거기 서서 조금도 움직이지 않는 물빛 호수를 바라보면서 여러 모로 생각했다. 얼마 후 총소리를 들었다.

29

발코니의 두 방의 문이 열려 있고, 불빛이 새어 나오고 있었다. 아이린과 웨이드의 방이었다.

그녀의 방에는 아무도 없었다. 웨이드의 방에서 다투는 소리가 들렸기 때문에 급히 뛰어 들어가 보니, 아이린이 침대에 뛰어들어 로저와 싸우고 있었다. 검게 빛나는 권총이 위로 올려지고, 커다란 남자의 손과 작은 여자의 손이 그것을 잡고 있었다. 로저는 침대에 앉아 있었다. 그녀는 엷은 청색 실내복 차림으로, 머리카락이 얼굴을 온통 덮고 있었다. 권총을 두 손으로 잡았다고 생각되자, 힘을 주어 웨이드의 손에서 뺏어 냈다. 설사 웨이드가 술이 깨지 않았다고는 하지만 나는 그녀가 그렇게도 센 힘을 지니고 있었다는 사실에 놀랐다. 로저는 호흡을 거칠게 내쉬며 뒤로 넘어졌고, 그녀는 뒤로 물러나 나에게 부딪쳤다.

그녀는 나에게 기댄 채, 권총을 두 손으로 잡고 가슴에 안고 있었다. 괴로운 듯한 숨길 속에서 이따금 훌쩍거렸다. 나는 손을 내밀어 권총을 잡았다.

그녀는 내가 있다는 것을 그때야 비로소 알아 차렸다는 듯 나에게로 몸을 돌렸다. 두 눈을 크게 뜨고 나에게 기대려 했다. 그리고 권총을 놓았다. 무겁고 다루기가 어려운 권총이었다. 공이치기가 없는 2단치기의 웨브리였다. 총신은 따뜻했다. 나는 한 손으로 그녀를 받치고 권총을 호주머니에 넣은 다음 그녀의 머리 너머로 로저를 보았다. 아무도 말하지 않았다.

로저는 눈을 뜨고 언제나와 같이 피곤한 듯한 미소를 입술에 띠었다. "아무도 다치지는 않았다" 하고 그는 중얼거렸다. "천장에 맞았을 뿐일세."

아이린이 몸을 세웠다. 그리고 몸을 뺐다. 그녀의 눈이 곧바로 나를 보았다. 나는 그녀를 놓았다.

"로저," 하고 그녀는 거의 들리지 않을 정도의 목소리로 말했다. "이런 짓을 하지 않으면 안 됐어요?"

그는 넋 나간 것처럼 그녀를 쳐다보고 입술에 침을 축였을 뿐 아무 말도 하지 않았다. 그녀는 화장대가 있는 곳에 가서 몸을 기댔다. 손이 기계적으로 움직여 얼굴을 덮고 있던 머리카락을 뒤로 넘겼다. 몸은 머리끝부터 발끝까지 떨고 있었다. 머리를 좌우로 흔들었다. "로저," 하고 그녀는 다시 작은 목소리로 말했다. "불쌍한 로저, 정말 너무 가엾어!"

그는 똑바로 천장을 응시했다. "불쾌한 꿈을 꾸었어." 그는 천천히 말했다. "나이프를 가진 괴한이 나를 덮쳐 왔네. 누군지 모르겠어. 캔디같기도 했어. 하지만 그럴 리 없지!"

"정말 그럴 리가 없어요."

그녀는 이미 화장대에서 떨어져 침대 끝에 앉았다. 손을 내밀어 그의 이마를 쓰다듬어 주었다.

"캔디는 벌써 잠들었어요. 그리고 캔디가 나이프를 가지고 있을 리 있겠어요?"

"멕시코인은 전부 나이프를 지니고 있단 말이야" 하고 로저가 아직 정신이 없는 듯한 어조로 말했다. "그들은 나이프를 좋아하지. 그리고 그는 나를 싫어해."

"자네를 좋다고 하는 사람은 한 사람도 없네." 나는 거리낌 없이 말했다.

그녀가 나에게로 얼굴을 돌렸다. "부탁이에요, 그런 식으로 말씀하시지는 마세요. 로저는 아무것도 몰랐어요. 꿈을 꾸었던 거예요."

"권총은 어디 있었나?" 나는 그녀한테서 눈을 떼지 않고 물었다.

"나이트 테이블, 서랍 안일세." 그는 머리를 돌려 내 시선을 잡았다. 서랍 안에는 권총이 없었고, 내가 그것을 알고 있다는 사실을 그는 알고 있었다. 약 이외에 잡다한 것들이 있었지만 권총은 없었던 것이다.

"베개 밑이었는지도 몰라. 확실한 기억이 없네. 저기를 향해 쐈었는데……." 그는 귀찮은 듯 손을 들어 가리켰다.

나는 천장을 올려다보았다. 분명히 구멍이 뚫려 있는 것 같았다. 나는 그 밑에 가서 올려다보았다. 권총 탄환이 뚫은 구멍에 틀림없었다. 천장에서 지붕으로 뚫고 나간 것 같았다. 나는 침대 곁으로 돌아와 험악한 눈초리로 그를 내려다보았다.

"엉뚱한 소린 하지 말게. 자네는 자살할 생각이었어. 꿈같은 건 꾸지 않았단 말이야. 자기 자신이 초라해진 거야. 권총은 서랍 안에 없었고 베개 밑에도 없었어. 일어나서 권총을 가지고 와서 다시 침대 속에 들어가 모든 것을 청산하려 했던 거야. 하지만 배짱이 없었지. 무엇을 쏘겠다는 목표도 없이 권총을 쐈던 거야. 부인이 달려왔네. 그게 목적이었던 거야. 동정해 주길 바랬던 거지. 다른 목적은 없었단 말이야. 부인과 다툰 것도 연극이지. 자네가 마음먹었다면 부인이 자네한테서 권총을 뺏을 수가 없어."

"나는 환자야. 하지만 자네 말이 맞는지도 모르지. 아무려면 어떤가?"

"아무려면 어떻다니? 정신 병원에 수용당해야 할 정도야! 교도소의 죄수와 똑같은 취급을 받아야 한단 말이야."

아이린이 벌떡 일어났다. "이제 그만, 전 지쳤어요." 그녀는 날카롭게 말했다. "남편은 환자예요. 당신도 그걸 알고 있지 않아요?"

"환자가 되고 싶어 하는 겁니다. 나는 다만 이 따위 짓을 하면 어떻게 되는가를 가르쳐 주고 있을 뿐이에요."

"그런 말하고 있을 때가 아니에요."

"부인은 방으로 돌아가십시오."

그녀의 파란 눈이 빛을 발했다. "어떻게 그런 말을……!"

"방으로 돌아가십시오. 경찰에 전화를 걸게 할 작정입니까? 이런 일은 경찰에 알려야 할 문제입니다."

그가 비웃는 듯한 미소를 띠었다. "그렇지! 경찰에 알리는 게 좋아. 테리 레녹스의 사건 때처럼 말이야."

나는 그의 말을 무시하고 가만히 그녀를 응시하고 있었다. 그녀는 피로한 것 같았으나, 무척 아름다웠다. 이미 화내고 있지 않았다. 나는 한 손을 뻗어 그녀의 팔에 댔다. "이젠 염려없습니다" 하고 나는 말했다. "다시는 이런 일이 없을 겁니다. 가서 쉬십시오."

그녀는 웨이드를 가만히 지켜보다가 방에서 나갔다. 그녀가 사라지자, 나는 그녀가 앉아 있던 침대에 가서 앉았다.

"약을 먹겠나?"

"아니, 필요없네. 잠을 못 자도 괜찮네. 훨씬 기분이 좋아졌네."

"권총 문제는 내가 말한 대로지? 연극치고는 너무도 유치했다고 생각 안 하나?"

"할 말이 없네." 그는 외면했다. "머리가 돌았던 거야."

"정말 자살하려고 생각하면 아무도 말릴 수 없네. 그런 정도는 누구든지 알고 있네. 자네도 알고 있지?"

"알고 있네." 그는 아직 외면하고 있었다. "아까 부탁한 것 끝냈나? 타이프라이터 위에 올려놓았던 종이 말이야."

"응. 잊어버리지 않았군. 미치광이 같은 말이 씌어 있더군. 깨끗이 타이프 된 게 이상해."

"나는 언제든지 깨끗이 타이핑을 하지. 술에 취하든 안 취하든 말이야."

"캔디 문제는 신경 쓸 것 없네" 하고 나는 말했다. "자네를 싫어하고 있다는 생각은 착각이야. 자네를 좋아하는 인간은 한 사람도 없다고 한 말은 거짓말이야. 정신 차리라고 한 말일세. 아이린이 화를 내라고 말이야."

"왜?"

"그녀는 아까 실신했었네."

그는 약간 머리를 가로 저었다. "아이린은 기절한 일이 없네."

"그럼 연극이었군."

그는 그 말도 마음에 들지 않는 것 같았다.

"무슨 뜻인가? 훌륭한 인간이 자네 때문에 죽은 일이 있다는 말은?"

그는 못마땅하다는 표정을 짓고 생각에 잠겼다.

"아무 뜻도 없네. 꿈을 꿨다고 하지 않았나?"

"자네가 타이프라이터로 친, 신의 계시에 대한 말을 하고 있는 걸세."

그는 베개 위의 머리를 무거운 듯이 움직여 나를 보았다. "그것도 꿈일세."

"알아 두고 싶네. 캔디한테 무슨 약점을 잡혔나?"

"이젠 그만하세" 하고 그는 말하며 눈을 감았다.

나는 일어나서 문을 닫았다. "언제까지나 숨기고 있을 수는 없는 걸세. 웨이드, 캔디라면 협박할 거야. 넌지시 들이밀고 돈을 받아 내는 방법도 그는 취할 수 있네. 도대체 무슨 일인가? 여자 문제인가?"

"롤링, 그 바보 같은 놈이 한 말을 믿고 있나?" 그는 눈을 감은 채 말했다.

"믿고 있다는 건 아냐. 동생은 어쨌나? 살해당한 동생 말이야."

터무니없는 말이라고도 할 수 있었지만, 빗나가지는 않았다. 두 눈이 번쩍 크게 뜨였다. 입술에 침이 나왔다.

"그 문제로⋯⋯자넨 여기 와 있나?" 하고 그는 서두르지 않고 물었다. 속삭이는 듯한 말소리였다.

"나한테 물어볼 것까지는 없을 걸세. 나는 불러서 왔네. 자네가 부른 거야."

머리가 베개 위에서 움직였다. 수면제도 흥분된 신경을 안정시키지는 못했다. 얼굴에 땀이 배어 나왔다.

"아내를 사랑하고 있는 것처럼 행동하면서 다른 여자를 보고 다니는 남편은 나만이 아니야. 쓸데없는 일에 간섭하지 말게. 내버려두게."

나는 욕실에서 타월을 갖다가 그의 얼굴을 닦아 주었다. 내 얼굴에 심술궂은 웃음이 떠올랐다. 이때의 나만큼 비열한 인간은 별로 없을 것이다. 상대방이 쓰러지는 것을 기다렸다가 발길로 차서 혼내 주려고 하고 있는 것이다. 그는 쇠약해져 있다. 저항조차 할 수 없는 상태에 있다.

"머지않아 말할 기회가 꼭 있을 거야" 하고 나는 말했다.

"나는 정신 이상이 아니야" 하고 그는 말했다.

"정신 이상이 아니라고 마음먹고 있을 뿐이야."

"나는 지옥에서 살고 있단 말이야."

"맞았어. 그것은 확실하지만 왜 그런가 하는 문제에 흥미가 있단 말이야. 자, 먹게."

나는 나이트 테이블에서 세코날을 한 개 꺼내고 컵에 물을 따랐다. 그는 한쪽 팔꿈치를 짚고 몸을 일으켜, 컵을 잡으려고 4인치나 떨어진 곳에서 손을 내밀었다. 나는 그의 손에 컵을 쥐어 주었다. 그는 간신히 약을 먹자, 정력이 다 된 것처럼 힘없이 드러누웠다. 얼굴에서 표정이 사라졌다. 죽어 있는 것과 다름이 없었다. 오늘 밤은 아무도 2층에서 밀어 던져지는 일은 없을 것이다. 오늘 밤만이 아니다. 그러한 일이 있었다고는 도저히 믿어지지 않았다.

눈꺼풀이 무거워지는 것을 보고 나는 방을 나왔다. 권총의 무게가 엉덩이에 느껴졌다. 계단을 내려가려고 언뜻 보자 아이린의 방문이 열려 있었다. 방 안은 어두웠지만 달빛이 문 바로 앞쪽에 서 있는 그녀의 모습을 떠오르게 했다. 누군가의 이름을 부른 것 같았지만, 내 이름은 아니었다. 나는 그녀 옆으로 다가갔다.

"말을 작게 해요." 나는 그녀에게 말했다. "또 잠들었어요."

"꼭 돌아오시리라고 생각하고 있었어요" 하고 그녀는 조용히 말했다. "설사 10년이 걸려도."

나는 그녀를 쳐다보았다. 우리들 가운데 어느 쪽인가가 제정신이 아니었다.

"문을 닫아 주세요." 그녀는 여전히 응석부리듯 말했다. "오랫동안 당신만을 기다리고 있었어요."

나는 되돌아서서 문을 닫았다. 어찌 되었든 문을 닫아 두는 편이 좋을 것 같았다. 내가 다시 돌아서자, 그녀의 몸이 내 팔 안에 쓰러지려 했다. 나는 곧 그녀를 안았다. 안지 않을 수 없었다.

그녀는 나에게 몸을 밀어 붙였다. 머리카락이 내 얼굴에 닿았다. 입술이 키스를 요구하며 벌어졌다. 몸이 잘게 떨리고 있었다. 입이 벌어지고 혀가 나왔다. 그리고 두 손이 아래로 내려져 무언가를 잡아당기자 실내복의 앞이 열렸다. 그 안은 9월의 아침처럼 아무것도 걸치지 않은 알몸이었다.

"침대에 눕혀 줘요" 하고 그녀는 거칠게 호흡하며 말했다.

나는 그녀가 말한 대로 행동했다. 두 팔을 돌려 알몸인 살갗에 댔다. 안아올려 댓 걸음 걸어서 침대 위에 내려놓으려 했다. 그녀는 두 팔을 내 목에 감았다. 거치른 호흡이 목에서 울렸다. 그녀는 몸을 비틀고 낮은 신음소리를 냈다. 이렇게 되면 누구든지 애가 타지 않을 수 없게 된다. 나는 종마처럼 흥분했다. 자제력이 사라져 가고 있었다. 이런 여자한테, 이렇게 도전받은 일은 이제까지 한 번도 없었다.

캔디가 나를 구했다. 희미한 소리가 들렸기 때문에 반사적으로 되돌아보았더니 문의 손잡이가 움직이고 있었다. 나는 그녀를 내던지고 문까지 날았다. 문을 열고 바깥으로 뛰어나가자 캔디가 발코니로부터 계단을 뛰어 내려가고 있었다. 그는 계단 중간에 멈추어 서서 나를 되돌아보고 하얀 이빨을 보였다. 그리고 자취를 감추었다.

 나는 그녀의 방문까지 가서 이번에는 밖에서 문을 닫았다. 침대 위의 그녀가 희미한 목소리를 내는 것이 들렸지만, 그 이상의 일은 없었다.

 나는 급히 계단을 내려가자, 서재로 뛰어 들어가 스카치 병을 잡았다. 병 채로 입에 대고 목으로 흘려보낼 수 있을 만큼 마시자, 벽에 기대어 거칠어진 호흡을 토해내면서 머리에 술기운이 올라올 때까지, 몸속에 술기운이 도는 대로 가만히 있었다.

 식사한 지 많은 시간이 지났다. 모든 것이 정상을 벗어난 후에도 많은 시간이 흘렀다. 이윽고 위스키가 몸 안에 돌고, 방 안에 안개가 낀 것처럼 희미해지고, 가구들의 위치가 바뀐 듯이 보이기 시작하고, 전등불이 산불이나 번갯불처럼 보였다. 나는 어느 새 가죽을 입힌 소파 위에 드러누워 가슴에 병을 세우려 하고 있었다. 빈병이 된 술병은 가슴에서 굴러 떨어져 방바닥에서 소리를 냈다.

 이것이 나의 기억에 남아 있는 마지막 일이었다.

30

 햇볕이 발뒤꿈치를 간지럽혔다. 눈을 뜨자 엷은 안개가 낀 파란 하늘에 나뭇가지 끝이 약간 흔들리고 있었다. 나는 돌아누웠다. 가죽의 감촉이 볼에 스쳤다. 무언가 내 머리를 쳤다. 나는 몸을 일으켰다. 무릎에 덮개가 씌워져 있었다. 나는 무릎덮개를 걷어 내고 방바닥에 발을 내려놓았다. 시계를 들여다보았더니 6시 반 조금 전이었다. 나는 일어섰다. 일어서는 것만도 무척 힘들었다. 젊었을 때처럼 여력이 남아 있지 않았다. 여러 해에 걸친 무리가 나타난 것이다.

 비슬거리는 발로 세면대에 이르자, 넥타이를 풀고 셔츠를 벗어 얼굴과 머리에 찬물을 끼얹었다. 흠뻑 젖은 얼굴과 머리를 타월로 북북 닦아냈다. 셔츠를 입고 넥타이를 매고, 벽에 걸린 상의에 손을 뻗었다. 호주머니 안에 있던 권총이 벽에 부딪쳤다. 나는 권총을 호주머니에서 꺼내어 탄창을 뺐다. 발사되지 않은 것이 다섯 발, 검게 탄탄피가 한 개 있었다. 한데 이런 것을 조사해서 무슨 소용이 있단 말인가? 평소에는 더 많은 탄환이 있다. 나는 탄창을 제자리에 끼우고, 권총을 서재 책상 서랍에 넣었다.

 눈을 들자, 캔디가 새까맣게 번쩍거리는 머리를 깨끗이 뒤로 빗어 넘기고, 흰옷을 단정하게 입고, 눈에 불쾌한 빛을 띠고, 입구에 서 있었다.

 "커피를 가져올까요?" 하고 그는 말했다.

 "고맙네."

 "내가 전등을 껐어요. 보스는 이상 없습니다. 잠자고 있어요. 보스의 방문은 내가 닫았습니다. 왜 술 취했습니까?"

 "취하지 않고는 못 견딜 것 같았네."

 그는 쌀쌀한 웃음을 띠었다. "부인을 마음대로 못 했군요, 쫓겨난 건가요?"

 "좋도록, 마음대로 생각하게."

 "오늘 아침엔 기력이 없군요. 전혀 기력이 없어요."

 "커피 가져와." 나는 소리쳤다. "쌍놈의 자식!"

 나는 달려들어 그의 한 팔을 잡았다. 그는 한 발짝도 움직이지 않았다. 오직 경멸하듯 나를 보았다. 나는 웃고 그의 팔을 놓았다.

 "네 말이 맞다, 캔디. 오늘 아침 나는 전혀 기력이 없다."

 그는 몸을 돌려 방 밖으로 나갔다. 1분도 못되어 은쟁반에 은제 작은 커피포트와 설탕과 크림과 깨끗이 접은 세모 냅킨을 받치고 돌아왔다. 쟁반을 칵테일 테이블 위에 놓고 빈 병이나 글라스 등을 치웠다. 그리고 방바닥을 구르는 또 하나의 빈 병을 주웠다.

"새로 끓인 커피요. 지금 만든 거죠" 하고 그는 말하고 방을 나갔다.

나는 커피를 블랙으로 두 잔 마셨다. 그런 다음에 담배를 피워 보았다. 아무 일도 없었다. 나는 아직 인류에 속하고 있었다. 캔디가 다시 왔다.

"식사하겠소?" 그는 무뚝뚝하게 물었다.

"안 먹겠네."

"좋아요, 돌아가 주시오. 우리들은 당신이 여기 있는 것을 좋아하지 않소."

"우리들이란 누구를 말하나?"

그는 담배 상자를 열고 한 대 꺼냈다. 불을 붙이고 내 뺨에 연기를 토했다.

"보스는 내가 맡는다" 하고 그는 말했다.

"돈을 만들 생각이군."

그는 엷은 웃음을 띠고 끄덕였다. "맞았어. 제법 돈이 생긴다."

"얼마나 되나? 알고 있는 것을 퍼뜨리지 않는다는 조건으로?"

그는 스페인어로 돌아갔다. "무슨 말이야?"

"다 알고 있어. 얼마나 등칠 생각이야? 2백 달러 이상은 안 되겠지?"

그는 뜻 있는 웃음을 띠었다. "나한테 2백 달러 내놓으쇼. 어젯밤에 부인 방에서 나왔다고 보스한테 말 안 할 테니 말이오."

"2백 달러가 있으면, 너 같은 밀입국한 멕시코인은 버스도 한 대 살 수 있겠지?"

그는 어깨를 흔들었다. "보스는 화가 나면 아무도 손댈 수 없단 말이야. 돈을 내는 편이 좋을걸?"

"시시한 공갈이군. 네가 하는 짓은 기껏해야 그런 것이군. 어떤 남자라도 마음이 흔들릴 때가 있는 법이야. 어쨌든 그녀는 다 알고 있네. 네가 공갈칠 만한 건 아무 것도 없어."

그의 눈이 번쩍 빛을 발했다. "이젠 안 오는 편이 좋을 거야."

"그러지 않아도 돌아가려고 하네."

나는 일어나서 테이블을 돌았다. 그가 내 앞을 가로막았다. 손을 보았지만 오늘 아침은 나이프를 가지고 있지 않았다. 그의 곁에 다가서자마자 느닷없이 빰을 갈겼다.

"하인 따위한테 그 따위 말을 들을 만한 인간이 아냐. 이 집에는 볼일이 있어. 오고 싶으면 언제든지 올거야. 앞으로 말조심 해. 권총으로 얻어맞으면 그 잘생긴 얼굴이 두 번 다시 볼 수 없도록 추악해질걸세. 알겠어?"

그는 전혀 반응을 보이지 않았다. 빰을 얻어맞은 것에 반응이 없었다. 그에게는 커다란 모욕이었을 것이다. 그러나 지금의 그는 표정 하나 바꾸지 않고 서 있기만 했다. 그리고 아무 말없이 커피 쟁반을 들더니 나가 버렸다.

"커피 고맙네" 하고 나는 그 등에다 대고 말했다.

그는 발을 멈추지 않았다. 그의 모습이 보이지 않게 되자, 나는 까실까실한 턱에 손을 대고 몸을 흔들었다. 돌아가기로 마음먹었다. 웨이드 집안의 냄새가 너무 많이 내 몸에 밴 것 같았다.

거실을 가로질렀을 때, 아이린이 하얀 바지에 엷은 파란색 셔츠, 그리고 발톱 부분이 트인 샌들을 신고 계단을 내려오고 있었다. 그녀는 놀란 표정으로 나를 보았다.

"당신이 계셨군요. 몰랐어요, 말로우 씨."

그녀는 마치 1주일 동안이나 나를 만나지 못했고, 내가 차라도 마시러 들어왔을 때와 같은 어조로 말했다.

"권총은 책상 서랍에 넣어 뒀습니다" 하고 나는 말했다.

"권총?" 그녀는 곧 생각해 냈다. "지난밤에는 여러 가지 일이 많이 있었군요. 하지만 당신은 벌써 돌아가신 걸로만 생각했었어요."

나는 그녀 옆으로 갔다.

가느다란 금사슬에 하얀 에나멜 바탕의 금빛과 파란 무늬가 있는 진귀한 장식이 매달린 목걸이를 하고 있었다. 파란 부분은 날개 같았지만 펼친 날개는 아니었다. 그 사이에 금제 단검이 휘감긴 것을 푹 찌르고 있었다. 글은 읽을 수 없었다. 군인의 휘장 같았다.

"술 취했어요"라고 나는 말했다. "억지로 마구 퍼 넣고 정신없이 취해 버렸죠. 좀 쓸쓸했어요."

"쓸쓸하게 생각할 것은 없어요" 하고 그녀는 말했다. 눈동자가 물처럼 맑았다. 조금도 어두운 그늘이 보이지 않았다.

"생각하기에 달렸지요" 하고 나는 말했다. "지금 돌아가려던 참입니다. 다시 여기 오게 될지 어떨지 모르겠군요. 권총, 아셨지요?"

"책상 서랍에 두셨다고 하셨지요. 다른 곳에 두는 편이 좋을지도 몰라요. 그런데 정말 자살할 생각이었을까요?"

"분명한 말은 할 수 없습니다. 하지만 다음 번엔 정말 자살할지도 모릅니다."

그녀는 머리를 흔들었다. "저는 그렇게 생각 안 해요. 그렇게는 생각되지 않아요. 그런데 어젯밤엔 정말 많은 폐를 끼쳤어요. 뭐라고 감사해야 할지 사례할 길이 없어요."

"대단한 사례를 하려고 하지 않았습니까?"

그녀의 볼이 핑크색으로 물들었다. 그리고 밝게 웃었다. "무척 신기한 꿈을 꿨어요" 하고 내 어깨 너머로 시선을 보내면서 말했다.

"제가 알고 있던 어떤 사람이 이 집에 왔어요. 10년 전에 죽은 사람이예요." 손가락이 금과 에나멜의 휘장을 만졌다. "그래서 이걸 오늘 아침에 목에 걸었어요. 그 사람이 저한테 준 거예요."

"나도 이상한 꿈을 꿨습니다" 하고 나는 말했다. "하지만 그 얘기는 그만둡시다. 로저에 대한 문제로 내가 할 수 있는 일이 있거든 알려 주십시오."

그녀는 내 눈을 들여다보았다. "이젠 안 오신다고 하셨어요?"

"오게 될지 어떨지 모른다고 했습니다. 오지 않으면 안 될지도 모릅니다. 안 오게 되었으면 좋겠는데…… 이 집에는 매우 심상치 않은 일이 있습니다. 그리고 술이 원인이 되어 있는 것은 아주 적은 일부분입니다."

그녀는 험악한 표정으로 나를 응시했다. "무슨 뜻이지요?"

"알고 있을 텐데요."

그녀는 내 말을 심각하게 생각했다. 손가락은 아직도 휘장을 가볍게 만지고 있었다. 이윽고 가벼운 탄성이 흘러 나왔다. "언제나 다른 여자가 있었어요" 하고 그녀는 조용히 말했다. "하지만 심각하게 생각할 정도의 문제라고는 생각되지 않아요. 저희들은 답이 안 나오는 문제를 얘기하고 있는 게 아니에요? 같은 문제를 얘기하고 있는 게 아닌지도 모르지요."

"그럴지도 모르죠" 하고 나는 말했다.

그녀는 아직 계단에 서 있었다. 아래에서 셋째 계단이었다. 손가락은 아직도 휘장을 만지고 있었다. "다른 여자가 린다 롤링이라 생각하신다면 더더구나 그래요."

그녀는 휘장에서 손을 떼고 한 계단 내려왔다.

"롤링 박사는 제 생각에 찬성하시는 것 같아요" 하고 그녀는 아무렇지도 않다는 듯한 어조로 말했다. "무언가 정보를 가지고 있으세요?"

"이 지방의 남자들의 반수를 상대로 똑같은 짓을 했다고 당신이 말하지 않았습니까."

"그랬던가요? 하지만 그런 경우 누구든지 그렇게 말할 거예요." 그녀는 다시 한 계단 내려왔다.

"아직 수염을 안 깎았습니다."

내 말은 그녀를 놀라게 했다. 그녀는 웃었다.

"당신이 설득하기를 기대하고 있지는 않았어요."

"도대체 나한테 무얼 기대하고 있는 겁니까, 웨이드 부인. 처음에 그를 찾게 하려 했을 때, 왜 나를 선택했습니까? 나한테 기대를 걸 만한 것이 있었다면 그게 뭡니까?"

"당신은 약속을 지켜주셨어요" 하고 그녀는 조용히 말했다. "쉬운 일은 아니었을 거예요."

"그렇게 말해 주는 건 기쁘지만, 그것이 이유라고는 생각되지 않는군요."

그녀는 마지막 한 계단을 내려서 나를 올려다보았다. "그럼 어떤 이유라 생각하세요?"

"만일 그것이 이유라면, 정말 시시한 이유입니다. 세계에서 가장 시시하고 바보스러운 이유일 겁니다."

"왜요?"

"내가 한 일은, 즉 약속을 지켰다는 것은 아무리 어리석은 인간이라도 두 번 다시는 하지 않을 일이기 때문입니다."

"뭔지 수수께끼 같은 얘기가 되어 버렸군요."

"당신이 수수께끼 같은 여자입니다, 웨이드 부인. 진심으로 그를 염려하고 있다면 훌륭한 의사를 찾아야 합니다. 그것도 되도록 빨리."

그녀는 또 웃었다. "어젯밤의 발작은 가벼운 거예요. 심할 때는 그렇지가 않아요. 오늘 오후부터는 일을 시작할 거예요."

"그랬으면 좋겠지만……."

"정말이에요. 저는 잘 알아요."

나는 그녀에게 최후의 일격을 가했다.

"당신은 진심으로 그를 구원하겠다는 마음을 가지고 있지 않지요? 다만 그를 구원하려는 것처럼 보이고 싶어할 뿐인 겁니다."

"무척 심한 말씀을 하시는군요."

그녀는 내 곁을 지나 식당으로 들어갔다. 넓은 방이 갑자기 공허해졌다.

나는 현관으로 해서 밖으로 나갔다. 세상에서 격리되어 있는 곳답게 말할 수 없이 좋은 여름아침이었다.

시가지에서 떨어져 있기 때문에 매연도 없고, 낮은 산으로 가로막혀 바다의 습기도 이곳에는 미치지 않았다.

한낮엔 더워지겠지만 사막의 더위처럼 살인적이지도 않고 도시의 더위처럼 끈적끈적한 불쾌감도 없었다.

아이도르 봐레는 이와 같이 이상적인 주택지였다. 나무랄 점이 없었다. 훌륭한 저택, 훌륭한 자동차, 훌륭한 개 등을 가지고 있는 훌륭한 사람들이 살고 있는 곳이다. 어린이들도 틀림없이 훌륭할 것이다.

그러나 말로우라는 사나이가 그곳에서 찾고 있던 것은 모두 허무해져 버렸다. 그것도 급격히.

31

집에 돌아와 샤워를 하고 수염을 깎고 옷을 갈아입자, 비로소 깨끗한 몸이 된 느낌이 들었다. 아침 식사를 만들어 먹고 식기를 씻고,

주방과 뒤켠의 포치를 청소한 다음 파이프에 담배를 채워 넣었다. 사무실에 나가도 별 볼일이 없다. 나방의 주검과 쌓인 먼지 외에는 아무것도 없을 것이다. 금고 안에는 매디슨의 초상이 있다. 사무실에 나가 금고에서 꺼내 와도 된다. 커피 냄새가 이젠 없어진, 다섯 장의 백 달러짜리 지폐도 쓰지 않고 그대로 있다. 쓰려고 하면 언제든지 쓸 수 있는 지폐지만 손대고 싶지 않다. 왜 그런지는 몰라도 쓰고 싶지 않은 것이다. 자꾸만 내 것이 아니라는 생각이 든다. 무엇을 사야 할 돈이란 말인가.

나는 두서없는 생각을 하고 있었다. 숙취의 안개가 아직 사라지지 않고 있다.

무척 시간이 가지 않는 아침이었다. 나는 피곤해지기 시작했다. 아무것도 할 생각이 나지 않았다. 흘러가는 시간이 사라지는 불꽃처럼 픽픽 소리를 내며 공허해졌다. 작은 새들이 나무 위에서 지저귀고 있었다. 로렐 캐니언 블루버드에는 자동차 왕래가 그치지 않았다. 평소라면 그런 소리는 느끼지 않았을 것이다. 그런데 나는 필요 이상으로 생각하고 있었고, 기분이 안정되지 않았고, 신경이 날카롭게 곤두서 있었다. 나는 숙취를 몰아내 버리겠다고 결심했다.

평소에는 오전 중에 술 마시는 일은 거의 없었다. 남캘리포니아의 기후가 너무나 온화하기 때문이다. 신진 대사가 격렬해졌다. 나는 찬 칵테일을 만들어 셔츠의 앞가슴을 풀어 헤치고, 편한 의자에 앉아 잡지를 손에 들었다. 평소에는 보통 인간이지만, 가끔 곤충이 된다는 이중인격자인 남자의 말도 안 되는 얘기를 읽기 시작했다. 그 사나이는 항상 하나의 인격에서 다른 또 하나의 인격으로 변하기 때문에 나중에는 뭐가 뭔지 알 수 없게 되지만, 확실히 어느 의미에서는 우스꽝스러웠다. 칵테일은 단번에 많이 마시지 않도록 조금씩 주의하면서 마셨다.

정오 가까이 되자 전화벨이 울렸다. "린다 롤링이에요. 사무실에 전화했지만 안 계셔서요. 뵙고 싶습니다."
"무슨 일 때문에 그러시는데요?"
"뵙고 말씀드리겠어요. 사무실에 나가실 때도 있으시겠지요?"
"가끔 나갑니다. 돈이 생기는 일입니까?"
"돈 문제는 생각 안 했었는데, 지불하라고 하시면 지불하겠어요. 한 시간쯤 후에 사무실로 찾아뵙겠습니다."
"야단났군."
"무슨 일이 있으셨어요?" 하고 그녀가 물었다. "아니, 숙취입니다. 하지만 몸을 못 움직일 정도는 아닙니다. 사무실로 나가지요. 이쪽으로 와주시는 편이 좋지만 말입니다."
"사무실 쪽이 좋겠어요."
"조용한 곳입니다. 길은 막다른 곳이고, 이웃은 멀고……."
"그런 것, 흥미 없어요. 하신 말씀의 뜻을 이해했다고 해도요."
"아무도 이해 못합니다. 롤링 부인. 나는 수수께끼 같은 인간이거든요. 좋습니다. 지금 가지요."

도중에서 샌드위치를 먹었기 때문에 사무실에 도착했을 때는 제법 많은 시간이 걸렸다. 방에 새로운 공기를 넣고 버저에 스위치를 넣고, 중간문으로 대기실에 얼굴을 들이밀어 봤더니 그녀는 벌써 와 있었다. 전에 멘디 메넨디스가 앉았던 의자에서 그가 읽던 것과 비슷한 잡지의 책장을 넘기고 있었다. 밤색 개버딘(gabardine) 투피스를 입었는데 무척 우아하게 보였다. 그녀는 잡지를 옆으로 치우고 진지한 표정으로 말했다. "보스톤 선인장에 물을 주셔야겠군요. 그리고 분갈이를 하지 않으면 뿌리가 너무 위로 올라오게 돼요."

나는 문을 잡고 서서 그녀를 안으로 들어오게 했다. 보스톤 선인장 같은 건 아무래도 좋았다. 내가 손님용 의자에 앉게 하자, 그녀는 누구나 하는 것처럼 방 안을 둘러보았다. 나는 책상을 돌아 내 자리에 앉았다.

"별로 깨끗하다고 할 수 없는 사무실이군요" 하고 그녀는 말했다.

"비서도 없나 봐요?"

"시시한 일이지만 습관이 돼서요."

"그다지 많은 돈을 번다고도 생각할 수 없군요."

"그건 모르는 일입니다. 일에 따라 다르지요. 매디슨의 초상을 보여 드릴까요?"

"뭐라고요?"

"5천 달러짜리 지폐입니다. 선금으로 받은 것이지요. 금고에 보관해 두었습니다."

나는 일어나서 금고를 열고 서랍 속에서 봉투를 꺼내어 그녀 앞에 지폐를 놓았다. 그녀는 놀란 표정으로 지폐를 보았다.

"사무실만 보고는 판단할 수 없는 겁니다" 하고 나는 말했다. "2천만 달러 정도의 재산이 있는 어느 영감한테 부탁받고 일한 적이 있습니다. 당신 아버지도 아는 사람이지요. 그의 사무실은 이 사무실과 별로 다른 점이 없었습니다. 귀가 좀 나쁘기 때문에 천장에 방음 장치가 되어 있을 뿐이었습니다. 바닥은 밤색 리놀륨으로, 융단 같은 것은 깔지 않았습니다."

그녀는 매디슨의 초상을 손에 들고 손가락으로 잡아당기기도 하고 뒤집어 보기도 한 다음 책상 위에 도로 놓았다.

"테리한테 얻은 거군요."

"무슨 일이든지 모르는 것이 없으시군요, 롤링 부인."

"실비아와 두 번째 결혼한 후부터는 항상 몸에 지니고 다녔어요. 미친 지폐니 뭐니 하고 있었는데, 죽었을 때는 안 가지고 있었어요."

"다른 이유로 없어졌는지도 모르지 않을까요?"

"하지만 5천 달러짜리 지폐를 가지고 다니는 인간이 몇 명이나 있다고 생각하세요? 당신한테 5천 달러를 줄 수 있는 사람 중에서 이런 지폐로 줄 사람이 몇 명이나 있다고 생각하세요?"

대답할 필요는 없었다. 나는 다만 끄덕일 뿐이었다. 그녀는 말을 계속했다.

"이 돈으로 무얼 하실 생각이었는지 얘기해 주실 수 없으세요? 쥬아나에 갈 때 둘이서 얘기할 수 있는 시간은 충분히 있었을 거예요. 당신은 요전날 밤에 그의 고백을 믿지 않는다고 분명히 말씀하셨지요. 범인을 찾아내는 데 단서가 되도록 그가 실비아의 연인 리스트를 당신한테 주던가요?"

나는 이 말에도 대답하지 않았는데, 이유는 먼저 경우와 달랐다.

"그리고 그 리스트에 로저 웨이드의 이름이 있었다고 생각하시나요?" 그녀는 말했다. "만일 테리가 실비아를 죽이지 않았다면 범인은 정상적인 인간이 아닌 포악한 인간일 거예요. 정신병자가 아니면 엄청난 주정뱅이일 겁니다. 그런 인간이 아니면 당신이 말한 것처럼 실비아의 얼굴을 피투성이의 스펀지로 만들어 버리지는 못할 거예요. 그래서 당신은 웨이드 집안에 접근하고 있는 게 아닌가요? 로저가 정신없이 술에 취하면 간호사처럼 돌보러 가고, 행방불명이 되면 찾아 나서고, 움직이지 못하게 된 그를 데려오고?"

"당신의 말은 조금 틀린 데가 있습니다, 롤링 부인. 테리가 나한테 이 지폐를 주었는지도 모릅니다. 그리고 안 주었는지도 모릅니다. 하지만 리스트 같은 것은 나한테 주지도 않았으며, 아무 이름도 말하지 않았습니다. 그가 나에게 부탁한 것은 쥬아나까지 차로 데려다 달라고 한 것뿐입니다. 내가 웨이드 집안과 관계를 갖게 된 것은 뉴욕의 어느 출판업자가 로저 웨이드로 하여금 지금 쓰고 있는 소설을 완성시키도록 하는 데 필사적이었기 때문이고, 그러기 위해서는 로저가 술을 지나치게 마시면 곤란하고, 술에 의존하지 않으면 안 될 만한 고민이 있는가의 여부를 탐지하지 않을 수 없었던 겁니다. 앞으로 해야 할 일은 그 고민을 제거하기 위해 시도하는 일일 겁니다. 시도한다고 표현한 것은 쉽게 제거될 수 있을 것 같지 않기 때문입니다. 하지만 시도할 수는 있지요."

"로저가 왜 술을 마시는가라는 문제라면, 제가 한마디로 가르쳐 드리지요" 하고 그녀는 경멸하는 듯한 말투로 말했다. "그와 결혼한 냉정한 금발의 여자 탓이에요."

"그럴까요? 나는 냉정하다고는 생각하지 않았는데요."

"그래요? 잘 아시는군요." 그녀의 눈이 수상쩍게 빛났다.

나는 매디슨의 초상을 집어 들었다. "이상하게는 생각지 마십시오. 같이 잔 것도 아닌데. 실망드려 미안하지만."

나는 금고에 지폐를 넣고 열쇠를 채웠다.

"저에게 말하라면……" 하고 그녀는 내 등 뒤에 대고 말했다. "아이린과 잔 남자는 한 사람도 없다고 하겠어요."

나는 되돌아와 책상 끝에 걸터앉았다. "이제 실토하기 시작하셨군요, 롤링 부인. 왜 그러십니까? 당신은 우리들의 알코올 중독 환자를 좋아 하시나요?"

"불쾌한 말씀을 하시는군요" 하고 그녀는 기분 나쁘다는 듯이 말했다. "남편이 그런 어리석은 장면을 보였다고 해서 저를 모욕해도 좋다는 뜻은 아니예요. 아니, 저는 로저 웨이드한테 연정 같은 것 품고 있지 않아요. 그런 일은 그가 지금처럼 술을 안 마시던 무렵에도 생각한 일이 없어요. 더구나 지금 같은 그이라면 더 말할 것도 없어요."

나는 의자에 옮겨 앉아서 성냥에 손을 뻗으며 그녀를 지켜보았다.

그녀는 손목시계를 보았다.

"당신네들 같은 부자들은 도대체 무슨 생각을 하는지 우리 같은 인간들이야 알 까닭이 없습니다" 하고 나는 말했다. "당신이 무슨 말을 하든 그건 당신 자유겠죠. 한두 번 만난 인간에게 웨이드 부부의 험담을 하는 것도 당신 마음이죠. 하지만 당신이 하는 말은 내가 듣기엔 모욕처럼 생각됩니다. 어쨌든 그것도 좋다고 칩시다. 당신이 도대체 무슨 말을 하고 있는지 잘 생각해 볼까요? 술을 마시는 인간은 언젠가는 방탕한 여자와 문제를 일으키는 법이지요. 그리고 웨이드 씨는 주정뱅이구요. 하지만 당신은 방탕한 그런 여자가 아닙니다. 일전에 벌어진 일은 당신의 교양 있는 부군께서 칵테일 파티를 좀 흥청거리게 하느라 만들어낸 순간적인 기지라고 해도 좋습니다. 그러니까 우리들은 당신을 제외한 어떤 헤프고 단정치 못한 여자를 찾아내야만 하는 거지요. 이쯤 말씀드리면 이젠 아시겠지요? 당신이 일부러 여기까지 찾아와서 나와 시시한 언쟁을 하지 않으면 안 될 정도로 당신과 가까운 관계에 있는 여자를 말입니다. 그렇지 않다면 당신이 이토록 신경 쓸 까닭이 어디 있겠습니까?"

그녀는 아무 말없이 가만히 앉아 있었다. 길고 긴 30초가 지났다. 입술 끝이 하얗게 변하더니, 두 손이 투피스와 같은 빛깔의 개버딘 핸드백을 단단히 잡았다.

"당신은 시간을 헛되이는 안 쓰고 계시군요" 하고 그녀는 간신히 입을 열었다. "그 출판업자가 당신을 고용할 것을 생각해 내서 잘됐어요. 테리는 누구의 이름도 말하지 않았다고 하셨지만 물을 필요도 없었던 것이군요. 말로우 씨, 당신의 육감은 틀림이 없어요. 앞으로 어떻게 하실 생각이세요?"

"아무것도 안 합니다."

"훌륭한 재능을 헛되이 하실 생각이세요? 매디슨의 초상에 책임을 안 느끼나요? 당신이 할 수 있는 일이 무언가 있을 거예요."

"당신의 얘기는 어쩐지 이상하군요? 덕분에 웨이드가 당신 동생을 알고 있었다는 사실은 알게 되었습니다. 하기야 분명히 그렇게 말씀한 것은 아니지만, 나도 짐작은 하고 있었지요. 그래서 어떻게 된다는 말입니까? 그는 많은 인간 중의 한 사람입니다. 이 문제는 그렇다고 치고, 당신은 무슨 일 때문에 나를 찾아왔습니까? 얘기가 복잡해져서 진작 해야 될 얘기는 옆으로 새어 버렸군요."

그녀는 일어서서 다시 손목시계를 보았다. "차를 가져 왔어요. 저와 함께 집에 가셔서 커피라도 한 잔 하시지 않겠어요?"

"확실히 말해 주셨으면 합니다."

"무언가 속셈이 있다고 보셔요? 당신을 만나고 싶다는 손님이 계셔서 그래요."

"영감님입니까?"

"저는 그런 식으로 부르지 않아요."

나는 일어서서 책상 위로 몸을 내밀었다.

"당신은 가끔 무척 사랑스러워집니다. 정말입니다. 권총을 가지고 가도 될까요?"

"노인이 무서우세요?"

"무서워하면 안 됩니까? 당신은 안 무섭습니까?"

그녀는 깊은 한숨을 쉬었다. "네, 무서워요. 예전부터 무서웠어요. 무슨 짓을 하실지 모르거든요."

"권총 두 자루를 가지고 가는 편이 좋을 것 같군" 하고 나는 말했다. 그리고 말하지 말걸 그랬다고 생각했다.

32

이렇게 괴상하게 생긴 집은 이제까지 구경한 일이 없었다. 잿빛의 네모 상자 같은 건물의 급경사진 지붕 밑 다락방의 창문이 20개에서 30개는 있을 것으로 생각될 정도였으며, 창문 주위에는 결혼 케이크 같은 장식이 붙어 있었다. 입구 서쪽에는 이중 돌기둥이 서 있었는데 가장 이채를 띠고 있었던 것은 돌난간이 있는 나선형 계단이 집 바깥쪽에 있다는 건데, 그 위에 있는 탑에서는 호수의 전경을 볼 수 있을 것 같았다.

자동차 주차장엔 전부 돌이 깔려 있었다. 이 저택에 꼭 필요하다고 생각되는 것은, 포플러 가로수가 늘어선 반 마일 정도의 드라이브 웨이와 사슴이 노닐고 있는 정원과 야생꽃이 피어 있는 화단과 층마다 내달려 있는 테라스와 서재의 창 밖을 메우고 있는 수백의 장미와 어느 창문으로도 보이는 멀리 숲까지 이어진 푸른 잔디였다. 그러나 실제로는 10에이커에서 15에이커 정도는 되리라고 생각되는 돌벽 안의 부지 넓이만 돈으로 따져도 상당한 액수였다. 드라이브 웨이 양 옆에는 둥글게 깎아 다듬은 사이프러스(측백나무의 변종)가 줄지어 있었다. 여러 종류의 관상용 수목이 곳곳에 심어져 있었는데, 어느 것이나 캘리포니아의 수목은 아니었다. 다른 곳에서 가져온 것들뿐이었다. 누구의 손에 의해 손질되고 심어졌던 간에 대서양 해안의 분위기를 록키산맥의 이쪽 편에 옮겨 놓으려는 시도였다. 그 노력은 충분히 이해되었지만 성공했다고는 할 수 없었다.

중년의 흑인 운전수 에이모스가 돌기둥이 있는 입구 정면에 조용히 캐딜락을 세우고, 차에서 뛰어내려 롤링 부인을 위해 문을 열었다. 나는 먼저 차에서 내려 문에 손을 대고, 그녀의 손을 잡고 차에서 내리게 했다. 그녀는 내 사무실이 있는 빌딩 앞에서 차를 탄 다음 거의 입을 열지 않았다. 피로하고 초조해 하는 듯했다. 우습게 보이는 건물이 신경을 건드리고 있는지도 모른다. 웃음을 웃는 듯이 우는 당나귀까지도 신경이 곤두서서 비둘기처럼 비애로운 소리를 지르게 될 것 같았다.

"누가 세운 집입니까?" 나는 그녀에게 물었다.

"그 사람은 누구한테 화를 내고 있는 겁니까?"

그녀는 비로소 웃음을 보였다. "처음 와 보셨나요?"

"이렇게 깊숙이는 들어와 본 일이 없습니다."

그녀는 나를 드라이브 웨이에서 떨어진 곳에 데리고 가 위를 가리켰다. "이 집을 세운 사람은 저 탑에서 뛰어내려, 당신이 서 있는 이 곳에 떨어졌어요. 라 뚜울레르라는 프랑스 백작인데, 프랑스 백작으로는 드물게 보는 부호였어요. 부인인 라모나 데즈포로는 무성 영화시대에 1주 3천 달러나 벌던 배우였어요. 라 뚜울레르는 부인과 둘이서 살기 위해 이 집을 세웠다는 겁니다. 브르와의 성 (프랑스 르와르 강변의 옛 성)을 본 딴 것이지요."

"생각났습니다. 일요판에 기사화되었지요. 여자한테 버림받고 자살했다는 괴상한 유언이 있었다지요?"

그녀는 끄덕였다. "부인한테 불과 수백만 달러를 주었을 뿐, 나머지 재산을 신탁회사에 맡겨 버렸지요. 이 집에는 손대지 못하게 했구요. 살아 있을 때처럼 매일 밤 식당에 음식 준비를 시키고, 하인과 변호사 외에는 이 집 담 안에도 못들어 오게 했습니다. 물론 유언은 지켜지지 않았어요. 대지는 분할되었고, 제가 롤링 박사와 결혼했을 때 아버지가 결혼 선물로 이 집을 저에게 주셨어요. 살 수 있도록 개조하는 데만도 아버지는 많은 돈을 쓰셨을 거예요. 저는 이 집을 싫어해요. 처음부터 이 집이 싫었어요."

"이 집에 꼭 있어야 한다는 이유는 없지 않을까요?"

그녀는 지친 듯이 어깨를 흔들었다. "하지만 다른 곳으로 옮길 수도 없어요. 저만이라도 성실하게 살지 않으면 아버지가 불쌍해요. 그리고 롤링은 여기가 마음에 드나 봐요."

"마음에 들겠지요. 웨이드 집안에서 그런 장면을 보일 수 있는 인간이라면 파자마 바람에 스패츠를 차고 있어도 이상할 것 없으니까요."

그녀는 눈썹을 살짝 움직였다. "언제까지나 관심을 가지고 계시는 군요. 이젠 그만해 두셔도 충분할 거예요. 안으로 들어가실까요? 아버지는 기다리는 걸 무척 싫어하셔요."

우리는 드라이브 웨이를 가로질러 돌계단을 올라갔다. 커다란 이중문이 소리 없이 열리고, 훌륭한 복장이 몸에 익지 않은 하인이 우리를 위해 길을 비켜섰다. 현관 홀은 우리 집보다도 넓었다. 바닥은 모자이크식으로, 제법 멀리 떨어져 있는 스테인드글라스의 창으로 희미한 광선이 비쳐 들었다. 또 하나의 이중문을 지나자, 길이 70피트는 충분히 되리라 생각되는 어둑어둑한 방이 나왔다. 거기서 한 남자가 아무 말없이 앉아 기다리고 있었다. 그는 냉정한 눈초리로 우리를 보았다.

"늦었나요, 아버지?" 롤링 부인이 서둘러 물었다. "필립 말로우 씨예요, 아버지."

그 사나이는 나를 보고 턱을 반 인치 정도 움직였을 뿐이었다.

"차를 시켜," 하고 그는 말했다. "앉게, 말로우 군."

나는 의자에 앉아 그를 보았다. 그는 곤충 학자가 투구벌레를 관찰하듯 나를 보았다. 아무도 말하지 않았다. 홍차가 나올 때까지 완전한 침묵이 계속되었다. 홍차 세트가 중국식 테이블의 커다란 은쟁반 위에 놓였다. 린다가 테이블 위의 찻잔에 홍차를 따랐다.

"두 잔이면 돼." 하란 포터가 말했다.

"넌 다른 방에서 들도록 해라, 린다."

"네. 차는 어떤 것을 좋아하세요, 말로우 씨?"

"아무 거나 상관없습니다" 하고 나는 말했다. 말소리가 멀리 사라지자, 나는 문득 고독을 느꼈다.

그녀는 아버지에게 컵을 건네준 다음에 나에게 컵을 건네주었다. 그리고 조용히 일어나서 방에서 나갔다.

나는 그녀가 나가는 것을 보고, 홍차를 한 모금 마신 다음 담배를 꺼냈다.

"담배는 피우지 않도록 부탁할까? 천식 때문에 말이야."

나는 담배를 도로 주머니에 넣었다. 그리고 그를 관찰했다. 1억 달러 재산을 가지고 있는 기분이 어떤 것인지는 모르지만, 그의 태도는 전혀 즐거운 것 같지 않았다. 키가 커서 6피트 5인치는 될 것 같았으며 살집도 좋았다. 패드가 들어 있지 않는 잿빛 트위드 양복을 입고 있었다. 패드가 필요없는 어깨였다. 흰 셔츠에 검은 넥타이를 하고, 윗주머니에는 격식을 차리기 위한 손수건 대신 안경 케이스의 끝이 보였다. 구두도 같은 검은 색이었다. 머리도 검었으며 흰 머리카락은 한 개도 없었고, 맥아더처럼 옆으로 빗어 붙였다. 눈썹도 검고 숱이 많았다. 목소리는 멀리서 말하는 것처럼 들렸다. 그리고 먹기 싫은 것을 맛보고 있는 것처럼 홍차를 마시고 있었다.

"말로우 군, 시간을 절약하기 위해서 분명히 말하겠네. 자넨 내가 하는 일을 간섭하고 있어. 그것이 사실이라면 그만두어 주어야겠네."

"나는 간섭할 만큼 당신에 대해서 알지 못합니다, 포터 씨."

"나는 그렇게 생각지 않네."

그는 다시 홍차를 마시고 컵을 옆에 놓았다. 앉아 있던 커다란 의자에 등을 기대고 날카로운 잿빛 눈으로 나를 응시했다.

"나는 자네가 어떤 인간인가를 알고 있네. 무슨 일을 하면서 생활하고 있는가도, 테리 레녹스와 어떤 관계였는가도 알고 있네. 자네가 테리를 외국에 도피시킨 것도, 그가 죽었는가 안 죽었는가에 대해 의문을 품고 있다는 것도, 그 이후 죽은 딸을 알고 있는 사내한테 접근하고 있는 것도 보고 받고 있네. 그러나 어떤 목적인가는 설명받지 못했네. 그걸 설명해 주게."
"그 남자의 이름을 말해 주십시오."
그는 희미하게 웃음지었다. 그러나 마음을 여는 웃음은 아니었다.
"웨이드, 로저 웨이드일세. 작가라고 하더군. 외설적인 소설을 쓰는 작가라는데, 읽어 볼 생각은 없네. 위험한 알코올 중독환자라는 말도 들었네. 그리고 자네한테 이상한 생각을 품게 했다는 말도 말이야."
"내가 어떤 생각을 품고 있는가를 내 입으로 말하게 해 주십시오. 첫째, 테리가 부인을 죽였다고 믿지 않은 것은 살해 방법이 잔인했고, 그 친구는 그럴 만한 인간이 아니라고 생각했기 때문입니다. 둘째, 내가 웨이드에게 접근했다고 하는 건 오햅니다. 그가 자기 집에 함께 살면서 소설을 완성시킬 때까지 술을 마시지 못하게 해 달라는 부탁을 한 겁니다. 셋째, 그가 만일 위험한 알코올 중독 환자라 해도 나는 그러한 징후를 조금도 발견하지 못했습니다. 넷째, 그와 처음 관계를 갖게 된 것은 그의 책을 펴내고 있는 뉴욕의 한 출판업자한테 의뢰받았기 때문이며, 그때는 로저 웨이드가 당신 딸을 알고 있다는 것은 전혀 몰랐습니다. 다섯째로, 내가 그 의뢰를 거절한 다음, 웨이드 부인이 행방불명이 된 남편을 찾아 달라고 의뢰하러 왔습니다. 나는 그를 찾아내어 집에 데려다 주었습니다."
"매우 질서가 정연하군" 하고 그는 쌀쌀하게 말했다.
"아직 끝나지 않았습니다, 포터 씨. 여섯째로…… 당신인가, 당신의 지시를 받은 자가 수웰 앤디코트라는 변호사를 보내어 나를 유치장에서 꺼내려고 했습니다. 누구한테 의뢰받았다는 말은 하지 않았으나 달리 마음에 짚이는 사람이 없습니다. 일곱째로, 유치장에서 나왔더니 멘디 메넨디스라는 갱이 찾아와서 손을 떼라고 공갈하고, 테리가 그와 란디 스타라는 라스베이거스의 도박꾼의 목숨을 구출했다는 얘기를 했습니다. 거짓말을 했다고는 생각되지 않았습니다. 메넨디스는 테리가 멕시코로 도피하는데 그에게 도움을 요청하지 않고 나 같은 졸때기한테 부탁한 사실이 기분 나빴던 모양이었습니다. 물론 메넨디스였다면 나보다 잘했을 겁니다."

"설마 내가 메넨디스나 스타를 알고 있다고 생각하는 건 아니겠지?"

"그건 알 수 없지요, 포터 씨. 내가 이해할 수 있는 방법으로는 당신이 소유하고 있는 그런 재산은 만들 수가 없으니까요. 그 다음에 나에게 손을 떼라고 한 사람은 당신의 따님인 롤링 부인이었습니다. 어느 바에서 우연히 만나, 우리 둘이서 김릿을 마신 것이 말하게 된 실마리였습니다. 테리가 좋아하던 술인데, 이 지방에서는 별로 마시는 사람이 없습니다. 내가 테리한테 품고 있는 기분을 약간 그녀에게 털어놓자, 당신을 화나게 하면 내 일생이 당장에 짧고 불행해 진다고 충고해 주더군요. 화나셨습니까, 포터 씨?"

"내가 화를 내면, 나한테 물어볼 것도 없이 분명히 알게 되네" 하고 그는 차다차게 말했다.

"그럴 거라고 생각하고 있었습니다. 실은 이상한 작자들이 찾아올지도 모른다고 각오하고 있었습니다만, 아직 아무도 나타나지 않았거든요. 경찰에서도 아무 말이 없습니다. 분명히 무슨 말이 있을 것이라 여겼습니다. 지독한 꼴을 당하게 될지도 모른다고 각오하고 있었습니다. 포터 씨, 당신이 원하시는 것은 모든 일을 가만히 내버려 두는 것이겠지요? 그런데 내가 당신의 일에 무슨 방해를 했다는 겁니까?"

그는 희미하게 웃었다. 벌레라도 짓씹은 듯한 웃음이었으나, 분명히 웃었다. 길고 노란 손가락을 깍지 끼고 한쪽 발을 다른 쪽 무릎 위에 얹더니 의자 깊숙이 파묻혔다.

"자네가 하고 싶은 말을 마음대로 하게 했으니, 이번에는 내 말을 들어 주어야겠네. 자네가 말한 대로 나는 모든 문제를 그대로 내버려 두고 싶은 걸세. 자네와 웨이드와의 연결이 정말 우연이었다는 것도 있을 수 있는 일이야. 어쨌든 그렇다고 해 두자. 나한테도 가정이 있지만, 이젠 나이를 많이 먹었고, 가정이 그렇게 중요한 의미를 지니고 있지는 않네. 딸 하나는 보스톤 태생인 학자와 결혼하고, 다른 하나는 몇 번이고 어리석은 결혼을 했다가 마지막으로 사람은 좋으나 무일푼인 인간과 결혼했네. 그는 딸이 이 사내에서 저 사내로 옮겨 다니는 것을 내버려 두었다가 갑자기 이성을 잃고 딸을 살해했네. 자넨 살해 방법이 잔혹했다는 것을 이유로 그가 죽였다고는 믿지 못하겠다고 했네. 그 생각은 틀렸어. 그는 모제르 자동 권총으로 사살했네. 멕시코에 가지고 간 권총이야. 사살한 다음 탄환 자리를 없애기 위해 그런 짓을 한 거란 말이야. 잔혹한 방법이라는 것은 나도 인정하지만 전쟁에서 중상을 입었고, 자기도 고통을 받았고, 남이 고통받는 것도 보아 왔다는 것을 잊지 말아야 하네. 죽일 생각은 없었는지도 모르지. 권총은 딸애 것이기 때문에 다투고 있는 동안에 발사되었는지도 모르네. 7.65구경의, 작지만 위력이 있는 권총으로 PPK라는 형일세. 탄환은 딸의 머리를 관통하고 사라사 커튼 뒤 벽에 박혀 있었어. 사건 직후에는 발견되지 않았고, 세상에도 발표되지 않았네. 여기서 그 당시의 사정을 생각해 보게." 그는 말을 끊고 나를 쳐다보았다. "담배가 꼭 피우고 싶은가?"

"미안합니다, 포터 씨. 저도 모르게 손이 나갔습니다. 습관이 되어 있어서." 나는 담배를 도로 넣었다.

"테리는 내 딸을 죽였네. 경찰 입장에서 보아도 동기는 충분했네. 그리고 동시에 해명할 수 있는 재료도 전부 갖추어져 있었네. 권총이 딸애 것이니 뺏으려 하는 동안에 딸이 방아쇠를 당겼다고 하면 만사 해결될 수도 있었네. 수완 있는 변호사라면 무죄로 몰고 갈 수도 있겠지. 만일 그때 나한테 전화를 걸었더라면 힘이 되어 주었을 거야. 하지만 탄환 자리를 감추기 위해 잔혹한 사실로 만들어 버렸기 때문에 어떻게 하든 도망치지 않으면 안 되게 되어 버린 걸세. 그것도 솜씨 좋게 도망쳤다고는 할 수 없단 말이야."

"확실히 솜씨 있는 도피 방법이라고는 할 수 없습니다, 포터 씨. 하지만 그 전에 파사디나에 있는 당신한테 전화를 걸었습니다. 나한테 그렇게 말했어요."

그는 끄덕였다. "나는 행방을 감추라고 했네. 그가 어디 있는지 알고 싶지 않았네. 정말 알고 싶지 않았네. 범인을 감쌀 수는 없거든."

"잘 알고 있습니다, 포터 씨."

"야유가? 어쨌든 좋아. 자세한 얘기를 들어 봤자 아무 소용도 없다고 생각했네. 그런 종류의 범행의 재판이 어떤 결과를 초래하는가는 상상할 수 있겠지? 정직하게 말해서 고백서를 남기고 자살했다는 말을 들었을 때, 나는 안도의 숨을 쉬었네."

"그 심정도 이해할 수 있습니다, 포터 씨."

그는 눈썹을 움직이더니 나를 노려보았다. "조심해. 나는 야유를 싫어한단 말이다. 이 정도만 말하면 어떤 인간에 의한 어떤 종류의 수사도 내버려 둘 수 없다는 기분을 이해하겠지? 내가 손을 써서 수사를 되도록 간단히 하게 하고, 사건을 되도록 세상에 발표하지 않게 한 이유를 알았을 걸세."

"물론……그가 죽였다고 확신하고 있다면 말입니다."

"그가 죽인 건 틀림없네. 어떤 목적으로 죽였는가는 별문제일세.

그런 건 중요한 문제가 아니야. 나는 세상에 얼굴을 내밀고 있는 사람이 아니며 그런 사람이 되고 싶지도 않네. 이제까지도 이름이 나는 것을 방지하기 위해 온갖 고심을 다했네. 나는 세력은 잡고 있지만 남용은 하지 않네. 로스앤젤레스 카운티의 지방검사는 대단한 야심가지만 양식도 있네. 일시적인 허명을 얻기 위해서 생애를 파멸로 몰고 갈 그런 바보는 아닐세. 눈에 빛이 도는군. 말로우 군, 그만두게. 우리는 민주주의라 불리는 세계에 살고 있네. 모든 것은 다수결에 의해서 결정되네. 그대로 실천된다면 훌륭한 이상이 되네. 선거는 국민이 하지만 지명은 정부 기관이 하네. 그리고 정부 기관이 강력한 힘을 가지기 위해서는 거액의 자금을 쓰지 않을 수 없네. 그 돈은 누군가는 내놓지 않으면 안 되고, 그 누군가가 개인이든, 재계의 그룹이든, 조합이든, 반드시 어떤 대가를 기대하게 마련일세. 나 같은 인간이 기대하는 것은 남의 간섭이나 괴로움을 받지 않고 조용히 살고 싶다는 것일세. 나는 신문사를 몇 개나 가지고 있지만 신문을 싫어하네. 조용히 살려고 하는 사람에게는 항상 위협이 되기 때문일세. 신문이 목청이 터져라 외치고 있는 보도의 자유라는 것은 불과 얼마 안 되는 예외를 제외하고는 추문, 범죄, 성, 증오, 개인 공격 등을 써대는 자유, 또는 정치적, 경제적 선전일세. 신문은 광고 수입에 의해 돈을 버는 사업이야. 발행 부수에 따라 달라지지만 발행 부수의 바탕이 되는 것이 뭔가는 자네도 알고 있겠지?"

나는 일어서서 의자 주위를 걸었다. 그는 차가운 시선을 나에게 던졌다. 나는 다시 앉았다.

"알았습니다, 포터 씨. 그래서 어떻게 된다는 겁니까?"

그는 듣고 있지 않았다. 자기 자신의 생각에 불쾌감을 느끼고 있었던 것이다. "돈이란 것은 괴상한 걸세" 하고 그는 말을 계속했다.

"한 곳에 많이 모이면 돈에 생명이 생기고, 때로는 양심까지 생기게 되네. 돈의 힘을 제어하기가 어려워진다네. 인간은 옛날부터 돈에 좌우되기 쉬운 동물이었네. 인구의 증가, 전쟁에 필요한 거액의 군사비, 세금의 중압……이러한 것들이 인간을 더욱 돈에 좌우되기 쉽게 만들고 있네. 보통 인간은 지치고 겁내고 있네. 지치고 겁내고 있는 인간에게 이상 따위는 볼일이 없네. 우선 가족을 위해 식량을 구입하지 않으면 안 되네. 우리는 사회적 도덕과 개인적 도덕이 현저히 붕괴된 것을 보아 왔네. 인간의 품질이 저하되었단 말이야. 대량 생산 시대에서는 품질은 기대할 수 없으며, 원래부터 기대하지도 않네. 품질을 높이면 새로 사지 않기 때문일세. 그래서 모양을 바꾸는 걸세. 이제까지 있는 모양을 강압적으로 못 쓰게 만들려 하네. 상업 전술이 낳은 사기야. 올해 판 것은, 1년 후에는 유행에 뒤떨어졌다고 생각하게 만들지 않으면, 내년에는 상품을 팔 수 없게 된단 말일세. 우리는 세계에서 가장 깨끗한 주방과 가장 번쩍번쩍 빛나는 욕실을 가지고 있네. 그러나 미국의 일반 주부들은 깨끗한 주방에서 만족한 식사를 만들 수 없고 번쩍번쩍 빛나는 욕실은 대부분의 경우 방취제, 설사약, 수면제, 그리고 화장품 같은 신용에만 의존하고 있는 사업의 상품 진열장이 되어 있네. 우리는 세계에서 가장 훌륭한 포장 상자를 만들고 있단 말일세, 말로우 군. 그러나 그 속에 들어 있는 것은 거의 전부가 잡동사니란 말이야."

그는 희고 커다란 손수건을 꺼내어 이마에 갖다댔다. 나는 이 사람은 무엇을 위해서 살고 있는 것일까 하고 생각하면서 입을 벌리고 앉아 있었다.

"이 지방의 기후는 나한테 좀 더운 것 같군" 하고 그는 말했다.

"이보다 시원한 기후가 몸에 배어서 말이야. 어쩐지 내 잔소리는, 요점을 잊어버린 사설처럼 되어 버린 것 같군."

"요점은 알았습니다, 포터 씨. 당신은 오늘날과 같은 세상이 마음에 들지 않고 대량 생산이 없었던 50년 전의 생활에 틀어박혀 조용히 살고 싶기 때문에 당신 자신의 힘에 위력을 발휘시키려 하고 있는 겁니다. 1억 달러의 재산이 있어도 그 재산이 당신에게 가져다 준 것은 두통거리뿐, 다른 것은 없었던 것입니다."

그는 손수건의 양쪽 끝을 잡고 팽팽하게 잡아당긴 다음, 똘똘 말아서 호주머니에 집어넣었다.

"그 다음은?" 그는 짤막하게 물었다.

"그것뿐입니다. 다른 것은 아무것도 없습니다. 누가 당신 딸을 죽였느냐는 문제 같은 것에는 관심이 없는 겁니다. 오래 전부터 잘못 태어난 자식이라 체념해 버렸기 때문에 있든 없든 관심이 없는 겁니다. 테리 레녹스가 죽이지 않고, 진범이 큰소리치며 활보하고 있어도 당신이 알 바가 아니란 말입니다. 무엇보다도 당신은 그놈이 잡히기를 바라고 있지 않습니다. 사건이 다시 밝은 곳에 나와 재판이 진행되면, 피고측의 변호사가 당신의 조용한 생활을 위협하게 되기 때문입니다. 하기야 재판이 시작되기 전에 범인이 자살해 주면 문제는 없어집니다. 타히티나 과테말라나, 사하라 사막 한가운데서 자살해 준다면 더할 나위 없을 겁니다. 당국이 진상 조사를 위해 사람을 파견하는 비용을 내놓기에 주저할 만한 장소라면 어디든지 상관없을 겁니다."

그는 느닷없이 웃기 시작했다. 제법 마음이 느긋해진 웃음이었다.

"나한테 무얼 요구하나, 말로우 군?"

"얼마 필요한가, 라는 의미라면 한 푼도 필요없습니다. 나는 여기까지 오고 싶어서 온 게 아닙니다. 동행을 종용받고 온 겁니다. 나는 로저 웨이드를 만난 경위를 정직하게 말했습니다. 그런데 그는 확실히 따님을 알고 있었고, 내가 직접 보지는 않았으나 이전에 폭력을 휘두른 흔적이 있습니다. 어젯밤 그는 권총 자살을 하려 했습니다. 무엇엔가에 홀린 사람 같습니다. 양심의 가책 때문에 고민하고 있는 겁니다. 유력한 용의자를 한 사람 잡으라고 하시면 아마 그를 잡을 겁니다. 어쩌면 많은 사람 중의 한 사람에 지나지 않는지도 모르지만 내가 만난 사람은 그 사람뿐이거든요."

그는 일어섰다. 일어선 그는 무척 몸집이 큰 사나이였다. 힘깨나 쓸 것 같았다. 내 곁에까지 오더니 내 눈앞에 우뚝 섰다.

"말로우 군, 전화 한 통만 걸면 자네 면허는 회수당하네. 나한테 맞서는 것은 단념하는 편이 좋아."

"전화 두 통만 걸면 시궁창 어딘가에 뻗어 있겠지요. 머리가 반 정도 없어지고 말입니다."

그는 쓴웃음을 띠었다. "나는 그런 방법은 안 쓰네. 자네 같은 직업의 인간은 보통 그렇게 생각하게 되겠지. 나는 자네 때문에 너무 많은 시간을 소모했네. 하인을 불러 현관까지 안내하겠네."

"혼자서 돌아갈 수 있습니다" 하고 나는 말하고 일어섰다. "말씀은 잘 알았습니다. 시간을 내 주셔서 고맙습니다."

그는 손을 내밀었다. "와 주어서 고맙네. 자네는 정직한 사람인 것 같군. 영웅인 척하는 건 그만두게. 아무 이득도 없네."

나는 그와 악수했다. 드라이버로 비트는 것 같은 손아귀 힘이었다. 그는 나를 위로하듯 부드럽게 웃었다. 확실히 그는 나보다 능력도 있고 세련된 인간이었다.

"자네한테 일을 부탁할 때도 있을 걸세" 하고 그는 말했다. "그리고, 내가 정치가나 경관을 매수하고 있다는 생각은 하지 말게. 잘 가게, 말로우 군. 와 준 데에 대해서 다시 한 번 고맙다는 인사를 하겠네."

그는 그 자리에 선 채 내가 방에서 나가는 것을 지켜보았다. 현관문에 손을 댔을 때, 린다 롤링이 어디선가 모습을 나타냈다.

"어땠어요?" 하고 그녀는 조용히 물었다. "아버지와 얘기가 잘되셨어요?"

"그럼요, 나한테 현대 문명을 설명해 주셨지요. 현대 문명이 그에게 어떻게 보이는가를 말입니다. 얘기는 더 계속될 것 같았어요. 그런데 아버지의 사생활에는 간섭하지 않는 편이 좋을 것 같더군요. 만약 간섭하면 하느님께 전화를 해서 무슨 주문을 하실지 알 수 없거든요."

"당신은 이렇게도 저렇게도 할 수 없는 분이군요."

"내가요? 이러지도 저러지도 못하다니요? 아버지가 어떤 분인지 모르십니까? 아버지에 비하면 나 같은 것은 새 장난감을 얻은 어린아이입니다."

내가 집을 나오자 에이모스가 캐딜락을 대기시키고 있었다. 나는 그가 운전하는 차를 타고 할리우드로 돌아왔다. 내릴 때 1달러 주려고 했지만 그는 받지 않았다. 그럼 엘리어트의 시집을 사주겠다고 했다. 그는 벌써부터 가지고 있다고 했다.

33

1주일이 지났다. 웨이드 집안으로부터는 아무 소식도 없었다. 덥고 습기가 많은 나날이 계속되어 매연이 코를 자극하는 냄새가 멀리 서쪽 비벌리힐스에까지 달했다. 메릴랜드 드라이브에서는 매연이 안개처럼 시가지 위를 덮고 있는 것이 보였다. 매연 속에 있으면, 싫어도 혀에 닿고, 코를 습격하고 눈에 스며드는 것을 막을 수가 없었다. 비벌리힐스에 영화계 사람들이 거주하기 시작한 후부터 부자들이 도피해 들어간 파사디나에서는 시의회 의원들이 화를 내어 항의하기 시작했다. 그러나 모든 것이 매연 탓이 되어 버렸다. 카나리아가 울지 않게 되어도, 우유 배달 시간이 늦어도, 강아지에 벼룩이 생겨도, 빳빳한 칼라를 한 늙은이가 교회에 가다가 심장마비를 일으켜도 전부 매연 탓이었다. 내가 살고 있는 곳의 새벽 무렵은 언제나 공기가 맑았으며, 밤에도 맑은 날이 많았다. 때로는 하루 종일 맑은 때도 있었다. 왜 그런지는 아무도 알 수 없었다.

그러한 어느 날이었다. 우연히도 목요일이었는데, 뜻밖에 로저 웨이드한테서 전화가 걸려왔다.

"어떻게 지내고 있나? 웨이드야." 건강한 음성이었다.

"별일 없네. 자넨?"

"술은 안 마시고 있네. 일하고 있지. 자네하고 얘기해야 될 문제가 있어서 말이야. 그리고 빚도 있고."

"없네."

"오늘 점심을 함께 어떤가? 1시경에 올 수 있나?"

"갈 수 있겠지. 캔디는 어떻게 하고 있나?"

"캔디?" 무슨 뜻인지 모르는 것 같았다. 그날 밤 일을 기억하지 못하는 것이다.

"그랬지. 자네를 도와서 나를 침대에 눕혀 주었지."

"그래? 쓸모 있는 인간이지. 때와 장소에 따르지만 말이야. 부인은?"

"아무 일 없네. 오늘은 쇼핑하러 갔네."

우리는 전화를 끊었다. 나는 회전의자에 깊숙이 앉아 몸을 흔들었다. 원고는 어느 정도 진행되었는가 물어야 했다. 작가에게는 언제든지 일이 진행되고 있는가 어떤가를 물어야 하는 것이다. 하기야 작가는 그러한 질문을 귀가 따갑도록 듣는지도 모른다.

얼마 후에 또 전화가 걸려 왔다. 들은 일이 없는 음성이었다.

"로이 아슈라펠트입니다. 조지 피터즈가 전화를 걸어 보라고 해서 말입니다."

"아, 그래요? 고맙습니다. 뉴욕에서 테리 레녹스를 알았다면서요? 머스톤이라는 성을 쓰고 있었다는 말을 들었을 때……."

"그렇습니다. 하지만 같은 사람에 틀림없습니다. 그 사나이를 잘못볼 리가 없습니다. 여기서도 한 번 '체이슨'에서 부인과 함께 있는 것을 본 적이 있었어요. 그때 나는 회사 거래처 사람과 같이 있었는데, 그가 레녹스를 알고 있었습니다. 그의 이름은 밝힐 수 없습니다만."

"압니다. 그런 건 지금 별로 중요하지 않아요. 그런데 뭐라고 부르던가요?"

"잠깐 기다려 주십시오. 폴입니다. 폴 머스톤이었습니다. 그리고 당신한테 흥미 있는 얘기가 될지 모르지만, 또 한 가지 기억해 둘 게 있습니다. 영국 육군의 종군 휘장을 달고 있었어요."

"그래요? 그 후 어떻게 됐는지 압니까?"

"나는 바로 서부에 와 버렸기 때문에 그곳 일을 모르지만, 그 다음에 그를 봤을 때는 그도 이 도시에 와 있었습니다. 하란 포터의 딸과 결혼하고 말입니다. 그런 일은 당신이 더 잘 알고 있을 겁니다."

"두 사람 다 죽었어요. 얘기해 주어서 고맙습니다."

"뭐, 그런 인사까지. 도움이 된다면 그것으로 만족합니다. 뭔가 도움이 되는 내용이 있었습니까?"

"별로 없군요." 나는 거짓말을 했다. "나는 그에게 경력을 물어본 일이 없었습니다. 한 번은 고아원에서 자랐다고 말한 일이 있었어요. 당신이 사람을 잘못 본 것은 아니겠지요?"

"그 은발과 흉터를 잘못 볼 리 없습니다. 한 번 본 얼굴을 잊어버린 일이 없다고는 할 수 없지만 그런 얼굴은 잊을 수 없습니다."

"그는 당신을 봤나요?"

"봤다고 해도 기억하지 못했을 겁니다. 언젠가도 말한 것처럼 뉴욕에서는 항상 술에 취해 있었거든요."

나는 거듭 고맙다고 인사했고, 그는 그렇게까지 예의를 갖추지 않아도 된다고 말했다. 우리는 전화를 끊었다.

나는 그가 말한 내용을 생각해 보았다. 빌딩 밖의 소음이 방해되었다. 너무나 소란했던 것이다. 여름철의 더운 시각에는 모든 것이 지나치게 소란하다. 나는 자리에서 일어나 창문의 밑 부분을 반쯤 닫고 살인과의 그린 형사 부장을 전화로 불러냈다.

"실은……." 나는 인사를 끝낸 다음에 말했다. "테리 레녹스에 대해서 납득하기 어려운 말을 들었네. 내가 아는 사람이 뉴욕에서 그를 알게 되었다는 걸세. 그런데 이름이 다르단 말이야. 그의 병력 기록을 조사해 봤나?"

"지금까지 그런 소릴 하고 있나?" 그는 쌀쌀하게 말했다. "쓸데없는 일에 참견하지 말게. 그 사건은 벌써 끝났네. 열쇠가 채워지고 추가 달려 바다에 던져졌네. 알았나?"

"지난 주, 아이도르 봐레의 딸집에서 하란 포터를 만났네. 무슨 얘기를 했는지 듣고 싶지 않나?"

"뭘 말인가?" 그는 화난 것처럼 물었다.

"거짓말하고 있는 게 아닌가?"

"여러 가지 얘기를 했네. 불러서 갔었네. 내가 마음에 든 것 같더군. 그 여자는 모제르의 PPK로 사살되었다고 하더군. 7·65 구경이야. 알고 있었나?"

"그래서?"

"그 여자의 권총일세. 약간 사정이 달라지는 것 같지 않나? 하지만 오해하지 말게. 사건을 시끄럽게 만들려는 생각이 아니야. 나만의 문제일세. 얼굴 흉터는 어디서 생긴 건가?"

그린은 곧 대답하지 않았다. 전화 속에서 문이 닫히는 소리가 들렸다. 그런 다음에 그가 낮은 목소리로 말했다. "아마 국경 남쪽에서 나이프로 싸우다 생긴 거겠지."

"얼버무리지 말게. 지문은 채취했겠지? 그리고 공식대로 워싱턴에 보냈을 거야. 결과가 도착했을 걸세. 내가 묻는 건 그의 병력 기록일세."

"군대에 있었다고 누가 말했나?"

"맨디 메넨디스도 말했네. 레녹스가 그의 생명을 구해 준 일이 있었던 것 같고, 그때 입은 상처라고 말했네. 독일군의 포로가 되어 수술받았다는 걸세."

"메넨디스라니? 그런 인간의 말을 믿고 있나. 감쪽같이 속은 거야. 레녹스는 한 번도 군대에 있었던 일이 없단 말이야. 어떤 이름이든 기록은 남아 있지 않네. 이제 속이 시원한가?"

"하지만 왜 메넨디스가 여기까지 찾아와서 전쟁 얘기를 하고, 레녹스는 그와 라스베이거스의 란디 스타의 친구로 아무에게도 손대게 하고 싶지 않으니 얌전히 손을 떼는 편이 좋다고 나한테 경고했을까? 무엇보다도 레녹스는 벌써 죽어 버렸는데 말이야."

"그런 작자들이 무얼 생각하든지 알 게 뭔가. 레녹스는 결혼하여 성실한 인간이 되기 전에 놈들과 함께 일했는지도 모르는 일일세. 한동안 라스베이거스에 있는 스타의 가게에서 매니저를 했던 일이 있네. 거기서 그 여자를 만난 걸세. 디너 자켓에 나비넥타이를 매고 미소를 띠고 있기만 하면 되는 걸세. 그치한테는 잘 어울릴 걸세."

"확실히 매력이 있었네. 경찰에는 상관없는 일이지만 말이야. 여러 가지로 고맙네. 그레고리우스 과장은 무엇하고 있나?"

"휴직 중이야. 신문도 안 읽나?"
"범죄 뉴스는 안 읽네. 너무 지저분해서 말이야."
나는 잘 있으라는 말은 하려고 했으나 그가 가로막았다. "그 억만장자는 자네한테 무슨 용무가 있었나?"
"함께 차를 마신 것뿐일세. 사교적인 방문이야. 나한테 일을 준다고 했네. 그리고 이런 일도 있었지. 나를 이상한 눈으로 보는 경관은 목을 조심하는 편이 좋다고 말하더군."
"그가 경찰을 움직이고 있는 건 아니야."
"그도 그렇게 말하더군. 경찰 국장이나 지방 검사를 매수하지 않는다고 했네. 그가 낮잠 자고 있으면 저쪽에서 찾아와서 무릎 위에 올라앉는다고 말이야."
"그만두지 못해!" 라고 그린은 말하고 요란스럽게 전화를 끊었다.
경관은 편한 직업이 아니다.

34

가도에서 구부러지는 언덕 모퉁이까지 포장이 파손된 길이 한낮의 더위 속에서 춤추고, 길 양쪽의 건조한 땅에 드문드문 눈에 띄는 풀숲이 먼지를 뒤집어쓰고 마치 밀가루 모양 하얗게 변해 있었다. 풀냄새가 후덥지근하게 코를 찔러 구토증을 일으킬 것 같았다. 뜨뜻미지근한 바람이 약간 불었다. 나는 윗도리를 벗고 셔츠 소매를 걷어 올렸지만 차문이 뜨거워서 팔을 올려놓을 수가 없었다. 떡갈나무 숲에 묶여 있는 말이 나른하게 졸고 있다. 갈색 피부의 멕시코인 한 명이 땅바닥에 앉아 신문지에서 무언가를 꺼내 먹고 있었다.

커다란 돌덩어리들이 도로를 가로질러 굴러 나와 지면 위 여기저기에 놓여 있고, 이제까지 거기 있던 도마뱀은 조금도 움직인 기색이 없었는데 어느 사이엔가 사라지고 없었다. 차는 언덕을 돌아 다른 길로 접어들었다. 5분 후 나는 웨이드 집안의 드라이브 웨이에 차를 세우고 현관 벨을 눌렀다. 웨이드가 직접 문을 열었다. 소매가 짧은 밤색과 흰색 체크무늬 셔츠에 테니스 바지를 입고 실내용 슬리퍼를 신었다. 볕에 타서 건강하게 보였다. 손에 잉크 얼룩이 있었고, 코 한쪽에 담뱃재 흔적이 있었다.

그는 나를 서재로 안내하고 책상 저쪽 편에 앉았다. 책상 위에는 노란 종이에 타이프 쳐진 원고가 쌓여 있었다. 나는 윗도리를 의자에 걸치고 소파에 앉았다.

"잘 왔네, 말로우. 마시겠나?"

나는 주정뱅이가 술을 권했을 때 누구나 짓는 표정이 되었다.

그는 쓰디쓰게 웃었다.

"나는 코카콜라로 하겠네" 하고 그는 말했다.

"나도 술은 마시고 싶지 않네. 코카콜라로 하지."

그는 발로 무엇인가를 눌렀다. 곧 캔디가 나타났다. 무뚝뚝한 표정이었다. 청색 셔츠에 오렌지색 스카프를 목에 감고, 흰 상의는 입지 않았다. 허리가 긴 멋낸 개버딘 바지에, 흑과 백의 두 색이 들어간 구두를 신었다. 웨이드는 코카콜라를 가져오라고 했다. 캔디는 나를 힐끗 쏘아보고 방을 나갔다.

"원고인가?" 하고 나는 종이 더미를 가리키면서 물었다.

"응, 시원치 않네."

"그럴 리는 없겠지. 어느 정도 진행되었나?"

"3분의 2 정도 되겠지. 정말 시시한 걸세. 작가가 글을 못 쓰게 되었을 때는 자기가 제일 먼저 아네."

"나는 작가와 교제가 없어서 말이야." 나는 파이프에 담배를 채워 넣었다.

"예전에 쓴 것을 읽고 영감을 얻으려 하지. 누구든지 그렇게 하네. 이 원고는 5백매 가량 되네. 10만 단어 이상은 될 걸세. 내가 쓴 소설은 전부 길지. 독자는 장편을 좋아하네. 바보스러운 일이지. 페이지가 많으면 좋은 얘기가 많이 씌어 있다고 생각한단 말이야. 도저히 다시 읽어 볼 마음이 안 드네. 쓴 얘기의 반은 잊어버리고 말지. 내가 쓴 것을 다시 읽는 게 무섭단 말이야."

"안색은 좋은데? 요전날 밤을 생각하면 믿기지 않는군. 자넨 자신이 생각하고 있는 것보다 훨씬 야무진 데가 있네."

"하지만 지금 나에게는 그 이상의 것이 필요하단 말이야. 나에 대한 신념이 필요하네. 자신을 믿지 못하는 작가란 서 푼어치의 가치도 없네. 나는 훌륭한 집과 아름다운 아내와 굉장한 판매 기록을 가지고 있네. 하지만 지금 내 희망은 술에 만취하여 모든 것을 잊어버리고 싶다는 것뿐 아무것도 없네."

그는 두 손에 턱을 얹고 책상 너머로 나를 바라보았다. "내가 권총 자살을 하려 했다고 아이린이 말했네. 그렇게까지 심했던가?"

"기억이 없나?"

그는 머리를 흔들었다. "넘어져서 머리를 다친 일밖에 기억하고 있지 않네. 정신 차렸을 때는 침대에 누워 있었어. 그리고 자네가 와 있었네. 아이린이 불렀었나?"

"응, 그렇게 말하지 않던가?"

"요 일주일 동안 나한테 거의 말을 붙이지 않고 있네. 롤링이 보여 준 연극이 좋지 않았던가봐."

"부인은 신경 쓸 만한 일이 못 된다고 하던데?"

"그럴 거야. 사실 아무 일도 아니지만 그렇게 믿고 한 말은 아닐 거야. 그 작자는 병적으로 질투심이 강한 인간일세. 누군가가 부인과 방구석에서 한두 잔 마시고 웃음소리를 내며 작별 키스라도 할

라치면, 부인과 잠자리를 같이 한 걸로 생각해 버린단 말이야. 그가 그녀와 잠자리를 같이 하고 있지 않는 것이 한 이유지만 말이야."

"아이도르 봐레는 좋은 곳이군" 하고 나는 말했다. "주민 전부가 평온한 생활을 즐기고 있거든."

그는 험악한 얼굴이 되었다. 그때 문이 열리고 캔디가 코카콜라 두 병과 글라스를 들고 들어왔다. 코카콜라를 글라스에 따르자 내 쪽은 보지 않고 그 중 하나를 내 앞에 놓았다.

"30분 후에 점심을 먹겠네" 하고 웨이드가 말했다. "흰옷을 왜 안 입고 있나?"

"오늘은 휴일입니다" 하고 캔디가 무표정하게 말했다. "저는 요리사가 아닙니다."

"냉육이나 샌드위치하고 맥주면 되네. 요리사가 없지 않나, 캔디? 친구를 점심 식사에 초대했네."

"보스는 친구라 생각하고 있습니까?" 하고 캔디는 비웃듯이 말했다. "부인한테 물어 보십시오."

웨이드는 의자에 등을 기대고 웃음지었다.

"말조심하는 편이 좋을 거야. 이 집에서는 마음 편히 있는 걸로 알고 있는데. 내가 특별한 일을 부탁한 적은 없지 않나?"

캔디는 아래로 얼굴을 떨구어 바닥을 보았다. 이윽고 눈을 들어 엷은 웃음을 띠었다. "알겠습니다, 주인님. 흰옷을 입겠습니다. 그리고 점심을 가져오겠습니다."

그는 발소리를 내지 않고 나갔다. 웨이드는 문이 닫히는 것을 본 다음에 어깨를 들먹이고 나를 보았다.

"예전엔 저런 작자들을 하인이라 부르고 있었는데 말이야, 지금은 가사를 돌봐 주는 사람이라고 부르고 있네. 앞으로는 놈들에게 침대에서 아침 식사를 먹여야 될 걸세. 나는 놈에게 돈을 너무 많이 주고 있단 말이야. 그래서 우쭐거리는 거야."

"급료 말인가? 아니면 별도로 돈을 주고 있나?"

"예를 든다면?" 하고 그는 날카로운 음성으로 물었다.

나는 일어나서 그에게 접은 노란 종이를 건네주었다. "읽어 보게. 나한테 찢어 버려 달라고 부탁한 걸 기억하고 있나? 타이프라이터 위에 있던 걸세. 커버가 씌워져 있기는 했지만 말이야."

그는 노란 종이를 펴서 읽기 시작했다. 코카콜라 글라스가 책상 위의 그의 앞에서 소리를 냈다. 그는 눈썹을 찌푸리며 천천히 읽었다. 끝까지 읽자 종이를 다시 접고 손가락을 접은 선에 따라 움직였다.

"아이린도 봤나?" 그는 심각한 표정을 짓고 물었다.

"글쎄, 봤는지도 모르지."

"생각할 수조차 없는 말이 씌어 있지 않나?"

"나는 마음에 들었네. 특히 훌륭한 인간이 자네 때문에 죽었다는 대목이 말이야."

그는 다시 종이를 펴고 화가 치민다는 듯 잘게 찢어서 휴지통에 버렸다.

"주정뱅이는 무슨 말이든지 쓰고 무슨 말이든지 지껄이고 무슨 짓이라도 하네" 하고 그는 천천히 말했다. "나한테는 무슨 말인지 짐작이 안 가네. 캔디는 나를 협박하지 않았네. 나를 따르고 있단 말이야."

"또 한 번 술 취하는 편이 좋을지도 모르겠군. 무슨 뜻인지 생각날지도 모르거든. 여러 가지 일을 생각해 낼 수 있을지도 모르네. 전에도 이런 일이 있었네. 권총을 쏜 날 밤일세. 나는 세코날이 의식을 잃게 했다고 생각했었네. 그러나 자네는 제정신이었단 말이야. 그런데 지금은 쓴 것을 기억하지 못하는 척하고 있네. 소설을 쓸 수 없는 건 당연하네. 오히려 살아 있는 것이 이상하게 생각될 정도란 말이야."

그는 몸을 구부려 책상 서랍을 열었다. 손으로 안을 더듬더니 수표책을 꺼냈다. 수표책을 펼치고 펜에 손을 내밀었다. "자네한테 천 달러 빚이 있네." 그는 조용히 말했다. 수표에 기입이 끝나자 책상을 돌아 내 앞에 수표를 떨어뜨렸다.

"이만 하면 되나?"

나는 고개를 들어 그를 올려다보았다. 수표에는 손을 대지 않고 대답도 하지 않았다. 그의 얼굴은 긴장되어 일그러져 있었다. 눈은 움직이지 않고 한 곳을 응시하고 있었다.

"자넨 내가 그 여자를 죽이고, 레녹스한테 죄를 뒤집어 씌웠다고 생각하고 있나?" 그는 침착하게 말했다. "그 여자는 확실히 남자에게 맥을 못 쓰는 여잘세. 하지만 그렇다고 해서 얼굴을 짓찧어 엉망진창으로 만드는 놈은 없네. 캔디는 내가 가끔 거기 간 것을 알고 있네. 자넨 이상하게 생각하겠지만 나는 그가 입을 열리라고는 생각지 않네. 내가 잘못 생각하고 있는지도 몰라도 입을 연다고는 생각 않는단 말이야."

"입을 연다고 해 봤자 아무 소용없네. 하란 포터의 친구들이 그의 말을 믿고 받아들일 까닭이 없단 말이야. 그리고 그녀는 청동의 장식물로 살해된 게 아닐세. 자기 권총으로 머리를 관통당했네."

"그 여자는 총을 가지고 있었는지도 모르지."

그는 헛소리처럼 말했다.

"하지만 사살당했다는 것은 몰랐네. 발표 안 되었네."

"모르는 건가? 그렇지 않으면 기억하고 있지 않는 건가?"라고 나는 물었다. "자네 말이 맞네. 발표 안 됐네."

"나를 어떻게 하겠다는 건가, 말로우?" 그의 음성은 꿈속에서 말하는 것처럼 부드러웠다.

"나보고 어떻게 하라는 건가? 아내한테 말하라는 말인가? 경찰에 보고하라는 건가? 그렇게 하면 어떻게 된다는 건가?"

"훌륭한 인간이 자네 때문에 죽었다고 했네."

"나는 정식 수사가 진행되었다면 용의자의 한 사람이 되었을지도 몰랐다고 말하려 했네. 그렇게 되면 나는 여러 가지 의미에서 파멸일세."

"자네의 살인죄 혐의를 심문하러 와 있는 게 아닐세, 웨이드. 자네가 고민하고 있는 것은 자기에게 자신이 없기 때문이야. 자네는 자네 아내에게 폭력을 행사한 경험이 있네. 술 취하면 제정신을 잃어버리네. 남자한테 맥을 못 쓴다는 이유로 여자 얼굴을 엉망진창으로 짓찢어 버릴 인간은 없다고 한 이론은 통용되지 않네. 실제로 누군가가 그런 짓을 했네. 그리고 그렇게 했다고 의심받고 있는 인간은 자네보다도 훨씬 그런 짓을 할 것 같지 않는 사람일세."

그는 열려 있는 프랑스식 창으로 걸어가 햇빛을 받고 있는 호수를 바라보았다. 내 말엔 대답하지 않았다. 2분 정도 지나자 문을 가볍게 노크하는 소리가 들리고, 캔디가 하얀 냅킨, 은뚜껑으로 덮인 접시, 커피포트, 맥주병 등을 올려 놓은 왜건을 밀고 들어왔다. 그래도 그는 몸을 움직이지 않았으며, 말도 하지 않았다.

"맥주를 딸까요?" 캔디가 웨이드의 등을 향해 말을 걸었다. "위스키를 가져오게." 웨이드는 뒤돌아보지도 않고 말했다.

"죄송합니다. 위스키는 없어요."

웨이드가 몸을 획 돌려 소리쳤지만 캔디는 얼굴색 하나 변하지 않았다. 그는 칵테일 테이블 위의 수표를 내려다보고 머리를 돌려 숫자를 읽었다. 그리고 나를 보고 이 사이로 소리를 냈다. 그리고는 웨이드를 바라보았다.

"나갔다 오겠습니다. 오늘은 휴일이거든요."

그는 방에서 나갔다. 웨이드는 쓴웃음을 지었다. "내가 가져오지" 하고 그는 무뚝뚝하게 말하고 나갔다.

은뚜껑을 열고 안을 들여다보았더니 삼각형의 샌드위치가 깨끗이 줄지어 있었다. 나는 그 중 한 개를 집고, 맥주를 따라 선 채로 먹었다. 웨이드가 술병과 글라스를 가지고 왔다. 그는 소파에 앉자 위스키를 잔에 가득히 따라 단숨에 마셔 버렸다. 자동차가 이 집에서 나가는 소리가 들렸다. 아마 캔디가 하인들의 전용 출입구로 나갔나 보다. 나는 샌드위치를 또 집어 들었다.

"앉게나. 편하게 말이야." 웨이드가 말했다.

"저녁때까지는 우리 둘뿐이야." 벌써 얼굴에 술기운이 올라 있었다. 말투까지도 변했다.

"자넨 나를 안 좋아 하지, 말로우?"

"그 질문의 대답은 벌써 했네."

"알고 있나? 자넨 조금도 사양하지 않는 인간이야. 목적을 달성하기 위해서는 무슨 짓이든지 하는 그런 인간이란 말이야. 내가 옆방에서 술에 떨어져 움직이지 못하고 있을 때 내 아내를 꼬였지."

"저 나이프 광(狂)의 말은 뭐든지 믿나?"

그는 또 위스키를 따르고 글라스를 광선에 비쳐 보았다. "무슨 말이든지 믿는 게 아닐세. 위스키는 정말 아름다운 빛깔이군. 황금빛 홍수 속에 빠져 죽는 것도 나쁘지 않을 걸세. '고통없이 한밤중에 사라지는 것은'……그 다음이 뭐더라? 실례했네. 자네가 알고 있을 리가 없네. 문학은 너무 어렵단 말이야. 자넨 탐정이지. 왜 여기 와 있나? 얘기해 줄 수 없겠나?"

그는 또 위스키를 마시고 히죽거리며 나를 보았다. 그러다가 테이블 위의 수표를 보자 손을 내밀어 집어 들고 글라스 너머로 바라보았다.

"말로우라는 인간한테 끊은 거로군. 무슨 대가의 지불이었던가? 내가 서명한 것 같군. 어리석은 짓을 했군."

"연극은 그만두게." 나는 음성을 거칠게 하여 말했다. "부인은 어디 있나?"

그는 과장된 몸짓을 하고 나를 올려다보았다.

"아내는 틀림없이 돌아오네. 내가 술에 곯아떨어졌을 무렵일 거야. 마음대로 자네를 대접할 수 있는 셈이지. 방해하는 건 아무것도 없거든."

"권총은 어디 있나?" 나는 느닷없이 물었다.

질문의 뜻을 이해하지 못하는 것 같았다. 나는 권총을 책상 서랍에 넣어 둔 얘기를 했다.

"지금은 거기 없네." 그는 말했다. "찾고 싶거든 마음대로 찾게. 대신 고무 띠만은 훔쳐가지 말게."

나는 책상 서랍을 뒤졌다. 권총은 없었다. 아마 아이린이 감추었을 것이다.

"웨이드, 나는 부인이 어디 있는가를 물었네. 안 돌아오면 곤란하단 말이야. 나를 위해서가 아냐. 자네를 위해설세. 누군가가 자네를 경계하고 있지 않으면 안 된단 말이야. 나는 자네를 돌보기가 싫네."

그는 멍하니 나를 쳐다보았다. 아직 수표를 손에 들고 있었다. 글라스를 놓고 수표를 둘로 찢더니 다시 잘게 찢어 바닥에 뿌렸다.

"금액이 너무 적었던가 보군." 그는 말했다.

"자넨 적은 돈으로는 움직이지 않는단 말이야. 천 달러와 아내를 덧붙여도 충분하지 않은 것 같군. 하지만 이 이상은 내놓을 수 없네. 이걸로 된다면 별문제지만 말이야." 그는 병을 두드렸다.

"가겠네."

"왜 그러나? 생각해 내라고 하지 않았나? 이 병 속에 뭐든지 전부 들어 있네. 술기운이 충분히 돌거든 내가 죽인 여자 얘기를 전부 해 주지."

"알았네, 웨이드. 좀더 있어 보지. 하지만 여기엔 있고 싶지 않네. 볼일이 있거든 의자를 벽에 내던지게."

나는 문을 열어 둔 채 방에서 나갔다. 넓은 거실을 지나 테라스로 나가 차양 그늘에 의자를 끌어 들여 편히 드러누웠다. 호수 저쪽에 파란 안개가 걸려 있었다. 바닷바람이 낮은 산을 넘어 불어 왔다. 그 바람은 공기를 맑게 하고 더위를 적당히 조절했다. 아이도르 봐레의 여름은 쾌적했다. 계획적으로 쾌적하게 만들어져 있었던 것이다. 만들어진 낙원이며, 아무나 살 수 없는 곳이었다. 가장 좋은 계급의 인간만이 사는 곳이다. 예를 들면 중앙 유럽의 인간은 절대 입주시키지 않는다. 사회의 가장 위쪽 서랍에 속하는 인간들뿐이었다. 롤링 집안이나 웨이드 집안처럼 '순금'의 주택지에는.

35

나는 무엇을 해야 할 것인가를 생각하면서 30분쯤 누워 있었다. 그를 몹시 취하게 하여, 무슨 일이 일어나는가 보려고도 생각했다. 하기야 자기 집 자기 서재에 있으니 별일은 일어나지 않을 것이다. 또 발이 걸려 넘어질지도 모르지만, 그렇게 되기까지에는 제법 시간이 걸릴 것이다. 그는 술이 세다. 무엇보다도 주정뱅이란 족속은 크게 다치는 일이 없다. 혹시 그 죄의식을 되찾게 될지 모르지만, 오늘 형편으로 보아서는 다만 잠자버릴 공산이 더 많았다.

이대로 돌아가 사건에서 손을 뗄까 생각했지만 도저히 그렇게는 할 수 없었다. 그렇게 할 수 있다면, 나는 내가 태어난 작은 도시에서 살면서 잡화상에서 일하고, 주인 딸과 결혼해서 자식을 다섯 낳고, 일요일 아침에는 자식들에게 만화를 읽어 주고, 자식들이 장난하면 머리를 후려 치고, 용돈을 너무 많이 준다고 아내와 다투고, 라디오나 텔레비전의 시시한 프로 같은 것을 보이기 때문이라고 틀림없이 아내를 꾸짖고 있었을 것이다. 돈을 모았을지도 모른다. 작은 도시의 작은 부자답게 방이 여덟 개 있는 집에 살면서, 차고에는 차가 두 대, 일요일마다 닭을 먹고, 거실 테이블 위에는 '리더스 다이제스트'가 놓여 있고, 포트랜드 시멘트 봉지 같은 머리를 가진 그런 인간이 되어 있었을 것이다.

그러한 생활은 다른 사람에게 맡기자. 나는 더럽혀진 대도시가 더 좋으니.

나는 일어나서 서재로 돌아갔다. 그는 멍청하니 앉아 있었다. 스카치는 반밖에 남지 않았고, 얼굴에는 피곤한 표정이 감돌았고, 눈은 순하게 빛나고 있었다. 그리고 말이 울타리 너머로 밖을 내다보듯 나를 보았다.

"무슨 볼일이 있나?"

"아무것도 없네. 괜찮은가?"

"내버려 두게. 염려 안 해도 되네."

나는 샌드위치를 하나 들고 맥주를 한 잔 마셨다.

"알고 있나?" 하고 그는 불쑥 물었다. 목소리가 갑자기 뚜렷해졌다. "한동안 남자 비서를 고용한 일이 있었네. 내가 말하면 그는 썼네. 나는 그를 그만두게 했네. 내 말을 독촉하듯 기다리고 있는 것이 신경이 쓰였기 때문이야. 내 잘못이었네. 계속 채용했더라면 좋았을 거야. 틀림없이 동성연애한다는 말을 듣게 되었을 걸세. 다른 것은 아무것도 쓸 수 없기 때문에 서평을 쓰는 작자들이 그걸 써서, 나한테는 좋은 선전이 되었을 걸세. 대체로 그들이 그렇거든. 한 놈도 빼놓지 않고 전부 변태야. 현대 예술에 가위질을 해대는 인간은 전부 그런 녀석들이란 말이야. 현재 가장 높은 자리에 있는 놈은 변태 성욕자일세."

"그런 종류의 인간은 옛부터 있었네. 새삼스러운 얘기는 아닐세."

그는 나를 보지 않았다. 계속 말만 지껄였다. 그러나 내 말은 듣고 있었다.

"자네 말이 맞네. 몇 천 년 전부터 있었네. 예술이 성했던 시대는 특히 많았던 것 같네. 아테네, 로마, 르네상스, 엘리자베스 왕조, 프랑스의 로맨티시즘의 시대 등……색다른 작자들이 어느 시대에나 있었네. 《금지편(金枝篇)》(제임스 플레이저 경의 저서, 고대 인류의 토속 신앙 등의 연구, 전 11권)을 읽은 일이 있나? 아니, 자네한테는 너무 길거야. 하지만 축쇄판이 있네. 꼭 읽어 보도록 하게. 우리들의 성생활이 단순한 습관에 지나지 않는다는 것을 알게 될 테니. 턱시도에는 검은 넥타이를 맨다는 식의 습관일세. 나는 섹스를 쓰고 있는 작가지만, 진짜 얘기는 안 쓰고 있단 말이야."

그는 나를 올려다보고 쓴웃음을 웃었다. "알겠나? 나는 거짓말쟁이일세. 내가 쓰는 소설에 등장하는 남성은 키가 8피트나 되고, 여성은 무릎을 높이 들어 잠자기 때문에 엉덩이가 딱딱해지네. 레이스와 주름 장식, 검과 마차, 우아함과 여유, 결투와 멋진 죽음, 전부 거짓말이야. 그들은 비누 대신에 향수를 쓰고, 이는 한 번도 닦은 일이 없기 때문에 모조리 벌레 먹었고, 손톱에는 음식의 국물 냄새가 배어 있다, 프랑스의 귀족들은 베르사이유의 대리석 복도 벽에 소변을 갈겼고, 여러 겹의 속옷을 차례로 벗겨 아름다운 후작 부인을 벌거벗게 하면 목욕탕에 들어가야 할 필요성을 곧 알게 된다——나는 그렇게 써야 했네."

"왜 안 썼나?"

"왜 안 썼나?"

그는 자못 재미있다는 듯 웃었다. "쓰고 말고. 그리고는 콤프톤(로스앤젤레스 근교의 소도시)의 방이 다섯 개밖에 없는 집에서 살 걸세. 그것도 운이 좋아야 되지만 말이야." 그는 손을 뻗어 위스키 병을 어루만졌다. "자네는 외롭지 않나? 친구가 그립겠지."

그는 일어나서 제법 확실한 발걸음으로 방에서 나갔다. 나는 아무것도 생각하지 않고 기다리고 있었다. 한 척의 모터 보트가 호수에 나타났다. 보트는 물결을 차고 수면에 뛰어올랐다. 뒤에 매달린 수상스키에는 볕에 탄 건장한 청년이 타고 있었다. 나는 프랑스 식 창으로 다가가서 보트가 급커브를 틀며 돌아가는 모습을 바라보았다. 속력이 너무 빨라 보트가 뒤집어질 뻔했다. 수상스키에 타고 있던 청년은 한쪽 발로 서서 균형을 잡으려 했으나, 물보라를 일으키며 물속으로 떨어졌다. 모터 보트가 서고, 청년은 여유 있게 보트에 헤엄쳐 가서 로프를 잡고 수상스키에 도로 탔다.

웨이드가 위스키 새 병을 들고 돌아왔다. 모터 보트는 더욱 속력을 내며 아득히 먼 곳으로 사라져 갔다. 웨이드는 새 병을 다른 병 옆에 놓고 앉더니 생각에 잠겼다.

"설마 그것까지 마실 생각은 아니겠지?"

그는 나를 곁눈질로 노려보았다. "돌아가게. 집에 가서 부엌 바닥이라도 닦게. 방해된다면 말이야." 다시 취기가 돌았다. 부엌에서 두 잔 정도 마시고 온 것 같았다.

"나한테 볼일이 있거든 큰소리로 부르게."

"자네한테 무슨 볼일이 있겠나?"

"그렇다면 됐네. 어쨌든 부인이 돌아올 때까지 있겠네. 폴 머스톤이란 사람을 아나?"

그의 머리가 천천히 들려졌다. 눈이 물끄러미 나에게 향해졌다. 확실히 감정을 억제하려고 싸우고 있었다. 일순간이었지만……그는 싸움에 이겼다. 얼굴에서 표정이 사라졌다.

"모르겠는데……?" 하고 그는 천천히 말했다. "그게 누군가?"

그 다음에 내가 보러 갔을 때는, 그는 잠들어 있었다. 입을 벌리고, 땀에 젖은 머리카락에서는 스카치 냄새가 스며 있었다. 비틀린 입에서 이가 내밀어지고 바싹 건조한 혀가 보였다.

위스키 병 하나는 비어 있었다. 테이블 위의 글라스에는 술이 2인치 정도 남아 있었고, 또 다른 병엔 아직 4분의 3 정도 남아 있었다. 나는 빈 병을 왜건에 올려 방 밖으로 밀어 내고, 돌아와 프랑스식 창문을 닫고 블라인드를 내렸다. 모터 보트가 돌아와 그의 잠을 깨울지도 모르기 때문이었다. 나는 서재 문을 닫았다.

나는 왜건을 주방으로 밀고 갔다. 청색과 백색으로 통일된 넓은 방으로 통풍이 잘 되고 시원했다. 나는 배가 고팠다. 샌드위치를 한쪽 먹고 남아 있던 맥주를 마시고 난 다음 커피를 따라 마셨다. 맥주는 김이 빠졌지만 커피는 아직 뜨거웠다. 그리고 테라스로 돌아왔다. 제법 많은 시간이 지난 다음에 모터 보트가 돌아왔다. 네 시는 되었을 것이다. 귀청이 뚫어질 것 같은 소리였다. 법률로 단속해야 할 일이었다. 분명 법률이 있겠지만, 모터 보트에 타고 있는 사나이는 그런 것에는 무관심한가 보다. 내가 지금 만나고 있는 다른 사람들과 마찬가지로 남에게 폐를 끼치는 것을 즐기고 있는 것이다. 나는 호숫가로 내려갔다.

이번에는 실수하지 않았다. 커브할 때 보트가 속력을 늦추었기에, 수상스키에 타고 있던 청년은 원심력과 다른 방향으로 몸을 구부려 균형을 잡았다. 스키는 거의 수면에서 떨어졌지만 한쪽 끝이 수면에 닿아 있었기 때문에 보트가 바로 방향을 잡아도 스키에서 떨어지지 않고 왔던 방향으로 멀어져 갔다. 보트가 일으킨 파도가 내가 서 있는 물가로 밀려 왔다. 파도는 선착장의 말뚝을 치고, 붙들어 매어져 있던 보트가 상하로 흔들렸다. 내가 돌아서려 했을 때도 파도는 여전히 소리를 내고 있었다.

테라스에 왔을 때 주방 쪽에서 벨이 울렸다. 다시 한 번 벨이 울렸을 때, 벨이 있는 곳은 현관뿐이라는 것을 깨달았다. 나는 현관으로 가서 문을 열었다. 아이린 웨이드가 집의 반대 방향을 보고 서 있었다. 그녀는 이쪽으로 몸을 돌리면서 말했다.

"미안해요, 열쇠를 잊어서." 그런 다음 나를 보고 말했다. "어머……? 로저가 아니면 캔디인 줄 알았어요."

"캔디는 없어요. 목요일이거든요."

그녀는 안에 들어오고 나는 문을 닫았다. 그녀는 두 의자 사이에 있는 테이블 위에 핸드백을 올려놓았다. 침착하고 어쩐지 쌀쌀한 느낌을 주었다. 하얀 장갑을 벗었다.

"무슨 일이 있었어요?"

"술을 마셨지만 염려없습니다. 서재의 소파에서 잠들었습니다."

"당신을 불렀군요."

"네, 그러나 술을 마시기 위해서가 아니라 점심을 먹자는 거였지요. 그런데 그는 한입도 안 먹었습니다."

"그래요?" 그녀는 서두르지 않고 앉았다. "목요일이라는 걸 잊고 있었어요. 요리사도 없는데 정말 정신 나갔군요."

"캔디가 나가기 전에 점심을 만들어 주었습니다. 나는 이만 실례하렵니다. 내 차가 방해되지 않았습니까?"

그녀는 웃었다. "아, 아니오, 장소는 충분히 있었어요. 차, 안 드시겠어요? 전 마시려고 하는데요."

"그럴까요." 왜 그렇게 말했는지 모르겠다. 차를 마시고 싶은 생각이 있었던 것은 아니었다. 무의식중에 그렇게 말했을 뿐이었다.

그녀는 마직 윗도리를 벗었다. 모자는 쓰지 않았다.

"로저를 보고 오겠어요."

나는 그녀가 서재문을 여는 것을 바라보았다.

그녀는 잠시 동안 입구에 서 있다가 문을 닫고 돌아왔다.

"아직 자고 있어요. 깊은 잠이 들었나 봐요. 2층에 갔다가 곧 돌아오겠어요."

나는 그녀가 윗도리와 장갑과 핸드백을 들고 계단을 올라가 그녀의 방으로 들어가는 것을 보고 있었다. 문이 닫혔다.

나는 술병을 치워야겠다고 생각하고 서재로 갔다. 그가 잠자고 있다면 이젠 술에는 볼일이 없을 것이다.

36

프랑스식 창문을 닫았기 때문에 방 안은 숨 막힐 듯했고 블라인드를 내렸기 때문에 어두컴컴했다. 공기가 이상하게 답답했다. 기분 나쁘고 소름이 끼칠 정도로 조용했다. 문에서 소파까지 16피트도 떨어지지 않았는데도 그 반도 가기 전에 소파에 누워 있는 사나이가 죽어 있다는 사실을 알아차렸다.

그는 옆으로 누워 있었다. 얼굴을 소파 등에 대고, 한쪽 팔을 몸 밑에 구부리고 다른 한쪽 팔이 양쪽 눈을 덮고 있었다. 가슴과 의자 등 사이에 피가 고여 있고 그 안에 '웨브리' 권총이 떨어져 있었다. 옆얼굴은 피투성이였다.

나는 몸을 구부려 그의 크게 뜬 눈과 피를 보았다.

구부러진 안쪽에서 머리를 관통시킨 탄환자국이 거무칙칙하게 보이고 아직도 피가 스며 나오고 있었다.

나는 그를 그대로 두었다. 손목은 따뜻했지만 이미 숨이 끊어진 것만은 확실했다. 남긴 글이라도 없을까 하고 둘레를 살펴보았다. 책상 위에 원고더미만 있을 뿐, 그 밖에는 아무것도 없었다. 자살자가 예외 없이 유서를 남긴다고는 정해져 있지 않다. 타이프라이터의 덮개가 벗겨져 있었다. 그러나 종이는 끼워져 있지 않았다. 그 밖에는 별로 이상한 점이 없었다. 자살자는 여러 가지 방법으로 죽음을 준비한다. 술을 마시는 자도 있고, 호화로운 만찬을 먹는 자도 있다. 화려하게 몸치장하는 자도 있으며, 옷을 벗고 알몸뚱이가 되는 자도 있다. 절벽 위나 시궁창에서 자살하는 자도 있고 욕실을 선택하는 자도 있다. 물속에서 자살하는 자도 있고 수면에서 죽는 자도 있다. 헛간에서 목매는 자도 있고, 차고에서 가스로 자살하는 자도 있다. 이 경우는 간단했다. 총성은 들리지 않았지만, 내가 호숫가에서 수상스키의 청년이 커브를 도는 것을 보고 있을 때, 권총이 발사되었을 것이다. 확실히 아무것도 들리지 않을 정도로 심한 소리였다.

로저 웨이드가 왜 그런 때를 선택했는가는 알 수 없었다. 일부러 선택한 것이 아닌지도 모른다. 우연히 모터 보트가 커브를 돈 시각과 일치되었는지도 모른다. 나에게는 불쾌한 우연이었지만, 내가 불쾌하건 불쾌하지 않건 그런 것에 관심을 갖는 사람은 없다.

잘게 찢어 버린 수표 조각이 아직 바닥에 흩어져 있었으나 그대로 내버려 두었다. 그가 요전날 밤에 쓰고 잘게 찢은 수표는 휴지통 안에 있었다. 이것은 그대로 버려두지 않았다. 나중에 한 조각도 남기지 않고 주워서 호주머니에 집어넣었다. 휴지통은 거어 비어 있었기 때문에 전부 주워 내기도 힘들지 않았다. 권총이 어디 있었는지 생각해 보는 것은 헛일이었다. 숨겨 둘 장소는 얼마든지 있었다. 의자나 소파 쿠션 밑에 숨겨 둘 수도 있었고, 바닥에 놓여 있는 책 뒤에 숨겨 둘 수도 있었다.

나는 방을 나와 문을 닫았다. 그리고 귀를 기울였다. 주방에서 소리가 들렸다. 가 보았더니 아이린이 파란 앞치마를 두르고 서 있었고, 물이 끓고 있었다. 그녀는 가스불을 끄고 나를 힐끗 보았다.

"차를 어떻게 만들어 드릴까요, 말로우 씨?"

"아무것도 넣지 마십시오."

나는 벽에 기대고, 손가락이 심심하여 담배 한 대를 꺼냈다. 손가락으로 가지고 놀다가 두 동강 내어 반을 바닥에 버렸다. 그녀의 시선이 바닥에 버려진 담배를 추격했다. 나는 몸을 구부려 그것을 주워, 손 안에 있던 반과 함께 작은 공을 만들었다.

그녀는 홍차를 만들었다.

"저는 설탕과 크림을 넣어요" 하고 그녀는 말했다. "이상해요. 커피는 블랙이 좋거든요. 홍차는 영국에서 배웠어요. 설탕 대신 사카린을 넣었어요. 전쟁이 일어나면서 크림은 없어졌지요."

"영국에서 살았나요?"

"일하고 있었어요. 공습이 있는 동안 죽 거기 있었어요. 그때 그 사람을 만났고……그 얘기는 했지요?"

"로저는 어디서 만났습니까?"

"뉴욕에서."

"거기서 결혼했나요?"

그녀는 몸을 휙 돌려 나를 향했다. "아니요, 뉴욕에서 결혼하지 않았어요. 왜요?"

"아니…… 별로 이유가 있어서가 아닙니다."

그녀는 설거지대 너머로 창 밖을 내다보았다. 거기서 호수를 바라볼 수가 있었다. 그녀는 설거지대에 몸을 내밀어 타월을 손가락으로 만지작거렸다.

"그만두게 하지 않으면 안 돼요" 하고 그녀는 말했다. "어떻게 하면 그만두게 할 수 있는지 저는 몰라요. 어딘가의 금주 단체에 넣지 않으면 안 될지도 모르겠어요. 하지만 저는 그런 짓은 할 수가 없어요. 제가 서명하지 않으면 안 되니까요."

그녀는 몸을 돌려 나에게로 향했다.

"그가 들어가려고 마음먹었다면 언제든지 들어 갈 수 있었습니다. 이젠 들어갈 수도 없게 되었지만……."

홍차 포트의 타이머 벨이 울렸다. 그녀는 홍차를 새 포트에 따라 넣고 미리 준비해 둔 쟁반에 포트를 올려놓았다. 나는 곁에 가서 쟁반을 받아 거실 테이블에 갖다 놓았다. 그녀는 나와 마주 앉아서 홍차를 따랐다. 나는 컵 하나를 내 앞에 놓고 식기를 기다렸다. 그녀는 각설탕 두 개와 크림을 넣고 입으로 가져갔다.

"아까 하신 말씀, 무슨 뜻이지요?" 그녀는 불쑥 질문했다. "이젠 들어갈 수 없다니요……? 금주 단체에 들어가는 것 말인가요?"

"저도 모르게 그렇게 말했을 뿐입니다. 그 권총, 숨기셨던가요? 2층에서 권총을 쏜 일이 있었지요?"

"숨기다니요?" 그녀는 눈썹을 찌푸리고 물었다. "아뇨. 그런 적 없어요. 왜 그런 걸 물어보세요?"

"당신은 오늘 열쇠를 잊었지요?"

"그래요."

"그런데 차고의 열쇠는 잊지 않았습니다. 이런 종류의 집에서는 외부의 열쇠에는 마스터 키가 딸려 있게 마련입니다."

"차고는 열쇠가 필요없어요." 그녀는 날카로운 말투로 말했. "스위치로 열려요. 정면 문 안쪽에 연락용 스위치가 있는데 나갈 때 누르지요. 차고 옆에 또 하나의 스위치가 있어 문이 열립니다. 때로는 열어 둘 때도 있어요. 캔디가 나가면서 닫을 때도 있지요."

"그렇군요."

"오늘은 이상한 말씀을 하시는군요." 그녀는 가시 돋친 음성으로 말했다. "언젠가의 아침에도 그랬어요."

"이 집에서는 여러 가지 이상한 일이 생겼습니다. 밤중에 권총을 쏘기도 하고, 주정뱅이가 잔디밭에 쓰러져 있기도 하고, 의사가 와도 아무런 치료도 않고, 아름다운 여자가 내 몸에 팔을 감고 나를 누군가 다른 사람으로 착각하여 얘기하기도 하고, 멕시코인 하인이 나이프 던지기를 구경시키기도 하고…… 권총을 숨기지 않았던 일은 유감이었습니다. 당신은 남편을 진정으로 사랑하고 있지 않지요, 전에도 한 번 내가 그런 말을 한 일이 있습니다만."

그녀는 조용히 일어섰다. 태도는 침착했지만 잿빛 눈은 평소와 다른 빛깔로 빛났고, 평소와 같은 부드러움이 없었다. 이윽고 입술이 떨리기 시작했다. "뭔가……뭔가 별다른 일이……있었나요?" 하고 그녀는 매우 느린 말투로 묻고 서재를 보았다.

내가 끄덕이는 것보다 빠르게 그녀는 뛰었다. 다음 순간 대단한 기세로 문을 열고 서재로 뛰어 들어갔다. 날카로운 외침이 들릴 줄 알았는데 아무 소리도 들리지 않았다. 나는 잘못했다고 생각했다. 서재 안에 들여보내기 전에 기분을 안정시키고 '놀라지 말아요, 뜻밖의 일이 생겼습니다'라는 식으로 보편적인 위로를 했어야 했다. 하기야 아무리 말을 잘해도 어차피 일시적인 위안에 지나지 않는다는 것은 뻔하지만.

나는 일어나서 서재로 들어갔다. 그녀는 소파 옆에 무릎을 꿇고 앉아 옷에 피가 묻는 것도 상관 않고 그의 머리를 가슴에 꼭 안고 있었다. 아무 소리도 들리지 않았다. 눈은 감겨 있었다. 그를 가슴에 안고 앞뒤로 몸을 흔들고 있었다.

나는 뒷걸음질하며 방을 나가서 전화 번호책을 뒤졌다. 제일 가깝다고 생각되는 보안관 출장소에 전화를 걸었다. 아무 데라도 상관없었다. 어차피 무전으로 연락하기 때문이다. 그런 다음 주방에 가서 수도꼭지를 틀고 호주머니에서 꺼낸 노랑 종이를 물에 축여서 전기 장치가 되어 있는 쓰레기 처리기에 집어넣었다. 그리고 포트 속의 홍차 잎을 쏟아 넣었다. 노랑 종이는 곧 보이지 않게 되었다. 수도꼭지를 잠그고 모터를 끄고, 거실로 돌아와 정원으로 통하는 문을 열고 밖으로 나갔다.

보안관 대리가 6분 정도 후 달려왔다. 근처를 순찰하고 있었나 보다. 내가 그를 서재로 데리고 갔는데, 그녀는 아직도 소파 옆에 웅크리고 앉아 있었다.

그는 곧 그녀 곁으로 갔다.

"안됐군요, 부인. 마음은 충분히 이해합니다만 방 안 물건에는 손대지 말아 주십시오."

그녀는 머리를 들고 바닥에 주저앉았다. "남편입니다. 사살된 겁니다."

그는 모자를 벗어 책상 위에 놓고 전화기에 손을 내밀었다.

"이름은 로저 웨이드예요." 그녀는 흥분된 음성으로 말했다. "유명한 소설가입니다."

"알고 있습니다" 하고 보안관 대리는 말하고 다이얼을 돌렸다.

그녀는 블라우스의 앞을 내려다보았다. "2층에 가서 이걸 갈아입고 와도 될까요?"

"네, 좋습니다." 보안관 대리는 그녀한테 끄덕여 보이고, 전화를 향해 말하고 수화기를 놓은 다음 그녀 쪽으로 향했다.

"사살되었다고 하셨지요? 누군가가 쏘았다는 뜻인가요?"

"저 남자가 죽였다고 생각해요" 하고 그녀는 나를 보지 않고 말하고 급한 걸음으로 방에서 나갔다. 보안관 대리는 나를 보았다. 수첩을 꺼내 무언가 썼다. "이름을 들어 봅시다. 주소도요. 당신이 신고하셨던가요?"

"그렇습니다." 나는 이름과 주소를 말했다.

"올즈 경감이 올 때까지 여기서 기다릴 수밖에 없습니다."
"바니 올즈 말인가요?"
"그렇습니다. 아시나요?"
"오래 전부터 알고 있지요. 지방 검사실에 근무하고 있었지, 아마?"
"지금은 아닙니다. 로스앤젤레스 쉐리프 오피스의 살인과 과장 보좌지요. 당신은 이 집안의 친구십니까, 말로우 씨?"
"웨이드 부인은 그렇지 않은 것처럼 말했어요."

그는 어깨를 들먹이고 쓴웃음을 지었다. "신경 쓰지 마십시오, 말로우 씨. 권총은 안 가지고 있지요?"
"오늘은 안 가지고 있습니다."
"한 번 보실까요." 그는 내 몸을 뒤졌다. 그리고 소파 쪽을 보았다. "이런 때는 부인이 무슨 말을 할지 모릅니다. 밖에서 기다립시다."

37

올즈는 중키에 적당한 몸집을 가진 사나이로, 짧게 깎은 금발과 파랑 눈동자가 빛깔이 흐려져 있었다. 눈썹은 희고 굵었으며, 지금은 모자를 안 쓰지만 예전에는 모자를 벗으면 생각지도 못한 커다란 머리가 튀어 나오기 때문에 누구나 놀라지 않는 사람이 없을 정도였다. 언뜻 보기에는 피도 눈물도 없는 경관같이 보이지만 실은 대단히 인정 있는 인물이었다. 몇 해 전에 과장이 되었다 해도 손색이 없을 인간이었다. 우수한 성적으로 여러 번 시험에 합격했는데도 보안관이 그를 싫어했기 때문에 승진을 못했던 것이다. 그도 역시 보안관에게 호의를 품고 있지 않았다.

그는 턱을 문지르면서 계단을 내려왔다. 장시간 서재에서 플래시가

터졌다. 사람들이 연이어 들락날락했다. 나는 사복형사와 함께 거실에 앉아서 기다렸다.

올즈는 의자 끝에 앉아 두 손을 맥없이 흔들거렸다. 불이 안 붙어 있는 담배를 물고 있었다. 무언가 생각하면서 내 얼굴을 보았다.

"아이도르 봐레에 문지기의 작은 건물이 있고 사설 경찰이 있었던 무렵을 기억하나?"

나는 끄덕였다. "도박장도 있었지."

"그렇지. 단속할 수가 없었네. 여긴 지금도 개인 소유의 토지로 되어 있네. 옛날의 아로우헤드나 에메랄드 베이와 마찬가지야. 신문기자들이 없는 가운데서 사건을 수사해 보긴 참 오래간만이군. 누군가가 보안관 피터센한테 남몰래 알리고 수배했을 거야."

"머리가 잘 도는 친구가 있는 모양이군" 하고 나는 말했다. "웨이드 부인은 어떤가?"

"이상하게 생각될 정도로 침착하네. 약을 먹은 거겠지. 여러 가지 약이 있더군. 데메롤까지 있었네. 위험한 약이지. 자네 친구들은 요즈음 운이 나쁜 것 같군. 전부 죽었지 않나?"

나는 뭐라고 말해야 좋을지 몰랐다.

"권총 자살은 흥미가 있네." 올즈는 별로 열이 없는 말투로 말했다. "농을 부리기가 좋거든. 부인은 자네가 죽였다고 말하고 있네. 무슨 까닭이 있나?"

"내가 손을 대서 죽였다고는 말하지 않았나?"

"다른 사람은 아무도 없었네. 자넨 권총이 어디 있는가를 알고 있었고, 요전날 밤에 그가 권총을 쏘고 부인이 빼앗었다는 것도 알고 있다고 했네. 그날 밤에도 자네는 여기 있었네. 자네한테는 불리한 것뿐이야.'"

"오늘 그의 책상을 찾아봤지만 권총은 없었네. 부인한테 권총이 있는 장소를 가르쳐 주고 숨겨 두라고 했지만, 이제 와서 숨긴다는 건 헛일이라고 하더군."
"이제라니? 언제를 가리키는 말인가?"
"부인이 집에 돌아온 다음부터 자네가 보안관 출장소에 전화 걸기까지의 사이지."
"책상을 찾았나? 왜 그랬나?" 올즈는 두 손을 무릎 위에 올려놓았다. 내가 뭐라고 대답하든 관심없다는 태도로 나를 보았다.
"그는 몹시 취해 있었네. 권총을 다른 곳에 옮겨 두는 편이 좋다고 생각했지. 하기야 요전날 밤은 자살하려고 한 게 아니었단 말이야. 연극이었네."
올즈는 끄덕였다. 물고 있던 담배를 입에서 떼어 재떨이에 놓고 새 담배를 다시 입에 물었다.
"담배를 끊었네" 하고 그는 말했다. "기침이 나서 못 견딜 지경이야. 그렇지만 미련이 있거든. 입에 물고 있지 않으면 안정되지 않는단 말이야. 그가 혼자 있을 때는 자네가 감시하기로 되어 있었나?"
"그런 일은 없네. 점심 초대를 받고 온 걸세. 소설이 안 써진다고 고민하고 있었네. 얘기하는 동안에 술을 마시기 시작한 걸세. 내가 술병을 빼앗었어야 한다고 생각하나?"
"나는 아직 아무 일도 생각 안 하고 있네. 사정을 듣고 있을 뿐일세. 자네는 술을 어느 정도 마셨나?"
"맥주뿐이야."
"여기 있게 된 건 운이 나쁘네, 말로우. 저 수표는 무슨 의미를 가지고 있나? 잘게 찢겨 있었는데……."
"여기 와서 함께 살면서 일할 수 있도록 돌봐 달라고 부탁받았네. 부탁한 사람은, 그와 부인과 하워드 스펜서라는 출판업자였네. 확인해 보면 알거야. 어쨌든 나는 거절했네. 그 후 부인이 와서 그가 행방불명됐으니 찾아 달라고 했네. 그래서 찾아내서 집에 데려다 주었지. 그 다음엔 잔디밭에 쓰러져 있던 그를 안아다가 침대까지 옮겨 재웠네. 사실은 마음 내키지 않은 일이었네, 바니. 그런데 어느 새 이렇게 말려 들고 말았단 말이야."

"레녹스 사건과는 관계가 없나?"

"무슨 말을 하고 있는 거야? 레녹스 사건은 없어진 지가 오래 되었다는 걸 모르나?"

"그랬군" 하고 올즈는 쌀쌀한 말투로 말했다. 그리고 무릎을 힘주어 움켜잡았다. 정면 문에 한 남자가 나타나 거기 있던 형사에게 무언가 말하더니 올즈한테로 다가왔다.

"롤링이라는 의사가 와 있습니다. 전화 연락을 받고 왔답니다. 부인의 단골 의사라고 하더군요."

"들어오게 해."

형사가 돌아가고 롤링 박사가 검은 가방을 들고 들어왔다. 우스티드(Worsted, 영국 Norfolk 주 원산의 모직물) 여름 양복이 시원하게 보였다. 한 치의 빈틈도 없는 옷차림이었다. 그는 내 옆을 한눈도 팔지 않고 지나갔다.

"2층입니까?" 하고 그는 올즈한테 물었다.

"그렇습니다. 방에 있어요." 올즈는 일어났다. "왜 부인한테 데메롤 같은 걸 처방하십니까?"

롤링 박사는 이마를 찌푸리고 올즈를 보았다. "나는 언제든지 내가 옳다고 생각하는 처방을 환자에게 하고 있습니다" 하고 그는 차디차게 말했다.

"까닭을 설명할 필요는 없습니다. 웨이드 부인한테 데메롤을 처방했다고 누가 말했습니까?"

"내가요. 당신 이름이 씌어 있는 약병이 있더군요. 욕실은 마치 약방 진열장 같았습니다. 당신은 모를지 몰라도 본서에 가면 여러 가지 약의 견본이 완전히 갖추어져 있습니다. 블루제이, 레드버드, 에로 자켓, 그프볼, 이 밖에도 없는 것이 없습니다. 데메롤은 그 중에서도 가장 위험한 약이지요. 괴링이 늘 사용했다는 말을 어디선가 들은 일이 있습니다. 잡혔을 때는 하루에 18정씩 먹고 있었는데 군의관이 그것을 끊게 하는데 3개월이나 걸렸다고 하더군요."
"무슨 얘긴지 나는 이해할 수 없습니다."
롤링 박사는 굳은 표정을 짓고 말했다.
"몰라요? 그건 유감입니다. 블루제이는 소듐 아미톨, 레드버드는 세코날, 에로 자켓은 넨뷰톨, 그프볼은 밸비츨 산염의 일종을 안페터민으로 싼 겁니다. 데메롤은 곧 습관성이 되는 마취제지요. 당신은 이런 약을 그렇게 간단히 환자에게 줍니까? 부인은 무슨 중병에 걸려 있는가요?"
"감수성이 강한 여자에게 주정뱅이 남편은 중병이나 마찬가지입니다"라고 롤링 박사는 말했다.
"왜 그를 진찰하지 않았습니까? 웨이드 부인은 2층에 있습니다. 걸음을 멈추게 해서 미안합니다."
"당신의 태도는 대단히 무례합니다. 보고하겠어요."
"마음대로 하십시오" 하고 올즈는 말했다.
"하지만 그 전에 알아 두셔야 할 일이 있습니다. 부인의 머리를 맑게 해 주셔야하겠습니다. 질문을 해야 하니까요."
"나는 내가 옳다고 생각하는 조치를 취합니다. 당신은 내가 누군지 압니까? 분명히 말해 두지만 웨이드는 내 환자가 아닙니다. 나는 알코올 중독 환자를 진찰하지 않습니다."
"부인이 전문이란 말입니까?" 올즈는 야유 섞인 말투로 말했다.
"당신이 누구라는 걸 모를 리 있습니까? 나는 올즈라 합니다. 올즈 경감입니다."

기나긴 이별 303

롤링 박사는 계단을 올라갔다. 올즈는 다시 의자에 앉아, 나를 향해 웃어 보였다.

"저런 작자와 얘기할 때는 외교 수단을 쓸 필요가 있단 말이야."

서재에서 한 사람이 나와 올즈한테로 다가왔다. 이마가 넓고 심각한 표정의 사나이로 안경을 썼다.

"경감님."

"말해 보게."

"상처는 접촉 발사된 것으로 권총 자살 특유의 상처입니다. 가스의 압력에 의한 팽창 상태가 분명히 나타나 있습니다. 같은 원인에 의해 안구가 튀어 나왔습니다. 권총의 지문은 다량의 피가 묻어 있기 때문에 검출하기 어려울 것 같습니다."

"잠들어 있거나 술에 곯아떨어져 있었다고 치면 타살의 경우도 있을 수 있겠나?"

"물론, 하지만 그런 흔적이 없습니다. 권총은 웨브리 하머레스입니다. 이 권총은 방아쇠를 당기는 데는 힘이 필요하지만, 발사할 때는 무척 가볍습니다. 현재 상황으로는 자살설을 부인할 자료는 아무것도 없습니다."

"수고했네. 누가 검사관을 불렀나?"

그는 끄덕이고 자리를 떠났다. 올즈는 하품을 하고 손목시계를 보았다. 그리고 나를 보았다.

"돌아가고 싶은가?"

"보내 주면야. 근데 나는 용의자의 입장이 아닌가?"

"나중에 출두해 줘야 할지도 모르겠네. 위치만은 분명히 해 주게. 내가 말하지 않아도 알고 있겠지. 증거가 없어지기 전에 기민하게 활동해야 할 사건도 있지만 이 사건은 그 반대일세. 살인이라면 누가 그를 죽였을까? 부인일까? 그녀는 여기 없었네. 자넬까? 조건은 갖추어져 있네. 다른 사람은 아무도 없었고, 권총이 있는 곳을 알고 있었네. 모든 조건이 완벽하단 말이야. 하지만 동기가 없네. 그리고 자네의 경험을 계산에 넣을 수도 있지. 자네가 살인을 하려 했다면 좀더 멋지게 했을 테니 말이야."
"고맙네, 바니, 멋지게 할 수 있고말고."
"고용인은 아무도 없었네. 용의자 중에서 제외해도 좋을 거야. 그렇다면 외부에서 들어온 누군가의 범행이라는 말이 되지. 그 작자는 웨이드의 권총이 어디 있었는가를 알고 있지 않으면 안 되었고, 웨이드가 잠들어 있거나 술에 곯아떨어져 있을 때 범행하지 않으면 안 되고, 모터 보트의 폭음이 총성을 능가할 정도로 높았을 때 방아쇠를 당기지 않으면 안 되었고, 그리고 자네가 서재에 들어가기 전에 도망하지 않으면 안 되었네. 현재 내가 가지고 있는 지식으로는 그런 일은 도저히 해낼 수 있다고는 생각할 수 없네. 모든 조건을 전부 갖추고 있는 사람이 꼭 한 명 있지만, 그 사람이 그 조건을 사용하리라고는 생각되지 않네. 그 조건을 갖추고 있던 것은 그 사람밖에는 없는데."
나는 돌아가기 위해서 일어났다. "알았네, 바니. 오늘 밤은 집에 있겠네."
"한 가지 더 말해 둘 게 있네." 올즈는 즐거운 듯이 말했다. "웨이드는 인기 작가일세. 돈도 있고, 이름도 알려져 있네. 나보고 말하라면 그가 쓰는 소설은 시시하네. 매음굴에 가도 그가 쓴 소설의 인물보다 나은 인간이 얼마든지 있네. 이 얘기는 취향의 문제로 경관으로서의 내 직무와는 관계가 없네. 그는 소설을 써서 번 돈으로 미국에서도 가장 고급 주택지라 일컫는 토지에 훌륭한 집을 가지고 있네. 아름다운 부인과 많은 친구가 있고, 고생될 만한 것은 아무것도 없네. 왜 방아쇠를 당기지 않으면 안 되었는지 나는 짐작조차 할 수 없네. 틀림없이 뭔가 있었을 걸세. 만일 자네가 알고 있다면 숨겨 두지 말고 말하는 편이 좋을 걸세. 그럼 또 만나세."

나는 문 쪽으로 갔다. 거기 있던 사나이가 올즈를 뒤돌아보고 허가를 받은 다음 나를 밖으로 나가게 했다. 나는 내 차를 타고, 드라이브 웨이에 꽉 차 있는 차들의 옆을 돌아 문까지 나왔다. 그곳에도 보안관 대리가 있었다. 그는 나를 힐끗 쏘아 보았지만 아무 말도 하지 않았다. 나는 색안경을 쓰고 가도로 차를 달렸다. 가도에는 차가 적고 조용했다. 오후의 태양이 깨끗이 다듬어진 잔디와 그 건너편의 큰 저택을 비추고 있었다.

아이도르 봐레의 한 집에서 세상에 많이 알려진 사나이가 피바다 속에 죽어 있지만, 울적한 정적은 조금도 방해받지 않았다. 신문사에는 아직 티벳에서 일어난 사건과 다른 점이 없어 보였다.

구부러지는 길모퉁이에 다크 그린 보안관의 차가 서 있었다. 대리 보안관이 차에서 내려와 손을 들었다. 나는 차를 세웠다. 그가 창가로 다가왔다.

"운전 면허증을 보여 주십시오."

나는 지갑을 꺼내 그에게 주려고 했다.

"면허증만 보여 주십시오. 지갑에 손대면 안 되게 되어 있습니다."

나는 면허증을 꺼내서 그에게 건네주었다.

"무슨 일이 있었나요?"

"아무 일도 아닙니다. 다만 조사하고 있을 뿐입니다."

그는 나에게 가라는 신호를 하고, 세워 둔 차로 돌아갔다. 경관은 전부 이 모양이다. 어떤 일이 일어나서 무엇을 하고 있다는 말은 절대 하지 않는다.

나는 집에 돌아온 후 찬 음료를 마신 다음 식사하러 나갔다가 돌아와, 창문과 셔츠의 앞을 열고 무슨 일이 일어나는지 기다렸다. 오랫

동안 지루하게 기다렸다. 바니 올즈한테서 전화가 걸려 와, 도중에서 꽃 같은 걸 사지 말고 와 달라고 했을 때는 아홉 시였다.

38

보안관 사무실 딱딱한 의자에 캔디가 앉아 있었다. 보안관 피터센이 회의를 열고 있는 네모난 커다란 방에 들어가기 위해 그 옆을 지나자, 캔디는 노골적으로 증오를 드러낸 눈으로 나를 보았다. 회의는 피터센의 20년에 걸린 민중에의 충실한 봉사를 말해 주는 많은 감사장으로 둘러싸인 가운데 진행되고 있었다. 벽에는 이 밖에도 많은 말(馬) 사진이 걸렸는데, 어느 사진을 막론하고 피터센의 모습이 보였다. 그의 책상 네 모서리는 말의 목과 같은 형태였다. 잉크병은 광택이 나는 발굽 안에 만들어졌고, 펜은 흰 모래가 쌓아 올려진 같은 형태의 발굽 안에 세워졌다. 발굽에 박아 놓은 황금판에 날짜와 무슨 문구가 적혀 있었다.

얼룩이 전혀 없는 책상 위의 흡묵지 한가운데에 담배 봉지와 갈색의 담배 종이가 놓여 있었다. 피터센은 자기가 직접 담배를 말았다. 말 위에서도 한 손으로 말 수 있다며, 그는 가끔 실제로 해 보였다. 커다란 백마에, 멕시코식의 은세공으로 장식된 안장을 얹고 퍼레이드의 선두에 섰을 때는 꼭 해 보였다. 말에 탈 때는 언제나 위가 널찍한 멕시코 솜브레로를 썼다. 그의 말은 항상 조용하게 걸었다. 언제 기운차게 걸어야 하는가를 잘 알기 때문에, 언제 어느 때를 막론하고 웃음을 띠면서 한 손으로 고삐를 잡고 말을 탈 수 있었다.

매를 상기시키는 옆얼굴이 멋졌고, 턱 아랫살이 느즈러지기 시작했으나 항상 얼굴을 똑바로 들었기 때문에 별로 눈에 띄지는 않았다. 사진을 찍을 때는 특히 신경을 썼다. 나이는 50대 중반으로 덴마크인의 부친이 제법 많은 유산을 남겼다. 그는 덴마크인으로는 보이지 않앉다. 머리는 검고 피부는 갈색으로, 여송연 광고의 인디언 인형처럼 인정에 흐르는 일이 없고, 두뇌도 이와 비슷했다.

그러나 그를 나쁘게 평하는 사람은 한 사람도 없었다. 부하 중에 좋지 않은 인간이 있어, 민중을 속이는 것처럼 그도 속였지만, 보안관의 지위에는 아무 영향이 없었다. 어쨌든 별로 노력도 않고, 백마에 걸터앉아 퍼레이드의 선두에 서고, 카메라 앞에서 용의자를 심문하는 것만으로 어느 선거에서나 당선되었다. 그런데 사진 설명이 어떻게 씌어 있던 실제로는 용의자를 심문한 일은 한 번도 없었다. 아마 어떻게 심문하면 좋은가도 모르고 있을 것이다.

카메라에 옆얼굴을 보이고 용의자를 가만히 지켜보면서 책상 앞에 앉아 있을 뿐이었다. 플래시가 터지고 카메라맨이 인사를 하고, 용의자가 한마디도 하지 않고 끌려 나가면 샌페르난드 봐레의 목장으로 돌아가 버린다. 목장에 연락하면 언제든지 그를 만날 수 있었다.

선거 때가 되면 피터센의 지위를 노리는 경솔한 인간이 나타나 온갖 술책을 부리지만, 이제까지 성공한 예가 없다. 반드시 피터센이 재선되었다. 이곳에서는 설사 자격이 없어도 관계없는 일에 주제넘게 참견하지 않고, 사진에 잘 찍히는 얼굴에 항상 입을 다물고만 있으면 중요한 지위를 영구히 유지할 수가 있다. 게다가 말 탄 모습이 멋지면 절대로 패배하는 법이 없다.

올즈와 내가 들어갔을 때 보안관 피터센은 책상 저쪽에 서 있었고, 카메라맨들이 다른 문으로 나가고 있었다. 보안관은 흰 모자를 쓰고 담배를 손으로 말고 있었다. 집에 돌아가려 하고 있을 때였다. 나를 발견하자 "누구지?" 하고 풍성한 바리톤으로 물었다.

"필립 말로우란 사람입니다" 하고 올즈가 답했다. "웨이드가 자살했을 때 그 집에 있었던 사람입니다. 함께 사진 찍으시겠습니까?"

보안관은 내 몸을 이리저리 살펴보았다. "그럴 필요없어" 하고 그는 말하고 몹시 피로해 보이는 몸집이 큰 백발의 사나이 쪽으로 몸을 돌렸다.

"볼일이 있거든 목장으로 연락해 주게, 헤르난데스 경감."

"네."

피터센은 주방용 성냥으로 담배에 불을 붙였다. 성냥을 그은 것은 엄지손가락 손톱이었다. 보안관 피터센한테는 라이터가 필요없었다. 담배는 자기가 말고, 불은 한 손으로 붙이는 그런 인간이다.

그는 수고하라는 말을 남기고 방을 나갔다. 새까만 눈동자가 번쩍번쩍 빛나는 무표정한 사나이와 함께 나갔다. 호위병이었다. 문이 닫혔다. 그가 없어지자 헤르난데스 경감이 책상으로 다가가 커다란 보안관 의자에 앉았고, 속기 타이피스트가 타이프라이터를 옮겨 놓았다. 올즈는 책상 끝에 걸터앉았는데, 매우 즐거운 것 같았다.

"자, 말로우." 헤르난데스 경감이 시원스러운 어조로 말했다. "얘기해 주게."

"왜 내 사진을 안 찍나?"

"보안관이 한 말을 못 들었나?"

"들었네. 하지만 왜 안 찍지?"

올즈가 웃었다. "다 아는 일이 아닌가?"

"내가 사나이답게 생겼기 때문에 같이 사진을 찍으면 손해를 보기 때문인가?"

"쓸데없는 소린 그만둬." 헤르난데스가 말했다.

"얘기를 시작하게. 처음부터."

나는 처음부터 말하기 시작했다. 하워드 스펜서와의 회견, 아이린 웨이드를 만난 일, 그녀가 로저를 찾아 달라고 부탁한 일, 그를 찾아낸 일, 그녀한테 초대받은 얘기, 웨이드가 나한테 부탁한 일, 그리고 잔디 위에 쓰러져 있는 그를 발견한 경위, 그리고 그 후에 있었던 일

등, 타이피스트가 그 말을 받아 쳤다. 아무도 말하지 않았다. 전부가 사실이었다. 사실이 아닌 것은 하나도 없었다. 그러나 사실의 전부는 아니었다. 무슨 이야기를 하지 않았는가는 그들한테는 관계없는 일이었다.

"알았네." 헤르난데스는 내 말이 끝나는 것을 기다렸다가 말했다.

"그런데 전부는 얘기 안 했군." 헤르난데스라는 사나이는 제법 똑똑한 인간이었다. 보안관 사무실에는 적어도 이러한 인간이 한 명은 있어야 한다. "웨이드가 그의 방에서 권총을 쏘았던 밤, 웨이드 부인의 방에 들어가서 문을 닫은 채 몇 시간 동안 보낸 일이 있었지 않나? 무엇하고 있었지?"

"부인이 나를 불러 들여 남편이 어떻게 하고 있는가를 물었네."

"왜 문을 닫았나?"

"웨이드가 막 잠이 든 참이라 이야기 소리가 들릴까 싶어서였네. 하인이 귀를 기울이며 서성거리고 있던 것도 마음에 걸렸고, 게다가 부인이 문을 닫아 달라고 했네. 이런 것이 문제되리라고는 생각지도 못했네."

"얼마나 방에 있었나?"

"잘 기억되지 않네. 3분 정도였을 거야."

"두 시간이 아닌가?" 하고 헤르난데스가 쌀쌀하게 말했다. "내가 말하는 뜻을 알겠나?"

나는 올즈를 보았다. 올즈는 아무 데도 보고 있지 않았다. 언제나와 같이 불 없는 담배를 입에 물고 있었다.

"자넨 틀린 정보를 가지고 있네."

"틀린 건지 맞는 건지는 곧 알게 될걸세. 자네는 그 방을 나온 다음 아래층의 서재에 들어가 소파에서 밤을 보냈네. 날이 샐 때까지는 시간이 얼마 없었을 걸세."

"웨이드한테서 전화가 걸려 온 건 11시 10분전이었네. 마지막에 서재에 들어간 건 두 시 넘어서였어. 날이 샐 때까지는 제법 시간이 있었지."

"집사를 불러 오게" 하고 헤르난데스가 말했다.

올즈가 방에서 나가더니 캔디를 데리고 들어왔다. 그들은 캔디를 의자에 앉혔다. 헤르난데스가 성명, 연령, 기타에 대해서 간단한 질문을 했다. 그리고 태도를 바꾸어 말했다. "그런데 캔디, 지금은 캔디라고 부르겠는데 말로우를 도와 웨이드를 잠재운 다음에 무슨 일이 일어났나?"

그가 무슨 말을 할 것인가는 대략 짐작이 갔다. 캔디는 사투리가 섞인 기분 나쁜 음성으로 말했다. 그의 말에 의하면, 할 일이 있을지도 모른다고 생각하여 주방에서 식사를 하기도 하고, 거실에 있기도 하면서 한동안 자지 않았다는 것이다. 거실 입구에 가까운 의자에 앉아 있을 때, 아이린 웨이드가 그녀의 방문 가까이에서 옷을 벗는 것을 보았다. 그녀는 알몸에 실내복을 입고, 내가 방에 들어가자 문이 닫혔다. 내가 장시간 방에 들어가 있었고, 거의 두 시간 정도 시간이 흘렀다. 그는 2층에 올라가 동태를 살폈다. 침대 스프링 소리가 들렸다. 속삭이는 말소리가 들렸다. 정말 무슨 일이 있었던 것 같은 말투였다. 얘기가 끝나자 내 얼굴을 힐끗 노려보고 미워 못 견디겠다는 듯 입술을 비틀었다.

"데리고 가게." 헤르난데스가 말했다.

"기다려 주게" 하고 나는 말했다. "질문하고 싶네."

"질문은 나만이 할 뿐야." 헤르난데스가 날카롭게 말했다.

"아니 질문하는 방법이 잘못 됐네. 자넨 현장에 안 있었어. 이놈은 거짓말하고 있단 말이야. 이놈 스스로도 알고 있고, 나도 알고 있네."

헤르난데스는 몸을 젖히고 펜을 하나 집더니 펜대를 구부렸다. 펜대는 길고 뾰족한데 말 털을 묶은 것이었다. 뾰족한 끝 쪽에서 손을 떼자 펜대는 본래대로 빳빳해졌다.

"좋아" 하고 그는 말했다.

나는 캔디 쪽으로 몸을 돌렸다. "웨이드 부인이 옷벗는 걸 어디서 보고 있었나?"

"입구 문 옆의 의자에 앉아 있었소"라고 그는 뻔뻔스러운 태도로 말했다.

"입구의 문과 두 개 있는 소파 사이에서 말인가?"

"지금 말한 대로요."

"웨이드 부인은 어디 있었나?"

"부인의 방 입구에서 조금 들어간 곳이오. 문은 열려 있었소."

"거실의 불은 어떻게 되어 있었지?"

"스탠드가 하나 켜져 있었소. 브리지 램프요."

"발코니의 불은 어떻게 되어 있었나?"

"켜져 있지 않았소. 부인 방에는 켜져 있었소."

"부인 방의 불은 어느 정도 밝았나?"

"별로 밝지 않았소. 아마 나이트 테이블의 스탠드였을 거요."

"천장의 전등이 아니었단 말이지?"

"그렇소."

"옷을 벗은 다음에, 부인은 방 입구에서 조금 들어간 곳에 서 있었다고 했지? 실내복을 입었단 말이지? 실내복은 어떻게 생긴 거였나?"

"파란 거였소. 하우스 코트처럼 긴 실내복이었소. 그걸 허리띠로 맸소."

"부인이 옷을 벗는 장면을 직접 보지 않았다면 실내복 안에 아무것도 걸치지 않았다는 사실은 알 수 없다는 말이 되는데?"

그는 어깨를 들먹였다. 약간 불안한 표정이 떠올랐다.

"그렇소. 그 말대로요. 옷벗는 장면을 직접 봤어요."

"거짓말하지 마. 부인이 방 입구에서 옷을 벗는 장면이 거실에서 보일 까닭이 없다. 부인이 조금이라도 방 안쪽에 서 있었다면 더더구나 볼 수 없단 말이야. 발코니 끝까지 나오지 않은 한 거실에서는 보이지 않는단 말이다. 만일 거기까지 나왔다면 부인이 너를 보았을 거다."

그는 말없이 나를 쳐다보았다.

나는 올즈 쪽으로 몸을 돌렸다. "자넨 그 집을 보았네. 헤르난데스 경감은 못 보았지만……아니, 봤나?"

올즈는 약간 머리를 가로저었다. 헤르난데스는 이맛살을 찌푸렸을 뿐 아무 말도 하지 않았다.

"헤르난데스 경감, 거실에서는 부인의 머리끝도 보이지 않소. 서 있어도 보이지 않을 텐데 캔디는 앉아 있었다고 했어. 부인이 방문 안에 있고 방 밖으로 나오지 않았다면 무슨 수를 써도 보이지 않네. 나는 캔디보다 4인치나 크지만 정면 입구에 서서 볼 수 있는 부분은 부인의 방문 윗부분뿐일세. 그가 말한 것처럼 정말 보았다고 한다면 부인이 발코니 끝까지 나왔다고 밖에는 생각할 수 없네. 정말 그런 짓을 했을까? 입구에서 옷을 벗는다는 것은 생각할 수 없네. 나의 상식으로는 생각할 수 없군."

헤르난데스는 나를 쳐다보고 있었다. 이윽고 그는 캔디에게 몸을 돌렸다. "시간에 대한 문제는 어떨까?" 하고 그는 점잖은 음성으로 나에게 말했다.

"내가 무슨 말을 해도 결국은 결말나지 않은 입씨름에 그치고 말 걸세. 증명할 수 있는 것만 말했네."

헤르난데스는 내가 알아듣지 못하는 빠른 스페인어로 캔디한테 무슨 말인가 했다. 캔디는 못마땅한 표정으로 헤르난데스의 얼굴을 쳐다보았다.

"데리고 가게" 하고 헤르난데스는 말했다.

올즈가 엄지손가락으로 눌러 문을 열었다. 캔디가 방에서 나갔다. 헤르난데스는 담배 상자를 꺼내 가지고 한 대 물고 금제 라이터로 불을 붙였다.

올즈가 돌아왔다. 헤르난데스가 조용한 목소리로 말했다. "나는 방금, 사인을 심문할 때 그 얘기를 했으면 위증죄로 감옥에 가게 된다고 놈에게 말해 주었네. 별로 놀란 기색도 없었네. 뭐가 못마땅해서 그따위 소리를 했는지 나는 알고 있네. 무슨 짓을 할지 알 수 없는 놈이야. 만약 그놈이 그때 집에 있었고 살인 혐의가 있었다면 유력한 용의자가 되었을 걸세.

놈이라면 나이프를 썼겠지만 말이야. 내가 받은 인상으로는 웨이드가 죽은 걸 무척 슬퍼하고 있는 것 같네. 아직 질문이 있나, 올즈?"

올즈는 머리를 가로저었다. 헤르난데스는 나를 보고 말했다. "아침에 다시 한 번 와서 진술서에 서명해 주게. 그때까지 타이프로 쳐 두겠네. 열 시까지는 경찰의의 보고도 올 걸세. 물론 완전한 건 아니지만 말이야…… 뭔가 마음에 안 드는 점이 있나, 말로우?"

"지금 질문을 다시 한 번 해 주지 않겠나? 자네 말투에는 뭔가 내 마음에 든 것이 있는 것처럼 들리는데."

"알았네," 하고 그는 귀찮다는 듯이 말했다. "돌아가 주게. 나도 집에 가겠네."

나는 일어섰다.

"물론 캔디가 한 말을 믿는 것은 아닐세" 하고 그는 말했다. "기분 나쁘게 생각지 말게."

"아무렇게도 생각하지 않네, 경감. 아무렇게도 생각지 않아."

그들은 내가 나가는 것을 배웅했지만 잘 가라는 말은 하지 않았다. 나는 긴 복도를 지나 내 차를 타고 집으로 돌아왔다.

내 기분은 별과 별 사이의 공간처럼 공허했다. 집에 돌아오자 강한 칵테일을 만들고, 거실의 창문을 열고 그 앞에 서서, 로렐 캐니언 블루버드에서 땅울림처럼 들려오는 차 소리에 귀를 기울이고 아득히 반짝이고 있는 시가지의 불빛을 바라보았다. 멀리서 경찰차인지 소방차인지 사이렌 소리가 들려오더니 이윽고 사라졌다. 완전한 정적 같은 순간은 거의 없었다. 하루 24시간 내내 반드시 누군가가 도망하려고 하고, 또 누군가는 체포하려고 하는 것이다.

많은 범죄를 안고 있는 밤 속에서 누군가가 죽고, 누군가가 손발을 잃고, 누군가가 사방에 흩날리는 유리에 부상을 입고, 누군가가 자동차의 핸들이나 무거운 타이어에 짓눌리고 깔리는 것이다. 사람들이 얻어맞고, 돈을 강탈당하고, 목을 졸리고, 폭행당하고, 살해되고 있는 것이다. 또 어떤 자는 굶주림에 허덕이고, 어떤 자는 병마에 신음하고, 어떤 자는 따분해 하고, 어떤 자는 고독이나 비탄이나 공포 때문에 마음의 평정을 잃고, 어떤 자는 화내고, 어떤 자는 슬픔에 잠겨 울고 있다. 다른 도시에 비해 특히 사악이 넘친다고는 할 수 없다. 풍족하고 활기가 있고 긍지를 지니고 있으나, 짓눌리고 공허로 가득 차 있는 도시였다.

모든 것은 어떤 곳에 자리를 잡고 있으며, 어느 정도 점수를 얻는가에 따라 결정되었다. 나는 조금도 점수를 얻지 못하고 있었다. 그런 것에는 관심이 없었다.

나는 칵테일을 다 마시고 침대에 누웠다.

39

 시체 검증의 심문은 아무런 성과도 가져오지 않았다. 검시관은 사건이 잊혀져 버릴 것을 염려하여 의학적 증거가 완전히 갖추어지기도 전에 심문을 서둘렀다. 서둘러도 소용없었다. 한 작가의 죽음은, 설사 대중적 인기가 있는 작가일지라도 언제까지나 계속될 화제는 아니었다. 이번 여름에는 큰 화제가 된 사건이 너무 많았다. 국왕 한 명이 퇴위했고, 다른 한 국왕은 암살되었다. 1주일 동안에 대형 여객기 세 대가 추락했다. 시카고에서는 통신사 사장이 자기 차 안에서 사살되었다. 교도소 화제로 24명의 복역수가 타 죽었다. 로스앤젤레스 카운티의 검시관은 운이 없었다. 모처럼의 기회를 활용하지 못했다.
 내가 증인대를 내려섰을 때, 캔디의 모습이 눈에 들어왔다. 악의에 가득 찬 냉소를 얼굴에 띠고 있었다. 왜 그런지는 알 수 없었다. 평소와 마찬가지로 신분에 어울리지 않는 말쑥한 옷차림을 하고 있었다. 코코아색의 개버딘 양복에 흰 나이론 셔츠를 입고 암녹색의 나비 넥타이를 매었다. 증인대에 올라가자 조용한 목소리로 진술하여 좋은 인상을 주었다. "네, 보스는 요즈음 곤드레만드레가 되도록 술 취해 있는 일이 많았습니다. 네, 2층에서 권총을 쐈던 날 밤에 보스를 침대에 옮겨 눕혔습니다. 네, 마지막 날 제가 나가려 했을 때, 위스키를 가져오라고 하셨지만 안 갖다 드렸습니다. 아니오, 웨이드 씨의 소설에 대해서는 아무것도 모릅니다. 하지만 소설을 쓰지 못해 고민하고 계신 것 같았습니다. 원고를 휴지통에 던져 넣고는 다시 꺼내기도 했습니다. 아니오, 웨이드 씨가 남과 입싸움하는 것은 들은 일이 없습니다." 이와 같은 진술이 끝없이 계속되었다. 검시관은 그로부터 여러 가지 이야기를 들었지만 별로 중요한 내용은 듣지 못했다. 캔디한테 적절한 조언을 한 자가 있었던 것이다.
 아이린 웨이드는 흑백의 옷차림이었다. 안색이 창백하고, 확성기를 통해도 아름답게 들리는 낮고 분명한 음성으로 질문에 대답했다. 검시관은 마치 종기를 만지는 듯한 조심성 있는 태도로 그녀에게 질문했다. 울음소리가 되려는 것을 참고 있는 듯한 목소리였다. 그녀가 증인대를 내려서자 검시관은 일어서서 머리를 숙였다. 그녀는 희미한 웃음으로 이에 답했고 검시관은 침을 꿀꺽 삼켰다.

그녀는 나를 보지도 않고 나가려다가 출구에서 얼굴을 2인치 정도 옆으로 돌려 약간 끄덕였다. 먼 옛날에 어디선가 만난 일이 있는 사람이지만 아무리 애써도 생각나지 않는다는 그런 태도였다. 심문이 끝나고 밖으로 나오자 계단 위에서 올즈를 만났다. 오가는 자동차의 물결을 바라보고 있는 것 같았지만 실은 바라보는 체하고 있었는지도 모른다.

"무사히 끝났군" 하고 그는 나를 돌아보면서 말했다. "축하하네."

"캔디를 교육시켰나?"

"내가 아냐. 이 사건은 섹스와 관계가 없다는 게 검사의 의견이었네."

"섹스라니, 무슨 뜻인가?"

그는 내 얼굴을 보았다. "자네를 두고 하는 말이 아니야." 그리고 막연한 표정을 띠면서 말했다. "나는 옛날부터 싫증이 나도록 보아 왔네. 남자의 일생을 엉망으로 만들어 버린단 말이야. 그 중에서도 이번 사건은 각별하네. 이만 실례하겠네. 20달러짜리 셔츠를 입게 되거든 전화를 걸어 주게. 자네한테 가서 윗도리를 입혀 주지."

많은 사람들이 우리들 옆을 오르내리고 있었다. 우리는 계단 중간에 서 있었다. 올즈는 호주머니에서 담배 한 대를 꺼내 잠깐 들여다 보더니 콘크리트 바닥에 버리고 뒤꿈치로 뭉개 버렸다.

"아깝지 않나?" 하고 나는 말했다.

"기껏해야 담배에 지나지 않네. 인간의 생명이 아니야. 좀 조용해지면 그 여자와 결혼하겠지?"

"농담 말게."

그는 차디차게 웃었다. "말을 건 상대는 틀리지 않았지만 화제가 좋지 않았던 것 같군. 할 말 있나?"

"없네" 하고, 나는 계단을 내려갔다. 그가 뒤에서 무슨 말인가 했지만 발을 멈추지 않았다.

나는 플라워 거리에서 콘비프를 파는 점포로 갔다. 마침 그때의 기분에 어울리는 가게였다. 입구 위의 퉁명스러운 간판에 이렇게 씌어 있었다. '남자에 한함. 여자와 개는 사절함' 점포 안의 서비스도 마찬가지로 철두철미했다. 음식물을 내던지고 가는 종업원은 수염투성이였고, 아무 부탁도 하지 않았는데도 팁을 공제했다. 음식물은 간단한 것들이지만 매우 맛있어 마티니와 같이 멋진 갈색의 스웨덴 맥주를 마시게 했다.

사무실에 돌아왔을 때, 전화벨이 울렸다. 올즈였다. "자네 사무실에 가겠네. 얘기하고 싶은 게 있네."

20분도 못 되었는데 그는 도착했다. 할리우드 분서든지 그 부근에 있다가 왔나 보다. 그는 손님용 의자에 앉아 한쪽 발을 무릎 위에 올렸다.

"쓸데없는 말을 했었네. 내 잘못이야. 잊어 주게."

"왜 잊어버리자는 건가? 상처를 벌려 보도록 하세."

"재미있겠지만 그만두세. 세상에는 자네와 뜻이 안 맞는 인간도 있지만 나는 일부러 심술궂게 놀릴 정도로 자네를 알고 있지 않네."

"20달러짜리 셔츠 얘기는 무슨 소린가?"

"아무것도 아냐. 공연히 화가 났을 뿐이야. 포터 영감의 일을 생각했기 때문인가 봐. 그가 비서한테 명령하고, 비서가 변호사에게, 변호사가 지방 검사인 스프링거에게, 스프링거가 헤르난데스 경감에게, 이런 식으로 해서 자네를 개인적인 친구라고 말하게 한 것이 아닌가 생각했네."

"그렇게 해 줄 까닭이 없네."

"만난 일이 있지 않나? 그가 자네 때문에 시간을 냈단 말이야."

"확실히 만난 일은 있네. 그건 끝났네. 나는 그를 좋아하지 않네. 하기야 부러운 생각이 있어서 그런지도 모르지. 그는 나를 불러서 충고해 줬네. 거물이고 만만치 않은 인물일세. 그 밖의 것은 아무것도 모르네. 나쁜 인간으로는 생각되지 않았네."

"1억의 재산을 만드는데 올바른 방법을 써서 될 줄 아나?" 하고 올즈는 말했다. "그는 나쁜 짓은 안 했다고 생각하는지는 몰라도 어딘가에 비참한 꼴을 당하고 있는 사람도 있을 거고, 착실하게 장사하고 있는 사람의 토대를 뒤집어 놓아 헐값으로 팔아넘기게 만들고, 죄 없는 사람의 직업을 잃게 만들고, 증권 시장에서 속임수를 썼고, 대중에게는 고맙지만 부자들에게는 불편한 법률을 얼버무리기 위해서 브로커나 일류 변호사한테 10만 달러나 수수료를 주고 있단 말이야. 큰 재산은 커다란 권력과 연결되어 있고, 커다란 권력에는 늘 부정이 따라 붙게 마련일세. 이것이 세상 요지경 속일세. 어쩔 수 없는 일인지는 몰라도 좋은 세상이라고는 할 수 없단 말이야."

"빨갱이 같군" 하고 나는 놀릴 셈으로 말했다.

"그럴지도 모르지." 그는 진지하게 받아들였다. "하지만 조사해 본 일은 없네. 자넨 자살설도 만족하고 있겠지?"

"달리 생각할 수 있나?"

"생각할 수 없겠지." 그는 우악스러운 두 손을 책상 위에 올려놓고 손등의 큰 갈색 반점을 보았다. "나도 늙었네. 이 갈색 반점은 케라토시스라고 하네. 50을 넘지 않으면 안 생기네. 나는 낡은 경관이야. 경관도 낡으면 어디서나 싫어하지. 이번 웨이드 사건에 관해서는 아무래도 마음에 안 드는 점이 있네."

"어떤 점 말인가?" 나는 의자에 기대며 그의 눈이 빛나는 것을 보았다.

"아무리 생각해도 앞뒤가 안 맞는 점이 있단 말이야. 도리가 없다는 것은 알고 있네. 이렇게 지껄일 뿐 달리 뾰족한 수는 없지만, 아무 말도 써서 남긴 것이 없다는 점이 마음에 안 드네."

"몹시 취했었네. 갑작스럽게 충동이 일어났던 거겠지."

올즈는 시선을 들고 두 손을 책상에서 내렸다. "난 책상을 뒤져 봤네. 웨이드는 자기 자신에게 편지를 쓰고 있었네. 생각날 때마다 쓰고 있었네. 술 취했을 때도, 제정신일 때도, 언제나 타이프라이터를 치고 있었네. 종잡을 수 없는 문구도 있었고, 이상한 문구도 있었으며, 비관적인 문구도 있었네. 무언가 마음속에 개운치 않은 응어리가 있었던 것 같더군. 씌어 있는 내용은 전부 그것과 관계가 있는 것 같은데 직접 그 문제는 말하지 않았네. 자살했다면 적어도 2페이지 정도의 유서를 남겼어야 했을 거 같네."

"술 취했었네"라고 나는 다시 말했다.

"웨이드에게는 그런 건 관계없네" 하고 올즈는 귀찮다는 듯한 말투로 말했다.

"다음에 내 마음에 안 드는 건, 그 방에서 죽고 마누라 눈에 띄게 했다는 점일세. 술 취했기 때문이라고 하겠지? 그래도 역시 마음에 안 드네. 또 한 가지 마음에 안 드는 건, 모터 보트의 폭음이 총소리가 안 들릴 정도로 높았을 때 방아쇠를 잡아당겼다는 점일세. 아무 때나 잡아당기면 무슨 상관이 있나? 이것도 우연이라고 하겠나? 고용인들이 쉬는 날에 마누라가 열쇠를 잊어버리고 집 안에 들어가는데 초인종을 눌러야 했다는 것도 우연이라고 말하겠나?"

"뒷문으로 갈 수도 있겠지" 하고 나는 말했다.

"알고 있네. 나는 한 가지 경우에 대해서 말하고 있는 걸세. 자네 외에는 초인종을 듣고 나갈 사람이 없었네. 더욱이 증인대에 서서, 자네가 있던 것을 몰랐다고 했네. 웨이드가 죽지 않고 있었다고 해도 문은 방음 장치가 되어 있네. 고용인은 없었고 목요일이었네. 그녀는 그런 것을 잊고 있었다고 했네. 열쇠를 잊은 것처럼 말일세."

"자네도 잊고 있는 것이 있네, 바니. 내 자동차가 있었으니 내가 있었다는 사실은 알았을 걸세. 적어도 누군가가 있다는 것을 초인종을 누르기 전에 알고 있어야 하지 않나?"

그는 쓴웃음을 웃었다. "정말 잊고 있었군! 좋아, 이런 생각은 어떤가? 자네는 호숫가에 있었네. 모터 보트가 굉장한 폭음을 내고 있었네. 말이 나온 김에 말해 두겠는데 그 작자들은 보트를 트레일러에 싣고 알로헤드 호에서 놀러 왔던 걸세. 웨이드는 술에 곯아떨어져 있었거나 자고 있었어. 누군가가 책상 서랍의 권총을 사전에 꺼내 가지고 있었네. 그 여자는 자네가 권총을 서랍에 넣어 둔 걸 알고 있었네. 자네가 말했기 때문일세. 그래서 말인데, 이렇게 생각할 수는 없을까? 그 여자는 열쇠를 잊지 않았고, 집 안에 들어가자 호숫가에 있는 자네를 발견했다고 말이야. 그녀는 서재를 들여다보고 웨이드가 잠들어 있는 것을 알고 권총을 서랍에서 꺼내 가지고 모터 보트의 폭음이 높아지는 것을 기다리고 있다가 방아쇠를 당기고, 권총을 나중에 발견된 자리에 놓고 집 밖에 나갔다가, 모터 보트가 사라진 다음에 초인종을 눌러 자네가 문을 여는 걸 기다렸다고 말이야. 어때, 할 말이 있나?"

"동기는 뭔가?"

"바로 그거야." 그는 언짢다는 투로 말했다.

"그 점을 모르겠단 말이야. 이혼하려고 생각했다면 어렵지 않았네. 남자는 알코올 중독에 폭력을 휘두른 때도 있었네. 위자료를 듬뿍 받을 수 있고, 재산도 나누어 받을 수 있을 걸세. 동기를 생각할 수 없단 말이야. 어쨌든 시간적인 타이밍이 너무 잘 맞네. 5분만 빨랐어도 자네가 한패로 되지 않는 한 죽일 수가 없었단 말이야."
내가 말하려 하는데 그가 손을 들어 가로막았다.
"기다려 주게. 누가 범행했다고 단정해서 하는 말이 아닐세. 다만 생각해 볼 뿐이야. 5분 늦었어도 마찬가지야. 그 여자가 살인했다고 가정한다면 10분간의 여유가 있었을 걸세."
"그 10분간은 예상할 수 없었을 것이고, 사전에 계획한다는 건 더 어려운 일일세."
그는 의자에 몸을 파묻고 깊은 숨을 쉬었다.
"알고 있네. 어떤 의문에도 답은 있네. 나도 대답할 수 있단 말이야. 하지만 그래도 나는 석연치 않네. 도대체 자넨 그 작자들과 함께 무슨 일을 하고 있었나? 웨이드는 자네한테 천 달러짜리 수표를 쓰고 찢어 버렸네. 자네한테 화를 냈기 때문이라고 자네는 말했네. 어차피 받을 생각은 없었다고 자네는 말했네. 그럴지도 모르지. 그 작자는 자네가 자기 마누라하고 잠자리를 같이 했다고 생각하고 있었잖나."
"그만두게, 바니."
"잤느냐고 묻는 게 아니야. 그 작자가 그렇게 생각하고 있었느냐고 묻는 걸세."
"대답은 마찬가지일세."
"알았네. 그럼 이 문제는 어떤가? 저 멕시코인은 그의 무슨 약점을 잡고 있었나?"
"내가 알고 있는 범위 내에서는 아무것도 마음에 짚이는 것이 없네."

"놈은 돈을 너무 많이 가지고 있단 말이야. 은행에 천 5백 달러 이상이나 있고, 옷도 많고, 신품 시보레도 있네."

"마약을 팔고 있었는지도 모르지."

올즈는 의자에서 일어나 나를 내려다보았다.

"자넨 억세게 운이 좋네, 말로우. 위험한 고비를 두 번이나 무사히 넘겼네. 자기도 가지고 싶어지겠지? 하지만 그 작자들한테 여러 모로 일해 주면서 한 푼도 안 받았네. 내가 들은 바로는 레녹스한테도 잘해 주었다고 하던데 그때도 한 푼 안 받았다고 하더군. 대관절 뭘 가지고 먹고 사나? 많이 벌어 놓았기 때문에 이젠 일을 안 해도 된다는 말인가?"

나는 일어나서 책상을 돌아 그와 마주 섰다.

"나는 로맨틱한 인간일세, 바니. 어두운 밤에 울음소리를 들으면서 무슨 일인가 하고 들여다보러 가네. 이런 짓을 하고 있다간 돈을 못 버네. 제대로 된 인간이라면 창문을 닫고 텔레비전 소리를 높이네. 혹은 차에 속력을 가해서 멀리 가 버리네. 남이 아무리 곤란 받아도 상관않네. 관계하면 시시하게 무고한 누명이나 뒤집어 쓸 뿐일세. 테리 레녹스와 마지막으로 만났을 때, 우리는 내 집에서 내가 만든 커피를 함께 마시고 담배를 피웠네. 그래서 그가 죽었다는 말을 들었을 때, 주방에 가서 커피를 끓여 그에게도 한 잔 따르고 담배에 불을 붙여 컵 옆에다 두고, 커피가 식고 담배가 다 타버리자 그에게 잘 자라고 했네. 이런 짓을 해서 돈이 될 까닭은 없네. 자네라면 이런 짓은 안 할 걸세. 그래서 자네는 훌륭한 경관이되었고, 나는 사립 탐정이 된 걸세. 아이린 웨이드가 남편을 걱정하고 있기에 내가 나가 있는 곳을 찾아내어 집까지 데려 왔네. 그 다음에는 그가 나를 찾았기 때문에 당장 쫓아가 잔디 위에 쓰러져 있는 그를 침실까지 옮겨다 재웠네. 한 푼도 안 되네. 전혀 얻은 것이 없네. 가끔 얼굴을 얻어맞고 유치장에 집어 던져지고, 멘디 메넨디스와 같은 무서운 놈한테 협박당할 뿐 소득이 없네. 돈 한 푼 안 생기는 일뿐이야. 금고 속에 5천 달러짜리 지폐가 한 장 있지만 쓸 마음은 없네. 왜 받아야 하는지 납득이 안가기 때문일세. 처음 한 동안은 자랑삼아 구경시키기도 했고, 지금도 가끔 꺼내 볼 때가 있네. 그뿐이야. 쓸 수 있는 돈은 한 푼도 받은 일이 없네."

"위조지폐인 거지" 하고 올즈는 매정하게 말했다. "왜 나한테 그런 얘기를 하나?"

"이유는 없네. 나는 로맨틱한 인간일세."

"알았네. 그래서 한 푼도 안 생긴다는 말이지. 그 말도 들었네."

"하지만 언제든지 경관한테 똥이나 처먹어라, 라고 할 수 있네. 알았나, 바니?"

"경찰의 뒷방 전등 밑이었다면 그런 소린 안 했겠지."

"언제 시험삼아 해볼까?"

그는 문을 거칠게 열었다. "자네는 스스로 영리한 인간이라 생각하고 있겠지만 자네같이 바보는 없네. 허세를 부리고 있을 뿐이란 말이야. 난 20년 동안 경관 생활을 하고 있지만, 잘못 판단한 일은 한 번도 없네. 놀림받고 있을 때도 모르고 넘기는 일은 없고, 무언가 숨기고 있는 것도 분명히 알고 있네. 건방진 소리를 해도 바닥은 드러나 있단 말이야. 내가 하는 말은 틀림이 없네. 거짓말이 아니란 말이야."

그는 입구에서 머리를 끌어내자 문을 닫았다. 구두 뒤꿈치가 복도를 무자비하게 치면서 갔다. 그 소리가 미처 사라지기도 전에 책상 위의 전화벨이 울렸다. 직업적인 분명한 음성이 들렸다.

"뉴욕에서 필립 말로우 씨한테 전화입니다."

"내가 필립 말로우입니다만."

"고맙습니다, 기다려 주십시오, 말로우 씨. 곧 바꿔드리겠습니다."

다음 목소리는 기억에 있는 음성이었다. "하워드 스펜서입니다, 말로우 씨. 로저 웨이드 사건을 들었습니다. 깜짝 놀랐어요. 자세한 얘기는 못 들었지만 당신 이름도 나와 있는 것 같더군요."

"사건 현장에 있었지요. 술에 취해서 권총으로 자살했을 뿐입니다. 웨이드 부인은 좀 뒤에 돌아왔지요. 고용인들은 없었습니다. 목요일은 쉬거든요."

"당신과 웨이드와 단둘이었나요?"

"함께 있었던 건 아닙니다. 부인이 돌아오기를 기다리면서 밖에 있었지요."

"그렇군요. 검시 심문이 있었겠지요?"

"끝났습니다, 스펜서 씨. 자살입니다. 신문에는 생각했던 것만큼 안 씌어 있더군요."

"그랬습니까? 참 이상도 하군요." 실망한 것처럼은 들리지 않았다. 납득이 가지 않는다는 말투였다. "그렇게도 유명한 작가였는데, 나는 또, 아니 그런 건 아무래도 좋습니다. 곧 날아가야 되겠지만 내주 말까지는 틈이 없어서 말입니다. 웨이드 부인한테는 전보를 쳤습니다. 부인을 위해서 무언가 할 일이 있겠지요. 책 문제도 마음이 쓰입니다. 제법 많이 썼을 거고, 누군가에게 부탁해서 완성시킬 수 있으리라 생각합니다. 당신은 결국 일을 맡으셨군요."

"아니, 부탁은 받았지만 술을 끊게 할 만한 힘이 없다고 그에게 분명히 말했습니다."

"힘이 되어 주려고 생각지도 않았다는 말이군요?"

"스펜서 씨, 당신은 사정이 어떻게 되어 있었는가를 모릅니다. 일단 사정을 듣고 난 다음에 말씀하시는 편이 좋을 것 같군요. 내가 전혀 책임을 안 느낀다는 말이 아닙니다. 이러한 사건은 막을 수 있는 방법이 없는 겁니다."

"물론 그럴 겁니다. 함부로 말해서 미안합니다. 이러한 경우 할 수 있는 말이 아니었습니다. 아이린 웨이드는 지금 집에 있을까요? 당신은 모르시나요?"

"나는 모릅니다, 스펜서 씨. 왜 직접 전화해 보지 않았습니까?"

"아직 아무하고도 말할 만한 기분이 안 됐을 것 같아서요"라고 그는 천천히 말했다.

"왜 그렇게 생각했습니까? 검시관에게 또박또박 대답했고 눈썹 하나 까딱하지 않았습니다."

그는 목에서 소리를 냈다. "별로 동정하지 않는 듯한 말씀이군요."

"로저 웨이드는 죽었습니다, 스펜서 씨. 별로 좋아질 수 없는 인간이었지만 제법 재능도 있었지요. 나한테 그런 문제는 아무래도 상관없습니다. 자기 멋대로인 주정뱅이에다 자기 자신을 미워했어요. 나를 실컷 골탕 먹이고, 마지막에는 나를 석연치 않은 기분으로 만들어 놓고 죽었습니다. 왜 내가 동정해야 합니까?"

"나는 웨이드 부인에 대한 얘기를 했습니다."

그는 빠른 말투로 말했다.

"나도 마찬가지요."

"그곳에 가면 연락하겠습니다" 하고 그는 불쑥 말했다. "안녕히 계십시오."

그는 전화를 끊었다. 나도 끊었다. 나는 2분 정도 움직이지 않고 전화를 지켜보았다. 그리고 전화 번호부를 책상 위에 놓고 번호를 찾기 시작했다.

40

나는 수웰 엔디코트 변호사 사무실에 전화를 걸었다. 법정에 나가 있어 오후 늦게까지 틈이 없다는 것이었다. 성함을 말하면 전하겠다고 했다. 나는 괜찮다고 했다.

그 다음엔 '선셋' 스트립의 멘디 메넨디스한테 전화를 걸었다. 금년엔 '엘 다파드'라는 점포 명으로 바뀌었다. 제법 멋 부린 상호였다. 미국식 스페인어로서 '묻혀 있는 보물'이라는 뜻이었다. 이제까지 여러 번 상호가 바뀌었다. 어느 해엔 거리로 향한 남쪽 높은 벽에 파랑 네온사인의 숫자만 나와 있거나, 드라이브 웨이가 건물 옆을 돌아 거리에서 보이지 않게 되어 있었다. 풍기계의 경관과 갱들과 일류 만찬에 30달러, 2층의 넓고 조용한 방에서 5만 달러까지 지불할 수 있는 사람들만 들어갈 수 있다는 것, 그 외에는 내 지식에는 없는 점포였다.

아무것도 모르는 여자가 전화에 나왔다. 다음엔 멕시코 사투리를 쓰는 급사장이었다.

"메넨디스 씨한테 하실 얘기가 있으신가요? 누구시라고 말씀드릴까요?"

"이름은 밝힐 수 없어요. 비밀 얘기라서."

"기다려 주십시오."

오랫동안 기다렸다. 이번에는 부하인 듯한 자가 나왔다. 장갑차 안에서 말하고 있는 듯한 말투였다.

"말하쇼. 누가 볼일이 있는가?"

"말로우라는 사람이오."

"말로우라니, 대체 누구요?"

"치크 아고스티노인가?"

"아니, 치크가 아니오. 우물쭈물하지 말고 알아들을 수 있도록 말하쇼."

"세수나 하고 오게."

목구멍에서 웃는 소리가 들렸다. "기다리쇼."

그런 다음에서야 다른 목소리가 들렸다. "졸때긴가, 왜 날 찾나?"

"아무도 없나?"

"말해도 괜찮네, 졸때기. 무대 쇼의 연습을 보고 있었네."

"자네 목을 잘라 보이면 박수를 받을 걸세."

"그럼, 앙코르엔 뭘 하나?"

나는 웃었다.

그도 웃었다. "그 사건에 관계하진 않았겠지, 졸때기?"

"모르고 있나? 또 자살한 작자와 친구가 됐네. 앞으로도 모든 사람들이 나를 '죽음과 키스하는 사나이'라 부르게 될 걸세."

"시시하군."

"아니 시시하지 않네. 요전번에 하란 포터와 차를 마셨네."

"제법 굵게 노는군. 난 차 같은 건 안 마시네."

"자네가 나를 부드럽게 대하도록 시키겠다고 했네."

"나는 놈과 만난 일이 없네. 만날 생각도 없네."

"실은 자네한테 좀 알고 싶은 것이 있네, 멘디. 폴 머스톤에 대한 얘기야."

"기억에 없는데……?"

"좀 기다리게. 폴 머스톤이란 테리 레녹스가 서부로 오기 전에 뉴욕에서 사용하던 이름일세."

"그래서?"

"그의 지문을 연방 경찰의 신상 카드에서 조사했네. 그런데 기록이 없었네. 육군에 있었던 사실이 없단 말이야."

"그래서?"

"하나하나 설명하지 않으면 모르나? 자네가 말해 준 참호 얘기가 엉터리같은 거짓말이 아니면 다른 곳에서 일어난 얘기란 말일세."
"어디서 일어났던 일이라곤 안 했네, 졸때기. 나쁜 말은 안 할 테니 그런 말은 잊어버리게. 한 번 말했으면 말한 대로 하는 게 좋아."
"알고 있네. 자네 기분에 안 드는 일을 하면 전차를 등에 지고 카타리나 섬까지 헤엄쳐 가지 않으면 안 된다는 거겠지. 겁주지 말게, 멘디. 나도 프로와 대결한 경험이 있네. 자네도 영국에 있었던 일이 있나?"
"좀더 영리해질 수 없나? 이 도시에서는 언제 어떤 꼴을 당할지 모른단 말이야. 빅 윌리 매그윈과 같은 거인도 무슨 꼴을 당할지 모르네. 석간을 사 보게나."
"자네가 그렇게 말한다면 사 보지. 내 사진이 나와 있을지 모르거든. 매그윈이 어떻게 됐나."
"지금 말한 대로야. 누구든지 무슨 꼴을 당할지 모른단 말이야. 나는 신문에서 읽은 것밖에는 모르지만 말이야. 네바다 번호판을 단 차에 타고 있던 네 명을 상대로 싸움을 했나 보더군. 차는 놈의 집 가까이 주차하고 있었네. 번호판은 물론 가짜지. 농담이나 장난이었는지도 모르지. 그런데 매그윈의 입장에서 보면 농담으로 치기엔 너무 심하게 다친 것 같더군. 두 팔에 깁스를 하고 턱을 세 군데나 철사로 꿰매고, 한쪽 다리를 천장에 매달고 있을 정도일세. 이젠 큰소리 못 치게 됐지. 자네라고 해서 그런 꼴을 안 당한다고 누가 보장하나?"
"놈이 방해됐나? 나는 녀석이 치크를 '빅터'의 벽에 내던지는 걸 본 적이 있네. 보안관 사무실에 있는 친구한테 전화를 걸어 친절하게 설명해 줄까?"

"해보게, 졸때기" 하고 천천히 말했다. "해보란 말이야!"
"이왕이면 내가 하란 포터의 딸과 술을 마시고 나왔을 때 벌어진 일이라고 얘기해주지. 약간은 목격한 증거가 되겠지? 이제 그 여자도 혼내 줄 생각인가?"
"내가 말하는 걸 잘 들어 두게, 졸때기……."
"영국에 있었던 일이 있나, 멘디? 자네와 란디 스타와 폴 머스톤인지 테리 레녹스인지는 모르지만 어쨌든 이 세 명이 말이야. 영국군에라도 있었던 일은 없나? 소호(이탈리아 요리점 등으로 유명한 런던의 한 구역)를 세력권으로 하고 있다가 위험해져서 군대에 들어가 시간이나 보내려 했던 게 아닌가?"
"끊지 말고 기다려 주게."
나는 그대로 기다렸다. 아무리 기다려도 아무 일도 일어나지 않고 팔이 저려 오기 시작했다. 수화기를 바꿔 잡았다. 얼마 만에 그가 나왔다.
"잘 들어 두도록 하게, 말로우. 레녹스 사건에 간섭하면 자네 목숨은 보장 못하네. 테리는 내 친구였네. 나부터도 가만히 있을 수 없단 말이야. 자네도 레녹스를 딱하게 여기지 않았나? 그래서 이 말만은 해 주지. 기동 작전이었네. 영국 부대였어. 노르웨이 연안의 섬에서 일어난 일이었지. 그 주위에는 많은 섬이 깔려 있네. 1942년 11월의 일이었어. 이만하면 되겠지? 쓸데없는 일에 머리를 안 쓰는 편이 좋을 거야."
"고맙네, 멘디. 머린 더 안 쓰겠네. 자네 비밀은 아무한테도 말하지 않을 테니 안심하게."
"신문을 사 보게, 졸때기. 읽은 다음에는 잘 기억해 두게. 거인 윌리 매그윈이 자기 집 앞에서 당했단 말이네. 마취에서 깨어나면 깜짝 놀라겠지?"

그는 전화를 끊었다. 나는 내려가서 신문을 샀다. 메넨디스가 말한 대로였다. 병원 침대에 누운 윌리 매그윈의 사진이 실려 있었다. 얼굴의 반과 한쪽 눈이 겨우 보였다. 나머지는 붕대로 감겨 있었다. 중상이지만 생명에는 지장이 없었다. 그들은 이 점에 대해서는 항상 신중했다. 생명에 영향 줄 만한 짓은 하지 않는다. 어찌되었든 상대는 경관이었다. 이 도시의 갱들은 경관은 죽이지 않는다. 그런 짓을 하는 작자들은 풋내기 10대들뿐이다. 고깃덩이가 찢긴 채 살아 있는 경관은 훨씬 효과 있는 선전이 되었다. 언젠가는 상처가 낫고 다시 근무하게 된다. 그러나 옛날처럼 설치지는 못한다. 무엇인가 부족해 지는 것이다. 갱들을 너무 심하게 단속하는 것은 잘못된 일이다, 라는 '살아 있는 교훈'인 셈이다. 특히 이류 음식점에서 식사하고 캐딜락을 모는 작자들에게는 더 좋은 교훈이 된다.

나는 의자에 앉아 한동안 생각에 잠겨 있었다. 이윽고 칸 협회의 전화번호를 돌려 조지 피터즈를 찾았다. 그는 외출 중이었다. 이름을 대고 급한 일이라고 했다. 그는 다섯 시 반경에 돌아올 예정이라 했다.

나는 할리우드의 도서관에 가서 직원에게 물어보았지만 내가 찾는 책은 없었다. 차를 돌려 로스앤젤레스의 번화가로 차를 달려 시립 도서관에 갔다. 찾던 책이 있었다. 영국에서 출판된 빨강 표지의 작은 책이었다. 나는 필요한 부분을 메모하고 집으로 돌아왔다. 다시 칸 협회에 전화를 걸었다. 피터즈는 그때까지도 돌아오지 않았기에 집으로 전화해 달라고 부탁해 두었다. 나는 커피 테이블 위에 체스판을 꺼내 놓고 '스핑크스'라 불리는 묘수와 맞섰다. 영국의 체스 명인 블랙번이 쓴 책에서 마지막 페이지에 있는 문제였다. 블랙번은 오늘날과 같은 냉전형의 체스에서는 1루까지도 진출하기 어렵겠지만 체스의 역사가 시작된 이래 가장 화려한 경력을 가진 기사였다. '스핑크스'는 11수로 끝나는데, 명칭 그대로 난해했다. 체스의 문제는 4수나 5수 이상은 별로 나오지 않는다. 그 이상이 되면 난이도가 기하학적으로 커지기 때문이다. 11수 정도의 문제가 되면 마치 고문과 같아진다.

가끔 기분이 언짢을 때가 있으면 이 문제와 맞서서 새로운 수를 생각해 보는 것이다. 조용히 머리를 혹사하는 데는 가장 좋은 방법이었다. 물론 말소리는 내지 않지만 큰소리로 외치고 싶어진다.

조지 피터즈가 5시 40분에 전화를 걸어 왔다. 우리는 판에 박힌 인사를 나누었다.

"또 까다로운 사건에 관련되었더군" 하고 그는 즐거운 듯이 말했다. "왜 미라 만들기와 같은 평온무사한 장사를 안 하고 그러나?"

"외워야 할 것이 너무 많아서 그러지. 그런데 별로 큰돈이 안 들면 자네 회사에 의뢰하고 싶은 문제가 있는데……?"

"돈이 들고 안 들고는 사건에 따라 다르네. 그리고 칸한테 말하지 않으면 안 되네."

"말하고 싶지 않네."

"그럼 나한테 말하게."

"런던엔 나 같은 인간이 많이 있지만 어떤 작자를 신용해야 될지 짐작이 안 가네. 자네 회사라면 연결될 수 있겠지. 시시한 작자한테 부탁했다간 정확한 회답을 얻지 못하네. 내가 알고 싶은 건 어려운 문제는 아니지만 시급을 다투는 내용이야. 늦어도 다음 주 말까지는 알아야 하네."

"말이나 해 보지."

"테리 레녹스인지 폴 머스톤인지 어느 이름을 사용했는지는 모르겠지만, 그의 군대 시절에 대해서 알고 싶은 게 있네. 그는 영국에서 기동 부대에 소속되어 있었네. 1942년 11월 노르웨이의 어느 섬을 습격했을 때 부상당해 포로가 됐고, 어느 부대에 소속하고 있었으며, 어떤 전력이 있는가 알고 싶네. 육군성에 가면 기록이 있을 거야. 비밀은 아닐 테니, 유산 문제로 필요하다고 말하면 될 걸세."
"그 정도라면 사립 탐정한테 부탁할 것도 없네. 직접 알려 달라고 해도 알려 주네. 편지로 의뢰하면 간단하지."
"농담 말게, 조지. 3개월이나 걸렸다간 아무 소용없네. 5일 내에 회답이 필요하네."
"그렇군! 자네 말이 맞네. 다른 문제는 없나?"
"한 가지 더 있네. 영국에는 서머셋 하우스(런던에 있는 건물, 등기소, 세무서 등이 있음)라는 곳에 모든 기록이 보존되어 있네. 거기에 그의 기록이 있거든 출생, 결혼, 국적, 기타 모든 것을 조사해서 전부 알려 주게."
"왜 그런 걸 알려고 하나?"
"왜라니? 무슨 뜻인가? 돈을 지불한다는 데 무슨 이유가 있나?"
"이름이 없으면 어떡하나?"
"단념할 수밖에 없지. 있으면 기록 전부를 복사해 주게. 이 정도로 나한테 얼마나 짜낼 셈인가?"
"칸한테 물어 봐야 알지. 거절당할지도 모르네. 자네와는 다른 점이 있어서 말이야. 세상에 이름이 알려지는 걸 좋아하지 않네. 만일 그가 수락하고, 자네가 우리 이름을 밝히지 않는다는 조건을 받아들인다면 아마 3백 달러는 내야 할 걸세. 저쪽 놈이 받는 돈은 달러로 계산하면 별로 많지는 않을 거야. 10기니 정도 청구할 걸세. 30달러도 못 되지. 거기에 경비가 가산되어 전부 합쳐야 50달러 정도니까. 칸 몫은 2백 50달러 정도가 되는 셈이지."
"동업자끼리는 할인해주겠지?"
"그런 예는 없네."
"부탁하네, 조지. 저녁을 살 테니."

"'로마노프'에서 말인가?"

"좋지. 테이블을 예약할 수 있으면 말이야. 하지만 어려울걸?"

"칸의 테이블이 있네. 언제든지 '로마노프'에서 식사를 하네. 사업상으로도 이롭고…… 칸은 이 거리에서 알려져 있네."

"알고 있네. 나도 칸을 손톱 밑에 집어넣어 버릴 만한 인간쯤으로 알고 있네. 그것도 직접 말이야."

"여전하군. 자네한테는 못 당하겠네. '로마노프'의 바에서 7시에 만나세. '도둑놈 두목'한테 칸 대령을 기다린다고 말하게. 깡패 같은 시나리오 작가나, 텔레비전 탤런트들의 방해를 받지 않도록 주의해서 자리를 정해 줄 걸세."

"7시에 만나세."

우리는 전화를 끊고 나는 다시 체스판으로 향했다. 그러나 '스핑크스'에는 이미 흥미가 없었다. 얼마 후 피터즈한테서 다시 전화가 걸려 왔다. 칸의 이름을 밝히지 않는다는 조건이라면 의뢰받아도 좋다고 알려 왔다. 그리고 곧 런던에 편지하겠다고 했다.

41

금요일 아침, 하워드 스펜서한테서 전화가 걸려 왔다. 리츠 베벌리에 묵고 있는데, 바에서 한 잔 않겠느냐는 것이었다. "당신 방에서 합시다"라고 나는 말했다.

"그 편이 좋다면 그렇게 하시지요. 828호실입니다. 지금 아이린 웨이드와 얘기했는데 완전히 체념하고 있더군요. 로저가 남긴 원고를 읽었는데 간단히 정리될 것 같다고 하더군요. 그가 이제까지 쓴 책보다야 훨씬 짧겠지만 선전 가치를 생각하면, 내용의 길이 같은 건 별로 신경 쓸 필요가 없을 것 같습니다. 출판업자는 무척 냉정하다고 생각하시겠지요? 아이린은 오늘 줄곧 집에 있겠다고 하더군요.

나를 만나고 싶다고 했는데 나도 만나고 싶습니다."

"30분 내에 가겠습니다, 스펜서 씨."

그는 서쪽을 향한 널찍한 특별실을 점령하고 있었다.

높은 창은 철제 난간이 있는 좁은 발코니로 향하고 있었다. 가구도 융단도 옛날식으로, 손님이 마실 것을 놓을 만한 곳이면 어디든 판유리가 있다는 것만이 새롭고, 재떨이는 전부해서 19개나 있었다. 호텔 방을 보면 어떤 종류의 손님이 투숙하는가 곧 알 수 있다. 리츠 베벌리에 투숙하는 손님은 별로 단정한 사람들이 아닌 것 같다.

스펜서는 내 손을 잡았다. "앉으십시오" 하고 그는 말했다. "뭘 드시겠습니까?"

"아무 거나 상관없습니다. 별로 마시고 싶은 생각이 없습니다."

"나는 아몬티라드(셰리의 일종)로 하겠습니다. 캘리포니아의 여름은 술 마시기에 적당한 기후가 아니군요. 뉴욕이라면 네 배는 마실 수 있습니다."

"나는 라이의 위스키 사워로 하지요."

그는 전화를 걸어 술을 주문했다. 그리고 의자에 앉아 테 없는 안경을 벗어 손수건으로 닦기 시작했다. 다 닦은 안경을 쓰고, 안경의 위치를 고치자 나를 보았다.

"뭔가 생각하고 계신 거로군요. 그래서 바가 아니라 여기서 나를 만나려고 하신 거지요?"

"아이도르 봐레까지 차로 모셔다 드리지요. 나도 웨이드 부인을 만나고 싶습니다."

약간 곤란하다는 표정이 얼굴에 떠올랐다. 부인이 당신을 만날지 모른다고 그는 말했다.

"나를 만나고 싶어하지 않는다는 건 알고 있습니다. 당신과 함께라면 집 안에 들어오게 하리라 생각합니다."

기나긴 이별

"내가 이상한 입장이 되는군요."

"나를 만나고 싶지 않다고 부인이 당신에게 말했나요?"

"아니 분명하게 그렇게 말한 건 아닙니다." 그는 다음에 계속될 말을 일단 목에서 막았다. "로저가 죽은 것을, 당신 책임으로 생각하는 듯한 인상을 받았어요."

"그렇습니다. 확실히 그렇게 말했어요. 그가 죽었을 때 왔던 보안관 대리한테도 그렇게 말했습니다. 아마 사인을 조사한 살인과의 경관한테도 그렇게 말했을 겁니다. 그러나 검시관에게는 그렇게 말하지 않았습니다."

그는 의자에 깊숙이 앉아 손바닥을 한 손가락으로 가볍게 긁었다. 기분을 얼버무리려 했을 뿐 아무 의미도 없었다.

"부인을 만나 어떻게 하려는 겁니까? 부인에게는 무서운 사건이었습니다. 이제까지의 생애 중 가장 무서운 사건이었을 것입니다. 그것을 굳이 생각나게 하실 것은 없지 않을까요? 당신한테는 아무런 잘못이 없었다고 부인한테 분명히 이해시키고 싶은가요?"

"보안관 대리에게 내가 죽였다고 했습니다."

"당신이 직접 손을 써서 죽였다는 소리는 아니지요. 그렇지 않다면······."

문의 버저가 울렸다. 그는 일어나서 문을 열었다. 급사가 마실 것을 가지고 들어와, 7품 요리를 가지고 온 것처럼 점잖은 태도로 테이블 위에 놓았다. 스펜서는 계산서에 서명하고 25센트짜리 은화를 네 개 주었다. 급사가 나갔다. 스펜서는 글라스를 들자, 나한테는 마실 것을 건네주지도 않고 그대로 테이블에서 떠났다. 나는 마실 것에 손대지 않았다.

"그렇지 않다면······?" 나는 물었다.

"그렇지 않다면 검시관에게 그렇게 말하지 않을 리가 없지 않을까요?" 그는 나를 보고 차디차게 웃었다. "이런 말을 하고 있어 봤자 아무 소용이 없군요. 무슨 얘기가 있어서 나를 만나려 했습니까?"

"당신이 만나고 싶다고 하지 않았던가요?"

"그것은," 하고 그는 쌀쌀하게 말했다. "뉴욕에서 전화했을 때 내가 속단하고 있다는 말을 들었기 때문입니다. 뭔가 나한테 할 말이 있을 것으로 생각했기 때문입니다. 무슨 얘깁니까?"

"웨이드 부인 앞에서 말하고 싶습니다."

"찬성할 수 없군요. 그런 것은 스스로 해결하십시오. 나는 아이린 웨이드 부인을 훌륭한 여성으로 여기고 있습니다. 그리고 또 출판업자로서 만약 될 수만 있다면 로저의 일을 빨리 매듭짓고 싶습니다. 당신이 말하는 것처럼 아이린이 생각하고 있다면, 당신이 그 집에 들어가도록 협조할 수 없습니다. 생각해 보면 이해할 수 있을 겁니다."

"좋아요, 잊어 주십시오. 만나려고하면 언제든지 만날 수 있습니다. 다만 증인으로 함께 모시고 가고 싶었을 뿐입니다."

"증인? 무슨 증인입니까?" 하고 그는 마치 물어뜯을 듯한 기세로 되물었다.

"그녀 앞에서라면 믿겠지만, 그렇지 않으면 말해도 믿지 않을 겁니다."

"그렇다면 그만둡시다."

나는 일어섰다. "당신이 하고 있는 일은 옳은 일일 겁니다. 어떻게든 웨이드의 책을 출판하려고 생각하고 있습니다. 그리고 친절한 사람이란 인상을 주려 합니다. 어느 쪽이냐 하면, 본받을 만한 야심입니다. 나한테는 그런 야심은 없습니다. 행운을 빌고 실례하겠습니다."

그는 흥분해서 내 앞에 섰다. "좀 기다려 주십시오. 말로우 씨. 무엇을 생각하고 있는지 모르지만 당신의 태도는 납득이 안 갑니다. 로저 웨이드의 죽음에 이상한 점이라도 있습니까?"

"아무것도 수수께끼는 없습니다. 웨브리 권총으로 머리가 관통되어 있었습니다. 검시 심문의 보고 기사를 안 읽어 보셨나요?"

"읽고말고요." 그는 내 바로 앞에 서서 어쩐지 당황하는 듯한 태도였다. "동부의 신문에 보도되고 이틀 정도 후에 로스앤젤레스의 신문에서 더 자세한 기사를 읽었습니다. 그는 혼자 있었습니다. 그런데 당신이 있었던 곳과는 별로 떨어져 있지 않았습니다. 고용인들은 없었습니다. 캔디도 조리사도 없었고, 아이린은 시내에 쇼핑하러 가서 사건이 일어난 바로 뒤에 돌아왔습니다. 사건이 일어났을 때, 호수를 달리던 모터 보트의 폭음이 총성을 제압해서 당신까지도 들을 수 없었다고 말입니다."

"맞습니다. 그대로입니다" 하고 나는 말했다.

"그리고 모터 보트가 가고, 나는 호숫가에서 집 안에 들어가 문의 벨이 울리는 것을 듣고 문을 열었더니 아이린 웨이드가 열쇠를 잊었다면서 있었지요. 로저는 이미 죽어 있었습니다. 그녀는 방문에서 서재를 들여다보고 그가 소파에서 자고 있다고 생각하고, 자기 방에 올라갔다가 홍차를 끓이려고 다시 주방으로 내려왔습니다. 그녀의 바로 뒤를 따라 나도 서재를 들여다보고 숨소리가 들리지 않는다는 사실을 깨닫고, 왜 들리지 않는가를 알게 되었지요. 그리고 당연한 의무로서 경관을 불렀습니다."

"아무것도 이상한 점은 없군요" 하고 스펜서는 조용한 음성으로 말했다. 그의 음성에서 날카로운 점이 사라졌다. "권총은 로저의 것으로 불과 1주일 전에 그가 자기 방에서 방아쇠를 당긴 사건이 있습니다. 그때 당신은 권총을 뺏으려고 죽을 힘을 다하는 아이린을 발견했습니다. 그의 심리 상태, 행동, 일에 대한 고민 등 모든 이유는 분명히 드러나 있었습니다."

"아이린은 로저가 일을 잘하고 있다고 당신한테 말했지요? 그가 무엇을 고민하고 있었겠습니까?"

"부인의 의견에 지나지 않습니다. 실은 심한 상태인지도 모르지요. 실제보다 심하다고 그는 생각하고 있었는지도 모릅니다. 그런 것보다도 진짜 하고 싶은 말을 해 주시오. 나는 바보가 아닙니다. 무언가 더 있다는 걸 알고 있습니다."

"이 사건을 수사한 살인과 형사는 나의 오랜 친구입니다. 사냥개처럼 육감이 날카로운 노련한 형사입니다. 이 형사의 말에 의하면 석연치 않은 점이 여러 가지 있다는 겁니다. 글을 쓰는 일을 직업으로 삼고 있는 로저가 왜 유서 한 장 남기지 않았을까? 왜 그런 식의 자살을 해서 부인을 놀라게 했을까? 왜 나한테 총성이 들리지 않는 순간을 선택했을까? 부인은 왜 열쇠를 잊고 나한테 문을 열게 했을까? 고용인들이 없는 날 왜 그를 혼자 집에 두고 나갔을까? 다짐해 두지만, 부인은 내가 있다는 걸 몰랐다고 말했습니다. 만일 알고 있었다면 마지막 두 가지는 문제되지 않습니다."

"놀랐습니다" 하고 스펜서는 얼빠진 음성을 냈다. "그 경관은 아이린을 의심하고 있나요?"

"동기만 알게 되면 곧 의심할 겁니다."

"그런 터무니없는 말이 어디 있습니까? 왜 당신을 의심하지 않나요? 당신은 줄곧 그와 함께 있었습니다. 그녀가 범행할 수 있는 시간은 불과 몇 분밖에 없었고, 더욱이 열쇠도 잊고 갔다고 하지 않았습니까?"

"나한테 무슨 동기가 있나요?"

그는 손을 뒤로 뻗어 내가 시킨 위스키 사워를 들어 단숨에 마셔 버렸다. 글라스를 가만히 놓고 손수건을 꺼내더니 입술과 글라스에 묻은 물기를 닦았다.

그리고 손수건을 호주머니에 넣더니 나를 쳐다보았다.

"아직 수사가 진행되고 있나요?"

"모릅니다. 다만 한 가지만 확실해질 문제가 있습니다. 술에 만취되어 의식을 잃을 정도로 마셨는가를 알 수 있을 겁니다. 만일 의식을 잃을 정도로 마셨다면, 혹 전에도 있었던 것처럼 어려운 문제가 일어났을 수도 있습니다."

"그래서 당신은 증인 앞에서 부인과 얘기하고 싶다는 말이군요?"

"그렇습니다."

"나는 두 가지밖에 생각할 수 없군요, 말로우 씨. 당신이 무엇인가를 무척 두려워하고 있거나, 부인이 무엇인가를 무척 두려워하고 있다고 당신이 생각하고 있거나 하는 두 가집니다."

나는 끄덕였다.

"어느 쪽입니까?" 하고 그는 물었다.

"나는 아무것도 두려워하고 있지 않습니다."

그는 시계를 들여다보았다. "당신은 터무니없는 일을 생각하고 있군요."

우리는 아무 말없이 서로 쳐다보았다.

42

콜드워트 캐니언에서 북쪽으로 갈수록 더위는 심해졌다. 비탈길을 다 올라간 다음에 우회하여 산페르난드 봐레로 접어들자 더위는 숨이 막힐 정도였다. 나는 옆자리의 스펜서를 보았다. 조끼를 입고 있는데도 조금도 더위를 느끼지 않는 것 같았다. 더 신경쓰이는 일이 있었을 것이다. 그는 앞 유리창을 통해 곧장 정면만 지켜본 채 아무 말도 하지 않았다. 스모그가 일대를 뒤덮고 있었다. 위에서 보면 지상을 덮고 있는 안개처럼 보였다. 이윽고 차가 그 속에 들어갔을 때, 스펜서가 침묵을 깨뜨렸다.

"정말 놀랍군요. 남부 캘리포니아의 기후는 좋다고 하던데 말입니다" 하고 그는 말했다. "도대체 어떻게 하겠다는 걸까요……트럭의 타이어라도 태워 버리겠다는 건가요?"

"아이도르 봐레는 이렇게까진 덥진 않습니다" 하고 나는 그를 위로했다. "바닷바람이 불어오지요."

"주정뱅이만이 아니고 바람도 붑니까?" 하고 그는 말했다. "나는 이 도시 교외의 고급 주택지에 살고 있는 인간을 만나보고 로저가 여기서 살고 있는 것이 잘못이라고 느꼈습니다. 작가에게는 자극이 필요합니다. 병 안에 있는 자극으로는 소용없습니다. 이곳에는 볕에 탄 숙취밖에는 없습니다. 물론 상류 사회의 사람들을 두고 하는 말입니다만."

아이도르 봐레로 들어가는 먼지가 많은 길에서 속력을 떨어뜨리고, 다시 포장도로로 나오고, 얼마 후에는 호수 저쪽 끝의 산 사이로 불어오는 바닷바람을 피부로 느끼게 되었다. 깨끗이 손질된 넓은 잔디에서 살수기가 소리를 내고 돌아가면서 풀을 적시고 있었다. 여유 있는 사람들은 이미 어딘가로 가 버린 계절이었다. 닫혀진 창들과 드라이브 웨이 한가운데에 서 있는 정원사 트럭이 그러한 사실을 알려 주고 있었다. 우리는 웨이드의 저택에 도착했다. 나는 차를 문 안으로 몰고 들어가 아이린의 차 뒤에 세웠다. 스펜서는 차에서 내려 점잔을 빼면서 현관으로 갔다. 벨이 울리자 곧 문이 열렸다. 흰옷 차림의 캔디가 거무스름하고 남자답게 잘 생긴 얼굴에 검고 날카로운 눈동자를 빛내면서 서 있었다. 아무 일도 없었던 집 같았다.

스펜서는 안으로 들어갔다. 캔디는 내 얼굴을 힐끗 보고 조용히 문을 닫았다. 얼마간 기다렸으나 아무 일도 일어나지 않았다. 나는 힘껏 벨을 눌렀다. 문이 열리고 캔디가 얼굴을 내밀었다.
"돌아가슈. 배에 나이프가 꽂히길 원하나?"
"웨이드 부인을 만나러 왔네."
"너 같은 놈을 만날 까닭이 없어."
"비켜! 볼일이 있네."
"캔디!" 그녀의 음성이 날카롭게 외쳤다.

캔디는 증오에 찬 눈으로 내 얼굴을 쏘아보고 안으로 사라졌다. 나는 안으로 들어가 문을 닫았다. 그녀는 마주 놓여 있는 소파 끝에 서 있었고, 스펜서가 그 곁에 나란히 서 있었다. 무척 매력적인 모습이었다. 허리 부분이 긴 흰 슬랙스를 입고 반소매 스포츠 셔츠의 왼쪽 가슴 호주머니에서 라일락 색의 손수건이 살짝 보였.

"캔디는 요즈음 갑자기 거만해졌어요" 하고 그녀는 스펜서에게 말했다. "오랜만이에요, 하워드. 먼 곳을 오시느라 수고하셨어요. 혼자서 오시는 줄 알았는데……."

"말로우가 태워다 주었습니다" 하고 스펜서는 말했다. "당신을 만나고 싶어하길래……."

"저한테 볼일이 있을 리 없을 텐데요?"라고 그녀는 쌀쌀하게 말했다. 그녀는 내 얼굴을 보았지만 1주일간 만나지 못해서 쓸쓸했다는 표정은 전혀 없었다. "무슨 얘긴데요?"

"좀 시간이 걸리는 얘깁니다."

그녀는 조용히 앉았다. 나도 다른 한쪽 소파에 앉았다. 스펜서는 불쾌한 표정으로 안경을 벗어 손수건으로 닦았다. 그리고 내가 앉은 소파의 반대쪽 끝에 앉았다.

"점심을 대접할 생각이었어요" 하고 그녀는 웃음을 보이면서 스펜서에게 말했다.

"요 다음 기회에 하지요. 고맙습니다."

"바쁘시다면 할 수 없지만, 참 서운해요. 그럼 원고를 보실 생각뿐이셨군요?"

"괜찮으시다면."

"그야 물론이죠, 캔디!…… 없는가 보군요. 로저의 서재 책상 위에 있어요. 갖다 드리지요." 스펜서가 일어났다. "내가 가져올까요?"

그는 부인의 대답을 기다리지 않고 서재 쪽으로 발을 옮겼다. 그녀의 등 뒤로 10피트 정도 가서 발을 멈추고, 긴장한 눈매로 나를 돌아다보았다. 그러나 그의 모습은 곧 보이지 않게 되었다.

나는 아무 말 않고 기다렸다. 이윽고 그녀의 얼굴이 나에게 향했다. 차디찬 시선으로 나를 보고 있었다. "저한테 무슨 볼일이 있으시지요?"

"여러 가지 있습니다. 또 그 목걸이를 하고 있군요."

"가끔 이 목걸이를 해요. 오래 전에 친하게 사귀던 분이 주신 거예요."

"알고 있습니다. 그 얘기는 들었습니다. 영국 육군의 무슨 휘장이 아닙니까."

그녀는 가느다란 쇠줄 끝에 매달려 있는 휘장을 손으로 들어 보였다. "보석상이 만든 모형이에요. 실물보다 작고, 금과 에나멜로 만든 겁니다."

스펜서가 돌아와 다시 의자에 앉았다. 그는 두툼한 노란 원고 더미를 눈앞의 칵테일 테이블 끝에 놓았다. 그리고 원고 뭉치를 멍하니 쳐다보다가 이윽고 아이린에게 시선을 돌렸다.

"좀더 가까운 데서 보여 줄 수 없습니까?" 하고 나는 그녀에게 부탁했다.

그녀는 쇠줄을 돌려 고리를 푼 다음에 내 손바닥 위에 놓더니, 두 손을 무릎 위에서 깍지 끼고 이상하다는 듯한 표정을 지었다.

"왜 그렇게 흥미를 가지시지요? '예술가 라이플 부대'라는 연대 휘장이에요. 의용 연대였어요. 그걸 저한테 준 남자는 그 후 얼마 안 있어서 전사했어요. 노르웨이의 안다르스네스라는 곳인데, 생각하기조차 끔찍한 1940년 봄이었어요."

그녀는 미소를 띠고 교태어린 손놀림을 했다. "그 사람은 저를 사랑하고 있었어요."

"아이린은 공습이 있는 동안 줄곧 런던에 있었지요" 하고 스펜서가 말했다.

"도망치지 못했던 거예요."

우리는 스펜서의 말을 무시했다.

"그리고 당신은 그를 사랑했구요?" 하고 나는 말했다.

그녀는 눈을 한 번 내리뜬 다음 얼굴을 들었다. 우리들의 시선은 허공에서 서로 얽혔다. "무척 오래 전의 일이에요" 하고 그녀는 말했다. "더욱이 전쟁중이었고, 여러 가지 생각지도 않았던 일이 많이 생기곤 했어요."

"그 정도의 설명만으로는 충분하다고 할 수 없지 않을까요? 당신은 나한테 어디까지 말했는지 잊어버린 것 같군요. '일생에 한 번밖에 없는 믿기 어려울 정도로 열렬했던 사랑'······나는 지금 당신의 말을 인용하고 있는 겁니다. 언제까지나 그 사람을 사랑하고 있다고 해도 지나친 말은 아닌 것 같군요. 머리글자가 같다는 점에서 나를 선택한 것이 아닌가요?"

"전혀 다른 이름이었어요" 하고 그녀는 쌀쌀하게 말했다. "그리고 오래 전에 죽었어요."

나는 황금과 에나멜 목걸이를 스펜서한테 내밀었다. 그는 별로 흥미 없다는 표정으로 그것을 받았다. "이건 전에 본 기억이 있는 건데

……?" 하고 그는 중얼거렸다.

"도안을 봐 주십시오" 하고 나는 말했다. "폭이 넓은 흰 에나멜 검에 황금 테가 있습니다. 칼끝이 밑으로 향하면서 위쪽으로 펼쳐진 청색 에나멜 날개와 두루마리를 꿰뚫고 있습니다. 두루마리에는 '끝까지 하는 자만이 승리한다'라고 씌어 있습니다."

"그렇군요" 하고 그는 말했다. "이런 것이 뭣 때문에 중요하다는 겁니까?"

"부인은 의용 연대 '예술가 라이플 부대'의 휘장이라고 했습니다. 이 부대에 있다가, 1940년 봄에 안다르스네스에서 영국군의 노르웨이 작전에 참전하여 전사한 사람한테 받은 거라고 말했습니다."

나는 두 사람의 주의를 끄는 데 성공했다. 스펜서는 나에게 시선을 집중했다. 내가 아무 목적 없이 말하지 않았다는 사실을 알아챘기 때문이다. 아이린도 깨달았다. 황갈색 눈썹이 꿈틀꿈틀 움직이고 불쾌하다는 표정이 얼굴에 떠올랐다. 확실히 불쾌했을 것이다.

"이건 소매에 다는 휘장입니다" 하고 나는 말했다. "'예술가 라이플 부대'가 육군 특설부대로 개편되었던가 편입된 다음에 만들어진 겁니다. 그때까지는 보병 연대였습니다. 1947년까지 이 휘장은 존재하지 않았습니다. 따라서 1940년에 웨이드 부인한테 이걸 준 사람이 있을 리 없습니다. 그리고 '예술가 라이플 부대'가 1940년에 노르웨이의 안다르스네스에 상륙했을 리도 없는 겁니다. '샤웃드 포레스터 연대'와 '레스터셔 연대'가 상륙했습니다. 이 부대는 모두 의용 연대지만 '예술가 라이플 부대'는 아닙니다. 이런 식의 얘기는 심술궂은 말이 될까요?"

스펜서는 목걸이를 커피 테이블 위에 놓고, 아이린 앞으로 가만히 밀어 냈다. 그는 아무 말도 하지 않았다.

"제가 몰랐다고 생각하세요?" 하고 아이린은 경멸하는 듯한 어조로 나에게 물었다.

"그럼 영국의 육군성이 모른다고 생각합니까?" 하고 나는 곧 되물었다.

"확실히 무언가 착각하고 있는 것 같군요" 하고 스펜서가 부드럽게 말했다.

나는 그에게 몸을 돌려 무섭게 노려보았다.

"그런 식으로도 말할 수 있겠지요."

"다른 식으로 말하면 제가 거짓말했다는 말이 되지요?" 하고 아이린이 쌀쌀하게 말했다. "저는 폴 머스톤이란 이름을 가진 사람을 알지 못하며, 사랑한 일도 없었고, 그가 저를 사랑한 일도 없었어요. 그가 저에게 그의 연대 휘장의 복제도 주지 않았고, 그가 작전 중 행방불명이 된 일도 없었으며 무엇보다도 그러한 사람은 존재하지도 않았어요. 저는 이 휘장을 가죽제품, 스코틀랜드나 아일랜드의 수제 가죽 구두, 군대나 학교의 넥타이, 크리켓(11명씩 두 패로 갈라져 배트로 나무 공을 치는 경기)의 블레이저 코트(운동선수들의 밝고 화려하게 만든 의식용 신사복의 웃옷), 문장(紋章)이 들어 있는 자질구레한 물건 등, 영국제 사치품을 수입하고 있는 뉴욕의 가게에서 샀어요. 이런 식의 설명으로는 만족할 수 없으세요, 말로우 씨?"

"마지막 부분은 좋았습니다. 그렇지만 처음 부분은 좋다고 할 수 없습니다. 분명히 그것을 '예술가 라이플 부대'의 휘장이라고 당신한테 가르쳐 준 사람이 있었고, 그 사람은 어떤 휘장인가 설명하는 것을 잊어버렸거나 또는 몰라서 말을 못했을 겁니다. 하지만 당신은 확실히 폴 머스톤을 알고 있으며, 그는 문제의 연대에 소속되어 있었고, 노르웨이에서 행방불명되었습니다. 그러나 1940년이 아닙니다, 웨이드 부인. 1942년에 있었던 일로, 그는 당시 기동 작전에 참가하고 있었으나 안다르스네스가 아니라 기동 작전 부대가 기습을 감행한 한 작은 섬이었습니다."

"그렇게 트집을 잡는 듯이 말할 필요는 없어요" 하고 스펜서가 잰체하는 어조로 말했다. 그는 눈앞의 노랑 종이를 훌훌 넘기고 있었다. 나를 위해서 옆에 있어 주는 것인지, 그렇지 않으면 무턱대고 화를 내고 있는지 알 수 없었다. 그러다가 노랑 종이 한 뭉치를 들고 무게를 재기 시작했다.

"무게로 살 생각입니까?" 하고 나는 그에게 물었다.

그는 깜짝 놀란 것 같았지만, 이윽고 복잡한 미소를 보였다.

"아이린은 런던에서 어려운 생활을 하고 있었어요" 하고 그는 말했다. "기억이 확실치 않는 것도 당연한 일일 겁니다."

나는 호주머니에서 접은 종이를 꺼냈다. "그렇군요. 결혼한 상대를 잊어버릴 정도니 말입니다. 이건 결혼증서 사본입니다. 캐크스튼 홀 등기소에서 복사한 겁니다. 결혼 일자는 1942년 8월. 결혼한 사람은 폴 에드워드 머스톤과 아이린 빅토리아 삼젤. 아이린 부인이 한 말이 옳다고도 할 수 있습니다. 폴 에드워드 머스톤이란 인간은 실존 인물이 아닙니다. 가명입니다. 군대에서는 결혼하는 데 허가가 필요하기 때문입니다. 그 사람은 본명을 속였던 겁니다. 군대에서는 다른 이름이었습니다. 나는 그가 군대에 있었을 때의 기록을 전부 가지고 있습니다. 수고를 아끼지 않고 찾아보면, 대부분의 일은 알 수 있다는 사실을 이 세상 사람들은 모르고 있는 것 같습니다."

스펜서는 입을 다물어 버렸다. 등을 의자에 기대고 한 곳을 응시했다. 나를 응시하는 것이 아니라 아이린을 응시하고 있었던 것이다. 그녀는 여성의 무기라고 해도 지나친 표현이 아닌 호소하는 듯한, 또는 유혹하는 듯한 희미한 웃음을 띠고 그를 보았다.

"하지만 그는 죽었어요, 하워드. 로저와 만나기 훨씬 전의 일이었고, 이제 와서 이러쿵저러쿵 하는 말을 들을 까닭은 없을 거예요. 로저는 모든 것을 알고 있었어요. 저는 줄곧 결혼 전의 이름을 사용해 왔어요. 그렇게 하지 않을 수 없었던 거예요. 여권이 그렇게 되어 있었으니까요. 그러다가 그가 전사하고……" 그녀는 말을 끊고 천천히 숨을 들이 마시고 한 손을 무릎 위에 조용히 떨어뜨렸다. "모든 것은 끝났어요. 그리고 모든 것을 잃어버렸어요."

"로저가 확실히 알고 있었습니까?" 하고 그는 천천히 물었다.

"분명 무언가 알고 있었습니다" 하고 나는 말했다. "폴 머스톤이라는 이름은 그에게는 무언가 뜻이 있었습니다. 한 번 물어 봤더니 눈을 이상하게 빛냈습니다. 하지만 그 까닭은 알 수 없었습니다."

그녀는 내 말을 무시하고 스펜서한테 말했다.

"물론 로저는 모든 것을 알고 있었어요." 당연하지 않느냐는 듯한 침착한 웃음이 떠올랐다. 여성다운 기교의 한 가지였다.

"그럼 왜 날짜를 속였습니까?" 하고 스펜서는 물었다. "1942년에 없어졌는데 왜 1940년에 없어졌다고 했습니까? 왜 그가 줄 리 없는 휘장을 목에 걸고, 그가 당신에게 준 것처럼 생각케 한 겁니까?"

"모든 것이 꿈속의 일처럼 혼란되어 버렸는지도 몰라요." 그녀는 낮은 목소리로 말했다. "악몽이라 표현하는 편이 옳을 거예요. 그 무렵 많은 친구들이 폭격으로 죽었어요. '잘 자요' 라는 말을 할 때 '잘 가요' 라는 말로 들리지 않도록 무척 신경을 썼어요. 그런데 잘 가요가 되어 버린 일이 여러 번 있었어요. 그리고 군인한테 잘 가라는 말을 할 때는 더 복잡한 기분이었어요. 전사하는 사람은 상냥하고 얌전한 사람이었거든요."

그는 아무 말도 하지 않았다. 나도 아무 말도 하지 않았다. 그녀는 눈앞의 테이블에 놓여 있는 목걸이를 내려다보았다. 그녀는 그걸 집더니 목에 걸고 침착한 태도로 의자 등에 기댔다.

"당신한테 이런 질문을 할 만한 권리가 없음을 알고 있어요, 아이린" 하고 스펜서는 천천히 말했다. "이런 일은 잊어버리도록 합시다.

말로우가 휘장이나 결혼증서를 아주 중대한 일인 것처럼 내놓기 때문에 나도 모르게 말려 들어가 버렸습니다."

"말로우 씨는……" 하고 그녀는 조용히 그에게 말했다. "작은 일도 마치 중대한 일인 것처럼 떠벌립니다. 그런데 막상 중대한 경우, 예를 들면 사람의 생명을 구하지 않으면 안 될 그러한 경우에는 호숫가에서 시시한 모터 보트 같은 걸 구경하고 서 있기나 하거든요."

"그 후 당신은 폴 머스톤을 만나지 않았군요?" 하고 나는 말했다.

"죽은 사람을 어떻게 만난다는 말인가요?"

"그가 죽은 걸 당신은 몰랐을 겁니다. 적십자사에서 사망 통지서가 발급 안 됐습니다. 포로가 되었는지도 모르지 않습니까?"

그녀는 몸을 떨었다. "1942년 10월에," 하고 그녀는 천천히 말하기 시작했다. "히틀러는 모든 부대의 포로를 게슈타포에게 인계하라고 명령했어요. 그것이 무엇을 뜻하는지는 누구나 알 수 있는 일이었어요. 고문을 받고, 어딘가의 게슈타포 감방에서 남몰래 살해되어 버린다는 걸 뜻했어요." 그녀는 또다시 몸을 떨었다. 그리고 노려보듯 나를 응시했다. "당신은 무서운 사람이에요. 당시의 일을 다시 떠올리게 하고 있어요. 하찮은 거짓말을 추궁하며 저를 괴롭히려 하고 있어요. 만약 당신이 사랑하던 사람이 그런 사람들한테 잡혀 어떤 짓을 당하게 된다는 것을 알고 있다고 가정해 보세요. 설사 거짓말이라도 자기만의 추억을 만들려 한 것이 그렇게도 이상하게 보일까요?"

"마실 것이 없을까요?" 하고 스펜서가 말했다.

"마시지 않고는 못 견디겠습니다. 부탁할 수 있을까요?"

그녀가 손뼉을 치자, 언제나와 같이 어디선가 캔디가 나타나 스펜서한테 머리를 숙였다.

"밀로 하시겠습니까, 스펜서 씨?"

"스카치, 스트레이트로."

캔디는 홀 구석에 가서 술병을 꺼내더니 스카치를 글라스에 가득 따라 스펜서 앞의 테이블 위에 놓고 곧 자리를 뜨려 했다.
"캔디," 하고 아이린이 조용히 말했다. "말로우 씨도 드실 거야."
그는 발을 멈추고 그녀를 쳐다보았다. 험악하고 딱딱한 표정이었다.
"필요없네" 하고 나는 말했다. "나는 필요없습니다."
캔디는 콧방귀를 뀌면서 그 자리를 떠났다. 다시 침묵이 계속되었다. 스펜서는 위스키를 반 정도 마시고 담배에 불을 붙였다. 그는 내 얼굴을 보지도 않고 나한테 말을 걸어 왔다.
"웨이드 부인이나 캔디가 비벌리힐스까지 바래다 줄 겁니다. 택시를 불러도 되고요. 당신이 하고 싶은 말은 다 했겠지요?"
나는 결혼 증명서의 사본을 접어서 호주머니에 넣었다.
"돌아가 달라는 말입니까?" 하고 나는 그에게 물었다.
"나만이 하는 말이 아니오."
"좋습니다." 나는 일어섰다. "이런 방법을 쓴 것은 잘못이었군요. 일류 출판사를 운영하는 데 머리가 필요하다면…… 출판에 머리가 필요한지 어떤지는 모르지만 내가 악역을 맡기 위해서 여기 오지 않았다는 것쯤은 알 겁니다. 누군가를 함정에 밀어 넣기 위해서 옛날 기록을 찾아내거나, 돈을 써 가면서 사실을 파헤치거나 한 게 아닙니다. 내가 폴 머스톤의 신상 조사를 한 까닭은, 게슈타포가 그를 죽였기 때문이 아니라 웨이드 부인이 관계없는 휘장을 목에 매달고 있거나, 날짜를 혼란시키거나, 전시에는 흔히 볼 수 있는 간단한 결혼을 했기 때문도 아닙니다. 내가 그의 신상을 조사하기 시작했을 때는 이런 사실을 전혀 몰랐습니다. 알고 있었던 것은 그의 이름뿐이었지요. 그런데 그의 이름을 어떻게 알았다고 생각합니까?"
"누군가가 가르쳐 주었겠지요" 하고 스펜서가 말했다.

"그렇지요. 전후에 뉴욕에서 그를 알게 되었고, 그후 이곳 '체이슨'에서 그의 아내와 함께 있는 장면을 본 사람입니다."

"그러나 머스톤이란 이름은 매우 흔한 이름이지요" 하고 스펜서는 말하고 위스키를 입으로 가져갔다. 그리고 머리를 옆으로 돌려 오른쪽 눈을 약간 찡긋했다. 나는 다시 앉았다. "폴 머스톤이라 해도 신기한 이름이라 할 수 없지요. 가령 뉴욕 시의 전화번호부를 보면 하워드 스펜서란 이름이 19개나 있습니다. 더욱이 그 중 네 명이 가운데 머리글자가 들어가지 않는 하워드 스펜서지요."

"그런 정도는 알고 있습니다. 그러나 얼굴 한쪽을 박격포탄으로 부상당하고, 외과 수술을 받은 흔적이 남아 있는 폴 머스톤은 몇 명이나 있다고 생각합니까?"

스펜서의 입이 맥없이 벌어졌다. 깊은 숨소리가 들렸다. 손수건을 꺼내 관자놀이를 가볍게 눌렀다.

"자기는 포탄에 부상당하면서, 멘디 메넨디스와 란디 스타라는 갱들의 목숨을 구한 폴 머스톤은 몇 명이나 있다고 생각합니까? 이들 두 명 다 아직 위세를 떨치고 있으며 기억력도 좋습니다. 실토하는 편이 좋다고 생각하면 언제든지 실토할 겁니다. 이 이상 숨길 건 없지 않소, 스펜서? 폴 머스톤과 테리 레녹스는 동일 인물이오. 티끌만한 의심도 없이 증명할 수 있다, 그런 말입니다."

어느 쪽도 6피트는 뛰어올라 크게 외치려고는 생각지 않았다. 사실 두 사람 다 아무런 반응도 보이지 않았다. 그런데 침묵이 오히려 기분 나쁜 공기를 감돌게 했다. 나는 침묵에 포위되었다. 주방에서 물소리가 들려 왔다. 바깥 드라이브 웨이에 신문이 던져지는 소리가 나더니 자전거를 탄 소년이 휘파람을 불면서 달려갔다.

나는 목 뒤에 날카롭게 닿는 것을 느꼈다. 획 하니 몸을 돌리자 캔디가 나이프를 들고 서 있었다. 거무스름한 얼굴은 가면처럼 무표정했으나, 눈 속에는 내가 이제까지 본 일이 없었던 무엇인가가 있었다.

"피곤하지 않소?" 하고 그는 부드러운 음성으로 말했다. "뭣 좀 안 마시겠소?"

"고맙네. 버번 온 더 록(얼음을 넣은 버번 위스키)을."

"곧 갖다 드리지."

그는 나이프를 철컥 하고 접어 흰옷의 옆주머니에 넣고, 발소리를 내지 않고 그 자리를 떠났다.

나는 아이린을 보았다. 두 손을 굳게 팔짱끼고 몸을 앞으로 숙이고 있었다. 어떤 표정이 떠올라 있다 해도 얼굴을 숙이고 있었기 때문에 볼 수가 없었다. 입을 열자, 그 목소리는 시각을 알리는 전화 속의 말소리 모양 단조롭고 아무런 감정도 느끼게 하지 않았다.

"한 번 만난 일이 있었어요, 하워드. 한 번 뿐이었어요. 저는 아무 말 안 했어요. 그도 아무 말 안 했구요. 완전히 변한 사람이었어요. 머리는 새하얗고, 얼굴은 전과 같다고 할 수 없었어요. 그러나 나는 곧 그를 알아봤고, 그도 역시 나를 알아봤어요. 우리는 서로 얼굴을 마주 쳐다봤어요. 그뿐이었어요. 그는 곧 방에서 나가 버렸고, 다음 날 그녀의 집을 떠나고 말았어요. 롤링의 집에서 우리는 만났어요. 그 여자도 있었어요. 오후의 늦은 시각이었어요. 당신도 그때 계셨었어요, 하워드. 로저도 있었구요. 당신도 만나서 알고 계실 거예요."

"소개받았었지요." 하고 스펜서는 말했다. "누구하고 결혼했는가도 알고 있었습니다."

"린다 롤링의 얘기로는 아무 말없이 집을 나갔다나 봐요. 아무 까닭도 말하지 않았던 거지요. 서로 다툰 일도 없었답니다. 그런 일이 있은지 얼마 후 그들은 이혼했어요. 그리고 또 얼마 뒤에 그 여자가 그를 찾아냈다는 말을 들었어요. 돈도 없고 완전히 몰락해 있었던 거지요. 다시 그 사람들은 결혼했습니다. 왜 다시 결혼했는지 하나님밖에는 아시지 못할 거예요. 그 사람은 돈이 없다는 문제 같은 것은 전혀 신경 안 쓰고 있었던 것 같아요. 제가 로저와 결혼한 사실도 알고 있었어요. 우리는 서로 잃어버린 사이였어요."

"왜요?" 하고 스펜서가 물었다. 캔디가 아무 말없이 내 앞에 마실 것을 갖다 놓았다. 스펜서가 머리를 흔들었다. 캔디가 소리도 없이 사라졌다. 아무도 그에게 주의를 기울이지 않았다. 중국 연극의 소도구 담당처럼 무대 위의 도구들을 움직일 뿐, 배우도 관객도 그 존재를 무시하고 있는 인간이었던 것이다.

"왜라고 물으시나요?" 하고 그녀는 되물었다.

"당신은 결코 이해할 수 없을 거예요. 우리가 지니고 있던 모든 것이 없어지고 말았던 겁니다. 다시는 되찾을 수 없게 되어 버렸던 거예요. 그는 게슈타포의 손에 넘겨지지 않았던 겁니다. 히틀러의 명령을 따르지 않는 훌륭한 생각을 지닌 나치가 있었나 봐요. 그 덕분에 생명을 건지고 돌아온 거예요. 저도 재회의 희망을 아주 버렸던 것은 아니지만, 제가 기다리고 있던 것은 옛날대로의 젊고 매력 있는 그였어요. 그 빨강 머리의 화냥년과 결혼한 그는 보기도 싫었습니다. 저는 그 여자와 로저의 관계를 알고 있었어요. 폴도 틀림없이 알고 있었을 거예요. 린다 롤링도 알고 있었을 거예요. 린다도 몸가짐이 좋다고는 할 수 없으나, 그 여자만큼 함부로 굴지는 않았어요. 하지만 똑같은 사람들이에요. 당신은 아마 왜 로저와 헤어지고 폴한테 돌아가지 않았느냐고 물으실 거예요. 두 사람 다 그 여자와 잠자리를 같이 한 것을 알고 있으면서 그한테 갈 수 있겠어요? 저는 도저히 그렇게는 할 수 없었어요. 보다 마음에 호소하는 것이 필요했어요. 로저는 용서할 수 있었어요. 술에 만취되어

한 일이기 때문에 무슨 짓을 하고 있는지 자기도 몰랐을 테니까요. 로저는 항상 자기 일에 신경을 쓰고 있었고, 돈 때문에 소설을 쓰고 있다는 것을 무척 괴로워했어요. 의지가 약하고 남자답지 않은 사람이었지만 이해할 수 없는 사람은 아니었어요. 단순한 남편이었어요. 폴은 그 이상의 인간이 아니면, 무(無)와 같은 인간입니다. 결국 무와 같은 사람이 되어 버리고 말았어요."

나는 글라스에 입을 댔다. 스펜서는 자기 잔을 다 마시고 의자의 헝겊을 만지작거렸다. 그의 눈앞에 놓인, 완전히 종지부가 찍힌 작가의 미완성 소설은 아주 잊혀지고 말았다.

"무라고는 할 수 없을 겁니다"라고 나는 말했다.

그녀는 눈을 들어 멍하니 나를 본 다음에 다시 시선을 떨어뜨렸다.

"무보다 못해요" 하고 그녀는 더욱 심한 말투로 말했다. "그 여자가 어떤 여자라는 걸 알면서 결혼한 거예요. 그리고 그가 생각하고 있던 것과 다를 바 없는 여자였기 때문에 죽인 것입니다. 그런 다음에 도망가서 자살했어요."

"그가 죽인 게 아닙니다" 하고 나는 말했다.

"당신은 알고 있을 겁니다."

그녀는 천천히 몸을 일으켜 멍하니 나를 보았다. 스펜서가 저도 모르게 소리를 냈다.

"로저가 죽였습니다. 그것도 당신은 알고 있을 겁니다."

"남편이 당신한테 그렇게 말했나요?" 하고 그녀는 조용히 물었다.

"들을 것도 없었지요. 두 가지 정도 힌트를 나한테 주었습니다. 언젠가는 나나 다른 사람에게 말했을 겁니다. 말하지 않고 있는 것이 그를 괴롭혔던 겁니다."

그녀는 약간 머리를 가로저었다. "아니에요, 말로우 씨. 로저가 괴로워했던 건 그 때문이 아니었어요. 로저는 그 여자를 죽인 일을 모르고 있었어요. 완전히 의식을 잃고 있었던 겁니다. 무슨 일이 있었다고 생각하고, 어떻게든 생각해 내려고 했지만 결국 생각해 내지 못했어요. 충격 때문에 기억을 상실했던 거지요. 더 시간이 경과했으면 기억을 되찾을 수 있었을지도 모르지요. 마지막 순간에는 생각해 냈는지도 모르고요. 하지만 그때까지는 아무리 애써도 생각해 내지 못하고 있었던 겁니다."

스펜서가 항의하듯 말했다. "그런 일은 있을 수 없어요, 아이린!"

"있을 수 있습니다" 하고 나는 말했다. "나는 확실한 실례를 두 가지 알고 있습니다. 한 사람은 바에서 알게 된 여자를 죽인 주정뱅이입니다. 여자는 스카프에 값진 장식을 달고 있었는데, 남자는 그 스카프로 여자의 목을 졸라 죽였습니다. 그 여자는 남자를 자기 방으로 데리고 갔지요. 그런 다음엔 무슨 일이 있었는지는 모르지만 어떻든 여자가 방에서 살해되었고, 남자가 잡혔을 때는 여자의 스카프 장식품을 넥타이에 하고 있었지만 그것을 어디서 얻었는지 전혀 기억하지 못했습니다."

"마지막까지 생각해 내지 못하던가요, 그렇지 않으면 그때만의 일입니까?" 하고 스펜서가 물었다.

"마지막까지 기억이 없다고 하더군요. 어쨌든 이젠 물어볼 수 없게 되었습니다. 그 남자는 사형되었어요. 다른 한 예는 머리에 입은 상처였어요. 그 남자는 약간 돈을 가지고 있는 변질자와 함께 살고 있었습니다. 그 변질자는 초판본에 정신이 팔려 있고, 자기 자신이 요리를 만드는 것을 즐거움으로 하고 있는 식도락가로, 벽 뒤에 비밀 서고를 만든다고 하는 괴상한 남자였지요. 어느 날 이들 둘이서 서로 치고 받는 싸움이 벌어져 이 방에서 저 방으로 굴러다니며 집 안을 엉망진창으로 만들고, 결국 돈 있는 쪽이 죽었습니다. 죽인

쪽은 곧 잡혔는데, 몸이 온통 상처투성이고 손가락 하나가 부러져 있었습니다. 기억하고 있는 것은 머리가 무척 아팠다는 것뿐으로, 집에 돌아가려 했지만 아무리 애써도 파사디나에 돌아갈 길을 생각해 내지 못했습니다. 같은 장소를 빙빙 돌고, 같은 주유소에서 여러 번 길을 물었지요. 주유소 사람이 정신병자라고 생각하고 경찰에 신고했습니다. 다시 그곳으로 돌아왔을 때는 경관이 그를 기다리고 있다가 잡았습니다."

"로저가 그런 상태가 되어 있었다고는 믿을 수 없습니다" 하고 스펜서는 말했다. "그의 머리가 이상했다고 하면 나라고 해서 다른 점이 없어요."

"술 취하면 아무것도 몰랐습니다." 나는 말했다.

"저도 그 자리에 있었어요. 죽이는 것을 보고 있었어요" 하고 아이린이 침착하게 말했다.

나는 스펜서를 보고 입술을 비쭉했다. 쓴웃음이라고 해도 좋을 것 같았다. 그 분위기에 어울리지 않는 웃음이 되지 않도록 노력했음은 말할 것도 없다.

"부인이 얘기해 줍니다"라고 나는 말했다. "들어 봅시다. 모든 것을 얘기해 줄 겁니다. 말하지 않고는 못 견디게 됐거든요."

"네, 그래요" 하고 그녀는 괴로운 듯이 말했다. "싫은 사람의 경우라도 하고 싶지 않은 말이 있게 마련이에요. 적어도 남편의 경우라면 말할 것도 없을 거예요. 제가 만약 증인석에서 이러한 말을 했다면 하워드, 당신은 분명히 싫은 얼굴을 하셨을 거예요. 당신의 소중한 천재 작가가 시시한 인간으로 전락하고 마니까요. 안 그럴까요? 남편은 섹스 작가라고 평을 받고 있었거든요. 그래서 가엾게도 기왕에 붙여진 레테르대로 살려고 했던 거예요. 그 여자는 남편에게 있어 상패와 같은 것이었어요. 저는 남몰래 두 사람의 동태를 살피고 있었어요. 이러한 행위는 부끄럽게 생각해야 되겠지요. 누구를 막론하고 부끄럽게 생각할 거예요. 하지만 저는 지금까지도 부끄럽다고는 생각지 않고 있어요. 저는 견디기 어려운 장면을 전부 보고 말았어요. 그 여자가 불장난의 장소로 사용하는 별관은 막다른 길에 면해 있는데, 입구에 커다란 나무 그늘이 져 있는 데다가 독립된 차고까지 붙어 있어 밀회에는 절호의 장소였어요. 로저와 같은 남자도 언젠가는 그렇게 되기 마련이지만, 얼마 안 있어 그 여자가 로저를 싫어하게 되었어요. 언제나 술을 너무 많이 마시기 때문이지요. 남편은 돌아가려 했는데, 벌거벗은 알몸의 그 여자가 자그마한 장식물을 들어 올리면서 큰소리로 외치며 쫓아갔어요. 저라면 꿈에도 생각지 못할 더러운 욕을 마구 퍼부으면서요. 그리고 장식물로 남편을 치려했어요. 당신들은 남자니까 아실 거예요. 교양이 있어야 할 여자가 공동변소의 낙서 같은 말을 입에 담았다고 하면, 그 이상 남자에게 쇼크를 주는 일은 없을 거예요. 남편은 술 취해 있었고, 습관처럼 되어 있던 폭력을 휘두르는 발작이 그때 일어났던 거예요. 남편은 느닷없이 그 여자의 손에서 장식물을 뺏었어요. 그 뒤는 말하지 않아도 아시겠지요?"

"무척 많은 피가 사방에 튀었겠군요." 하고 나는 말했다.

"피라고요?" 그녀는 입술을 비틀며 웃었다. "집에 돌아온 남편의 모습을 보여 드렸더라면 좋았을 걸! 제가 도망치려고 제 차쪽으로 뛰었을 때, 남편은 그때까지도 얼빠진 사람처럼 서서 그 여자를 내려다보고 있었어요. 그러다가 몸을 구부려 그 여자를 안아 올리자 별관으로 들어갔어요. 저는 그때 남편이 쇼크 때문에 약간 취기가 깨는 것을 알았어요. 남편은 한 시간 정도 지나자 돌아왔어요. 무척 조용한 태도였어요. 제가 기다리고 있는 걸 본 남편은 놀라는 것 같았어요. 그때는 취해 있지 않았어요. 아무것도 모르는 듯 이상하다는 표정을 짓고 있더군요. 얼굴에도 머리에도 윗도리에도 피가 묻어 있었어요. 저는 남편을 서재 옆에 있는 세면소로 데리고 가서 옷을 벗겨 씻긴 다음 2층에서 샤워를 시켰어요. 그리고 침대에 눕힌 다음, 낡은 슈트케이스를 꺼내 가지고 아래층에 내려가 피가 묻은 옷을 슈트케이스에 넣었어요. 세면대와 바닥을 깨끗이 닦고, 젖은 타월을 가지고 가서 남편의 차를 닦았지요. 남편의 차를 차고에 넣고, 제 차를 꺼내 쳇워스 저수지로 차를 달렸어요. 피가 묻은 옷과 타월이 든 슈트케이스를 어떻게 처분했는가는 말하지 않아도 아시겠지요?"

그녀는 일단 말을 끊었다. 스펜서는 왼쪽 손바닥을 긁고 있었다. 그녀는 그것을 힐끗 보고 말을 계속했다. "제가 갔다 올 동안에 남편은 일어나서 위스키를 많이 마셨어요. 이튿날 아침, 남편은 아무것도 기억하고 있지 않았어요. 사건에 대해서는 한마디도 안 하더군요. 아직 숙취에서 깨어나지 않았을 뿐, 마음에 걸리는 것은 전혀 없어 보였어요. 저도 아무 말하지 않았어요."

"옷이 없어진 것은 알았겠지요?" 하고 나는 물었다.

그녀는 끄덕였다. "아마 알았다고 생각해요. 하지만 말은 없었어요. 그 무렵 여러 가지 일이 계속 일어났어요. 신문은 야단스럽게 보도하고 폴은 행방불명이 되었다가 얼마 후 멕시코에서 죽었습니다. 저는 그런 결말이 나리라고는 상상도 하지 못했어요. 로저는 제 남편입니다. 남편이 한 일은 무섭지만, 그 여자도 무서운 여자였어요. 그리고 남편은 무엇을 했는지 전혀 기억하고 있지 않았어요. 그러다가 신문은 갑자기 그 사건에 대해서 보도하지 않게 되었어요. 린다의 부친이 손을 썼을 거예요. 물론 로저는 신문도 보고 사건에 대해서도 얘기했어요. 그러나 당사자를 알고 있는 방관자의 입장에 지나지 않았어요."

"무섭지 않았습니까?" 하고 스펜서가 부드럽게 물었다.

"그야, 무서워서 혼났어요. 하워드, 만약 남편이 기억하고 있었더라면 나를 죽였을 거예요. 작가는 대부분이 그렇지만 남편도 연극을 잘해서, 모든 일을 다 알고 있으면서도 모른 척하고 다만 기회를 기다리고 있었는지도 모릅니다. 확실한 그의 마음속을 저는 알 길이 없었어요. 모든 것을 영원히 잊어버리고 있었는지도 모르지요. 그리고 폴은 이미 죽고 없었고요……."

"저수지에 가라앉힌 옷에 대해 그가 말하지 않았다면 무언가 신경 쓰는 일이 있었다는 증겁니다" 하고 나는 말했다. "그가 2층에서 권총을 쏘고, 당신이 그 권총을 뺏었던 밤에 타이프라이터에 남겼던 말이 있습니다. '훌륭한 인간이 나 때문에 죽었다'고 씌어 있었습니다."

"남편이 그런 말을?" 그녀는 예측한 대로 눈을 둥그렇게 떴다.

"그렇게 썼습니다. 타이프라이터로. 그 종이는 내가 처분했지요. 로저한테 부탁받았기 때문입니다. 당신도 보았을 것으로 생각하고 있었습니다."

"남편이 서재에서 쓴 것은 한 번도 읽은 일이 없어요."

"벨린저가 그를 데리고 갔을 때 남기고 간 편지는 읽지 않았습니까? 휴지통 속까지 뒤졌다고 하지 않았던가요?"

"경우가 달라요" 하고 그녀는 침착하게 말했다.

"간 곳을 찾아내려 했던 거예요."

"오케이." 나는 말하고 의자 등에 기댔다.

"아직 할 말이 있습니까?"

그녀는 천천히 머리를 흔들었다. "이젠 할 얘기가 없어요. 마지막 순간에, 자살한 그날 오후에는 기억이 되살아났는지도 모릅니다. 그렇지만 이젠 알 길이 없어요. 알았다 해도 아무 소용도 없고요."

스펜서가 헛기침을 하고 말했다. "지금 얘기 중에서 말로우는 대체 무슨 역할을 했습니까? 그를 여기 데려오자고 제안한 것은 당신입니다. 그리고 당신이 나를 설득했지요."

기나긴 이별 359

"무서웠기 때문이에요. 로저가 무서웠고, 로저를 위해서도 무서웠어요. 말로우 씨는 폴의 친구였어요. 폴하고 최후로 만난 사람이라고도 할 수 있어요. 폴이 무슨 말을 했는지도 모르지 않아요. 확인하고 싶었던 거지요. 만일 위험한 사람이라면 저희 편으로 만들어놓고 싶었던 겁니다. 진상을 알고 있다고 해도 로저를 구할 수 있는 길이 있을 거라고 생각했어요."

갑자기 무슨 까닭이 있었는지는 몰라도 스펜서의 태도가 변했다. 몸을 앞으로 내밀고 턱을 들어 말하기 시작했다.

"분명히 하십시오, 아이린. 그는 경찰에 좋은 인상을 못 주고 있는 사립 탐정입니다. 유치장에 감금된 일도 있어요. 폴이……당신이 그렇게 부르니까 나도 그렇게 부르지만, 멕시코에 도망치는 것을 도왔다는 혐의를 받고 있었어요. 폴이 범인이었다면 그의 죄도 가볍지 않습니다. 따라서 그가 진상을 알고 있고, 자기한테 뒤가 켕기는 점이 없다는 것을 증명할 수 있다면 어떤 수단을 썼는지도 모르는 일이었습니다."

"무서웠어요, 하워드. 당신은 이해 못 하세요. 정신 이상이 되어 있는지도 모르는 살인범과 한집에 살고 있었어요. 줄곧 남편과 나 둘뿐이었어요."

"그건 알고 있어요." 하고 스펜서는 그래도 납득이 되지 않은 듯 강한 어조로 말했다. "그러나 말로우는 승낙하지 않았습니다. 당신은 여전히 그와 둘뿐이었어요. 로저가 권총을 쏜 후에도 1주일간이나 둘만 있지 않았던가요? 그런 다음에 로저가 자살했습니다. 그때는 공교롭게도 말로우와 로저뿐이었다, 이런 말입니다."

"그래요," 하고 그녀는 말했다. "그것이 어떻다는 거지요? 저에게는 어떻게도 할 수 없는 일이었어요."

"좋아요, 당신은 이렇게 생각했던 게 아닌가요? 말로우는 마침내 진상을 밝혀낸다고 말입니다. 그는 로저가 권총을 쏜 것도 알고 있다, 그래서 로저한테 권총을 건네주고 이렇게 말할지도 모른다고요──'알겠나, 자넨 살인범이야. 나도 알고 있으며 부인도 알고 있네. 부인은 훌륭한 여성일세. 이 이상 괴롭히는 것은 잘못이야. 실비아 레녹스의 남편 얘기까지는 하지 않아도 알겠지? 깨끗이 방아쇠를 당기는 게 어때. 누구든지 술을 너무 많이 마셔도 그랬을 거라고 생각할 걸세. 나는 호숫가에서 담배나 피우고 있겠네. 실수하지 않도록 하게. 자, 권총. 탄환은 들어 있네.'"

"지독한 말씀을 하시는군요, 하워드, 제가 그런 것을 생각할 리가 없지 않아요?"

"당신은 보안관 대리한테 말로우가 로저를 죽였다고 했습니다. 무슨 뜻이 없습니까?"

그녀는 내 얼굴을 힐끗 보았다. "그런 말을 한 것은 큰 잘못이었어요, 마음에도 없는 말을 해 버린 거예요."

"말로우가 사살했다고 생각한 건 아니었던가요?" 하고 스펜서는 부드럽게 말했다.

그녀는 이마를 찌푸렸다. "무슨 말씀을 그렇게……하워드, 왜 그렇게 생각하세요? 왜 그가 로저를 죽입니까? 생각할 수도 없는 일이에요."

"왜요?" 하고 스펜서는 추궁했다. "왜 생각할 수도 없는 일입니까? 경찰도 같은 생각을 하고 있었어요. 그리고 캔디가 그 동기를 진술했습니다. 로저가 권총으로 천장에 구멍을 뚫은 날 밤, 말로우가 그 시간 당신 방에 있었다고. 로저가 수면제로 잠이 든 뒤의 일입니다."

그녀는 머리끝까지 빨개졌다. 아무 말없이 스펜서의 얼굴을 쳐다보았다.

"그때 당신은 아무것도 몸에 걸치고 있지 않았어요" 하고 스펜서는 인정이고 뭐고 없이 내뱉었다. "캔디가 그렇게 말했습니다."

"하지만 검시 심문 때는……"라고 그녀는 허둥거리는 목소리로 말하려 했다. 스펜서가 곧 그녀의 말을 가로막았다.

"경찰은 캔디를 신용하지 않았습니다. 그래서 검시 심문 때는 말하지 않았던 겁니다."

"오오!" 안도하는 듯한 목소리였다.

"그리고……" 하고 스펜서는 사정없이 말을 계속했다. "경찰은 당신을 의심하고 있었지요. 지금도 의심하고 있습니다. 필요한 것은 동기뿐입니다. 이제 이럭저럭 동기도 밝혀진 것 같군요."

그녀는 일어섰다. "두 분 다 돌아가 주세요" 하고 그녀는 화를 내며 말했다. "당장에 나가 주세요."

"대답해요." 스펜서는 한 발자국도 움직이려 하지 않고 말했다. 손만 글라스로 뻗었으나 글라스에는 아무것도 없었다.

"뭘 말씀인가요?"

"로저를 쐈습니까?"

그녀는 스펜서를 쳐다보고 서 있었다. 얼굴은 이미 빨갛지 않았다. 창백하게 굳어진 데다가 분노로 휩싸여 있었다.

"나는 법정에서 묻는 것과 같은 것을 묻고 있을 뿐입니다."

"저는 외출했었어요. 집에 들어가는데 벨을 울리지 않으면 안 됐어요. 제가 돌아왔을 때는 이미 남편은 죽어 있었어요. 제가 알고 있는 것은 그것뿐입니다. 도대체 당신은 어떻게 하실 생각이세요?"

그는 손수건을 꺼내 입술을 닦았다.

"아이린, 나는 이 집에 스무 번은 넘게 왔어요. 낮에 정면의 문이 잠겨 있던 일은 한 번도 없었다는 건 당신이 더 잘 알 겁니다. 당신이 그를 사살했다고 말하고 있는 건 아닙니다. 다만 질문을 하고 있는 것뿐입니다. 불가능하지는 않았을 겁니다. 당시의 사정을 들으면 간단히 할 수 있었어요."

"제가 남편을 죽였다고 하시는 건가요?"라고 그녀는 천천히, 그리고 어이없다는 듯이 말했다.

"그가 남편이었다면 그렇겠지요" 하고 스펜서는 침착한 말투로 말했다. "그와 결혼했을 때, 다른 남편이 있지 않았던가요?"

"고마워요, 하워드, 감사드리겠어요. 로저의 마지막 소설, 〈백조의 노래〉가 당신 앞에 있어요. 그걸 가져가세요. 경찰에 전화해서 당신의 생각을 말씀하시면 좋을 거예요. 저희들의 우정도 이걸로 끝났습니다. 깨끗한 끝맺음이지요. 안녕히, 하워드, 저는 무척 지쳐 있으며 두통까지 심해요. 제 방에 가서 좀 쉬어야겠어요. 당신한테 이런 말을 하게 한 것은 말로우 씨라 생각하는데, 그가 로저를 죽였다고 하면 지나친 말이 될지 모르지만 죽음으로 몰아넣은 것만은 사실이에요."

그녀는 몸을 돌려 그 자리를 뜨려고 했다. 나는 날카로운 음성으로 그녀를 불러세웠다. "웨이드 부인, 좀 기다리십시오. 용건은 끝냅시다. 서로 감정을 상하게 할 것까지는 없을 겁니다. 우리는 모두 옳은 일을 하려고 노력하는 중이니. 당신이 쳇워스 저수지에 던져 넣었다고 하는 슈트케이스는 무거운 것이었나요?"

그녀는 고개를 돌려 나를 응시했다.

"낡은 거라고 말씀드렸지요. 네, 무척 무거운 것이었어요."

"저수지 주위에는 높은 철망이 있는데 어떻게 들어 올렸습니까?"

"뭐라고요? 철망이라니요?" 뜻하지 않았던 질문에 대답이 궁해진 것 같았다. "필사적인 경우에 처했을 때는 상상조차 할 수 없는 힘이 나오게 마련이에요. 어쨌든 던져 넣을 수가 있었어요. 그뿐이에요."

"철망 같은 건 없습니다" 하고 나는 말했다.

"철망이 없다구요?" 그녀는 무슨 뜻인지 이해할 수 없다는 것처럼 내 말을 받았다.

"그리고 로저의 옷에 피가 묻어 있을 리가 없습니다. 실비아 레녹스는 별관 밖에서 살해된 것이 아니라 집 안의 침대 위에서 살해된 겁니다. 출혈은 거의 없었어요. 장식물로 얼굴을 엉망으로 짓찧어진 것은 사살된 다음의 일로, 범인은 죽은 여자를 그렇게 한 겁니다. 웨이드 부인, 시체가 되면 출혈은 거의 없어지는 법입니다."

그녀는 경멸하듯 입을 떨었다. "당신도 현장에 있었나요?" 그녀는 비웃듯이 말했다. 그리고 우리를 남겨 두고 그 자리를 떠났다.

우리는 그녀의 뒷모습을 지켜보았다. 그녀는 털끝만큼도 당황한 기색을 보이지 않고 천천히 계단을 올라갔다.

방 안으로 모습이 사라지고 문이 조용히, 그러나 굳게 닫혀졌다. 정적.

"철망은 어떻게 된 겁니까?" 하고 스펜서는 납득이 안 간다는 태도로 물었다. 상기된 얼굴에 머리를 앞뒤로 움직이며 땀을 흘리고 있었다. 이해할 수 없음은 당연한 일이었다.

"즉흥적인 생각입니다" 하고 나는 말했다. "쳇워스 저수지가 어떻게 생겼는지 가 본 일이 없으니 알 턱이 없습니다. 철망이 있는지도 모르고 없는지도 모릅니다."

"그렇습니까! 그러나 부인이 모른다는 것은 확실하군요" 하고 그는 우울한 얼굴을 하고 말했다.

"물론 모르고 있습니다. 두 사람 다 그녀가 죽인 겁니다."

43

무언가 조용히 움직이는 듯하더니 캔디가 소파 끝에 서서 나를 쳐다보고 있었다. 나이프가 손에 쥐어져 있었다. 단추가 눌리고 칼날이 튀어나왔다. 다시 단추가 눌리더니 칼날이 쑥 들어갔다. 그의 눈동자가 날카롭게 빛났다.

"죄송합니다" 하고 그는 말했다. "지금까지 당신을 오해하고 있었습니다. 부인이 보스를 죽였군요. 나는……." 말이 끊어지고 칼날이 다시 튀어나왔다.

"안 돼!" 나는 벌떡 일어나서 손을 내밀었다.

"나이프를 내놓게, 캔디. 너는 멕시코인 집사에 지나지 않아. 까닥 잘못하면 전부 뒤집어쓰게 돼. 놈들에게는 안성맞춤의 연막이란 말이야. 너는 아마 내가 무슨 말을 하고 있는지 모를 거야. 하지만 나는 알고 있네. 놈들은 처음부터 사건을 엉뚱한 방향으로 끌고 가고 있네. 이제 와서 옳은 방향으로 되돌리려 해도 잡힐 수 있는 일이 아니란 말이야. 어떻든 그런 생각하면 안 돼. 너는 내 이름을 대기도 전에 자백을 강요당하게 될 거야. 알겠나? 3주일도 지나기 전에 종신형으로 상 쿠엔틴에 수용되고 만단 말이야."

"저는 멕시코인이 아니라고 전에도 말씀드렸습니다. 발파라이소 근처의 비니아 델 말에서 태어난 칠레인입니다."

"나이프를 내놓게, 캔디. 말하지 않아도 벌써 알고 있네. 자네는 자유란 말이야. 그만하면 돈도 모았고, 고향에는 형제자매도 많이 있을 걸세. 머릴 써서 생각해. 고향에 돌아가도록 해. 이 집 일은 이제 끝났어."

"일은 얼마든지 있습니다" 하고 그는 침착하게 말했다. 그리고 손을 뻗어 내 손에 나이프를 넘겼다. "당신이니까 나이프를 드리는 겁니다."

나는 나이프를 호주머니에 넣었다. 그는 발코니를 올려다보았다.

"부인을……어떻게 할까요?"

"그대로 있게 해 두지. 지금은 그대로 내버려 두는 편이 좋아. 부인은 무척 지쳐 있어. 줄곧 긴장하고 있었으니 지칠 수밖에 없지. 방해하지 않는 편이 좋을 거야."
"경찰에 알려야지요"라고 스펜서가 말했다.
"왜?"
"당연하지 않소, 말로우? 신고해야 한단 말이오."
"내일이라도 상관없소. 미완성의 걸작을 챙겨서 그만 갑시다."
"경찰에 알리지 않으면 안 돼요. 법률이라는 것이 있지 않소?"
"그럴 필요는 없어요. 파리를 때려잡을 만한 증거도 없단 말이오. 귀찮은 일은 경찰에 맡겨 둡시다. 어려운 일은 변호사에게 시키면 됩니다. 법률이라는 건 변호사가 판사라고 하는 변호사 앞에서 이론을 늘어놓고, 다른 판사가 그 판사를 찍소리도 못 하게 만들고, 최고 재판소가 또 다른 판사를 찍소리도 못하게 만들기 위해서 만들어진 겁니다. 물론 법률이라는 것이 있다는 사실은 나도 알고 있습니다. 우리는 목까지 그 법률 속에 잠겨 있으니까요. 하지만 사실은 변호사가 실업자가 되지 않도록 하기 위해서 법률이 있는 겁니다. 변호사가 농간을 부리지 않으면 아무리 거물급 갱 두목이라도 오래 지탱할 수가 없으니까."

스펜서는 화난 듯이 말했다. "그런 건 아무 관계가 없어요. 이 집에서 한 남자가 살해됐어요. 세상에 알려진 인기 작가지만 그런 건 지금 아무 관계도 없습니다. 한 남자가 살해되었고, 누가 죽였는가를 당신과 내가 알고 있지 않습니까? 세상에는 정의라는 것이 있다, 그런 말입니다."

"내일이라도 됩니다."
"부인을 이대로 두면 당신도 부인과 똑같은 죄를 범하는 셈이 됩니다. 나는 당신을 믿을 수 없게 됐어요, 말로우. 당신이 주의를 게

을리 하지 않았다면 웨이드의 생명을 구할 수 있었을 겁니다. 당신은 부인이 하는 대로 내버려 두었다고 할 수 있습니다. 게다가 내가 보기에 오늘 일은 연극에 지나지 않았던 것처럼 생각됩니다."

"맞습니다. 조금 변형된 러브 신이라고나 할까요? 아이린이 나한테 마음이 있다는 것은 당신도 느꼈을 겁니다. 시간이 지나고 세상의 관심이 이 사건에서 떠나면 우리는 결혼할지도 모릅니다. 그녀에게는 상당한 재산이 굴러 들어오겠지요. 나는 아직 웨이드 집안에서는 한 푼도 받은 것이 없고, 이젠 더 참고 견딜 수 없어졌거든요."

그는 안경을 벗어 닦았다. 눈 밑에 괸 땀을 닦아 내자 다시 안경을 쓰고 바닥에 눈을 떨어뜨렸다. "내가 나빴습니다" 하고 그는 말했다. "나는 오늘 호되게 뺨을 얻어맞은 기분입니다. 그렇지 않아도 로저가 자살했다는 사실만으로도 큰 충격을 받았는데, 지금 여기서 이런 말을 듣는 것만으로도 뭐라고 표현할 수 없는 기분이 됐습니다." 그는 내 얼굴을 올려다보았다. "당신을 믿어도 됩니까?"

"어떻게 하라는 말입니까?"

"아무쪼록 옳은 일을, 어떤 일이 되든." 그는 손을 뻗어 노란 원고 뭉치를 들어 올려 옆구리에 끼었다.

"아니, 아무래도 좋습니다. 내가 말하지 않아도 당신은 하나에서 열까지 다 알고 있어요. 나는 출판업자로서 조금은 알려진 인간이지만 이 일이 내겐 힘겹습니다. 간섭하지 않는 편이 좋겠지요."

그는 내 옆을 지나 입구 쪽으로 향했다. 캔디가 곧 입구 쪽으로 달려가 문을 열었다. 스펜서는 가볍게 머리를 숙이고 밖으로 나갔다. 나도 그의 뒤를 따라 입구로 갔다. 캔디 옆에서 발을 멈추고 검게 빛나는 눈동자를 가만히 들여다보았다.

"이상한 짓은 하지 말게" 하고 나는 말했다.

"부인은 무척 지쳐 있습니다"라고 그는 침착하게 말했다. "방에 가 봤습니다. 귀찮게 안 하겠습니다. 나는 아무것도 모릅니다, 세뇨르, 염려하지 마십시오, 나는 아무 짓도 하지 않을 겁니다."

나는 호주머니에서 나이프를 꺼내 그에게 주었다. 그는 웃음을 띠었다.

"아무도 나를 신용하지 않지만, 나는 자네를 신용하네, 캔디."

스펜서는 벌써 차 안에 있었다. 나는 차에 타자 드라이브 웨이에서 한 번 후진해서 비벌리힐스까지 그를 태워 주었다. 호텔 옆 입구에서 그를 내려 주었다.

"여기까지 올 동안 줄곧 생각하고 있었습니다" 하고 그는 차에서 내리면서 말했다. "부인은 머리가 약간 이상한 것 아닙니까? 아마 벌은 받지 않겠지요?"

"재판도 안 받게 될 겁니다" 하고 나는 말했다.

"그러나 그녀는 그런 것을 모를 겁니다."

그는 노란 원고 뭉치를 옆구리에 고쳐 끼고 가볍게 머리를 숙였다. 나는 그가 문을 밀고 호텔로 들어가는 것을 지켜보았다. 브레이크에서 발을 떼자, 차는 커브에서 미끄러져 나갔다. 내가 하워드 스펜서의 모습을 본 것은 이때가 마지막이었다.

나는 그날 밤 늦게 완전히 지친 몸을 끌고 집으로 돌아왔다. 공기가 무겁고, 소음이 아득히 먼 곳의 소리처럼 들리는 밤이었다. 지상에서 발생하는 모든 사건과 관계없는 달이 안개에 가로막혀 높은 하늘에 걸려 있었다. 나는 방 안을 돌아다녔고, 몇 장인가의 레코드를 걸었다. 음악 소리는 거의 귀에 들어오지 않았다. 어디선가 시계 소리처럼 규칙적인 소리가 들려오는 것 같았다. 그러나 집 안에는 그런 소리를 낼 만한 것은 하나도 없었다. 그 소리는 내 머릿속에서 나는 것이었다.
 나는 처음으로 아이린 웨이드를 만났을 때의 일, 이어서 두 번째, 세 번째, 네 번째 만났을 때의 일들을 생각했다. 그런데 그 후의 일이 되자 그녀의 모습은 왜 그런지 분명하지 않았다. 이미 현실적인 일로 생각되지 않았던 것이다. 살인범은, 일단 살인범이라는 것이 확인되면 언제나 현실의 인간으로는 생각할 수 없어지는 모양이다. 증오나 공포나 탐욕 때문에 살인하는 인간이 있다. 신중히 살인을 계획하여 범행을 감추려 하는 간사한 지혜가 뛰어난 자도 있다. 아무 생각 없이 홧김에 살인하는 경우도 있다. 또 죽음을 사랑하는 살인범도 있어 그들에게 살인 행위는 자살이 형태를 바꾼 것과 같다. 어느 의미에서 말하면 그들은 모두 이상한 인간이지만, 스펜서가 말한 의미와는 다르다.
 내가 겨우 침대에 들어간 것은 벌써 날이 새기 시작할 무렵이었다.
 전화벨 소리가 수면이라는 깊은 암흑의 우물로부터 나를 끌어냈다. 나는 침대에서 몸을 뒤척여 슬리퍼를 찾고 보니, 두 시간도 못 잤음을 알았다. 스푼이 기름으로 끈적이는 음식점에서 먹은 식사가 완전히 소화되지 않는 듯한 기분이었다. 눈꺼풀이 떨어지지 않고, 입 안에 모래알이 가득했다. 간신히 힘주어 일어서서 무거운 발을 끌고 거실로 가 수화기를 들고 "잠깐 기다려 주십시오"라고 했다.
 수화기를 놓고 욕실에 들어가 찬물을 머리에 뒤집어썼다. 창 밖에서 짤각짤각하는 소리가 들렸다. 창 밖을 내다보자 무표정한 갈색 얼굴이 보였다. 1주일에 한 번씩 오는 일본인 정원사인데, 나는 그를 '옹고집 하리'라 부르고 있었다. 능소화나무를 다듬고 있었다. 네 번이나 부탁해서야 겨우 '그럼, 내주부터'라고 말하더니, 아침 6시부터 와서 침실 창 밖의 가지를 깎기 시작했던 것이다.
 나는 얼굴을 씻고 거실에 돌아와 수화기를 들었다.

"여보세요."

"캔디입니다."

"잘 잤나, 캔디?"

"부인이 죽었습니다!" 그는 스페인어로 말했다.

죽었다……! 어느 나라 말로 해도 차고, 어둡고, 울림이 없는 말이었다. 부인이 죽었다……?

"네가 무슨 짓을 한 것은 아니겠지?"

"약물중독사라고 생각됩니다. 데메롤이라는 약입니다. 40알이나 50알 정도 있었다고 생각됩니다. 그런데 한 알도 안 남았습니다. 빈병입니다. 부인은 어제 저녁 식사도 안 했습니다. 아침에 사닥다리로 올라가 창으로 들여다보았어요. 어제 오후의 옷차림대로였습니다. 쇠창살을 뚫고 들어갔습니다. 부인은 벌써 숨이 끊어져 있었어요. 얼음물처럼 몸이 찼습니다."

"누군가 불렀나?"

"불렀습니다. 롤링 박삽니다. 박사가 경관을 불렀지만 아직 도착 안 했습니다."

"롤링 박사라구?"

"편지는 안 보였습니다" 하고 캔디가 말했다.

"누구 앞으로 쓴 편지지?"

"스펜서 씨입니다."

"경관한테 주게, 캔디. 롤링 박사한테 보이면 안 돼. 경관한테만 보여야 하네. 그리고 또 한 가지 아무것도 감추지 말란 말이야. 절대 거짓말하면 안 되네. 알겠나? 사실대로 말하게. 이번엔 사실대로 말 안하면 안 되네. 알겠지?"

잠시 동안 말이 끊겼다. 이윽고 그가 말했다.

"알겠습니다, 잘 알겠습니다. 그럼, 이만." 그는 전화를 끊었다.

나는 리츠 베벌리에 전화를 걸어 하워드 스펜서를 불러 달라고 했다.
"잠깐 기다려 주십시오, 카운터로 연결해 드리겠습니다."
남자 음성이 들렸다. "카운터입니다만, 무슨 용건이신지요?"
"하워드 스펜서 씨를 부탁합니다. 아직 이르지만 급한 일이라서……."
"스펜서 씨는 어젯밤에 떠나셨습니다. 8시의 뉴욕 행을 타셨습니다."
"고맙소, 나는 전혀 몰랐소."
나는 부엌에 가서 커피를 끓였다. 쓰고 진한 커피를 끓였다. 피로한 사람에게는 피가 되는 커피다.
두 시간 정도 지나자 바니 올즈한테서 전화가 걸려 왔다.
"용건을 알고 있겠지?" 하고 그는 말했다. "곧 달려오게."

44

이번에는 낮이라는 것과, 보안관이 산타 바바라의 기념제 개막식에 가서 부재중이라는 것을 제외하면, 헤르난데스 경감의 방은 오전 때와 다른 점이 없었다. 헤르난데스 경감과 바니 올즈 외에, 낙태 수술을 하다가 잡혀 온 듯한 표정의 롤링 박사와, 지방검사 대리로 와 있는 로포드라는 사람이 있었다. 로포드는 키가 큰 무표정한 사나이로, 동생이 센트럴 거리에서 도박의 물주를 하고 있다는 소문이 있었다.

헤르난데스는 펜으로 무언가 씌어 있는 여러 장의 종이를 앞에 놓고 있었다. 둘레가 톱날처럼 되어 있는 핑크색 종이로, 녹색 잉크로 적혀 있었다.

"이 자리는 비공식 모임입니다" 하고 일동이 딱딱한 의자에 앉자 헤르난데스가 말했다. "속기도 녹음도 하지 않습니다. 무슨 말이든

하고 싶은 얘기를 해도 좋습니다. 와이스 선생이 검시관을 대표해서 검시 심문의 필요 여부를 결정합니다. 와이스 씨가 먼저 말씀하십시오."

와이스 의사는 보기에도 원만하게 생긴 뚱뚱한 몸집이었다. "검시 심문의 필요는 없다고 생각합니다" 하고 그는 말했다. "어느 점으로 보아도 마약 중독이라는 것은 확실합니다. 구급차가 도착했을 때까지도 숨은 약간 남아 있었으나, 완전한 혼수상태로 아무 반응이 없었습니다. 이와 같은 상태에서는 백 명에 한 사람도 구할 수가 없습니다. 피부는 차디차고 세밀한 주의를 기울이지 않았더라면 숨 쉬고 있다는 사실도 몰랐을 겁니다. 집사는 죽었다고 생각했던가 봅니다. 숨을 거둔 것은 그로부터 대략 한 시간 후였지요. 가끔 천식의 발작이 있었던 모양으로, 데메롤은 발작이 일어났을 때를 위해서 롤링 박사가 처방했습니다."

"데메롤을 어느 정도 복용했는지 확인됐습니까?"

"치사량입니다" 하고 그는 희미한 미소를 띠고 말했다. "진찰한 일이 없어 병력을 알 수 없기 때문에 결정적인 말은 못 하지만, 고백서에 의하면 2천 3백 밀리그램이나 복용하고 있었습니다. 습관적으로 복용하고 있지 않았다면, 치사량의 4, 5배는 될 겁니다." 그는 롤링 박사한테 질문하는 듯한 시선을 던졌다.

"웨이드 부인은 마약 상습자가 아닙니다" 하고 롤링 박사는 차디차게 말했다. "내 처방은 50밀리그램의 정제가 하나 둘 정도입니다. 무슨 일이 있어도 24시간 내에 서너 개 이상 복용하면 안 된다고 단단히 주의해 두었습니다."

"그런데도 당신은 한 번에 50개나 주었습니다" 하고 헤르난데스 경감이 말했다. "많이 주면 위험한 약이 아닌가요? 그녀의 천식은 어느 정도의 증세였습니까?"

롤링 박사는 차디찬 미소를 띠었다. "천식의 특징인 발작은 간헐적이었습니다. 호흡 곤란으로 숨이 끊어질 정도의 상태는 아니었습니다."

"다른 의견은 없으십니까, 와이스 선생?"

"글쎄요" 하고 와이스 의사는 천천히 말했다.

"만일 남긴 글이 없고, 어느 정도의 양을 복용했는가 하는 증거가 그 외에 따로 없다고 하면, 실수로 필요 이상의 양을 복용했다고 생각할 수도 있습니다. 그 약은 아주 적은 양을 더 복용해도 당장에 위험을 가져오는 약입니다. 내일이면 확실한 것을 알게 되겠지요. 설마 고백서를 묵살해 버릴 생각은 아니겠지요, 헤르난데스?"

헤르난데스는 책상 위를 내려다보았다.

"아무리 생각해도 납득이 안 갑니다. 천식 환자한테 상습적으로 마약을 복용케 하는 치료법이 있다는 것은 몰랐어요. 오래 살면 여러 가지를 배우게 되는군."

롤링의 얼굴이 벌겋게 물들었다. "갑작스러운 발작이 일어날 때를 위해서 주었다고 말했습니다. 의사는 언제나 한 환자 곁에만 붙어 있을 수는 없고, 천식의 발작은 갑작스럽게 일어나니까요."

헤르난데스는 그의 쪽을 힐끗 보고 로포드에게 얼굴을 돌렸다.

"만일 이 고백서를 신문에 발표하면 당신이 있는 곳에서는 어떤 일이 일어납니까?"

지방검사 대리로 와 있는 사나이는 나한테 멍한 시선을 던졌다.

"이 사람은 왜 여기 있나, 헤르난데스?"

"내가 불렀어요."

"신문 기자한테 말할지도 모르지 않나?"

"그렇군요, 말이 많은 친구라서. 당신도 잘 알 겁니다, 요전번에 검거했을 때 말입니다."

기나긴 이별 373

로포드는 쓰게 웃었다. 그리고 헛기침을 하고 말했다. "그 고백서라는 걸 읽었는데 말이야" 하고 그는 말을 조심하면서 계속했다. "그런데 믿기가 어렵네. 지친 감정, 애인과의 사별, 마약 상습, 공습 중인 영국에서의 전시생활의 중압, 비밀 결혼, 그 남자가 여기 돌아왔다는 것 등, 의심할 여지도 없이 어느 사이에인가 죄의식에 사로잡히게 되었고, 한 몸에 죄를 짊어지고 고뇌로부터 도망치려 했을 거야."

그는 말을 끊고 주위를 둘러보았다. 그러나 어느 얼굴을 막론하고 무표정이었다. "내가 지방검사를 대변한다고는 할 수 없으나, 내 의견을 말한다면, 그 고백서를 근거로 기소하기는 어려울 거요. 설사 여자가 살아 있다고 해도 어렵다 그런 말이오."

"다른 사람의 고백을 믿어 버렸기 때문에, 그것과 모순된 고백은 믿기 싫다는 말입니까?" 하고 헤르난데스가 야유 섞인 말투로 말했다.

"그런 말은 하지 말게, 헤르난데스. 법률을 취급하고 있는 인간은 시민의 감정이라는 걸 생각지 않으면 안 된단 말이야. 만약 그 고백이 신문에 보도되면 우리는 곤란한 입장에 놓이게 되지. 그건 틀림없는 사실이야. 시정개혁이니 뭐니 시끄럽게 떠들어 대는 작자들이, 우리한테 나이프를 들이댈 기회를 노리고 있단 말이야."

헤르난데스가 말했다. "알았어요. 좋도록 해주시오. 수령증에 서명이나 해 주시겠소?"

그는 둘레가 톱날처럼 생긴 핑크색 종이를 한데 간추렸다. 로포드가 엎드려 서류에 서명했다. 그리고 핑크색 종이를 작게 접어 안주머니에 넣자 방에서 나갔다.

와이스 의사가 일어섰다. 모든 것을 다 알고 있다는 태도였다. "요전번의 웨이드 집안의 검시심문은 약간 서둘렀던 것 같군" 하고 그는 말했다. "이번엔 아무것도 하지 않아도 되겠지."

그는 올즈와 헤르난데스한테 끄덕이고, 롤링과 형식적인 악수를 나

눈 뒤 방에서 나갔다. 롤링이 일어나서 나가려 하다가 돌아섰다.

"이 사건에 관계 있는 사람에 대해 이 이상 수사는 없다고 말해도 괜찮겠지요?" 하고 그는 말했다.

"환자가 기다리고 있겠지요. 오시게 해서 미안합니다."

"당신은 내 질문에 대답 안 했습니다" 하고 롤링은 표정을 굳히고 말했다. "미리 말해 두지만……."

"돌아가십시오" 하고 헤르난데스가 그의 말을 가로막고 말했다.

롤링 박사는 놀라서 발이 비틀거렸다. 그는 당황하며 몸을 바로잡자 허둥거리며 방에서 나갔다. 문이 닫힌 뒤 30초 정도 아무도 말하지 않았다. 헤르난데스가 담배를 꺼내 불을 붙였다. 그리고 나를 응시했다.

"왜 그러나?" 하고 그는 말했다.

"뭐가?"

"뭘 기다리고 있나?"

"이걸로 끝났단 말인가? 이젠 얘기가 없어?"

"얘기해 주게, 바니."

"그렇다네, 이걸로 끝이야" 하고 올즈는 말했다. "실은 그 여자를 끌고 와서 털어 보려고 하던 참이었네. 웨이드의 죽음은 자살이 아니었네. 자살하기에는 너무나 취해 있었지. 전에도 말했지만 어디에 동기가 있는가를 잡지 못했었네. 그 여자의 고백은 자세한 점은 안 맞을지는 몰라도 줄곧 웨이드의 동태를 살피고 있었다는 것을 증명하고 있네. 그 여자는 엔시노의 별관이 어떤 구조로 되어 있는가를 자세히 알고 있었네. 레녹스의 부인은 그 여자의 남자를 둘 다 낚아 버렸지. 별관에서 어떤 일이 있었는가는 생각해 볼 것도 없을 걸세. 단 한 가지 자네가 스펜서한테 묻는 걸 잊었던 것이 있었네. 웨이드가 모제르 PPK를 가지고 있었는가 하는 걸세. 그는 그걸 가지고 있었네. 모제르 소형 자동 권총이야. 오늘 스펜서와 전화로 얘기했네. 웨이드는 술 취하면 아무것도 모르게 된다는 거야. 웨이드는 실비아 레녹스를 죽였다고 생각했든지, 정말 죽였든지, 혹은 부인이 죽였다고 의심되는 까닭이 틀림없이 있었던 걸세. 경우야 어떻든 언제까지 잠자코 있을 수는 없었을 걸세. 확실히 웨이드는 이전부터 절제 없이 마시는 주정뱅이였네. 하지만 여자한테는 매력이 있었지. 그 부인은 아름다웠을 뿐 아무것도 취할 게 없었어. 멕시코인 집사는 전부 알고 있었네. 아마 모르는 건 하나도 없을 걸세. 그 여자는 꿈과 같은 여자야. 남자와 잠자리를 같이 하고 있을 때도 무얼 생각하는지 알 수 없는 여자란 말이야. 만일 좋아하는 남자가 있었다면 그건 남편이 아니었네. 내가 말하는 뜻을 알겠나?"

나는 대답하지 않았다.

"조금만 더 나갔으면 재미 볼 수 있을 뻔 했겠지. 안 그런가?"

나는 역시 대답하지 않았다.

올즈와 헤르난데스가 입술을 비쭉거리며 희미하게 비웃었다.

"우리라고 해서 사태를 분별하지 못하는 건 아닐세" 하고 올즈는 말했다.

"그 여자가 벌거벗고 알몸이 되었다는 말이 엉터리같은 거짓말이 아니라는 건 알고 있었네. 자네가 캔디를 찍소리 못하게 만들었기 때문에 그놈은 아무 소리도 못 했던 걸세. 그러나 놈은 웨이드한테 복종했기 때문에 확실한 내용을 알고 싶어했네. 사실이었다고 알았으면 반드시 나이프를 사용했을 걸세. 그건 캔디만의 문제였네. 그는 웨이드한테 고자질 같은 건 안 했네. 그런데 웨이드의 부인이 말했어. 웨이드의 기분을 혼란시키기 위해서 있는 말 없는 말 할 것 없이 입에서 나오는 대로 지껄였지. 그것이 굉장한 효력이 있었네. 그 여자도 나중에는 웨이드가 무서워진 걸세. 그런데 말이야,

웨이드는 그 여자를 계단에서 밀어 던진 일은 없었네. 그건 단순한 사고였어. 여자가 헛발 디딘 것을 그가 잡으려고 했던 걸세. 캔디도 그걸 보았네."

"자네가 지금 한 말은 그녀가 나를 곁에 두고 싶어했다는 설명은 되지 않는데?"

"이유라면 얼마든지 생각할 수 있네. 그 한 가지는 별로 신기한 일도 아니지. 경관이라면 누구든지 경험하고 있네. 자네 정체가 분명하지 않았기 때문일세. 자넨 레녹스를 도망치게 한 인간이야. 그리고 그의 친굴세. 그가 어느 정도 신용하고 있던 사나이란 말이야. 레녹스는 어떤 일들을 알고 있었을까? 자네한테 무슨 말을 했을까? 레녹스는 그 여자를 죽인 권총을 가지고 도망했고, 권총이 발사된 것도 알고 있었네. 그녀를 위해서 권총을 가지고 도망했다고 생각할 수도 있네. 그렇다면 그녀가 권총을 사용한 것을 알고 있었는지도 모르네. 레녹스가 자살했을 때 그 여자는 틀림없이 그렇다고 확신했을 걸세. 그런데 자네는 어떤가? 자네에 대해서는 확실한 것을 알 수 없었네. 그래서 자네한테 접근하려 했던 걸세. 자네는 절대적인 매력을 지니고 있고, 자네한테 접근할 구실도 안성맞춤 격으로 갖추어져 있었네. 사람좋은 자네는 교묘하게 이용당한 셈일세. 의리 있는 남자만 노리고 있었다고도 할 수 있단 말이야."

"그녀는 자네가 말한 정도로 모든 것을 알고 있었던 게 아닐세."

올즈는 담배를 둘로 꺾고 그 하나를 씹기 시작했다. 다른 하나는 귀 뒤에 끼웠다.

"또 한 가지 이유는 남자가 필요했던 걸세. 몸이 저리도록 굳게 껴안아 다시 한 번 꿈꾸게 해 줄 강한 남자가 필요했던 걸세."

"나를 싫어했다네," 하고 나는 말했다. "그런 까닭이 있었다고는 생각되지 않네."

"미워하고 있었지." 헤르난데스가 말했다. "자넨 그녀를 거부했거든. 그러나 그런 것에 신경 쓸 여자는 아니야. 그런데 자네는 그것으로 그치지 않고 스펜서가 듣고 있는 자리에서 깡그리 털어내게 만들었네."

"자네들은 요즈음 정신과 의사한테 다니고 있나?"

"모르고 있었나?" 하고 올즈는 말했다. "우리한테는 요즈음 괴상한 의사가 항상 붙어 다니고 있네. 상임이 두 놈이나 있네. 경찰도 달라졌어. 병원 출장소처럼 되어 버렸단 말일세. 놈들은 유치장이나, 법정이나, 취조실에 귀찮을 정도로 들어와서, 하찮은 부랑자가 술집에 들어가 강도질했다는 둥, 여학생을 폭행했다는 둥, 상급생에게 마약을 팔았다고 하면서 15페이지나 되는 보고서를 쓰고 있네. 앞으로 10년 정도 지나면 헤르난데스나 나 같은 인간은 사격 연습 대신 정신 감정 교육을 받고 있을 걸세. 사건이 발생해서 출동할 때는 휴대용 거짓말 탐지기가 들어 있는 작은 가방을 들고 가게 되어 있네. 거인인 윌리 매그윈을 습격한 깡패 네 명을 잡지 못한 것이 유감일세. 머릿속을 두들겨 고쳐서 부모에게 효도할 수 있는 인간으로 만들 수 있었는지도 모르는데."

"이젠 돌아가도 되겠나?"

"뭔가 이해할 수 없는 게 있나?" 헤르난데스가 고무줄을 손가락으로 잡아당겼다 놓으면서 물었다.

"아무것도 없네. 사건은 벌써 해결되지 않았나? 아이린은 죽었네. 전부 죽었단 말이야. 모든 것이 깨끗이 끝났어. 집에 가서 사건 같은 건 전부 잊어버리는 게 제일 좋단 말일세. 그래서 그렇게 하려는 거야."

"트집잡을 만한 건 없겠지?" 하고 헤르난데스가 말했다. "만일 그녀가 권총을 가지고 있었다면 스코어는 만점이 되었을지도 모른단 말이야."

"게다가, 전화는 어제도 할 수 있었네" 하고 올즈가 끼어들었다.

"그랬겠지" 하고 나는 말했다. "대신 허겁지겁 달려온 자네들은 허황된 거짓말을 실컷 듣게 되었을 걸세. 내가 상상하기에는 오늘 아침 자네들은 고백다운 완전한 것을 입수했네. 나한테는 안 보여 주었지만, 단순한 러브 레터였다면 지방검사한테 연락 안했을 걸세. 레녹스 사건 때 제대로 수사가 진행되었더라면 그의 전력이나, 어디서 부상당했는가 하는 것들은 누군가가 밝혀냈을 걸세. 웨이드와의 관계도 백일하에 드러났을 걸세. 로저 웨이드는 폴 머스톤이 어떤 인간인가 알고 있었네. 또 한 사람, 그 사실을 알고 있는 사립 탐정이 있었고, 나는 그 사람과 연락을 취했던 걸세."

"그런 일도 있겠지" 하고 헤르난데스는 인정했다. "그런데 경찰의 수사는 그런 식으로 운영되지 않네. 일단 해결된 사건에 언제까지나 붙어 있을 수는 없네. 나는 지금까지 살인 사건을 몇 백 건이나 수사했네. 깨끗이 해결된 사건도 있지만, 대부분의 사건은 형식상 결말은 났으나 어딘가에 석연치 않은 점이 남아 있네. 그러나, 동기, 수법, 상황, 도망, 고백, 그 직후의 자살, 이 정도만 갖추어져 있으면 그걸로 끝낸다 이런 말이야. 전 세계의 어느 경찰이라도 일단 결말난 사건을 파헤치고 있을 정도의 인원이 없으며 시간도 없네. 레녹스가 범인이 아닐지도 모른다고 생각할 수 있었던 근거는, 그가 그런 짓을 할 리가 없을 정도로 좋은 인물이라고 생각하는 사람이 있다는 것과, 그 밖에도 범행할 만한 조건을 갖춘 인간이 있었다는 것뿐일세. 그런데 다른 놈들은 도망도 안 했고, 고백도 안 했고, 권총으로 자기 머리를 쏘지도 않았네. 그런데 레녹스는 그렇게 했지. 그리고 좋은 사람이라는 문제인데, 가스실이나 전기의자, 또는 교수로 자기 생애를 끝내는 놈의 60에서 70퍼센트까지는, 이웃에서 평온하게 살고 있고 빗이나 팔러 다니는 얌전한 인간이라고 생각하던 놈이 대부분이란 말이야. 로저 웨이드 부인과 같이 얌전하고 차분하며 교양 있는 사람들이란 말일세. 부인의 고백서를 읽고 싶은가? 좋아, 읽어 보게. 나는 어디 좀 갔다 와야 할 데가 있네."

그는 일어나서 서랍을 열고 서류철을 책상 위에 올려놓았다. "사진을 찍고 복사해 둔 것이 다섯 통 있네. 보고 있는 장면을 나한테 잡히지 않도록 조심하게."

그는 문 쪽으로 갔다가 올즈를 되돌아보았다.

"나하고 같이 패셔릭에게 얘기하러 갈까?"

올즈는 끄덕이고 그의 뒤를 따라 나갔다. 나는 혼자가 되자 서류철을 펼치고 복사 사진을 보았다. 용지 끝에 손을 대고 세었다. 대여섯 페이지씩 클립으로 끼워 놓은 것이 여섯 통 있었다. 나는 그 중의 한 통을 호주머니에 집어넣었다. 그런 다음 다른 한 통을 읽었다. 다 읽고 의자에 앉아 기다렸다. 10분 정도 되자 헤르난데스만 돌아왔다. 먼저처럼 책상 앞에 앉아 서류철을 서랍에 넣었다.

그는 눈을 들어 무표정한 얼굴로 나를 보았다.

"납득이 갔나?"

"자네가 이걸 가지고 있다는 사실을 로포드는 알고 있나?"

"나는 말하지 않네. 바니도 말 않네. 복사한 건 바니야. 왜 그러나?"

"만일 외부에 누설되면 어떻게 되나?"

그는 재미없다는 표정으로 웃었다. "누설 안 되네. 그러나 누설되었다고 하더라도 보안관 사무실에서 누설될 리는 없네. 지방검사도 복사기를 가지고 있단 말이야."

"자네는 지방검사 스프링거를 별로 안 좋아하지?"

그는 놀란 표정이었다. "내가 말인가? 난 누구든지 좋아하네. 자네도 좋아하네. 빨리 나가 주게. 일이 있단 말이야."

나는 일어섰다. 느닷없이 "요즈음 권총을 가지고 다니나?" 하고 물었다.

"그럴 때도 있지."

"윌리 매그윈은 두 자루나 가지고 있었네. 왜 사용하지 않았는지 이상하지 않나?"

"아무도 자기를 건드리지 않을 거라고 생각했나 보지?"

"그럴지도 모르지" 하고 헤르난데스는 관심이 없다는 듯 말했다. 그리고 고무줄을 집자 두 엄지손가락에 끼고 늘렸다. 늘어날 때까지 늘렸다. 마침내 고무줄이 끊어졌다. 끊어진 고무줄이 친 자리를 손가락으로 문질렀다.

"누구든지 이 고무줄처럼 지나치게 늘어날 때가 있네" 하고 그는 말했다.

"보기에는 아무리 세게 보여도 말이야. 또 만나세."

나는 방에서 나오자 급히 건물에서 뛰어나왔다. 마음이 약한 인간은 언제나 마음이 약한 것이다.

45

나는 가펜거 빌딩 6층의 초라한 사무실로 돌아와 언제나와 같이 아침 우편물을 정리했다. 우편함에서 책상, 책상에서 휴지통으로──텅커에서 에버즈, 에버즈에서 찬스에 (메이저리그에서 더블 플레이의 콤비로 격찬받은 유격수, 2루수, 1루수) 에게로, 다음은 책상 위에 먼지를 털어내고 복사 사진을 펴놓았다. 접힌 자리가 나지 않도록 말아서 두었던 것이다.

나는 다시 한 번 읽었다. 자세한 일까지 모두 씌어 있었다. 성실하고 단순한 사람이라면 누구든지 납득할 것 같았다. 아이린 웨이드는 발작적인 질투로 테리의 부인을 죽이고, 그후 기회를 노려 이러한 사정을 틀림없이 알고 있으리라 생각되던 로저를 죽였다. 로저 방 천장에 권총이 발사된 것은 기회를 만들기 위한 연극의 일부라 생각할 수 있었다. 해답이 제시되지 않아 영원히 풀 수 없으리라고 생각되는 의문은, 로저 웨이드가 왜 아무런 대책도 세우지 않고 그녀가 행동하는 대로 맡겨 두었느냐 하는 문제였다. 틀림없이 막판에 어떤 일이 일어나는가는 알고 있었을 것이면서 어떻게 되든 관심이 없었던 것일까? 글을 쓰는 게 직업이니 어떤 일이든 문자로 할 수 있었음에도 불구하고 이 문제에 대해서는 아무 말도 쓰지 않았던 것이다.

"데메롤이 아직 46정 남아 있습니다"라고 그녀는 썼다. "저는 이제부터 그것을 전부 먹고 침대에 누우렵니다. 문은 잠겨 있습니다. 머지않아 무슨 수를 써도 제 생명은 구할 수 없을 것입니다. 하워드, 꼭 기억해 주십시오. 저는 죽음을 앞에 두고 펜을 들고 있는 겁니다. 모든 말이 진실입니다. 아무것도 원통하게 생각하지 않습니다. 단 한 가지 있다고 한다면 그들이 함께 있는 장면을 발견하여 함께 죽이지 못했다는 걸 겁니다. 저는 테리 레녹스라 불린 폴에게는 아무런 미련도 품고 있지 않습니다. 그는 보잘것없는 잔해에 지나지 않았습니다. 저에게 아무런 의미도 지니고 있지 않는 존재입니다. 그날 오후, 전쟁에서 돌아온 그를 처음 봤을 때 저는 알아보지 못했습니다. 얼마 후에서야 그라는 것을 깨달았고, 그는 곧 저를 알아본 것 같았습니다. 제가 죽음의 신의 손에 맡긴 그 연인은 노르웨이의 눈 속에서 젊어서 죽었어야 했던 겁니다. 그는 도박꾼의 친구가 되어 돌아왔습니다. 남자에 미친 돈 많은 탕녀의 남편으로, 인간 지스러기로, 그리고 틀림없이 과거에 무엇인가 죄를 범한 사람이 되어 돌아왔습니다. 시간은 모든 것을 추악하게, 비루하게, 초라하게 만듭니다. 하워드, 인생의 비극은 젊어서 아름다운 것이 사라져 버리는 것이 아니라, 해를 거듭할수록 추악하게 변하는 겁니다. 저는 그렇게는 되고 싶지 않아요, 안녕히 계세요, 하워드."

나는 복사 사진을 책상 서랍에 넣고 쇠를 채웠다. 점심때지만 식욕이 없었다. 깊은 서랍에서 사무실용 병을 꺼내 술을 따르고 전화번호부에서 〈저널〉지의 번호를 찾았다. 다이얼을 돌려 교환원한테 로니 모건 기자를 대달라고 부탁했다.

"모건 씨는 4시 경이나 돼야 돌아오십니다. 시청 기자실로 걸어 보시지요."

나는 그 번호로 걸었다. 그를 찾을 수가 있었다. 그는 나를 기억하고 있었다. "굉장히 바쁘다면서요? 아마 마음에 들지 않겠지만 특종감이 있는데……?"

"특종감? 어떤 건데요?"

"두 가지 살인 사건에 대한 고백서의 복사 사진입니다."

"지금 어디 있소?"

나는 장소를 알려 주었다. 그는 내용을 좀더 자세히 알려 달라고 했다. 나는 전화로는 말할 수 없다고 했다. 그는 현재 범죄 담당이 아니라고 했다. 그래도 신문 기자임에는 틀림없고, 로스앤젤레스에서는 유일한 정치적 색채가 없는 신문의 기자가 아닌가, 하고 나는 되물었다. 그는 그래도 이해하지 못하는 것 같았다.

"어떤 내용의 물건인지는 모르지만 어디서 입수했지요? 시간을 버릴 만한 가치가 있는 건가요?"

"원본은 지방검사 사무실에 있어요. 발표는 안 하겠지만 말이오. 검사국의 냉장고 뒤에 감추어 버린 사건 두 가지가 백일하에 드러나게 되는 거요."

"그쪽으로 가지. 일단 편집장한테 말해 보겠소."

우리는 전화를 끊었다. 나는 아래층 잡화 코너로 가서 치킨, 샐러드, 샌드위치 등을 먹고 커피를 마셨다. 커피는 바싹 졸아들었고 샌드위치는 낡은 셔츠를 잡아 뜯는 것과 같은 강한 냄새를 풍겼다. 구워져 있고, 이쑤시개가 찔려 있고, 옆구리에서 서양 상추만 삐져 나와 있으면 미국인은 어떤 것이라도 먹는다. 그 서양 상추도 약간 시들어 있는 경우가 보통이지만 말이다.

3시 반경 로니 모건이 왔다. 나를 유치장에서 집에까지 태워다 주던 그날 밤의 그와 조금도 다른 점이 없었다. 키가 크고, 마르고, 무표정한 얼굴엔 피로가 엿보였다. 아무렇게나 악수를 나누고 구겨진 담뱃갑에 손가락을 집어넣었다.

"셔먼 씨가 편집장인데, 당신이 가지고 있는 게 뭔지 보고와도 좋다고 했소."

"내가 제의하는 조건이 받아 들여지지 않으면 안 본 걸로 해 주어도 좋소."

나는 책상 열쇠를 열고 복사 사진을 그에게 건네주었다. 그는 4페이지에 걸친 문장을 급히 읽고, 다시 한 번 천천히 읽었다. 매우 흥분하고 있는 것 같았다.

"전화 빌려 줄 수 있소?"

나는 책상 위의 전화를 그 앞으로 밀어 주었다. 그는 다이얼을 돌리고 잠시 기다렸다가 말했다.

"모건이야. 편집장에게 연결해 주게." 다시 기다렸다가 다른 여직원이 나와서야 겨우 편집장이 나오고 다른 전화로 전화를 달라고 모건이 부탁했다.

그는 수화기를 놓고 전화기를 무릎 위에 놓은 채 기다렸다. 전화벨이 울렸다. 그가 수화기를 귀에 댔다.

"이런 내용입니다, 셔먼 씨."

그는 확실히 알아들을 수 있도록 천천히 내용을 읽었다. 다 읽자 한동안 잠자코 있었다. "잠깐 기다려 주십시오"라고 말하자 그는 전화기를 무릎에 올려놓은 채 책상 너머로 나를 보았다.
"어떤 방법으로 입수했는가 알고 싶다고 합니다."
나는 책상 너머로 손을 뻗어 복사 사진을 그에게 주었다. "어떤 방법으로 입수했건 그쪽에서 알 필요는 없지 않느냐고 말해 주시오. 뒷면의 스탬프를 보면 어디서 나온 건가 당장 알 것 아니오?"
"편집장님, 로스앤젤레스의 보안관 사무실에서 나온 공문서가 틀림없습니다. 진짠지 가짠지는 곧 조사할 수 있습니다. 그리고 값이 붙어 있습니다."
그는 다시 편집장의 이야기를 얼마 동안 듣고 있었다. "좋습니다. 말씀하십시오" 하고는 전화를 나한테 넘겼다. "당신하고 얘기하고 싶답니다."
쌀쌀하지만 무게가 있는 목소리였다. "말로우 씨, 조건을 말해 보십시오. 그리고 로스앤젤레스에서는 이 문제를 취급할 신문은 〈저널〉지뿐이라는 사실도 잊지 말아 주십시오."
"레녹스 사건 때는 별로 취급하지 않았더군요, 셔먼 씨."
"그렇습니다. 하지만 그때는 추문에만 관심이 쏠려 있었어요. 누구의 죄냐 하는 문제에는 별로 관심이 없었습니다. 당신이 가지고 있는 문서가 틀림없는 것이라면 이번에는 문제가 완전히 달라집니다. 어떤 조건이신지?"
"이 복사를 사진판으로 취급해 주셔야 합니다. 그렇지 않으면 드릴 수 없습니다."
"확실한 것인지 일단은 조사하겠습니다. 그건 이해하시겠지요?"
"어떻게 조사한다는 겁니까, 셔먼 씨? 지방검사한테 조회하면 부인하든가 혹은 전신문에 보도하든가 할 겁니다. 그렇게 하지 않을 수 없게 되어 있습니다. 보안관 사무실에 문의하면 지방검사한테 물어보라고 할 겁니다."

"당신은 염려 안 해도 됩니다. 방법이 있습니다. 조건을 들어 봅시다."

"말하지 않았던가요?"

"보수는 필요없다는 말씀인가요?"

"돈으로 받을 생각은 없습니다."

"그렇습니까? 당신은 당신대로 생각이 있는 모양이군요. 모건을 다시 바꿔 줄 수 없을까요?"

나는 로니 모건에게 전화를 넘겨주었다.

그는 한두 마디 얘기하고 전화를 끊었다. "승낙한 것 같네" 하고 그는 말했다. "그걸 가져가겠소. 편집장이 확인할 겁니다. 당신 요구대로 게재한다고 했소. 반 크기로 복사해서 일면에 게재할 것 같소."

나는 복사 사진을 그에게 주었다. 그는 그것을 받자 종이 끝을 긴 코에 댔다.

"실례지만 당신은 별로 영리한 것 같지 않소."

"나도 그렇게 생각하오."

"지금은 마음이 변했다고 해도 늦지 않을 것이오."

"마음은 안 변했소. 당신은 시의 감옥에서 나를 집까지 태워다 준 밤을 기억하고 있겠지요? 잘 가라고 한 친구가 있었다고 했지요. 나는 아직 진짜 잘 가라는 말을 못하고 있소. 당신이 이걸 신문에 보도해 주면 그것이 잘 가라는 말이 되는 거요. 무척 늦어지기는 했지만 말이오."

"잘 알았소." 그는 심술궂은 엷은 웃음을 띠었다. "하지만 나는 아직도 당신을 바보라고 생각하오. 이유를 말할 필요는 없겠지요?"

"한번 해 보시게."

"나는 당신이 생각하는 것보다 여러 가지를 알고 있소. 신문 기자의 일에서 불필요한 부분일지도 모르지만, 언제나 기사화할 수 없는 여러 가지 일을 알고 있다오. 이 고백이 〈저널〉지에 보도되면 화를 내는 놈이 많이 있다는 걸 당신은 잘 모르는 것 같소? 지방 검사, 검시관, 보안관 사무실의 무리들, 포터라는 이름의 커다란 세력을 가지고 있는 시민, 메넨디스와 스타라는 두 갱 등…… 아마 당신은 병원에 입원하게 되든가, 또 유치장 신세를 져야 할지도 모르오."

"나는 그렇게 생각지 않소."

"당신이 어떻게 생각하든 그건 당신 마음이겠지. 나는 단지 내 생각을 말하고 있을 뿐이오. 지방검사가 화를 내는 것은 레녹스 사건을 어둠에서 어둠으로 묻어 버렸기 때문이오. 레녹스의 자살과 고백서가 검사의 처치를 일단은 옳게 보였으나, 이것이 보도되면 그대로는 끝날 수 없을 거요. 죄 없는 레녹스가 왜 고백서를 썼는가? 왜 죽었는가? 정말 자살이었는가? 그렇지 않으면 누군가가 작용했는가? 왜 그런 점들이 조사되지 않았는가? 사건이 왜 갑자기 흐지부지 중단되어 버렸는가? 진상을 알고 싶어하는 사람이 많이 있을 거요. 게다가 이 복사물의 원안을 검사가 가지고 있다고 한다면, 틀림없이 보안관 사무실의 무리들이 배신했다고 생각할 거요."

"뒷면의 스탬프까지 신문에 낼 필요는 없소."

"물론 안 낼 것이오. 우리는 보안관 편이거든. 정직한 인간으로 보고 있죠. 메넨디스와 같은 놈을 방임해 둔다고 해서 그의 책임을 묻는 것은 아니오. 도박장이 있는 곳에서 도박 행위를 하는 한 어떠한 형태든 합법적이며, 어떤 특정한 장소에서 도박을 하든, 합법적이라면 아무도 도박을 못하게 할 수는 없는 거요. 당신은 이걸 보안관 사무실에서 훔쳐 냈지요. 그런데도 왜 태연하게 있을 수 있는지 나는 그 까닭을 모르겠소. 얘기해 주겠소?"

"말 안 하겠소."

"좋아. 검시관은 웨이드의 자살을 인정했기 때문에 화를 내겠지요. 지방검사는 이 문제에서도 그를 응원했지요. 하란 포터는 자기 세력을 구사하여 사건에 뚜껑을 덮었는데 다시 열려서 화를 낼 것이고, 메넨디스와 스타가 화를 내는 것은 틀림없이 당신이 그들로부터 경고를 받고 있기 때문일 테지요. 그 작자들한테 보복을 당하면 반드시 반병신을 면하지 못하겠지요. 거인 윌리 매그윈과 같은 꼴을 당하게 될 위험이 있어요."

"매그윈은 우쭐거리고 있었을 거요."

"그 작자들이 말한 것은 법률과 같소. 일부러 행차해서 손을 떼라고 했으면 떼는 편이 영리한 행동이지요. 당신이 손을 떼지 않았는데, 그 작자들이 그대로 내버려 두면 겁쟁이와 같은 인상을 주게 된다고 생각되오. 그 작자들 위에 있는 보스가 잠자코 있을 리가 없소. 그 작자들은 위험한 인간들이란 말이오. 게다가 크리스 메이디가 있소."

"네바다는 그가 통치하고 있는 거나 같다는 말은 들었소."

"사실이오. 메이디는 좋은 인간이지만 네바다를 위해 도움이 되는 일이 어떤 것인가 하는 것을 알고 있소. 리노나 라스베이거스에서 장사하고 있는 거물들은 메이디 씨의 미움을 받지 않도록 무척 신경 쓰고 있지요. 만일 미움을 받으면 세금이 엄청나게 뛰어오르고, 경찰이 보호해 주지 않게 된다오. 그렇게 되면 동부의 보스들이 무슨 수를 쓰지 않으면 안 되겠다고 생각하지. 크리스 메이디의 비위를 거스르면 장사를 계속 못 하게 되니까 그놈을 몰아내고 다른 놈을 앉히려 하지요. 몰아낸다니깐! 그냥 곱게 내보내는 게 아니라 나무 상자에 포장되어 쫓겨난단 말이오."

"내 이름 같은 건 알 턱이 없소"라고 나는 말했다.

모건은 쓴웃음을 지으며 말했다. "알 필요도 없소. 네바다 쪽에 있는 타호호의 메이디의 저택은 하란 포터의 집 옆에 있소. 때로는 인사를 나눌 때도 있겠지요. 포터한테 급료를 받고 있는 놈이, 메이디한테 급료를 받고 있는 놈에게 '말로우라는 멍청한 놈이 쓸데없는 일에 간섭해서 귀찮아 죽겠네'라고 말할지도 모르지요. 아무렇지도 않게 한 말이 로스앤젤레스의 어딘가의 아파트에 전화로 전해지고, 거기 있던 솜씨깨나 자랑하는 놈이 이 말을 들으면 패거리를 두세 명 꾀어 가지고 한바탕 해보겠다는 계획을 세우게 되겠죠. 누군가 당신을 없애 버리겠다고 생각하면, 솜씨 자랑하는 놈들에게는 이유 같은 건 아무 상관없지요. 그게 그들의 일이거든요. 나쁘게 생각지 말게, 팔 하나 꺾어 놓을 테니 얌전하게 있게, 이런 식으로 끝날 것이오. 어떤가, 이걸 도로 줄까요?"

그는 복사물을 내밀었다.

"내 마음을 벌써 알고 있을 텐데."

모건은 천천히 일어나서 복사를 안주머니에 챙겼다. "내가 잘못 생각하고 있는지도 모르지요" 하고 그는 말했다. "당신은 나보다 많은 것을 알고 있는지도 몰라. 하란 포터 같은 인간이 어떤 식으로 세상을 보고 있는지 나는 모르오."

"잔뜩 찌푸린 얼굴로 보고 있소" 하고 나는 말했다. "한 번 만난 일은 있지만, 갱을 조종하리라고는 생각되지 않소. 그의 인생관이 그런 수법은 용서하지 않을 것이오."

"나더러 한마디하라면……." 하고 모건은 강한 어조로 말했다. "전화 한 통으로 살인 사건의 수사를 중단시키는 것도, 증인을 없애 버리는 것도 수법만 다를 뿐 결과는 마찬가지요. 어느 쪽이나 문화 사회의 현상이라고는 생각할 수 없소. 다시 무사하게 만나기를 빌겠소."

그는 바람에 날려 가는 것처럼 방을 나갔다.

46

김릿을 마시면서 석간이 나오는 것을 기다릴 생각으로 나는 '빅터'로 차를 달렸다. 그런데 바는 혼잡하고 어수선했다. 낯익은 바텐더가 와서 내 이름을 부르고 인사했다.

"비타를 넣으시죠?"
"언제나 넣지는 않네만 오늘은 좀 많이 넣어주게."
"요즈음은 친구 분을 못 뵙겠군요."
"나도 만나지 못하네."

그는 자리를 떴다가 마실 것을 가지고 돌아왔다. 나는 취하고 싶지 않았기 때문에 마실 것이 오래 갈 수 있도록 조금씩 입에 댔다. 마음 먹고 취하는 경우가 아니라면 맑은 정신으로 있고 싶었다. 얼마 후 같은 것을 한 잔 더 주문했다. 신문을 옆구리에 낀 소년이 바에 들어온 것은 6시가 조금 지나서였다. 한 바텐더가 나가라고 소리쳤지만, 소년은 급사한테 붙들려 쫓겨날 때까지는 손님 사이를 급히 한 바퀴 돌았다. 나는 〈저널〉지를 펼치고 1면을 보았다. 그들은 약속을 지켰다. 나의 희망대로 게재되어 있었다. 복사물의 글자색을 반대로 하여 흰 바탕에 글자를 검게 했다. 지면의 윗부분 반을 차지하고 있었다. 다른 지면에 간략하고 요령 있는 사설이 있었다. 또 다른 면에는 로니 모건의 서명이 들어간 기사가 게재되어 있었다.

나는 남아 있던 것을 단숨에 마셨다. 그리고 밖에 나와 다른 가게에 가서 식사하고 집으로 차를 몰았다.

로니 모건의 기사는 레녹스 사건과 로저 웨이드의 '자살'에 대해 신문에 게재되어 있는 것을 솜씨 있게 요약한 것이었다. 덧붙인 것은 아무것도 없었다. 뺀 것도 없었다. 대단히 요령 있는 글이었다. 사설은 좀 달랐다. 여러 가지 질문을 제기했다. 관청이 실수하여 면목이 없어졌을 때 신문이 언제나 제기하는 질문이었다.

9시 반경 전화가 울려, 바니 올즈가 집에 가는 길에 들르겠다고 했다. "〈저널〉지를 봤나?" 하고 아무렇지도 않은 듯이 말하고 대답을 기다리지도 않고 전화를 끊었다.

그는 집에 들어오자 계단이 긴 것을 불평하면서 커피가 있으면 달라고 했다. 나는 커피를 끓이겠다고 말했다. 내가 커피를 끓이고 있는 동안 그는 집 안을 돌아다니다가 자리에 앉았다.

"적이 많은 인간치고는 너무 쓸쓸한 곳에 살고 있군" 하고 그는 말했다. "뒤쪽 언덕 너머엔 뭐가 있나?"

"도로가 있지. 왜?"

"그냥 물어봤을 뿐이야. 나무를 슬슬 베 내야 하겠군."

나는 커피를 거실로 가져갔다. 그는 커피를 마셨다. 내 담배에 불을 붙이고 두 모금 정도 피우고 비벼 껐다. "피울 기분이 안 나네." 그는 말했다. "텔레비전의 선전 탓인지도 모르겠군. 선전을 듣고 있으면 팔려고 하는 물건이 전부 싫어지네. 놈들은 세상 사람들을 바보 취급하고 있단 말이야. 흰옷을 입고 청진기를 목에 늘어뜨리고 있는 놈이 나타나 치약이니 담배니 맥주병이니 샴푸를 내밀고, 뚱뚱한 레슬러가 리라꽃처럼 향기를 풍긴다고 하는 얄궂은 작은 상자를 내밀 때마다 절대 사지 않겠다고 마음먹게 된단 말이야. 설사 마음에 둔 물건이라도 살 생각이 없어지거든. 〈저널〉지를 읽었겠지?"

"친구가 사전에 알려 주더군. 신문 기잘세."

"자네한테 친구가 있나?" 그는 이상하다는 듯 물었다. "어떻게 입수했는가 말 안 하던가?"

"말 안 하더군. 이 주에서는 그런 말을 할 필요는 없으니까."

"스프링거가 굉장히 화를 내고 있네. 로포드라고 오늘 아침 지방검사 대리로 와서 편지를 가지고 간 사람인데, 그 사람은 직접 검사한테 주었다고 말하고 있네. 확실한 것은 모르네."
"〈저널〉지에 게재된 것은 원본에서 복사한 것 같더군."
나는 커피를 마시며 아무 말하지 않았다.
"자업자득일세" 하고 올즈는 말을 이었다.
"스프링거가 직접 왔어야 했던 거야. 물론 우리는 로포드의 손에서 나온 것이 아니라고 생각하지만 말이야. 세상 눈치만 보면서 처세하는 놈이지." 그는 아무런 표정도 보이지 않고 나를 보았다.
"뭣 하러 왔나, 바니? 자네는 나를 싫어하잖나? 옛날엔 사이가 좋았지만 말이야. 경찰과 사이가 좋다고 해도 한도가 있지만 말이야. 그런데 요즈음은 좀 비틀어진 것 같군."
그는 몸을 앞으로 내밀고 웃었다. 뻔뻔스러운 웃음이었다. "수사하고 있는 등 뒤에서 풋내기한테 경찰이 하는 일을 새치기당하면 어느 경관을 막론하고 좋은 기분은 안 나네. 웨이드가 죽었을 때, 웨이드와 레녹스의 부인의 관계를 나한테 말해 주었다면 어떻게든 방법이 있었을 걸세. 웨이드 부인과 테리 레녹스의 관계를 알았다면 그 여자는 내 손바닥 안에서 살아 있을 수 있었네. 자네가 처음부터 숨기지 않았더라면 웨이드도 살 수 있었을지도 모르네. 레녹스의 경우도 마찬가지야. 자네는 멋있게 움직였다고 생각하고 있겠지만 말이야."
"나한테 무슨 말을 듣고 싶나?"
"아무것도 들으려고는 생각 않네. 너무 늦었어. 남을 속이고 앞지르려 하는 놈치고 손해 보지 않는 놈이 없네. 분명히 그렇게 말해 두었네. 현재 입장에서 자네한테 가장 유리한 처신은 이 도시에서 나가는 것인지도 모르네. 자네를 좋아하는 인간은 한 명도 없고, 자네를 싫어하는 인간 중에서 그대로 내버려 두지 않겠다는 놈만 두어 명 있으니까. 그런 정보가 들어와 있네."

"나는 그렇게 대단한 거물이 아니야, 바니. 서로 으르렁거리지 말기로 하세. 웨이드가 죽을 때까지 자넨 이번 사건에 등장도 안 했네. 웨이드가 죽은 다음에도 자네는 물론, 검시관도 지방검사도 이 사건에는 관심이 없던 것 같았네. 내가 한 일에 잘못된 점이 있는지도 모르네. 하지만 어쨌든 진상이 백일하에 드러났네. 부인을 어제 체포할 수도 있었다고 했지? 어떤 근거로 체포할 생각이었나? 그 여자에 대해서 우리한테 보고해야 할 것이 있었을 걸세."
"내가 말인가? 자네들 뒤에서 남몰래 하고 있던 수사 결과를 보고하란 말인가?"
그는 화를 내며 일어섰다. 얼굴이 새빨개졌다.
"끝까지 맞설 생각인가? 부인은 살아 있었다. 용의자로 구인할 수도 있었단 말이야. 자넨 부인이 죽기를 바랐던 게 아닌가?"
"내가 그녀한테 바랐던 것은 조용히 자기 자신을 돌이켜보아 줄 것이었네. 그녀가 어떤 방법으로 해결을 꾀하든 내가 알 바 아니야. 나는 다만 그 친구의 무죄를 밝히고 싶었을 뿐이야. 그걸 위해서는 무슨 짓이든지 할 생각이었고 지금도 그 마음에는 변함이 없네. 도망도, 숨지도 않을 테니 언제든지 자네들 마음대로 하게."
"내가 손을 쓰지 않아도 무서운 작자들이 가만히 있지 않을 걸세. 자넨 놈들이 눈엣가시라 생각할 정도로 자네가 거물이 아니라고 생각하나? 사립 탐정 말로우라면 그러고도 남을 걸세. 그러나 손을 떼라는 경고를 받았으면서도 놈들의 자존심을 상하게 하는 기사를 신문에 폭로한 인간이라는 입장이 되면 문제가 좀 달라지네. 알고 있나? 자넨 놈들의 자존심을 짓밟았단 말이야."
"미안한 일을 했는걸" 하고 나는 말했다. "자네 말대로라면 생각만 해도 온몸의 피가 치솟을 걸세."
그는 입구로 가서 문을 열었다. 입구에 서서 삼나무로 된 계단을 내려다보고, 도로 건너편 얕은 언덕의 무성한 수목에 시선을 옮기고 막다른 도로가 오르막이 되어 있는 것을 바라보았다.

"조용하고 좋은 곳이야" 하고 그는 말했다.

그는 계단을 내려가 차를 타고 가 버렸다. 경관은 절대 '안녕'이란 말을 하지 않는다. 기회가 있으면 용의자들 속에서 얼굴을 보고 싶다고 생각하는 것이다.

47

이튿날, 사건은 갑자기 활발한 전개를 보일 듯한 기미를 보였다.

스프링거 지방검사는 기자 회견을 갖고 견해를 밝혔다. 스프링거는 혈색이 좋고 덩치가 큰 사나이로, 젊을 때부터 흰 머리가 많고 정치가로 성공할 유형의 몸집이었다.

"나는 최근 자살한 불운하고 불행한 여성의 고백이라 칭하는 글을 읽었습니다. 확실한 것인지 아닌지는 잘 모르지만, 만일 확실한 것이라 해도 정신에 이상이 있는 사람이 썼다는 것만은 분명합니다. 그러나 허황된 점이나 모순된 곳이 다소 있기는 해도 〈저널〉지가 신문 보도의 정신에 입각하여 게재했다는 점은 의심의 여지가 없으며, 일일이 사실을 열거하여 여러분을 지루하게 만들 생각은 없습니다. 가령 아이린 웨이드가 쓴 것이라고 가정해도——사실인지 아닌지는 항상 우리에게 협조를 아끼지 않는 보안관 피터센 이하 부하들의 조력을 얻어 내 직원들이 곧 밝혀낼 것으로 생각합니다——어쨌든 정상적인 사고력에 의해 쓰지 않았다는 것은 두말할 여지가 없습니다. 그 불행한 여성은, 스스로의 손에 의해 흘린 피바다 속에 남편이 누워 있는 것을 발견한 지 불과 몇주일밖에 경과되지 않았습니다. 그렇게도 참혹한 비극 후의 쇼크, 비탄, 고독 등이 과연 어떤 것인가 생각해 보십시오. 그리고 그녀는 남편의 뒤를 따라 죽음의 여행길로 떠났습니다. 평온한 죽음의 잠을 방해해서 얻는 것이 무엇입니까? 경영부진으로 고민하고 있는 신문 부수가 약간 증가하는 것 외에 무엇을 얻겠습니까? 아무것도 없을 겁니다. 지금의 나로서는 아무것도 할 말이 없습니다. 위대한 윌리엄 셰익스피어의 불후의 명작 '햄릿' 속의 오필리아처럼 아이린 웨이드는 분별을 잃고 슬픔의 옷을 걸쳤던 것입니다. 나의 정적(政敵)은 부인이 분별을 잃은 것을 이용하려 하겠지만, 나를 잘 알고 있는 친구나 나에게 표를 던져 주신 시민 여러분은 결코 속지 않을 겁니다. 강고한 기반 위에 선 보수 정부를 위해 우리 검찰이 정의의 심판을 내리는 데에는 자비를 잊지 않고, 법률을 실시함에 있어서는 보다 온건하고 착실한 태도로 임하고 있음을 여러분은 잘 알고 있으리라 믿습니다. 〈저널〉지가 어떠한 자세를 신조로 하고 있는지 나는 모릅니다. 또 알려고도 생각지 않습니다. 현명한 시민 여러분이 스스로 판결을 내려 주십시오."

〈저널〉지는 이 시시하고 어이없는 담화를 그대로 게재하고, 편집장 헨리 셔먼이 서명을 한 문장으로 스프링거에 응전했다.

오늘 아침의 스프링거 지방검사는 대단히 기분이 좋은 것 같았다. 풍채 당당하고, 잘 울리는 바리톤은 듣기에도 기분이 좋았다. 또 사실을 열거하여 우리를 지루하게도 만들지 않았다. 스프링거 씨가 고백서의 출처를 증명하라고 요구한다면 〈저널〉지는 언제든지 그 요구에 응할 용의가 있다. 우리는 스프링거 씨가 시청 탑 위에서 물구나무를 서 주었으면 하고 바라지 않는 것처럼, 검사의 재량권이랄까, 혹은 그 지시로 해결된 사건을 다시 심리해 주기를 바라는 것은 아니다. 스프링거 씨가 적절하게 표현한 것처럼, 평온한 죽음의 잠을 방해해서 무슨 얻을 것이 있겠는가. 〈저널〉지는 보다

솔직하게 말하기로 하겠는데, 희생자가 이미 이 세상에 없는데 살인자를 찾아내 봤자 무슨 이득이 있단 말인가. 정의와 진실이 백일하에 드러나는 것 이외에는 아무것도 없다.

돌아가신 윌리엄 셰익스피어를 위해서 〈저널〉지는, 스프링거 씨가 '햄릿'이 명작임을 인정하고 약간의 오해가 있다손 치더라도 오필리아를 언급한 데 대해서는 사의를 표하고 싶다. '그대는 분별을 초월하여 슬픔의 옷을 걸치지 않으면 안 된다'라는 대사는 오필리아에 대해 말한 것이 아니라, 오필리아에 의해 표현된 것이다. 그리고 그녀가 어떠한 의미를 가지고 이 대사를 입에 올렸는가는 우리와 같은 박식하지 못한 자에게는 오늘날까지도 분명치 않다. 그리고 이 문제를 여기서는 더 이상 거론하지 않으려 한다. 확실히 교묘한 인용이었고, 문제의 초점을 흐리게 하는 데 큰 구실을 했다. 여기서 검사에 의해 다시 한번 명작이라 평가된 '햄릿'에서, 우리도 어떤 구절을 인용할 수 있도록 허락 받고 싶다. 그 대사는 공교롭게도 악인의 입에서 흘러나왔다——"그럼 죄 있는 곳에 큰 도끼를 내려치려무나."

로니 모건이 점심때가 다 되어 전화로 나의 감상을 물었다. 스프링거는 조금도 통증을 느끼지 않을 거라고 나는 대답했다.

"기뻐한 건 부하뿐이야" 하고 로니 모건이 말했다. "그리고 이런 일이 없어도 그들은 스프링거의 약점을 잡고 있네. 내가 말한 건 자네 일이야."

"여전하네. 감촉이 좋은 지폐가 내 뺨을 쓰다듬어 주기를 기다리고 있을 뿐일세."

"그런 말을 하는 게 아닐세."

"아직 건재하네. 겁주는 건 이젠 그만두게. 신문에는 내가 원하고 있던 대로 나왔네. 만일 레녹스가 아직 살아 있다면 스프링거한테 달려가 눈에 침을 뱉었을 걸세."
"자네가 대신 침을 뱉어 주었네. 스프링거도 눈치채고 있네. 그들은 기분에 안 맞는 인간을 함정에 빠뜨리려 하면 온갖 방법을 다 쓰네. 자네가 시간을 허비하고 고생한 건 아무 소용없는 일이었네. 레녹스는 그만한 값어치가 있는 인간이 아니야."
"그게 이번 일과 어떤 관계가 있다는 건가?"
그는 얼마 동안 말이 없었다. 그리고 말했다.
"미안하네, 말로우. 쓸데없는 말을 했어. 몸조심하게."
우리는 서로 잘 있으라는 말을 나누고 전화를 끊었다.

오후 2시경 린다 롤링이 전화를 걸어 왔다.
"오늘은 험담하지 마세요" 하고 그녀는 말했다.
"북쪽에 있는 호수에서 지금 방금 비행기로 도착했어요. 어제 석간 〈저널〉지에 보도된 사건이 무척 시끄럽게 되어 버렸어요. 전 남편은 큰 쇼크를 받은 것 같았어요. 불쌍하게도 제가 나올 때 울고 있었어요. 보고를 하려고 시내에 나와 있어요."
"무슨 뜻입니까, 전 남편이라니?"
"둔하시군요. 아버지가 겨우 허락해 주셨어요. 남몰래 이혼하기에는 파리만큼 좋은 데는 없어요. 그래서 얼마 후에는 파리에 가기로 했어요. 당신도 아직 상식이 남아 있다면, 언젠가 저한테 보여 주셨던 지폐에서 얼마간 써서 멀리 떠나는 편이 좋지 않나 생각해요."
"무슨 뜻입니까?"
"두 번째의 어리석은 질문이군요. 좀더 자기 생각도 해야 하지 않을까요, 말로우? 호랑이를 총으로 쏠 때는 어떻게 쏘는지 아세요?"

"모로."

"양을 말뚝에 매 두고 보이지 않는 곳에 숨어 있는 거예요. 양한테는 잔혹한 짓이지요. 저는 당신을 좋아해요. 왠지는 몰라도 좋아해요. 당신이 양이 된다는 것은 생각하고 싶지 않아요. 당신은 옳은 일을 하려고 열중하고 있었던 거예요. 물론 당신 혼자만 옳다고 생각한 일이지만."

"나를 생각해 주는 건 고맙소" 하고 나는 말했다. "내가 목을 내밀다 잘려도 떨어지는 건 내 목이요."

"영웅처럼 굴다니, 바보스러운 짓이에요" 하고 그녀는 날카롭게 말했다. "우리가 알던 사람이 바보처럼 착했다고 해서 당신까지 흉내 낼 필요는 없어요."

"시간이 있다면 한 잔 내지."

"파리에서 대접받고 싶어요. 가을의 파리는 참 멋져요."

"가 보고 싶군. 봄은 더 좋다는 말을 들었는데 가 본 일이 없으니 알 수 있어야지."

"평생 가게 될 것 같지 않군요."

"잘 있어, 린다. 갖고 싶은 것을 발견하도록 빌겠소."

"안녕," 하고 그녀는 쌀쌀하게 말했다. "저는 가지고 싶은 것이 있으면 꼭 찾아내고 말아요."

그녀는 전화를 끊었다. 그 후 저녁때까지는 아무 일도 일어나지 않았다. 나는 식사를 하고, 브레이크를 고치기 위해 차를 야간 영업을 하는 수리 공장에 맡기고 택시로 돌아왔다. 집 앞의 한길에는 여느 때와 마찬가지로 인적이 없었다. 목제 우편함 위에 무료로 비누를 주는 쿠폰이 있었다. 나는 천천히 계단을 올라갔다. 하늘에 엷은 안개가 끼어 있는 조용한 밤이었다. 언덕의 수목은 거의 움직이지 않았다. 바람은 없었다. 나는 열쇠로 문을 열고, 조용히 반 정도 밀어 보다 손을 멈추었다. 내부는 어둡고 아무 소리도 없었다. 그러나 뒷방에 누군가가 있는 듯한 기분이 들었다. 혹은 약간 문소리가 났던가, 흰 윗도리가 힐끗 보였는지도 몰랐다. 혹은 공기 속에 사람 냄새가 떠돌고 있었는지도 몰랐다. 그리고 혹은 내가 단순히 공포에 사로잡혀 있었는지도 몰랐다.

나는 포치에서 지면으로 내려와 수풀 그늘에 웅크렸다. 아무 일도 일어나지 않았다. 집 안의 불도 안 켜졌고 아무 소리도 들리지 않았다. 나는 왼쪽에 맨 권총 케이스의 손잡이를 앞으로 하여 권총을 꽂고 있었다. 총신이 짧은 경찰용 38구경이었다. 나는 권총을 손에 잡았다. 역시 아무 일도 일어나지 않았다. 정적이 계속되었다. 공포에 떨고 있던 것이 우스꽝스러웠다. 몸을 일으켜 입구 쪽으로 걸어가려 했다. 그때 자동차 한 대가 모퉁이를 돌아 언덕을 올라와서 거의 소리를 내지 않고 계단 밑에 정차했다. 캐딜락으로 생각되는 검은 대형차였다. 린다 롤링의 차인지도 몰랐지만, 그렇게 생각될 수 없는 이유가 두 가지 있었다. 아무도 문을 열지 않았으며, 내가 있는 쪽의 창문이 전부 닫혀 있었다. 나는 다시 수풀 그늘에 웅크리고 귀를 기울였다. 기다리고 있어도 아무 일도 일어나지 않았다. 검은 차는 창문을 닫은 채 삼나무 계단 밑에서 움직이지 않았다. 엔진을 아직 끄지 않았지만 소리는 들리지 않았다. 느닷없이 크고 빨간 스포트라이트가 켜지고, 집 모퉁이의 20피트 앞을 비쳤다. 대형차는 천천히 후진했고 집 입구가 스포트라이트에 비쳐졌다.

경관은 캐딜락을 타지 않는다. 빨간 스포트라이트가 있는 캐딜락은 서장이나 경찰본부장, 혹은 지방검사와 같은 거물급이나 사용한다.

스포트라이트가 움직였다. 나는 지면에 엎드렸지만, 스포트라이트는 나를 포착하여 계속 비치고 있었다. 그뿐이었다. 여전히 차문은 열리지 않았고 집 안은 죽은 듯이 조용하고 불도 켜지지 않았다.

갑자기 사이렌이 1, 2초 정도 낮게 울리고 곧 그쳤다. 그때서야 집 안에 불이 켜졌다. 흰 턱시도를 입은 사나이가 집에서 나와 벽을 따라 자란 무성한 수풀 그늘을 들여다 보았다.

"나오게나, 졸때기" 하고 메넨디스가 엷은 웃음을 띠면서 말했다.

"손님이 와 있네."

나는 손쉽게 그를 사살할 수가 있다……그런 생각을 했을 때 그제서야 그는 재빨리 뒤로 물러났다. 때는 이미 늦었다. 그때 자동차 뒤쪽 창문이 내려지고 묵직한 소리가 들렸다. 소형 기관총이 요란한 소리를 내면서 나한테서 30피트 정도 떨어진 경사면에 날카로운 탄환이 발사되었다.

"들어오게, 졸때기" 하고 메넨디스가 다시 말했다. "다른 데론 갈 데가 없네. 알겠나?"

나는 일어나서 입구로 걸어 나갔다. 스포트라이트가 나를 쫓아왔다. 나는 권총을 권총 케이스에 넣었다. 열려 있는 입구로 해서 안으로 들어가 섰다. 방 저쪽 끝에 있는 한 사나이가 한 발을 올려놓고 앉아 있었는데 무릎 위에 권총이 있었다. 키가 크고 무시무시한 얼굴, 피부는 태양이 뜨겁게 내리쬐는 지방에 살고 있는 인간 특유의 건조된 빛깔을 보여 주고 있었다. 개버딘으로 만든 짙은 갈색 잠바를 입고 있었으며, 허리 근처까지 지퍼를 벌리고 있었다. 나를 쳐다보고 있었으나 눈도 권총도 전혀 움직이지 않았다. 달빛을 받고 있는 벽처럼 조용했다.

48

나는 그에게 눈을 떼지 않았다. 그것이 나빴다. 내 옆에서 무언가 언뜻 움직였다고 생각되자마자 어깨 끝에 둔한 통증을 느꼈다. 한쪽 팔이 손가락 끝까지 죽은 것처럼 느껴졌다. 뒤돌아보자 인상이 고약하고 몸집이 큰 멕시코인이 서 있었다. 아무런 표정도 없었다. 다만 나를 가만히 응시하고 있을 뿐이었다. 갈색 손에 쥐어져 있는 45구경의 권총이 몸 옆에 매달려 있었다. 수염을 기르고, 번쩍번쩍 빛나는 검은 머리칼이 수북했다. 머리 뒤에 지저분한 멕시코 모자가 매달려 있었고, 땀내 나는 셔츠 앞에 가죽끈을 늘어뜨리고 있었다. 질이 나쁘고, 상대하기 힘든 멕시코인만큼 무서운 인간은 없다. 얌전한 멕시코인만큼 얌전한 인간은 없고, 정직한 멕시코인만큼 정직한 인간은 없고, 특히 가련한 멕시코인 만큼 가련한 인간이 없는 것과 마찬가지였다. 이 사나이는 상대하기 어려운 멕시코인의 한 사람이었다. 어디를 가나 이 작자들만큼 상대하기 어려운 인간은 없을 것이다.

나는 팔을 문질렀다. 조금은 참을 수 있게 되었지만 통증은 여전했다. 손가락 끝까지 저렸다. 권총을 빼들었던들 떨어뜨리고 말았을 것이다.

메넨디스가 멕시코인에게 손을 내밀었다. 멕시코인은 표정없이 권총을 던졌다. 메넨디스가 그것을 받았다. 그리고 내 앞을 가로막고 섰다. 얼굴이 번쩍번쩍 빛나고 있었다. "어디다 한 방 놔 줄까, 졸때기?" 그의 검은 눈동자가 춤추었다.

나는 아무 말없이 그를 쳐다보았다. 이러한 질문에는 대답하기가 매우 어렵다.

"자네한테 물어보고 있는 거야, 졸때기."

나는 입술에 침을 바르고 반대로 물어보았다.

"아고스티노는 어떻게 됐나? 그놈이 권총 담당 아니었나?"

"치크는 마음이 약해져서 말이야" 하고 그는 부드러운 어조로 말했다.

"옛날부터 마음이 약했었네. 보스와 마찬가지로 말이야."

의자에 앉아 있던 사나이가 눈을 떴다 감았다 하면서 웃으려 했으나 웃지는 않았다. 내 한쪽 팔을 못 쓰게 만든 멕시코인은 몸도 움직이지 않았고, 입도 움직이지 않았다. 고약한 냄새가 풍기는 숨을 쉬고 있다는 걸로 살아 있다는 것을 알았다.

"네 팔에 누가 충돌했나, 졸때기?"

"엔칠라다 (고추를 주원료로／한 멕시코 요리)에 발부리가 걸렸네."

그는 귀찮다는 듯 나를 제대로 보지도 않고 총신으로 내 얼굴을 옆으로 후려쳤다.

"날 만만하게 보지 마라. 농담하고 있을 때가 아냐. 분명히 경고했지 않나? 내가 일부러 찾아와서 손을 떼라고 했으면 얌전하게 손을 떼야 하지 않아? 그렇지 않으면 두 번 다시 일어나지 못할 몸이 된단 말이야."

뺨에 피가 스며 나왔다. 뺨이 무척 아팠다. 고통이 번지고, 머리가 뻐개질 듯이 아파왔다. 별로 세게 때린 것도 아니지만 그가 사용한 무기가 원인이었던 것이다. 아직 말은 할 수 있었다. 아무도 말을 못하게 막으려 하지 않았다.

"직접 손을 대다니 무슨 까닭이 있나, 멘디? 월리 매그윈을 뻗게 한 놈들의 담당이 아닌가?"

"내 일이기 때문이야" 하고 그는 부드러운 목소리로 말했다. "내가 너한테 직접 하고 싶은 말이 있기 때문이야. 매그윈의 일은 비즈니스야. 무슨 짓을 하든 내가 잠자코 있다고 생각하고 있었기 때문이지. 옷도 차도 내가 사 주었고, 집의 보증금도 내가 지불해 줬네. 풍기계 놈들은 전부 마찬가지야. 자식들의 학비까지 지불해 주었단 말이야. 그런데 놈이 어떻게 했는지 아나? 내 방에 밀고 들어와서 고용인들 앞에서 나를 몰아세웠단 말이야."

"이유는 뭐였는데?"라고 쓸데없는 짓인 줄 알면서도 그의 울분을 누군가 다른 인간한테 돌리게 하려는 심산으로 물었다.

"조작한 주사위를 사용했다고 지껄인 여자가 있었단 말이야. 놈이 데리고 잔 여자 중의 하나일 거야. 클럽에서 내쫓은 여자 중에서 말이야."

"자네가 화를 낼 만하군" 하고 나는 말했다.

"직접적인 도박사는 사기도박을 하지 않는다는 것쯤은 매그원도 알아야 하는데…… 그런데 나는 자네한테 도대체 뭘 했다는 건가?"

그는 또 나를 때렸다. 그러나 세게 때리지는 않았다.

"내 체면을 손상시켰단 말이야. 우리 세계에서는 같은 말을 두 번 다시 않기로 되어 있단 말이다. 한 번 시킨 일은 당장에 달려가서 해치우게 되어 있네. 그것을 못 하면 우리 세계에서는 밥을 먹지 못하지."

"밥만 못 먹는 것이 아닌 것 같군" 하고 나는 말했다. "손수건을 꺼내도 되나?"

손수건을 꺼내서 얼굴의 피를 닦고 있는 동안 줄곧 권총이 나를 겨누고 있었다.

"졸때기 주제에," 하고 메넨디스가 말했다. "멘디 메넨디스를 코끝으로 다루려 하고 말이야. 업신여길 테냐? 이 나를 말이다. 메넨디스를 말이야. 나이프를 쓸 걸 그랬군, 졸때기? 잘게 썰어 버렸어야 했단 말이다!"

"레녹스는 자네 친구였어. 안 그래?" 하고 나는 말하며 그의 눈을 지켜보았다. "그 친구가 죽었네. 시체가 매장된 땅 위에 이름도 없이 개처럼 파묻혔네. 나는 그의 무죄를 증명하기 위해서 무슨 일이든 하지 않으면 안 되었네. 그것이 자네 체면을 손상했다는 말인가? 레녹스는 자네를 구하고 자기 생명을 잃었네. 그런데도 자넨 아무렇지도 않게 생각하고 있네. 보스로 버티기만 하면 그걸로 족하단 말인가?

자넨 자기 문제밖에 생각하지 않는군. 자넨 제법 얼굴이 알려진 보스처럼 생각하고 있겠지만 실은 허세를 부리고 있는데 지나지 않네."

그의 안면이 긴장하면서 다시 나를 치기 위해 팔을 뒤로 돌렸다. 그가 팔을 아직 뒤로 돌리고 있을 때, 나는 반 보 앞으로 나아가 그의 복부를 찼다.

생각하고 있던 행동은 아니었다. 어떤 결과가 될 것인가를 생각하고 있을 겨를은 없었다. 제멋대로 지껄이는 말을 들었어야 했고, 고통이 심했고, 피가 흘러내리고 있어 더 참고 있을 수가 없었던 것이다.

그는 신음 소리를 내며 앞으로 몸을 구부렸다. 그의 손에서 권총이 떨어졌다. 그는 고통스러운 소리를 내면서 권총을 집으려 했다. 나는 무릎으로 그의 얼굴을 찼다. 으악 하는 소리가 났다.

의자에 앉아 있던 사나이가 웃었다. 다음 행동으로 나가려던 내 발이 비슬거렸다. 그가 의자에서 일어섰다. 손에 쥐어져 있던 권총 총구가 나를 겨냥했다.

"죽이지 말게" 하고 그는 부드럽게 말했다.

"살아 있는 미끼로 쓰고 싶네."

그때 사람이 움직이는 낌새가 나더니 올즈가 뒷문을 열고 나타났다. 아무런 표정도 없고 침착했다.

그는 메넨디스를 내려다보았다. 메넨디스는 머리를 바닥에 박고 웅크리고 있었다.

"시원치 않군," 하고 올즈는 말했다. "전혀 맥이 없어."

"맥이 없는 게 아냐" 하고 나는 말했다. "방심하고 있었기 때문이야. 누구든지 정신 놓고 있을 때가 있게 마련이야. 윌리 매그윈도 시원치 않고 맥없는 인간이었나?"

올즈는 나를 보았다. 또 다른 사나이도 나를 보았다. 문 옆에 있던 멕시코인은 아무 소리도 내지 않고 서 있었다.

"담배 버려" 하고 나는 올즈한테 소리쳤다.

"피우지 않는 담배는 입에 물지 마. 얼굴만 봐도 구역질이 난단 말이야. 경관의 낯짝은 보기도 싫단 말이다."

서슬이 시퍼런 뜻하지 않은 내 태도에 놀란 것 같았다. 그리고 히죽이 웃었다. "함정이었네." 그는 즐거운 듯이 말했다. "상처는 심한가? 얼굴을 얻어 맞았군. 자넨 맞기로 되어 있었네. 우리한테는 큰 도움이 되었지만 말이야." 그는 멘디를 내려다보았다.

멘디는 바닥에 무릎을 대고 몸을 구부리고 있었다. 조금씩 몸을 일으켜 일어나려 했다. 호흡이 거칠었다.

"요놈이 오늘은 제대로 털어 놨네" 하고 올즈가 말했다. "여느 때라면 변호사가 세 명씩 들러붙어 있으면서 요놈한테는 말도 못 하게 한단 말이야."

그는 메넨디스의 멱살을 잡고 일으켜 세웠다. 코에서 피가 흘러나왔다. 메넨디스는 흰 턱시도 호주머니에서 손수건을 꺼내 코에 댔다. 한마디도 하지 않았다.

"각본대로였네," 하고 올즈는 아이들을 타이르는 듯한 어조로 말했다. "나는 매그원의 문제 같은 건 아무렇지도 않게 생각하고 있네. 당연한 보복이었으니 말이야. 하지만 그는 경관이란 말이야. 너 같은 놈들이 경찰한테 손대는 건 용서할 수 없어. 명심해 두란 말이다."

메넨디스는 손수건을 코에서 떼고 올즈를 보았다. 그리고 나한테로 시선을 옮겼다. 의자에 앉아 있는 사나이를 보았다. 천천히 고개를 돌려 문 옆에 서 있는 멕시코인을 보았다. 우리는 전부 메넨디스를 보고 있었다. 너나없이 무표정했다. 어디에 숨겨 두었던지 느닷없이 나이프가 나타나고 멘디가 올즈에게 덤벼들었다. 올즈는 재빨리 몸을 젖히면서 한 손으로 메넨디스의 목을 잡고 힘들이지 않고 나이프를

기나긴 이별 405

쳐 떨어뜨렸다. 그리고 두 발을 벌려 몸을 뒤로 젖혀 팔로 메넨디스의 목을 안아 올렸다. 방 안을 가로질러 끌고 가서 벽에 밀어 붙였다. 발이 바닥에 닿게는 했지만 목에서는 손을 떼지 않았다.

"나한테 손가락 하나 대 봐라. 죽여 버릴 테다" 하고 올즈는 말했다. "손가락 하나라도 말이다." 그리고 목에서 손을 뗐다.

멘디는 그에게 냉소를 던지고 손수건을 보면서 피가 보이지 않도록 접고 다시 한 번 코에 댔다. 눈을 떨구어 나를 때릴 때 사용한 권총을 바라보았다.

의자에 앉아 있던 사나이가 아무렇지도 않다는 듯 말했다. "탄환은 없네. 어차피 손도 닿지 않겠지만 말이야."

"각본대로라고 말했지?" 하고 멘디가 올즈한테 말했다.

"넌 솜씨 있는 놈을 세 명 주문하지 않았나?" 하고 올즈는 말했다. "그래서 네바다의 보안관 대리가 세 명 온 걸세. 라스베이거스에서 네 수법을 좋지 않게 여기고 있는 사람이 있어. 너한테 하고 싶은 말이 있다더군. 보안관 대리와 함께 라스베이거스에 가도 좋고, 그것이 싫다면 나와 함께 가도 좋네. 문 뒤에 수갑이 매달려 있네. 어쨌든 네 얼굴을 가까이서 보고 싶다는 사람이 둘 바깥에서 너를 기다리고 있단 말이야."

"네바다라……!" 하고 다시 한 번 고개를 돌려 문 옆에 서 있는 멕시코인을 보면서 말했다. 이윽고 각오한 것처럼 밖으로 나갔다. 멕시코인이 따랐다. 사막의 강한 햇볕에 탄 다른 한 명이 권총과 나이프를 바닥에서 주워 그들의 뒤를 따랐다. 그가 문을 닫았다. 올즈는 가만히 선 채 기다리고 있었다. 문이 닫히는 소리가 나고 차가 달려갔다.

"저치들 정말 보안관 대리인가?" 하고 나는 올즈에게 물었다.

그는 내가 있는 것을 비로소 발견한 것처럼 되돌아보았다. "배지를 가지고 있었네" 하고 내뱉듯이 말했다. "훌륭했네, 바니. 멋진 솜씨였네. 그런데 살아서 라스베이거스까지 갈 수 있다고 생각하나?"

나는 욕실에 가서 찬물로 타월을 적셔 쑤시는 뺨에 댔다. 거울에 얼굴을 비추어 보았다. 뺨이 부풀어 오르고 혈색이 가신데다가 총신에 얻어맞은 상처가 보기 흉한 자리를 남기고 있었다. 왼쪽 눈 밑의 빛깔이 변해 있었다. 며칠 동안은 보기 흉한 꼴을 참고 있지 않으면 안 될 것이다.

올즈의 모습이 거울 속에 보였다. 불이 안 붙어 있는 담배를 고양이가 생쥐를 가지고 놀고 있는 것처럼 입술로 굴리고 있었다.

"이젠 경관을 속이고 앞지르겠다는 생각은 하지 말게," 하고 그는 꾸짖듯이 말했다. "복사 사진을 장난삼아 훔치게 한 줄 알았나? 우린 틀림없이 멘디가 자네한테 보복하러 올 것으로 내다봤네. 그래서 스타에게 사정을 밝히고 응원을 요청했던 걸세. 도박을 금지시킬 수는 없지만, 방해해서 수입을 적게 할 수는 있네. 설사 불량 경찰이지만 내 세력권 내에서 경관한테 폭행한 놈들을 그냥 내버려 둘 수는 없다 그런 말이야. 그런데 스타가 이 사건에 관계하지 않았다는 사실을 우리가 확인하고, 라스베이거스의 작자들은 이 사건에 화를 내고 있었네. 그래서 멘디가 자네를 요리할 만한 놈을 다른 도시에서 데려오려고 스타한테 부탁했을 때, 그들 셋을 보낸 걸세. 스타는 라스베이거스의 경찰 본부장과 같은 기반을 가지고 있네."

나는 고개를 돌려 올즈를 보았다. "사막의 승냥이가 오늘밤 먹이를 얻게 된다는 셈인가? 경사스럽군! 경관이 하는 짓은 훌륭하군. 바니, 내가 싫어하는 경관이 할 짓이라고는 생각할 수 없단 말이야."

"정말 미안하이," 하고 그는 말했다. "실은 자네가 자기 집에 얻어터지러 들어왔을 때는 웃음이 터져 나올 뻔했네. 사실은 이런 방법은 취하고 싶지 않았네. 좋은 역할이라고는 할 수 없지만 끝까지 밀고 나가지 않으면 효과가 없거든. 놈들의 입을 벌리게 하는 데는 자기 입장이 절대 유리하다는 생각을 갖게 하지 않으면 안 된단 말이야. 대단한 부상은 아니겠지만, 어쨌든 자네가 놈들에게 끝까지 당해야 할 필요가 있었네."

"그렇게 되지 않아 미안하군" 하고 나는 말했다.

그는 긴장된 내 얼굴 앞에 자기 얼굴을 내밀었다. "나는 도박꾼을 미워하고 있네. 마약을 팔고 있는 놈과 마찬가지로 미워하고 있네. 놈들은 마약과 비슷한 정도의 해독을 주는 병을 뿌리고 있네. 리노나 라스베이거스에 있는 도박장들이 단순한 즐거움을 위해서 문을 열고 있다고 생각하면 큰 잘못일세. 놈들이 노리고 있는 것은 호주머니의 급료 봉투를 꽉 잡고 전부 뺏어버리는 그런 인간들이야. 부자는 4만 달러 정도 빼앗겨도 웃을 수 있으며, 다시 제 발로 걸어 들어와 태연히 봉이 되어 줄 수도 있네. 그런데 도박장은 부자들로 운영되는 게 아닐세. 진짜 벌이는 10센트짜리 은화나, 25센트짜리 은화나, 50센트짜리 은화란 말이야. 기껏해야 1달러짜리 지폐가 아니면 최고 5달러짜리 지폐 정도야. 커다란 조직의 경우가 되면 목욕탕의 수도꼭지를 틀었을 때처럼 마구 돈이 흘러 들어오네. 그런데 누군가 도박장을 공격의 대상으로 삼으려 하면 그때마다 내가 일을 해야 하네. 좋은 얘기지. 주 정부가 도박장에서 그 일부를 가로채고, 세금이라고 하네. 도박 사업의 심부름을 하고 있는 셈이면서. 이발소 고용인이나 미장원 고용인이 좋은 손님을 노리고 2달러 벌었다고 하자. 그런 돈이 진짜 벌일세. 시민은 정직한 경관을 원하고 있지만 그걸로 이득을 보는 놈이 누군 줄 아나? 회원증을 가지고 있는 작자들이란 말이야. 알겠나? 주의 법률로 인정받고 있는 경마장이 있어. 1년 내내 경마가 성업하네. 법률에 따라 당당하게 경마가 개최되고 주가 이익을 나눠 가네. 그런데 경마장에서 벌리는 돈의 50배나 되는 돈이 뒷거래를 통해서 움직이고 있단 말이야. 레이스는 하루에 8회나 9회야. 반은 아무도 문제삼지 않는 레이스인 경우가 보통이지만 그러한 레이스를 노리고 누군가가 한마디만 하면 당장에 협잡이 생기게 되네. 경마 팬이 이길 수 있는 방법은 한 가지밖에 없지만, 그들의 밑천인 1달러를 눈 깜짝할 사이에 빼돌리는 방법은 부지기수일세. 거리마다 감시원들이 감시하고 있고 부정이라는 걸 알면서도 손을 쓸 수 없게 되어 있단 말이야. 알겠나? 이게 주의 법률로 인정받는 도박일세. 주가 인정하고 있기 때문에 아무도 항의하지 못하네. 하지만 나는 그렇게 생각 않네. 도박은 무슨 이유를 갖다대든 도박이야. 정직하고 공평한 도박이란 절대 없네."

"마음이 좀 시원해졌나?" 하고 나는 상처에 약을 바르면서 말했다. "나는 머리가 낡은 경관일세. 언제나 화를 내고 있을 뿐이야."

나는 머리를 돌려 그를 보았다. "자넨 훌륭한 경관일세, 바니. 하지만 무턱대고 화를 너무 잘 내네. 경관 중에는 자네 같은 인간이 적지 않지만 잘못 생각하고 있는 것 같아. 주사위로 급료를 털려 하거든 도박을 금지시키게. 술 취해서 정신을 잃는 놈이 있거든 술을 금지시키게. 자동차를 충돌시켜 사람을 죽이는 것이 염려되거든 자동차 생산을 금지시키게. 호텔 방에서 여자와 함께 잡히는 놈이 있어서 곤란하거든 성교를 금지시키게. 계단에서 떨어지지 않도록 만들고 싶거든 건축을 금지시키게."

"시시하군!"

"그래, 시시하네. 평범한 한 시민의 의견이거든. 끙끙 앓지 말고 사소한 생각은 하지 말게, 바니. 범죄는 병이 아니야. 일종의 증세에 지나지 않는 걸세. 경관이란 머리가 아프면 아스피린을 주는 의사 같은 존재야. 다만 아스피린 대신에 곤봉으로 치료하려고 덤비는 것뿐이야. 우리는 멋이 없고 거칠고 풍요한 대국의 국민일세.

기나긴 이별

범죄는 우리가 지불하고 있는 희생이야. 언제까지나 없어지지 않을 걸세. 조직적 범죄는, 나라가 풍요롭다는 것을 의미하는 더러운 면의 발로라 생각하면 되는 거야."

"깨끗한 면은 없단 말인가?"

"아직 본 일이 없네. 하란 포터라면 가르쳐 줄지도 모르겠지만 말이야. 한 잔 하세."

"저 문에서 들어왔을 때는 제법 멋있던데" 하고 올즈는 말했다.

"멘디가 나이프를 가지고 덤벼들었을 때의 자네가 더 멋있었네."

"악수하세" 하고 그는 말하고 손을 내밀었다.

우리는 술을 마시고, 그는 그가 비틀어서 연 뒷문으로 나갔다. 그가 어젯밤 여기 들른 것은 부근의 지리나 집 구조를 살피기 위해서였다. 뒷문은 낡은데다 나무가 말라 줄어들어 있었기 때문에 비틀어 열기는 어렵지 않았다. 경첩의 못을 빼는 것만으로 충분했다. 올즈는 나한테 비틀어 연 장소를 가리키고, 차를 세워 둔 언덕 너머로 걸어갔다. 바깥문도 열려고 했으면 열 수 있었지만 자물쇠를 부수지 않으면 안 되었다. 그렇게 했다면 너무 눈에 띄기 쉬웠다.

그가 손전등의 불빛을 따라 수목 사이를 빠져 언덕을 넘어가는 것을 보고 나는 문을 닫고, 알코올이 적은 마실 것을 만들어 거실 의자에 가서 앉았다. 아직 이른 시간이었다. 집에 돌아와서 오랜 시간이 흐른 것처럼 생각되는 것 뿐이었다.

나는 전화기로 가서 롤링 집에 전화를 걸었다. 집사가 누구냐고 물은 다음에 롤링 부인이 집에 있는지 보고 오겠다고 했다. 그녀는 집에 있었다.

"확실히 나는 양이었소" 하고 나는 말했다. "하지만 그들은 호랑이를 생포했어요. 나는 조금 부상했을 뿐 이렇게 무사합니다."

"일단 자세한 얘기를 부탁해야겠군요." 벌써 파리에 간 것 같은 말

붙이기 어려운 말투였다.

"마시면서 얘기해도 좋습니다. 시간이 있으면."

"오늘 밤? 짐을 싸고 있는 중이에요. 오늘 밤은 안 되겠어요."

"그러시겠죠. 다만 알려드리고 싶었을 뿐입니다. 경고해 줘서 고마웠소. 당신 아버지와 관계없는 일이었습니다."

"정말이에요?"

"정말이고말고요."

"잠깐 기다려 주세요." 한참 있다가 돌아오자 훨씬 부드러운 말씨로 바뀌어 있었다. "한 잔 마셔도 되겠어요. 어디서 하지요?"

"어디든 당신 좋은 데서 합시다. 차를 맡겨 두었지만 택시를 부르지요."

"태워 드리러 가지요. 하지만 1시간이나 더 오래 걸릴지도 몰라요. 댁은 어디시죠?"

나는 주소를 알려 주고 전화를 끊었다. 포치의 전등을 켜고, 바깥 입구에 서서 밤공기를 마셨다. 공기는 아까보다 훨씬 차가왔다.

나는 집에 들어가 로니 모건한테 전화를 걸려 했지만, 그를 찾아내지 못했다. 그러다가 문득 생각나서 라스베이거스의 테라핀 클럽에 전화를 걸어 랜디 스타를 찾아봤다. 아마 받지 않으리라고 생각했지만 뜻밖에도 그는 전화를 받았다. 조용하고 침착한 목소리였다. "전화해 줘서 고맙네, 말로우. 테리의 친구는 누구든지 내 친굴세. 나한테 무슨 볼일이라도 있나?"

"멘디가 지금 그쪽으로 가고 있는 중이오."

"어디를 말이야?"

"라스베이거스요. 당신이 빨간 라이트와 사이렌이 달린 커다란 검은 캐딜락으로 보낸 3인조와 함께 가고 있단 말이오. 당신 차가 아니오?"

기나긴 이별

그는 웃었다. "어느 신문기자가 한 말인데, 라스베이거스에서는 캐딜락을 화물 운반용으로 쓰고 있네. 도대체 무슨 말을 하고 있는 건가?"

"멘디가 내 집에서 지독한 꼴을 당했소. 나를 해칠 생각이었소. 신문에 난 어떤 기사를 내가 냈다고 생각하는 것 같더군요."

"자네가 냈나?"

"나는 신문 같은 걸 가지고 있지 않아요, 스타 씨."

"나는 캐딜락을 태울 부하는 데리고 있지 않네, 말로우 군."

"보안관 대리인지도 모른단 말입니다."

"나는 모르겠는데. 아직 얘기가 남아 있나?"

"멘디는 권총으로 나를 때렸소. 나는 그의 배를 차고, 무릎으로 코를 차 올렸지요. 못마땅한 태도였지만 라스베이거스에 도착할 때까지 살려 두고 싶단 말입니다."

"이쪽으로 향했다면 무사히 도착할 거요. 전화를 끊어야겠는데……."

"잠깐 기다려 주소, 스타. 오타토쿠란 문제에 당신도 관계하고 있나요? 그렇지 않으면 멘디 혼자서 한 일인가요?"

"무슨 말 하는 거요?"

"시치미 떼지 마시오, 스타. 멘디가 내 집에 잠복하고 있다가 나를 윌리 매그윈과 같은 꼴을 만들려 한 데는 깊은 까닭이 있을 거요. 놈은 나한테 레녹스 사건에 간섭하지 말라고 경고했소. 그런데 나는 싫든 좋든 관계하지 않을 수 없게 되어 버렸소. 그래서 지금 얘기한 것과 같은 결과가 된 거요. 무언가 깊은 까닭이 반드시 있을 거란 말이오."

"그래?" 하고 그는 말했다. 여전히 침착하고 온화한 음성이었다. "테리의 죽음에 납득이 가지 않는 점이 있다는 말인가? 예를 들면 자살한 게 아니라 누군가의 손에 당했다고……?"

"그 당시의 사정을 자세히 알고 싶소. 그가 썼다는 고백 같은 건 믿을 수가 없어요. 그의 편지가 나한테 배달되었소. 호텔 급사가 몰래 가지고 나가서 부치기로 돼 있었단 말입니다. 테리는 호텔의 어느 한 방에 감금되다시피 해서 밖에 나갈 수가 없다고 했소. 편지에는 거액의 지폐가 동봉되어 있었소. 문에 노크 소리가 들린 데서 글은 끝나 있소. 내가 알고 싶은 것은 방에 들어온 자가 누구였냐 하는 문젭니다."

"왜?"

"만일 급사였다면 테리는 급사였다고 한 줄 더 써 넣을 겁니다. 경관이었다면 편지는 부쳐지지 않았을 거요. 누구였소? 그리고 테리는 왜 고백을 썼느냔 말이오?"

"모르겠네, 말로우. 짐작도 가지 않네."

"그래요, 바쁠 텐데 전화를 걸어서 미안하군요, 스타 씨."

"아니, 자네 목소리를 듣게 되어 기뻤네. 멘디가 알고 있는지 물어보겠네."

"그렇군요……만약 살아 있다면 말이지요. 멘디를 못 만나게 돼도 일단은 조사해 보는 편이 좋을 거요. 누군가가 탐지해 낼지도 모르니까요."

"자네가 말인가?" 목소리는 굳어졌지만 조용한 음성에는 변함이 없었다.

"아니, 스타, 내가 아니오. 당신을 라스베이거스에서 쫓아낼 수 있는 사람이 말이오. 정말이오, 스타. 적당히 꾸며서 하는 말이 아니라. 사실을 말하고 있는 거요."

"멘디는 틀림없이 살아 있네. 걱정하지 말게, 말로우."

"그럴 테지요. 당신은 알고 있다고 생각했소. 잘 계시오, 스타 씨."

49

밖에 차가 서는가 싶더니 문 열리는 소리가 들려, 나는 입구로 나가 계단 위에 섰다. 중년의 흑인 운전기사가 문을 잡고 그녀가 나오는 것을 기다리고 있었다. 그는 여행용 작은 가방을 들고 그녀 뒤를 따라 올라왔다. 나는 그 자리에 서서 기다리고 있었다.

그녀는 계단을 다 올라오자 운전기사를 뒤돌아보았다. "말로우 씨가 호텔까지 태워다 줄 거예요, 에이모스, 수고 많았어요, 내일 아침에 전화할게요."

"알겠습니다, 부인. 말로우 씨한테 몇 마디 질문해도 될까요?"

"좋아요, 에이모스."

그는 가방을 문 안에 놓았다. 그녀는 내 옆을 지나 안으로 들어가고 우리 둘만 남았다.

"'나는 나이 들었다…… 나는 나이 들었다…… 바지 끝을 접어 입어야지'——이 말은 무슨 뜻입니까, 말로우 씨?"

"별로 이렇다 할 뜻은 없네. 재치 있는 문구이긴 하지만."

그는 미소를 띠었다. "J.A. 프루프록의 〈사랑의 노래〉에 나오는 문구입니다. 또 한 가지 있습니다. '방에서는 여자들이 드나들고 있다. 미켈란젤로의 얘기를 하면서'——이 문구에서 무언가 생각나는 것이 있으십니까?"

"있네. 그 글을 쓴 놈은 여자를 잘 모르네."

"제 감상도 마찬가집니다. 그런데도 저는 T.S. 엘리어트를 무척 경애하고 있습니다."

"지금 '그런데도'라고 했나?"

"분명히 그렇게 말했습니다, 말로우 씨. 잘못이라도 있습니까?"

"아니 잘못은 없지만 부자 앞에서는 그런 말은 쓰지 말게. 깔보고 있다고 생각할지 모르네."

그는 쓸쓸하게 웃었다. "전혀 생각지 못했습니다. 무슨 사고라도 있었습니까?"

"그렇지 않네. 다치기로 정해져 있었네. 잘 가게, 에이모스."

"안녕히 계십시오."

그가 계단을 내려가고 나는 집 안에 들어왔다. 린다 롤링은 주위를 돌아보면서 거실 한가운데에 서 있었다. "에이모스는 하버드 대학을 나왔어요" 하고 그녀는 말했다. "위험한 직업을 가진 사람에게는 별로 안전한 곳이라고 할 수 없군요."

"안전한 장소란 존재하지 않는 겁니다."

"어머, 딱하게도! 굉장한 얼굴이군요. 누가 그랬어요?"

"멘디 메넨디스."

"당신은 그를 어떻게 하셨어요?"

"별로 심한 짓은 안 했소. 두 번 정도 발길로 찼을 뿐이야. 그놈은 함정에 뛰어 들어왔다가 지금 보안관 대리와 같이 네바다로 가고 있어. 그놈 일은 잊어버려요."

그녀는 소파에 앉았다.

"뭘 드실까?" 하고 나는 물었다. 담배 상자를 들어 그녀 앞에 내밀었다. 그녀는 피우고 싶지 않다고 했다. 마실 것은 뭐든지 좋다고 했다.

"샴페인을 생각하고 있었소"라고 나는 말했다.

"얼음통은 없지만 샴페인은 찰 거요. 오랜 동안 보관해 둔 것이 두 병 있는데, 골든 루즈라는 거지. 물건은 좋은 거라 생각하지만, 나는 그런 걸 잘 모르거든."

"뭣 때문에 보관해 두셨어요?" 하고 그녀가 물었다.

"당신을 위해서지."

그녀는 미소를 띠었지만 믿을 수 없다는 듯이 내 얼굴을 가만히 쳐다보았다. "말솜씨가 좋으시군요." 그녀의 손가락이 조용히 뻗어 오더니 내 뺨에 가볍게 닿았다. "저를 위해서 보관해 두셨다구요? 이상한데요. 우리가 알게 된 지 2개월밖에 안 되는데."

"언젠가는 만나게 될 것이라 생각하고 보관해 두었던 거요. 어쨌든 가져오리다." 나는 그녀의 여행가방을 들고 방에서 나가려 했다.

"그걸 가지고 어디 가시려는 거지요?" 하고 그녀는 강한 음성으로 말했다.

"당장에 쓸 것이 들어 있는 게 아니오?"

"가방을 두고 여기 오세요."

나는 그녀의 말대로 했다. 그녀의 눈이 빛나고 있었다. 그러나 졸음이 있는 것 같기도 했다.

"생각지도 않았던 새로운 경험이에요," 하고 그녀는 천천히 말했다. "지금까지 이런 일은 전혀 없었어요."

"왜?"

"당신은 이제까지 내 몸에 손가락 하나 대지 않았어요. 이상한 눈으로 본 일도 없었고, 뜻있는 말을 한 적도 없으며, 손으로 장난도 치지 않았고……아무 짓도 안 했어요. 빙퉁그러지고, 심술궂고, 비꼬기만 하고, 차가운 그런 사람인 줄로만 알았어요."

"그 말이 맞지, 가끔은."

"그래서 제가 여기 왔으니 샴페인으로 적당히 취하게 한 다음, 저를 잡아 침대로 끌고 가려고 하는 걸까요, 그런 생각이 아닌가요?"

"정직하게 말하지" 하고 나는 말했다. "그런 생각이 없었던 것도 아니지요."

"영광이군요. 하지만 제가 싫다고 하면 어떻게 되지요? 저는 당신을 좋아해요. 무척 좋아해요. 하지만 그렇다고 해서 제가 당신하고 잠자리를 같이 하고 싶다고 생각하는 건 아니에요. 어쩌다 제가 늘 쓰는 물건들을 여행가방에 넣고 왔기 때문에 지레짐작한 게 아닌가요?"

"잘못 생각했는지도 모르겠군" 하고 나는 말했다. "샴페인을 가져오지."

"기분을 상하게 해 드릴 생각은 없어요. 샴페인은 좀더 축하할 가치가 있을 때를 위해서 그대로 두는 편이 좋지 않을까요?"

"두 병밖에 없어요," 하고 나는 말했다. "정말 축하할 가치가 있는 경우라면 1다스는 있어야지 두 병 가지고는 어림도 없어."

"그 말이 본심이었군요," 하고 그녀는 화를 내면서 말했다. "저는 더 아름답고 매력 있는 여자가 나타날 때까지의 대용품이었군요. 고마운 행복인데요. 별로 재미는 없으나 여기 있어도 안전하다는 걸 알게 된 것이 고맙군요. 제가 샴페인 한 병으로 정신을 잃을 거라고 생각했다면 큰 잘못이에요."

"그 잘못은 벌써 인정하고 있소."

"남편과 이혼한다고 했고, 여행가방을 들고 에이모스한테 운전시켜 여기까지 오니까 곧 자기 물건이 된다고 간단히 생각했군요?" 아직 화가 풀리지 않은 말투였다.

"여행가방이 어떻다는 거야!" 하고 나는 소리쳤다. "여행가방 같은 건 아무래도 좋아! 다시 말했다간 가방을 계단 밑으로 내던져 버릴 테다. 나는 술을 마시자고 했을 뿐이란 말이야. 주방에 가서 술을 가져온다는 것뿐이야. 당신을 취하게 하고, 어떻게 하겠다는 생각은 손톱만큼도 안 했소. 당신은 나와 잠자리를 같이 하겠다는 생각 따위 물론 없소. 잘 알고 있단 말이야. 그리고 나와 잠자

기나긴 이별 417

리를 같이할 필요 같은 건 전혀 없소. 하지만 샴페인 한두 잔쯤 같이 마셨다고 해서 나쁠 건 없지 않아? 언제 어디서 누가 샴페인을 몇 잔 마시게 하고 유혹했다는 시시한 말다툼을 하고 있어 봤자 아무 이득도 없단 말이야."

"그렇게 열을 올리실 것 없지 않아요?"라고 그녀는 말하며 얼굴을 붉혔다.

"체스의 묘수풀이와 같은 거야"라고 나는 소리쳤다. "전부해서 50가지 정도 알고 있지만, 모두 재미가 없소. 전부가 속임수로 상대방의 허점을 노리는 방법뿐이야."

그녀는 일어나서 내 곁으로 오더니, 내 얼굴의 상처와 부어오른 곳을 손가락 끝으로 부드럽게 쓰다듬었다. "용서하세요. 저는 세상일에 지치고 환멸을 느끼고 있는 여자예요. 부탁이에요. 다정하게 대해 주세요. 보잘것없는 여자예요."

"지쳐 있다니 말도 안 되는 소리야. 환멸을 느끼다니 어림도 없는 소리. 사실 당신이야 동생처럼 곧 다른 남자와 잠자리를 같이 해 버리는 장난꾸러기 여자가 되어 있어도 조금도 이상할 게 없단 말이야. 어떤 기적이 있었는지는 몰라도 당신은 그런 여자가 아니야. 정직하고, 마음을 속이지 않고, 당신 집안 사람들 특유의 강한 기질도 충분히 지니고 있는 여자야. 아무한테서도 위로받을 필요는 없는 그런 여자야."

나는 몸을 획 돌려 방을 뛰어나가 주방으로 가서, 냉장고 안의 샴페인을 꺼내다가 마개를 뽑고 글라스 두 개에 찰랑찰랑하게 따른 뒤 그 하나를 단숨에 들이켰다. 혀를 찌르는 강렬한 자극이 눈물을 흘리게 했지만, 단숨에 마시고 다시 따랐다. 그런 다음 병과 글라스를 쟁반에 올려 거실로 들고 갔다.

그녀는 없었다. 여행가방도 없어졌다. 나는 쟁반을 놓고 바깥문을 열었다. 문이 열리는 소리도 들리지 않았고 차도 없지 않았는가? 아무 소리도 들리지 않았다. 갑자기 그녀의 목소리가 등 뒤에서 들려왔다. "바보로군요! 도망간 줄 아셨어요?"

나는 문을 닫고 뒤돌아보았다. 그녀는 머리를 길게 늘어뜨리고, 맨발로 깃털이 달린 슬리퍼를 신고, 일본 판화의 아름다운 저녁놀 같은 실내복을 입고 있었다. 그리고 부끄러운 듯한 미소를 띠면서 천천히 나에게 다가왔다. 나는 글라스를 내밀었다. 그녀는 글라스를 받고 샴페인을 두 모금 입 안에 머금고 글라스를 나한테 도로 주었다.

"참 맛있어요" 하고 그녀는 말했다. 그리고 매우 자연스럽게 내 팔에 안기어 입술을 내 입술에 갖다 대고, 입술을 벌리고 이를 벌렸다. 그녀의 혀끝이 내 혀끝에 닿았다. 길고 긴 시간이 흐른 다음에 머리를 뒤로 뺐지만, 팔은 내 목을 감고 있었다. 황홀하여 초점을 잃은 듯한 눈동자였다.

"안기고 싶었어요," 하고 그녀는 말했다. "하지만 쉽게는 안기고 싶진 않았어요. 왜 그랬는지 모르겠어요. 사실은 이런 짓을 하는 여자는 아니에요. 그렇게 생각지 않았어요?"

"쉽게 몸을 맡길 여자라고 생각했다면 '빅터'에서 처음 만났을 때 유혹했을 거요."

그녀는 조용히 머리를 흔들고 웃음을 띠었다.

"저는 그렇게 생각 안 해요. 그래서 여기 와 있는 거예요."

"그렇군. 그날 밤은 유혹하지 않았을지도 모르지," 하고 나는 말했다. "그날 밤은 더 중요한 일이 있었어."

"바에서 윙크 같은 걸 던져 본 일이 있지 않아요?"

"별로 없어. 조명이 너무 어두워서 말이야."

"하지만 남자가 말을 걸어오는 걸 기대하고 바에 가는 여자가 적지 않아요."

"아침에 일어나면서부터 그런 생각을 하는 여자도 많이 있을 거요."

"하지만 역시 술을 최음제라고 하잖아요."

"의사가 그런 말을 했나요?"

"누가 의사 얘기 같은 걸 한댔어요? 내가 샴페인을 마시고 싶다구요."

나는 다시 그녀 입술을 찾았다. 달콤하고 즐거운 기분이었다. "당신의 불쌍한 뺨에 키스하고 싶어요"라고 그녀는 말하고 내 뺨에 키스했다.

"열이 대단해요" 하고 그녀는 말했다.

"그 밖의 곳은 전부 차게 얼어 있지요?"

"그럴 리는 없어요. 샴페인을 안 주실 건가요?"

"그렇게 마시고 싶소?"

"마시지 않으면 기분이 안 나요. 그리고 혀끝을 자극하는 그 맛이 무척 좋아요."

"알았소."

"저를 사랑하고 있나요? 그렇지 않으면 잠자리를 같이 하면 사랑해 주실 건가요?"

"좋아질 것 같군."

"싫은 걸 억지로 같이 잘 건 없어요. 꼭 같이 자 달라고는 안 해요."

"고맙소."

"샴페인을 주세요."

"얼마나 돈을 가지고 있소?"

"전부해서요? 그런 걸 어떻게 알아요. 8백만 달러 정도 될까요……?"

"같이 자기로 작정했소."
"돈이 목표인가 보군요"라고 그녀는 말했다.
"샴페인을 냈지 않소?"
"고작 샴페인으로?" 하고 그녀는 말했다.

50

한 시간 정도 지나서 그녀는 알몸의 팔로 내 귀를 간질이면서 말했다. "저하고 결혼할 생각은 없으세요?"
"6개월도 못 갈 거요."
"그게 무슨 상관 있어요?"라고 그녀는 말했다. "시도해 볼 만한 가치가 있다고 생각 안 하세요? 당신은 인생을 어떻게 생각하고 계세요? 위험한 일은 아무것도 안 할 생각이세요?"
"나는 올해 마흔 두 살이 되기까지 자신만 의지하고 살아 왔소. 그렇기 때문에 결국 착실하고 정상적인 생활을 못 하게 되어 버렸소. 이러한 점에서 생각할 때, 당신도 역시 어느 정도는 착실하다고 할 수 없소. 나와는 달리 돈 때문이었지만."
"저는 서른 여섯이에요. 돈이 있다는 것은 치욕이 아니며, 돈과 결혼하는 것도 치욕이라 할 수 없어요. 돈이 있는 사람은 대체로 돈을 가질 만한 자격이 없는 사람으로, 어떤 식으로 돈을 써야 좋을지도 모르고 있어요. 하지만 오래 가지는 않을 거예요. 다시 한 번 전쟁이 일어나고, 그 전쟁이 끝나면 도둑놈과 사기꾼 외에는 아무도 돈을 안 가지고 있어요. 세금으로 전부 빼앗겨 버리고 한 푼도 없게 된단 말이예요."
나는 그녀의 머리를 쓰다듬고 그 일부를 손가락에 감았다. "당신 말이 맞는지도 모르겠군."
"함께 비행기로 파리에 가서 즐겁게 놀 수 있어요." 그녀는 한쪽 팔꿈치를 짚고 몸을 일으켜 내 얼굴을 내려다보았다. 눈동자가 빛나는 건 보였지만 표정은 읽을 수 없었다. "결혼에 반대할 만한 이유가 있나요?"

"백 명 중에 두 명에게는 멋진 일이지. 그리고 나머지 98명에게는 형식에 지나지 않단 말이야. 20년쯤 지나면 남자에게 남겨지는 것은 차고 안의 의자 정도뿐이야. 미국 여성은 아무리 생각해도 너무 제멋대로 생각하고 생활한단 말이야."

"샴페인이 마시고 싶어요."

"게다가," 하고 나는 말을 계속했다. "당신에게는 결혼과 이혼이 대수롭지 않은 일이야. 누구든지 최초의 이혼 때는 고민하겠지만 두 번, 세 번이 되면 경제적 문제만이 남게 된단 말이야. 그렇지만 당신한테는 그것도 문제되지 않을 거요. 10년 후쯤 되어 거리에서 나와 스치고 지나가도 어디서 만난 적이 있는 남자라고 생각할 정도일 거야. 그것도 내가 눈에 띄었을 때 일이지만."

"어처구니가 없군요. 어떻게 할 수 없는 멍청이에요. 샴페인이나 주세요."

"이런 교제를 하고 있으면 당신도 꼭 배우게 될 거요."

"대단한 자신이군요. 제가 당신을 기억한다고 생각하세요? 여러 남자와 결혼해도, 여러 남자와 잠자리를 같이 해도, 당신만을 기억하리라 생각하세요? 왜 당신만을 기억해야 하나요?"

"내가 졌어. 말이 좀 심했던 것 같군. 샴페인을 가지고 오겠소."

"우리들, 좋은 짝이라 생각 안 하세요?"라고 그녀는 장난기 섞인 말투로 말했다. "전 부자예요. 앞으로도 얼마나 재산이 불어날지 몰라요. 만약 살 가치가 있다면 이 세계라도 사 드릴 수 있어요. 당신은 뭘 가지고 계세요? 집에 돌아와 봤자 개나 고양이가 있는 것도 아니고, 사무실이라야 숨이 막힐 정도로 작고…… 저와 이혼한 다음이라도 이런 생활은 하지 않아도 돼요."

"어떤 생활을 하든 내 멋대로야. 나는 테리 레녹스가 아냐."

"부탁이에요. 그 사람 얘기는 하지 마세요. 웨이드의 부인 얘기도 하지 말아 줘요. 물론 가련한 주정뱅이 웨이드의 얘기도. 당신은 나를 차버린 단 한 명의 남자가 되고 싶으세요? 그게 그렇게도 자랑할 수 있는 것이라 생각하세요? 제가 이렇게 말하고 있는 뜻을 이해 못 하세요? '결혼해 주세요' 라고 말하고 있는 거예요."

"이미 그 이상의 것을 해 주었다오."

그녀는 울기 시작했다. "바보! 바보!" 뺨에 눈물이 흘렀다. 눈물은 내 뺨에까지 흘러 내려왔다. "반년이나, 그렇지 않으면 1년이나 2년쯤 같이 산다고 해서 당신한테 무슨 손해가 있어요? 먼지투성이의 사무실 책상이나, 항상 먼지가 끼여 있는 창문의 블라인드나, 외톨박이이의 쓸쓸한 생활이 그렇게도 고맙게 생각되세요?"

"아직 샴페인이 마시고 싶소?"

"들겠어요."

나는 그녀를 끌어당겼다. 그녀는 내 어깨에 얼굴을 파묻고 울었다. 나를 사랑하고 있는 것이 아니었다. 우리는 서로 그것을 알고 있었다. 그녀는 나를 위해서 울고 있는 것이 아니었다. 눈물을 흘리고 싶었을 뿐이었다.

얼마 후 그녀가 몸을 빼고, 나는 침대에서 나왔다. 그녀는 얼굴을 고치기 위해 욕실로 갔다. 나는 샴페인 병을 가져왔다. 욕실에서 돌아온 그녀는 웃음을 띠고 있었다.

"울기까지 해서 미안해요" 하고 그녀는 말했다.

"6개월 정도 지나면 아마 당신 이름도 기억하고 있지 않을 거예요. 거실로 갖다 주세요. 밝은 곳이 더 좋아요."

나는 그녀의 말대로 했다. 그녀는 먼젓번처럼 소파에 앉았다. 나는 샴페인을 앞에 놓았지만 그녀는 글라스만 보았을 뿐 손을 대지 않았다.

"함께 마십시다"라고 나는 말했다.

"아까처럼?"

"아까 같은 일은 두 번 다신 없을 거야."

그녀는 샴페인의 글라스를 눈앞에 들어 올리고 천천히 입을 대고 조금 마시더니 몸을 옆으로 돌렸는가 생각되자, 나머지 샴페인을 내 얼굴에 끼얹었다. 그리고 다시 울기 시작했다. 나는 손수건을 꺼내 얼굴을 닦고 그녀 얼굴도 닦아 주었다.

"왜 그런 짓을 했는지 모르겠어요"라고 그녀는 말했다. "하지만 여자는 언제나 자기가 하고 있는 일을 모른다고는 말하지 마세요."

나는 그녀의 글라스에 샴페인을 다시 따라주고 웃어 보였다. 그녀는 글라스에 천천히 입을 대고 몸을 돌리더니 내 무릎에 몸을 던졌다.

"지쳤어요" 하고 그녀는 말했다. "이번엔 안아만 주세요."

잠시 후 그녀는 잠들었다.

아침이 되어 내가 침대에서 일어나 커피를 끓이고 있을 때까지 그녀는 자고 있었다. 나는 샤워를 하고, 면도한 다음 옷을 입었다. 그녀가 일어나서 함께 아침을 먹었다. 나는 택시를 불러 그녀의 가방을 들고 계단을 내려갔다.

우리는 이별의 인사를 나누었다. 차가 모퉁이를 돌아가는 것을 본 다음에 계단을 올라가 곧 침실에서 침대를 정리했다. 베개 위에 새까만 머리카락 한 개가 남아 있었다. 뱃속에 납덩이를 삼킨 듯한 기분이었다.

이런 경우 프랑스어에는 좋은 말이 있다. 프랑스인은 어떤 경우든 알맞은 말을 지니고 있고, 그 표현은 늘 적절하다.

──안녕이라고 말하는 것은 잠시 동안 죽는다는 것이다.

51

수웰 엔디코트는 늦게까지 일이 있으니 7시 반경에 와 달라고 했다.

건물 모퉁이에 있는 그의 사무실에는 하늘색 융단이 깔려 있고, 분명히 골동품적인 가치가 뛰어나다고 생각되는 네 귀퉁이에 조각이 들어간 빨강 마호가니 책상이 놓여 있고, 유리문으로 된 책장에는 겨자빛의 법률 서적이 열을 지어 꽂혀 있었다. 벽에는 유명한 영국의 판사들을 그린 만화와 올리버 W. 홈즈 판사의 커다란 사진이 걸려 있었다. 엔디코트의 의자는 가죽이 씌워져 있었다. 그 앞에 서류가 산처럼 쌓인 책상이 있었다. 실내 장식가가 손을 댈래야 댈 수 없는 그런 사무실이었다.

그는 와이셔츠 바람으로, 피로한 것 같았지만 요전 날과 마찬가지로 친절한 표정을 보이고 있었다.

정말 맛없다는 표정으로 담배를 피우자, 재가 느슨하게 풀린 넥타이 위로 떨어졌다. 부드러운 검은 머리가 텁수룩했다.

내가 의자에 앉자, 그는 가만히 나를 응시했다. 그리고 입을 열었다. "자네처럼 집념이 강한 인간은 별로 없네. 아직까지도 그 사건을 쑤시고 있나?"

"약간 마음에 걸리는 게 있어서 말입니다. 당신이 유치장으로 나를 찾아오신 건 하란 포터 씨의 대리였다고 생각해도 좋습니까?"

그는 끄덕였다. 나는 손가락 끝을 가볍게 뺨에 댔다. 상처는 완전히 낫고 부기도 빠졌지만, 신경의 일부가 어떻게 되었는지 뺨에 감각이 없는 곳이 있었다.

"그리고 오타토쿠란에 가신 건 지방검사 대리로서였나요?"

"자네 말대로지만 나를 책망할 것은 없네, 말로우. 포터 씨와 알게 되다는 건 무척 고마운 일이었네. 어쩌면 너무 중대하게 생각했는지도 모르지만 말이야."

"지금은 연락이 있나요?"

그는 머리를 가로 흔들었다. "아니, 그때 일로 끝났네. 포터 씨는 법률에 관한 사무를 샌프란시스코와 뉴욕, 워싱턴의 법률 사무소를 통해서 하고 있네."

"그는 내가 쉽게 손을 떼지 않는 것을 기분 좋게 생각하지 않는 것 같습니다."

엔디코트는 웃음을 띠었다. "이상한 일이지만 그는 사위인 롤링 박사한테 모든 죄를 씌우고 있네. 하란 포터와 같은 인간은 누군가에게 죄를 뒤집어씌우지 않으면 안 되게 되어 있네. 자기 잘못을 자인할 수는 없고, 롤링이 그 여자한테 위험한 약을 주지 않았더라면 아무 일도 일어나지 않았다고 생각하고 있단 말이야."

"그건 틀림없습니다. 당신은 오타토쿠란에서 테리 레녹스의 시체를 보셨나요?"

"봤네. 나무통을 만드는 가게 뒷방에 놔두었더군. 거기엔 시체 안치소 같은 건 없네. 나무통 가게에서 관을 만드네. 시체는 얼음에 채워 두었더군. 관자놀이에 상처가 있었어. 본인인지 아닌지를 자네가 의심하고 있다면, 그 점은 전혀 문제삼을 수 없네."

"의심하고 있지 않습니다, 엔디코트 씨. 그의 경우 잘못 볼 일은 절대 있을 수 없거든요. 하지만 조금은 변해 있었겠지요?"

"얼굴과 손이 거무스름해지고 머리가 검게 염색되어 있었네. 하지만 상처 자국은 분명히 보였네. 그리고 지문도 맞았고."

"그곳 경찰의 태도는 어땠습니까?"

"유치하기 그지없더군. 서장은 겨우 읽고 쓸 줄 아는 정도였네. 그렇지만 지문에 대한 문제는 잘 알고 있더군. 무척 더웠네. 견딜 수 없을 정도로 더운 곳이었지." 그는 이마에 주름을 잡고 입에서 담배를 떼자, 커다란 돌 재떨이에 귀찮다는 듯이 던졌다. "호텔에서 얼음을 가져와야 했네"라고 그는 덧붙였다. "굉장히 많이 가져왔네. 방부제로 처리할 생각은 할 수도 없었어. 모든 일을 급히 서둘러 끝내야만 했거든."

"스페인어를 하실 줄 아십니까, 엔디코트 씨?"

"단어를 조금 알고 있을 뿐이지. 호텔 지배인이 통역해 주었네." 그는 웃음을 띠었다. "깔끔한 차림의 눈치가 빠른 사나이였네. 보통내기는 아닌듯 했지만 무척 친절하여 몸을 아끼지 않고 도와주더군. 모든 일이 쉽게 끝났어."

"나는 테리한테서 편지를 받았습니다. 아마 포터 씨는 알고 있을 겁니다. 그의 딸인 롤링 부인한테 내가 말했고, 편지도 보였습니다. 매디슨의 초상이 동봉되어 있었지요."

"뭐라구?"

"5천 달러짜리 지폐 말입니다."

그는 눈썹을 치켜올렸다. "5천 달러라고? 아니, 그 정도의 돈은 레녹스한테는 아무것도 아니었을 거야. 두 번째로 결혼했을 때, 부인한테서 25만 달러나 받았거든. 그런 사건이 없었다 해도 멕시코에 가서 살 생각이었던 것 같더군. 그 돈이 어떻게 되었는가는 나도 모르네. 아무 말도 들은 얘기가 없단 말이야."

"편지가 여기 있습니다, 엔디코트 씨. 읽어 보시겠습니까?"

나는 편지를 꺼내 그에게 건네주었다. 그는 변호사가 서류를 읽을 때처럼 신중하게 읽었다. 다 읽고 나자 편지를 책상 위에 놓고 의자에 몸을 파묻고 허공을 응시했다.

"약간 문학적이군," 하고 그는 조용히 말했다. "왜 그랬는지 모르겠군?"

"자살한 것 말입니까, 그렇지 않으면 고백서를 쓴 것 말입니까? 그것도 아니면 나한테 편지를 보낸 것 말입니까?"

"물론 고백하고 자살한 것 말이지" 하고 엔디코트는 힘주어 말했다. "편지를 쓴 기분은 이해할 수 있네. 적어도 자넨 그에게 보수를 받을 만하지."

"우체통이 납득이 안 갑니다," 하고 나는 말했다. "창문 밑의 거리에 우체통이 있고, 호텔 급사가 편지를 넣기 전에 테리한테 보이게 한다고 씌어 있는 부분 말입니다."

"왜 그게 마음에 걸리나?" 하고 엔디코트는 별로 관심이 없는 듯한 말투로 물었다. 그리고 필터가 달린 담배를 네모 상자에서 집어냈다. 나는 책장 너머로 라이터를 내밀었다.

"오타토쿠란 같은 곳엔 우체통이 없지 않은가요?"라고 나는 말했다.

"그래서?"

"아무래도 석연치 않아서 조사해 봤더니 작은 마을이더군요. 인구는 1000명에서 1200명 정도고, 도로는 하나밖에 없고, 포장도 일부분밖에 안 되어 있습니다. 서장 차는 구식 포드고, 우체국은 정육점 한 귀퉁이에 있습니다. 호텔이 하나, 술집이 둘, 국도는 없습니다. 작은 비행장이 하나 있는데, 부근의 산에서 사냥을 할 수 있기 때문에 비행장이 있는 겁니다. 비행기를 타고 가는 방법 외에는 길다운 길도 없는 곳입니다."

"사냥할 수 있다는 건 나도 알고 있네."

"그러니 거리에 우체통이 있을 리 없다는 겁니다. 경마장이나, 개 경주장, 골프 코스, 하이 알라이(*스페인의 대표적 구기 운동*), 오색 분수와 밴드의 연주장이 있는 공원이 있다는 말과 똑같은 얘기니까요."

"그가 착각했던 거겠지" 하고 엔디코트는 시원스럽게 말했다. "우체통으로 보였던 것이 있었겠지. 휴지통이나 뭔가."

나는 일어났다. 편지를 접어서 호주머니에 넣었다.

"휴지통이 말이지요" 하고 나는 말했다. "참 좋은 걸 생각해 내셨군요. 멕시코식으로 녹색과 흰색, 그리고 빨강색으로 칠해져 있고, 커다란 글씨로 '우리들의 거리를 깨끗이 합시다'라고 씌어져 있겠지요. 물론 스페인어로 말입니다. 그리고 더러운 개가 7마리 그 주위에 엎드려 뒹굴고 있었겠지요."

"농담으로 듣지 말게, 말로우."

"기분을 상하게 했으면, 용서하십시오. 또 하나 납득되지 않았던 문제는 랜디 스타한테 물어봤습니다. 편지가 어떤 식으로 넣어졌느냐 하는 문제입니다. 편지 내용에 의하면 넣는 방법은 사전에 상의되어 있었다고 볼 수 있습니다. 다시 말해서 누군가 그에게 우체통이 있다는 말을 했다는 겁니다. 누군가 거짓말한 거지요. 그런데도 불구하고 5천 달러짜리 지폐가 동봉된 편지가 넣어져 있습니다. 이상하게 생각되지 않습니까?"

그는 담배 연기를 내뿜고 연기가 사라져 가는 것을 보고 있었다.

"그래서 자네 결론은 뭔가? 그리고 왜 스타한테 물었나?"

"스타와 이 도시에서 쫓겨난 메넨디스란 깡패는 영국 육군에 있을 무렵 테리와 함께 있었습니다. 둘 다 성실한 시민이라고는 할 수 없는 인간이지만, 그들에겐 그들 나름의 체면이 있습니다. 그들은 어떤 뚜렷한 이유 때문에 어떤 종류의 얼버무리기 공작을 진행했습니다. 그리고 전혀 다른 이유로 오타토쿠란에서도 어떤 종류의 공작이 진행된 겁니다."

"그래서 자네 결론은?" 하고 그는 다시 물었다.

"당신의 결론은?"

그는 대답하지 않았다. 나는 일부러 시간을 내준 데에 대해 고맙다는 인사를 하고 그곳을 떠났다.

내가 문을 열었을 때 그는 못마땅한 얼굴을 하고 있었는데, 나는 수수께끼가 풀리지 않는 것을 정직하게 표정에 나타낸 것이라고 생각했다. 또는 호텔 밖이 어떻게 되어 있었는가, 정말 우체통이 없었을까, 하고 생각해 내려고 하고 있었는지도 모른다.

그로부터 1개월 동안 아무 일도 일어나지 않았다.

1개월이 지난 어느 금요일 아침, 낯선 남자가 사무실에서 나를 기다리고 있었다. 단정한 옷차림의 이 사람은 멕시코인이 아니면, 미국 남부의 사람처럼 생각되었다. 냄새가 짙은 갈색 담배를 피우면서 열어 놓은 창문가에 앉아 있었다. 키가 크고 날씬한 몸매로 까만 수염을 깨끗이 다듬고, 검은 머리를 약간 길게 기르고, 성기게 짠 얇은 갈색 양복을 입고, 녹색 선글라스를 쓰고 있었다. 내 모습을 보자 정중한 태도로 일어섰다.

"말로우 씨입니까?"

"무슨 일이십니까?"

그는 나에게 검은 종이를 내놓았다. 그리고 스페인어로 말했다.

"라스베이거스의 스타 씨의 소개장입니다. 스페인어를 아십니까?"

"좀 알기는 하지만 빠른 말로 하면 알아듣지 못합니다. 영어가 편하지요."

"그럼 영어로," 하고 그는 말했다. "나는 어느 편이나 지장이 없습니다."

나는 그 종이쪽지를 받아 읽었다. "저의 친구 시스코 마이오라노스 군을 소개합니다. 얘기를 들어 보십시오. 도움이 되실 겁니다."

"안으로 들어가시지요, 마이오라노스 씨."

나는 그를 위해 문을 열었다. 그가 내 곁을 스치고 갔을 때 향수 냄새가 났다. 눈썹이 무척 아름답고 고상했다. 그러나 양쪽 뺨에 칼자국이 있는 것을 보면 보기보다 고상한 인간은 아닌 듯했다.

52

그는 손님용 의자에 앉아 한쪽 발을 무릎 위에 올려놓았다. "레녹스 씨에 대해서 아시고 싶은 것이 있다는 말을 들었습니다만……?"
"마지막 장면뿐입니다."
"그때 저도 현장에 있었습니다. 그 호텔에 고용되어 있었지요." 그는 어깨를 들먹였다. "하찮은 일을 하고 있었지요, 물론 일시적이었지만, 낮 동안만 지배인을 맡고 있었습니다." 완전한 영어였으나 스페인어의 사투리가 있었다. 스페인인은, 즉 미국에 있는 스페인인은 미국인의 귀에는 아무런 뜻도 지니고 있지 않은 억양을 붙여서 말한다. 마치 파도의 물결과 흡사하다.
"당신은 그런 일을 할 만한 사람으로 보이지 않는군요"라고 나는 말했다.
"그땐 형편이 좀 안 좋아서……."
"나한테 편지를 부친 사람은 누구입니까?"
그는 담뱃갑을 꺼냈다. "한 대, 어떻습니까?"
나는 머리를 가로저었다. "너무 독합니다. 콜롬비아 담배는 좋아하지만 쿠바 담배는 피우지 못합니다."
그는 희미하게 미소 짓고 담배에 불을 붙이자 연기를 토해 냈다. 한 치의 빈틈도 없는 거동이 나로 하여금 짜증나게 했다.
"편지에 관한 일은 잘 알고 있습니다. 감시원이 배치된 다음부터 급사가 레녹스 씨의 방에 가기를 두려워했기 때문에 내가 우편국에 편지를 가져갔습니다. 권총 소동이 일어난 뒤였습니다."

"내용을 보실 걸 그랬습니다? 거금이 들었는데 말입니다."

"편지는 봉해져 있었습니다" 하고 그는 쌀쌀하게 말했다. "스페인에는 '명예는 게처럼 옆으로 기지 않는다'라는 속담이 있습니다."

"실언했습니다. 얘기를 계속해 주십시오."

"내가 방에 들어가 문을 닫았을 때 레녹스 씨는 왼손에 백 페소짜리 지폐를 가지고 있었습니다. 오른손에는 권총이 쥐어져 있었지요. 눈앞의 테이블에 편지가 있더군요. 다른 종이도 하나 있었지만 나는 읽지 않았습니다. 나는 지폐를 거절했지요."

"너무 액수가 많아서였군요"라고 내가 말했지만, 그는 나의 야유에 아무런 반응도 보이지 않았다.

"그는 꼭 받아 달라고 했습니다. 아무리 거절해도 소용없었기 때문에 일단 받기는 했습니다만, 나중에 급사한테 주어 버렸습니다. 편지는 커피를 가져왔던 쟁반의 냅킨 아래 감추어 가지고 나왔지요. 감시하고 있던 형사는 내 얼굴을 뚫어지게 쳐다봤지만 아무 말도 하지 않았습니다. 계단을 반쯤 내려왔을 때 총성이 들렸습니다. 급히 편지를 감추고 2층으로 뛰어올라갔습니다. 형사가 문을 발길로 차서 뚫고 들어가려고 하더군요. 내가 열쇠로 문을 열었습니다. 레녹스 씨는 이미 죽어 있더군요."

그는 책상 끝을 손가락 끝으로 만지며 깊은 숨을 토해 냈다. "그 뒤의 일은 아실 걸로 생각합니다."

"호텔엔 손님이 많았습니까?"

"아니, 손님은 여섯 명뿐이었습니다."

"미국인은?"

"두 사람 있었습니다. 사냥하러 와 있었지요."

"진짜 미국인이던가요, 그렇지 않으면 미국에 이주한 멕시코인이던가요?"

그는 엷은 갈색 양복의 무릎 위 근처를 손가락 끝으로 가볍게 쳤다. "한 명은 분명히 스페인계인 것 같았습니다. 국경 부근에서 사용되는 스페인어로 말하더군요. 무척 교양 있어 보였습니다."

"그들은 레녹스의 방 근처에 가지 않았던가요?"

그는 표정을 굳히고 얼굴을 들었으나 녹색 안경에 감추어진 눈빛을 볼 수는 없었다. "갈 이유가 없지 않습니까?"

나는 끄덕였다. "일부러 찾아주셔서 감사합니다, 마이오라노스 씨. 란디한테 안부 전해 주십시오."

"저한테 감사하실 건 없습니다."

"그리고 기회가 있으면 이치에 맞는 얘기를 해줄 수 있는 사람을 보내 달라고 전해 주시겠습니까?"

"뭐라구요?" 말은 부드러웠으나 말씨는 차가왔다. "내 얘기를 못 믿으시나요?"

"당신들은 무슨 일만 있으면 명예를 건다고 말하지만, 명예가 도둑놈의 방패가 될 때도 있단 말입니다. 화는 내지 마시오, 마음을 가라앉혀 내 말을 들어 보시오."

그는 뿌루퉁해진 표정을 짓고 의자에 기댔다.

"미리 말해 두지만 내가 말하는 것은 추리에 지나지 않소. 사실과는 다를지도 모르고 맞을지도 모르오. 그 두 명의 미국인은 어떤 목적이 있어서 그곳에 갔소. 비행기로 가서 사냥하러 온 것처럼 행동하고 있었소. 한 명은 메넨디스라는 도박꾼이었소. 숙박부에는 어떤 이름을 썼는지는 몰라도 레녹스는 그들이 온 것을 알고 있었으며, 또 어떤 목적으로 왔는가도 알고 있었소. 그가 나한테 편지를 쓴 것은 양심의 가책을 받았기 때문이오. 나를 이용한 것이 양심에 걸려 가만히 있을 수가 없었던 거란 말이오. 5천 달러라는 거액 지폐를 동봉한 것은 돈은 얼마든지 가지고 있었으며, 내가 돈

없는 인간이라는 걸 알고 있었기 때문이오. 그뿐만이 아니오. 편지 내용에 수수께끼를 푸는 열쇠가 될지도 모를 구절을 써 넣는 것도 잊지 않았소. 항상 옳은 일을 하려고 생각하고 있으면서도 어느 사이엔가 다른 일을 해 버리는 그런 사나이였소. 당신은 아까 편지를 우체국에 가지고 갔다고 말했지요. 왜 호텔 앞의 우체통에 넣지 않았소?"
"우체통이라니?"
"그렇소, 편지를 집어넣는 상자 말이오."
그는 웃음지었다. "오타토쿠란은 멕시코시티가 아닙니다. 완전한 시골의 소도시입니다. 당신은 오타토쿠란의 거리에 우체통이 있다고 생각합니까? 우체통이 있어 봤자 무엇 때문에 있는지 아무도 모를 겁니다."
"그렇겠군요. 우체통은 아무래도 좋다고 해 둡시다. 하지만 당신은 커피를 쟁반에 받쳐 가지고 레녹스의 방에 들어가지는 않았을 거요. 형사 옆을 지나 레녹스의 방에 들어간 사람은 그 두 명의 미국인이었을 거요. 물론 형사는 매수되어 있었고, 그 밖에도 몇 명인가 매수된 사람이 있었지요. 방에 들어간 두 명 중 한 명이 레녹스를 뒤에서 치고, 모제르 권총을 꺼내 가지고 탄통 하나를 열어 탄환을 빼낸 뒤 먼저처럼 총신에 넣고, 그 권총을 레녹스의 관자놀이에 대고 방아쇠를 당겼을 거요. 총성은 났지만 그를 죽인 것은 아니오. 레녹스는 완전히 헝겊으로 덮여 운반되었소. 미국에서 변호사가 도착했을 때 레녹스는 수면제로 잠재워져 있었고, 얼음에 채워져 관을 만들고 있는 나무통 집 가게의 어두컴컴한 뒷방에 놓여 있었소. 미국에서 온 변호사는 거기에서 레녹스를 봤소. 몸은 차게 식었고, 의식도 없었으며, 관자놀이의 상처에서 피가 나왔었소. 죽었다고밖에는 생각할 수 없었을 거요. 이튿날 관 속에는 대신 돌이 채워져 묻혔소. 미국인 변호사는 지문과 얼토당토않은 고백서를 가지고 돌아왔소. 어떻소, 마이오라노스 군?"

그는 어깨를 들먹였다. "안 될 일도 아니군요. 하지만 돈과 얼굴이 필요합니다. 메넨디스라는 사람이 오타토쿠란의 높은 사람들, 가령 시장이나 호텔 주인과 같은 사람과 밀접한 관계가 없으면 어렵습니다."

"그런 관계라면 누워서 떡먹기지. 오타토쿠란이라는 작은 곳을 선택한 것도 그 때문이겠지."

그는 웃음을 띠었다. "그렇다면 레녹스 씨는 살아 있을지도 모른다는 겁니까?"

"살아 있어요. 고백을 사실인 것처럼 보이게 하기 위해서 자살을 가장한 거지. 지방검사를 지낸 바 있는 어느 변호사를 납득시키기만 하면 문제없는 일이었소. 메넨디스는 자기가 생각하고 있는 것만큼 협박이 먹혀 들어가지는 않았지만, 어쨌든 나를 권총으로 때리고 손을 떼게 하려고 했소. 틀림없이 손을 떼게 하지 않으면 안 될만한 이유가 있었을 거요. 만일 가짜 시체였다는 사실이 탄로 나면, 메넨디스는 미국에도 멕시코에도 몸을 숨길 만한 곳이 없어지게 되지. 멕시코인들도 우리와 마찬가지로 나쁜 짓에 경찰이 한몫 끼는 것을 싫어하거든."

"당신 말이 맞는지도 모릅니다. 그런데 당신은 나보고 거짓말을 했다고 했소. 레녹스 씨의 방에 내가 들어가지도 않았고, 편지를 받은 일도 없다고 했소."

"처음부터 방 안에 있지 않았나? 편지를 쓰고 있었겠지."

그는 손을 들어 색안경을 벗었다. 인간의 눈빛은 아무도 변하게 할 수 없다. "김릿을 마시기엔 너무 빠르겠지?"라고 그는 말했다.

기나긴 이별 435

53

그가 멕시코시티에서 받은 정형 수술은 훌륭한 것이었다. 이상할 게 전혀 없었다. 멕시코의 의학, 기술, 병원, 회화, 건축 등은 미국과 비교해서 조금도 손색이 없다. 때로는 도리어 뛰어난 경우도 있다. 분말 초산염의 파라핀(paraffin) 시험은 어느 멕시코인 경관이 발명한 것이다. 테리의 얼굴은 대수술을 받고 완전히 달라 보였다. 코의 모양까지도 바뀌어 있었다. 뼈를 갉아 내고 북유럽의 특징 가운데 하나인 높은 코를 낮게 만들었다. 뺨의 상처 자국은 없앨 수 없기 때문에 반대쪽 뺨에도 상처 자국을 두 군데 만들어 놓았다. 중남미 여러 나라에서 나이프 자국은 신기한 것이 못 된다.

"신경 이식까지 해 주더군" 하고 레녹스는 말하고 당초부터 상처 자국이 있던 뺨에 손을 댔다.

"내 추리는 어느 정도까지 맞았나?"

"거의 정확하다고 할 수 있네. 세부에 들어가서 약간 틀린 점이 있지만 중요한 것은 아니야. 어쨌든 급히 서둘러 진행해야만 되었네. 그때그때 머리에 떠오른 것도 있었기 때문에 내가 어떤 결과가 될지 나도 알 수 없었네. 시키는 대로 해 나갔을 뿐이야. 멘디는 자네한테 편지 쓰는 것을 반대했지만, 이 문제만은 내가 고집해서 관철시켰네. 그는 자네를 잘못 판단하고 있었던 것 같더군. 우체통 건에 대해서는 전혀 눈치채지 못했네."

"누가 실비아를 죽였는지 자넨 알고 있었군."

그는 말의 핵심을 돌려 대답했다. "여자를 살인범으로 경찰에 넘기긴 그렇게 쉬운 일이 아니지. 설사 어떻게 되든 상관없는 그런 여자라도 말이야."

"이 사건에 하란 포터도 관계하고 있나?"

그는 다시 웃음지었다. "그가 관계했다 해도 아무도 그것을 알아내지 못할 거야. 그는 내가 죽은 것으로 알고 있을 걸세. 자네가 말하지 않으면 그에게 진상을 얘기할 사람은 한 명도 없을 걸세."

"나는 아무 말도 안 하네. 멘디는 어떻게 하고 있나? 살아 있겠지?"

"무사하네. 아카프로코(멕시코의 소도시)에 있네. 란디 덕분에 목숨만은 보존했지만, 다른 작자들이 경관에게 보복한 것을 좋게 여기지 않는단 말이야. 멘디는 자네가 생각하고 있는 것만큼 나쁜 인간은 아닐세. 저래 봬도 신경이 날카로운 데가 있네."

"신경은 뱀한테도 있네."

"어떤가, 김릿은?"

나는 대답하지 않고 금고가 있는 데로 갔다. 금고문을 열고 매디슨의 초상과 커피 냄새가 나는 백 달러짜리 지폐가 다섯 장 들어 있는 봉투를 꺼냈다. 봉투 안에 있는 것을 책상 위에 내놓고 백 달러짜리 지폐 다섯 장을 손에 잡았다.

"이건 받아 두겠네. 수사에 거의 써 버렸거든. 매디슨의 초상한테는 제법 위로를 받았지만 자네에게 되돌려 주겠네."

나는 5천 달러짜리 지폐를 그의 눈앞에 놓았다. 그는 눈을 떨구었을 뿐 손은 대려 하지 않았다.

"자네 걸세"라고 그는 말했다. "나는 돈걱정은 없네. 자넨 이렇게까지 이번 사건에 깊게 발을 들여놓지 않아도 됐었네."

"알고 있네. 그 여자가 남편을 죽이고, 누구의 의심도 받지 않았더라면 혹시 행복을 잡았을는지도 모르지. 하기야 그 남편은 별로 대단한 인간이 아니었어. 피와 머리와 감정을 지니고 있는 인간에 지나지 않았네. 어떤 사건이 있었다는 것을 알았고, 어떻게든 그것을 잊으려고 고민했을 뿐이야. 작가였지. 이름을 들은 적이 있을 걸세."

"내 말을 들어 주게. 내가 한 행동은 달리 좋은 방법이 없었기 때문에 그렇게 한 것뿐이야"라고 그는 천천히 말했다. "아무한테도 해를 입히고 싶지 않았네. 내가 여기 있어 봤자 아무 소용이 없고, 오히려 다른 사람에게 해를 입히게 된다는 것을 알았네. 먼 훗날의 일까지 생각하고 있을 여유는 없었어. 무서워서 도망쳤을 뿐이야. 어떻게 했더라면 좋았다고 생각하나?"

"모르겠네."

"그 여자의 몸엔 미친 피가 흐르고 있었네. 어차피 그를 죽일지도 모르지."

"그래, 그럴지도 몰라."

"어렵게는 생각지 말게. 어딘가 조용하고 시원한 데 가서 한잔 마시도록 하세나."

"지금은 안 되네, 마이오라노스 군."

"우리는 이전에 무척 친한 친구였네"라고 그는 쓸쓸하게 말했다.

"그랬던가? 잊어버렸네. 나는 다른 두 사람이었던 것처럼 생각되기만 하거든. 앞으로도 계속 멕시코에서 살 생각인가?"

"그럴 생각일세. 지금 여기 와 있는 것도 정식으로 입국한 게 아닐세. 정식으로 입국한 일은 단 한 번도 없었네. 언젠가 솔트레이크 시티에서 출생했다고 자네한테 말한 일이 있었을 걸세. 실은 몬트리올이야. 머지않아 멕시코 국적을 갖게 될 걸세. 좋은 변호사만 있으면 힘 안 들이고 할 수 있네. 나는 그전부터 멕시코를 좋아했네. '빅터'에 김릿을 마시러 갈 정도라면 위험은 없을 걸세."

"자네 돈을 넣게, 마이오라노스 군. 이 돈에는 너무 많은 피가 묻어 있네."

"자네한테 돈이 없을 텐데……."

"어떻게 그걸 아나?"

그는 지폐를 집더니 가느다란 손가락 사이에 끼우고 아무 일도 없었다는 식으로 안 호주머니에 넣었다. 그리고 피부가 갈색에 가깝기 때문에 특히 눈에 띄는 새하얀 이로 입술을 깨물었다.
"자네가 쥬아나까지 태워다 주었을 때, 그 이상의 말은 하지 못했네. 경관을 불러 나를 넘길 기회는 얼마든지 있었을 걸세."
"화내고 있는 건 아니야. 다만 자넨 이런 인간일세. 나는 오랫동안 자네를 몰랐네. 사람을 좋아하고, 여러 모로 좋은 점을 지니고 있지만 어딘가 잘못된 점이 있었네. 어떤 신념을 지니고 그 신념대로 살아 왔지만, 그 신념은 어디까지나 자네가 만들어 낸 신념에 불과했네. 도덕이나 양심과는 아무 관계가 없는 것이지. 좋은 점을 지니고 있으니 좋은 인간임에는 틀림없지만, 착실한 사람이나 갱이나 깡패하고도 차별 없이 사귀어 왔네. 올바른 영어를 하고 식탁의 예법을 그런대로 익히고 있는 인간이라면 아무라도 좋았던 걸세. 도덕에 관한 한은 패배주의자야. 전쟁 때문에 그렇게 되었는지, 선천적으로 그런지는 잘 모르겠지만 말이야."
"모르겠군!" 하고 그는 말했다. "정말 모르겠네. 빚을 갚으려 하고 있는데 갚게 해 주지를 않네. 자네한테 해야 할 얘기는 하나도 숨김없이 말했네. 자네한테는 적당한 말로 둘러댈 수가 없었네."
"나를 그렇게까지 인정해 준 사람은 자네가 처음일세."
"나의 어딘가를 좋게 보아 준 걸 무척 기쁘게 생각하네. 그 당시의 나는 무척 곤란한 처지에 놓여 있었네. 그리고 어쩌다 보니 그러한 입장의 나를 구할 수 있는 인간도 알고 있었고, 그 두 사람은 전쟁 때 있었던 사건으로 나한테 빚지고 있었네. 내가 생쥐처럼 재빠르게 옳은 행동을 취한 것은 그때가 처음일세. 그리고 내가 그들을 필요로 했을 때 그들은 쾌히 힘이 되어 주었네. 그것도 공짜로 말이야. 몸에 가격표를 안 붙인 인간이 자네만 아니라는 걸 알아야지, 말로우."

그는 책상 위로 몸을 내밀고 내 담배 한 개비를 빼냈다. 완전히 볕에 탄 얼굴에 빨강 얼룩이 생겨 있었다. 상처 자국이 보이기 시작했다. 나는 호주머니에서 그가 값진 라이터를 꺼내 불을 붙이는 것을 보았다. 향수 냄새가 코를 찔렀다.

"자넨 나를 사로잡았던 걸세, 테리. 뭐라 표현할 수 없는 웃음, 약간 손을 움직이거나 할 때의 자연스런 동작, 조용한 바에서 조용히 마신 몇 잔인가의 술 등으로 나를 사로잡은 걸세. 언제까지나 즐겁고 기쁜 추억이라 생각하고 있네. 자네와의 교제는 이걸로 끝이지만, 여기서 잘 가라는 말은 하고 싶지 않네. 정말 잘 가라는 말은 벌써 해 버렸단 말이야. 정말 잘 가라는 말은 슬프고, 쓸쓸하고, 절실한 느낌을 지니고 있을 걸세."

"돌아갈 시간이 너무 늦은 것 같군" 하고 그는 말했다. "정형 수술에 너무 많은 시간을 잡아먹었네."

"내가 나타나도록 만들지 않았더라면 안 나타날 생각을 가졌던 건 아닌가?"

그의 눈에 눈물이 번쩍 빛났다. 그 눈물을 감추듯이 급히 색안경을 썼다.

"모르겠어," 하고 그는 말했다. "좀처럼 결심이 서지 않았네. 자네한테는 아무 말도 하지 말라고 주의 받고 있었네. 그래서 더 결심하지 못했던 걸세."

"그런 건 신경 쓸 필요없네, 테리. 언젠가는 누군가가 자네 대리를 해 주게 되어 있네."

"나는 기동 부대에 배속되었네. 누구든지 참가할 수 있었던 게 아닐세. 그리고 중상을 입었네. 나치의 의사 손에 치료받았을 때도 무척 고통스러웠네. 그것이 나를 이런 인간으로 만들었는지도 모르네."

"전부 알고 있네, 테리. 자넨 여러 가지 뜻에서 좋은 사람일세. 나는 자네를 비판하고 있는 게 아닐세. 이제까지도 비판은 하지 않았네. 다만 이제까지의 자네와는 다르다는 것뿐이야. 내가 알고 있던 자넨 멀리 떠나 버렸네. 멋진 양복을 입고, 향수를 풍기며, 마치 50달러짜리 매춘부처럼 고상하군."

"연극일세," 하고 그는 호소하는 듯한 어조로 말했다.

"연극을 즐기고 있는 거겠지."

그는 입술을 비쭉하며 쓸쓸한 듯이 웃었다. 중남미의 인간들이 흔히 하는 것처럼 과장된 몸짓으로 어깨를 움츠렸다.

"사실 그래. 연극밖에는 아무것도 할 게 없네. 여기에는," 하고 라이터로 가슴을 두드리고 "아무것도 없네. 어떻게도 할 수 없네, 말로우. 숙명이었네. 이젠 할 말도 없어진 것 같군."

그는 일어섰다. 나도 일어섰다. 그가 부드러운 손을 내밀었다. 나는 그 손을 잡았다.

"잘 가게, 마이오라노스 군. 친구가 되어 기뻤네. 아주 짧은 동안이었지만 말이야."

"잘 있게."

그는 몸을 돌려 방을 가로질러 나갔다. 나는 문이 닫히는 것을 가만히 지켜보고 있었다. 인조 대리석의 복도를 걸어가는 소리에 귀를 기울였다. 이윽고 발소리가 희미해지고 마침내 들리지 않게 되었다. 나는 그대로 귀를 기울이고 있었다. 무엇 때문이었을까? 그가 되돌아와서 나를 설득하여 마음을 바꾸게 하기를 기대하고 있었던 걸까? 그러나 그는 돌아오지 않았다.

내가 그의 모습을 본 것은 이때가 마지막이었다. 그리고 이 사건과 관계가 있던 사람은 더 이상 그 누구도 만나 보지 못했다. 다만 경관만은 예외였다. 경관에게 '안녕'을 고할 수 있는 방법을 나는 아직도 찾지 못하였다.

미스터리를 리얼리즘 문학으로

 레이먼드 챈들러의 문장은 자칫하면 아니꼽고 저속해지기 쉬운 표현의 경계선을 아슬아슬하게 넘나들면서 커다란 매력으로 승화시켜 나간다. 그는 아일랜드의 퀘이커 교도 집안에서 태어난 어머니의 피를 이어받은 영국인의 눈으로 1930년에서 50년대에 걸친 미국의 풍습과 문화, 사회를 깊이 응시하고 예리하게 묘사해 낸다.

 은근하고 맛깔스런 문명비판과 사회비판, 이 두 가지 점에서 챈들러를 더없이 사랑하는 독자가 많다. 그는 함축성 있는 표현을 즐겨 쓰고 있어서, 그의 작품을 충분히 소화하기 위해서는 그의 매력의 하나인 문장의 묘미를 충분히 음미해야 한다. 게다가 그의 문명비판이나 사회비평에 귀를 기울이다 보면 실로 하고 싶은 말을 꼭 짚어 얘기해주는 듯해서 저항없이 공감하게 된다.

 챈들러는 1930년대부터 50년대에 걸친 미국의 문화와 사회를 날카롭게, 그리고 냉철하게 비판한다. 물론 그 시대를 혐오해서가 아니라 오히려 그 시대에 많은 관심을 가진 데서 비롯된 일이다. 그에게 친근감을 느끼게 되는 것도 바로 그러한 점인데, 비약적인 연상일 수도 있겠지만 유럽적인 시각에서 미국을 보고 있는 빌리 와일더(《뜨거운 것이 좋아》《아파트 열쇠를 빌려드립니다》)에게서도 비슷한 것을 느낄 수 있다.

챈들러 자신은 해미트가 자기 창작의 아버지라고 말하고 있지만, 비평가들은 해미트보다 훨씬 뛰어나고 참신한 문학성을 챈들러에게서 발견할 수 있다고 격찬하고 있다.

그는 《기나긴 이별》을 발표하여 미국 추리작가클럽 상(MWA)을 받았다. 이 작품에서 그는 그 특유한 수법을 동원하여 말로우, 테리 레녹스, 로저 웨이드, 아이린 웨이드, 린다 롤링 등 등장인물들의 개성과 고뇌를 생생하게 부각시키고 있다.

어느 날 사립탐정 필립 말로우는 엉망으로 술에 취한 테리 레녹스를 만나게 되고 둘은 곧 친해진다. 테리는 아내 실비아와의 관계를 회복하고 나서도 이따금 말로우를 따로 만나고 있었는데, 하루는 한 손에 권총을 들고 말로우를 찾아와서 멕시코 국경 마을까지 태워다 달라고 부탁한다. 아내 실비아가 살해된 뒤 유력한 용의자로 지목받을 위험에 직면했기 때문이다. 말로우는 사건 해결에 뛰어들었고, 마치 기다렸다는 듯이 폭력단에게서 협박이 날아든다. 그리고 은신처의 테리로부터 자살을 암시하는 편지와 함께 5천 달러짜리 지폐가 날아든다. 이러던 참에 레녹스의 집 근처에 살고 있던 아이린 웨이드라는 아름다운 여성이 말로우를 찾아온다. 행방불명된 남편을 찾아달라는 의뢰였다. 말로우는 그녀의 남편인 알코올 중독자 작가 로저 웨이드를 찾아내 데려오지만 얼마 안 가 그가 실비아를 죽였다는 뜻밖의 사실이 밝혀진다.

챈들러의 작품 가운데는 영화화된 작품도 여럿 있다. 〈거대한 잠〉〈호수 안의 여인〉〈귀여운 여인〉〈기나긴 이별〉〈굿바이 마이 러브〉 등이 바로 그러한 예인데, 작품마다 필립 말로우로 나오는 배우가 이채롭다. 험프리 보거트, 로버트 몽고메리, 제임스 가너, 엘리엇 굴드, 로버트 미첨 등이 말로우 역을 맡았는데, 이렇게 배우들의 이름을 늘어놓고 보니 목소리만 출연했던 로버트 몽고메리는 별도로 치더라도 어느 말로우든 나름대로 특색이 있으며, 필립 말로우라는 인물이 얼마나 비현실적인 인물인지 새삼 깨닫게 된다.

레이몬드 챈들러는 1888년 시카고에서 태어났다. 아버지는 필라델피아, 어머니는 아일랜드 출신인데, 두 사람 다 퀘이커 교도였다. 그가 8살 되던 해에 부모가 이혼하자 그는 어머니를 따라 영국으로 돌아가서 대학 교육을 받았다.

그는 문관 시험에 합격하고 해군성에 근무하면서 변호사가 되려고 했다. 그러나 가난 때문에 공부를 계속할 수 없어 여러 잡지, 신문 등에 서평이나 짧은 기사를 기고하면서 생계를 이어갔다.

1912년 다시 미국으로 건너가 조그만 회사에서 장부 정리 따위의 잡일을 하며 지내다가 1차대전을 맞아 처음에는 캐나다군, 나중에는 영국 공군에 소속되어 대전을 치렀다.

전쟁이 끝난 뒤 그는 소설을 쓰기 시작했지만 그것도 뜻대로 되지 않아 은행에 취직을 하기도 하고, 석유 회사의 지배인이 되기도 했다. 그러다가 1929년의 대공황 때는 이것마저 할 수 없게 되었다.

1933년 챈들러는 처음으로 〈블랙 마스크〉지에 첫 중편 소설 《협박자는 쏘지 않는다》를 발표했다. 그 뒤 〈펄프〉지를 주무대로 창작 생활을 계속하였다. 처녀 장편 《거대한 잠》이 간행된 것은 1939년의 일이었다. 이 소설에서 그는 사립탐정 말로우를 등장시켜 '행동하는 탐정'의 신선하고 강렬한 유형을 창조해 냈는데, 이로써 마침내 비평가들의 극찬을 받았을 뿐만 아니라 고급 독자들의 사랑을 받았다.

1940년 《굿바이 마이 러브(Farewell, My Lovely)》, 1942년 《높은 창》, 1943년 《호수 안의 여인》을 발표하여 그의 명성은 더욱 확고해졌고, 1958년에는 《플레이백》을 간행했다. 그는 그 다음 해에 기관지염이 원인이 되어 71세를 일기로 세상을 떠났다.

그의 사후인 1962년에 《챈들러는 말한다》라는 책을 도로시 가드너와 캐서린 워커 두 사람이 펴냈는데, 여기에는 챈들러의 미완성 작품, 미발표 작품, 미스터리소설에 대한 단상 등이 수록되어 있다.

챈들러는 앞서 말한 장편 말고도 많은 중·단편을 남겼다. 그는 미스터리 소설의 대부분이 리얼리티가 결여되어 있다고 하면서 미스터리 소설도 문학이어야 한다고 주장했다.

그의 작품은 수수께끼를 푸는 흥미는 부족하지만 정감 있는 대화, 생생한 인물 묘사, 비정하면서도 어느 면에선 정감이 흐르는 문체로 지적인 작품을 만들었다. 그의 미스터리소설론은 1944년 〈애틀랜틱〉지 11월 호에 발표한 〈간단한 살인방법〉에 상세히 쓰여 있다.

챈들러는 미스터리소설 발달사상 획기적인 업적을 남긴 작가이다. 미스터리 소설을 리얼리즘 문학의 경지에까지 끌어 올린 그의 공적은 앞으로 미스터리 소설이 나아가야 할 지표를 제시한 것이라 할 수 있다.